OUTRAS CORES

ORHAN PAMUK

Outras cores

Ensaios e um conto

Tradução
Berilo Vargas

COMPANHIA DAS LETRAS

Os seguintes ensaios foram publicados originalmente na revista *The New Yorker*: "Salsichão", "A maleta de meu pai", "Meu primeiro passaporte e outras viagens pela Europa", "A vista" e "O que sei sobre cães".

O autor agradece a permissão de Ángel Gurría-Quintana para a reprodução da entrevista publicada na revista *The Paris Review* (outuno/inverno 2005, n.175), copyright © 2005 by Ángel Gurría-Quintana.

O discurso do autor na cerimônia de recebimento do Prêmio Nobel é publicado aqui como "A maleta de meu pai". Copyright © 2006 by The Nobel Foundation.

Grafia atualizada segundo o Acordo Ortográfico da Língua Portuguesa de 1990,
que entrou em vigor no Brasil em 2009.

Título original
Öteki Renkler: Seçme Yazilar ve Bir Hikâye

A presente tradução foi feita com base na tradução inglesa
Other colors: Essays and a story, de Maureen Freely

Capa
Chip Kidd

Foto de capa
Ara Güler/ Fotografevi

Preparação
Carlos Alberto Bárbaro

Índice remissivo
Luciano Marchiori

Revisão
Erika Nakahata
Huendel Viana

Dados Internacionais de Catalogação na Publicação (CIP)
(Câmara Brasileira do Livro, SP, Brasil)

Pamuk, Orhan
    Outras cores : ensaios e um conto / Orhan Pamuk ; [tradução do turco] Berilo Vargas. — São Paulo : Companhia das Letras, 2010.

    Título original: Öteki Renkler : Seçme Yazilar ve Bir Hikâye.
    ISBN 978-85-359-1742-0

    1. Contos turcos 2. Literatura épica I. Título.

10-09298   CDD-894.35

                        Índice para catálogo sistemático:
    1. Contos : Literatura turca   894.35

[2010]
Todos os direitos desta edição reservados à
EDITORA SCHWARCZ LTDA.
Rua Bandeira Paulista, 702, cj. 32
04532-002 — São Paulo — SP
Telefone (11) 3707-3500
Fax (11) 3707-3501
www.companhiadasletras.com.br

Para Jeannette

Ele esperava apenas uma coisa, que enfim lhe dissessem: conte! E essa foi a única palavra que jamais lhe disseram.

Milan Kundera, *A ignorância*

Que chatice seria se não se falasse mais de cinema.

Marguerite Duras

Não havia proteção na sacada. Alguns acionistas saltaram do trigésimo andar da Wall Street Tower. Estavam mortos antes de se espatifar no solo. Aqui é a K City Radio, Nova York. E, agora, de volta ao nosso programa musical.

Rádio americana

Sumário

LIVROS E LEITURAS

POLÍTICA, EUROPA E OUTROS PROBLEMAS DE SERMOS QUEM SOMOS

MEUS LIVROS SÃO MINHA VIDA

OUTRAS CIDADES, OUTRAS CIVILIZAÇÕES

Prefácio

Este é um livro de ideias, imagens e fragmentos de vida que ainda não encontraram lugar em meus romances. Reúno-os aqui numa narrativa contínua. Às vezes me surpreende não ter sido capaz de usar em minha ficção todos os pensamentos que julguei valer a pena explorar: momentos peculiares da vida, as pequenas cenas diárias que eu gostaria de compartilhar, e as palavras que brotaram de mim, com força e alegria, num instante de encantamento. Alguns fragmentos são autobiográficos, outros foram escritos com pressa, outros, ainda, postos de lado quando minha atenção se dispersava. Volto a examiná-los mais ou menos como quando revejo velhas fotografias, e — apesar de raramente reler meus romances — sinto prazer em reler estes ensaios. Gosto principalmente daqueles momentos em que eles vão além do específico, quando não se limitam a atender aos critérios das revistas e jornais que os encomendaram, e dizem algo mais sobre meus interesses e entusiasmos do que eu pretendia dizer quando os escrevi. Para descrever essas epifanias, esses momentos curiosos em que a verdade de alguma forma se ilumina, Virginia Woolf usou o termo "momentos do ser".

Entre 1996 e 1999, eu escrevia esquetes semanais para *Öküz* (*Boi*), revista de política e humor, e ilustrava-os à minha maneira. Eram breves ensaios líricos, escritos de um jato, e dava-me grande prazer falar de minha filha e dos amigos, explorar objetos e o mundo em geral com um novo olhar, e ver o mundo transformado em palavras. Com o tempo, passei a encarar o trabalho literário menos como um jeito de narrar o mundo e mais como "ver o mundo com palavras". A partir do momento em que utiliza as palavras como cores num quadro, o escritor começa a ver quão maravilhoso e surpreendente o mundo é, e quebra os ossos da linguagem para encontrar a própria voz. Para isso precisa de papel, de caneta e do otimismo da criança que vê o mundo pela primeira vez.

Juntei esses textos para formar um livro totalmente novo, com um centro autobiográfico. Descartei muitos fragmentos e encurtei outros, usando apenas excertos das centenas de artigos e diários que escrevi, e colocando um bom número de ensaios em lugares estranhos que pareciam adequados à trajetória desta narrativa. Por exemplo, os três discursos que foram publicados num volume à parte, em turco e muitos outros idiomas, sob o título de *A maleta de meu pai* (contendo o discurso de mesmo título pronunciado na cerimônia do Prêmio Nobel, assim como "Em Kars e Frankfurt", meu discurso sobre o Nobel da Paz alemão, e "O autor implícito", a fala que proferi na Conferência Puterbaugh)* aparecem aqui em seções separadas, como reflexos da mesma história autobiográfica.

Esta edição de *Outras cores* foi construída a partir do mesmo esqueleto que supriu o livro de mesmo nome publicado pela primeira vez em Istambul em 1999, mas o primeiro livro se constituiu como uma antologia, ao passo que este é organizado como uma sequência de fragmentos, momentos e pensamentos autobiográficos. Falar de Istambul, ou discutir meus livros, autores e quadros prediletos, sempre foi, para mim, um pretexto para falar da vida. Meus textos sobre Nova York datam de 1986, quando estive na cidade pela primeira vez, e os escrevi para registrar as primeiras impressões de um estrangeiro, com leitores turcos em mente. "Olhar pela janela", a história que fecha o livro, é tão autobiográfica que seu protagonista poderia muito bem se chamar Orhan. Mas o irmão mais velho da história, como os irmãos mais velhos de todas as minhas histórias, maus e tirânicos, não tem relação alguma com meu irmão mais velho de carne e osso, Şevket Pamuk, o eminente especialista em história da

---

* Os textos reunidos em *A maleta de meu pai* (tradução de Sérgio Flaksman. São Paulo: Companhia das Letras, 2007) estão reproduzidos neste volume. (N. E.)

economia. Ao organizar este livro, percebi consternado que eu tinha um interesse especial, e mesmo uma predisposição, pelos desastres naturais (o terremoto) e sociais (a política), e portanto deixei de fora alguns dos meus escritos políticos mais sombrios. Sempre achei que há dentro de mim um grafomaníaco voraz e quase implacável — uma criatura que nunca se cansa de escrever, sempre a traduzir a vida em palavras —, e que para deixá-lo feliz preciso seguir escrevendo. Mas ao preparar este livro descobri que o grafomaníaco ficaria muito mais feliz, e seria menos afetado por sua moléstia escrevinhadora, se trabalhasse com um editor que desse um centro, uma moldura e um sentido a seus escritos. Eu gostaria que o leitor sensível prestasse tanta atenção à criatividade com que editei o livro quanto ao esforço que pus no ato de escrever.

Sei que não estou sozinho em minha admiração pelo escritor e filósofo alemão Walter Benjamin. Mas para espicaçar uma amiga que tem quase veneração por ele (uma acadêmica, claro), às vezes lhe pergunto: "O que há de tão especial nesse escritor? Só conseguiu terminar uns poucos livros, e, se conquistou fama, não foi pela obra que concluiu, mas pela obra que jamais conseguiu terminar". Minha amiga responde que a obra de Benjamin é, como a vida, ilimitada, portanto fragmentária, e não é por outro motivo que tantos críticos literários se esforçam para dar sentido a esses fragmentos, do mesmo modo como procedem em relação à vida. Sempre sorrio e digo: "Um dia eu também vou escrever um livro só de fragmentos". Aqui está este livro, posto numa moldura para sugerir um centro que tentei ocultar: espero que os leitores tenham prazer em imaginar que esse centro existe.

VIVER E PREOCUPAR-SE

1. O autor implícito*

Faz trinta anos que venho escrevendo. E ultimamente tenho recitado estas palavras com muita frequência. Tanto, na verdade, que deixaram de ser verdadeiras, pois estou entrando no meu trigésimo primeiro ano como escritor. Ainda assim, gosto de dizer que venho escrevendo romances há trinta anos. Embora seja um certo exagero. De tempos em tempos escrevo outras coisas — ensaios, textos críticos, reflexões sobre Istambul ou a política, e discursos para acontecimentos maravilhosos como este. Mas minha verdadeira vocação, aquilo que me prende à vida, é escrever romances. Existem muitos escritores brilhantes que escrevem há mais tempo que eu, que vêm escrevendo há meio século sem dar tanta atenção a isso. Há também os grandes escritores aos quais volto repetidamente, Liev Tolstói, Fiódor Dostoiévski e Thomas Mann, cujas carreiras se estenderam por mais de cinquenta anos. Então por que exagero tanto a importância deste trigésimo aniversário da minha carreira de escritor? Só porque quero falar de escrever, e especialmente de escrever romances, como de um hábito.

Para ser feliz, preciso da minha dose diária de literatura. E nisso não sou diferente do doente que precisa tomar uma colher de remédio por dia. Quando

* Tradução de Sérgio Flaksman.

eu soube, na infância, que os diabéticos precisavam tomar injeção todo dia, fiquei muito penalizado, como a maioria das pessoas, e posso até ter pensado que eles estavam meio mortos. Minha dependência da literatura deve deixar-me igualmente meio morto. Quando eu era um jovem escritor, principalmente, sentia que os outros me consideravam apartado do mundo real, e por isso condenado a viver meio morto. Ou talvez a expressão correta seja "meio fantasma". Às vezes cheguei a pensar que estava totalmente morto, e tentava, com a literatura, insuflar de volta alguma vida no meu corpo morto. Para mim, literatura é remédio. Como os medicamentos que as outras pessoas tomam de colher ou em injeções, a minha dose diária de literatura — a minha droga cotidiana, se preferirem — precisa atender a certos padrões.

Primeiro, o remédio precisa ser bom. É a sua qualidade que me diz se ele de fato funciona e se é forte o bastante. Ler um trecho denso e profundo de um romance, entrar naquele mundo e acreditar que é verdadeiro — nada me deixa mais feliz, nada me prende mais à vida. E também prefiro que o escritor já tenha morrido, porque nesse caso minha admiração nem corre o risco de ser obscurecida por uma certa nuvem de inveja. Quanto mais velho vou ficando, mais me convenço de que os melhores livros são os dos escritores mortos. E mesmo que eles ainda não tenham morrido, sentir sua presença é como perceber um fantasma. É por isso que, quando vemos um grande escritor na rua, nós o tratamos como um fantasma, custando a acreditar nos nossos olhos ao admirá-lo de longe. Alguns mais corajosos conseguem abordar os fantasmas à cata de autógrafos. Às vezes me ocorre que esses escritores logo hão de morrer, e que depois da sua morte os livros que nos deixam de herança irão ocupar um lugar ainda mais alto no nosso coração. Embora, é claro, nem sempre seja esse o caso...

Se a minha dose diária de literatura for alguma coisa que eu mesmo esteja escrevendo, tudo muda de figura. Para aqueles que padecem do meu mal, a melhor de todas as curas, a maior fonte de felicidade é escrever uma boa meia página por dia. Nos últimos trinta anos, passei uma média de dez horas por dia sozinho num aposento, sentado à minha mesa. Se formos contar só o que tinha qualidade suficiente para ser publicado, minha média diária é bem inferior a meia página de texto. A maior parte do que escrevo não consegue atender aos meus padrões de qualidade. E isso, posso lhes dizer, são duas pródigas fontes de sofrimento.

Mas por favor não me entendam mal: um escritor tão dependente da literatura como eu nunca poderia ser o tipo de pessoa superficial que encontra a felicidade na beleza dos livros que já escreveu, nem fica se congratulando por já ter escrito certo número de livros ou pelo sucesso de cada um. A literatura não permite a um escritor como esse fazer de conta que salvou o mundo; no máximo, ela lhe dá a oportunidade de salvar um dia de cada vez. E todos os dias são difíceis. Os dias são difíceis quando você não escreve. São difíceis quando não consegue escrever nada. O segredo é encontrar esperança suficiente para chegar ao fim do dia e, se o livro ou o trecho que está lendo for bom, encontrar nele alguma alegria, e felicidade, ainda que só por um dia.

Deixem-me explicar o que sinto nos dias em que não escrevi bem, se eu não estiver perdido num livro. Primeiro, o mundo muda diante dos meus olhos: torna-se insuportável, abominável; e as pessoas que me conhecem percebem quando isso acontece, porque fico parecido com esse mundo que vejo à minha volta. Minha filha, por exemplo, sabe que não escrevi bem naquele dia pela expressão abjeta de desamparo que meu rosto exibe à noite. Eu gostaria de ser capaz de esconder esse sentimento dela, mas não consigo. Nesses momentos sombrios, tenho a sensação de que não existe uma linha divisória entre a vida e a morte. Não quero falar com ninguém, e qualquer pessoa que me veja nesse estado tampouco sente vontade de falar comigo. Uma versão um pouco mais amena desse desespero se abate sobre mim toda tarde, a rigor entre uma e três da tarde, mas aprendi a maneira de tratá-lo com a leitura e a escrita: quando reajo na hora certa, consigo me poupar de um retraimento integral no interior do meu cadáver.

Todas as vezes que preciso passar um longo período sem poder recorrer à minha cura de papel e tinta, seja devido a uma viagem, a uma conta de gás que precisa ser paga, ao serviço militar (como me ocorreu), a questões políticas (como foi o caso mais recentemente) ou a qualquer outro de uma série de obstáculos, sinto minha angústia consolidar-se dentro de mim como cimento. Meu corpo tem dificuldade de se deslocar pelo espaço, minhas juntas endurecem, minha cabeça se transforma em pedra, minha transpiração até parece mudar de cheiro. E essa angústia só faz crescer, porque a vida é cheia de provações que separam as pessoas da literatura. Posso estar sentado numa reunião política concorrida, ou conversando com meus colegas de turma num corredor de escola, ou participando de uma refeição festiva com parentes, esforçando-me para travar conversa com uma pessoa de bom coração cujo espírito está a mundos de distância ou então ocupado com o que estiver passando na tela da TV; posso estar em algum importante encontro de negócios, fazendo uma compra comum, a caminho do cartório ou tirando uma foto para um visto de viagem — de repente minhas pálpebras ficam pesadas, e, embora o dia ainda esteja na metade, eu adormeço. Quando estou longe de casa, e portanto não tenho como me recolher para passar algum tempo sozinho, meu único consolo é uma sesta no meio do dia.

De modo que a verdadeira fome, no caso, não é de literatura, mas de um aposento onde eu possa ficar sozinho e sonhar. Quando isso é possível, consigo inventar lindos sonhos sobre aqueles mesmos lugares cheios de gente, aqueles mesmos encontros de família, reuniões escolares, refeições festivas e todas as pessoas que os frequentam. Enriqueço as movimentadas refeições dos feriados religiosos com detalhes inventados, e deixo as pessoas mais engraçadas ainda. Nos sonhos, claro, todas as coisas e todas as pessoas são sempre interessantes, cativantes e reais. Crio o mundo novo a partir da substância do mundo conhecido. E aqui chegamos ao ponto crucial. Para escrever bem, primeiro preciso estar extremamente entediado; para ficar extremamente entediado, preciso entrar na vida. É quando sou bombardeado por barulho, sentado num escritório cheio de telefones que tocam, cercado de amigos e parentes ao sol numa praia ou num enterro chuvoso — noutras palavras, no momento exato em que começo a sentir o pulso da cena que se desenrola à minha volta — que de repente me sinto como se não estivesse mais ali, e sim assistindo a tudo de fora. E começo a sonhar acordado. Se estou me sentindo pessimista, posso pensar sobre o quanto aquilo tudo me entedia. De qualquer maneira, uma voz dentro de mim irá surgir, dizendo-me para voltar para minha sala e me sentar diante da mesa.

Não tenho ideia do que a maioria das pessoas faz nessas circunstâncias, mas é isso que transforma as pessoas em escritores. E o meu palpite é que isso não leva à poesia, mas à prosa e à ficção. O que lança um pouco mais de luz sobre as propriedades do remédio que não posso deixar de tomar todo dia. Agora vemos que os seus ingredientes são o tédio, a vida real e a vida da imaginação.

O prazer que me dá fazer esta confissão, e o medo que sinto quando falo honestamente de mim mesmo — juntos, eles me levam a uma conclusão séria e importante que quero lhes contar agora. E gostaria de propor uma teoria simples que parte da ideia de que escrever é um consolo, um alívio, até mesmo um remédio, pelo menos para os romancistas como eu: escolhemos os nossos temas, e damos forma aos nossos romances, de maneira que atendam à nossa necessidade diária de devaneio. Um romance é inspirado por ideias, paixões, fúrias e desejos — isso todos sabemos. Agradar às pessoas que amamos, diminuir os nossos inimigos, falar de alguma coisa que adoramos, deleitar-nos em discorrer com autoridade sobre algo que ignoramos, encontrar prazer em tempos perdidos e relembrados, sonhar com o ato do amor, ou ler, ou militar na política, ou nos entregarmos às nossas preocupações pessoais e hábitos peculiares — esses desejos, e vários outros desejos obscuros ou até sem sentido, são o que nos dá forma, de maneira clara e ao mesmo tempo misteriosa. E são esses mesmos desejos que impelem os devaneios de que falamos aqui. Podemos não entender de onde eles vêm, e podemos não entender o que eles significam, mas quando nos sentamos para escrever, são esses nossos devaneios que nos insuflam a vida, como um vento de quadrante desconhecido. Pode-se até dizer que nos deixamos levar por esse vento misterioso como um capitão que não tem ideia de qual seja o seu destino...

Entretanto, ao mesmo tempo, em alguma parte da nossa mente, somos capazes de localizar no mapa o ponto exato onde nos encontramos, assim como nos lembramos do ponto para onde estamos viajando. Mesmo nas ocasiões em que me entrego incondicionalmente ao vento, eu consigo, pelo menos ao que me dizem outros escritores que conheço e admiro, conservar o meu senso de orientação geral. Antes de partir, terei feito planos, dividido a história que pretendo contar em partes, determinado quais portos meu navio irá visitar, que carga transportará e quanto dela deixará ao longo do caminho, calculado o tempo da jornada e traçado o seu curso no mapa. Mas se o vento, tendo soprado de um quadrante desconhecido e enfunado as minhas velas, decide mudar o rumo da minha história, não me oponho a ele. Pois o que o navio de velas enfunadas procura é uma sensação de plenitude e perfeição. É como se eu estivesse à procura daquele momento preciso e daquele ponto exato em que tudo se derrama em tudo o mais, em que tudo se liga e tudo está consciente de todo o resto. De uma hora para outra, o vento irá cessar, e eu me surprenderei imobilizado numa calmaria, num lugar onde nada se move. Sentirei que existem coisas naquelas águas calmas e enevoadas que, se eu for paciente, poderão levar o romance adiante...

O que mais desejo é o tipo de inspiração espiritual que descrevi em *Neve*. Não difere muito do tipo de inspiração que Coleridge descreve no poema "Kubla Khan". E também anseio para que a inspiração me ocorra (como os poemas ocorrem a Coleridge e a Ka, o herói de *Neve*) de maneira dramática, de preferência em cenas e situações que possam se encaixar bem num romance. Se consigo esperar com paciência e atenção, meus sonhos acabam se realizando. Escrever um romance é estar aberto a esses desejos, anseios, ventos e inspirações, aos recessos mais obscuros da mente e aos seus momentos de névoa e silêncio.

Pois o que é um romance senão uma história que enfuna as suas velas com esses ventos, que reflete e elabora a partir de inspirações que sopram de quadrantes desconhecidos e abarcam todos os devaneios que já inventamos por diversão, reunindo-os num todo coerente — uma história? Acima de tudo, um romance é uma cesta que carrega dentro de si um mundo sonhado que desejamos conservar vivo para sempre, e sempre à nossa disposição. O que dá coesão aos romances são os pequenos fragmentos de devaneio que nos ajudam, a partir do momento em que entramos neles, a esquecer o mundo tedioso do qual ansiamos por escapar. Quanto mais escrevemos, mais ricos esses sonhos ficam; e quanto mais escrevemos, o segundo mundo contido na cesta fica mais vasto, mais detalhado, mais completo. Entramos em contato com esse mundo através da escrita, e quanto melhor o conhecemos fica mais fácil carregá-lo na cabeça. Se estou no meio de um romance, e escrevendo bem, tenho a maior facilidade para entrar nos seus sonhos. Porque os romances são mundos novos em que entramos com gosto através da leitura e, mais ainda, através da escrita: os romancistas dão a eles a forma que lhes permita conter com a maior facilidade possível os sonhos que eles, os escritores, desejam elaborar. Assim como proporcionam felicidade ao bom leitor, também proporcionam ao bom escritor um mundo novo, sólido e coeso, em que ele possa perder-se à procura da felicidade em qualquer momento do dia. Depois que consigo criar uma parte, ainda que minúscula, desse mundo milagroso, sinto-me feliz no momento em que alcanço minha mesa, minha caneta e meu papel. Em pouquíssimo tempo já consigo deixar para trás o mundo conhecido e tedioso do dia a dia e ingressar nesse outro lugar, bem maior, que posso percorrer à vontade, e quase nunca sinto nenhum desejo de retornar à vida real ou chegar ao fim do romance. Esse sentimento está ligado, eu acho, à reação do bom leitor quando ouve dizer que estou escrevendo um romance novo: "Por favor, escreva um romance bem comprido!". É com orgulho que posso me gabar de ter ouvido esse apelo com uma frequência mil vezes maior do que o bordão perene dos editores: "Mais curto, por favor!".

Mas de que maneira um hábito criado pelas alegrias e os prazeres de uma única pessoa pode produzir uma obra que interessa a tantas outras? Os leitores de *Meu nome é Vermelho* gostam de recordar a frase de Shekure em que ela diz que tentar explicar tudo é uma espécie de idiotice. Minhas simpatias nessa cena não estão com Orhan, meu pequeno herói e xará, e sim com a mãe que zomba dele em tom amoroso. Mas se me permitem cometer mais uma idiotice, e me comportar como Orhan, gostaria de explicar por que os sonhos que funcionam como remédio para o escritor podem ter o mesmo efeito para o leitor: porque se eu estou totalmente dentro do romance e escrevendo bem — se consegui me distanciar do telefone que toca, de todos os problemas, de todas as exigências e de todo o tédio da vida diária —, as regras que operam no meu paraíso que flutua solto lembram as minhas brincadeiras de criança. É como se tudo tivesse ficado mais simples, como se eu me encontrasse num mundo simplificado onde posso ver dentro de todas as casas, todos os carros, todos os barcos e edifícios porque são todos de vidro, porque começaram a me revelar os seus segredos. Só preciso respeitar as regras e prestar atenção: observar com prazer as idas e vindas que ocorrem em cada interior, entrar em carros e ônibus com os meus heróis e me deslocar por Istambul, visitando lugares dos quais já me fartei e me fazem chorar de tédio mas que agora vejo com novos olhos e, ao fazê-lo, os transformo; e tudo que preciso fazer é me divertir, ser irresponsável, porque enquanto me divirto (como sempre dizemos das crianças) sempre posso aprender alguma coisa.

A maior virtude do romancista imaginativo é a sua capacidade de esquecer-se do mundo, como fazem as crianças, ser irresponsável e entregar-se ao deleite da irresponsabilidade, brincar com as regras do mundo conhecido — mas ao mesmo tempo, através desses voos soltos da fantasia, não perder de vista a profunda responsabilidade que, mais tarde, permitirá aos seus leitores não se perderem inteiramente dentro do romance. Ele pode passar o dia inteiro brincando, mas ao mesmo tempo carrega a convicção profunda de que é mais sério que outros. Isso porque é capaz de olhar diretamente para o centro das coisas, como só as crianças costumam conseguir. Tendo reunido a coragem de estabelecer regras para as brincadeiras a que antes se entregava sem nenhum controle, ele sente que os leitores também se deixarão cativar pelas mesmas regras, pela mesma linguagem, pelas mesmas frases, e portanto por sua história. Escrever bem é permitir que o leitor diga: "Era exatamente isso que eu queria dizer, mas não podia me dar ao luxo de ser tão infantil".

Esse mundo que eu exploro, crio e amplio, inventando as regras à medida que avanço, esperando que um vento de quadrante desconhecido enfune minhas velas enquanto estudo meu mapa, nasce de uma inocência infantil a que às vezes não consigo ter acesso. O que acontece com todos os escritores. Chega um ponto em que eu empaco, ou então volto ao ponto do romance onde tinha parado algum tempo antes e constato que não consigo recomeçar dali. Esses males são lugares-comuns, e pode ser que eu sofra menos com eles do que outros escritores: quando não consigo recomeçar do ponto onde parei, sempre posso me dedicar a alguma outra lacuna do romance; como estudei meu mapa com todo o cuidado, posso começar a escrever em outro ponto do texto. O que não tem muita importância. Mas neste outono, quando me vi às voltas com várias questões políticas e esbarrei com esse problema, senti como se tivesse descoberto uma coisa que também lança uma nova luz sobre o processo de escrita de um romance. Vou tentar explicar.

As acusações que me foram feitas, e as complicações políticas que me enredaram a partir de então, transformaram-me numa pessoa muito mais política, séria e responsável do que eu gostaria de ser. Um triste estado de coisas, e um estado de espírito mais triste ainda — mesmo que dê para falar disso com um sorriso. Era por isso que eu não conseguia entrar naquela inocência infantil sem a qual nenhum romance é possível: mas isso era fácil de entender, e não me surpreendeu. À medida que os fatos iam se desdobrando devagar, eu repetia para mim que logo haveria de recuperar meu "espírito de irresponsabilidade", minha disposição infantil para o brinquedo e o meu senso de humor infantil, que vinham desaparecendo aos poucos, e então conseguiria terminar o romance em que vinha trabalhando havia três anos. Ainda assim, muitas vezes eu acordava bem cedo, antes dos outros 10 milhões de habitantes de Istambul, e, no silêncio da madrugada, tentava voltar ao romance que permanecia inacabado. Eu me esforçava bastante, porque desejava muito tornar a entrar no meu adorado segundo mundo. À custa de muito esforço, conseguia imaginar fragmentos do romance que queria escrever, e os via representados à minha frente.

Mas não eram do romance que eu vinha escrevendo — eram cenas de um outro romance, totalmente diverso. Naquelas madrugadas tediosas e sem alegria, o que se desenrolava diante dos meus olhos não era o romance em que eu vinha trabalhando havia três anos, mas um corpo cada vez maior de cenas, frases, personagens e estranhos detalhes de um outro romance. Ao final de algum tempo, comecei a anotar os fragmentos desse outro romance num caderno, e também pensamentos que jamais tinha cultivado. Esse outro romance seria sobre os quadros de um pintor contemporâneo que morrera. Quando tentava conjurar esse pintor, porém, eu só conseguia pensar nos seus quadros. Depois de mais algum tempo, compreendi por que não vinha sendo capaz de resgatar meu espírito infantil de irresponsabilidade durante aqueles dias aborrecidos: não conseguia recuperar a infantilidade, só conseguia voltar à minha própria infância, aos dias em que (como contei em *Istambul*) sonhava em ser pintor e passava os dias produzindo um quadro atrás do outro.

Mais tarde, o processo contra mim foi arquivado, e voltei ao *Museu da inocência*, o romance em que vinha trabalhando havia três anos. Hoje, estou planejando aquele outro romance que me ocorria cena a cena naqueles dias em que, incapaz de voltar à infantilidade, eu só conseguia retornar às paixões da minha infância. Mas essa experiência me ensinou uma coisa importante sobre a misteriosa arte de escrever romances.

Posso explicá-la recorrendo ao "leitor implícito" — um princípio proposto pelo grande crítico e teórico literário Wolfgang Iser —, e distorcendo-o para servir aos meus fins. Iser criou uma brilhante teoria literária que enfatiza a importância do leitor. Diz que o significado de um romance não reside no texto nem no contexto, mas em algum ponto intermediário entre os dois. E afirma que o significado do romance só emerge quando ele é lido, e assim, quando fala do leitor implícito, atribui a ele ou ela um papel especial.

Quando eu imaginava as cenas, frases e detalhes de outro livro, em vez de dar prosseguimento ao romance que já vinha escrevendo, era essa teoria que me voltava à mente, e o que ela me sugeria era o seguinte: para cada romance que não é escrito, mas sonhado e planejado (noutras palavras, o meu romance inacabado), deve haver um autor implícito. De maneira que eu só seria capaz de terminar aquele livro quando me transformasse no seu autor implícito. Mas quando me via mergulhado em questões políticas, ou quando — como acontece com tanta frequência no decorrer da vida normal — meus pensamentos eram interrompidos frequentemente por contas a pagar, telefones tocando e reuniões de família, ficava muito difícil me transformar no autor implícito do livro dos meus sonhos. Durante aqueles dias longos e tediosos de politicagem, eu não conseguia me tornar o autor implícito do livro maravilhoso que queria escrever. Mas esses dias finalmente passaram, e retornei ao meu romance, como tanto desejava, e sempre que penso no quanto estou perto de terminá-lo fico feliz também (o romance é uma história de amor que ocorre entre 1975 e o presente, em meio aos ricos da minha cidade ou, como os jornais gostam de dizer, "a sociedade de Istambul"). Depois de ter atravessado essa experiência, porém, entendi por que, ao longo de trinta anos, dediquei todas as minhas forças a me tornar o escritor que os livros que quero escrever implicam. E isso pode ser importante para mim porque só quero escrever romances grandes, caudalosos, ambiciosos, e porque escrevo muito devagar. Sonhar um livro não é difícil, é uma coisa que faço sempre, assim como passo muito tempo imaginando ser outra pessoa. O difícil é ser o autor implícito do livro dos seus sonhos.

Mas nada de queixas. Depois de ter publicado sete romances, posso dizer que, mesmo que isso me custe algum esforço, sempre consigo me transformar no autor capaz de escrever os livros com que sonho. Assim como já escrevi livros e os deixei para trás, também deixei para trás os fantasmas dos escritores capazes de escrever esses livros. Todos esses sete autores implícitos se parecem comigo, e ao longo dos últimos trinta anos entraram em contato com a vida e o mundo como são vistos de Istambul, como são vistos de uma janela como a minha, e já que conhecem esse mundo de dentro para fora e se deixaram convencer por ele, são capazes de descrevê-lo com toda a seriedade e responsabilidade de uma criança quando brinca.

Minha maior esperança é conseguir escrever romances por mais trinta anos, e usar essa desculpa para me envolver com outras *personas*.

2. Meu pai

Cheguei em casa tarde aquela noite. Disseram-me que meu pai tinha morrido. Com a primeira pontada de dor veio uma imagem da infância: as pernas finas de meu pai de shorts.

Às duas da manhã fui a sua casa para vê-lo pela última vez. "Está no quarto dos fundos", disseram. Entrei. Ao voltar para a avenida Valikonagi horas depois, já quase de manhã, as ruas de Nişantaşi estavam desertas e frias, e as vitrines fracamente iluminadas por onde passei durante cinquenta anos pareciam remotas e estranhas.

De manhã, sem ter dormido e como se sonhasse, falei ao telefone, recebi visitas e mergulhei nos preparativos para o sepultamento; e enquanto recebia bilhetes, pedidos e orações, resolvia pequenas disputas e redigia o anúncio da morte, tive a impressão de compreender por que, em toda morte, os rituais se tornam mais importantes do que o morto.

À noite, fomos ao cemitério Edirnekapi preparar o enterro. Meu irmão mais velho e meu primo se dirigiram ao pequeno prédio da administração do cemitério, e fiquei sozinho com o motorista, no banco da frente do táxi. Foi quando o motorista disse que sabia quem eu era.

"Meu pai morreu", disse eu. Sem premeditação, e para minha surpresa, comecei a falar-lhe de meu pai. Disse-lhe que tinha sido um homem muito bom e, mais importante, que eu o amava. O sol desaparecia no horizonte. O cemitério estava deserto e silencioso. Os prédios cinzentos da vizinhança tinham perdido a habitual opacidade; irradiavam uma luz estranha. Enquanto eu falava, um vento frio que não podíamos ouvir balançava plátanos e ciprestes, e essa imagem gravou-se na minha memória, como as pernas finas de meu pai.

Quando ficou claro que a espera ainda ia durar muito, o motorista, que àquela altura já me revelara que éramos xarás, deu-me dois firmes e compassivos tapas nas costas e foi embora. O que eu lhe dissera, nunca tinha dito a ninguém. Mas passada uma semana, isso que ia em meu íntimo fundiu-se com minhas lembranças e minha tristeza. Se eu não o expressasse em palavras, aquilo cresceria e me causaria imensa dor.

Ao dizer ao motorista que "meu pai nunca me olhou de cara feia uma única vez, nunca sequer ralhou comigo, nunca me bateu", eu falei por falar. Eu tinha deixado de mencionar seus grandes atos de bondade. Quando eu era pequeno, meu pai olhava com sincera admiração todo desenho que eu fazia; se lhe pedia uma opinião, ele examinava cada frase rabiscada como se fosse uma obra-prima; reagia com sonoras gargalhadas a minhas piadas mais insípidas. Sem a confiança que me incutiu, teria sido muito mais difícil para mim tornar-me escritor, fazer disso uma profissão. Sua confiança em nós e a facilidade com que nos convencia, a mim e a meu irmão, de que éramos brilhantes e únicos, vinham da confiança que tinha em seu próprio intelecto. À sua maneira infantil e inocente, ele acreditava sinceramente que estávamos destinados a ser tão brilhantes, maduros e inteligentes quanto ele, pelo simples fato de sermos seus filhos.

Ele era atilado: podia, a qualquer momento, recitar um poema de Cenap Şahabettin, dizer o valor de pi até o décimo quinto algarismo, ou adivinhar argutamente como terminaria o filme a que assistíamos juntos. Não era muito modesto, deleitando-se com exemplos da própria sagacidade. Adorava contar-nos, por exemplo, que quando estava na escola secundária, ainda de calças curtas, o professor de matemática convidara-o para ir à sala dos alunos mais velhos do liceu e de como — depois que o pequeno Gündüz resolveu no quadro-negro o problema que desafiara aqueles meninos três anos mais velhos e o professor o elogiara com um "muito bem" — o menino se virou para os outros e disse: "Estão vendo?!". Seu exemplo me deixava entre a inveja e o desejo de ser mais parecido com ele.

Posso dizer o mesmo com relação a sua boa aparência. Todos diziam que eu era parecido com ele, com a diferença de que ele era mais bonito. Como a fortuna que seu pai (e seu avô) lhe deixara e que ele, apesar dos muitos fracassos comerciais, não conseguira gastar, sua boa aparência lhe garantiu uma vida fácil e divertida, de modo que mesmo nos piores dias ele se mantinha ingenuamente otimista, inundado de boas intenções e de uma autoestima inigualável e inabalável. Para ele, não se tratava de ganhar a vida, mas de aproveitá-la. O mundo não era um campo de batalha, mas um campo de esporte, um parque de diversões, e, com a idade, ele se aborrecia um pouco pelo fato de a fortuna, a inteligência e a boa aparência de que se aproveitara tão completamente na juventude não terem ampliado sua fama ou seu poder tanto quanto gostaria. Mas, como sempre, ele não perdia tempo preocupando-se com isso. Era capaz de livrar-se da frustração com a mesma facilidade infantil com que se livrava de qualquer pessoa, de qualquer problema ou de qualquer bem que lhe criassem dificuldades. E, muito embora sua vida tenha descido ladeira abaixo depois dos trinta, iniciando uma longa série de desapontamentos, nunca ouvi dele uma reclamação. Já velho, jantou com um crítico famoso que, quando voltamos a nos encontrar, disse, admirado e um tanto ressentido: "Seu pai não tem um complexo que seja!".

Esse otimismo de Peter Pan libertou-o da fúria e da obsessão. Apesar de ter lido muitos livros, de ter sonhado tornar-se poeta, e de ter, a seu tempo, traduzido um bom número de poemas de Valéry, acho que se sentia tão em paz consigo mesmo, tão confiante no futuro, que jamais se deixou tomar pelas paixões essenciais da criatividade literária. Na juventude, teve uma boa biblioteca, e, mais tarde, ficava feliz de me ver saqueá-la. Mas não lia como eu lia, vorazmente, e tonto de excitação; ele lia por prazer, para distrair-se e, quase sempre, abandonava os livros pela metade. Enquanto outros pais falavam, em voz baixa, de generais e líderes religiosos, o meu me falava de estar andando pelas ruas de Paris e ver Sartre e Camus (escritor mais ao seu gosto), e essas histórias causaram profunda impressão em mim. Anos depois, quando conheci Erdal Inönü (amigo de infância de meu pai e filho do segundo presidente da Turquia, sucessor de Atatürk), durante a inauguração de uma galeria de arte, ele me contou, sorrindo, de um jantar na residência presidencial em Ancara ao qual meu pai, então com vinte anos, comparecera; quando Ismet Pasha começou a falar de literatura, meu pai perguntou: "Por que não temos nenhum autor mundialmente famoso?". Dezoito anos após a publicação do meu primeiro romance, meu pai, um tanto timidamente, me deu uma maleta. Sei muito bem por que fiquei constrangido ao encontrar dentro dela seus diários, poemas, anotações, e escritos literários; era o registro — a prova — de uma vida interior. Não queremos que nossos pais sejam indivíduos, queremos que se conformem ao ideal que representam para nós.

Eu adorava quando ele me levava ao cinema, e adorava vê-lo discutir com outras pessoas os filmes que tínhamos visto; adorava suas piadas sobre os idiotas, os maus, os desalmados, assim como adorava ouvi-lo falar de uma nova espécie de fruta, da cidade que visitara, das últimas notícias, ou dos últimos livros; mas o que eu adorava acima de tudo eram suas carícias. Adorava quando me levava para um passeio porque, juntos no carro, eu sentia que, ao menos por algum tempo, não o perderia. Quando dirigia, não podíamos olhar nos olhos um do outro, por isso ele falava comigo como se falasse com um amigo, sobre as questões mais difíceis e delicadas. Depois de um tempo, ele fazia uma pausa para contar piadas, procurar alguma coisa no rádio, e falar sobre a música, qualquer música, que estivéssemos ouvindo.

Mas o que eu verdadeiramente amava era estar com ele, tocá-lo, estar do seu lado. Quando estudante do liceu, e ainda em meus primeiros anos de universidade, no meio da mais profunda depressão da vida, eu desejava, ardentemente, a despeito de mim mesmo, que ele viesse para casa, se sentasse comigo e minha mãe e dissesse qualquer coisa para nos animar. Quando pequeno eu adorava ficar no seu colo, deitar-me perto dele, sentir seu cheiro, tocá-lo. Lembro-me de que, em Heybeliada, quando eu era muito pequeno, ele me ensinou a nadar: se eu afundasse na água debatendo-me furiosamente, ele me agarrava e eu exultava, não só porque conseguia respirar novamente, mas porque podia passar os braços em volta dele para não afundar novamente, e gritar "Pai, não me deixe!".

Mas ele nos deixava. Ia para longe, para outros países, outros lugares, para outros cantos de um mundo que desconhecíamos. Quando se estirava no sofá para ler, às vezes seus olhos saíam da página e seus pensamentos vagueavam para longe dali. Era quando eu sabia que dentro do homem que eu conhecia como meu pai havia outro que eu não podia alcançar, e intuindo que ele devaneava com outra vida, eu me inquietava. "Sinto-me como se fosse uma bala disparada sem razão alguma", dizia ele, às vezes. Por alguma razão, isso me deixava zangado. Outras coisas também me deixavam zangado. Não sei quem estava certo. Talvez eu também já desejasse escapar. Mas ainda assim eu adorava quando ele tocava sua fita da Primeira Sinfonia de Brahms, regendo apaixonadamente uma orquestra imaginária com sua batuta. Irritava-me quando, depois de uma vida inteira buscando o prazer e fugindo dos problemas, ele lamentava que a satisfação dos próprios caprichos e desejos não tinha sentido, e tentava jogar a culpa em outros. Já na casa dos vinte anos, eu às vezes dizia a mim mesmo: "Por favor, não quero ser como ele". Em outros momentos, perturbava-me a minha incapacidade de ser feliz, tranquilo, despreocupado e bonito como ele.

Bem mais tarde, quando superei tudo isso, quando a raiva e o ciúme já não toldavam minha visão do pai que jamais ralhara comigo, que nunca tentara me esmagar, comecei lentamente a ver — e a aceitar — as muitas e inescapáveis semelhanças que havia entre nós. E agora, quando reclamo de um idiota, me queixo ao garçom, mordo o lábio superior, jogo num canto livros lidos pela metade, beijo minha filha, tiro dinheiro do bolso, ou cumprimento alguém com uma brincadeira, percebo que o imito. E não é porque meus braços, minhas pernas, meus punhos ou a verruga nas costas se parecem com os dele. É algo que me assusta — e aterroriza — e me faz recordar o ardente desejo infantil que eu tinha de ser mais parecido com ele. A morte de cada homem começa com a morte do pai.

3. Notas sobre 29 de abril de 1994

O semanário francês Le Nouvel Observateur *pediu a centenas de autores que descrevessem suas atividades em 29 de abril, em qualquer parte do mundo onde estivessem naquele dia. Eu estava em Istambul.*

TELEFONE. Desliguei o telefone e, como sempre acontece durante as minhas horas de trabalho — para o bem ou para o mal — dedicadas ao meu romance, houve um momento em que imaginei que alguém tentava falar comigo para me dizer algo importante, tratar de um assunto de imensas repercussões, mas não conseguia. Ainda assim, não voltei a ligar o telefone. Quando o fiz, bem mais tarde, tive algumas conversas que logo esqueci. Um jornalista, que ligava da Alemanha, me disse que ia visitar Istambul e gostaria de conversar comigo sobre o crescimento do "fundamentalismo" na Turquia e o êxito do Partido Islâmico Refah nas eleições municipais. Perguntei novamente o nome da emissora de TV para a qual trabalhava, e ele recitou pausadamente algumas letras.

CARTAS, LOGOS E MARCAS. Mais uma vez me surpreendem as letras nos anúncios de blue jeans e bancos que vejo nos jornais, na televisão e nas placas de rua. Uma amiga que encontrei na rua, professora universitária, remexeu sua bolsa para me dar uma lista de empresas e marcas com as quais me deparo todos os dias. Disseram-lhe que os proprietários apoiam o Partido Islâmico Refah; ela me informou que muita gente decidiu não comprar mais aquelas marcas de biscoito, e aquela marca de iogurte, e nunca mais pôr os pés nas lojas e nos restaurantes da lista. Como sempre, um tédio extremo me fez ignorar o espelho do elevador do meu prédio e olhar para a placa: Wertheim. Numa calculadora Casio fiz uma conta simples que aparece no fim deste ensaio. Na rua, vi um Plymouth 1960 e um Chevrolet 1956 ainda rodando como táxis.

RUAS E AVENIDAS. Apesar de a moeda turca ter perdido metade do valor da noite para o dia dois meses atrás, mergulhando-nos numa crise econômica, as ruas e avenidas estão movimentadas como sempre. Pergunto-me, como de costume, para onde vão essas pessoas, o que me faz lembrar que a literatura é uma atividade fútil: vi mulheres com crianças contemplando vitrines, estudantes de liceu sussurrando e rindo em bandos, vendedores que espalharam seus artigos — cigarros estrangeiros do mercado negro, Nescafé, porcelana chinesa, velhos romances, revistas estrangeiras muito folheadas — ao longo da parede da mesquita; vi um homem com uma carroça de três rodas vendendo pepino e ônibus superlotados. Os homens reunidos diante dos bufês nas lojas de câmbio seguravam sanduíches, cigarros ou sacolas de plástico cheias de dinheiro, enquanto acompanhavam a subida do dólar no placar eletrônico. Um moço de mercearia descarregava uma caixa de água engarrafada, pondo os garrafões nas costas. Vi outra vez de relance o maluco que chegara havia pouco tempo no bairro, e notei que era a única pessoa na calçada cheia de gente que não levava sacola de plástico. Tinha nas mãos um volante resgatado de um carro de verdade; virava-o para a esquerda e para a direita, pelo meio da multidão. Na hora do almoço, depois de tomar meu suco de laranja, e ao voltar para o pequeno escritório onde escrevo, vi na multidão um velho amigo que vinha das orações da sexta-feira, e demos algumas risadas.

PIADAS, RISADAS E FELICIDADE. Meu amigo pintor e eu ríamos dos ricos que estavam à beira da ruína, porque os bancos onde tinham seu dinheiro quebraram. Por que ríamos? Porque ficara provado que os ricos não eram nem tão espertos nem tão inteligentes como pensavam, era por isso. Ao anoitecer, um amigo tradutor telefonou convidando-me para beber na frente de alguns *meyhanes* "em protesto" contra o prefeito de Istambul, que pertence ao Partido Refah, e demos boas risadas também. O novo prefeito importunou alguns *meyhanes*, mandando tirar as mesas das ruas, por isso centenas de intelectuais planejavam sair para beber até cair nas calçadas. Houve época em que amigos politizados viam a bebida sob uma luz negativa, mas agora, de repente, decidiu-se que beber era participar de uma ação política adulta e responsável. Quando minha filha de dois anos e meio, Rüya, riu das cócegas que lhe fiz antes de ir para a cama, eu também ri. Talvez essas risadas não fossem expressões de felicidade, talvez fossem apenas um jeito de apreciar o silêncio que ardentemente desejamos numa cidade como Istambul, com seu contínuo rugir.

BARULHO DE ISTAMBUL. Mesmo quando não lhe presto a mínima atenção e me sinto mais sozinho, ouço (eu e mais cerca de 10 milhões de pessoas) esse rugir o dia inteiro: buzinas de automóvel, rosnar de ônibus, crepitar de motores, barulho de construção, gritos de criança, alto-falantes de vendedor ambulante e de minarete, apitos de navio, sirenes da polícia e de ambulância, músicas em fita cassete em toda parte, bater de porta, portas de aço de encontro ao chão, telefones, campainhas, altercações de tráfego nas esquinas, apitos da polícia, vans escolares... Mais tarde, quando começava a escurecer, veio a trégua costumeira, algo perto do silêncio; ao olhar das janelas traseiras do meu escritório para o jardim, vi bandos de andorinhas gorjeando loucamente ao voar sobre os ciprestes e amoreiras. Da mesa à qual me sentava, eu via lâmpadas e telas de televisão acesas nos apartamentos vizinhos.

TELEVISÃO. Depois do jantar, eu era capaz de adivinhar, pelas cores sintéticas que brilhavam nas janelas, que algumas pessoas trocavam sempre de canal, exatamente como eu fazia: uma cantora loura oxigenada cantava antigas canções turcas, uma criança comia chocolate, uma primeira-ministra dizia que tudo ia dar certo, uma partida de futebol num campo esmeraldino, um conjunto pop turco, jornalistas discutiam a questão curda, carros da polícia americana, uma criança lia o Corão, um helicóptero explodia em chamas no ar, um senhor entrava no palco e tirava o chapéu sob os aplausos da plateia, a mesma primeira-ministra de novo, uma dona de casa respondia a um inquisitivo microfone duas ou três coisas enquanto pendurava a roupa lavada, a plateia aplaudia a mulher que respondia corretamente às questões de um programa sobre conhecimentos gerais... A certa altura, olhei pela janela e me ocorreu que — à exceção dos passageiros dos navios do Bósforo, cujas luzes eu avistava ao longe — toda a cidade de Istambul via as mesmas imagens.

NOITE. O ruído citadino mudou, tornando-se um sussurro, um suspiro sonolento. Mais tarde, quando eu voltava para o escritório, pensando que talvez pudesse escrever um pouco mais, vi quatro cães em bando pelas ruas. Num café do subsolo pessoas ainda jogavam cartas e assistiam televisão. Vi uma família, e era óbvio que voltava de uma visita à casa de parentes — o menino pequeno dormia no ombro do pai, a mãe estava grávida; passaram por mim calados e apressados, como se algo os tivesse assustado. No meio da noite, muito depois de eu ter sentado à minha mesa, o telefone tocou, assustando-me.

MEDO, PARANOIA E SONHOS. Era o maluco que me liga todas as noites, nunca diz nada, ecoando o meu silêncio com o silêncio dele. Desliguei o telefone e trabalhei muito tempo, mas num canto qualquer da mente havia premonições de um desastre iminente: talvez, dentro em breve, as pessoas começassem de novo a atirar umas contra as outras nas ruas; talvez assistíssemos a uma guerra civil; talvez o rigoroso racionamento de água previsto pelos jornais de fato ocorresse; talvez o grande terremoto que todos esperam há tantos anos destruísse a cidade. Depois da meia-noite, depois que todos os aparelhos de TV foram desligados, e as lâmpadas se apagaram nos apartamentos, um caminhão de lixo passou fazendo barulho. Como sempre, um homem que andava oito ou dez passos à frente do caminhão esvaziava as latas de lixo deixadas na rua, examinando-as rapidamente à procura de garrafas, objetos metálicos e pacotes de papel e colocando-os num saco. Mais tarde ainda, um comprador de velharias, sua carroça gemendo sob o peso de jornais velhos e velhas máquinas de lavar, percorreu a rua deserta onde vivi quarenta anos. Sentei-me à mesa e peguei a calculadora.

TOTAL. Fiz uma conta simples, multiplicando os dias pelos anos. Se a cifra estiver correta, vivi exatamente 15 300 dias como este. Antes de ir para a cama, ocorreu-me que eu seria um homem de muita sorte se ainda vivesse o mesmo número de dias.

4. Tardes de primavera

De 1996 a 1998, escrevi curtos textos semanais para uma pequena revista de humor político chamada Öküz (Boi); eu ilustrava esses exercícios líricos com desenhos no espírito da revista.

Não gosto das tardes de primavera: o aspecto da cidade, o modo como o sol bate, as multidões, as vitrines, o calor. Tenho vontade de fugir do calor e da luz. Há um vento fresco que entra pelas altas portas de certos prédios de apartamentos de pedra e concreto. Dentro desses edifícios é ainda mais fresco, e, obviamente, mais escuro. A escuridão e o frio do inverno retiraram-se para dentro.

Se eu pelo menos pudesse entrar nesses apartamentos, se pudesse voltar para o inverno. Se pelo menos tivesse uma chave no bolso, se pudesse abrir uma porta conhecida, aspirar o cheiro familiar de um apartamento fresco e escuro e ir alegremente para o quarto dos fundos, longe do sol e das multidões opressivas.

Se houvesse uma cama nesse quarto dos fundos, uma mesinha de cabeceira, nela uma pilha de jornais e de livros, minhas revistas prediletas para que as folheasse e uma televisão. Se pudesse me esticar nessa cama, vestido dos pés à cabeça, feliz de estar sozinho com meu desespero, minha miséria, minha vida desgraçada. Não há maior felicidade do que ficar face a face com nossa sordidez e nossa desgraça. Não há maior felicidade do que sumir.

Sim, está bem, eu também gostaria que existisse esta mulher: terna e suave como uma mãe, esperta e experiente como uma empresária. Como sabe muito bem o que preciso fazer, confio nela.

Se me pergunta: "Algum problema?".

Se eu digo: "Você já sabe, são estas tardes de primavera".

"Você está deprimido."

"Pior do que depressão. Quero sumir. Não me importa se vivo ou se morro. Ou se o mundo vai acabar. Na realidade, se acabasse neste minuto seria ótimo. Se eu tiver de passar alguns anos neste quarto fresco, tanto melhor. Posso fumar. Posso não fazer nada mais do que fumar durante anos."

Mas, à medida que o tempo passa, já não consigo ouvir aquela voz dentro de mim. Este é o pior momento. Estou sozinho, abandonado nas ruas movimentadas.

Não sei se acontece com outras pessoas, mas às vezes, nas tardes de primavera, parece que o mundo pesa mais. Tudo se transforma em concreto, é aborrecido como concreto, e a mim, empapado de suor, espanta-me que os outros sejam capazes de tocar a vida.

Eles vagueiam pela rua, olhando as vitrines, e me olham pelas janelas do ônibus, antes que o ônibus me vomite no rosto a fumaça do cano de descarga. A fumaça? Também é quente. Ando de um lado para outro, em pânico.

Entro numa passagem subterrânea. Dentro é fresco e escuro, e eu me acalmo. As pessoas parecem menos ansiosas, mais fáceis de entender. Mas sinto que ainda há problemas. A caminho do cinema, olho dentro das lojas.

Antigamente eles usavam carne de cachorro nos sanduíches de salsicha — em outras palavras, nas salsichas. Não sei se ainda usam.

Segundo os jornais, pegaram o homem que fabricava refrigerantes nos mesmos tonéis em que as pessoas lavavam os pés.

Eles vivem aqui, veem-se uns aos outros, apaixonam-se, casam-se com moças que tingem o cabelo com esse feio tom de amarelo.

Em nossos bolsos, o dinheiro em cédula tornou-se uma massa úmida.

Eis aqui o tipo do filme americano que me cairia maravilhosamente bem agora: um menino e uma menina fogem para outro país. Amando um ao outro como amam, brigam muito, mas as brigas servem para aproximá-los ainda mais. Eu deveria sentar-me numa poltrona da primeira fila. O filme deveria ser tão cristalino que desse para ver os poros da pele da moça; ela, o filme e os carros deveriam parecer mais reais do que tudo aqui. Quando começassem a matar um número enorme de pessoas, eu estaria lá para ver.

5. Morto de cansado à noite

Ao chegar em casa à noite estou morto de cansaço. Olho direto para a frente, para as ruas e calçadas. Furioso com alguma coisa, ferido, irado. Minha imaginação ainda produz belas imagens, mas elas passam depressa no filme que se desenrola na minha cabeça. O tempo passa. Não há nada. Já é noite. Condenação e derrota. O que há para jantar?

A lâmpada da mesa está acesa; ao lado há uma tigela de salada e pão, tudo na mesma cesta; a toalha é xadrez. Que mais?... Um prato e feijões. Imagino os feijões, mas isso não basta. Na mesa, a lâmpada ainda arde. Talvez um pouco de iogurte? Talvez um pouco de vida?

O que passa na televisão? Não, não vou ver televisão; é só para me irritar. Estou muito zangado. Gosto de almôndegas também — onde estão as almôndegas? Tudo que há na vida está aqui, nesta mesa.

Os anjos me chamam para prestar contas.

Que fez hoje, querido?

Toda a minha vida... trabalhei. À noite, volto para casa. Na televisão — mas não vejo televisão. Atendo o telefone algumas vezes, enfureço-me com algumas pessoas; depois, trabalho, escrevo... Tornei-me homem... e também — sim, muito obrigado — animal.

Que fez hoje, querido?

Não vê? Tenho salada na boca. Os dentes esfarelam-se na mandíbula. O cérebro derrete-se de infelicidade e escorre-me pela garganta. Cadê o sal, cadê o sal, o sal? Estamos comendo nossa vida. E um pouco de iogurte também. Da marca chamada Vida.

Depois estendo a mão, abro as cortinas e no escuro lá fora vejo a lua. Outros mundos são o melhor consolo. Na lua veem televisão. Acabo de comer uma laranja — estava muito doce — e meu espírito se anima.

Então eu era senhor de todos os mundos. Entende o que digo, não? Voltava para casa à noite. Voltava de todas aquelas guerras, boas, más, indiferentes; voltava inteiro e entrava numa casa aquecida. Uma refeição me esperava, e enchi o estômago; as luzes estavam acesas; comi minha fruta. Até achei que tudo ia dar certo.

Então apertei um botão para ver tv. Até àquele momento, veja só, eu me sentia ótimo.

6. Fora da cama, no silêncio da noite

Na mesa há um peixe pequeno e feio. A boca aberta, ele franze as sobrancelhas, os olhos arregalados de dor. É um pequeno cinzeiro em forma de peixe. As cinzas são batidas na enorme boca do peixe. Talvez o peixe esteja em convulsão devido àquele cigarro que lhe enfiaram na boca tão de repente. A cinza caiu na boca do peixe assim — pft! —, o que jamais acontecerá com o fumante, nem uma vez na vida. Alguém fez um cinzeiro de porcelana em forma de peixe, e o pobre peixe será queimado por cigarros anos a fio, a boca aberta o suficiente para que não engula apenas cinzas sujas; sua grande boca também é capaz de acomodar tocos de cigarro, fósforos, tudo quanto é imundície.

Agora mesmo o peixe está na mesa, mas minutos atrás não havia ninguém na sala. Quando entrei, vi a boca do peixe e percebi que a criatura-cinzeiro esperava, sofrendo, durante horas no silêncio da noite. Não fumo, portanto não tocarei nele, mas mesmo agora, enquanto caminho em silêncio e descalço pelo apartamento escuro, sei que daqui a pouco terei esquecido completamente esse pobre peixe.

No tapete há um triciclo de criança; as rodas e o selim são azuis, a cesta e o para-lama dianteiro são vermelhos. O para-lama é só um enfeite, claro. O triciclo foi feito para crianças pequenas montarem e andarem lentamente, dentro de casa e nas sacadas, e noutras superfícies sem lama. Ainda assim, esse para-lama cria uma aura de plenitude e perfeição. É como se cobrisse as imperfeições do triciclo, fazendo-o crescer e amadurecer; por trazê-lo mais para perto da ideia de um arquétipo de uma bicicleta de tamanho normal, o para-lama o faz parecer mais sério. Mas depois de examinar com cuidado o triciclo, nesse silêncio onde nada se move, percebo que o que me liga ao triciclo, e possibilita uma relação entre nós, é que, como todas as bicicletas e todos os triciclos, ele tem um guidom. Se consigo olhar para o triciclo como se fosse um ser vivo, uma criatura, é por causa do guidom. O guidom. O guidom é a cabeça do triciclo, sua testa, seus chifres. Para ver a pessoa escondida no triciclo, faço o que costumo fazer com as pessoas: primeiro estudo a face, ou o guidom. Este pequeno e preguiçoso triciclo, como todos os triciclos infelizes, inclinou a cabeça; o guidom não está virado para a frente, mas inclinado para o lado. Como ocorre a todas as criaturas tristes, suas esperanças são limitadas. Mas pelo menos parece estar em paz consigo mesmo, na sua casca de plástico, o que ajuda a espantar a miséria.

Entro na cozinha escura em silêncio. O interior da geladeira está claro e cheio como o bulevar de uma cidade distante e feliz.

Pego uma cerveja. Sentado à mesa de jantar, bebo-a solenemente. Ali, no silêncio da noite, um moedor de pimenta de plástico transparente me olha.

7. Como dormir quando os móveis falam?

Certas noites, quando me levanto da cama, não consigo compreender por que o linóleo é o que é. Todo quadrado tem todas essas linhas. Por quê? E todo quadrado é diferente dos demais.

Depois, o mesmo acontece com o cano da fornalha. Parece que ele entorta por vontade própria, como se dissesse: "Estou chateado. Quero ser fornalha por algum tempo, mas não quero ser cano".

A lâmpada também parece estranha. Se não se pode ver a própria lâmpada, imagina-se que a luz emana da haste de zinco e do quebra-luz de cetim. Refiro-me ao jeito que a luz irradia do rosto de alguém — algo assim. Sei que isso às vezes acontece com vocês também: portanto, por exemplo, se uma lâmpada ardesse dentro do meu crânio, bem lá dentro, entre os olhos e a boca, como essa luz ressumaria lindamente pelos poros — vocês também são capazes de pensar essas coisas. A luz ressumando especialmente de nossas faces e de nossas testas: de noite, quando falta energia...

Mas vocês jamais admitem que pensam essas coisas.

Nem eu. Não conto a ninguém.

Que as garrafas vazias deixadas à porta não pertencem nem ao mundo, nem umas às outras. Que as portas, de qualquer maneira, nunca estão totalmente fechadas ou abertas, o que nos dá esperanças.

46

Que a noite inteira, até de manhã, as formas encaracoladas na capa da poltrona murmuram: "Torcemos e retorcemos e ninguém nota".

Que aqui perto, três polegadas abaixo dos meus pés ou dentro da laje, estranhas larvas roem lentamente o ferro e o concreto, como cupins.

Que as tesouras na mesa de repente entram em ação numa farra de cortes de há muito exigida e sonhada, atacando qualquer coisa que apareça na frente, mas que esse drama sangrento não durará mais de quinze minutos.

Que o telefone fala com outro telefone, e é por isso que ficou mudo.

Não falo dessas coisas com ninguém. Houve um tempo em que eu ficava perturbado, nervoso mesmo, por ser incapaz de conversar com outras pessoas sobre essas imagens hiper-reais; ninguém fala dessas coisas, e portanto talvez só eu as veja. O senso de responsabilidade correspondente é mais do que apenas um fardo. Ele me leva a indagar por que este grande segredo da vida só é revelado a mim. Por que aquele cinzeiro só fala para mim da sua tristeza e derrota? Por que sou o confessor do trinco da porta em toda a sua miséria? Por que sou o único a pensar que, abrindo a geladeira, penetro num mundo exatamente igual ao que conheci vinte anos atrás? Por que só eu devo escutar as gaivotas perto daquele relógio e as pequenas criaturas que dão pancadas na base das paredes?

Alguma vez vocês já olharam para a franja do tapete? Ou para os sinais ocultos no seu desenho?

Quando o mundo vibra com tantos sinais e tantas coisas curiosas, como é que se consegue dormir? Tento me acalmar dizendo a mim mesmo que as pessoas não podem ter tão pouco interesse por esses sinais. Daqui a pouco, quando estiver dormindo, eu também me tornarei parte de uma história.

8. Deixar de fumar

Faz 272 dias que deixei de fumar. Acho que já me acostumei. Minha ansiedade diminuiu, e já não sinto que parte do meu corpo foi amputada. Não, corrijo-me: ainda sinto a falta, ainda sinto como se tivesse me separado de mim, mas já me habituei a esse sentimento; para ser mais exato, aceitei a dura realidade.

Jamais voltarei a fumar, nunca mais.

Digo isso e me vejo fumando em meus devaneios. Se eu disser que esses devaneios são tão secretos, tão terríveis, que os oculto até de mim mesmo... vocês entendem? Seja como for, bem no meio de um desses devaneios, e não importa o que eu esteja tramando no momento, enquanto vejo o filme que é meu sonho aproximar-se do seu clímax, sinto-me tão feliz como se tivesse acendido um cigarro.

Portanto, foi esse o principal objetivo dos cigarros em minha vida: tornar mais lenta a experiência do prazer e da dor, do desejo e da derrota, da tristeza e da alegria, do presente e do futuro; e, entre um fotograma e outro, descobrir novos caminhos e atalhos. Quando essa possibilidade desaparece, sentimo-nos quase nus. Desarmados e desamparados.

Certa vez entrei num táxi, o motorista fumava um cigarro atrás do outro, e o interior do carro estava saturado de magnífica fumaça. Pus-me a aspirá-la.

"Desculpe-me", disse o homem. E abriu a janela.

"Não", disse eu, "mantenha-a fechada. Deixei de fumar."

Posso passar um bom tempo sem desejar um cigarro, mas, quando o faço, o desejo vem de dentro, das profundezas de mim.

Lembro-me então de um eu esquecido, um eu obstruído por remédios, invenções e alertas médicos. Quero ser esse outro homem, o Orhan que já fui, o fumante, que lutava muito melhor contra o diabo.

O problema, quando me lembro do meu antigo eu, não é saber se devo imediatamente acender um cigarro. Já não sinto a necessidade química dos primeiros dias. Sinto apenas a falta do antigo eu, assim como sinto falta de um amigo querido, um rosto; tudo que quero é voltar a ser o homem que eu era. Sinto-me como se tivesse sido obrigado a usar roupas que não escolhi, como se tivessem me transformado num homem que eu nunca quis ser. Se fumasse, eu voltaria a sentir a intensidade da noite, os terrores do homem que eu achava que fosse.

Quando desejo retornar a meu antigo eu, lembro-me de que naquele tempo eu tinha vagas insinuações de imortalidade. Naquela época, o tempo não passava; vez por outra, quando eu fumava, sentia uma tal felicidade, ou um desespero tão intenso, que me parecia que tudo ia permanecer inalterado. E enquanto fumava alegremente meu cigarro, o mundo permanecia em seu lugar.

Então comecei a ter medo da morte. Aquele fumante poderia cair morto a qualquer momento; os jornais eram inteiramente convincentes nessa questão. Para continuar vivo, precisei dispensar o fumante e me tornar outra pessoa. Isso eu consegui. Agora o eu abandonado juntou-se ao diabo para me chamar de volta aos dias em que o tempo não passava e ninguém morria.

Seu chamado não me amedronta.

Porque, como está provado, escrever — se gostamos de escrever — desfaz todos os pesares.

9. Gaivota na chuva

Em que se fala da gaivota no telhado
defronte a minha mesa

A gaivota está no telhado, sob a chuva, como se nada tivesse acontecido. É como se nem estivesse chovendo; ela simplesmente está lá, parada como sempre. Ou talvez a gaivota seja um grande filósofo, grande demais para se ofender. Lá está ela. No telhado. Chove. É como se a gaivota ali parada pensasse. Eu sei, eu sei, está chovendo; mas não há nada que eu possa fazer quanto a isto. Ou: sim, está chovendo, mas e daí? Ou talvez algo nesta linha: já me acostumei com a chuva; não faz tanta diferença.

Não digo que sejam muito resistentes, essas gaivotas. Olho-as da janela, olho-as enquanto tento escrever, enquanto ando de um lado para outro; até mesmo as gaivotas se assustam com coisas que estão além de sua própria vida.

Uma tem filhotes. Duas pequenas bolas cinzentas de lã limpa e estridente, um tanto frenéticas e bobas. Eles se aventuram pelas telhas, que já foram vermelhas e agora embranquecem com a cal dos seus próprios excrementos, virando para a esquerda e para a direita, e parando para descansar. Não chega a ser descanso, no entanto; eles simplesmente param. Existem, nada mais. Gaivotas, como a maioria dos seres humanos e das outras criaturas, passam a maior parte do tempo sem fazer coisa alguma, paradas. Pode-se dizer que é um tipo de espera. Paradas no mundo esperando: a próxima refeição, a morte, o sono. Não sei como morrem.

Os filhotes não conseguem ficar em pé direito. O vento lhes arrepia as penas, o corpo todo. E eles param de novo; de novo eles param. Atrás deles, a cidade continua em movimento; abaixo deles, os navios, os carros, as árvores tremulam.

A mãe ansiosa de que eu falava — de vez em quando ela acha alguma coisa em algum lugar e traz para alimentar os filhotes. Há uma comoção: uma explosão de atividade, trabalho, pânico. Os órgãos de um peixe morto que lembram fios de macarrão — puxar, puxar, vejamos se você consegue puxar este — são cortados e comidos. Depois da refeição, silêncio. As gaivotas ficam paradas no telhado sem fazer coisa alguma. Juntos, esperamos. Há nuvens pesadas no céu.

Mas ainda assim qualquer coisa me escapa. Algo que me ocorre de repente quando passo pela janela: a vida de uma gaivota não é fácil. Quantas gaivotas existem?! Gaivotas que pressagiam coisas ruins, pousadas em todos os telhados, pensando em silêncio sobre algo que não sei. Pensando pensamentos traiçoeiros, eu diria.

Como percebi isso? Certa vez, notei que todas elas observavam a luz amarela do amanhecer, aquela débil claridade. Primeiro veio um vento, depois uma chuva amarela. Enquanto a chuva amarela caía lentamente, todas as gaivotas me deram as costas e, enquanto palravam entre si, ficou claro que esperavam alguma coisa. Lá embaixo, na cidade, as pessoas corriam em busca de abrigo dentro das casas e dos carros; em cima, as gaivotas esperavam, eretas e caladas. Achei que as compreendia.

Às vezes as gaivotas levantam voo todas juntas e se erguem lentamente no ar. Quando o fazem, o bater de suas asas lembra o barulho da chuva.

10. Uma gaivota morre na chuva

É outra gaivota

Uma gaivota morre na chuva. Sozinha. O bico repousa nos seixos. Os olhos estão tristes e doentes. As ondas batem nas pedras próximas. O vento eriça as penas que já parecem mortas. Os olhos da gaivota começam a me seguir. É de manhã cedo; o vento é frio. Acima, a vida continua; no céu há outras gaivotas. A gaivota moribunda é um filhote.

Ao ver-me, a gaivota tenta repentinamente se levantar. As pernas lhe tremem inutilmente sob o corpo. O peito estufa, mas ela não consegue levantar o bico dos seixos. Enquanto luta, em seus olhos forma-se um sentido. Então ela cai de novo nas pedras, esparramando-se, em atitude de morta. O significado dentro dos seus olhos perde-se entre as nuvens e as ondas. Não há mais dúvida. A gaivota morre.

Não sei por que morre. Suas penas são acinzentadas e revoltas. Durante toda a estação, vi, como sempre, filhotes de gaivota crescerem, tentarem voar. Ontem, depois de dois atritos com o vento e as ondas, um deles levantou-se no ar com grande alegria, traçando os arcos bruscos e destemidos que as gaivotas traçam no céu quando conseguem dominar o voo. Esse filhote, percebi depois, tinha uma asa quebrada. Era como se, mais do que a asa, todo o corpo estivesse quebrado.

Morrer na frialdade de uma manhã estival, enquanto as outras gaivotas da colina grasnam de alegria e de raiva — isso deve ser difícil. Mas não é bem como se a gaivota morresse; é como se fosse salva da vida. Talvez houvesse coisas que ela sentisse, coisas que quisesse, mas pouco ou nada lhe aconteceu. O que pensa uma gaivota, o que sente? Em volta dos olhos há uma tristeza que lembra a de um velho preparado para a morte. Morrer é enfiar-se debaixo de uma espécie de colcha, ao menos assim parece. Deixe-me em paz, deixe-me em paz, para que eu possa ir embora, ela parece dizer.

Mesmo agora, é melhor estar perto dela do que das impudentes gaivotas que voam em círculos lá em cima. Venho a esta praia solitária para entrar no mar; tenho pressa, entretido com meus pensamentos, de toalha na mão. Parei para olhar a gaivota. Em respeitoso silêncio. Nos seixos debaixo dos meus pés descalços, outro mundo. Não é a asa partida que me faz sentir a morte da gaivota; são os olhos.

Houve um tempo em que ela via tanto, percebia tanto; vocês sabem disso. Durante uma única estação, tornou-se cansada como um velho, e talvez fique triste por estar tão cansada. Lentamente, deixa tudo para trás. Não tenho certeza, mas talvez seja por causa desta gaivota que as outras gaivotas grasnam no céu. Talvez o barulho do mar facilite a morte.

Depois, muito depois, quando voltei à praia pedregosa, a gaivota estava morta. Tinha aberto as asas, como se fosse voar, e virou de lado, arregalando um olho para fitar inexpressivamente o sol. Não havia gaivotas voando perto de sua colina.

Corro para o mar, como se nada tivesse acontecido.

11. Ser feliz

É vulgar ser feliz? Já me fiz essa pergunta muitas vezes. Agora penso nisso o tempo todo. Apesar de ter dito e repetido que as pessoas capazes de alcançar a felicidade são más e estúpidas, de vez em quando também penso que não, que ser feliz não é grosseiro, e exige cabeça.

Quando vou para o litoral com minha filha de quatro anos, Rüya, sou o homem mais feliz do mundo. O que o homem mais feliz do mundo deseja acima de tudo? Deseja, é claro, continuar sendo o homem mais feliz do mundo. É por isso que sabe como é importante fazer sempre as mesmas coisas. E é o que fazemos — as mesmas coisas, sempre.

1. Primeiro eu digo a ela: Hoje vamos à praia, a tal hora. Rüya então tenta trazer essa hora para mais perto. Mas seu conceito de tempo é um tanto confuso. De repente, por exemplo, ela chega para mim e pergunta: "Está na hora?".

"Não."

"Daqui a cinco minutos já é hora de ir?"

"Não, só daqui a duas horas e meia."

Cinco minutos depois, ela pode vir novamente e perguntar, na maior inocência: "Papai, vamos para a praia agora?". Ou, mais tarde, numa vozinha calculada para me enganar, Rüya perguntará: "Então, vamos?".

2. É como se a hora não chegasse nunca, mas de repente chega. Rüya está com sua roupa de banho, sentada em sua carrocinha de quatro rodas. Dentro dela há toalhas, mais roupas de banho e uma sacola de palha que ponho em seu colo antes de puxar a carroça.

3. Enquanto seguimos pela viela de paralelepípedo, Rüya abre a boca para dizer Aaaaah. Quando as pedras fazem a carroça trepidar, isso se transforma em Aaaa-aaaah. As pedras fazem Rüya cantar! Ouvindo, damos risadas.

4. Na pequena e sem graça trilha da praia. Quando deixamos a carroça perto da escada que leva à praia, Rüya sempre diz: "Ladrões nunca vêm aqui".

5. Espalhamos rapidamente nossas coisas nas pedras, tiramos a roupa e entramos no mar com água até os joelhos. Eu digo: "Está calmo, mas nunca vá muito longe. Vou dar um mergulho e, quando voltar, podemos brincar, está bem?".

"Está bem."

6. Começo a nadar, deixando meus pensamentos para trás. Quando paro, olho para ver Rüya na praia, e ela, em sua roupa de banho, parece uma mancha vermelha, e penso em quanto a amo. Tenho vontade de rir dentro da água. Ela patinha perto da praia.

7. Volto. Quando chego à praia vamos brincar: (A) chutando; (B) chapinhando; (C) papai esguichando água pela boca; (D) fingindo nadar; (E) jogando pedras no mar; (F) conversando com a caverna falante; (G) vamos, pare de ter medo, nade, e todos os rituais e brincadeiras de que gostamos, e, depois de brincar bastante de tudo isso, brincamos de novo.

8. "Seus lábios estão roxos, você está com frio." "Não, não estou." "Você está com frio, é hora de sair." Isso dura algum tempo, e, terminada a discussão, saímos, e enquanto enxugo Rüya e troco sua roupa de banho...

9. De repente ela pula dos meus braços no chão e corre nua pela praia, rindo. Quando tento correr descalço pelas pedras, avanço com dificuldade, o que faz Rüya rir com mais vontade. "Olhe, se eu calçar os sapatos eu pego você", digo eu. É o que faço, e ela grita.

10. Na volta para casa, enquanto puxo a carroça de Rüya, sentimo-nos cansados e felizes. Pensamos na vida, e no mar atrás de nós, e não dizemos uma palavra.

12. Meus relógios de pulso

Usei meu primeiro relógio de pulso em 1965, quando tinha doze anos. Em 1970 livrei-me dele; já estava muito velho. Não era de marca, apenas um relógio comum. Em 1970 comprei um Omega e usei-o até 1983. Este, meu terceiro relógio, também é Omega. Não é tão velho assim; ganhei-o de presente de minha mulher no fim de 1983, poucos meses depois da publicação de *A casa silenciosa*.

Um relógio é como uma parte do meu corpo. Quando escrevo, fica na mesa, e olho para ele nervosamente. Antes de me sentar para escrever, quando o tiro do braço e coloco na mesa, é como se tirasse a camisa para jogar futebol. Como um boxeador que se prepara para lutar — especialmente se deixo o relógio na mesa ao chegar da rua. Para mim, é um gesto que denota preparação para a batalha. Da mesma forma, quando saio de casa — se, depois de trabalhar cinco ou seis horas as coisas foram bem, e consegui escrever direito — gosto de colocar o relógio de volta no braço, o que me dá um senso de realização, de trabalho executado. Levanto-me da mesa rapidamente; é só botar a chave e o dinheiro no bolso e sair. Não paro para colocar o relógio; ele estará na minha mão; é quando chego à calçada, quando ando pela rua, que ponho o relógio. Para mim é um grande prazer. Todas essas coisas se fundem em minha mente com a sensação de ter lutado e vencido.

Nunca me surpreendo pensando: *Como o tempo passou rápido!*

Olho para o mostrador do relógio e parece que os ponteiros da hora e dos minutos chegaram aonde deveriam chegar, mas não penso nisso como uma ideia, ou mesmo uma partícula de tempo. É por essa razão que nunca usarei um relógio digital. Os relógios digitais representam essas partículas de tempo na forma de números, ao passo que o mostrador do meu relógio é um ícone misterioso. Adoro olhar para ele. A face do tempo; de certa forma ele evoca esse conceito metafísico, ou algo parecido.

Meu relógio mais bonito é o mais antigo, o mais usado. Sinto-me apegado a meu relógio como objeto. Essa afinidade metafísica, esse senso de encantamento, remonta aos primeiros dias em que usei relógio, na escola secundária. Depois ficou vinculado, em minha mente, às sinetas da escola, e assim permaneceu por muitos anos.

Tenho uma visão otimista do tempo. Como regra, se uma tarefa me toma mais de doze minutos, acho que posso fazê-la em nove. Se toma 23 minutos, posso fazê-la em dezessete. Mas ainda que não consiga, não desanimo.

Quando vou para a cama, tiro o relógio e o coloco perto de mim. A primeira coisa que faço ao acordar é pegá-lo e consultá-lo. Meu relógio é como um amigo muito íntimo. Não gosto de trocar as pulseiras quando estão gastas; elas têm o cheiro da minha pele.

Antigamente eu começava a escrever por volta do meio-dia e trabalhava até de noite. Mas minha hora de escrever, mesmo, era entre as onze da noite e as quatro da manhã. Ia dormir às quatro.

Antes de minha filha nascer, eu trabalhava de noite, até de manhã. Nessas horas, quando todos dormiam, o mostrador do meu relógio me vigiava. Depois a rotina mudou. Em 1996 adquiri o hábito de levantar às cinco e trabalhar até as sete. Acordava minha mulher e minha filha e, depois de tomar café, levava minha filha à escola.

13. Não vou à escola

Não vou à escola. Porque estou com sono. Tenho frio. Ninguém gosta de mim na escola.

Não vou à escola. Porque há dois meninos lá. São maiores do que eu. São mais fortes do que eu. Quando passo perto eles estiram os braços e não me deixam seguir. Tenho medo.

Tenho medo. Não vou à escola. Na escola, o tempo simplesmente para. Tudo fica do lado de fora. Fora da porta da escola.

Meu quarto em casa, por exemplo. Minha mãe também, meu pai, meus brinquedos, e os passarinhos da sacada. Quando estou na escola e penso neles, tenho vontade de chorar. Olho pela janela. Há nuvens no céu.

Não vou à escola. Porque não gosto de nada lá.

Outro dia desenhei uma árvore. O professor disse: "Isto é mesmo uma árvore, muito bem". Desenhei outra. Essa não tinha folhas.

Daí um dos meninos veio zombar de mim.

Não vou à escola. Quando me deito de noite e penso em ir à escola no dia seguinte, sinto-me muito mal. Digo: "Não vou à escola". Eles dizem: "Como pode dizer isso? Todos vão à escola".

Todo mundo? Pois que todo mundo vá. Que acontecerá se eu ficar em casa? Fui ontem, não fui? E se eu não for amanhã e deixar para ir depois de amanhã?

Se eu pelo menos estivesse em casa, na minha cama. Ou no meu quarto. Se eu estivesse em qualquer lugar menos na escola.

Não vou à escola, estou doente. Não percebem? Só de ouvir a palavra *escola* fico doente, tenho dor de estômago. Não posso nem tomar leite.

Não vou tomar esse leite, não vou comer nada, e não vou à escola. Estou magoada. Ninguém gosta de mim. Tem aqueles dois meninos. Eles estiram os braços e não me deixam passar.

Procurei a professora. A professora disse: "Por que está atrás de mim?". Tenho uma coisa para lhe contar, se prometer não ficar zangado. Estou sempre atrás da professora, e a professora sempre me diz: "Não ande atrás de mim".

Não vou à escola, nunca mais. Por quê? Porque não quero ir à escola e pronto.

Na hora do recreio, não quero sair. Justamente quando todos se esqueceram de mim, vem o recreio. Então, tudo é uma confusão só, todo mundo começa a correr.

A professora me olha de um jeito desagradável, e, para começo de conversa, ela não parece muito boa. Não quero ir à escola. Há um menino que gosta de mim, é o único que me olha com simpatia. Não diga a ninguém, mas não gosto nem daquele menino.

Eu me sento e fico lá. Sinto-me tão só. Lágrimas rolam pelo meu rosto. Não gosto mesmo de escola.

Digo que não quero ir à escola. Então amanhece e eles me levam para a escola. Não consigo nem sorrir, olho para a frente, quero chorar. Subo a ladeira com uma mochila nas costas, grande como a de um soldado, e olho para os meus pequenos pés enquanto eles sobem a colina. É tudo tão pesado: a mochila nas costas, o leite quente no estômago. Tenho vontade de chorar.

Entro na escola. O portão preto de metal do jardim se fecha atrás de mim. Grito: "Mamãe, olhe, você me deixou aqui dentro".

Vou para a minha sala e me sento. Eu queria ser uma daquelas nuvens lá fora.

Borrachas, cadernos e canetas: podem dar tudo para as galinhas!

14. Rüya e nós

1. Todo dia de manhã vamos para a escola juntos: um olho no relógio, outro na mochila, na porta, na estrada. No carro, fazemos sempre as mesmas coisas: (A) acenar para os cães do pequeno parque; (B) ir para a frente e para trás quando o carro acelera na esquina: (C) dizer: "Vire à direita e desça a ladeira, Senhor Motorista!" olhando de lado um para o outro e rindo; (D) rir quando dizemos: "Vire à direita e desça a ladeira, Senhor Motorista!" porque ele sabe exatamente para onde vamos, pois sempre tomamos um táxi no mesmo ponto; (E) descer do táxi e andar de mãos dadas.

2. Depois que penduro a mochila no seu ombro, beijo-a e levo-a para dentro da escola, olho-a pelas costas. Memorizei o jeito de Rüya andar, e adoro vê-la entrar na escola. Sei que ela sabe que a estou olhando. É como se ela saber que a estou olhando fizesse ambos nos sentirmos seguros. Primeiro há um mundo em que entra e que explora todos os dias, depois há o mundo compartilhado. Quando a olho, e ela se vira para me olhar, mantemos o nosso mundo girando. Mas ela sai correndo e entra numa nova vida vedada a meus olhos.

3. Vou me gabar um pouco: minha filha é inteligente e sabe do que gosta. Insiste, sem um momento de hesitação, para que eu lhe conte as melhores histórias, e, nas manhãs de fim de semana, deita-se perto de mim e exige a sua parte. Como sabe quem é, sabe o que quer. "Tem de ser uma bruxa de novo, ela escapa da prisão, mas não fica cega e não envelhece, e no fim não pega a criancinha." Não aceita que eu salte as partes de que gosta. Diz quais são as partes de que não gosta enquanto conto a história. É por isso que contar uma história para ela significa escrevê-la e lê-la como a criança que a escreveu.

4. Como em todas as relações íntimas, a nossa é uma briga pelo poder. Quem decide: (A) que canal vamos ver na televisão; (B) a hora de ir para a cama; (C) de que vamos brincar e não vamos brincar e como essa decisão, e muitas outras decisões parecidas — discussões, disputas, truques, doces decepções, crises de choro, repreensões, amuos, reconciliações e atos de contrição — serão resolvidas depois de longas negociações políticas. Todo esse esforço nos deixa cansados e felizes, mas no fim se acumula, e transforma-se na história da relação, da amizade. Chega-se a um entendimento, porque nenhum dos dois vai desistir do outro. Pensamos um no outro, e, quando separados, lembramo-nos do cheiro um do outro. Quando ela está ausente, sinto uma saudade terrível do cheiro dos seus cabelos. Quando me ausento, ela cheira meu pijama.

15. Quando Rüya está triste

Sabe de uma coisa, querida? Quando você está triste assim, também fico triste. Sinto que há um instinto enterrado dentro de mim — no corpo, na alma — em algum lugar. Quando a vejo triste, fico triste. É como se um computador dentro de mim dissesse: QUANDO VÊ RÜYA TRISTE VOCÊ TAMBÉM FICA TRISTE.

Também posso ficar triste sem motivo, e de repente. Posso estar no meio de um dia qualquer, cuidando da geladeira, do jornal, da minha mente, do meu cabelo. Minha mente dispara numa tangente: esta vida... mas paremos um instante. Olho para Rüya, para seu rosto escuro e nublado; está encolhida no sofá, deitada — o que a deixou tão triste? — vendo o mundo pelo canto do olho e seu pai vendo-a ver o mundo.

Numa mão, ela segura um coelho azul.

Na outra, repousa o rosto infeliz.

Volto para a cozinha, remexo nas gavetas da geladeira e da minha mente. O que pode ser?, me pergunto. Será dor de barriga? Ou talvez esteja descobrindo o gosto da melancolia. Deixemo-la ser, deixemo-la ficar triste, deixemo-la mergulhar na solidão e em seu próprio cheiro. O primeiro objetivo de uma pessoa inteligente é alcançar a infelicidade quando todos à sua volta estão felizes. Era o que eu pensava. Gosto de ouvir as pessoas dizerem coisas borgianas:

"Na verdade, tento, sempre que possível, ser tão infeliz quanto os jovens". Isso é bom, mas cuidado, ela não é uma jovem, é uma criança.

Silêncio.

Abro a geladeira, pego uma enorme maçã vermelha e mordo-a com força. Saio da cozinha. Ela ainda está lá deitada, encolhida. Paro para pensar.

Aproximar-me. Dizer: Vamos jogar dados e Onde está a caixa? Encontrar a caixa e, ao abri-la, perguntar um para o outro: Que cor você vai ser? Sou verde. Tudo bem, serei vermelho. Então jogar os dados, contar os quadrados, e garantir que ela vença. Se começar a querer ganhar, se começar a se divertir, ela vai se animar e dizer:

Estou ganhando!

Então pode sair na frente. Ganhe todas as partidas.

Às vezes enjoo disso, e penso: Agora vou ganhar, ainda que seja apenas uma vez; essa menina precisa aprender a perder.

Não funciona, ela desiste dos dados. Vira o tabuleiro do jogo. Vai para um canto, amuada.

Por que não sugiro um jogo de Ficar Fora do Assoalho? Pode-se ir da mesa para as cadeiras de jantar, das cadeiras de jantar para as poltronas, o sofá, a outra mesa, o lado do aquecedor. Pode-se tocar no assoalho, mas quem for pego com o pé no assoalho está perdido. Porém não tente dar um salto muito grande.

O melhor jogo é o Pique-Pega. Pela casa toda, ao redor da mesa, de um quarto para outro, em volta das cadeiras de jantar, enquanto a televisão zune a respeito dos últimos paraísos, golpes, rebeliões e concursos de beleza, e o dólar, e a bolsa de valores; e olhe para nós: percebe como corremos atrás um do outro sem prestar a menor atenção em você e suas bobagens? Enquanto corremos loucamente, virando cestos, derrubando lâmpadas, esmagando castelos de pilhas de jornais, cupons e papelões, começando a suar, gritando, mas sem saber bem por que gritamos; às vezes tiramos a roupa. Se soubesse a rapidez com que somos capazes de passar por cima de embalagens de chocolate, livros para colorir, brinquedos quebrados, jornais velhos, garrafas de água vazias, chinelos e caixas!

Mas nem isso eu posso fazer.

Sento-me num canto e observo a cor da sujeira que pousa tranquilamente sobre o barulho da cidade. A televisão está ligada, mas sem som algum. Uma daquelas gaivotas caminha lentamente pelo telhado; reconheço-a pelos passinhos curtos. Nós dois olhamos pela janela sem dizer coisa alguma por muito tempo, eu em minha cadeira e Rüya no sofá, e ambos — Rüya tristemente, eu com alegria — pensamos em como era bonito.

16. A vista

Eu ia falar do mundo e das coisas dentro dele.

Por que começo aqui, não sei. Era um dia quente, minha filha de cinco anos, Rüya, e eu estávamos em Heybeliada, e depois fizemos um passeio numa carruagem puxada por cavalos. Sentei-me de costas e minha filha de frente para mim. Ela olhava para a estrada. Passamos por jardins cheios de árvores e flores, muros baixos, casas de madeira, pequenas hortas. Enquanto a carruagem se inclinava para um lado e para outro, eu olhava para o rosto de minha filha, buscando em suas expressões alguma pista de como ela via o mundo à sua volta.

Coisas: objetos, árvores e muros; pôsteres, avisos, ruas e gatos. Asfalto. Calor. Alguma vez já fez tanto calor assim?

Então começamos a subir uma ladeira; os cavalos esforçavam-se e o cocheiro estalava o chicote. A carruagem diminuiu a marcha. Olhei para uma casa. Enquanto o mundo passava por nós, era como se minha filha e eu víssemos as mesmas coisas. Olhávamos para cada uma delas: uma folha, uma lata de lixo, uma bola, um cavalo, uma criança. Mas também: o verde da folha, o vermelho da lata de lixo, o pulo da bola, a expressão do cavalo, o rosto da criança. Depois, cada uma dessas coisas desaparecia; de qualquer forma, não olhávamos para elas; nossos olhos continuavam em movimento. Não olhávamos, na verdade, para nenhuma parte desse calorento mundo ao entardecer. Ele passava por nós, esse frágil mundo que parecia evaporar-se diante dos nossos olhos. Era quase como se nós é que estivéssemos à deriva! Vemos coisas e não vemos. O mundo banha-se na cor do calor, e em nossa mente vemos isso também.

Passamos pela floresta, mas nem aqui está fresco. Parecia irradiar calor. Quando a ladeira ficou mais inclinada, os cavalos diminuíram o passo novamente. Escutávamos as cigarras. A carruagem movia-se muito lentamente, e, quando parecia que a estrada ia desaparecer entre as árvores, vimos a vista.

"*Brrrs*", disse o cocheiro, para os cavalos pararem. "Vamos deixá-los descansar."

Olhamos a vista. Estávamos na beira de um penhasco. Abaixo havia rochas, o mar e, erguendo-se no meio do vapor, as outras ilhas. Como estava lindamente azul o mar, com o sol cintilando na superfície: tudo estava onde deveria estar, brilhante e imaculado. Diante de nós havia um mundo perfeitamente formado. Rüya e eu o admiramos, calados.

O cocheiro acendeu um cigarro; sentimos o cheiro.

Por que era tão linda, aquela vista do mundo? Talvez porque podíamos ver tudo. Talvez porque se caíssemos do penhasco morreríamos. Talvez porque de longe nada parece feio. Talvez porque eu nunca tivesse olhado daquela altura. O que fazíamos aqui, pois, neste mundo?

"É bonito?", perguntei a Rüya. "Por que é bonito?"

"A gente morre se cair daqui?"

"Morre."

Por um instante, ela encarou medrosamente o penhasco. Depois ficou aborrecida. O penhasco, o mar, as pedras: nunca mudam, nunca se movem. Que chato. Apareceu um cachorro: "Um cachorro!", exclamamos. Ele abanava o rabo e se mexia. Viramo-nos para admirá-lo, e nenhum de nós voltou a olhar a vista.

17. O que sei sobre cães

Aquele era um cão cor de lama, que nada tinha de incomum. Abanava o rabo. Tinha olhos tristes. Não nos farejou como o fazem os cães curiosos. Usou os olhos tristonhos para tentar nos conhecer. Isto feito, enfiou o focinho úmido na carruagem.

Silêncio. Rüya ficou apavorada. Recolheu as pernas e olhou para mim.

"Não tenha medo", sussurrei. Passei do meu banco para o de Rüya.

O cão também recuou. Juntos nós o examinamos com cuidado. Uma criatura de quatro patas. Como será ser cão? Fechei os olhos. Quando comecei a pensar em como seria ser cão, tentei lembrar-me de tudo que sabia sobre cães.

1. Recentemente um amigo engenheiro me contou que tinha vendido um Sivas Kangal para uns americanos. O cão apresentado no folheto que ele me mostrou era um Kangal forte, bonito, ereto, e a legenda dizia: "Alô, sou um Kangal turco. Minha estatura média é de [tantos centímetros], tenho [tantos anos], sou inteligente assim, e esta é minha raça. Pouco tempo atrás, um amigo nosso desapareceu, mas seguimos o cheiro por centenas de quilômetros até encontrarmos o dono. É assim que somos, espertos e leais" et cetera.

2. Nas revistas em quadrinhos, cães turcos e cães traduzidos para o turco dizem *hav!* Mas os cães das revistas estrangeiras dizem *woof!*

Isso foi tudo que consegui lembrar sobre cães. Tentei, mas não pude pensar em mais nada. Devo ter visto centenas de milhares de cães durante a vida, mas nada mais me veio à mente. Exceto, é claro, que cães têm dentes pontudos e rosnam.

"Papai, o que você está fazendo?", perguntou Rüya. "Não fique assim de olhos fechados, estou aborrecida."

Abri os olhos. "Cocheiro", disse eu, "de onde é esse cachorro?"

"Que cachorro?", perguntou, e eu lhe mostrei. "Esses cachorros estão sempre indo para o depósito de lixo ali na frente", disse o cocheiro.

O cão olhou para a frente, como se soubesse que falávamos dele.

"No inverno têm fome, sofrem, se estraçalham uns aos outros."

Houve um silêncio. Por muito tempo, ninguém falou.

"Papai, estou chateada", disse Rüya.

"Cocheiro, vamos embora", disse eu.

Quando a carruagem se pôs a andar, Rüya passou a prestar atenção nas árvores, no mar, na estrada e esqueceu-se de mim também. Foi quando fechei os olhos novamente e tentei pela última vez lembrar do que sabia sobre cães.

3. Certa vez houve um cão que eu amava. Se ficasse muito tempo sem me ver, esse cão contorcia-se com tanto entusiasmo, à espera de meus afagos, que chegava a urinar. Depois o envenenaram e ele morreu.

4. É fácil desenhar um cão.

5. Num bairro onde morava um amigo, havia um cachorro que ladrava furiosamente para qualquer pobre que passasse, mas deixava passarem os ricos sem emitir um som.

6. O barulho de um cão arrastando uma corrente quebrada pelo chão me assusta. Deve estar ligado a alguma lembrança traumática.

7. Aquele cão não nos seguiu.

Abri os olhos e eis o que pensei: as pessoas lembram-se de muito pouca coisa. Vi milhares de cães neste mundo, e quando os via me pareciam belos. O mundo nos surpreende da mesma maneira. Está aqui, lá, perto de nós. Depois desaparece; tudo se transforma em nada.

8. Dois anos depois de escrever este artigo e publicá-lo numa revista, fui atacado por um bando de cães no parque Maçka. Precisei tomar seis injeções no Hospital de Hidrofobia em Sultanahmet.

18. Uma reflexão sobre justiça poética

Quando eu era pequeno, um menino da minha idade — seu nome era Hasan — me atingiu logo abaixo do olho com uma pedra de estilingue. Anos depois, quando outro Hasan me perguntou por que todos os Hasans dos meus romances eram maus, essa lembrança voltou. Na escola secundária, havia um valentão que arranjava qualquer pretexto para me atormentar durante o recreio. Anos depois, para tornar um personagem menos atraente, eu o fiz suar como aquele gordo agressivo; tão gordo que não precisava fazer nada, só ficar parado, e as bagas de suor brotavam-lhe nas mãos e na testa, até que ele ficava parecido com uma jarra gigante que tivesse acabado de sair da geladeira.

Quando eu era pequeno e minha mãe me levava para fazer compras, eu tinha medo dos açougueiros que trabalhavam tanto tempo em seus fétidos açougues de avental manchado de sangue, brandindo suas longas facas, e não comia os pedaços de carne que eles cortavam para nós porque tinham muita gordura. Em meus livros, os açougueiros aparecem como gente que contrabandeia animais e pratica atividades sangrentas e suspeitas. E os cães que me seguiram a vida toda são mostrados como criaturas que causam medo e suspeitas nas personagens de quem me sinto próximo.

Um senso de justiça igualmente inocente faz com que banqueiros, professores, soldados e irmãos mais velhos nunca sejam apresentados como gente boa. Nem os barbeiros, pois quando eu era muito pequeno me desfazia em prantos ao ser levado ao barbeiro, e com o tempo minhas relações com eles continuaram difíceis. Por ter aprendido a amar cavalos durante os verões da minha infância em Heybeliada, sempre dou bons papéis para os cavalos e suas carruagens. Minhas personagens cavalares são sensíveis, delicadas, desamparadas, inocentes e, quase sempre, vítimas de maldade. Por ter tido uma infância povoada de pessoas boas, bem-intencionadas, que sempre sorriam para mim, há muitas pessoas bondosas em meus livros também, mas a justiça nos faz lembrar primeiro e acima de tudo do mal. Na mente de um leitor assim, como na de alguém que percorre uma galeria de arte, há essa vaga sensação de justiça: o que se espera dos poetas é que de alguma forma se vinguem do mal.

Como tentei explicar, tento vingar-me do mal sozinho, e, na maioria das vezes, o faço da forma mais pessoal, mas de tal maneira que o leitor perceba e veja a beleza dessa vingança. Como a justiça poética atinge seu ponto alto no fim dos livros infantis e das aventuras em quadrinhos, quando o herói castiga o vilão, dizendo: "E este golpe é por tal e tal coisa... e este é por...", inventei uma cena exatamente assim, como romancista: frase por frase, enumerei todos os atos atrozes cometidos por um maldoso Hasan ou por um açougueiro, até que o açougueiro, ou seja quem for, se apavora e deixa cair a faca que tinha na mão e vai limpar a loja, aos prantos: "Por favor, irmão, eu lhe peço, não seja tão duro comigo; tenho mulher e filhos!".

Vingança gera vingança. Dois anos atrás, quando oito ou nove cães me acuaram e me atacaram no parque Maçka, parecia que tinham lido meus livros e sabiam que eu os tratara com justiça poética para puni-los por andar à toa, especialmente em Istambul, em matilhas. Este é, portanto, o risco da justiça poética: quando exagerada, pode arruinar não apenas nossos livros — nossa obra —, mas nossa própria vida. Podemos nos vingar com classe, e, sem que ninguém perceba, tornar nossos escritos cada vez mais belos, mas há sempre cães esperando para pegar o vingativo poeta sozinho num canto, e cravar-lhe os dentes.

19. Depois da tempestade

Depois da tempestade, quando saí à rua de manhã cedo, vi tudo mudado. Não me refiro a galhos quebrados e caídos, ou a folhas amarelas espalhadas pelas ruas lamacentas. Algo mais profundo e difícil de ver mudou, como se, ao romper do dia, os exércitos de caracóis que agora estão em toda parte, o cheiro desanimado da água no solo, o ar cediço, fossem sinais de que algo mudou para sempre.

Parei perto de uma poça de água; olhei dentro dela. No fundo, vi o solo em forma de lama macia, como se aguardasse um sinal, um convite. Pouco adiante, capim amarelecido, samambaias partidas, ervas verdes, ao lado de trevos que pareciam gotas de água, e, junto ao penhasco à minha direita, ao longo do qual caminhei com assombro e determinação, o giro lento das gaivotas parecia mais perigoso e decidido do que nunca.

É claro que todas essas coisas — essa clareza de percepção, esse súbito resfriamento do ar por um vento vindo de parte alguma, esse céu que a tempestade limpara, essa nova cor que a natureza tinha adquirido — poderiam estar me enganando. Mas me ocorreu, enquanto andava, que antes da tempestade pássaros e insetos, árvores e pedras, aquela velha lata de lixo e este poste de eletricidade inclinado — tudo perdera o interesse pelo mundo, a noção de objetivo, sem saber por que estavam aqui. Posteriormente, depois da meia-noite e antes do amanhecer, a tempestade desabou para restabelecer o sentido perdido, as aspirações perdidas.

Para sentir que a vida é mais profunda do que costumamos pensar, e o mundo tem mais significado, precisamos acordar no meio da noite com o barulho de janelas batendo, do vento passando pela brecha das cortinas, e dos trovões? Como o marinheiro que acorda numa tempestade e instintivamente corre para as velas, pulei da cama meio dormindo, fechei as janelas uma por uma, apaguei a lâmpada que deixara acesa em cima da mesa e, depois disso, sentei-me na cozinha e bebi um copo de água enquanto a lâmpada do teto balançava ao vento que rugia nas frestas. De repente veio uma grande lufada, que pareceu estremecer o mundo inteiro, e faltou luz. Tudo escureceu, e senti a frialdade dos ladrilhos sob os pés descalços.

De onde estava sentado, eu podia olhar pela janela, pelos pinheiros e choupos oscilantes, e ver a brancura da espuma nas ondas cada vez mais altas. Entre o estalar dos trovões, parecia que um relâmpago atingira o mar nas proximidades. Então, no meio do contínuo relampaguear, das nuvens apressadas e do topo dos galhos oscilantes, a terra e o céu se fundiram numa coisa só. De pé, na janela da cozinha, olhando o mundo, um copo vazio na mão, senti-me contente.

Mas de manhã, quando andava de um lado para outro tentando entender o que acontecera, como um investigador que vasculha a cena de um incidente violento, um crime lendário, um mundo em tumulto, eis o que disse a mim mesmo: é em tempo de violência, tempo de tempestade, que nos lembramos de que vivemos no mesmo mundo. Mais tarde, quando olhava para os galhos partidos e para as bicicletas arrancadas de seus lugares de repouso, ocorreu-me isto: quando chega a tempestade, não só percebemos que vivemos no mesmo mundo, começamos também a sentir como se vivêssemos a mesma e única vida.

Um passarinho, um pequeno pardal, caído na lama — não sei por quê —, morria. Enquanto eu o desenhava, com curiosidade e sangue-frio, a chuva começou a cair torrencialmente sobre o caderno aberto e todos os outros esquetes.

20. Neste lugar, muito tempo atrás

Um dia, perdido em pensamentos e muito cansado, tomei aquela estrada. Não procurava nada em especial, não tinha destino fixo, só queria ir até o fim de uma estrada qualquer — um homem impaciente para chegar em casa. Enquan-

to andava e andava, e a mente vagava, de repente ergui a cabeça, e aquela estrada estendia-se diante de mim, e lá, no meio das árvores, vi um telhado; vi a doce curva da estrada, e os arbustos laterais, e as primeiras folhas caídas do outono.

Absorto no que via, parei no meio da estrada. Olhei para as marcas deixadas por uma bicicleta, para o topo escuro dos ciprestes do caminho. As árvores à esquerda, a suave curva da estrada, o céu claro, a maneira como tudo se alinhava — que lugar bonito!

Essa estrada me despertava cálidas associações, como se eu tivesse vivido ali tempos atrás, apesar de ser a primeira vez que a percorria. Por que me parecia tão bela? A paisagem lembrava um lugar onde estou sempre tentando chegar. Quantas vezes eu pensara nisso, na suave curva da estrada lá na frente, no abrigo das árvores, no prazer de parar e contemplar esta vista. Eu tinha pensado tantas vezes na paisagem que se abria diante de mim que agora parecia uma lembrança, impregnada de memórias de todas as coisas que eu vira muito tempo atrás sem prestar atenção.

Mas num canto da mente, eu sabia que andava por aquela estrada pela primeira vez. Não tinha vontade de voltar àquele lugar, nem inclinação ou apetite para ficar ali muito tempo. Meu objetivo era esquecê-lo, assim como esquecemos as estradas pelas quais passamos. Minha mente simplesmente não se acomodaria. Eu tinha outras coisas a fazer.

Portanto, mesmo enquanto me extasiava com a beleza da vista, eu prosseguia no meu caminho. Queria esquecer o que tinha visto. Mas nunca esqueci, nunca.

Depois de retornar ao barulho da cidade, e mergulhar outra vez na agitação da vida diária, aquela estrada, aquele lugar — que tanto me cativara mesmo enquanto eu tentava esquecê-lo — me vinha como uma lembrança. Dessa vez, era uma lembrança verdadeira. Eu passara por aquela estrada e sua beleza me tocara, mas — que pena — eu ainda tinha pressa. Agora o lugar ao qual eu dera as costas voltava para mim. Agora fazia parte das minhas lembranças, do meu passado.

O que me prende a ele. Sua beleza abundante, é isso; o fato de tê-lo encontrado sem saber da existência de lugar tão belo e maravilhoso, e de, ao vê-lo, abrir meus olhos, meu coração; disso não tenho dúvida. Talvez por não ter tido dúvida fiquei amedrontado com a beleza que vi diante de mim, e segui meu caminho. Mas a coisa para a qual dei as costas voltou depois, assumindo estas formas:

1. Quando cercado por uma multidão, comendo com alguém, conversando com amigos e conhecidos, eu me ofendia com alguma bobagem e, de repente, me lembrava daquela estrada estendida à minha frente, os ciprestes e choupos, aquele misterioso telhado, e as folhas no chão, e pensava neles um bom tempo. Era muito difícil apagar da mente aquela vista.

2. À noite, acordado pelo trovão e pela tempestade, ou quando uma mulher me dizia na televisão como seria o tempo no dia seguinte, eu de repente imaginava a chuva caindo naquele lugar, e tempestades rugindo; ouvia o trovão e imaginava que um raio caíra perto. Quando o céu e a terra se fundissem numa coisa só, quando o plátano que testemunhara meu silêncio balançasse na tempestade, quando a tempestade restaurasse aquela vista de pureza original, quem sabe que belezas eu descobriria? Eu desperdiçava minha vida com coisas estúpidas, tão longe de lá.

3. Se voltasse àquele trecho de estrada, àquele lugar onde parei para contemplar a vista, e lá ficasse à espera, minha vida teria tomado rumo diferente. Como seria isso? Não faço ideia. Acho que eu voltaria a andar, depois de algum tempo, mas sabendo, lá dentro de mim, que aquela estrada me levaria a um lugar diferente, e, uma vez nesse lugar, minha vida seria totalmente outra.

21. A casa do homem que não tinha ninguém

Esta é a casa do homem que não tinha ninguém. Fica no alto da colina, no fim de uma longa e tortuosa estrada. A estrada é branca de calcário em alguns lugares, em outros é verde de grama, e quando chega ao topo desaparece. É no topo que paramos para tomar fôlego e pegar um vento para esfriar o corpo. Andando um pouco mais, chega-se a um ponto de onde, subitamente, se avista o outro lado da colina; para de ventar e chega-se a um lugar quente e ensolarado do lado sul. Essa parte da estrada é tão fora de mão que as formigas constroem ali seus formigueiros; é impossível distinguir a estrada do campo.

As figueiras. Os pedaços de tijolo furado. Garrafas de plástico. Pedaços de embalagem de plástico que uma vez foram transparentes e agora se desintegram. Às vezes faz calor, às vezes venta. Essas coisas pertencem ao homem que não tinha ninguém. Ele deve ter trazido tudo isso e amontoado aqui porque ninguém mais vem a este lugar.

Houve um tempo em que ele não era um homem sem ninguém. Quando veio até aqui, sua mulher veio com ele. Era uma boa mulher, dizem; tinha amigos que moravam perto, nas casas mais embaixo. Mas como o homem que se tornaria um homem sem ninguém, ela não tinha parentes, ninguém da cidade onde nascera. Esses amigos eram de outra cidade do mar Negro. Se o que me contaram é verdade, o homem que não tinha ninguém fora dono de uma propriedade naquela cidade; era rico, mas — eles sempre sorriem quando me contam — estava sempre se desentendendo com as pessoas e teve tanta dificuldade para se estabelecer lá como aqui. Não. Antes, ele não era assim. Um dia, a mulher teve de ir ao hospital ao pé da colina. Ele foi também, ao hospital. A mulher morreu. Tudo isso levou anos; a mulher esteve doente durante muitos anos. Agora tudo que ele faz na vida é ver televisão, fumar e criar problemas, e no verão trabalha como garçom num restaurante da praia.

É a televisão que me espanta — porque a ampla vista desta casa, desta colina, é espantosa, extraordinária. Pode-se passar anos aqui, contemplando os outros morros, o reflexo do som no mar varrido de vento, os navios que saem da cidade em todas as direções, as ilhas, as balsas que vão e vêm, e as multidões nos bairros lá embaixo, distantes demais para incomodá-lo, as miniaturas de mesquita ao longe e as casas que de manhã afundam numa vaga neblina, a cidade inteira. Há anos deixaram de construir casas aqui.

Uma gaivota amiga emite um longo grito. O vento traz o som de um rádio lá de baixo.

Na realidade, a casa é prova de que ele de fato trouxe algum dinheiro da cidade onde nasceu. É o que dizem. Ele pôs telhas no telhado em filas arrumadas. Fez o telhado do anexo com telhas de latão de boa qualidade, forrando-o de pedras para segurar. O banheiro que aparece atrás da casa quando nos aproximamos foi feito de briquete, a caixa-d'água de plástico ele acrescentou depois; as cadeiras, tábuas e as sobras estão no meio dos espinhos, dos arbustos, dos pinheiros novos.

Uma noite, quando estamos em pé ao vento, olhando para os bairros em outras colinas da cidade, para casas construídas de telhas, tijolos, plásticos e pedras semelhantes, o homem sai e nos olha demoradamente. Traz nas mãos algo que nunca vi: um ferro, ou talvez a asa de uma pequena panela. É quando percebo que sua casa fica em pé graças a uma grande quantidade de arames, canos e cabos.

Ele entra e desaparece.

22. Barbeiros

Em 1826, depois que o exército otomano sofreu consecutivas derrotas diante do Ocidente e os janízaros, que tradicionalmente serviam como seus soldados, resistiram a tentativas para modernizá-los e colocá-los em níveis europeus, o sultão reformista Mahmud II despachou seu novo e disciplinado exército com a missão de atacar o quartel-general dos janízaros em Istambul, reduzindo-o a escombros. Foi um momento importante na história não apenas de Istambul, mas do Império Otomano, um momento que todo estudante de liceu na Turquia aprende a ver de uma perspectiva ocidentalizante, modernizante e nacionalista, e a chamar de "o evento propício". Menos divulgado e conhecido é o fato de que esse evento propício, envolvendo choques com dezenas de milhares de janízaros no centro da cidade, e a matança generalizada nas ruas e lojas, mudou a face de Istambul de um modo que ainda perdura.

Há certamente alguma verdade na versão narrada por historiadores nacionalistas e modernizantes. Ao longo de uma ascendência de 450 anos, a maioria dos janízaros pertenceu à mesma seita sufi, Bektaşis estreitamente ligados aos lojistas da cidade. Os janízaros ficavam aquartelados por toda a cidade e andavam armados, desempenhando tarefas como as dos policiais e guardas de hoje em dia, e eram donos de vários tipos de loja; sua ruidosa presença nas ruas significava que tinham capacidade de opor forte resistência ao estado reformista. Mahmud II mandou seus exércitos primeiro aos cafés e barbearias, cujos proprietários, em sua maioria, pertenciam à fraternidade dos janízaros; tendo assegurado uma vitória militar, ele (como muitos outros sultões dispostos a sufocar rebeliões nas ruas, sendo o mais notável deles Murad IV, que, segundo consta, ainda vagueia pelas ruas da cidade à noite, sob disfarce) resolveu fechar os cafés e barbearias. Aqui já se pode traçar um paralelo com algo que vi com frequência em minha época: a predileção da República moderna por fechar jornais. Pois até bem recentemente, era nos cafés e barbearias da cidade (como nos *dolmuşes*, os táxis compartilhados da minha infância) que notícias, lendas, os rumores mais desvairados, as mentiras mais deslavadas, as histórias de ira e resistência, eram fabricados e enriquecidos para minar os pronunciamentos de líderes religiosos e do Estado, preparando o terreno para boatos sobre conspirações; eles funcionavam também como jornais locais nos bairros em redor de mesquitas, igrejas e mercados, e nas aldeias ao longo do Bósforo.

Naquela época, Istambul tinha muitas revistas de humor, entre as quais destacava-se a *Abutre*; como seu tecido de notícias e exagerações dos mitos urbanos representava a plena expressão desse espírito de resistência, eram encontradas em todas as barbearias da minha meninice. Hoje há sempre uma televisão aos berros, sufocando antigos canais de comunicação e reduzindo imensamente o poder dos boatos e da resistência nos cafés e barbearias da cidade; não deveria surpreender o fato de que, com o advento da televisão, a idade de ouro das revistas de humor de Istambul, que juntas alcançaram uma circulação de quase 1 milhão de exemplares, tenha chegado ao fim. (Anos depois, quando fui a uma barbearia em Nova York e vi que os homens que aguardavam a vez recebiam não uma revista de humor, mas um exemplar da *Playboy*, não fiquei tão surpreso.) Quanto à *Abutre*, a revista sem a qual nenhuma barbearia da minha infância estaria completa, descobriu-se depois que seu proprietário, Yusuf Ziya Ortaç, recebia ajuda secreta de um fundo privado controlado pelo primeiro-ministro Adnan Menderes e pelo dominante Partido Democrata, mas essas coisas datam dos anos 1870, quando o Adbülhamit, Sultão, resolveu controlar a oposição comprando suas publicações — tradição que, de maneira mais sutil, ainda persiste.

Quando eu era menino e aguardava minha vez na barbearia, virando as páginas de *Abutre*, parando para analisar caricaturas de cidadãos locais abismados com os preços das coisas, deliciando-me com piadas sobre chefes e secretárias, histórias do popular humorista Aziz Nesin e cartuns surrupiados de revistas ocidentais, meus ouvidos estavam sempre atentos às conversas à minha volta. É claro que o assunto discutido mais exaustivamente era o futebol — assim como os bolões esportivos. Alguns, como Toto, o barbeiro-chefe, andando entre os fregueses das três cadeiras, expunham suas ideias sobre lutas de boxe e corridas de cavalo, nas quais apostavam de vez em quando. A barbearia de Toto, que tinha o fantasioso nome de Venus, ficava junto à passarela em frente à nossa casa em Nişantaşi. Era um homem cansado e mal-humorado, de cabelos brancos; um dos outros dois proprietários era irritadiço e calvo; e o terceiro era um homem já quarentão, de bigode fino à Douglas Fairbanks. Lembro que Toto tinha menos interesse em tagarelar com os fregueses sobre os preços altos, as novas lojas do bairro, os cantores e as estrelas do momento, ou sobre política nacional, do que em discutir questões internacionais e a situação do mundo. O que mais me impressionava era que, quando aparecia um freguês particularmente eminente, culto, experiente, poderoso, ou da classe alta, esse barbeiro, assim como os outros, tinha um jeito de puxar conversa com perguntas humildes, que começavam sempre com a frase *Nós, é claro, não fazemos ideia...* e, tão logo o convenciam a falar, rapidamente levava a conversa para o campo de conhecimento e de influência do freguês. Se a resposta fosse qualquer coisa como *Custa tantas liras,* ou *Esses cargueiros são maiores do que um campo de futebol,* ou se lhes dissessem que um político famoso tinha uma terrível fraqueza ou cometera um ato de covardia, eles murmuravam *tshk-tshk-tshk* ou *chirp-chirp-chirp,* como um passarinho, ou a navalha que até então deslizava com tanta suavidade parava por um instante, enquanto o barbeiro e o freguês olhavam um para o outro no espelho, e fazia-se um interessante silêncio.

Se, depois de tentar iniciar uma conversa com perguntas do tipo *E então, quais são as novidades?* ou *Como vão as coisas?* ou *Aceita um chá?,* o freguês continuasse carrancudo e calado, eles tagarelavam entre si. Nessas conversas, um fazia o papel do homem que vivia em dificuldade, o outro era o alvo de todas as piadas, e o terceiro sempre representava o engraçadinho; seu jeito de trocar alfinetadas nessas conversas (como "Mehmet passou novamente a perna em Toto esta semana") me lembrava as discussões que eu ouvia no rádio entre Karagöz, herói do tradicional teatro de sombras, e sua mulher de língua afiada, Hacivat. Um dia, depois que um freguês fez a barba, tirou o avental, permitiu que o moço lhe penteasse o cabelo, deu uma gorjeta e saiu, o proprietário de bigode à Douglas Fairbanks, que momentos antes o tratara com a maior cortesia e deferência, pôs-se a falar mal do homem e de sua mulher: assim descobri que o mundo dos adultos era povoado de gente fingida, cuja raiva era a coisa mais violenta que eu já vira em meu mundo de criança. Nas barbearias da minha meninice, usavam-se tesouras, imensas tosquiadeiras jogadas fora com raiva quando não cortavam direito, pentes, bolas de algodão para impedir que entrasse cabelo nos ouvidos, colônia, pó, e, para os adultos, navalhas afiadíssimas, creme de barbear e aventais brancos. Hoje, além de uns poucos aparelhos elétricos — como o secador de cabelo —, as ferramentas não mudaram muito, e isso deve servir para nos lembrar que, embora os escritores de Istambul não tenham registrado suas tradições, esses barbeiros (que usam as mesmas ferramentas há séculos, fofocando enquanto trabalham) devem falar do mesmo jeito há séculos também.

Pode-se ver, em miniaturas da época, que já se usava navalha no século XVII. Ao passarem diante do sultão Ahmet, representantes da guilda dos barbeiros, desejosos de exibir seus talentos, penduravam um barbeiro de cabeça para baixo no teto de uma carruagem enquanto ele fazia uma barba perfeita num freguês. Naquele tempo, a cabeça do homem que ia fazer a barba repousava no joelho do barbeiro; esse costume deu origem à clássica história de amor na qual um homem arranjou para que seu cabelo, sua barba, seu bigode e até a barba e todos os pelos fossem tirados, só para ficar perto de um belo aprendiz de barbeiro. Vimos esse mesmo motivo no conto folclórico sobre Kerem e Asli, no qual o amante manda arrancar os dentes para ficar perto de um belo dentista, lembrete de que barbeiros e dentistas eram vistos como donos de conhecimento especializado e de conhecimentos que de certa forma se sobrepunham. Os barbeiros também faziam circuncisão e outras pequenas cirurgias, algumas em seus cafés e outras em estabelecimentos separados: isso lhes dava uma importância central na sociedade de Istambul. Mas quando eu era menino, o que me assustava nos barbeiros era o fato de que tiravam palavras da nossa boca com a mesma habilidade com que dentistas extraem dentes, e as disseminavam com a rapidez dos jornais.

É por isso que, quando eu me sentava na barbearia Venus lendo a *Abutre*, e ouvia alguém dizer "Venha, senhorzinho", eu ficava tenso como se tivesse sido chamado para ocupar a cadeira do dentista. Não era só porque a máquina às vezes me puxava os cabelos da nuca, ou a ponta da tesoura me furava (parece que minhas visitas ao barbeiro sempre envolviam dor); eu tinha medo porque achava que podia deixar escapar algum segredo de família. Tive um tio que foi para a América e não voltou. Depois que passavam um pano branco por cima da minha cabeça e o prendiam, como se eu fosse um condenado à forca, a primeira pergunta que faziam era: "Quando é que seu tio volta da América?". Eu não sabia. "Há quantos anos está ausente?"

"Ele foi embora há taaaanto tempo", respondia outro. "Não vai mais voltar, nunca mais. Ele fez o serviço militar?" Seguia-se um silêncio. Eu olhava para a frente, tão envergonhado como se eu é que tivesse "fugido" do país antes de fazer o serviço militar, e me lembrava de minha avó chorando ao ler as cartas do tio, cada vez mais esparsas e escritas num turco cada vez pior. Mas meu maior medo era de que os barbeiros arrancassem de mim outros segredos que minha família conseguira esconder e que eu não tinha vontade de lembrar.

Terá sido porque previ esses riscos, e porque sentia ao entrar que logo estaria suando profusamente, como ainda hoje suo, sentado diante de um jornalista interessado em minha vida privada, que na primeira visita ao barbeiro eu me desfiz em prantos? Nos cortes de cabelo seguintes, e quando eu estava doente, Toto, o proprietário de cabelos brancos e rosto melancólico, colocava suas ferramentas numa sacola e vinha à minha casa. Espalhava um jornal sobre a mesa, botava um banco em cima e me sentava nele, para que eu ficasse da altura de sua tesoura. Ali também esse homem triste, que guardava distância dos amigos tagarelas, permanecia calado, e, como eu gostava desse interlúdio tão pouco quanto ele, logo voltei a cortar o cabelo na barbearia. Foi quando compreendi que um barbeiro que barbeia em silêncio, sem arrancar uma palavra da nossa boca, ou contar fofocas sobre os vizinhos ou sobre política, sem amaldiçoar ninguém, não é barbeiro de verdade.

23. Incêndios e ruínas

Antes de eu nascer, meus avós viviam numa grande mansão de pedra onde moravam também meus tios, meu pai e minha mãe e o resto da nossa grande família; depois ela foi alugada para uma escola primária particular, e por fim derrubada. Minha própria escola primária ficava noutra grande mansão, até ser destruída por um incêndio. Quando eu estava na escola secundária, jogávamos futebol no jardim de outra mansão antiga; essa também sucumbiu ao fogo e foi demolida, como tantas lojas e tantos edifícios dos meus tempos de criança.

A história de Istambul é uma história de incêndios e ruínas. De meados do século XVI, quando a construção de casas de madeira se popularizou, até o primeiro quartel do século XX — mais de 350 anos, portanto — o que deu forma à cidade e abriu suas avenidas e ruas (deixando de lado a construção das grandes mesquitas) foi o fogo. O lugar onde uma casa ardera em chamas era assunto de muita discussão, durante a minha infância, e tinha uma aura de má sorte. Como os primeiros andares eram feitos de pedra e tijolo, restavam algumas paredes queimadas, mas não destruídas, as escadas do primeiro piso (cujos degraus de mármore tinham sido arruinados ou roubados), telhas, vidros partidos e vasos; entre os escombros, pequenas figueiras brotavam e crianças brincavam.

Não tenho idade suficiente para ter assistido à devastação de bairros inteiros por incêndios; mas vi os incêndios que destruíram as últimas mansões de madeira. A maioria ocorria em circunstâncias misteriosas, no meio da noite. Até que os bombeiros chegassem, todos os meninos e jovens do bairro se reuniam no jardim da casa vazia onde tinham brincado e falavam aos sussurros enquanto as chamas se alastravam.

"Tocaram fogo na bela mansão", diria meu tio mais tarde, em casa.

Naquele tempo, era contra a lei derrubar uma casa velha para dar espaço a novos edifícios de apartamentos que mostrariam ao mundo como éramos ricos e modernos. Mas as pessoas se mudavam, e quando o abandono, a madeira apodrecida e a idade tornavam a mansão inabitável podia-se conseguir autorização para derrubá-la. Alguns aceleravam o processo tirando telhas para que a chuva e a neve entrassem. Um método ainda mais rápido e ousado era provocar um incêndio de noite, quando ninguém estivesse olhando. Dizia-se que os incêndios eram ateados pelos jardineiros que tomavam conta do imóvel. Dizia-se, também, que as casas, antes de pegarem fogo, eram vendidas para as empreiteiras, cujos empregados se encarregavam de fazer o serviço.

Nossa família desprezava esses ricos que incendiavam casas nas quais três gerações tinham vivido juntas, casas impregnadas de lembranças, destruídas no meio da noite como se fosse por criminosos comuns. Apesar de espantada e insultada, minha família também tivera a frieza de vender a mansão art déco de três andares na qual meu pai, meus tios e minha avó tinham morado, para, com o tempo, construir em seu lugar um feio prédio de apartamentos. Mais tarde, para me convencer de que não participara daquele plano e não queria "realmente" que a bela casa fosse derrubada, meu pai costumava falar da nossa volta de Ancara, para onde nos mudáramos por causa do seu trabalho; quando finalmente voltamos e ele viu a velha casa desabar debaixo das marretas, ficou parado diante da porta do jardim e chorou.

Como em tantas famílias de Istambul donas dessas mansões, a "mudança para o apartamento" provocava muitas disputas, das quais fui testemunha. Em princípio, ninguém queria ver essas velhas casas destruídas. Mas ninguém conseguia acabar com as brigas, as rixas, ou as profundas rivalidades que levavam tantas famílias a resolver suas disputas nos tribunais; no fim, a mansão disputada era destruída e em seu lugar construía-se um feio edifício de apartamentos de que ninguém gostava. E, mais tarde, todos se referiam nostalgicamente à velha mansão destruída, mas é claro que alimentavam o desejo não confessado de melhorar de vida com a renda dos novos apartamentos. Apesar disso, cada um tentava transferir as dores de consciência e a responsabilidade pelo vergonhoso negócio para outros membros da família.

A população de Istambul subiu de 1 milhão para 10 milhões em pouco tempo, e quem olhasse a cidade de cima veria de imediato que essas brigas de família, essa ganância, essa culpa, esse remorso, não tinham servido a uma boa causa. Veria lá embaixo as legiões de concreto, grandes e invencíveis como o exército de *Guerra e paz* de Tolstói, que avançam esmagando mansões, árvores, jardins e a vida selvagem; veria as pegadas de asfalto que essa força deixa atrás de si; veria que ela chega cada vez mais perto do bairro onde outrora você teve uma vida eterna e celestial. Se, após estudar o mapa e as estatísticas e acompanhar o movimento dessa força invencível, refletirmos sobre a ideia de que um indivíduo é capaz de resolver uma disputa familiar, pode-se muito bem recordar os sombrios pensamentos de Tolstói sobre o papel do indivíduo na história. Se somos parte de uma cidade cruel e sempre em expansão, as salas, os jardins e as ruas nos quais passamos a vida — as paredes que deram forma a nossas lembranças e a nossa própria alma — estão fadados à destruição.

Para os que resistiram ao inevitável, ou tentaram retardá-lo, o golpe de misericórdia foi a expropriação. Em minha infância, quando muitas pequenas e estreitas ruas otomanas de Istambul eram destruídas para dar lugar a avenidas, ter uma casa expropriada significava ser despejado, ser injustamente convertido em desabrigado. Nos últimos cinquenta anos, Istambul foi submetida a dois grandes projetos de construção de estradas, ou de expropriação, e eu tinha seis ou sete anos durante o primeiro. Lembro os assustados passeios que fiz com minha mãe em 1950, na margem oposta do Chifre de Ouro, no meio da poeira de ruínas otomanas. Falava-se de proprietários de terrenos que eram favorecidos, em detrimento de outros, no tocante à indenização, de expropriações desnecessárias, de mapas que assinalavam futuras expropriações, e de políticos poderosos que mexiam os pauzinhos para salvar determinada rua ou alterar o mapa. Sempre que as estradas ao longo do Bósforo e do Chifre de Ouro faziam um desvio por uma rua estreita que passava pelo mercado da aldeia, dizia-se que a estrada descrevia uma curva para poupar a casa de um personagem muito rico ou bem relacionado. Isso era muito comentado por senhoras de idade durante viagens de *dolmuş* e por velhos barbeiros que atendiam

fregueses, e por motoristas de táxi sempre a favor de estradas mais largas —
veementemente a favor da demolição, estes últimos sempre repisavam que
ainda não seria suficiente. Nisso havia algo mais do que o desejo de ter largos
bulevares parisienses, expressão da raiva dos recém-chegados a Istambul pelos
que tinham chegado antes, e a vontade republicana de esquecer as edificações
cristãs e cosmopolitas da cidade, seus remanescentes bizantinos e mesmo otomanos. Nos anos 1970, quando a indústria automobilística nacional começou
a produzir carros ao alcance da classe média, a demanda por pistas de velocidade decretava que o passado fosse soterrado sob concreto e asfalto.

Há duas maneiras de olhar uma cidade. A primeira é a do turista, o estrangeiro recém-chegado que vê os prédios, os monumentos, as avenidas e a linha
do horizonte. Há também a visão interna, a cidade dos quartos onde dormimos, dos corredores, dos cinemas, das antigas salas de aula, da cidade dos chei-
ros, das luzes e das cores das nossas lembranças mais queridas. Para quem a vê
por fora, uma cidade pode ser muito parecida com outra, mas a memória coletiva da cidade é sua alma, e as ruínas, seu mais eloquente testemunho.

Certo dia, durante o grande impulso demolidor dos anos 1980, eu andava
pela avenida Tarlabaşi, onde uma razoável multidão acompanhava o trabalho
das escavadeiras. A obra vinha sendo realizada havia meses; todo mundo já se
acostumara a ela, e a raiva e a resistência tinham diminuído. Apesar do chuvis-
co, prosseguia a demolição de paredes, que se dissolviam em pó ao cair, e pareceu-me então que o que nos perturbava, mais do que assistir à destruição de
casas e lembranças alheias, era ver Istambul torcer-se para um lado e para outro, mudando de forma, e saber que nossa vida era ainda mais frágil e transi-
tória do que aquilo. Enquanto crianças andavam entre as paredes destruídas,
juntando portas, janelas e pedaços de madeira, compreendi que esses montes
de entulho representavam uma perda de memória que, com o tempo, pareceria uma segunda natureza.

Poucos anos antes, visitei o prédio vazio, já condenado à demolição, que
tinha abrigado o Liceu Şişli Terakki, onde estudei dos últimos anos da escola
primária até o fim da secundária. Eu já percorro essas ruas há cinquenta anos,
e quando passei pelo lugar da velha escola, onde agora funciona um estacio-
namento, lembrei-me dos tempos de escola e do meu último passeio por suas
salas desertas. De início, sua destruição penetrou em mim como uma faca, mas
agora é algo a que lentamente me habituo. As ruínas de uma cidade também

ajudam a esquecer. Primeiro perdemos uma lembrança, mas notamos que a perdemos e queremos recuperá-la. Depois esquecemos que a esquecemos, e a cidade já não é capaz de lembrar o próprio passado. As ruínas que nos causam tanta dor e abrem caminho para o esquecimento transformam-se, afinal, nos terrenos onde outros podem construir novos sonhos.

24. Salsichão

Era o começo da tarde de um dia frio de janeiro de 1964. Eu estava parado numa esquina da praça Taksim (antes de se transformar numa estrada de seis pistas, e muito mais caída do que hoje), na frente do bufê que ocupava o térreo de um dos velhos edifícios de apartamento gregos. Eu me sentia inundado de culpa e de medo, mas também eufórico; em minha mão eu segurava um salsichão que acabara de comprar no bufê. Dei uma grande mordida, mas enquanto estava ali, mastigando no meio do caos da cidade, vendo circularem os ônibus elétricos, os enxames de mulheres fazendo compras e os jovens correndo para os cinemas, minha alegria acabou; eu tinha sido apanhado em flagrante. Meu irmão vinha andando pela calçada e, o que era pior, já me vira; quando chegou mais perto, percebi de imediato que ele estava muito feliz por ter me flagrado com a boca na botija.

"O que acha que está fazendo aí, comendo esse salsichão?", perguntou ele, com um sorriso desdenhoso.

Abaixei a cabeça e acabei de comer meu sanduíche tão sub-repticiamente como se cometesse um ato criminoso. Aquela noite em casa foi exatamente como previ: meu irmão contou minha transgressão a mamãe, num tom de superioridade mesclado de compaixão. Comer salsichões na rua era uma das muitas atividades que minha mãe proibira.

Até o começo dos anos 1960, sanduíches de salsichão eram para os istambullus uma comida muito especial, servida apenas nas cervejarias de tipo alemão que se instalaram na cidade nos primeiros anos do século xx. A partir daí, graças à chegada de compactos fornos de butano, à queda dos preços dos refrigeradores produzidos no país e à inauguração de fábricas de engarrafamento da Coca-Cola e da Pepsi na Turquia, os "bufês de sanduíche" começaram a brotar em toda parte, e o que ali se oferecia logo se tornou parte da dieta nacional. Nos anos 1960, quando o *döner* ([sanduíche de carne com pão árabe] agora popular na Europa com esse nome e conhecido nos Estados Unidos por seu nome grego, *gyro*) ainda não fora inventado, o salsichão era a última moda e o alimento mais importante para aqueles que se habituaram a comer na rua. Olhava-se pelo vidro para o molho de tomate vermelho-escuro que fervia lentamente o dia inteiro e escolhia-se um salsichão que nadava como búfalos chafurdando na lama; apontava-se para ele ao homem da pinça e depois esperava-se com impaciência enquanto o sanduíche era preparado. Ele enfiava o pão na torradeira, se quiséssemos, espalhava nele o molho de tomate, colocava tomates e fatias transparentes de picles em cima da salsicha, antes de acrescentar, finalmente, uma camada de mostarda. Nos lugares mais finos também passava-se maionese, antigamente chamada de molho russo e agora de molho americano, por causa da Guerra Fria.

A maioria desses pretensiosos bufês e sanduicherias foram abertos primeiro em Beyoğlu. Depois de mudar os hábitos de fast-food dos moradores, eles foram adiante e, em vinte anos, espalharam-se por Istambul e por toda a Turquia. As primeiras máquinas de preparar torradas e sanduíches de Istambul chegaram em meados dos anos 1950; mais ou menos na mesma época, as padarias começaram a produzir pão especial para sanduíches tostados de queijo. Quando esses sanduíches tostados de queijo foram incorporados, os bufês de Beyoğlu reinventaram o hambúrguer. As primeiras grandes casas de sanduíche daquela época tinham nomes que invocavam outras terras e mares, reinos mágicos como "Atlântico" e "Pacífico", e suas paredes eram decoradas com pinturas das ilhas paradisíacas do Extremo Oriente de Gauguin. Cada estabelecimento oferecia um hambúrguer de gosto bem diferente. Isso sugere que os primeiros hambúrgueres da Turquia eram, como tantas outras coisas em Istambul, uma síntese do Oriente e do Ocidente. Dentro do sanduíche cujo nome falava da Europa e da América para um jovem que andava pelas ruas de

Beyoğlu havia carne moída que a simpática matrona de véu na cozinha, orgulhosa de alimentar os jovens, preparara de acordo com sua receita especial e com suas próprias mãos amorosas.

Esse era o principal motivo das objeções de minha mãe: com grande aversão, ela declarara que a carne moída desses hambúrgueres provinha de "partes desconhecidas de animais desconhecidos", e nos proibira de comer não apenas hambúrguer, mas salsichão, salame e salsichas de alho, porque é difícil saber de onde vem a carne deles também. De vez em quando, líamos nos jornais que uma fábrica de salsicha de alho, em situação ilegal, fora inspecionada sem aviso e descobrira-se que as salsichas continham carne de cavalo ou de jumento. Deixem-me dizer que os sanduíches mais saborosos que comi na vida foram comprados dos vendedores ambulantes que serviam pão recheado de almôndegas e salsichas de alho na frente dos ginásios e estádios esportivos, onde eu ia assistir a partidas de futebol e de basquete. Meu interesse por futebol tem menos a ver com a bola ou com o time do que com a multidão e com o acontecimento em si; enquanto aguardava na fila para comprar o ingresso, a densa fumaça azul dos vendedores de almôndegas me invadia o nariz, os cabelos e a jaqueta até que se tornava impossível resistir. Depois de prometermos um ao outro não dizer nada em casa, meu irmão e eu comprávamos cada um seu sanduíche de salsicha. A salsicha era assada no carvão até adquirir uma aparência de couro, e vinha enfiada na metade de um pão com um pedaço de cebola. Descia bem com um copo da bebida de iogurte, o *ayran*.

Esses hambúrgueres e salsichas de origem duvidosa eram o pesadelo não apenas de minha mãe, mas de todas as mães de classe média. Era por isso que os vendedores ambulantes, ao anunciar sanduíche de salsicha com alho, sempre berravam "Apik! Apik!". Referiam-se a salsichas da marca Apikoglu, famosas por nunca usarem carne de cavalo ou de jumento. A partir do momento em que provaram seus primeiros sanduíches tostados na frente dos seus primeiros bufês, os istambullus dos anos 1960 eram bombardeados, toda vez que iam ao cinema, com propagandas dos fabricantes das salsichas e salsichões usados nos sanduíches. Um dos primeiros anúncios, também um dos primeiros cartuns produzidos no país, ainda está gravado em minha mente: para dentro da boca de um gigantesco moedor de carne caminham vacas, todas com uma expressão beatífica, felizes com a possibilidade de servirem à humanidade, enquanto caem de paraquedas do céu. Mas, o que é isto? Um jumento doce, dentuço, belamente sorridente conseguiu misturar-se ao rebanho de vacas aéreas. A audiência fica inquieta quando o jumento chega à boca do moedor de carne, mas, antes que se transforme em salsicha, um punho enorme sai do bocal e desfere um soco que o lança pelos ares, e uma voz feminina nos tranquiliza dizendo que podemos comprar essa marca de salsicha com "paz de espírito".

Em Istambul, como em outros lugares, as pessoas comem fast-food na rua não apenas por falta de tempo, dinheiro ou outras oportunidades, mas também, em minha opinião, para escapar dessa "paz de espírito". Para fugir da tradição islâmica, cujas ideias sobre alimentação estão incrustadas nas ideias sobre maternidade, mulheres e sagrada privacidade — para abraçar a vida moderna e tornar-se um ser urbano —, era preciso ter disposição para comer alimentos mesmo sem saber onde, como e de que eram feitos. Como esse ato de vontade exigia obstinação e até bravura, os primeiros a dar o mergulho foram os estudantes, os desempregados, os rebeldes e os malucos sempre prontos a enfiar qualquer coisa na boca por amor à novidade. Essas multidões reuniam-se, inicialmente, à entrada dos estádios de futebol, na avenida Istiklâl, perto dos liceus e das universidades, e nos bairros mais pobres; o prazer de estarem reunidos (mais a excitação de confortos como refrigeradores e fogões de butano) mudou os hábitos alimentares não só de Istambul mas do país inteiro, quase da noite para o dia. Em 1966, durante a partida entre Turquia e Bulgária, no estádio Ali Sami Yen, do Galatasaray, o empurra-empurra nas arquibancadas provocou o incêndio do carrinho de um vendedor de salsichão. As chamas se espalharam rapidamente, e, diante de meus olhos aterrorizados, as imensas multidões que comiam salsicha enquanto aguardavam o início da partida começaram a mover-se em ondas e a cair do segundo andar, massacrando outras pessoas ao despencarem para a morte.

Embora fosse talvez "moderno" e "civilizado" consumir alimento preparado por mãos desconhecidas, em ruas sujas e longe de casa, os que adquirimos esse hábito descobrimos também, exatamente no mesmo instante, formas de evitar o solitário individualismo que a modernidade geralmente traz consigo. Antes de a moda do *döner* invadir a Turquia nos anos 1970, estabelecendo rapidamente novos padrões, houve a loucura da moda do *lahmacun*. Um nome melhor talvez fosse pão árabe, apesar de, vinte anos depois, eu o ter visto descrito numa loja como "pizza turca" (saber se *pide* e *pizza* têm a mesma etimologia é assunto para outra ocasião); mas não foram os bufês e restaurantes de kebab de Istambul os responsáveis pelo triunfo do *lahmacun* no país; foi um novo exército de vendedores ambulantes que se meteram pelas ruas da cidade para conquistá-la com suas conhecidas caixas elípticas. Não era mais preciso sequer ir ao bufê da esquina para encher a barriga. Um vendedor de *lahmacun* aparecia com seu avental branco onde quer que estivéssemos, e de sua caixa, quando ele a abria, vinha um vapor quente, de dar água na boca, com cheiro de cebola cozida, carne moída e pimentão vermelho. Para nos assustar, minha mãe dizia: "Eles não fazem *lahmacuns* com carne de cavalo, mas com carne de gato e de cachorro". Porém, era olhar para dentro da caixa do vendedor de *lahmacun*, cada uma de cor diferente, com flores e galhos brilhantes e desenhos de *lahmacuns* e nomes de cidades como Antep e Andana, e sucumbir ao nosso desejo.

A melhor coisa da comida de rua em Istambul não é o fato de que cada vendedor é diferente, oferecendo especialidades e acompanhando as modas; é que cada um vende apenas aquilo que conhece e ama. Quando vejo o homem que trouxe um prato de aldeia — algo que a mãe ou a mulher preparam para ele em casa — para as ruas da cidade grande, certo de que todo mundo vai amar, não é só o seu pilaf de grão de bico, sua almôndega grelhada, seu mexilhão frito ou recheado, seu fígado albanês, que saboreio, mas a orgulhosa beleza de suas barracas enfeitadas, de seus carrinhos de três rodas e de suas cadeiras. Esses homens são menos numerosos do que já foram, mas houve época em que percorriam as ruas de Istambul e, mesmo com multidões reunidas à sua volta, lá no fundo da alma ainda viviam no mundo "limpo" de suas mulheres e mães. Outra comida de rua que resistiu à moda da uniformidade produzida nas fábricas é, obviamente, o "peixe com pão". Antigamente, quando o mar era limpo, o peixe, abundante e barato, e as calçadas viviam cheias de bonitos do Bósforo, vendedores de peixe com pão ofereciam seu produto não apenas em barcos a remo presos à praia, mas dentro dos bairros e na frente dos estádios de futebol.

Nos anos 1960, um amigo de infância louco por comida de rua ria de boca cheia e pronunciava um mantra desafiador: "É a sujeira que dá sabor!". Ao dizer isso, defendia-se da melancolia e da culpa de comer comida de rua feita longe da cozinha materna.

Ao comer comida de rua, o que sinto com mais força é o pecado da solidão. Os espelhos que são colocados nas paredes desses longos e estreitos balcões para torná-los maiores fazem meu pecado parecer maior também. Quando eu tinha quinze para dezesseis anos e parava num desses lugares antes de entrar num cinema para ver um filme sozinho, eu me observava ali em pé, comendo meu hambúrguer e bebendo meu *ayran*, via que eu não era bonito e me sentia só, culpado e perdido nas grandes multidões da cidade.

25. Balsas do Bósforo

Ao pegar uma balsa em Istambul, nunca tenho a sensação de estar me deslocando pela cidade; em vez disso, tomo consciência de meu lugar dentro dela; percebo como minha vida se encaixa nas outras vidas à minha volta. Sei que meu lugar é nas margens do Bósforo, do Chifre de Ouro e do mar de Mármara, as grandes massas de água que dão forma a Istambul. Todos esses prédios — janelas e portas — que fazem da cidade o que ela é: seu significado depende da proximidade do mar e dos canais, de sua altura, de seu ponto de vista. O mesmo ocorre com as pessoas que vivem em suas casas e andam por suas ruas: num canto da mente, sabem a que distância se acham das águas. Aqueles que podem ver essas águas de sua janela (e antigamente não eram apenas uma feliz minoria), sempre que veem as balsas se deslocarem para cima e para baixo, sentem como se a cidade fosse um centro, um limiar, um todo; sentem que tudo vai dar mais ou menos certo.

É por isso que, ao subir numa dessas balsas que vemos dia e noite, para atravessar a cidade ou iniciar uma excursão, sentimos o prazer de ver de fora o nosso lugar no mundo íntimo da cidade. Pois quarenta anos atrás, quando meu irmão e eu estávamos numa balsa que saía das ilhas de Karaköy, suspendíamos a respiração para ver quem avistaria primeiro os altos edifícios do nosso bairro e as janelas da nossa casa. Para ver melhor as ruas que conhecíamos, os prédios altos e os outdoors, íamos para o deque superior da balsa, perto da ponte de comando, mas ao avistá-los ficávamos abatidos. Vistos do deque de um barco em movimento, as ruas nas quais passáramos a vida inteira, aqueles grandes edifícios vistos tantas vezes que suas formas estavam gravadas em nossa memória, e aqueles outdoors que líamos vezes sem conta da manhã à noite — tudo parecia menos importante e mais comum. A comoção infantil de ver nossa rua e nossa casa de longe (e ainda sinto essa agitação sempre que tomo uma balsa) era eclipsada por um sombrio pensamento: se os milhões de janelas da cidade e suas centenas de milhares de edifícios se parecem entre si, nossa vida é mais parecida com outras vidas do que pensávamos.

Se a cidade vista do deque da balsa nos mostrava quanto éramos parecidos com os outros, vista de uma dentre as milhões de janelas idênticas ela nos dizia exatamente o oposto: despertava em nós o desejo de sermos diferentes, de sermos únicos. Pois ao ver as balsas da cidade navegarem para cima e para baixo em seus canais, nos sentíamos livres ao andar sozinhos pela cidade. Meus tios e meu pai sabiam os nomes e os números de cada um dos quarenta e tantos barcos existentes, para mim todos iguais, e podiam identificá-los de longe só pela silhueta. Um cano de chaminé era um pouco maior do que os outros, ou se inclinava um pouco mais; alguns tinham pontes de comando um pouco mais altas, ou a popa um pouco mais larga. Quando meu pai adivinhava o nome e o número de uma balsa que era pouco mais do que uma silhueta no horizonte e, admirados, lhe pedíamos que nos contasse seu segredo, descobríamos quanto era difícil dominar aquelas pequenas diferenças. Meu pai e meus tios tinham cada um a balsa de sua predileção, e quando a viam mover-se ruidosamente pelo Bósforo ficavam felizes como se vissem o número da sorte, e punham-se a contar para nós, crianças, a história daquela balsa específica e o que a distinguia das outras. Será que conseguiríamos apreciar as belas linhas da sua chaminé e a elegância de suas curvas? Éramos capazes de ver como declinava levemente ao descer com a corrente? Quando a balsa chegava perto da margem, quando passava por Akintiburnu, onde nos achávamos, acenávamos para o capitão. Naquele tempo, havia um oficial que do Akintiburnu fazia sinais para as balsas usando bandeiras verdes e vermelhas.

As balsas eram movidas a carvão, e a fumaça de suas chaminés era grossa e negra. Nos dias sem vento, a fumaça escura pairava no céu, traçando as curvas de uma jornada pelo Bósforo. Em minha infância e juventude, quando meu sonho era ser pintor, depois de terminar uma aquarela de uma vista do Bósforo, a maior alegria era acrescentar a fumaça que jorrava das balsas e se espalhava no céu.

Seguindo o exemplo do pai e dos tios, meu irmão e eu escolhíamos as balsas de nossa predileção. As que ficávamos mais felizes de ver, sempre que as avistávamos, e cuja visão relatávamos um para o outro, tinham mais ou menos a nossa idade, e viajavam do Bósforo para as ilhas desde os anos 1950. A *Paşabahçe*, que fora trazida de Liverpool e se distinguia de suas duas irmãs pela chaminé achatada, era o "meu" barco, e numa noite de verão de 1958, atendendo a um pedido de meu tio ao capitão, ele apitou duas vezes ao passar por nossa casa em Heybeliada. Meu tio, que se encontrara com o capitão um dia antes e lhe fizera o pedido, me preveniu, e passei o dia inteiro esperando ansioso pela hora noturna em que a *Paşabahçe* passaria diante de nós. Naquele anoitecer de fim do verão, quando olhei através dos pinheiros e vi o navio emergir das luzes da ilha atrás dele, corri para a margem e esperei, trêmulo, no alto da escada do jardim. Nunca me esquecerei dos dois apitos quando ele passou entre as duas ilhas — o primeiro sombrio, o segundo raivoso —, exatamente no lugar previsto. O apito, vindo das profundezas da balsa, ecoou nas montanhas das ilhas, na quietude da noite sem vento; depois, fez-se silêncio, e por um instante me fundi com a natureza, com todo o mundo, como se sonhasse, antes de ouvir gritos a vinte metros de distância, na mesa entre as árvores perto da cozinha onde minha grande família (a avó, o tio, a mãe, o pai e os outros) tomava sopa, gritos que aplaudiam a balsa. Ainda posso ver a *Paşabahçe* da janela do meu escritório uma ou duas vezes por dia.

Embora a *Paşabahçe* viaje até as ilhas e pelas margens do Bósforo há cinquenta anos, o senso de continuidade e elegância que as balsas nos davam vai aos poucos desaparecendo. Dos antigos desembarcadouros do Bósforo, muitos fecharam, alguns foram transformados em restaurantes, outros, impiedosamente despedaçados e demolidos. Quanto às balsas que meus tios e meu pai identificavam pelo número e pela silhueta, à exceção de uma ou duas hoje convertidas em restaurantes para turistas, todas se foram, desapareceram, acabaram no ferro-velho. Mas ainda existem velhas balsas em atividade no Bósforo, e ainda há centenas de milhares de passageiros que, amontoados nas laterais, veem a cidade desfilar casa por casa, que sobem ao deque para respirar o ar estimulante do Bósforo, que se sentam nessas balsas para tomar chá, a caminho do trabalho, todas as manhãs. Por trás das balsas que vejo do meu escritório, especialmente nos dias de inverno, distingo uma agradável massa de pontos brancos. As gaivotas são mestras na arte de catar as *simits*, ou roscas de gergelim, as migalhas de pão que os homens lhes jogam. Nas balsas do Bósforo, no inverno, há sempre alguém atirando migalhas para as gaivotas. O que desaparece é a relação individual dessas balsas com as pessoas que as viam não como navios, mas como personagens. Antigamente, quando as balsas de três andares passavam perto dos *yalis*, o capitão, no deque superior, olhava nos olhos da dona de casa que sonhava acordada atiçando o fogão. Agora os passageiros viajam em rápidos catamarãs trazidos da Noruega — cujos interiores lembram salas de cinema sem ventilação — e não olham pela janela, mas para a televisão.

Amo os navios do Bósforo principalmente quando atracam à noite para se aninhar. Se estivermos sentados num *meyhane* perto do desembarcadouro, a balsa meterá seu longo e alto nariz em nossa conversa como um pai autoritário e curioso, ou pelo menos é o que nos parece quando lançamos olhares em sua direção. Enquanto o capitão fuma um cigarro na cabine, os tripulantes lavam o deque com mangueira. Se é tarde e faz muito calor, um tripulante dorme de pijama num banco do ancoradouro por onde milhares passaram correndo ao longo do dia; e outro, sentado num banco em frente, fuma um cigarro de olho na escuridão do Bósforo. A essa hora da noite, o silêncio — e a balsa, presa ao ancoradouro por cordas — lembra uma pessoa bonita que dorme em paz.

26. As ilhas

Uma semana após ter nascido, fui levado a Heybeliada; lá passei o verão de 1952. Minha avó tinha uma grande casa de dois andares cercada por um jardim, no meio da floresta e bem perto do mar. Um ano depois fui fotografado dando meus primeiros passos na sacada dessa casa, que de tão larga parecia uma varanda. Em 2002, data deste ensaio, aluguei uma casa em Heybeliada, como já tinha feito antes, não longe da casa onde estive quando pequeno. Passei muitos dos meus cinquenta verões desde então nas ilhas Príncipe — em Burgaz, Büyükada e Sedefada, assim como em Heybeliada —, onde escrevi muitos romances. Há um canto da parede da sacada daquela primeira casa em Heybeliada em que meus primos e eu marcávamos nossa altura todo verão. Apesar de ter sido vendida, depois de uma sucessão de brigas de família, fracassos comerciais e disputas de herança, ainda vou a essa casa de tempos em tempos para olhar as marcas que fizemos na parede e saber quanto tínhamos crescido.

Para mim, o verão em Istambul começa com a partida para as ilhas. Antes que isso aconteça, as escolas precisam fechar e o mar precisa estar quente o bastante para nadar — e o preço das cerejas e dos morangos precisa cair substancialmente. Em minha meninice, os preparativos para ir às ilhas levavam bem mais tempo do que hoje. Como não havia geladeira na casa da ilha — naquele tempo geladeira era um caro luxo ocidental —, minha avó primeiro descongelava sua geladeira Nişantaşi, após o que carregadores apareciam em casa, enrolavam-na em sacos de pano e, com blocos e polias, colocavam-na nos ombros; panelas e caçarolas eram embrulhadas em jornais, tapetes eram enrolados e guardados e, sob o barulho contínuo da máquina de lavar, do aspirador, das discussões e das obras de reparos, as poltronas, os móveis de madeira e as cortinas da casa de inverno eram cobertos com jornais para protegê-los do sol de verão. Quando, depois de tudo isso, finalmente corríamos para pegar uma das balsas cuja forma particular identificávamos de imediato, eu ficava intoleravelmente agitado. A viagem de noventa minutos que fazíamos no início de todos os verões parecia interminável. Enquanto respirávamos o fresco vento marinho, o cheiro de musgo e de primavera, meu irmão e eu caminhávamos de uma ponta a outra da balsa uma ou duas vezes, depois íamos pedir à avó ou à mãe que nos comprassem refrigerantes de um dos vendedores de camisa branca que circulavam com suas bandejas, e descíamos para conversar com nossa cozinheira — que nos esperava com nossas malas, nossos baús e a geladeira, e, quando a balsa fazia as primeiras paradas em Kihali e Burgaz, víamos as cordas sendo amarradas e o movimento no cais, prestando atenção nos mínimos detalhes.

Toda cidade tem um som que não se escuta em nenhuma outra, um som que todos os moradores conhecem bem e compartilham como se fosse um segredo — o barulho do metrô em Paris, o ruído das motos em Roma, o estranho zunido de Nova York —, e Istambul também tem um barulho que todos os moradores conhecem intimamente; é o gemido metálico que ouvem há sessenta anos sempre que uma balsa aporta em qualquer dos pequenos desembarcadouros de madeira protegidos por um cinturão de pneus. Quando a balsa finalmente chegava a Heybeliada, meu irmão e eu corríamos pelo cais para a ilha, sem dar a menor atenção à avó e à mãe, que gritavam atrás de nós para que tomássemos o cuidado de não tropeçar e cair.

Foi em meados do século xix que os ricos de Istambul e as classes altas da cidade começaram a fazer excursões às ilhas e a construir casas de veraneio. Até o fim do século xviii, apenas os grandes caíques a remo eram fretados para a viagem, que levava meio dia a partir da praia de Tophane. Nos primeiros tempos, as ilhas eram lugares de exílio para onde iam imperadores e políticos bizantinos derrotados; à exceção das prisões, dos mosteiros, dos monges, dos vinhedos e das aldeias de pescadores, eram lugares desertos. No começo do século xix, as ilhas começaram a servir de estação de veraneio para os cristãos e levantinos de Istambul, assim como para a gente ligada às diversas embaixadas. Em 1894, depois que as balsas a vapor, de fabricação inglesa, passaram a fazer o serviço diário durante o verão, o tempo de viagem entre Istambul e Büyükada foi reduzido para algo entre uma hora e meia e duas horas. Com a chegada do serviço "expresso" nos anos 1950, os ricos de Istambul podiam voltar para suas ilhas todas as noites em 45 minutos — um grande avanço em relação às jornadas de meio dia que os imperadores, as imperatrizes e os príncipes bizantinos faziam de caíque, talvez uma vez na vida, para não falar nos pretendentes a soberano cujos olhos tinham sido queimados depois de uma tentativa fracassada de tomar o trono. Nos anos 1960 e 1970, quando os ricos de Istambul ainda não tinham descoberto Antalya, Bodrum, ou a costa meridional, era tão difícil achar lugar na balsa noturna que saía de Karaköy, que homens importantes mandavam empregados garantirem vagas. Fossem judeus, cristãos ou muçulmanos, membros das classes ricas da cidade dificilmente cultivavam o hábito da leitura; condenados a passar o tempo fumando, olhando o mar ou uns aos outros, esses viajantes habituais, por natureza empreendedores, também davam um jeito de animar as coisas, organizando loterias e rifas. Os prêmios eram enormes abacaxis ou garrafas de uísque — símbolos de luxo, que não se encontravam com facilidade. Lembro-me de meu tio voltando para a casa de Heybeliada certa noite, sorrindo e segurando a imensa lagosta que acabara de ganhar.

A partir do começo dos anos 1980, quando o mar de Mármara ficou poluído, a maior das ilhas, Büyükada, aos poucos deixou de ser um lugar onde os ricos podiam passear ao entardecer, ostentando despreocupadamente aquelas que eram suas credenciais de classe, as roupas europeias. Numa tarde de verão de 1958, fomos apanhados por um espalhafatoso iate e levados com o pai e a mãe para uma festa nas praias de Büyükada. Lembro-me de ter visto lindas mulheres deitadas na praia em roupas de banho, esfregando óleo, e homens ricos saudando-se reciprocamente e gracejando cheios de confiança, e garçons de branco oferecendo-lhes bebidas e canapés em bandejas. Heybeliada sediava a Academia Naval e era a preferida de famílias de militares e burocratas, e talvez seja por isso que Büyükada sempre me pareceu mais rica; andando pela rua à procura dos queijos importados da Europa e de uísque vendido no mercado negro, ouvindo a música e as alegres conversas que vinham do Clube Anatoliano, eu sentia que aquele era o lugar onde os "ricos de verdade" passavam o tempo. Foi na infância que a vergonha e a ganância me fizeram perceber todos os graus de diferença, entre os cavalos-vapor desse ou daquele motor de popa, entre os senhores que embarcavam em carruagens puxadas por cavalos ao chegar e aqueles que iam a pé, entre as mulheres que iam às compras e as finas senhoras que mandavam alguém fazer compras por elas.

Além das mansões suntuosas, de seus belos jardins e de suas palmeiras e limoeiros, o que dá a essas ilhas de veraneio uma atmosfera totalmente diferente do resto de Istambul são as carruagens de tração animal. Quando eu era pequeno, ficava muito feliz quando me permitiam sentar perto do cocheiro; brincando no jardim, eu imitava as campainhas das rédeas, o ploque-ploque das ferraduras e os gestos do cocheiro. Quarenta anos depois, naquelas mesmas ilhas, eu faria as mesmas brincadeiras com minha filha. As carruagens de hoje são iguais às de antigamente, baratas, silenciosas e práticas, e para amá-las é preciso aprender a aceitar o forte cheiro de esterco de cavalo nos mercados, nas ruas movimentadas e nos armazéns — aprender a amá-lo a ponto de procurá-lo, de modo que, quando o cansado (e às vezes cruelmente chicoteado) cavalo levanta elegantemente a cauda para soltar uma carga fumegante na avenida, o aprendiz fica tão infantilmente feliz que sorri.

Até o começo do século XIX, as ilhas eram principalmente lugares onde padres, seminaristas e pescadores gregos hibernavam. Quando, depois da revolução de 1917, os russos brancos começaram a fixar-se em algumas ilhas, as aldeias cresceram, enchendo-se de espalhafatosos restaurantes e casas noturnas. A Academia Naval de Heybeliada foi fundada, como muitas clínicas para tuberculosos; a comunidade judaica da cidade mudou-se, em massa, para Büyükada e a comunidade armênia, para Kinali. Depois houve outro influxo de gente para servir aos turistas, e, apesar de as ilhas ficarem mais movimentadas, seu caráter essencial não mudou.

Desde que o forte terremoto de 1999 em İzmit abalou as ilhas, e soube-se que o próximo grande terremoto provavelmente chegaria ainda mais perto, as ilhas vêm lentamente se esvaziando. Gosto de imaginá-las no outono, quando as escolas primária e secundária reabrem e a alta estação chega ao fim, e é possível apreciar a tristeza dos jardins desertos; gosto de imaginar os anoiteceres e os invernos.

Ano passado, num desses dias de outono, ao caminhar entre os jardins e varandas desertos de Heybeliada, lembrei-me de que, quando pequeno, eu devorava os figos e as uvas que as famílias não puderam colher antes de voltar para Istambul. Era uma alegria melancólica entrar nos jardins desertos de famílias que víamos de longe, sem ter a oportunidade de nos tornarmos conhecidos — subir pelas escadas, balançar nos balanços e ver o mundo a partir de suas sacadas. Depois desse passeio no ano passado, tão parecido com os que eu fazia quando menino, pulando de um muro para outro, fui à casa de Ismet Pasha, que eu visitara uma vez — uma vaga lembrança de ter ido com meu pai, 45 anos antes, e de o ex-presidente ter me posto no colo e me beijado. Os muros da casa estavam agora enfeitados de foto dos seus dias de político e estadista, ao lado de fotos tiradas durante as suas férias, quando ele pulou de um caíque no mar, de roupa de banho preta com um só suspensório. O que me deixou nervoso foi a atmosfera de silêncio e vazio, tão própria do fim do verão em Heybeliada, que cercava a casa. As banheiras, as pias, a mobília de cozinha, o poço, a cisterna, o forro do assoalho, os velhos armários, a moldura das janelas, tantos outros detalhes, e um vago cheiro de mofo, pó e pinheiro — tudo me recordava a casa de família que não era nossa.

A cada verão, no fim de agosto e começo de setembro, bandos de cegonha passavam por cima das ilhas em sua viagem dos Bálcãs para o sul. Agora, como na infância, vou ao jardim admirar a misteriosa coragem no bater silencioso dessas asas peregrinas. Quando eu era pequeno, duas semanas depois da passagem do último bando fazíamos nossa melancólica viagem de volta para Istambul. Ao chegar em casa, eu tirava das vidraças os jornais descorados pelo sol, e, lendo notícias velhas de três meses, entrava em transe e pensava em como o tempo custa a passar.

27. Terremoto

Fui acordado entre a meia-noite e o amanhecer — às três da manhã, como custei a descobrir — pelos primeiros solavancos. Era 17 de agosto de 1999. Eu estava em meu escritório, em nossa casa de pedra em Sedef, a pequena ilha ao lado de Büyükada, e minha cama, a três metros da escrivaninha, balançava violentamente, como canoa durante uma tempestade no mar. Um ronco assustador veio do subsolo, de um ponto que me pareceu exatamente debaixo da cama. Sem parar para pegar os óculos, obedecendo mais ao instinto do que à razão, saí pela porta e corri.

Do lado de fora, atrás dos ciprestes e dos pinheiros, entre as luzes da cidade distante e na superfície do mar, a noite vibrava violentamente. Era como se tudo acontecesse ao mesmo tempo. Enquanto uma parte da minha mente registrava o terremoto em toda a sua violência e escutava o barulho que vinha da terra, outra parte confusa perguntava: por que todos começaram a gritar a esta hora da noite? (As bombas, os assassinatos, as incursões noturnas dos anos 1970, talvez tenham me levado a associar disparos de arma de fogo com desastre.) Posteriormente, pensei muito, mas sem êxito, no que poderia ter produzido aquele barulho tão parecido com o de armas de fogo automáticas.

Os primeiros tremores duraram 45 segundos, provocando 30 mil mortes; antes de terminarem, eu tinha subido pelos degraus para o último andar, onde minha mulher e minha filha dormiam. Já estavam acordadas, e esperavam no escuro, amedrontadas e sem saber o que fazer. A eletricidade tinha ido embora. Juntos, saímos para o jardim e o silêncio envolvente da noite. O horrível ronco tinha cessado, e era como se ao redor tudo também aguardasse, com medo. O jardim, as árvores, aquela pequena ilha cercada de altas pedras — silêncio no meio da noite, a não ser pelo leve farfalhar da folhagem e por meu coração acelerado, que falavam de qualquer coisa aterrorizante. No escuro debaixo das árvores, falávamos aos sussurros, numa estranha hesitação — temerosos, talvez, de provocar outro terremoto. Depois vieram outros tremores suaves; não nos assustaram. Mais tarde, deitado na rede com minha filha de sete anos adormecida no colo, ouvi sirenes de ambulância na praia de Kartal.

Nos dias seguintes, através de uma interminável sucessão de abalos secundários, ouvi outras pessoas descreverem seus movimentos durante aqueles letais 45 segundos. Vinte milhões tinham sentido o primeiro tremor e ouvido o ronco do subsolo, e mais tarde, quando entraram em contato uns com os outros, não foi sobre o espantoso número de baixas que falaram, mas sobre aqueles 45 segundos. A maioria das pessoas dizia: "Só quem passou pela experiência é capaz de entender".

Um farmacêutico emergiu ileso de um edifício de apartamentos reduzido a entulho, e o que disse coincidiu com o testemunho de dois outros que também saíram ilesos do mesmo edifício; ele não sofrera uma alucinação. Seu prédio de cinco andares deu um pulo — isso ele sentiu distintamente — depois desmoronou. Alguns acordaram e viram a si e a suas casas inclinados surrealmente; quando as estruturas começaram a tombar, os moradores prepararam-se para morrer, mas o prédio vizinho susteve a queda e as pessoas ficaram penduradas num canto, ou noutro lugar qualquer. Aliviadas, abraçavam-se umas às outras; corpos resgatados posteriormente nos escombros comprovaram isso. Tudo — panelas, televisores, armários, estantes, enfeites, coisas penduradas nas paredes — foi arrancado de onde estava, e as mães, os filhos, os tios, as avós, que saíram procurando freneticamente uns aos outros, foram atingidos por seus próprios objetos, esbarrando em paredes que já não reconheciam. Essas paredes, que tinham mudado de forma num instante, deixando cair todos os seus objetos; os móveis virados; as nuvens de poeira e a escuridão — tudo transformava as casas em lugares estranhos, deixando muitos desorientados, apesar de alguns terem conseguido descer vários lances de escada no curto período de 45 segundos e fugir para a rua antes que o prédio desabasse.

Ouvi contar de um avô e uma avó que ficaram deitados na cama esperando a morte, de pessoas que saíram para o que supunham ser uma sacada no quarto andar e descobriram que estavam num terraço no térreo, de pessoas que abriam a geladeira quando os primeiros tremores começaram e acabaram cuspindo o que tinham na boca antes de poder mastigar. Foi surpreendente o número de pessoas que disseram estar acordadas, em pé dentro de casa, momentos antes de o terremoto começar. Outras lutavam para avançar no escuro até que, vencidas pelo medo dos violentos tremores, caíram no chão, sem ousar mexer um músculo. Muitos disseram que não conseguiram levantar da cama; com sorrisos pacíficos, contaram-me que cobriram o rosto com o lençol e deixaram o resto por conta de Alá — posição em que muitos mortos foram encontrados.

Tomei conhecimento dessas histórias boca a boca, pelas redes de boatos de Istambul; o dia todo ninguém falou de outro assunto que não o terremoto. Na manhã seguinte, as mais importantes emissoras privadas de televisão despacharam equipes para filmar de helicóptero as áreas atingidas; as imagens eram continuamente exibidas. Na minha pequena ilha, e nas maiores e mais habitadas à nossa volta, houve baixas, mas o epicentro foi a apenas quarenta quilômetros, o voo de um corvo. Na praia defronte, prédios mal construídos desabaram, e muita gente morreu. Durante todo o dia, no mercado de Büyükada, reinou um silêncio temeroso e culpado. Eu não podia aceitar que o terremoto tivesse ocorrido tão perto e tirado tantas vidas, que atingira lugares onde eu passara grandes períodos da minha infância, e minha descrença me assustava ainda mais.

A maior parte dos danos ocorreu no golfo de İzmit. Ele tem forma de lua crescente, e, se o imaginássemos no centro da bandeira turca, o grupo de ilhas onde fica a minha ilhota ocuparia o lugar da estrela. Fui levado a uma dessas ilhas uma semana depois que nasci, e nos 45 anos que se seguiram estive e hospedei-me em várias delas, e em muitos lugares do golfo. A cidade de Yalova, muito amada por Atatürk por suas fontes termais, e famosa em minha infância por uma imitação de hotel ocidental que lá existe, tornou-se um monte de ruínas. A fábrica petroquímica de que meu pai foi diretor — eu me lembrava de quando era apenas um campo e de como brotaram refinarias no terreno deserto — estava em chamas. As pequenas cidades ao longo do golfo em forma de lua crescente, as aldeias que visitávamos de carro ou de barco para fazer compras, toda a costa seria tomada por edifícios de apartamentos, enquanto os distritos que descrevi com triste afeição em *A casa silenciosa* foram todos transformados posteriormente em imensos hotéis de veraneio. Agora muitos daqueles prédios tinham sido destruídos ou tornados inabitáveis. Se por dois dias minha mente se recusou a aceitar tudo aquilo, lutando para negar a enormidade da catástrofe, talvez fosse culpa do romance em que eu trabalhava naquela época. Por ele eu não queria sair da minha pequena ilha, onde a vida prosseguia tão silenciosa quanto antes.

No segundo dia, não me contive mais. Primeiro atravessamos para Büyükada num pequeno barco a motor, e depois fizemos a longa travessia de duas horas de balsa para Yalova, do lado oposto. Ninguém pediu a mim ou ao amigo que me acompanhava, autor de um livro intitulado *Elogio do Inferno*, para fazer essa viagem; nenhum de nós pretendia escrever sobre o que vimos, ou mesmo contar a alguém. Movia-nos apenas o desejo de ficar perto dos mortos e moribundos, sair da nossa ilhazinha feliz e observar, talvez mitigar, o horror. Na balsa, como em toda parte, as pessoas liam jornais e falavam aos sussurros sobre o terremoto. O diretor aposentado dos correios, sentado perto de nós, disse que tinha uma pequena loja em Büyükada, na qual vendia laticínios de Yalova, onde morava. Agora, dois dias depois do terremoto, voltava para ver se havia armários ou outros móveis caídos numa posição perigosa.

Yalova fora antes uma cidade pequena, com praias orladas de árvores e cujos campos forneciam a Istambul frutas e hortaliças. Nos últimos trinta anos, o verde dera lugar a terra e concreto; as árvores frutíferas tinham sido cortadas, abrindo espaço para milhares de edifícios de apartamentos; e a população da cidade no verão inchara para quase meio milhão. No instante em que pusemos os pés na cidade, vimos que nove em cada dez monolitos de concreto tinham sido reduzidos a entulho ou ficado tão danificados que ninguém podia entrar. Logo constatamos a inutilidade do sonho que secretamente alimentáramos — de poder ajudar alguém, agarrar num canto de um fragmento qualquer e ajudar a levantá-lo: dois dias depois, era improvável que ainda houvesse alguém vivo debaixo do entulho. Os que ainda lá estivessem só poderiam ser alcançados pelas equipes alemãs, francesas e japonesas, que tinham a necessária experiência. Mais importante ainda, os efeitos do desastre eram tão generalizados que, a não ser que alguém nos pegasse pelo braço e pedisse um serviço especial, era impossível ver algo que pudéssemos fazer.

Havia muitas pessoas como nós, vagando em estado de choque pela rua: andamos com elas entre os edifícios desmoronados, tombados e pulverizados; os carros esmagados pelo entulho; as paredes, os postes de eletricidade e os minaretes tombados; pisando em pedaços de concreto, vidros partidos e nos fios de telefone e eletricidade que cobriam as ruas. Em pequenos parques, terrenos vazios e nos jardins do liceu, vimos tendas armadas. Vimos soldados, alguns fechando ruas e outros carregando entulho. Vimos pessoas vagando perplexas, à procura de endereços que já não existiam, pessoas à procura de entes queridos, pessoas investigando minuciosamente a responsabilidade pelo desastre, pessoas disputando um lugar para armar sua tenda. Pelas ruas vinha um fluxo contínuo: veículos de socorro com caixas de leite e comida enlatada, caminhões repletos de soldados, guindastes e escavadeiras para remover os restos pulverizados que tinham afundado no paralelepípedo. Como as crianças imersas numa brincadeira esquecem as regras do mundo real, assim também estranhos entabulavam conversas contra todas as regras da etiqueta. O desastre fez todos se sentirem num mundo alienígena. Era como se as leis mais cruéis e secretas da vida tivessem ficado expostas, como os móveis das casas onde as paredes foram destruídas ou tombaram.

Olhei muito tempo para os prédios caídos de lado, prédios que tinham desaparecido parcialmente ou se encostavam nos prédios próximos, como uma cidade de brinquedo que uma criança tivesse arranjado travessamente, prédios cujos topos esmagaram prédios do outro lado da rua e cujas fachadas desabaram. Tapetes feitos a máquina pendurados em seus poleiros como bandeiras num dia sem vento, mesas quebradas, sofás, cadeiras e outros móveis de sala de estar, travesseiros desbotados pela poeira e pela fumaça, televisores virados, vasos de plantas e flores em perfeitas condições nas sacadas de casas completamente arruinadas, toldos que entortaram como borracha, aspiradores de pó cujas mangueiras estendiam-se no vazio, bicicletas esmagadas nos cantos, guarda-roupas abertos com vestidos e camisas de cores brilhantes à mostra, roupões e paletós pendurados atrás de portas fechadas, cortinas de tule farfalhando na brisa como se nada tivesse acontecido... Em nosso caminho de uma casa a outra, olhando espantados para os interiores expostos, o corte transversal revelava quanto a vida é frágil, quanto é desprotegida das obras do mal. Percebemos quanto de nossa vida depende de homens que em geral desprezamos. Todos esses imundos empreiteiros, esses conselhos desonestos que cobram propinas, esses políticos mentirosos de que nos queixamos há anos — vieram do nosso meio, de dentro de nós, e nossas críticas não nos protegeram da sua maldade.

Andamos um bom tempo de uma rua para outra, sentindo que o desastre tinha mudado a história e nossos corações de forma irreversível. Às vezes entrávamos numa ruazinha com casas meio em pé — ainda não totalmente desmoronadas, mas já condenadas — ou num jardim dos fundos coberto de fragmentos de vidro, concreto e louça, onde uma árvore tinha sido empurrada, mas não partida, por um prédio tombado, cena que eu imaginava a mulher da casa assistindo enquanto trabalhava na cozinha olhando pela janela dos fundos. As visões familiares — a idosa senhora da cozinha em frente; o velho assistindo à televisão no mesmo canto todas as noites; a menina atrás da cortina entreaberta — tudo se fora, porque a cozinha em frente, o canto, a cortina de tule, que vimos deste canto durante tantos anos, desapareceram também. Mais provavelmente, aqueles que costumavam apreciar essas visões também tinham ido embora.

Os sobreviventes — aqueles que conseguiram se atirar dos prédios sem se matar — sentavam-se agora nos muros e nas esquinas, e nas cadeiras recuperadas quem sabe de onde, esperando pelos resgates daqueles que ainda estavam lá dentro. "Meus pais estão ali", disse um rapaz, apontando para um monte indistinto entre placas de concreto. "Estamos esperando que sejam retirados." Outro disse que tinha vindo de Kütahya e encontrara o apartamento da mãe em pedaços; depois de apontar para o lugar, acrescentou: "Vamos embora logo que recuperarmos o corpo!".

Todos que percorriam as ruas — parando diante das ruínas; observando, sem poder ajudar, as equipes de socorro, os guindastes, os soldados; sentando-se, atordoados, entre geladeiras, aparelhos de televisão, móveis e caixas de roupas recuperadas das casas —, todos esperavam alguma coisa. Esperavam notícias de desaparecidos, esperavam para ter certeza de que a mãe estava de fato dentro do prédio (talvez tivesse saído do prédio antes da meia-noite — antes do terremoto — para ir a algum lugar, embora essa possibilidade não combinasse com seus hábitos); esperavam o corpo de um tio, um irmão, um filho, para que, assim, pudessem deixar para trás aquele lugar; esperavam para ver se as equipes de socorro, quando chegassem com seu equipamento de escavação, poderiam recuperar objetos pessoais, alguma coisa de valor, dos montes de pó e pedaços de concreto; esperavam que alguém conseguisse uma caminhonete para transportar o que conseguiram salvar; esperavam que os socorristas chegassem, que as estradas fossem liberadas, e equipes realmente profissionais entrassem e resgatassem a mulher ou o irmão ainda vivos debaixo do entulho. Muito embora a televisão e os jornais tivessem contribuído para exagerar milagres desse tipo, a verdade é que, no fim do terceiro dia, havia pouca esperança de encontrar alguém vivo. Isso apesar das vozes que se ouviam, dos ruídos que os sobreviventes faziam para chamar a atenção.

Há duas espécies de ruínas. Há as que repousam de lado, como caixas descartadas, retendo ainda algo da forma original, apesar de alguns andares terem desabado uns sobre os outros como dobras de acordeão — em prédios desse tipo ainda é possível encontrar sobreviventes nos bolsões de ar. Na outra espécie de ruína não há camadas, não há blocos de concreto, e é impossível adivinhar a forma antiga do prédio desabado; é só um monte de poeira, ferro, móveis despedaçados, lascas de concreto. É impossível acreditar que possa haver sobreviventes lá dentro. Um por um, eles arrancam os corpos desses montes de entulho; é trabalho vagaroso, como abrir poço com agulha. Enquanto os soldados lentamente levantam uma placa de concreto com um guindaste, os antigos moradores do prédio e os que procuram corpos de entes queridos a tudo assistem com olhos de insônia. Quando um corpo aparece, dizem: "Ele gritou o dia inteiro, ontem, mas não chegou ninguém para acudir!". Às vezes há equipamento de escavação, às vezes apenas macacos de automóvel, vigas de ferro, ou picaretas para sondar as brechas. Antes de acharem o corpo, encontram os objetos pessoais do morto: uma foto de casamento emoldurada, uma caixa com um colar, roupas e o intenso cheiro de cadáver. Sempre que abrem um buraco no concreto e um especialista, ou um heroico voluntário, entra para procurar, empunhando uma lanterna de mão, uma onda perpassa pela multidão que espera em volta da ruína; todos se põem a falar, há choros e gritos. O voluntário que entrou no buraco, que geralmente não tem relação alguma com o prédio e apenas ouvira um ruído, agora pede ajuda do carregador lá da frente, ou dos homens que cavam com as mãos, mas a barulheira impede de ouvir o que ele pede. Tudo é muito demorado, e as pessoas logo percebem que tirar cada pedra e cada corpo dessa montanha de escombros pode levar meses.

Mas devido ao mau cheiro dos corpos, e ao medo de epidemias, seria impensável. Mais provavelmente, haverá um momento em que os corpos remanescentes serão removidos com pá junto com o resto do entulho — os pedaços de concreto, os utensílios de casa, os relógios parados, as malas, os aparelhos de televisão estilhaçados, os travesseiros, as cortinas, os tapetes — e transportados para um lugar distante, onde serão enterrados. Parte de mim gostaria de agir como se nada disso estivesse acontecendo, de esquecer o que vi, enquanto outra parte quer testemunhar o que puder, e contar aos outros.

Vimos pessoas que andavam pelas ruas falando consigo mesmas, pessoas dormindo em carros levados para terrenos baldios e pessoas que tinham tirado móveis e alimentos de casas semidestruídas e posto na calçada. No centro do estádio, usado como campo de pouso pelos helicópteros que víamos passar sobre nossas cabeças, havia pessoas deitadas num hospital improvisado; perto desse hospital havia fileiras de edifícios reduzidos a pó. Esbarramos com um amigo que é fotógrafo e casado com uma escritora; ia para a casa do sogro, tirando fotografias pelo caminho. Aquela casa velha era segura e sólida; o sogro contou-nos do barulho que escutara na poeira e no entulho no meio da noite. Deparamos com outros conhecidos, e no jardim deserto de uma casinha meio destruída arrancamos, e comemos, uvas empoeiradas e doces.

Ao ver-nos, e às câmeras, todos gritavam: "Jornalistas, anotem isto!", e descarregavam suas queixas sobre o Estado, os vereadores, os empreiteiros ladrões; suas vozes repercutiram ruidosamente na mídia, mas era muito provável que os políticos, as autoridades e os prefeitos corruptos criticados voltassem a candidatar-se e a contar com a simpatia desses eleitores. Também era muito provável que aquelas pessoas que se queixavam amargamente tivessem, em algum momento da vida, subornado a câmara para contornar posturas municipais, e julgassem uma estupidez não o fazer. Num país onde presidentes falam bem de propinas, chamando-as de "práticas", numa cultura que depende de arranjos informais e na qual se lamenta, mas se tolera, a fraude, não se pode esperar que os empreiteiros deixem de usar ferro e concreto de qualidade inferior, que ajam dentro da lei, e gastem mais dinheiro, pensando num hipotético terremoto que possa prejudicar outras pessoas no futuro. De acordo com um mito sobre terremotos — amplamente divulgado de boca em boca e bastante popular, porque apresenta os proprietários de imóveis como vítimas inocentes —, todos os edifícios construídos por determinado empreiteiro foram destruídos, menos um, aquele em que o empreiteiro morava.

Não tendo tomado providência nenhuma antes do terremoto, nem conseguido mobilizar o esforço necessário para socorrer as vítimas depois, o Estado perdeu boa parte do respeito da população. Mas como tanta gente tem, em seu desamparo, uma profunda crença no sonho de um poder mais alto que cuida de todos, à maneira de Alá, pode-se esperar que o Estado recupere a credibilidade sem fazer muita força. O mesmo se aplica ao Exército, que demorou a prestar socorro e não ficou muito em evidência no começo, em parte porque muitos dos seus prédios foram destruídos. O orgulho nacional e a autoconfiança do país também ficaram muito abalados com o terremoto. Em alguns lugares, ouvi pessoas dizerem: "Os alemães e os japoneses nos ajudaram a tempo, mas não o Estado turco!". Li palavras parecidas na imprensa. Quais foram os motivos alegados? "Não estávamos organizados", disse um senhor de idade, que sabia que a resignação cura mais do que a raiva; quando o pão mofava numa parte da cidade, na outra faltava pão. Enquanto pessoas jaziam debaixo do concreto, gritando por ajuda e morrendo aos poucos, veículos de socorro estavam parados por falta de combustível, ou presos em distantes engarrafamentos.

Vimos um homem dirigir seu velho e empoeirado carro lentamente pelas ruas secundárias; ao aproximar-se de uma ruína que lhe chamara a atenção, parou e gritou para a multidão pela janela: "Quantas vezes eu avisei que a ira de Alá cairia sobre vós, que vós devíeis renunciar ao pecado?". Algumas pessoas o repreenderam furiosamente, e ele foi embora, com sua raiva triunfante, para a próxima ruína. Li artigo de um analista de mentalidade semelhante que afirmava que o Exército e o Estado tinham sido punidos por se meterem em questões religiosas, e ouvi outros perguntarem por que, se esse era o caso, tantas mesquitas e tantos minaretes foram destruídos?

No meio da devastação — das ruínas e dos cadáveres — houve, é claro, momentos de exultação. Ver um sobrevivente sair dos escombros depois de tanto tempo! Ver a ajuda chegar de todos os cantos do país, e de outros países que o Estado turco sempre chamara de inimigos! Mas a maior e não mencionada fonte de alegria: ter, de alguma forma, sobrevivido. Havia aqueles que, no fim do terceiro dia, tinham aceitado o desastre e começavam a pensar no futuro: apesar de todas as advertências e proibições, ordeira e cautelosamente eles retiravam os objetos de suas antigas moradas. Vimos dois rapazes entrarem num apartamento do térreo de um edifício com uma inclinação de 45 graus para tirar um candelabro do teto.

No cais, o café debaixo de um imenso castanheiro estava superlotado. Apesar dos mortos e desaparecidos, as pessoas se permitiam sentir a grande alegria de terem sobrevivido ao desastre. O gerente achara um gerador e conseguira resfriar refrigerantes em sua geladeira. Os jovens que vieram para nossa mesa não queriam falar do terremoto, mas de literatura e de lembranças políticas.

Durante a volta, vimos novamente o diretor aposentado dos correios que fora dar uma olhada em sua propriedade. "Cheguei à nossa rua e fiquei olhando; nossa casa tinha desaparecido", disse com tranquilidade. "Havia uma menina de doze anos debaixo do entulho, aparentemente." Falava de modo calmo, como se aquilo fosse de alguma maneira culpa sua, e queixou-se muito pouco.

Depois, meu amigo observou que um inglês reclamaria se chovesse durante suas férias anuais, ao passo que um homem cuja casa tinha desaparecido não reclamava de nada. Conjeturamos que talvez fosse porque as pessoas não reclamam de forma alguma de terremotos que matam gente na Turquia, mas não sabíamos aonde esses pensamentos nos conduziriam. Aquela noite, temendo (nós e o resto do país) um novo terremoto, dormimos fora, no jardim.

Quando nossa balsa estava no meio do golfo em forma de lua crescente, vi que aquelas praias tinham recebido uma enorme quantidade de moradores desde a minha infância, e, com seus idênticos prédios de apartamentos, haviam se fundido numa única e contínua cidade. Toda a região vivia sob o temor do terremoto que, segundo os cientistas, seria ainda mais mortal, e cujo epicentro estaria ainda mais perto de Istambul. Não se sabia ao certo quando viria esse terremoto, mas, de acordo com os mapas publicados pelos jornais, a falha geológica que tudo destruiria passava por baixo da pequena ilha para onde nos dirigíamos.

28. O medo de terremotos em Istambul

Em tempos passados, eu jamais parava para pensar se o alto minarete que vejo da minha mesa poderia cair em cima de mim. A mesquita foi construída em memória do filho de Süleyman o Magnífico, o príncipe Cihangir, que morreu jovem; desde 1559 ela resiste, com seus dois altos minaretes no alto de uma ladeira inclinada dominando o Bósforo, e serve como símbolo de continuidade.

Foi meu vizinho de cima que tocou no assunto, quando veio partilhar comigo o medo que o terremoto lhe provocara. Meio em pânico, meio de brincadeira, fomos até a sacada calcular a distância. No período de quatro meses, tinha havido dois grandes terremotos em Istambul, e incontáveis tremores secundários, algo que resultara em 30 mil mortos e ainda estava muito vivo em nossa mente. Pior ainda (li nos olhos do meu vizinho engenheiro), ele e eu acreditávamos no que os cientistas nos diziam: que num futuro próximo, em algum ponto do mar de Mármara e mais perto de Istambul, outro grande terremoto mataria 100 mil pessoas num instante.

A grosseira medida que tomamos dos minaretes a olho nu não nos tranquilizou. Depois de consultar alguns livros e enciclopédias, aprendemos que nos últimos 450 anos a mesquita de Cihangir (aquele "símbolo de continuidade") fora destruída duas vezes por terremotos e incêndios, e não havia um traço sequer da mesquita original na cúpula ou nos minaretes que se erguiam à nossa frente. Pesquisando mais descobrimos que a maior parte das mesquitas e dos monumentos históricos de Istambul foi destruída ao menos uma vez por terremotos (incluindo a igreja de Santa Sofia, cuja cúpula desabou num terremoto vinte anos depois de ter sido construída) e que alguns deles foram destruídos mais de uma vez e reconstruídos "para aguentar mais pressão".

A história dos minaretes era bem pior. Em todos os grandes terremotos que atingiram a cidade nos últimos quinhentos anos — incluindo o "pequeno dia do juízo final" que abalou a cidade em 1509 e os grandes terremotos de 1766 e 1894 —, o número de minaretes caídos superou em muito o de cúpulas desabadas. Depois dos dois terremotos recentes, meu amigo e eu tínhamos visto incontáveis minaretes no chão, não apenas na tv e nos jornais, mas durante nossas visitas às zonas afetadas. Na maioria dos casos, caíram sobre os prédios vizinhos: albergues de estudantes onde vigias sonolentos jogavam gamão tarde da noite, casas onde mães tinham se levantado para alimentar bebês, ou (no caso do segundo grande terremoto em Bolu) famílias reunidas na frente da televisão para assistir nos telejornais noturnos a um debate sobre a probabilidade de novo terremoto, quando um minarete caiu como faca de bolo, partindo a sala em duas.

Dos minaretes que não caíram, a maioria foi danificada. Os irrecuperáveis foram removidos com correntes e guindastes e destruídos. Como víramos a queda de muitos minaretes em câmara lenta na televisão, meu vizinho e eu sabíamos como eles caem. Os tremores do próximo terremoto deveriam vir do Bósforo e do mar de Mármara, como eu já disse. Portanto, pusemo-nos a calcular o ângulo provável da queda de nosso minarete, tentando decompor em fatores desgraças do passado: a seção bem acima da sacada ficara ligeiramente torta no terremoto de agosto; antes, um raio atingira a pedra abaixo da estrela e do crescente, atirando-a no pátio.

Levando em conta todos os fatores, ficou claro que o minarete, se caísse no ângulo que calculáramos usando as mãos e um pedaço de barbante, não nos atingiria: nosso prédio, que dava para o Bósforo, estava longe demais dele, a uma distância maior do que sua altura. "Portanto não há possibilidade de o minarete cair em cima de nós", disse o vizinho, preparando-se para sair. "Na verdade, é muito mais provável que o nosso prédio caia sobre o minarete."

Nos dias seguintes — enquanto eu continuava minha pesquisa, tentando determinar se o prédio onde eu trabalhava cairia sobre o minarete, e se o prédio onde eu morava com minha família poderia cair como o prédio onde eu trabalhava — não procurei o vizinho. Não era pelo fato de ele, como tantos outros conhecidos, temperar seu medo de terremotos com uma pitada de humor negro. Era porque ele, como o resto de nós, encarava à sua maneira o medo da morte. Meu vizinho tinha tirado uma lasca do canto do nosso prédio de seis andares e mandado para a Universidade Técnica de Istambul, a fim de que a resistência do concreto fosse analisada, e aguardava os resultados, como milhares de outras pessoas que tiveram a mesma ideia. Tendo feito tudo que podia, ele encontrara na espera uma espécie de calmante; disso eu sabia.

No meu caso, concluí que a paz de espírito só viria com mais conhecimento. Minhas visitas às zonas atingidas por terremotos ensinaram-me que os prédios desabavam basicamente por dois motivos: má qualidade da construção e pobreza do solo. Por isso, como muita gente, procurei descobrir em que tipo de solo minha casa e meu escritório repousavam e se tinham sido robustamente construídos; fiz isso conversando com engenheiros, examinando mapas e trocando notas com outras pessoas que, como eu, tinham desenvolvido o gosto pela preocupação e pelo medo.

Embora os dois epicentros ficassem a mais de 150 quilômetros da cidade, os dois últimos terremotos tinham arrancado do sono todos os moradores de Istambul; os 30 mil mortos expuseram a prática adotada pelo setor de construção civil de construir mal e em solo impróprio, sem tomar qualquer precaução contra terremotos. Para os 20 milhões que viviam no ambiente da cidade, pesadelos brotaram do temor bem fundado de que suas casas seriam incapazes de suportar um terremoto da intensidade prevista pelos cientistas. Ainda que as casas e os prédios tivessem sido construídos em conformidade com os códigos de construção (coisa altamente improvável), não servia de consolo lembrar que esses regulamentos e regras foram projetados para proteger contra terremotos muito mais fracos do que aquele que agora esperávamos. Portanto, nem mesmo essas casas, construídas não por empreiteiros negligentes e desonestos, com pouco ferro e concreto de baixa qualidade, mas por nossos pais e avós, poderiam ser tidas como seguras. E, em muitos edifícios de apartamentos, propinas para vereadores possibilitaram a construção de numerosos andares extras e a remoção imprudente de colunas e paredes de arrimo a fim de abrir espaço para lojas, tornando os prédios ainda mais frágeis. Além disso, ainda que se demonstrasse que nosso prédio seria capaz de aguentar o que deveria aguentar, ainda que decidíssemos investir em reformas um terço do valor do apartamento, precisaríamos convencer nossos cínicos, apáticos, deprimidos, desmiolados, oportunistas e muito provavelmente pobres vizinhos a fazerem o mesmo.

Com isso, apesar da magnitude do perigo a que estamos condenados, não conheci muitos moradores de apartamentos em Istambul que encarassem a realidade e cuidassem de tornar seu prédio seguro. Sei de algumas pessoas preocupadas com terremoto que não só não conseguiram convencer os vizinhos, mas nem sequer as mulheres, os maridos, os filhos. Portanto, há quem não tenha condições de transformar sua casa num lugar seguro e, resignado, aceite o destino, apesar de também morrer de medo, e se refugie no cinismo, dizendo: "Ora, mesmo que gastasse todo esse dinheiro para tornar o prédio seguro, o que aconteceria se o prédio da frente caísse em cima de nós?". É por causa dessa impotência, dessa desesperança, que milhões de istambullus sonham com terremotos.

Meus próprios sonhos guardam muita semelhança com outros que me relataram. No sonho vemos a cama em que dormimos e nos lembramos dos ansiosos pensamentos sobre terremotos que tivemos pouco antes de nos deitarmos. De repente, a terra treme; é um enorme terremoto. Vemos a cama balançar, um terremoto em câmara lenta enquanto o pequeno quarto, a casa, a cama e todas as coisas em redor perdem o senso de lugar; e ao oscilar mudam de forma. Lentamente, nossa perspectiva se amplia para além do quarto e abrange cenas inspiradas por imagens de cidades destruídas filmadas de helicóptero e ubíquas na televisão; é então que começamos a perceber a enormidade do desastre. Mas apesar da atmosfera de Dia do Juízo, estamos — no sonho e na vigília — secretamente felizes, porque testemunhar o terremoto é prova de que sobrevivemos. O mesmo se aplica à mãe, ao pai, ao marido ou à mulher que atribuem o terremoto a nossas prioridades equivocadas: eles nos repreendem, mas também estão vivos. Esses sonhos nascem parcialmente do pavor e do desejo de seguir em frente, o que talvez explique por que tantas pessoas se lembram de que, apesar do terror que sentiram, também se sentiram livres de pecado, como depois de uma prática religiosa. Muitos dos que estremecem de terror, flutuando através dessa zona sombria entre a vigília e o sono, concluem que deve ter havido um terremoto de verdade enquanto dormiam, que tremores reais provocaram o sonho, e se não há ninguém perto a quem possam acordar e consultar, se não podem decidir ter sido sonho ou realidade, com certeza lerão os jornais de manhã à procura das últimas notícias sobre tremores secundários.

Convencidos de que não podemos garantir a segurança de nossas moradas, decidimos que só há uma maneira de nos livrarmos do senso de desastre iminente que aflige todos os sobreviventes de terremoto: voltar aos cientistas e professores que nos advertiram que Istambul em breve será atingida por um grande terremoto e convencê-los a repensar o que disseram.

O professor Işikara, diretor do único grande observatório da Turquia, foi o primeiro a informar que nossa falha geológica era muito parecida com a da Califórnia, estendendo-se de uma ponta à outra da Turquia setentrional, e que se fizéssemos um gráfico dos grandes terremotos dos últimos tempos veríamos que começaram no leste e estão cada vez mais perto de Istambul. Depois do primeiro grande terremoto de agosto de 1999, quando toda a imprensa andava à procura do professor Işikara e ele passava as noites correndo de uma emissora de televisão para a outra, repetindo opiniões às quais ninguém prestara atenção durante anos, os apresentadores lhe faziam sempre a mesma pergunta: "Diga-nos, senhor, vai haver outro terremoto esta noite?". Em suas primeiras aparições, a resposta era a mesma: "Um terremoto pode ocorrer a qualquer momento". Depois, tendo deixado milhões de pessoas apavoradas, visto centenas se jogarem das janelas durante um terremoto muito menor e ouvido queixas do Estado sobre o caos provocado pelo desespero, ele editou a frase, que ficou assim: "É impossível dizer quando haverá um novo terremoto". Apesar disso, dois dias depois que o grande terremoto matou 30 mil pessoas, e quando os tremores secundários se intensificavam e todo o país o acompanhava pela televisão, ainda achávamos que ele estava insinuando que poderia haver outro terremoto naquela noite, e saímos para dormir nos parques, nos jardins e nas ruas. Esse simpático professor, com seu jeito desgrenhado e distraído de Einstein (embora sem o seu gênio), tornou-se grandemente amado em Istambul, porque nos dias do maior desespero, no auge do medo dos terremotos, ele fez a vontade dos moradores insones e nos ofereceu um quadro mais otimista, se bem que não muito convincente (sugeriu, por exemplo, que a falha geológica talvez ficasse mais longe de Istambul do que se pensava anteriormente), sorrindo quando dava más notícias, e falando sempre com a maior suavidade.

Havia cientistas que defendiam suas previsões, recusando-se a dourar a pílula; o professor Şengör foi um desses especialistas. Ele enfureceu todo mundo ao comportar-se como um clínico insensível, chamando de "belo" aquele primeiro terremoto que matou 30 mil pessoas. Mas a principal razão do ressentimento contra cientistas como esse, que se recusavam a atenuar seus prognósticos, era a irrefutabilidade de suas provas, de que o terremoto iminente seria enorme, e a forma recriminatória, quase cruel, com que as apresentavam. Por trás dessa raiva professoral demoníaca havia não apenas o fato de que tinha aumentado o número de construções inseguras, onde moravam dez milhões de pessoas, na área do terremoto, sem que ninguém desse atenção às débeis advertências dos cientistas; ela se devia também ao fato de que ninguém ouvira a imprensa internacional, que o citara 1 300 vezes. Foi por isso que assumiu um ar de imame furioso profetizando os castigos que os infiéis em breve receberiam.

Esses cientistas falavam em programas de entretenimento cujos convidados típicos eram mulheres bonitas e halterofilistas, e cujos apresentadores interrompiam as minuciosas análises dos cientistas para perguntar: "Senhor, vai haver um terremoto num futuro próximo? E qual será sua intensidade?". Em 14 de novembro, durante um dos mais importantes programas de notícias, houve um bate-boca tão acalorado a respeito dos últimos dados sobre a falha geológica do mar de Mármara que a chegada de Bill Clinton à Turquia naquele dia mereceu apenas uma breve menção, nos 45 minutos do noticiário. Aquele programa, como tantos outros, terminou sem dar nenhuma resposta concreta às perguntas que o apresentador fizera com tamanha insistência, e tantas vezes, e deixando subentendido que, justamente por isso, só poderíamos esperar mais discussões, perguntas e declarações públicas inconsequentes.

Nenhum cientista quis dar esperanças ao público dizendo que o terremoto talvez jamais viesse, à exceção dos poucos cuja ciência era claramente indigna de crédito; e lentamente os milhões de istambullus que viviam em prédios inseguros, construídos em solo impróprio, acabaram chegando à conclusão de que precisavam buscar por conta própria um jeito de afastar o terror. Assim, alguns puseram o assunto nas mãos de Alá ou, com o tempo, simplesmente o esqueceram, enquanto outros buscavam falso conforto nas precauções que tinham tomado depois do último terremoto.

Muitos passaram a dormir com gigantescas lanternas cobertas de plástico perto da cama, de modo que, em caso de terremoto ou de queda de eletricidade, pudessem achar a saída antes de serem alcançados pelo fogo. Ao lado das lanternas há apitos, para alertar as equipes de resgate que procuram sob os escombros, e telefones celulares. Alguns penduram apitos (num caso, uma gaita) no pescoço. Outros usam as chaves da casa, para, em caso de terremoto, não perderem tempo procurando. Alguns não fecham mais as portas, para escaparem sem problemas de suas casas de dois ou três andares. Outros, ainda, penduraram cordas nas janelas para descerem escorregando até o jardim. Nos primeiros meses, alguns ficaram tão nervosos com os contínuos tremores secundários que passaram a usar capacete de mineiro dentro de casa. Como o primeiro grande tremor tinha ocorrido à noite, o desejo de estar preparado era tão forte — mesmo entre aqueles que moravam em andares tão altos que descer as escadas e sair do prédio às pressas era praticamente impossível — que muitos iam para a cama já vestidos. Ouvi contar de alguns que tinham tanto medo de serem apanhados de calças arriadas que nunca se demoravam no banheiro; e de alguns casais, tomados da mesma preocupação, que perderam interesse em sexo. Outros construíram abrigos para estocar alimentos, bebidas, martelos, lâmpadas e tudo que pudesse ajudá-los a fugir de uma grande cidade em chamas, e sobreviver sem eletricidade, quando as estradas e pontes desabassem. Depois do terremoto, alguns passaram a andar com grandes somas de dinheiro. Em muitas casas, certos cantos eram considerados inseguros, e camas eram afastadas das paredes, para longe de prateleiras e de guarda-roupas cheios. Abrigos foram construídos perto de aparelhos vitais, como geladeiras e fogões; isso teoricamente impedia que o teto caísse sobre os moradores, ou pelo menos era o que afirmavam os guias publicados nos jornais ensinando a construir esses "triângulos da vida".

Fiz a mesma coisa numa ponta da longa escrivaninha em que escrevo romances há vinte e cinco anos. Com os mais pesados livros da minha biblioteca — entre eles uma *Encyclopedia Britannica* de quarenta anos de idade, volumes ainda mais velhos da *Islam Encyclopedia*, e a *Istanbul Encyclopedia*, uma das fontes de minhas pesquisas sobre terremotos de antigamente —, armei um abrigo debaixo da mesa. Após certificar-me de que era forte o suficiente para suportar pedaços de concreto caídos, deitei-me ali para exercícios de conduta em caso de terremoto, assumindo uma posição fetal, de acordo com as instruções, para proteger os rins. Os guias de pequenos terremotos também recomendam guardar biscoitos, garrafas d'água, apito e martelo num canto seguro, mas não fiz nada disso. Bastavam-me as pequenas preocupações da vida diária, isso e aquilo engarrafado. Minha relutância em levá-los para a escrivaninha estaria ligada à vaga consciência de que esse tipo de arranjo poderia contribuir para abater-me o moral ainda mais depressa?

Não, minha razão era mais profunda e misteriosa. Eu a vira cintilar nos olhos de muitas pessoas, apesar de elas raramente a expressarem; diria que se trata de vergonha, uma vergonha tingida de culpa e autoincriminação. É algo parecido com o que sentimos com relação a um parente nosso que é alcoólatra convicto, ou quando sofremos uma súbita ruína financeira — o desejo de nos protegermos é tão forte quanto o de esconder dos outros nossa necessidade. Quando meus amigos e editores fora da Turquia me escreviam, depois do primeiro grande terremoto, para pedir notícias, a vergonha me impedia de dar qualquer tipo de resposta; voltei-me para dentro de mim mesmo, como quem acaba de saber que tem câncer e cuja primeira preocupação é que ninguém descubra. Nos primeiros dias, se eu quisesse discutir o assunto, era apenas com aqueles que estavam na mesma situação e sentiam a mesma ansiedade a respeito do próximo grande terremoto, pessoas com a mesma visão que a minha. Mas essas conversas, na sua maior parte, mais pareciam monólogos em série, pois imitávamos, com raiva e agitação, as opiniões dos especialistas cujos respectivos graus de pessimismo e otimismo logo se tornaram conhecidos de todos.

Por um momento, limitei minha pesquisa aos bairros onde ficam minha casa e meu escritório, tentando determinar até que ponto o chão debaixo deles resistira bem aos tremores passados. Foi um alívio descobrir que apenas alguns prédios tinham caído naqueles bairros durante o terremoto de 1894. Mas quando estudei o inventário completo das casas caídas, quando li os nomes daqueles cujos telhados desabaram sobre eles — os açougueiros gregos, os leiteiros, os soldados otomanos em seus quartéis —, quando aprendi que todos os mercados e edifícios históricos que eu visitara tantas vezes tinham sido destruídos e reconstruídos, fui tomado de tristeza diante da brevidade da vida e da fragilidade dos homens e dos minaretes.

Um pequeno mapa publicado numa revista que resolvera traçar a curva de desastre do futuro terremoto me deixou furioso. Meu bairro foi pintado com a cor escura que indicava os distritos mais expostos a danos. Ou foi impressão minha? Seria possível tirar qualquer conclusão de um mapa tão pequeno e rústico? Armado de lupa, examinei a mancha letal que se espalhava pelo mapa sem palavras, até chegar à minha rua e minha casa, e tentei encontrar correspondência com mapas mais detalhados. Nenhum outro mapa, em nenhum outro jornal, nenhuma outra fonte tinha dito que meu bairro corria risco especial. Decidi que se tratava de erro e tentei esquecer. Eu sabia que seria mais fácil para mim se não comentasse isso com ninguém.

Poucos dias depois, lá estava eu, à meia-noite, debruçado sobre o mesmo mapa, examinando de lupa na mão aquela mancha escura. Meu senhorio, sabendo da minha preocupação com a qualidade do solo nos alicerces do prédio, desenterrou a fotografia que tirara orgulhosamente com os operários no lançamento dos alicerces, quarenta anos atrás. Como eu tinha vivido quarenta anos no mesmo bairro, a foto trouxe muitas lembranças, mas quando peguei a lupa foi para olhar o tipo de rocha na terra. As declarações contraditórias dos cientistas, assim como a irresponsável guerra de estimativas da mídia, mantiveram os moradores de Istambul divididos entre o desespero ansioso e o alívio nervoso — uma noite sem dormir por causa de mais uma notícia ruim e outra noite sem dormir por causa de uma insinuação de alívio (de acordo com as últimas fotografias de satélite, o terremoto atingiria apenas cinco graus na escala Richter!). E assim foi, para a frente e para trás, com minha pesquisa sobre qualidade do solo debaixo de uma mancha no mapa. Cedi à recomendação dos editores da revista para não dar muita importância ao seu pequeno e tosco mapa, mas mesmo assim ainda refleti muito sobre como aquela mancha escura poderia ter caído em cima da minha casa e da minha vida.

Durante todo aquele período, mantive também o ouvido atento às suspeitas e aos boatos que circulavam como matilhas de cães selvagens pela cidade. Quando, nos dias que se seguiram ao terremoto, ouvi falar que o mar tinha esquentado, prova de que outro terremoto era iminente, e quando ouvi falar das estranhas correspondências entre o terremoto e o eclipse solar da semana anterior, reagi com risadas. "Não ria tão alto", repreendeu-me uma menina furiosa. "Se vier um terremoto, não vamos escutar." Um dos rumores dizia que o terremoto fora obra da guerrilha separatista curda; outro, que fora provocado pelos americanos, que agora vinham em nosso socorro com um imenso navio-hospital militar ("Como é que você acha que chegaram aqui tão depressa?", dizia a teoria da conspiração). Numa abusiva versão o comandante do tal navio olhava tristemente do convés e suspirava, cheio de culpa: "Vejam só o que fizemos!".

Mais tarde, as alucinações paranoicas adquiriram um viés mais doméstico: o zelador que tocava a campainha todas as manhãs para entregar o leite e os jornais anunciava (com a mesma voz que usava para avisar que a água seria desligada durante uma hora) que um terremoto arrasador estava previsto para as sete e meia da noite, e toda a cidade seria destruída. Ou um cientista demoníaco que não tomara providências para enfrentar o desastre iminente tinha fugido para a Europa. Ou se dizia que o Estado, sabendo muito bem o que estava por vir, tinha importado secretamente 1 milhão de sacos para defuntos. Ouvia-se dizer também que os militares tinham mandado uma turma cavar valas coletivas nos campos ao redor da cidade, e que um amigo que tinha dúvidas sobre a solidez de sua casa — e, é claro, do solo debaixo dela — se mudara para outro prédio na mesma rua e acabara descobrindo que o novo apartamento era ainda mais inseguro. Em Yesilyurt, um dos bairros mais ricos de Istambul, construído num dos piores solos da cidade, os proprietários participaram de uma reunião para discutir o terremoto e se dividiram em dois grupos: os que queriam discutir medidas de proteção e os que diziam que essa conversa depreciaria os imóveis. Na mesma época, um jornalista amigo meu me disse que seu jornal não imprimira os mapas que eu desejava consultar em minha pesquisa sobre a mancha escura do pequeno mapa com receio de desagradar aos corretores e proprietários de imóveis.

Dois meses depois, meu vizinho de cima no prédio onde moro me disse que a universidade para a qual tinham mandado amostras de concreto lhe enviara um relatório. A conclusão — como no caso da consulta relativa ao apartamento onde tenho meu escritório — não chegava a ser desanimadora, mas também não inspirava confiança. Cabia a cada um de nós interpretá-la, assim como fora um ato subjetivo, no outro dia, determinar se o minarete cairia ou não em cima de nós.

Mais ou menos na mesma época, contaram-me que um velho amigo que trabalhava no setor de produção musical tinha decidido, depois de passar por Gölçük, a cidade mais danificada pelo terremoto de agosto, nunca mais pôr os pés em sua casa de Istambul; mudara-se para o Hilton, que lhe parecera uma construção mais sólida, até achar que o hotel também não era seguro. Depois disso, resolveu passar os dias fora de casa, tratando de seus negócios pelo celular, andando para cima e para baixo como se tivesse muita pressa. Dizia-se que, enquanto ia e vinha sem parar, resmungava o tempo todo: "Por que não abandonamos esta cidade, por que não vamos embora?".

Quando finalmente registramos que, apesar de o epicentro do primeiro terremoto ter sido a 150 quilômetros da cidade, milhares de istambullus morreram, houve um êxodo nos bairros mais pobres, o que fez cair o preço dos aluguéis. Mas a maior parte de Istambul continua instalada em prédios inseguros, e sem tomar precauções. A esta altura, tudo — a impertinência dos cientistas, os boatos levados a sério, o ato de esquecer, o adiamento das comemorações do milênio, o abraço dos amantes, a resignação —, tudo torna natural a ideia de um terremoto e nos ajuda a "viver com isso", como agora se diz. Outro dia, uma jovem recém-casada, de rosto radiante e muito animada, esteve no meu escritório para conversar sobre a capa de um livro e, com grande convicção, explicou-me seu jeito de lidar com o assunto.

"Sabemos que o terremoto é inevitável, e isso nos dá medo", disse ela, erguendo as sobrancelhas. "Mas vivemos cada momento como se nada fosse acontecer naquele exato momento. Do contrário, não se faz nada. Mas esses dois pensamentos são contraditórios. Por exemplo, sabemos agora que é muito perigoso ficar numa sacada depois de um terremoto. Mesmo assim, estou indo à sacada", disse ela, num tom professoral, e, abrindo a porta lenta e cuidadosamente, foi até a sacada. Não me levantei e ela ficou lá, olhando para a mesquita do outro lado da rua e para a vista do Bósforo atrás da mesquita. "Enquanto estou aqui", disse ela, com um jeito mais volúvel, algum tempo depois, pela porta aberta, "não acredito que um terremoto vá nos atingir neste exato momento. Se acreditasse, teria medo demais e não ficaria aqui." Quando voltou da sacada e fechou a porta, disse, com um leve sorriso: "É assim que faço. Vou à sacada e, enquanto estou lá, consigo uma pequena vitória contra o terremoto, dentro da minha cabeça. Com pequenas vitórias como essa, vamos derrotar o grande terremoto que um dia virá".

Depois que ela saiu, fui até a sacada admirar os minaretes e as belezas de Istambul e do Bósforo surgindo na neblina. Vivi a vida inteira nesta cidade. Tenho feito a mim mesmo a pergunta que se faz aquele sujeito que anda pelas ruas, sobre as razões que nos impedem de ir embora.

É porque não consigo sequer pensar em viver noutro lugar que não seja Istambul.

LIVROS E LEITURAS

29. Como me livrei de alguns de meus livros

No segundo dos dois terremotos recentes — o que atingiu Bolu em no-vembro — ouvi uma pancada num dos lados da minha biblioteca; depois as estantes rangeram e gemeram interminavelmente. Eu estava deitado na cama, no quarto dos fundos, com um livro na mão, vendo a lâmpada balançar em cima de mim. Que minha biblioteca pudesse mancomunar-se com a ira do terremoto, que pudesse confirmar e exaltar sua mensagem — isso me assustou, e a insinuação apocalíptica deixou-me colérico. O mesmo acontecera durante os tremores secundários da semana anterior. Resolvi castigar minha biblioteca.

Foi assim que, com a consciência estranhamente lúcida, tirei 250 livros das estantes e me desfiz deles. Como um sultão que passa por uma multidão de es-cravos e escolhe os que serão açoitados, como um capitalista que designa os la-caios a serem demitidos, fiz minha seleção sumariamente. O que eu castigava era meu próprio passado, eram os sonhos que alimentara ao deparar com esses li-vros pela primeira vez e os escolher, comprar, levar para casa, esconder, ler e me debruçar sobre eles amorosamente, imaginando o que pensaria quando voltasse a lê-los num dia distante. A bem dizer, era menos castigo do que libertação.

A felicidade que senti? Este é um bom ponto de partida para discutir meus livros e minha biblioteca. Eu gostaria de falar um pouco da minha biblioteca, mas sem elogiá-la rasgadamente, como quem proclama amor pelos livros para mostrar que é uma criatura excepcional, muito mais culta e refinada do que as outras. Também não quero parecer um desses pomposos amantes dos livros, que adoram contar que encontraram esse ou aquele volume raro, num sebo, numa das ruazinhas menos conhecidas de Praga. Mas vivo num país em que o não leitor é tido como norma e o leitor, como aberração, e não posso deixar de respeitar as afetações, as obsessões e as pretensões do minúsculo punhado que lê e forma bibliotecas no meio da rusticidade e do tédio generalizados. Dito isto, não quero falar aqui sobre quanto amo os livros, mas sobre quanto os detesto. O jeito melhor e mais rápido de contar essa história é lembrar como e por que me livrei deles.

Levando em conta — até certo ponto — que arranjamos nossas bibliotecas para que os amigos vejam nossos livros como queremos que sejam vistos, uma maneira fácil de limpá-las é decidir que livros gostaríamos de esconder ou banir, digamos assim, para que os amigos não os vejam de forma alguma. Podemos jogar fora um grande número de livros, para que ninguém saiba que um dia levamos aquelas bobagens a sério. É quando passamos da infância para a adolescência e para a juventude que essa obsessão particular se manifesta. Quando meu irmão mais velho me deu os livros que se envergonhava de ter lido em criança, e as coleções encadernadas de revistas de futebol (como *Fenerbahçe*) que já não lhe interessavam, ele matou dois coelhos de uma cajadada só. Usei a mesma técnica para me livrar de muitos romances turcos, romances soviéticos, coleções de má poesia e textos de sociologia, para não falar nos exemplos medíocres de literatura de aldeia, e nos panfletos de esquerda que eu colecionava da mesma maneira que o fazia o arquivista de *O livro negro*. Dei o mesmo tratamento aos livros de divulgação científica que comprava periodicamente e às memórias em que alguém muito vaidoso contava como alcançou o sucesso, e que não pude deixar de ler, assim como às diversas obras de refinada pornografia, não ilustradas. Primeiro coloquei-os num canto escondido, antes de jogar fora.

Quando decido me livrar de um livro, o frêmito da degradação mascara desgostos profundos, não imediatamente identificáveis. O que há de degradante não é o pensamento incômodo de que este livro (uma Confissão Política, uma Má Tradução, um Romance da Moda, uma Coleção na qual Todos os Poemas São Parecidos e Iguais a Todos os Outros Poemas) esteja em minha biblioteca; é saber que houve época em que levei tal livro a sério, o suficiente para comprá-lo, que o mantive nas estantes durante anos, e que até li algumas páginas. Não me envergonho do livro, mas de ter lhe dado importância.

E chegamos ao cerne da questão: minha biblioteca não é motivo de orgulho, mas de vingança contra mim mesmo e de opressão. Como os que se orgulham de sua instrução, eu também às vezes sinto prazer em olhar esses livros, em passar-lhes a mão, em tirá-los para ler. Na juventude, eu me imaginava posando diante dos meus livros quando ficasse famoso. Mas agora o que existe é apenas o constrangimento esmagador de ter investido tempo e dinheiro neles, de trazê-los para casa como um carregador e depois escondê-los; o que me faz sentir mais miserável é saber que acabei "me apegando" a eles. Ao envelhecer, eu talvez tenha começado a jogar livros fora para me convencer de que tenho o tipo de sabedoria que se espera de alguém que formou sua biblioteca com os livros que leu. Mas a velocidade com que compro livros continua sendo maior do que a velocidade com que me desfaço deles. Se eu comparasse minha biblioteca com a de um amigo lido de um rico país ocidental, a dele teria bem menos livros do que a minha. Felizmente, para mim o imperativo não é ter bons livros, mas escrevê-los.

O progresso de um escritor depende, em grande parte, dos bons livros que leu. Mas ler bem não é passar os olhos e a mente lenta e cuidadosamente pelo texto; é mergulhar na alma do livro. É por isso que nos apaixonamos por poucos livros durante a vida. Mesmo a biblioteca pessoal mais criteriosa é constituída de livros que competem entre si. O ciúme entre esses livros confere ao escritor criativo certa melancolia. Flaubert tinha razão ao dizer que se alguém lesse dez livros com cuidado se tornaria sábio. Em geral, a maioria das pessoas não faz nem isso, e, por essa razão, colecionam livros e ostentam bibliotecas. Como vivo num país quase sem livros e bibliotecas, pelo menos tenho uma desculpa. São os 12 mil livros da minha biblioteca que me fazem levar a sério o meu trabalho.

Entre eles existem talvez dez a quinze que realmente amo, mas não sou sentimental. Como imagem, coleção de móveis, monte de pó, fardo tangível, não gosto dessa biblioteca. Sentir-me íntimo de seu conteúdo é como ter relações com mulheres cuja principal virtude é estarem sempre prontas para nos amar; o que mais amo em meus livros é poder pegá-los e lê-los quando me dá vontade.

Como tenho medo de "apegos", tanto quanto tenho medo do amor, aproveito qualquer pretexto para me desfazer de livros. Mas nos últimos dez anos achei uma desculpa que nunca me ocorrera. Os autores de livros que comprei na juventude e guardei, chegando mesmo a ler, porque eram "escritores de nosso país", e mesmo alguns escritores que li nos anos seguintes, todos conspiraram recentemente para provar que meus próprios livros são ruins. No começo ficava feliz por me levarem tão a sério. Mas agora o que me faz feliz é ter um pretexto ainda melhor do que um terremoto para tirá-los de minha biblioteca. É assim que minhas estantes de literatura turca rapidamente perdem obras de escritores semitalentosos, medíocres, relativamente bem-sucedidos, calvos, do sexo masculino e degenerados entre os cinquenta e os setenta anos de idade.

30. Leitura: palavras e imagens

Carregar um livro no bolso ou na mala, especialmente em tempos de tristeza, é estar de posse de outro mundo, um mundo que pode trazer felicidade. Durante minha infeliz mocidade, pensar em determinado livro — um livro que eu estava ansioso para ler — era um consolo que me ajudava a sobreviver ao dia na escola, pois eu bocejava tanto que meus olhos se enchiam de água; mais adiante na vida, ajudou-me a aguentar as reuniões chatas a que eu comparecia por obrigação, ou por não desejar ser rude. Vou fazer uma relação das coisas que tornam a leitura algo que faço não por dever profissional nem para me instruir e aperfeiçoar, mas por prazer.

1. A atração desse outro mundo que mencionei. Isso pode ser considerado escapismo. Ainda que apenas em imaginação, é bom fugir da tristeza da vida diária e passar algum tempo em outro mundo.

2. Entre os quinze e os 26 anos, ler era parte fundamental do meu esforço para me tornar alguém, elevar minha consciência, dar forma à minha alma. Que tipo de homem eu seria? Qual é o sentido do mundo? Até onde podem ir meus pensamentos, meus interesses, meus sonhos, as terras que eu via com os olhos da mente? Enquanto seguia a vida, os sonhos e as ruminações de outros em suas histórias e em seus ensaios, eu tinha certeza de que os preservaria nos mais profundos recessos da memória e jamais os esqueceria, assim como uma criança nunca esquece a primeira vez que viu uma árvore, uma folha, um gato. Com o conhecimento adquirido nos livros, eu traçaria meu caminho para a vida adulta. Tendo iniciado com otimismo tão infantil esse projeto de autoconstrução, a leitura durante aqueles anos era para mim um empreendimento intenso e jocoso, que exigia muito da imaginação. Hoje quase nunca leio desse jeito, e talvez seja por isso que leio muito menos.

3. Outra coisa que torna a leitura tão agradável para mim é a consciência de mim mesmo. Quando lemos, uma parte da mente resiste à imersão total no texto e nos cumprimenta por empreendermos tarefa tão profunda e intelectual: em outras palavras, ler. Proust compreendeu isso muito bem. Disse que uma parte de nós permanece fora do texto para contemplar a mesa à qual nos sentamos, a lâmpada que ilumina o prato, o jardim à nossa volta, ou a vista mais além. Ao perceber tais coisas, estamos ao mesmo tempo saboreando a solidão e o funcionamento da nossa imaginação, e nos congratulando por termos mais profundidade do que aqueles que não leem. Compreendo que um leitor possa, sem exagero, querer congratular-se a si próprio, apesar de não ter muita paciência com quem gosta de se gabar.

É por isso que, quando falo da minha vida de leitor, digo logo: se eu pudesse encontrar os prazeres descritos em 1 e 2 nos filmes, na televisão ou em outras mídias, eu provavelmente leria menos livros. Talvez um dia seja possível. Mas acho difícil. As palavras (e as obras de literatura que elas produzem) são como água, ou como formigas. Nada consegue penetrar nas rachaduras, nos buracos, nas invisíveis frestas da vida com a rapidez e a eficácia das palavras. É nessas fendas que a essência das coisas — as coisas que nos tornam curiosos da vida e do mundo — pode ser verificada primeiro, e é a boa literatura que primeiro a revela. A boa literatura é um bom conselho que ainda vai ser dado, e como tal tem a mesma aura de necessidade que têm as últimas notícias; é basicamente por isso que ainda dependemos dela.

Mas acho que seria errado falar desse prazer como de algo que vai de encontro com — ou dispute com — os prazeres de observar, de ver. Talvez seja porque entre os sete e os 21 anos eu quis ser pintor e passei todos esses anos pintando obsessivamente. Para mim, ler é criar na mente nossa própria versão filmada de um texto. Podemos levantar os olhos da página para descansá-los num quadro na parede, no cenário fora da janela, ou na vista mais além, mas a mente não registra nada disso: ainda estamos ocupados em filmar o mundo imaginário do livro. Para ver o mundo imaginado pelo autor, para encontrar felicidade nesse outro mundo, deve-se usar a própria imaginação. Ao dar-nos a impressão de sermos não apenas espectadores de um mundo imaginário, mas em parte um dos seus criadores, o livro nos proporciona o êxtase do criador no isolamento. É esse êxtase no isolamento que torna a leitura de livros, a leitura de grandes obras de literatura, tão sedutora para todos, e tão essencial para o escritor.

31. Os prazeres da leitura

Neste verão reli *A cartuxa de Parma*, de Stendhal. Ao terminar de ler certas páginas desse livro maravilhoso, meus olhos desviavam-se do velho volume que eu tinha nas mãos para olhar de longe suas folhas amareladas. (Do mesmo modo, ao tomar um refrigerante de que gostava muito quando criança, eu parava de vez em quando para contemplar amorosamente a garrafa em minha mão.) Enquanto carregava o livro comigo neste verão, perguntei a mim mesmo muitas vezes por que me dava tanto prazer o simples fato de ter o livro perto de mim. Depois, eu me perguntava se era mesmo possível falar da alegria que aquilo me dava — falar dela sem primeiro falar do próprio romance seria como falar do amor por uma mulher por quem me apaixonei sem primeiro a descrever. É o que tento fazer agora. (Aqueles que quiserem separar o romance do gosto de ler romances devem pular tudo que estiver entre parêntesis.)

1. Enquanto acompanhava os eventos descritos na história (a Batalha de Waterloo, as intrigas de amor e poder num pequeno principado), fui tomado de intensa emoção. A fonte dessa felicidade estava não nos eventos em si, mas nas reações espirituais e emocionais que provocavam. Senti os acontecimentos como emoções, uma espécie de sinestesia. Senti a alegria

da juventude, a vontade de viver, o poder da esperança, o fato da morte, e o amor, e a solidão.

2. Enquanto saboreava as nuances do escritor, a força de sua prosa, seu poder de observação, seu elã, sua maneira de ir direto ao assunto e a agudeza de sua inteligência, parecia-me que ele sussurrava toda a sua sabedoria aos meus ouvidos, só para mim. Mesmo sabendo que milhões de pessoas tinham lido esse livro antes de mim, eu sentia — por razões que não consegui explicar — que nesse livro havia muitas passagens, muitos pequenos detalhes, refinamentos e percepções que o escritor e eu compartilhávamos, e que só nós dois éramos capazes de apreciar. Estar tão perto, mental e espiritualmente, de um escritor tão brilhante me dava confiança, e por isso, como acontece com as pessoas felizes, minha autoestima subiu.

3. Certos detalhes da vida do escritor (sua solidão, suas desilusões amorosas e o fato de que seus livros não eram amados como gostaria que fossem) e a lendária história da composição desse romance (consta que Stendhal o baseou em velhas crônicas italianas, ditando-o para um secretário em 52 dias) soavam para mim como a história da minha própria vida.

4. Não foi apenas a afinidade que senti por Stendhal que deixou sua marca em mim; muitas das cenas narradas, as descrições de paisagem, o retrato da época (os interiores dos palácios, a figura de Napoleão, os lagos perto de Milão e arredores, o cenário dos Alpes refratado através da sensibilidade urbana do autor, assim como as discussões, os assassinatos e as intrigas políticas), também ficaram comigo. Diferentemente do herói de Proust, nunca assumi a identidade das personagens, nem acreditei que os eventos acontecessem comigo. Eu não estava presente no romance. Mas desde o início desfrutei a emoção de entrar num espaço completamente diferente do mundo em que eu vivia, e estudei o mundo interior do romance da mesma forma que anteriormente tinha estudado o líquido dentro da minha garrafa de refrigerante. Era por isso que eu levava o livro sempre comigo.

5. Li esse livro (*A cartuxa de Parma*) pela primeira vez em 1972. Quando olhava os trechos que eu tinha sublinhado, e as anotações que escrevera à

margem das páginas nessa primeira leitura, ri um riso triste diante do meu entusiasmo juvenil. Mas ainda sentia afeição pelo jovem que pegara esse livro naquela época e que, para abrir a mente a um novo mundo e tornar-se um ser humano melhor, o lera com tamanha sofreguidão. Eu preferia esse jovem otimista e ainda em formação, que se julgava capaz de ver todas as coisas, ao leitor em que me transformara. De modo que, quando me sento para ler o livro, somos uma multidão: meu ego de vinte anos, meu confiante Stendhal, seus heróis e eu. Gosto dessa multidão.

6. Por recordar-me a pessoa que eu era naquela época, eu dava muito valor a esse livro como objeto. Sua capa mal produzida estava em frangalhos, e de vez em quando eu me distraía com a fita que servia de marcador de leitura. Eu fizera anotações do lado de dentro da contracapa anos atrás. E amiúde voltava a consultá-las.

7. Assim, o prazer que me dava a leitura fundia-se com o prazer que me dava o livro como objeto. Por isso o carregava como um amuleto que podia me trazer felicidade, mesmo quando ia a lugares onde não teria tempo para ler. Se estivesse num lugar qualquer e me sentisse enfadado ou perturbado, abria o livro ao acaso, lia um parágrafo e me acalmava. A essa altura as páginas e a capa me deixavam tão feliz quanto as próprias palavras. O livro me dava tanta felicidade quanto a leitura.

8. Quando, como às vezes fazia à noite em Heybeliada, a pequena ilha onde passávamos o verão, me sentava num banco numa estrada que ninguém mais usava e lia à luz da iluminação pública, eu sentia que o livro fazia parte do mundo natural, tanto quanto a lua, o mar, as nuvens, as árvores e as pedras das paredes. Talvez por situar-se no passado distante, parecia tão natural e tão sem artifícios como uma árvore ou um pássaro. Animava-me estar tão perto da natureza, e era como se o livro melhorasse o meu caráter, me purgasse de toda a estupidez e de todo o mal da vida.

9. Num desses momentos de felicidade, eu olhava o livro de certa distância — olhando, de fato, não para suas folhas amareladas, mas para as árvores e o mar escuro ao longe — e me perguntava o que havia naquele livro que me deixava tão feliz. Dando-me conta de que fazer tal pergunta era como indagar sobre o sentido da vida, percebi que aquele livro me aproximava da compreensão desse significado, a ponto de ser capaz de dizer duas ou três coisas sobre o assunto.

10. O sentido da vida está intimamente ligado à felicidade, assim como os grandes romances. Como nos romances, há na vida um desejo genuíno, um impulso, uma corrida em busca da felicidade. Mais ainda. A vontade de refletir sobre esse desejo, esse impulso, e um bom romance (como *A cartuxa de Parma*) está afinada com tal objetivo. No fim, um romance maravilhoso torna-se parte integral da vida e do mundo, aumentando a nossa compreensão do sentido da vida; substitui a felicidade que talvez jamais encontremos na vida, para nos dar a alegria que vem do seu significado.

11. O que me deixa feliz agora é ler uma página enquanto todos esses pensamentos de alguma forma me ocupam a mente — apesar de começar a sentir como se minha felicidade ameaçasse destruir o mistério do romance.

32. Nove notas sobre capas de livro

- Se um romancista consegue terminar o livro sem pensar na capa, é porque se trata de um adulto sensato, bem desenvolvido e plenamente formado, mas também perdeu aquela inocência que primeiro fez dele um romancista.

- Não é possível nos lembrarmos dos livros que mais amamos sem nos lembrarmos de suas capas.

- Gostaríamos de ver mais leitores comprando livros pela capa e mais críticos desprezando livros escritos com tais leitores em mente.

- A representação minuciosa de heróis nas capas de livro insulta não só a imaginação do autor, mas também a dos leitores.

- Quando os desenhistas decidem que *O vermelho e o negro* merece uma sobrecapa vermelha e negra, ou enfeitam livros intitulados *Casa azul* ou *Château* com ilustrações de casas azuis e de castelos, não nos fazem acreditar que foram fiéis ao texto, mas duvidar que o tenham lido.

- Se passados anos da leitura de um livro damos uma rápida olhada em sua capa, voltamos de imediato àquele dia distante em que nos encolhemos num canto com o livro na mão para penetrar no mundo que ele oculta.

• Boas capas servem de conduítes, levando-nos para longe do mundo comum em que vivemos e conduzindo-nos ao mundo do livro.

• O encanto de uma livraria não está nos livros, mas na variedade de suas capas.

• Títulos de livros são como nomes de pessoas: ajudam a distinguir um livro de milhões de outros parecidos. Mas as capas são como rostos: lembram-nos de uma felicidade que sentimos ou prometem um mundo feliz que ainda vamos explorar. É por isso que olhamos para capas de livro com a mesma paixão com que olhamos para rostos humanos.

33. Ler ou não ler: o *Livro das mil e uma noites*

Li meus primeiros contos do *Livro das mil e uma noites* quando tinha sete anos. Eu acabara de concluir o primeiro ano primário, e meu irmão e eu tínhamos ido passar o verão em Genebra, na Suíça, para onde meus pais se mudaram quando meu pai arranjou emprego lá. Entre os livros que minha tia nos dera ao deixarmos Istambul, para ajudar a aprimorar nossas leituras durante o verão, havia uma coletânea de histórias do *Livro das mil e uma noites*. Era um volume belamente encadernado, impresso em papel de alta qualidade, e lembro-me de o ter lido quatro ou cinco vezes durante aquele verão. Quando fazia muito calor, eu ia para o meu quarto descansar depois do almoço; estirado na cama, lia as mesmas histórias, muitas e muitas vezes. Nosso apartamento ficava a uma quadra de distância do lago Genebra, e enquanto uma suave brisa entrava pela janela, e a melodia do acordeão do mendigo chegava do terreno vazio atrás da casa, eu vagava pela terra de "Aladim e a lâmpada maravilhosa" e de "Ali Babá e os quarenta ladrões".

Qual era o nome do país que eu visitava? Minhas primeiras explorações me revelaram que era estrangeiro e distante, mais primitivo do que o nosso mundo, mas parte de um reino encantado. Podia-se andar em qualquer rua de Istambul e encontrar pessoas com os mesmos nomes dos heróis, e isso talvez me fizesse sentir um pouco mais perto deles, mas eu não via nada do meu mundo naquelas histórias; talvez a vida fosse assim nas mais remotas aldeias da Anatólia, mas não na moderna Istambul. Portanto, li o *Livro das mil e uma noites* pela primeira vez como o faria um menino ocidental, assombrado com as maravilhas do Oriente. Eu não sabia que há muito tempo atrás aquelas histórias haviam se infiltrado em nossa cultura a partir da Índia, da Arábia e do Irã; ou que Istambul, a cidade onde nasci, era, em muitos sentidos, testemunho vivo das tradições que deram origem àquelas magníficas histórias; ou que suas convenções — as mentiras, os truques e os enganos, os amantes e os traidores, os disfarces, as viradas súbitas e as surpresas — estavam profundamente entrelaçadas na alma emaranhada e misteriosa da minha cidade natal. Só mais tarde descobri — em outros livros — que as histórias do *Livro das mil e uma noites* que li não tinham sido colhidas nos manuscritos antigos que Antoine Galland, o tradutor francês, e primeiro a fazer uma antologia dos contos, dizia ter adquirido na Síria. Galland não tirara "Ali Babá e os quarenta ladrões", ou "Aladim e a lâmpada maravilhosa", de um livro; ouvira essas histórias da boca de um cristão árabe chamado Hanna Diyab, e só as redigira muito tempo depois, ao preparar a antologia.

Isso nos leva à questão verdadeiramente importante: o *Livro das mil e uma noites* é uma maravilha da literatura oriental. Mas, como vivemos numa cultura que rompeu os laços com seu próprio legado cultural, e esqueceu sua dívida com a Índia e o Irã, rendendo-se aos solavancos da literatura ocidental, essas histórias voltaram para nós depois de passar pela Europa. Apesar de publicadas em muitas línguas ocidentais — às vezes traduzidas pelas mentes mais apuradas da época, às vezes pelas mais estranhas, mais insanas e mais pedantes —, a versão mais aplaudida é a de Antoine Galland. A antologia que Galland começou a publicar em 1704 é a mais influente, é também a mais lida e mais duradoura. Pode-se até dizer que pela primeira vez essa infindável cadeia de contos apareceu como uma entidade finita, e a edição foi responsável pela fama mundial das histórias. A antologia exerceu rica e poderosa influência na literatura europeia por quase um século. Os ventos do *Livro das mil e uma noites* farfalham nas páginas de Stendhal, Coleridge, De Quincey e Poe. Mas, se lermos a antologia de capa a capa, veremos que a influência é limitada. O livro trata, principalmente, do que se pode chamar de "Oriente místico" — as histórias estão repletas de milagres, ocorrências estranhas e sobrenaturais, e cenas de terror — mas o *Livro das mil e uma noites* é mais do que isso.

Vi essa questão mais claramente ao voltar a ler o *Livro das mil e uma noites* quando tinha vinte anos. A tradução que li nessa época era de Raif Karadag, que reapresentou o livro ao público turco nos anos 1950. É claro que — como a maioria dos leitores — não o li do começo ao fim, preferindo passar de uma história a outra guiado pela curiosidade. Na segunda leitura, o livro me perturbou e provocou. Mesmo ao virar as páginas, em suspense, eu me indignava com — e às vezes odiava — o que lia. Dito isto, nunca senti que lia por dever, como às vezes lemos os clássicos; lia com o maior interesse, ao mesmo tempo odiando o fato de estar interessado.

Trinta anos depois, acho que sei o que me incomodava tanto: na maioria das histórias, homens e mulheres travam uma guerra perpétua de logros e enganos. Irritava-me aquele ciclo interminável de jogos, truques, traições e provocações. No mundo do *Livro das mil e uma noites*, jamais se pode confiar numa mulher. Não se pode acreditar em coisa alguma que as mulheres dizem; tudo que fazem é enganar os homens com jogos e ardis. Começa na primeira página, quando Sherazade impede que um homem sem amor a mate, hipnotizando-o com histórias. Se esse padrão se repete no livro inteiro só pode ser porque na cultura que o produziu os homens temiam profunda e fundamentalmente as mulheres. Isso é compatível com o fato de que as armas que as mulheres usam com mais êxito são os encantos sexuais. Nesse sentido, o *Livro das mil e uma noites* é uma poderosa expressão do medo mais forte que os homens sentiam em sua época: o medo de que as mulheres os abandonassem, os traíssem, os condenassem à solidão. O conto que provoca esse medo com mais intensidade — e oferece o prazer mais masoquista — é a história do sultão que olha enquanto todas as mulheres do harém o traem com seus escravos negros. Isso confirma os piores temores e preconceitos masculinos sobre o sexo feminino, e, portanto, não é por acaso que romancistas populares turcos dos tempos modernos, e até "realistas sociais" politicamente comprometidos como Kemal Tahir, prefiram tirar desses contos todo o leite que puderem. Mas quando tinha meus vinte anos, inundado dos temores tipicamente masculinos sobre mulheres nas quais nunca se pode confiar, achei as histórias sufocantes e excessivamente "orientais", e mesmo um tanto grosseiras. Naqueles tempos, as Mil e uma noites pareciam demasiado empenhadas em satisfazer os gostos e preferências das ruas periféricas. O cru, o ambíguo, o mau (se não eram feios desde o início, os contos dramatizaram sua depravação moral tornando-os feios), eram persistentemente repugnantes, dando vazão o tempo todo a seus piores atributos, só para manter o passo da história.

Podia ser que meu desgosto ao ler o *Livro das mil e uma noites* pela segunda vez viesse do viés puritano que às vezes aflige os países ocidentais. Naquele tempo, jovens turcos como eu, que se achavam modernos, viam os clássicos da literatura oriental como uma floresta escura e impenetrável. Agora acho que o que nos faltava era uma chave — um jeito de penetrar naquela literatura que preservasse a visão moderna, mas ainda assim nos permitisse apreciar os arabescos, as amenidades e as belezas casuais.

Só na terceira leitura do *Livro das mil e uma noites* fui capaz de me animar. Dessa vez tentei entender o que tanto fascinara escritores ocidentais através dos séculos — o que fazia do livro um clássico. Eu o via agora como um grande mar de histórias — um mar sem fim — e o que me espantava era sua ambição, a secreta geometria interna. Como das vezes anteriores, eu pulava de uma história para outra, abandonando a leitura no meio, se começasse a me enfadar, e passando para a próxima. Apesar de ter concluído que não era o conteúdo da história que me interessava, mas principalmente sua forma, suas proporções, suas paixões, no fim era o sabor de ruazinha lateral que me atraía acima de tudo — aqueles mesmos detalhes perversos que antes eu lamentava. Talvez com o tempo eu acabasse aceitando o fato de ter vivido o suficiente para saber que a vida é feita de traições e maldades. Assim, na terceira leitura, finalmente pude apreciar o *Livro das mil e uma noites* como obra de arte, deliciar-me com seus eternos jogos de lógica, de disfarces, de esconde-esconde, e suas numerosas histórias de impostura. Em meu romance *O livro negro* baseei-me na magnífica história de Harun al Rashid, que sai disfarçado certa noite para ver o sósia, o falso Harun al Rashid, imitá-lo; mudei um pouco a história para lhe dar um sabor daqueles filmes em preto e branco dos anos 1940 em Istambul. Com a ajuda de edições comentadas e anotadas em inglês, pude, quando tinha meus trinta anos, ler o *Livro das mil e uma noites* por sua lógica secreta, suas piadas herméticas, sua abundância, sua beleza ao mesmo tempo domesticada e estranha, seus feios interlúdios, suas impudências e suas vulgaridades — o livro era, em resumo, uma arca do tesouro. Minha relação inicial de amor e ódio com o livro já não tinha importância: a criança incapaz de nele reconhecer o seu mundo era uma criança que ainda não aceitara a vida como ela é, e o mesmo pode ser dito do adolescente revoltado que o descartou como vulgar. Pois lentamente compreendi que, a não ser que aceitemos o *Livro das mil e uma noites* do jeito que é, essa obra continuará sendo — como a vida, quando nos recusamos a aceitá-la do jeito que é — uma fonte de grande infelicidade. Os leitores devem abordar o livro sem esperança ou preconceito, e lê-lo à sua maneira, seguindo seus próprios caprichos, sua própria lógica. Apesar de eu talvez estar indo longe demais — pois seria um erro recomendar tal livro a leitores com ideias preconcebidas.

Eu gostaria de aproveitar esse livro para dizer algo sobre leitura e morte. Há duas coisas que se costuma dizer sobre o *Livro das mil e uma noites*. Uma é que ninguém jamais o conseguiu ler do começo ao fim. A outra é que qualquer um que o leia do começo ao fim com certeza morrerá. O leitor alerta que percebe a relação entre essas duas advertências certamente avançará com cautela. Mas não há razão para ter medo. Pois todos morreremos um dia, tendo ou não lido o *Livro das mil e uma noites*.

Mil e uma noites...

34. Prefácio do *Tristram Shandy*: todo mundo devia ter um tio como esse

PRELÚDIO

Todos gostaríamos de ter um tio como Tristram Shandy, um tio que está sempre contando histórias e perdendo-se nelas, mesmo quando nos atrai com piadas, jogos de palavras, indiscrições, besteiras, manias, obsessões, presunções hilariantes; que, apesar de sua esperteza, cultura e conhecimento do mundo, permanece, de coração, uma criança travessa. Sempre que esse tio abusava ou passava dos limites, nosso pai ou nossa tia diziam: "Chega! Você está assustando as crianças; você as está irritando!". Apesar de não terem sido apenas as crianças a escutar cada palavra dita por esse tio e ficar viciadas em suas histórias sem rumo; os adultos também. Pois, uma vez acostumados à voz desse tio, nunca mais queremos deixar de ouvi-la.

Há muitas outras fases da vida em que nos apegamos a uma voz, às palavras de um contador de histórias. Em escritórios lotados, no exército, na escola e em reuniões, reconhecemos essas pessoas especiais antes de tudo pelo colorido da voz. Às vezes ficamos tão acostumados a ouvi-las que, quando queremos falar com elas, não é pela curiosidade de saber o que vão dizer, mas simplesmente pelo desejo de ouvir-lhes a voz. Dependemos desse tio como do vizinho bisbilhoteiro, ou daquele ator que faz a plateia rir a partir do momento em que pisa no palco, antes sequer de abrir a boca. Na Turquia, tios como esse nos recordam também nossos colunistas favoritos, os que transformam em história qualquer coisa que lhes aconteça. Na vida real, sempre que nos habituamos a esse tipo de voz — esse tipo de contador de histórias — o que mais nos faz falta é ouvir nossos próprios pensamentos expressos, nossas próprias experiências, mas na voz do contador de histórias, e do seu ponto de vista ímpar. É muito parecido com o caso do parente que vive no andar de cima e nos vê todos os dias, ou do camarada do exército com quem passamos nossas horas de vigília: tão grande é a necessidade de ouvir sua voz que é quase como se o mundo e a vida não existissem sem ela. Todos nós deveríamos ter um tio assim.

Mas só esbarramos com um tio como Laurence Sterne uma vez a cada quarenta anos. Quando eu era pequeno, meu tio nos divertia não com charadas literárias, mas matemáticas. Apesar da minha relutância em submeter-me a um teste fora de hora, ainda assim eu queria mostrar que era inteligente, e, nesse frenesi, lutava para encontrar a resposta. Mas havia algo mais: meu tio tinha uma mulher linda. Quando eu era um menino de cinco anos, ia com frequência visitar minha tia, cuja beleza não podia ser embotada pelos velhos móveis de minha avó, pelas cortinas de tule, pelos enfeites empoeirados. Quarenta anos depois, minha tia ainda me faz lembrar dessas visitas. Seus filhos, os dois, graças a Deus, tornaram-se dentistas com consultórios em Nişantaşi. Um dia, ao sair do consultório do mais velho, descobri que a porta da frente do prédio estava trancada por dentro. Fiquei ali observando, saboreando os vestígios de sabor de cravos, quando um gato sarapintado saiu por uma brecha da grade e dirigiu-se à mercearia do outro lado da rua. A mercearia onde o gato entrou ainda vendia os melhores *mezes* de Nişantaşi, especialmente os vegetais recheados.

MUDAR DE ASSUNTO

O que fiz no último parágrafo é uma prática conhecida como mudar de assunto. Tristram Shandy intercala suas histórias com digressões e, sendo isso algo que todo mundo faz, não sentimos necessidade de lhe dar um novo nome na linguagem de uso diário. No livro — *A vida e as opiniões do cavalheiro Tristram Shandy* — nunca chegamos à vida e às opiniões de Tristram Shandy. Só no fim somos informados do nascimento de Tristram, que logo desaparece de cena, antes que alguém lhe preste muita atenção. O herói de Sterne age como se pudesse ficar eternamente contando a história do mundo em que nasceu, as opiniões de seu pai sobre nascimento e a vida em geral. Mas ele nunca se demora muito num assunto. É como um macaco feliz, que pula de galho em galho e não para nunca, saltando de um assunto para outro, sempre seguindo adiante.

A maior parte do tempo, o leitor tem a impressão de que Sterne não faz ideia de onde sua história vai parar. Mas há críticos ilustres, como Victor Shklovsky, que decidiram mostrar que certas pistas no texto, juntamente com a estrutura narrativa, indicam que Sterne planejou o romance com cuidado extremo. Vejamos, portanto, o que diz nosso contador de histórias sobre este assunto, na segunda parte do livro oitavo: "De todas as diversas maneiras de começar um livro ora em uso por todo o mundo conhecido, confio em que a minha seja a melhor — estou certo de que é a mais religiosa — pois começo por escrever a primeira frase — e por confiar-me ao Todo-Poderoso no tocante à segunda".

Toda a história segue a mesma lógica, fazendo intermináveis digressões — com tanta frequência que se pode até dizer que o verdadeiro assunto do livro é a digressão. Mas se algum dia tivesse imaginado que alguém como eu insistiria para que fosse claro a esse respeito, Sterne teria imediatamente mudado de assunto.

E QUAL É MESMO O ASSUNTO?

Quando romancistas mudam de assunto, perdemos o interesse. Afinal, essa é a queixa que costumamos fazer quando perdemos o interesse por um romance; dizemos que fugiu do assunto. Mas há muitas razões para um romance deixar de entreter. Longas descrições da natureza fazem alguns bocejarem; outros se aborrecem porque há pouco sexo, e outros, ainda, porque há sexo demais; alguns se irritam com minimalistas e outros, com autores que se perdem em detalhes sobre confusos antecedentes familiares. O que torna um romance convincente não é a presença ou a ausência das qualidades que mencionei, é a habilidade do romancista, seu estilo. Em outras palavras, um romance pode tratar de qualquer assunto. *Tristram Shandy* é desse tipo: um livro sobre tudo.

Não nos esqueçamos de que esse "tudo" segue uma lógica bem definida. Um autor pode colocar tudo e mais alguma coisa num romance; mas mesmo assim nós, leitores, nos aborrecemos rapidamente, e perdemos a paciência quando o autor foge do assunto, leva tempo demais para dizer o que tem a dizer, ou inclui detalhes desnecessários. (A impaciência não é um conceito importante em *Tristram Shandy*; Sterne gostava de dizer que escrevia para afastar o tédio.) O que torna possível para Sterne escrever sobre qualquer coisa e sobre tudo (e o que mantém o nosso interesse apesar do inusitado da narrativa) é a estranha voz já descrita. Esse livro é uma miscelânea de casos bizarros e sermões irônicos — ora ouvimos as aventuras de tio Toby, e daqui a pouco vemos o pai de Tristram dar corda no relógio do avô num domingo — e, à medida que o ainda não nascido Tristram Shandy lentamente se funde com o romancista Sterne, sabemos de tudo que se passava na mente do autor quando resolveu contar a história de Tristram.

CONTE-NOS A HISTÓRIA DO AUTOR

Laurence Sterne era filho de um militar empobrecido. Nasceu na Irlanda em 1713 e passou os primeiros anos com a família em cidades-fortaleza da Irlanda e da Inglaterra. Depois dos dez anos, não voltou mais à Irlanda. Quando tinha dezoito, o pai morreu, deixando a família ainda mais pobre, mas, com a ajuda de um parente distante, que esperava que o menino arranjasse uma posição na Igreja, ele foi estudar teologia e os clássicos em Cambridge. Depois de formar-se, ingressou na Igreja da Inglaterra, ascendendo rapidamente na carreira graças à ajuda de alguns clérigos distintos a quem estava ligado por laços de parentesco. Aos 28 anos, casou-se com Elisabeth Lumley; dos filhos que tiveram, apenas a filha Lydia sobreviveu. Até a publicação de *Tristram Shandy*, em 1760, quando tinha 47 anos, nada digno de nota aconteceu na vida de Sterne, além da melancolia da mulher.

Seja o autor de origem anglicana ou sunita, a história contada por um clérigo contém um claro código moral derivado das escrituras. Portanto, as histórias contadas pelos clérigos têm um objetivo, o tipo de objetivo que nossos críticos moralistas, e socialmente responsáveis, buscam na literatura. Escutamos o sermão de sexta-feira do imame Nurullah Efendi porque há nele um propósito, uma lição de moral a ser divulgada; sua habilidade, suas lágrimas, sua capacidade de nos comover e assustar, sua voz e seus poderes de narrativa têm importância secundária. É isso que torna Sterne tão assustadoramente puro e original: apesar de clérigo, ele inventou uma forma que se poderia chamar de "história sem propósito". Não escreve visando a um fim particular, ou a nos ensinar uma lição, mas só pelo prazer de contar uma história. Mais ainda: entrega-se a essa paixão moderna conscientemente; não ter propósito não é um defeito, mas um propósito em si. Isso é que o distingue do homem que apenas tagarela. E a despeito de que existe, em sua voz e em seu comportamento, muita coisa que faz pensar em fofocas gratuitas.

Desnecessário dizer, Sterne — que vivia numa sociedade não acostumada com clérigos que escreviam romances sem propósito e os mandava para Londres a fim de serem publicados e amplamente lidos — provocou raiva e inveja. Foi atacado pelos que não gostavam do seu humor jocoso e pela sempre numerosa espécie dos intrometidos coléricos e ciumentos; foi denunciado por escrever pornografia, por escrever numa veia trivial demais para um clérigo, por escrever um romance sem sentido, por zombar da religião e por violar a gramática, compondo frases inconclusas e palavras inventadas de significado duvidoso.

Além dos ataques ele tinha que enfrentar problemas domésticos e cuidar da saúde fraca (contraiu tuberculose em idade avançada). Mas seu senso de humor permaneceu agudo como sempre, e nunca parou de ridicularizar as coisas. Sterne ficou felicíssimo quando se espalhou a notícia de que ia embora para Londres depois que seus livros começaram a vender bem, lançando novos volumes após o primeiro sucesso e forjando "ligações sentimentais" com mulheres. Porque Sterne (por estranho que pareça num país como a Turquia, com seus religiosos conservadores, seus tradicionalistas, seus nacionalistas que não admitem piada e seus jacobinos sem alegria) teria gostado que se soubesse que havia leitores inteligentes o bastante para apreciar o *Tristram Shandy*, e escritores que foram influenciados por ele.

Aviso que se vocês já estão impacientes, querendo saber até onde vai esta introdução, nunca terão paciência para terminar de ler o livro. Em resposta a suas insistentes súplicas, apresento uma análise dos capítulos do primeiro livro:

1. O narrador, falando de algum lugar entre o autor e o próprio Tristram, descreve as tristes circunstâncias do seu nascimento.

2. O autor fala sobre o Homúnculo — o homenzinho —, ou seja, a réplica do esperma responsável por sua concepção.

3. Descobrimos que a história que aparecerá no próximo capítulo foi contada ao autor pelo tio Toby.

4. Estou muito satisfeito com o jeito como comecei a contar minha história, diz o autor, e passa a nos falar sobre a noite em que foi concebido.

5. O autor nos informa que nasceu em 5 de novembro de 1718.

6. O autor faz a seguinte advertência ao leitor: se eu fizer brincadeiras ao longo do caminho, e de vez em quando vestir roupa de palhaço — mesmo com campainhas nos dedos dos pés —, não fujam nem me abandonem.

7. As dificuldades enfrentadas por um vigário e sua mulher à procura de parteira.

8. Ele nos apresenta seus temas favoritos — Dependendo da fantasia, às vezes toco violino, às vezes pinto — e oferece uma dedicatória.

9. Uma explicação da dedicatória.

10. Volta à história da parteira.

11. Uma apresentação de Mr. Yorick, que recebeu esse nome em homenagem ao bobo cujo crânio Shakespeare examina.

12. As piadas de Yorick e seu triste fim.

13. Outra volta à história da parteira.

14. No qual o autor explica por que não chegou ao fim da história e está sempre tomando estradas secundárias: digressão sobre uma digressão.

15. A certidão de casamento da mãe do autor e sua história.

16. O pai do autor volta de Londres.

17. Os desejos do pai ao voltar para casa.

18. Preparativos de nascimento nas províncias e reflexões diversas.

19. O ódio do pai ao nome Tristram e suas várias obsessões filosóficas.

20. O autor repreende o leitor desatento — algo que o autor deste prefácio também já fez. É claro que isso não quer dizer que seja um autor atento.

21. Aproximamo-nos do nascimento, apesar da abundância de digressões.

22. As reflexões do autor sobre seu jeito de narrar. Se for necessário resumir numa única palavra, minha criatividade tende para a digressão, ao mesmo tempo que segue em frente — e as duas coisas ao mesmo tempo.

23. Estou inclinado a começar este capítulo com uma bobagem e não estou inclinado a conter a minha imaginação. Sobre passatempos.

24. Sobre tio Toby como passatempo.

25. O ferimento na virilha sofrido por tio Toby na guerra e a bazófia com que o primeiro livro termina: se o leitor não foi capaz de adivinhar coisa alguma do que se passava, a responsabilidade é em grande parte minha, porque meu temperamento é de tal sorte que se achasse que você poderia ter a mais leve ideia ou hipótese do que encontraria na página seguinte eu arrancaria a página do meu livro.

ENTÃO, QUAL É O ASSUNTO MESMO?

O assunto é a impossibilidade de chegar ao ponto, ao centro, ao cerne da história: isso explica a desordem, o desmazelo da narração, a facilidade com que se aproveita qualquer distração, qualquer pensamento, qualquer pretexto para fazer uma digressão — pois se Sterne é fascinado com os acontecimentos de pouca monta e com a própria lógica da digressão (e não nos esqueçamos do empenho do autor em impedir que o leitor adivinhe o que acontecerá na próxima página), se está sempre tão disposto a travar combate com aqueles que se queixam de que o começo e o fim não têm sentido, que o significado do meio é obscuro, e que o todo é ao mesmo tempo cansativo para o cérebro e cheio de excessos desnecessários — é porque esta é a ideia. No conteúdo e na forma, *Tristram Shandy* reflete exatamente a vida real.

VOCÊ ESTÁ DIZENDO O QUÊ? QUE A VIDA É ASSIM?

Especialmente quando feita com raiva, essa pergunta é a melhor amiga do romancista, e eu chegaria ao ponto de sugerir que os romancistas escrevem com o objetivo explícito de provocá-la. Romances só têm valor se propuserem questões sobre a forma e a natureza da vida. Grandes romancistas (e existem poucos) permanecem em nosso pensamento não porque fazem essa pergunta diretamente a suas personagens, ou levam seus narradores a discutirem com pessoas que pensam como eles, mas porque, enquanto descrevem os pequenos e extraordinários detalhes da vida, e os problemas grandes e pequenos, evocam essas questões na estrutura, na linguagem, na atmosfera, na voz e no tom dos seus romances. Antes de lermos determinado romance, tínhamos nossas próprias ideias sobre a vida — ideias confirmadas por romances comuns (melodramas românticos que supostamente evocam o verdadeiro sentimento do amor, melodramas políticos nos quais lamúrias passam por política, e essas histórias repetidas nos últimos mil anos de que os bons que um dia habitaram a Terra foram substituídos por mercenários perversos) —, mas num grande romance o autor nos apresenta um novo entendimento da vida.

À primeira vista, *Tristram Shandy* é difícil de ler, como acontece com os livros que desafiam nossas ideias fundamentais sobre a vida e a literatura. Enfurecemo-nos com eles, e os criticamos. Dizemos: "Nada faz sentido, desisti na metade". Os leitores mais brilhantes farão as mesmas queixas que fazem os simplórios: "É ilegível, porque a vida não é assim", dizem ambos. Mas enquanto o leitor de cérebro pequeno se gaba de não ter compreendido coisa alguma e condena o livro que desafia suas regras estreitas (muito tem sido escrito sobre a confusa narrativa de Sterne, sua imoralidade e sua recusa a aceitar as regras de gramática), o leitor de sensibilidade refinada fica mais apreensivo. Atrás da fumaça e do barulho de sua raiva, há a certeza de que a grande literatura é o que dá ao homem a compreensão do seu lugar no plano nas coisas, e assim, lembrando-se de que escrever é uma das mais profundas e maravilhosamente estranhas atividades humanas, o leitor volta a pegar o livro num momento de solidão.

Livros como esse tocam em verdades que leitores naturais sempre encontrarão — e que literatos esnobes jamais entenderão. Até quando resistem ao estranho emaranhado do livro, os leitores inteligentes que deparam com seus tesouros e seus momentos de brilho reconhecem os alicerces da verdadeira literatura, de um modo que os tristes legisladores da lei literária jamais o farão. Mas não se pode supor que haverá tal reconhecimento. Mesmo o brilhante espírito de Samuel Johnson deixou que seu lado professoral tomasse as rédeas ao falar sobre o livro que tinha nas mãos: procurando as palavras com impaciência, declarou: "Nada que é estranho permanece. *Tristram Shandy* terá curta duração". É uma honra e um prazer escrever o prefácio para a tradução turca do *Tristram Shandy* 240 anos depois de sua primeira publicação.

E O QUE ESSE LIVRO ME ENSINOU?

Como não cesso de lembrar a mim mesmo (e peço desculpas por lembrá-lo também a vocês), vivo num país pobre, onde é hábito ler grandes livros não por prazer, mas por sua utilidade, e onde os alfabetizados estão condicionados a servir aos que tiveram menos sorte; sendo esse o meu destino, descobri um jeito fácil, mas enganoso, de recomendar livros com empenho aos leitores, que começa com a enumeração dos livros que o ajudarão a aperfeiçoar-se. Por exemplo: como todos os grandes romances, *Tristram Shandy* está recheado das coisas da vida — rituais, estados de espírito, refinamentos. Assim, *Guerra e paz* nos dá detalhes da batalha de Borodino, e *Moby Dick* nos apresenta um relato enciclopédico da caça às baleias, enquanto *Tristram Shandy* oferece inestimáveis percepções sobre a vida e a época de um menino nascido na Irlanda do século XVIII que se tornaria vigário inglês. Além disso, *Tristram Shandy* é um destacado exemplo de "humor erudito" ou "humor filosófico", junto com *Anatomia da melancolia*, de Robert Burton, *D. Quixote*, de Cervantes (que até podemos escrever *Don Kişot*, em turco, termo que entrou em nosso vocabulário), e *Gargântua e Pantagruel*, de Rabelais. O conhecimento enciclopédico, que os leitores impacientes chamam de digressão, as declarações filosóficas de longo alcance, as extravagantes demonstrações de erudição, os estudos de caráter e da alma humana — sim, tudo está neste livro, mas compensado pelo fino espírito e pela fingida solenidade com que Sterne trata esses graves assuntos, e pelo herói, cujas aventuras ridicularizam, transformam e põem em dúvida as afirmações filosóficas. Esses grandes, magníficos e enciclopédicos livros são, acima de tudo, livros sobre livros, e nos mostram que um conhecimento profundo, fundamental, da vida só se adquire lendo livros, e depois escrevendo livros para contradizê-los. O primeiro exemplo desse tipo de romance filosófico, narrado por um herói que teve a vida envenenada por sonhos colhidos em livros, foi *D. Quixote*, vítima, ele próprio, dos romances de cavalaria; o último deles (e talvez o primeiro romance realista da literatura) foi *Madame Bovary*, em que a heroína, depois de contaminada por novelas românticas e por não ter encontrado no amor o que buscava, resolveu envenenar-se ainda mais.

A cena "realista" no fim do romance (na qual Emma Bovary sucumbe não a um livro, mas a uma droga letal) teve enorme efeito na literatura do mundo todo; essa overdose de "realismo" envenenaria também a literatura turca, condenando-a a uma realidade superficial. Vivendo, como vivemos, na periferia da Europa, e achando que a Europa é a fonte da verdade, continuamos convencidos de que esse tipo de realismo monótono era o único jeito de avançarmos; tanto assim que 65 anos depois, quando *Ulisses* foi publicado pela primeira vez, ainda estávamos empenhados em esquecer nossas próprias tradições literárias — ignorando nosso jeito de escrever e sentir. Esquecemos que o romance realista não era uma tradição autóctone, mas uma forma narrativa recém-importada do Ocidente, no exemplo de Flaubert, que esteve pessoalmente em Istambul em 1850. Hoje estamos dominados por uma nova geração de críticos tacanhos, destituídos de humor, nacionalistas, que denunciam qualquer narrativa que não seja superficialmente realista como "alheia às nossas tradições". Tivessem sido traduzidos antes, livros como *Gargântua e Pantagruel* e *Tristram Shandy* talvez influenciassem nosso pequeno mundo literário, e o débil romance turco talvez fosse mais receptivo às complexidades da vida. (A esta altura vocês já deveriam ter aprendido a não se zangar com Orhan, que dedicou a vida a essa causa, quando ele diz essas coisas.) Com relação a *Ulisses*, esse romance fez o possível para salvar o mundo do realismo superficial. Emergindo da gaiola do realismo, o débil romance turco deveria abrir as asas de suas próprias tradições e do seu sonho de voar!

Ó leitor que, tendo aprendido tanto no prefácio, sente-se invadido de amor e alegria! Deixe-me sussurrar-lhe ao ouvido o que há de mais útil nesse livro, o que ele tem a ensinar-lhe. Ouça com atenção, e não tente passar adiante como se fosse ideia sua daqui a seis anos.

E EIS AQUI A LIÇÃO FUNDAMENTAL
QUE ESSE LIVRO ENSINA

A lógica das grandes lendas, religiões e filosofias é ensinar-nos as grandes verdades fundamentais. Chamemos tal exercício de *grande narrativa*, pois ele assume a forma de uma história detalhada e é mais literário do que geralmente se imagina. No romance literário há muitas maneiras de colocar a vida diária e as aventuras das pessoas no interior dessas grandes narrativas. Eles nos apresentam personagens cuja mente se fixa numa essência, numa busca, num ponto distante. Podemos achar que uma personagem excessivamente consumida pelos prazeres carnais, ou pelo desejo de ganhar dinheiro, é unidimensional, caricata, mas a personagem que vive a serviço dessa grande narrativa (por amor, orgulho nacional ou ideal político) regozija-se na sua glória, e nunca parece unidimensional. Don Quixote não é uma caricatura, mas uma pessoa completa. O que nos diz o *Tristram Shandy* é que, sejam quais forem os objetivos de alguém, seja qual for sua personalidade, e por mais estável que seja seu caráter, sua mente e sua vida serão muito mais desarrumadas.

Em outras palavras, não importa que acreditemos numa grande narrativa ou em sua sombra, pois as duas são delineadas demais para comunicar a forma da realidade. Nossa vida não tem um centro, um único ponto focal; o que se passa dentro de nossa cabeça é caótico demais para que possamos alcançar esse foco. A vida também é assim: como Tristram, passamos a vida saltando de um assunto para outro, contando histórias, seguindo nossas fantasias, e dizendo *Se pelo menos* para nós mesmos, seja o que for que nos venha à mente. Estamos sempre abertos e inclinados à distração, e nossos pensamentos vagueiam; interrompemos uma história para contar uma piada e, ao fazer isso, refletimos as surpresas e coincidências da vida de um jeito que a grande narrativa jamais consegue. Apesar de vivermos basicamente no momento presente, lutando para nos protegermos, lutando para continuar de pé, há de chegar a hora — talvez quando estivermos morrendo, ou, no caso desse romance, aguardando a hora de nascer — em que nos perguntaremos qual é o sentido da vida, e, em vez de assumir as formas grandiosas sugeridas pelas religiões, pelas filosofias e pelas lendas, nosso pensamento refletirá a forma desse livro.

Resumo: a vida não se parece com o que narram os grandes romances, ela se parece com a forma daquele livro que você tem nas mãos.

Mas cuidado: a vida não se parece com o livro em si, apenas com a sua forma. Porque esse livro não conta nenhuma história até o fim, e, na realidade, não tem sentido algum.

FINALE

A vida não tem sentido, apenas esta forma.

Mas já sabíamos disso, então por que Sterne escreveu um livro de seiscentas páginas para prová-lo? Se é isto que você quer saber, eis a minha resposta:

Todos os grandes romances abrem nossos olhos para coisas que já sabíamos, mas não aceitávamos, porque nenhum grande romance tinha aberto nossos olhos para elas.

35. A paixão da grandeza em Victor Hugo

Amamos alguns autores pela beleza do texto. Essa é a mais pura forma de relação entre leitor e autor, a mais próxima da perfeição. Outros escritores nos marcam pela história de sua vida, sua paixão por escrever, ou seu lugar na história. Para mim, Victor Hugo pertence ao segundo grupo. Em minha juventude, eu o conhecia como romancista, como o autor de *Les misérables*. Amava-o pela maneira de transmitir a química das grandes cidades, o drama enorme de suas ruas, e pelo jeito de mostrar a lógica segundo a qual duas coisas sem relação entre si podem acontecer ao mesmo tempo numa cidade (enquanto os parisienses erguiam barricadas e lutavam uns contra os outros em 1832, ouvimos o burburinho dos bilhares a duas quadras dali). Ele influenciou Dostoiévski; quando eu era jovem, e aferrado a uma ideia melodramática das cidades como lugares escuros e sujos onde se congregavam os pobres e os derrotados, ele me influenciou também. Já um pouco mais velho, a voz de Hugo começou a incomodar-me: eu a achava pomposa, afetada, exibicionista e artificial. Em seu romance histórico *Noventa e três*, ele gasta páginas e páginas irritantes descrevendo um canhão solto que oscila de um lado para outro num navio durante uma tempestade. Ao censurar Faulkner por sofrer influência de Hugo, Nabokov deu um exemplo cruel: "*L'homme regardait le gibet, le gibet regardait l'homme*". O que mais me influenciou — e me incomodou na vida de Hugo

— foi o uso da emoção (no mau sentido dessa palavra romântica!) para fabricar grandeza por meio de retórica e de drama. Todos os intelectuais franceses, de Zola a Sartre, têm uma dívida com Hugo e sua paixão pela grandeza; seu conceito do escritor politicamente engajado como defensor da verdade e da justiça exerceu profunda influência na literatura mundial. Excessivamente consciente da paixão pela grandeza — e ciente de que a alcançara —, Hugo tornou-se símbolo vivo do seu ideal, transformando-se em estátua. Seus bombásticos gestos morais e políticos lhe conferiam um ar artificial, que não pode deixar de incomodar o leitor. Em sua discussão sobre o "gênio de Shakespeare", o próprio Hugo disse que o inimigo da grandeza era a falsidade.

Apesar de toda a pose, o triunfante retorno do exílio político deu a Hugo certa autenticidade, assim como seu talento para falar em público, e seus heróis vivem na imaginação da Europa — e do mundo. Talvez isso ocorra simplesmente porque a França e a literatura francesa estiveram, por tanto tempo, na vanguarda da civilização. Houve época em que os escritores franceses, por mais nacionalistas que fossem, falavam não apenas em nome da França, mas de toda a humanidade. Já não é assim. Talvez por isso, o amor da França por esse estranho grande autor fale, acima de tudo, da nostalgia de seus antigos dias de glória.

36. *Memórias do subsolo*, de Dostoiévski, e as alegrias da degradação

Todos nós conhecemos as alegrias da degradação. Talvez eu deva dizer de outra forma. Todos nós certamente passamos por fases da vida em que descobrimos que era agradável, até relaxante, deixar-nos naufragar. Mesmo quando dizemos a nós mesmos que somos imprestáveis — repetidamente, como se a repetição tornasse isso verdade —, de repente nos libertamos de todas as imposições morais para nos ajustarmos, e da sufocante preocupação de obedecer a regras e leis, de ranger os dentes no esforço para sermos iguais aos outros. Quando os outros nos degradam, chegamos ao mesmo lugar a que chegamos quando nós mesmos tomamos a iniciativa de nos humilharmos. E então nos encontramos na posição de podermos chafurdar satisfeitos em nossa existência, nosso cheiro, nossa imundície, nossos hábitos, posição na qual podemos abandonar toda esperança de aperfeiçoamento e parar de alimentar ideias otimistas sobre os outros seres humanos. Esse lugar de descanso é tão confortável que não podemos deixar de nos sentir gratos pela raiva e pelos egoísmos que nos conduziram a esse momento de liberdade e solidão.

Esse reconhecimento foi o que mais me impressionou quando voltei às *Memórias do subsolo*, de Dostoiévski, trinta anos depois da primeira leitura. Mas quando li o livro na juventude, estava menos atento às alegrias e à lógica da degradação que inspirado pela raiva do herói em suas andanças solitárias pela grande São Petersburgo, esfolando tudo que via com sua aguçada inteligência. Vi no homem do subsolo uma variante do Raskólnikov de *Crime e castigo*, o homem que perdera todo o senso de culpa. O cinismo deu ao herói uma lógica encantadora e um tom convincente. Ao ler a história pela primeira vez, aos dezoito anos, gostei de *Memórias do subsolo* porque expressava abertamente muitos dos meus pensamentos ainda não manifestados sobre a vida em Istambul.

Como jovem, eu me identifiquei fácil e rapidamente com alguém que se afastara da sociedade e se retirara para dentro de si mesmo. Teve ressonância especial sua insistência em afirmar que "viver além dos quarenta é vergonhoso" (Dostoiévski pôs essas palavras na boca do seu herói de quarenta anos quando o próprio Dostoiévski tinha 43), embora eu também concordasse que ele tinha sido isolado da vida em seu próprio país devido ao envenenamento pela literatura ocidental, e que a excessiva consciência de si mesmo — ou, a rigor, consciência de qualquer espécie — era uma doença. Eu compreendia que ele aliviasse a dor culpando a si mesmo, que achasse idiota o próprio rosto e gostasse de uma brincadeira que consistia em se perguntar: "Quanto tempo será que aguento a mirada daquele sujeito?". Eu também tinha todas essas idiossincrasias; elas me ligavam ao herói sem precisar indagar sobre sua "natureza estranha e diferente". Quanto à coisa mais profunda que o livro e seu herói sussurravam nas entrelinhas, eu talvez a tenha sentido com a idade de dezoito anos, mas, por não a apreciar — na verdade, por achá-la perturbadora —, recusei-me a lidar com ela e logo a apaguei da memória.

Hoje, posso finalmente falar mais confortavelmente sobre o verdadeiro assunto do livro e a fonte de onde ele nasce: a inveja, a raiva e o orgulho de um homem que não consegue ser europeu. De início eu confundira a raiva do homem do subsolo com seu senso pessoal de alienação. Porque, como todo turco ocidentalizado, eu me julgava mais europeu do que realmente era, e inclinava-me a achar que a filosofia exposta pelo homem do subsolo, que eu tanto admirava, era uma excentricidade que refletia um desespero pessoal. De forma nenhuma eu a vinculei ao desconforto espiritual que a Europa lhe causava. A literatura turca, como a russa, fora influenciada por pensadores europeus. No fim dos anos 1960, o existencialismo de Nietzsche a Sartre era tão popular na Turquia quanto na Europa, portanto, as palavras do homem do subsolo ao explicar sua estranha filosofia não soavam para mim idiossincráticas, mas quintessencialmente "europeias" — o que me distanciava ainda mais das coisas que o livro sussurrava aos meus ouvidos.

Para melhor compreender os segredos que as *Memórias do subsolo* sussurram aos ouvidos daqueles que, como eu, vivem na periferia da Europa, às turras com o pensamento europeu, precisamos examinar os dez anos durante os quais Dostoiévski escreveu esse estranho romance.

Um ano antes, em 1863, Dostoiévski tinha feito sua segunda viagem à Europa, estimulado pela infelicidade e pelo fracasso. Desejava escapar da doença da mulher, do fracasso de *Tempo* (o jornal que editava) e de São Petersburgo. Além disso, planejava um encontro secreto em Paris com a amante, Apollinaria Suslova, vinte anos mais jovem. (Quando finalmente se encontraram na mesma cidade, ele a esconderia de Turguêniev.) Numa crise de indecisão tipicamente dostoievskiana, não foi diretamente para Paris encontrar-se com a amante, passando antes por Wiesbaden para jogar e perdendo muito dinheiro. O atraso que precipitou essa falta de sorte revelou também quem era de fato a jovem e cruel Suslova, pois, enquanto esperava por ele, arranjou outro amante, e quando Dostoiévski chegou a Paris ela não fez o menor esforço para ocultá-lo. Lágrimas, ameaças, calúnias e súplicas; ódio, ansiedade crônica e miséria — tudo que sofreram os heróis de *Um jogador* e *O idiota*: sua autodegradação diante de mulheres fortes, orgulhosas, a total perda do eu, as vãs pantomimas de sofrimento — Dostoiévski sofreu primeiro.

Depois de aceitar a derrota e terminar o caso, voltou à Rússia e descobriu que a mulher, que sofria de tuberculose, estava à beira da morte. O irmão Mikhail lutava pela autorização para publicar uma nova revista, em substituição à que ia a pique, mas ele também conheceu o fracasso. Acabou não conseguindo a licença, e o número de janeiro de *Época* só saiu em março; não havia assinantes e a impressão era atroz.

Foi nessas condições de falta de dinheiro e disciplina que *Época* publicou *Memórias do subsolo*, sem gerar uma única resenha em toda a Rússia.

Memórias do subsolo foi originariamente concebido como ensaio de crítica. A ideia de Dostoiévski tinha sido escrever uma crítica de *O que se deve fazer?*, de Chernishévsky, publicado no ano anterior. Esse livro tinha muitos seguidores na geração mais jovem, ocidentalizante e modernizadora; não era tanto um romance como um texto didático que fomentava uma visão rósea do Iluminismo positivista. Quando foi traduzido para o turco e publicado em

Istambul em meados dos anos 1970, veio acompanhado de um prefácio altamente desfavorável a Dostoiévski (chamado de pequeno-burguês sombrio e atrasado); como esse prefácio refletia o determinismo infantil e as ilusões utópicas dos jovens comunistas pró-soviéticos da Turquia, a ira de Dostoiévski contra Chernishévsky era tão real para mim como se brotasse do meu próprio coração.

Mas sua revolta não era uma simples expressão de antiocidentalismo ou de hostilidade ao pensamento europeu: o que magoava Dostoiévski era o fato de que o pensamento europeu chegara a seu país de segunda mão. O que o enfurecia não era o seu brilhantismo, a sua originalidade ou suas propensões utópicas, mas o fácil prazer que oferecia a quem o abraçasse. Odiava ver intelectuais russos se apossarem de uma ideia recém-chegada da Europa e por isso se julgarem partícipes de todos os segredos do mundo e — mais importante — de seu próprio país. Não tolerava a felicidade que essa grande ilusão lhes dava. A briga de Dostoiévski não era com os jovens russos que liam Chernishévsky e usavam esse escritor russo para elaborar uma "dialética determinista" crua, juvenil e de segunda mão; o que o incomodava era o fato de essa nova filosofia europeia ser celebrada com uma aura de êxito fácil. Apesar do gosto com que castigava os intelectuais russos ocidentalizados, por se isolarem do povo, vejo isto como uma evasão. Para que Dostoiévski acreditasse numa ideia, o importante não era que fosse lógica, mas que fosse "malsucedida"; não que fosse crível, mas que tocasse em algum tipo de injustiça. Por trás da grande raiva e do grande ódio de Dostoiévski aos liberais e modernizadores ocidentalizantes, que propagavam a utopia determinista de Fourier na Rússia dos anos 1860, estava a fúria contra a maneira com que se deleitavam sob os refletores de suas ideias, abraçando o sucesso descaradamente e sem qualquer dúvida.

Aqui o problema se torna ainda mais turvo e confuso — como sempre ocorre em lugares que oscilam entre o Oriente e o Ocidente, ou entre o local e o europeu. Pois embora odiasse os liberais e materialistas ocidentais, Dostoiévski aceitava seu raciocínio. É bom lembrar que Dostoiévski cresceu no meio dessas ideias; teve uma educação moderna e estudou engenharia. Sua mente fora moldada pelo pensamento ocidental, e ele não conhecia nenhum outro. Pode-se supor que talvez quisesse raciocinar de outra forma, recorrer a outra lógica mais "russa", mas Dostoiévski não quis submeter-se a esse tipo de instrução. Mesmo no fim da vida, quando escrevia *Os irmãos Karamázov*, pode-se ver, pelas notas tomadas quando começou a interessar-se pela vida dos místicos ortodoxos russos, que sua primeira descoberta foi que nada sabia desses assuntos. (Apesar disso, gosto da pose pragmática que assumiu quando culpou a si mesmo de estar "isolado do povo".) Seguindo a mesma linha de raciocínio, não seria errado concluir que Dostoiévski aceitou todas essas ideias vindas da Europa, que suas próprias ideias sobre o individualismo vinham da mesma fonte, que ele sabia que as ideias europeias com certeza se espalhariam pela Rússia, e que a elas se opunha exatamente por essas razões. Repito, porém, que não era ao conteúdo das ideias ocidentais que Dostoiévski se opunha, mas à sua necessidade, à sua legitimidade. Odiava os intelectuais modernizadores do país por usarem tais ideias para legitimar a própria importância; era isso que lhes alimentava o orgulho. Recorde-se que, no vocabulário de Dostoiévski, orgulho era o maior de todos os pecados; só usava o termo *orgulhoso* no sentido pejorativo. Em *Notas de inverno sobre impressões de verão* (publicado em *Tempo*), historiando sua primeira viagem europeia dois anos antes, ele vinculou todos os males do Ocidente (individualismo, amor à riqueza, e materialismo burguês) a presunção e orgulho. Numa explosão de raiva, declarou que os sacerdotes britânicos eram tão orgulhosos quanto ricos. Noutra, descreveu famílias francesas que andavam pelas ruas de braço dado como presunçosas, declarando, derrisoriamente, que a presunção era característica nacional. Oitenta anos depois, em *A náusea* — romance escrito com a alma de um homem do subsolo —, Sartre criaria um mundo inteiro a partir dessa simples observação.

A originalidade de *Memórias do subsolo* vem do espaço obscuro entre a mente racional de Dostoiévski e seu agitado coração — entre a aceitação de que a Rússia se beneficiasse da ocidentalização e a cólera contra os orgulhosos intelectuais russos que espalhavam ideias materialistas. Recorde-se o ponto em que todos os especialistas em Dostoiévski concordam: *Memórias do subsolo* é o ponto de partida de *Crime e castigo* e de todos os grandes romances que se seguiriam; é o primeiro livro em que encontra sua verdadeira voz. Isso torna mais interessante ainda tentar descobrir como Dostoiévski reconciliou a tensão entre o conhecimento e a raiva nessa altura da vida.

Dostoiévski jamais escreveu o ensaio contra Chernishévsky que prometera ao irmão. Foi, manifestamente, incapaz de escrever uma crítica contra uma filosofia na qual acreditava. Como todos os escritores imaginativos, que usam menos a razão do que a imaginação, preferia expressar suas ideias em contos e romances. Dito isto, a primeira metade de *Memórias do subsolo* é ao mesmo tempo longo ensaio e romance; às vezes é publicada em separado.

Tem a forma de colérico monólogo de um homem de quarenta anos que mora em São Petersburgo e, tendo recebido uma pequena herança, larga o emprego, afasta-se do convívio social e passa a viver num isolamento angustiado que ele mesmo chama de "subsolo". O primeiro alvo de nosso herói é o que Chernishévsky chama de "egoísmo razoável". Chernishévsky vê os seres humanos como naturalmente bons; se, com a ajuda da ciência e da razão, forem "iluminados", verão que é do seu interesse comportar-se razoavelmente; mesmo quando buscam satisfazer os próprios interesses, podem criar uma sociedade utópica perfeitamente racional. Mas o homem do subsolo sustenta que todos os seres humanos — mesmo na plena posse da razão e capazes de compreender claramente os próprios interesses — continuam sendo criaturas que nem sempre agem para o próprio bem. (Isso pode significar: "A ocidentalização talvez seja do interesse da Rússia, mas ainda assim sou contra".) Mais adiante, o homem do subsolo apresenta os usos humanos da "razão" como ainda mais confusos. "A plena força de uma pessoa mostra não que ela seja um dente da engrenagem, mas uma pessoa... Por essa razão, não fazemos o que se espera de nós; em vez disso, sucumbimos à irracionalidade." O homem do subsolo resiste até mesmo à mais poderosa arma do pensamento ocidental, a lógica, pondo em dúvida se dois e dois são quatro.

O que devemos observar aqui não é o convincente (ou pelo menos maduro) argumento do homem do subsolo contra Chernishévsky, mas o fato de que Dostoiévski criou uma personagem que pode adotar e defender outras ideias de modo convincente. São as descobertas que faz enquanto cria essa personagem — tão fundamental para as obras posteriores de Dostoiévski — que fazem dele um verdadeiro romancista. Agir contra os próprios interesses, sentir prazer na dor, defender, de repente, exatamente o oposto do que se espera de nós — esses impulsos que desafiam o racionalismo europeu, a busca da satisfação de um ego esclarecido, e assim por diante? Talvez seja difícil avaliar hoje quanto esse programa era original na sua época, devido à frequência com que tem sido copiado.

Examinemos uma experiência do homem do subsolo para mostrar a si mesmo que se recusa a aceitar a ideia de que todos agem de acordo com seus próprios interesses.

Certa noite, ao passar por uma modesta taverna, vê pessoas brigarem em volta de uma mesa de bilhar. Depois vê um homem jogado pela janela. De imediato, o homem do subsolo é tomado de uma grande inveja: quer sofrer o mesmo tipo de degradação; também quer ser jogado pela janela. Entra, mas, em vez de apanhar como desejava, é degradado de uma maneira totalmente diferente. Um oficial acha que ele impede sua passagem e o empurra para um canto, mas faz isso como se tratasse com uma pessoa sem importância alguma, uma coisa que não merece sequer desprezo. É essa humilhação inesperada que o perseguirá.

Vejo todos os elementos que caracterizam os romances posteriores de Dostoiévski nessa breve cena. Se Dostoiévski veio a ser, como Shakespeare, um escritor que alterou nossa compreensão da humanidade, é em *Memórias do subsolo* que este novo ponto de vista começa a aparecer, e, se o examinarmos atentamente, veremos como chegou à grande descoberta. O fracasso e a infelicidade tinham distanciado Dostoiévski dos vencedores cheios de si e do mundo espiritual dos orgulhosos, e ele começara a sentir raiva dos intelectuais ocidentais que olhavam para a Rússia com ar de superioridade. Mas embora quisesse combater a ocidentalização, era, apesar de tudo, produto de sua criação e educação ocidentais, e praticava uma arte ocidental, a arte do romance. *Memórias do subsolo* nasceu do desejo de contar uma história que fizesse o herói passar por todos esses estados de espírito e de consciência, ou da necessidade urgente de criar um herói e um mundo que representassem todas essas contradições de modo convincente.

Quando começou o livro, Dostoiévski escreveu ao irmão editor: "Não tenho ideia de qual será o resultado disto; talvez seja arte ruim". As grandes descobertas da história literária (como o estilo) raramente são planejadas, e é difícil explicá-las. São descobertas chocantes e libertadoras, que só ocorrem quando escritores criativos usam toda a força da imaginação para penetrar a superfície de seus mundos fictícios, para extrair tudo que parece contraditório e impossível de conciliar.

Ao sentar-se para escrever, o autor não pode saber aonde sua obra o levará. Mas se aceitamos hoje que é possível querermos incluir nosso próprio cheiro, nossa imundície, nossa derrota e nossa dor — se compreendemos que existe lógica no gosto da degradação — devemos isso a *Memórias do subsolo*. É da sombria e incriminadora ambivalência de Dostoiévski — sua familiaridade com o pensamento europeu e sua raiva dele, seu desejo de ao mesmo tempo pertencer à Europa e evitá-la — que o romance moderno tira a sua originalidade. É que consolo lembrar que é assim!

37. Os terríveis demônios de Dostoiévski

Os demônios é, na minha opinião, o melhor romance político de todos os tempos. Eu o li pela primeira vez aos vinte anos, e para descrever o seu impacto só posso dizer que fiquei pasmo, assombrado, aterrorizado e total e absolutamente convencido. Nenhum outro romance me afetara tão profundamente; nenhuma outra história me dera um conhecimento tão desolador da alma humana. A vontade de poder; a capacidade humana de perdoar; a capacidade de enganar a si e aos demais; o amor e o ódio à crença e a necessidade de acreditar; seus vícios, tanto os sagrados como os profanos — o que me abalou foi o fato de que, para Dostoiévski, todas essas qualidades existiam juntas e tinham raízes numa complicada história comum de política, falácia e morte. Admiro o romance pela velocidade com que transmite sua sabedoria universal. Esta talvez seja a virtude fundamental da literatura: grandes romances nos induzem ao transe tão rapidamente quanto seus heróis mergulham no meio das coisas. Eu acreditava na voz profética de Dostoiévski tão ardentemente quanto acreditava em suas personagens e em seu vício de confessar-se.

É mais difícil explicar por que esse livro levou tanto medo a meu coração. Afetou-me particularmente a excruciante cena do suicídio (o apagar da vela e o *outro* sombrio, que observa os acontecimentos do quarto ao lado), bem como a violência de um mal planejado assassinato provocado pelo terror. O que me chocou foi talvez a velocidade com que os heróis do romance oscilam entre grandes pensamentos e suas vidinhas provincianas, ousadia que Dostoiévski via não só neles, mas em si mesmo. Nesse romance, até os mínimos detalhes da vida comum parecem estar vinculados aos grandes pensamentos das personagens, e é por perceber essas conexões que adentramos o medonho mundo dos paranoicos, em que todos os pensamentos e grandes ideais estão interligados. Assim ocorre com as sociedades secretas, as células entrelaçadas, os revolucionários e os informantes que habitam o livro. Esse mundo terrível, em que todos estão ligados a todos, serve de máscara e conduíte para a grande verdade que se oculta atrás de todos os pensamentos, pois atrás desse mundo existe outro, e neste outro é possível questionar a liberdade do homem e a existência de Deus. Em *Os demônios*, Dostoiévski nos apresenta um herói que comete suicídio para confirmar duas grandes ideias — a liberdade do homem e a presença de Deus — e o faz de um modo que nenhum leitor jamais esquecerá. Há poucos escritores capazes de personificar ou dramatizar crenças, pensamentos abstratos e contradições filosóficas tão bem quanto Dostoiévski.

Dostoiévski começou a trabalhar em *Os demônios* em 1869, aos 48 anos. Acabara de escrever e publicar *O idiota*; já tinha escrito *O eterno marido*. Vivia na Europa (Florença e Dresden), para onde fora, dois anos antes, a fim de escapar dos credores e trabalhar em relativa paz. Tinha em mente um romance sobre a fé e a falta de fé, que chamava de *Ateísmo, a vida de um grande pecador*. Cheio de rancor contra os niilistas, que podem ser definidos como meio anarquistas, meio liberais, escrevia um romance político zombando de seu ódio às tradições russas, seu entusiasmo pelo Ocidente e sua falta de fé. Depois de trabalhar nesse romance por algum tempo, perdeu o interesse e, coincidentemente, exaltou-se (como só um exilado o faria) com um assassinato político sobre o qual lera nos jornais russos e um amigo de sua mulher lhe falara. No mesmo ano, um estudante universitário chamado Ivanov fora morto por quatro amigos que o supunham informante da polícia. Essa célula revolucionária, na qual os jovens matavam uns aos outros, era chefiada pelo brilhante, esperto e diabólico Nietcháiev. Em *Os demônios*, é Stiepan Vierkhoviénski que faz as vezes da figura de Nietcháiev, e como ocorreu na vida real ele e seus amigos (Tolkatchenko, Virguinski, Chigalióv e Liámchin) matam Chátov, suspeito de ser informante, num parque e jogam o corpo num lago.

O assassinato permite que Dostoiévski examine o que havia por trás dos sonhos revolucionários e utópicos dos niilistas e ocidentalizantes russos e desvele ali um forte desejo de poder — sobre nossos cônjuges, nossos amigos, nosso ambiente, todo o nosso mundo. E assim, quando o jovem esquerdista que eu era leu *Os demônios*, pareceu-lhe que a história não dizia respeito à Rússia de cem anos antes, mas à Turquia, que sucumbira a um extremismo político profundamente radicado na violência. Era como se Dostoiévski me sussurrasse aos ouvidos, ensinando-me a linguagem secreta da alma, arrastando-me para a sociedade dos radicais que, embora inflamados por sonhos de mudar o mundo, eram também trancados em organizações secretas e levados pelo prazer de enganar os outros em nome da revolução, condenando e degradando aqueles que não falavam a sua língua ou compartilhavam suas opiniões. Lembro-me de perguntar a mim mesmo, naquela época, por que ninguém falava das revelações desse livro. Ele tinha muito a nos dizer sobre nossa própria época, mas era ignorado nos círculos esquerdistas, e era talvez por isso que o livro parecia me sussurrar um segredo.

Havia também uma razão pessoal para os meus temores. Naquela época — ou seja, cerca de cem anos depois do assassinato de Nietcháiev e da publicação de *Os demônios* — perpetrou-se crime parecido na Turquia, na Faculdade Robert. Uma célula revolucionária à qual pertenciam alguns colegas de turma (encorajada por um esperto e diabólico "herói" que depois desapareceu na neblina) se convenceu de que um dos seus membros era traidor; mataram-no uma noite esmagando-lhe a cabeça com um cacete, enfiaram o corpo num baú e foram apanhados ao atravessar o Bósforo num barco a remo. A ideia que os motivou, que os fez chegar a ponto de matar, foi que "o inimigo mais perigoso é aquele que está perto de nós, e isso quer dizer o que sai primeiro" — e foi por ter lido isso em *Os demônios* que pude senti-lo no coração. Anos depois, perguntei a um amigo que pertenceu a essa célula se lera *Os demônios*, cuja trama inadvertidamente imitaram, mas ele não tinha interesse algum no romance.

Apesar de impregnado de medo e violência, *Os demônios* é o romance mais divertido e mais cômico de Dostoiévski, consumado satirista, especialmente em ambientes movimentados. Em Karmazínov, Dostoiévski criou uma caricatura mordaz de Turguêniev, por quem sentia ao mesmo tempo amizade e ódio. Turguêniev incomodava Dostoiévski por ser um rico proprietário de terras que aceitava os niilistas e ocidentalizantes e (na opinião de Dostoiévski) desprezava a cultura russa. Até certo ponto, escreveu *Os demônios* para contestar *Pais e filhos*.

Mas apesar de furioso com os liberais de esquerda e os ocidentalizantes, Dostoiévski, conhecendo-os intimamente, não podia deixar de discuti-los afetuosamente, de vez em quando. Escreve sobre o fim de Stiepan Trofímovitch — e seu encontro com o tipo de camponês russo com o qual sempre sonhara — com lirismo tão comovido que o leitor, que riu das pretensões desse homem durante todo o livro, não pode deixar de admirá-lo. Isso, em certo sentido, pode ser visto como um jeito de Dostoiévski dizer adeus ao intelectual revolucionário ocidentalizante, deixando-o entregar-se em paz a suas paixões, seus erros e suas pretensões.

Sempre vi *Os demônios* como um livro que proclama os vergonhosos segredos que intelectuais radicais (que vivem longe do centro, na periferia da Europa, em guerra com seus sonhos ocidentais e torturados por dúvidas sobre Deus) querem esconder de nós.

38. Os irmãos Karamázov

Lembro-me vividamente de ter lido *Os irmãos Karamázov* com dezoito anos, sozinho no meu quarto numa casa que dava para o Bósforo. Foi o primeiro livro de Dostoiévski que li. Na biblioteca de meu pai havia, junto à famosa tradução inglesa de Constance Garnett, uma tradução turca dos anos 1940, e o título, que tão poderosamente invocava a estranheza russa — sua diferença e seu poder — já havia algum tempo me convidava a entrar em seu mundo.

Como todos os grande romances, *Os irmãos Karamázov* teve dois efeitos instantâneos e opostos sobre mim: fez-me sentir como se eu não estivesse sozinho no mundo, mas também me fez sentir desamparado e isolado dos outros. Foi quando eu estava absorto no mundo visível do romance que senti que não estava sozinho; porque (como sempre ocorre com os grandes romances) achei que suas revelações mais chocantes eram pensamentos que eu mesmo tinha tido; as cenas e a fantasmagoria que mais me afetaram pareciam vir das minhas próprias lembranças. Mas ao mesmo tempo o livro me revelou as regras que regem as sombras, as coisas de que ninguém fala, portanto fez também que eu me sentisse solitário. Era como se eu fosse a primeira pessoa a ler esse livro. Senti como se Dostoiévski me sussurrasse coisas misteriosas sobre a vida e a humanidade, coisas que ninguém sabia, apenas aos meus ouvidos —

tanto assim que, quando me sentava com meus pais para a refeição da noite, ou quando tentava falar de política com os amigos em tom normal nos movimentados corredores da Universidade Técnica de Istambul, onde estudava arquitetura, eu sentia o livro estremecer dentro de mim e sabia que a vida nunca mais seria a mesma: perto do chocante mundo do livro, minha vida e meus problemas eram pequenos e sem importância. Eu tinha vontade de dizer: estou lendo um livro que me choca profundamente e mudará minha vida. Como diz Borges em algum lugar: "Descobrir Dostoiévski é como descobrir o amor, ou o mar — assinala um momento importante na jornada da vida". Minha primeira leitura de Dostoiévski sempre pareceu definir o momento em que perdi a inocência.

Que segredo Dostoiévski sussurrou aos meus ouvidos em *Os irmãos Karamázov* e nos outros grandes romances? Terá sido que eu sentiria sempre a nostalgia de Deus ou da fé, muito embora não estivesse em nós acreditar em coisa alguma até o fim? Terá sido a aceitação de que existe um demônio dentro de nós, denegrindo as crenças mais profundamente sentidas? Ou terá sido que, como eu imaginava naquele tempo, a felicidade não viria apenas das cores de profundas paixões, ligações e grandes pensamentos que faziam da vida o que ela era, mas também da humildade que era o oposto desses pomposos conceitos? Ou terá sido que os seres humanos são criaturas que oscilam entre os polos opostos da esperança e do desespero, do amor e do ódio, do real e do imaginário, mais rápida e incertamente do que eu pensava? Terá sido aceitar que, como Dostoiévski mostrou em seu retrato do pai Karamázov, as pessoas não eram sinceras nem quando choravam; que mesmo então uma parte delas está representando? Se Dostoiévski me aterrorizou foi por recusar-se a nos transmitir sua sabedoria em termos abstratos: em vez disso, localizava as verdades dentro de personagens que davam a impressão de serem reais. Ao ler *Os irmãos Karamázov*, ficamos pensando se as pessoas realmente oscilam com tanta rapidez entre tais extremos, e se essa mentalidade de tudo ou nada reflete o estado de espírito do próprio Dostoiévski — e talvez dos intelectuais russos — durante o terceiro quarto do século XIX, quando o país enfrentava uma crise social. Ao mesmo tempo, entretanto, podemos sentir aspectos do mal-estar espiritual dos heróis dentro de nós. Ler Dostoiévski, especialmente na juventude, é fazer uma terrível descoberta atrás da outra. *Os irmãos Karamázov* (como todos os seus romances) é meticulosamente maquinado, e, uma vez que nos achamos dentro de seus acontecimentos finamente tecidos, descobrimos, um tanto consternados, que tudo se passa num mundo ainda em formação.

Para alguns escritores, o mundo é um lugar plenamente maduro, já acabado. Romancistas como Flaubert e Nabokov estão menos interessados em desenterrar as regras e estruturas fundamentais que regem o mundo do que em exibir suas cores, simetrias, sombras e piadas semiocultas, e menos preocupados com as regras da vida e do mundo do que com suas superfícies e texturas. A alegria de ler Flaubert e Nabokov não está na descoberta da grande ideia que o autor tem na cabeça, mas em observar a atenção que presta aos detalhes e sua habilidade narrativa.

Eu gostaria de poder dizer que haveria um segundo grupo de escritores, ao qual pertenceria Dostoiévski. Mas não posso dizer que Dostoiévski seja o mais lúcido e o mais interessante desse grupo, pois é o único membro. Para um escritor como Dostoiévski, o mundo é um lugar em processo de formação; inacabado, de alguma forma deficiente. Parece o nosso mundo próprio, que também está em formação, por isso queremos cavar fundo: para compreender as regras que regem este mundo, para descobrir dentro dele um canto onde possamos viver de acordo com o que nos parece certo e errado. Mas nisso começamos a sentir como se fizéssemos parte desse mundo inacabado que o livro tenta compreender. Enquanto lutamos com o romance, não sentimos apenas o terror e a incerteza desse mundo ainda em construção, começamos a nos sentir quase responsáveis por ele, como se nossa luta com o livro se tornasse parte de uma luta pessoal para decifrar nosso próprio ser. É por isso que, quando lemos Dostoiévski, o que aprendemos sobre nós mesmos nos deixa tão amedrontados: as regras nunca são muito claras.

As questões apaixonantes que consomem tantas pessoas quando jovens — o que quer dizer acreditar em algo, para onde leva a fé em Deus ou na religião, o que significa adotar uma crença seriamente, como conciliar essas questões metafísicas com a sociedade e a vida de todos os dias —, essas indagações ocuparam Dostoiévski a vida inteira, e em *Os irmãos Karamázov* ele as examina mais profundamente do que nunca, e em todas as frentes. *Os irmãos Karamázov* é um texto fundamental, que se lê com mais proveito quando jovem. Refletindo como reflete as agonias, os temores e os desejos ocultos que afligem agudamente a maioria de nós em nossos primeiros anos — penso aqui no patricídio no coração do livro, e na culpa que produz —, é experiência chocante para um jovem. Em seu famoso ensaio sobre Dostoiévski, que ressalta a grandeza e a importância de *Os irmãos Karamázov*, Freud observa os paralelos com Sófocles (*Édipo*) e Shakespeare (*Hamlet*), notando que o elemento que torna essas histórias tão chocantes é o patricídio.

Mas ainda é possível apreciarmos esse romance em idade mais avançada, com nossa compreensão amadurecida. O que mais admirei em minha segunda leitura foi a maneira como Dostoiévski joga a cultura local e suas humildes tradições contra os sagrados valores da idade moderna — iniciativa, autoridade e guerra, o direito de questionar e de rebelar-se. Várias ideias acalentadas em *O idiota* são tratadas de forma mais rica: Dostoiévski faz Ivan Karamázov nos informar que os inteligentes estão condenados à humildade e à culpa, enquanto os estúpidos tendem à pureza e à estabilidade. Em minha segunda leitura, não consegui odiar o pai Karamázov como pretendia Dostoiévski: suas maneiras rudes, seu interesse nos filhos, sua dependência do prazer e sua propensão à mentira me fizeram sorrir — ele parecia tirado da vida e perto da vida que eu conhecia. A maioria dos grandes escritores escreve contra suas crenças, ou pelo menos as questiona inconscientemente de maneira tal que parece às vezes atacá-las. É em *Os irmãos Karamázov* que Dostoiévski submete suas crenças ao maior teste, nos conflitos e na angústia espiritual dos heróis. Não se pode deixar de admirar sua capacidade de criar tantas personagens tão distintas umas das outras e dar-lhes vida na mente do leitor com tamanha riqueza de detalhes e de cores e com tão convincente profundidade. Outros escritores — Dickens, por exemplo — criam personagens memoráveis, mas delas nos lembramos principalmente por suas estranhas e deliciosas peculiaridades. No mundo de Dostoiévski, as almas atormentadas dos heróis nos perseguem. Por serem os três irmãos Karamázov, num estranho sentido, também irmãos em espírito, o leitor tenta escolher entre eles, identificar-se com eles, falar sobre eles, discutir com eles — e não demora muito para que discutir com cada um dos irmãos Karamázov seja discutir sobre a vida.

Na juventude eu me identificava, acima de tudo, com Alióchka: sua pureza de coração, seu desejo de ver o bem em todo mundo e sua luta para compreender todos à sua volta falavam ao moralista que existe em mim. Mas uma parte de mim sabia que — como o príncipe Míchkin, de *O idiota* — é preciso muito esforço para alcançar esse tipo de pureza. Assim compreendi que Ivan, o absolutista viciado em teorias e livros, estava mais perto da minha natureza.

Todo jovem revoltado que vive num pobre país não ocidental e esconde seu eu moralizador em livros e ideias tem qualquer coisa do implacável sangue-frio de Ivan. Pode-se ver em Ivan sombras dos conspiradores políticos que Dostoiévski estudou em *Os demônios* e que passaram a governar a Rússia depois da revolução bolchevique — pessoas dispostas a chegar a extremos, a recorrer a todas as crueldades, em busca de um grande ideal. Mas ele continua sendo um Karamázov, esse irmão; apesar de sua cólera, de suas paixões e de seus excessos, a fome de amor o deixou ferido, e ele é abrandado por uma doce compaixão que Dostoiévski transmite com sensibilidade. O mais velho, Dmitri, eu via como um herói distante, e ainda vejo. É demasiado mundano, e nesse aspecto lembra o pai; sua rivalidade com o pai por causa de uma mulher o torna mais real do que os irmãos, mas, por essa mesma razão, é mais fácil esquecê-lo. Tendo percebido como se parece com o pai, não nos sentimos, no fim, envolvidos com os problemas de Dmitri — quero dizer que não sentimos esses problemas dentro de nós. É outro irmão (meio-irmão ilegítimo) que me assusta, o menino serviçal, Smierdiakóv. Ele provoca o pensamento assustador de que nossos pais podem ter outras vidas, despertando, também, os temores da classe média com relação aos pobres: a angústia de ser espionado, julgado e condenado por eles. Pela lógica honesta, implacável e precisa que demonstra depois do assassinato, Smierdiakóv mostra como uma personagem marginal pode, às vezes, pelo exercício da inteligência e da intuição, assumir o controle.

Enquanto escrevia *Os irmãos Karamázov*, a história de uma família da província, Dostoiévski lutava com os dilemas políticos e culturais que o acossariam a vida inteira. Durante os anos em que escrevia esse livro, ele era (junto com Tolstói) o maior romancista russo, e no fim da vida o público finalmente aceitara esse fato. Pouco antes de escrever esse romance, ele publicou uma revista, *O diário de um escritor*, na qual coletava suas ideias, seus desafetos, e fazia esquetes literários sobre política, cultura, filosofia e religião. Com a ajuda da mulher, publicou seus últimos livros e essa revista por conta própria, e, como a revista era, àquela altura, o periódico literário-intelectual mais popular do país, até ganhou um bom dinheiro. Em sua juventude, tinha sido liberal de esquerda pró-ocidental, mas nos últimos anos de vida Dostoiévski defendia o pan-eslavismo, a ponto de fazer elogios ao czar, que, ao libertar os servos em 1861, tornara realidade um sonho da juventude de Dostoiévski (e que perdoara Dostoiévski em 1849, antes que fosse executado por crime político); Dostoiévski tinha orgulho da ligação pessoal que estabelecera com a família do czar. Ao saber que a guerra russo-otomana de 1877-8, lançada por influência do pan-eslavismo, tinha começado, foi à catedral rezar, entre lágrimas, pelo povo russo. (Era costume na Turquia eliminar ou trocar, em várias traduções de *Os irmãos Karamázov*, as palavras que profere contra os turcos na febre da guerra.) Aos setenta anos, Dostoiévski, que recebia muitas cartas de leitores e admiradores, sendo respeitado até pelos inimigos, era um velho cansado; morreu um ano depois de publicar *Os irmãos Karamázov*. Anos mais tarde, sua mulher recordaria que o marido continuava a subir quatro lances de escada para uma reunião literária rotineira, apesar de o esforço deixá-lo exausto e sem fôlego, só para satisfazer o orgulho imoderado de ver todo mundo calar-se quando entrava. Apesar das crises de icterícia devidas a doenças do fígado, Dostoiévski se recusava a renunciar às alegrias de escrever até de manhã, fumando e tomando chá.

A carreira de Dostoiévski é uma sucessão de milagres literários; escrever um dos maiores romances de todos os tempos numa época de saúde debilitada foi seu *coup de grâce* final. Não há nenhum outro romance que oscile entre a vida diária das pessoas — suas brigas de família, seus problemas de dinheiro — e suas grandes ideias, nenhum outro romance que se aposse da nossa mente como esse. Junto com a música de orquestra, o romance é a maior arte da civilização ocidental, e é uma notável ironia o fato de Dostoiévski, que escreveu um dos maiores romances de sempre, odiar tanto o Ocidente e a Europa como os islamitas provincianos de hoje.

39. Crueldade, beleza e tempo: sobre *Ada* e *Lolita,* de Nabokov

Há, como eu já disse, escritores que — apesar de nos ensinarem muito sobre a vida, a arte de escrever e a literatura, e apesar de os lermos com amor e paixão — ficam no passado. Se voltarmos a eles em outra fase da vida não é porque ainda nos dizem alguma coisa, mas por nostalgia, pelo prazer de retornar à época em que os lemos pela primeira vez. Hemingway, Sartre, Camus e até mesmo Faulkner pertencem a esse grupo. Hoje, quando os pego para ler, não espero ser esmagado por novas revelações, e tudo que quero é *lembrar* que já me influenciaram, que moldaram minha alma. São escritores que de vez em quando posso desejar ler ardentemente, e não escritores de que eu ainda precise.

De outro lado, toda vez que pego Proust é para lembrar a mim mesmo de sua ilimitada atenção às paixões das personagens. Quando leio Dostoiévski, é para lembrar que, sejam quais forem as angústias e os objetivos que o romancista possa ter, sua principal preocupação é a profundidade. É como se a grandeza deles viesse em parte da profunda saudade que temos deles. Nabokov é outro escritor que leio e releio sempre, e duvido que algum dia seja capaz de deixá-lo.

Quando faço uma viagem, e preparo as malas para umas férias de verão, ou vou para um hotel a fim de escrever as últimas páginas de um romance, quando pego meus exemplares manuseados de *Lolita, Fogo pálido* e *Fala, me-*

mória (em minha opinião, o ponto alto da prosa de Nabokov), por que me sinto como se estivesse arrumando minha caixa de remédios?

É por causa da beleza da prosa de Nabokov. Mas o que chamo de *beleza* não é explicação suficiente. Atrás da beleza dos livros de Nabokov há sempre algo de sinistro (ele usou essa palavra num dos seus títulos), um cheiro de tirania. Se a *atemporalidade* da beleza é uma ilusão, isto é em si um reflexo da vida e da época de Nabokov. Sendo assim, por que fui afetado por essa beleza, escrita, como é, nos termos de um pacto faustiano com a crueldade e o mal?

Ao ler suas famosas cenas — Lolita jogando tênis; o lento afogamento de Charlotte no lago Hourglass; Humbert, depois de perder Lolita, em pé na beira da estrada no topo de uma colina, ouvindo as crianças brincarem numa pequena cidade (Breughel sem neve) e depois encontrando-se com alguém que amara quando era jovem na floresta; o posfácio de Lolita (que, segundo diz, levou um mês para escrever, apesar de ter apenas dez linhas); a visita de Humbert ao barbeiro na cidade de Kasbeam; ou as movimentadas cenas de família em *Ada* —, minha primeira resposta é que a vida é assim mesmo; o escritor nos conta coisas que já sabemos, mas com uma honestidade chocante e resoluta que nos traz lágrimas aos olhos no momento certo. Nabokov — escritor orgulhoso e confiante, com um conhecimento perfeito de seus dons — disse certa vez que sabia muito bem usar "a palavra certa no lugar certo". O talento para *le mot juste*, termo usado por Flaubert para definir essa brilhante capacidade de escolha, dá à sua prosa uma qualidade estonteante, quase sobrenatural. Mas há uma crueldade por trás das puras palavras, que seu gênio e sua imaginação lhe deram.

Para compreender melhor o que chamo de crueldade de Nabokov, examinemos o trecho no qual Humbert visita o barbeiro na cidade de Kasbeam — só para passar o tempo, pouco antes de Lolita o deixar (de modo tão cruel, mas com toda a razão). Trata-se de um velho barbeiro de província, com o dom da tagarelice, e enquanto faz a barba de Humbert fala com volubilidade sobre o filho jogador de beisebol. Limpa os óculos no avental por cima de Humbert e deixa a tesoura de lado para ler recortes de jornal sobre o filho. Nabokov dá vida ao barbeiro em poucas frases miraculosas. Para nós na Turquia ele é tão conhecido como se vivesse aqui. Mas no fim Nabokov joga sua última e mais chocante cartada. Humbert presta tão pouca atenção ao barbeiro que só no último instante percebe que o filho a que se referiam os recortes de jornal morrera havia trinta anos.

Em duas frases — que levou dois meses para aperfeiçoar — Nabokov evoca uma barbearia de província e as gárrulas bazófias do barbeiro sobre o filho, com um elã e uma atenção para os detalhes dignos de Tchekhov (escritor que Nabokov admirava explicitamente); então, tendo arrastado o leitor para o melodrama do "filho morto", abandona-o imediatamente e volta para o mundo de Humbert. Compreendemos, com essa ruptura cruel e satírica, que nosso narrador não tem o mínimo interesse nas tristezas do barbeiro. Pior, tem certeza de que, como nós também fomos apanhados no pânico amoroso de Humbert, não nos demoraremos no filho do barbeiro, morto havia trinta anos, mais do que ele o faz. E assim compartilhamos a crueldade que é o preço da beleza. Em meus vinte anos, eu sempre lia Nabokov com um estranho senso de culpa e o orgulho nabokoviano de criar um escudo contra essa culpa. Era o preço que eu pagava pela beleza dos romances, e pelo prazer que me davam.

Para compreender a crueldade de Nabokov, e a beleza desta, precisamos primeiro nos lembrar da crueldade com que a vida o tratou. Nascido numa aristocrática família russa, foi esbulhado de suas propriedades e de toda a sua fortuna depois da revolução bolchevique. (Mais tarde, orgulhosamente, ele alegaria indiferença.) Saindo da Rússia para Istambul (onde passou um dia no hotel Sirkeci), seguiu para o exílio, primeiro em Berlim; de lá foi para Paris, emigrando para os Estados Unidos quando os alemães invadiram a França. Apesar de ter aperfeiçoado sua expressão literária em russo quando morava em Berlim, nos Estados Unidos perdeu o idioma nativo. O pai, um político liberal, foi destruído por um assassinato mal executado, como o assassinato descrito com satírica maldade em *Fogo pálido*. Quando chegou aos Estados Unidos, já com mais de quarenta anos, tinha perdido não apenas o idioma nativo, mas também o pai, o patrimônio e a família, cujos membros se espalharam pelo mundo. Para não julgá-lo com demasiada severidade por sua curiosa espécie de malícia — que Edmund Wilson chamava de "chutar os vencidos" — ou pelo orgulho com que evitava a política, ou pelo jeito de ridicularizar e até desprezar pessoas comuns por seus modos rudes e por seu gosto kitsch, devemos levar em conta as perdas que sofreu na vida real, e particularmente a grande compaixão que demonstrou por seus heróis e heroínas, como Lolita, Sebastian Knight e John Shade.

Como sua descrição do barbeiro de Kasbeam deixa claro, a crueldade de Nabokov apresenta-se em exposições finamente detalhadas, mostrando que nada na vida — na natureza, em outras pessoas, em nosso ambiente, nossas ruas, nossas cidades — resolve nossas dores e nossos problemas. Essa consciência nos faz lembrar o comentário de Lolita sobre a morte ("estamos completamente sozinhos"), que seu padrasto também admirava. A profunda alegria de ler Nabokov vem de vermos a verdade cruel: nossa vida não faz parte da lógica do mundo. Aceitando tal verdade, podemos apreciar a beleza pela beleza. Só descobrindo a profunda lógica que governa o mundo — o mundo que nos é dado apreciar apenas por intermédio da grande literatura — podemos nos consolar com a beleza que temos nas mãos; no fim, nossa única defesa contra as crueldades da vida são as belas simetrias de Nabokov, suas piadas e seus jogos de espelho, sua celebração da luz (à qual esse escritor sempre extremamente autoconsciente chamava de "Babel prismática") e sua prosa, bela como as asas palpitantes de uma borboleta: depois de perder Lolita, Humbert diz ao leitor que tudo que lhe resta no mundo são as palavras, e, um pouco zombando de si mesmo, fala casualmente do "amor como último refúgio".

O preço do ingresso a esse refúgio é a crueldade, origem dos sentimentos de culpa que mencionei. Como deve sua beleza à crueldade, a prosa de Nabokov é prejudicada pela mesma culpa, assim como Humbert, que procura a beleza eterna com toda a inocência de uma criança pequena. Sentimos que o autor — o narrador, o porta-voz dessa prosa maravilhosa — está sempre tentando vencer a culpa, e essa tentativa alimenta seu destemido cinismo, suas brilhantes diatribes e suas frequentes voltas ao passado, para as lembranças de infância.

Como se pode constatar em suas memórias, Nabokov via sua infância como a idade de ouro. Apesar de escrever pensando no exemplo de *Infância, adolescência e juventude*, de Tolstói, Nabokov não demonstra interesse algum no tipo de culpa que Tolstói sugou de Rousseau. Está claro que, para ele, a culpa é uma dor que apareceu depois da infância, quando os bolcheviques o expulsaram do idílio russo, uma dor que sofria na época em que afiava o estilo. "Se todos os escritores russos escrevessem sobre a infância perdida", disse Pushkin, "quem falaria da própria Rússia?" Apesar de Nabokov ser uma versão moderna da tradição da qual Pushkin se queixava — a literatura do aristocrata proprietário de terras —, há nele muito mais do que isso.

A implicância de Nabokov com Freud, e o prazer que tinha em alfinetá-lo, sugere que tentava defender-se da culpa terrível que sentia pela idade de ouro da sua infância. Em outras palavras, buscava proteger-se das proibições e dos pronunciamentos de culpa, e não das idiotices de Freud (como Nabokov as descrevia). Pois quando começa a escrever sobre *tempo, memória e eternidade* — e suas páginas sobre esses temas estão entre as mais brilhantes que escreveu —, Nabokov tentava também fazer uma feitiçaria ao estilo de Freud.

O conceito de tempo de Nabokov oferece uma fuga da crueldade que acompanha a beleza e engendra a culpa. Quando desenvolve o conceito em profundidade em *Ada*, Nabokov nos recorda que nossas lembranças nos permitem carregar conosco a nossa infância, e com ela a idade de ouro que julgávamos ter deixado para trás. Nabokov dá realidade a essa ideia simples e óbvia com um belo lirismo, mostrando como o passado e o presente podem coexistir na mesma frase. Os encontros com as posses evocam o passado nos momentos mais inesperados; as imagens estão carregadas de maravilhosas lembranças, abrindo nossos olhos para a idade de ouro que está sempre conosco, mesmo no feio mundo material do presente. A memória — para Nabokov, o maior recurso do escritor e da imaginação — envolve o presente com o halo do passado. Mas não se trata de um narrador proustiano que, já perto do fim da vida, sem futuro, volta ao passado. As insistentes explorações da memória e do tempo por Nabokov falam de um escritor seguro do presente e do futuro, que sabe que suas lembranças nascem de jogos e são moldadas pelas vicissitudes da experiência. A equilibrada vitalidade de Lolita decorre do vaivém às vezes sereno, às vezes agitado, entre o passado e o presente: a narração de Humbert dispara das lembranças da meninice (bem antes de Lolita) para as lembranças posteriores à fuga de Lolita dos tempos felizes que viveu com ela. Quando fala dessas maravilhosas lembranças, Nabokov repete a palavra *paraíso* muitas vezes; numa passagem até se refere aos *icebergs do paraíso*.

Ada é, por contraste, a tentativa de trazer o paraíso perdido do passado para o presente. Como sabe que um mundo feito de lembranças de uma idade perdida não poderia sobreviver nem nos Estados Unidos, onde então vivia (os Estados Unidos de Lolita, terra que oscila entre a liberdade e a grosseria), nem na Rússia (então parte da União Soviética), Nabokov mistura lembranças desses dois mundos para criar um terceiro país, um paraíso literário totalmente imaginário. Feito dos detalhes abundantes de uma infância que ele via como inocente de pecado, é um estranho e maravilhoso mundo de desenfreado narcisismo completamente infantil. Aqui temos não um escritor de idade avançada coletando lembranças da meninice; num *tour de force* elegante e altivo,

Nabokov decide transplantar a infância para a velhice. Vemos seus heróis perdidos de amor não só tornarem realidade seus amores de infância, mas preservarem os estados de espírito que lhes permitirão carregar esses amores até a morte. Humbert pode passar a vida em busca do amor perdido da meninice, mas Van e Ada querem viver para sempre no paraíso que se irradia do seu amor de infância. Primeiro somos informados de que os dois são primos, depois, de que são irmão e irmã. Como Freud, que ele amava odiar, Nabokov faz essa revelação aos poucos, sugerindo que os tabus é que nos expulsam do paraíso da infância.

A infância nabokoviana é um paraíso distante da culpa e do pecado; podemos sentir genuína admiração pelo egoísmo do amor de Ada e Van. Isso, por sua vez, fará que nos identifiquemos com a pobre Lucette, cujo grande amor por Van não é correspondido. Enquanto Van e Ada aproveitam o paraíso encantado que o narrador criou para eles, Lucette (a personagem mais moderna, perturbada e infeliz) torna-se vítima da crueldade de Nabokov, excluída das principais cenas do livro e do grande amor que muitos leitores sentem por este.

É nesse ponto que a grandeza do autor depende do leitor. Enquanto Nabokov luta para trazer o paraíso para o nosso tempo — e criar para si próprio um refúgio da realidade —, seu gosto por piadas e trocadilhos pessoais, por prazeres e jogos secretos, e por elaborar seu espanto diante da imensidade da imaginação, esse impulso produz momentos em *Ada* em que o autor perde o leitor impaciente. Esse é o ponto onde Proust, Kafka e Joyce também repelem os leitores, mas diferentemente desses escritores, Nabokov, pai da piada pós-moderna, previu a resposta do leitor, e envolve-o num jogo: fala da dificuldade do romance filosófico de Van, de como "na tagarelice de sala de estar de senhoras que agitam leques" ele é visto como arrogante por sua indiferença à fama literária.

Em minha juventude, quando todos à minha volta esperavam que os romancistas fizessem análises sociais e morais, eu usava essa postura orgulhosa de Nabokov como escudo. Vistas da Turquia, as personagens de *Ada* e de outros romances de Nabokov a partir dos anos 1970 pareciam fantasias de um mundo inexistente "separado do presente". Temendo ser sufocado pelas cruéis e desagradáveis demandas do meio social em que pretendia situar meus romances, eu sentia o imperativo moral de adotar não apenas *Lolita*, mas também os livros como *Ada*, nos quais Nabokov levava ao extremo os trocadilhos, as fantasias sexuais, a erudição, os jogos literários, as piadas e o gosto pela sátira. É por isso que para mim a grande literatura vive num lugar próximo, refrescada pelo vento alienante da culpa. *Ada* é a tentativa feita por um grande escritor para erradicar essa culpa, para usar o poder e a força de vontade da literatura a fim de trazer o paraíso para o presente. É por isso que, uma vez que perdemos a fé, nesse livro e na união incestuosa de Van e Ada, o livro se afoga num pecado que é o oposto do que pretendia Nabokov.

40. Albert Camus

Com o passar do tempo, não conseguimos nos lembrar da leitura de certos escritores sem que também voltemos ao mundo tal como o conhecíamos quando os lemos pela primeira vez e recordemos os incipientes desejos que despertaram em nós. Quando nos apegamos a um escritor, não é apenas porque ele nos conduziu a um mundo que continua a nos obcecar, mas porque, em certa medida, fez de nós o que somos. Camus, como Dostoiévski, como Borges, é para mim esse tipo de escritor seminal. A prosa de um escritor como ele nos conduz a uma paisagem à espera de ser preenchida de significado, sugerindo, apesar disso, que qualquer literatura com propósitos metafísicos tem — como a vida — possibilidades ilimitadas. Tais autores, lidos quando somos jovens e razoavelmente esperançosos, nos darão vontade de escrever livros também.

Li Camus algum tempo antes de ler Dostoiévski e Borges, aos dezoito anos, por influência de meu pai, engenheiro civil. Nos anos 1950, quando a Gallimard publicava um livro de Camus atrás do outro, meu pai conseguia recebê-los em Istambul, se não estivesse em Paris e os comprasse pessoalmente. Depois de ler os livros com o maior cuidado, gostava de conversar sobre eles. Embora tentasse, vez por outra, descrever "a filosofia do absurdo" com palavras que eu pudesse entender, só muito depois compreendi por que aquilo era importante para ele: essa filosofia nos chegava não das grandes cidades do

Ocidente, ou de dentro de seus dramáticos monumentos arquitetônicos ou casas, mas de um marginalizado mundo parcialmente moderno, muçulmano e mediterrâneo como o nosso. A paisagem em que Camus situa *O estrangeiro*, *A peste* e muitos contos é a paisagem de sua própria infância, e suas ternas e minuciosas descrições de ruas e jardins ensolarados não pertencem nem ao Oriente nem ao Ocidente. Havia também o Camus lenda literária: o fascínio de meu pai por sua fama precoce só se comparava ao abalo que sentiu ao receber a notícia de sua morte, ainda jovem e belo, num acidente automobilístico que os jornais avidamente chamaram de "absurdo".

Como qualquer um, meu pai via uma aura de juventude na prosa de Camus. Eu ainda a sinto, muito embora a frase agora reflita mais do que a idade e a visão do autor. Quando releio sua obra é como se a Europa dos livros de Camus ainda fosse um lugar jovem, onde tudo pode acontecer. É como se suas culturas ainda não tivessem sido divididas; como se, contemplando o mundo material, quase se pudesse ver a sua essência. Isso talvez reflita o otimismo do pós-guerra, quando a França vitoriosa reafirmava sua posição central na cultura do mundo, mais particularmente na literatura. Para intelectuais de outros países, a França do pós-guerra era um ideal impossível não só por sua literatura, mas também por sua história. Hoje vemos com mais clareza que foi a superioridade cultural da França que deu ao existencialismo e à filosofia do absurdo tanto prestígio na cultura literária dos anos 1950, não só na Europa, mas também na América e em países não ocidentais.

Foi esse tipo de otimismo juvenil que levou Camus a considerar o impensado assassinato de um árabe pelo herói francês de *O estrangeiro* um problema mais filosófico do que colonial. Assim, quando um escritor brilhante, com diploma de filosofia, fala de um missionário revoltado, de um artista em luta com a fama, de um homem coxo montando numa bicicleta, de um homem que vai à praia com a amante, ele pode mergulhar em deslumbrantes e sugestivas ruminações metafísicas. Em todas essas histórias ele reconstitui os detalhes mundanos da vida como um alquimista, transformando metais básicos em filigranas de prosa filosófica. Implícita nisso está, é claro, a longa história do romance filosófico francês ao qual Camus pertence, não menos do que Diderot. A singularidade de Camus está na facilidade com que funde essa tradição — que se baseia numa acerba sagacidade e numa voz ligeiramente pedante e um tanto autoritária — com frases curtas à la Hemingway e com a narração realista. Embora essa coleção pertença à tradição do conto filosófico que inclui Poe e Borges, as histórias devem sua cor, vitalidade e atmosfera ao Camus romancista descritivo.

O leitor impressiona-se com duas coisas: a distância entre Camus e o assunto, e seu modo suave, quase sussurrado, de narrar. É como se fosse incapaz de decidir se leva ou não o leitor mais para o coração da história, e acaba por deixá-lo suspenso entre as preocupações filosóficas do autor e o próprio texto. Isso pode ser reflexo dos problemas extenuantes e destrutivos que Camus enfrentou nos últimos anos de vida. Alguns encontram sua expressão nos primeiros parágrafos de "O mudo", quando Camus se refere, um tanto consciente de si mesmo, aos problemas do envelhecimento. Noutra história, "O artista em atividade", sentimos que Camus, no fim da vida, vivia intensamente e que o peso da fama era grande demais. Mas o que realmente prejudicou e destruiu Camus foi sem dúvida a guerra argelina. Como francês argelino, ficou espremido entre o amor pelo mundo mediterrâneo e a devoção à França. Apesar de compreender as razões da ira anticolonial e da violenta rebelião que ela provocou, ele não podia assumir uma posição radical contra o Estado francês, como Sartre, porque seus amigos franceses eram mortos pelas bombas dos árabes — ou "terroristas", como eram chamados pela imprensa francesa — que lutavam pela independência. Por isso preferiu não se pronunciar. Num tocante e compassivo ensaio, escrito depois da morte do velho amigo, Sartre explorou as inquietantes profundezas ocultadas pelo nobre silêncio de Camus.

Pressionado a tomar partido, Camus preferiu explorar seu próprio inferno psicológico em "O convidado". Essa perfeita história política descreve a política não como algo que escolhemos ansiosamente, mas como um infeliz acidente que somos obrigados a aceitar. É difícil discordar dessa caracterização.

41. Ler Thomas Bernhard em tempos de infelicidade

Sinto-me desesperadamente miserável e leio Thomas Bernhard. A bem da verdade, eu não tinha intenção de lê-lo. Não tinha intenção de ler ninguém — estava infeliz demais para pensar com clareza. Abrir um livro, ler uma página, penetrar os sonhos alheios — eram desculpas que eu usava para insistir em minha própria desgraça, lembretes de que todo mundo conseguira evitar o poço de miséria em que eu caíra. Em toda parte, pessoas elogiavam-se a si mesmas por seus sucessos e pequenos refinamentos, seus interesses, sua cultura e suas famílias. Parecia que todos os livros tinham sido escritos na voz dessas pessoas. Descrevendo qualquer coisa — um baile parisiense do século XIX, uma viagem antropológica pela Jamaica, a periferia empobrecida de uma grande cidade ou a determinação de um homem que dedicara a vida a estudar a arte, os livros tratavam de vidas cuja experiência não tinha relação com a minha, e eu queria esquecê-los. Por não encontrar nesses livros nada que sequer remotamente se parecesse com minha miséria, tive raiva dos livros e de mim mesmo: dos livros, por ignorarem a dor que eu sofria, de mim por ter sido estúpido o suficiente para mergulhar nessa dor sem sentido. Tudo que eu queria era escapar da minha insensata miséria. Mas os livros haviam me preparado para a vida, os livros eram o que, acima de tudo, me faziam prosseguir, por isso eu dizia a mim mesmo que se quisesse sair daquela nuvem escura teria de continuar lendo. Mas quando abria um livro para ouvir a voz de um autor que aceitasse o mundo como ele é, ou que com ele se identificasse mesmo que quisesse mudá-lo, eu me sentia sozinho. Os livros eram alheios à minha dor. Pior, os livros é que me deram a ideia de que a miséria na qual mergulhara era única, que eu era um desgraçado idiota sem igual no mundo. Por isso eu dizia a mim mesmo: "Os livros não são feitos para ler, mas para comprar e vender". Depois do terremoto, se um livro me incomodasse, eu achava um motivo para jogá-lo fora. E assim eu chegava ao fim da minha guerra de quarenta anos com os livros, sentindo aversão e desilusão.

Esse era o meu estado de espírito quando folheei algumas páginas de Thomas Bernhard. Não as li com a esperança de que me salvassem. Uma revista preparava uma edição especial sobre Bernhard e me pedira que escrevesse qualquer coisa. Eu tinha uma dívida que precisava ser paga, e houve um tempo em que eu gostava muito de Bernhard.

Por isso comecei a ler Bernhard de novo, e pela primeira vez desde que a nuvem escura descera sobre mim, ouvi uma voz dizer que a miséria que eu chamava minha infelicidade não era tão grande, nem tão ruim, como eu pensava. Essa afirmação não constava de nenhuma frase ou de nenhum parágrafo em particular; eles falavam de outras coisas — a paixão pelo piano, a solidão, editores, ou Glenn Gould —, mas ainda assim achei que fossem apenas pretextos; falavam para a minha miséria, e essa sensação me animou. O problema não era a miséria em si, mas como eu a percebia. O problema não era estar infeliz, mas sentir-se assim de determinada maneira. Ler Bernhard naquela época de infelicidade foi como um tônico, apesar de saber que as páginas que li não foram escritas com esse propósito, ou para servirem de consolo a leitores deprimidos.

Como explicar tudo isso? Por que a leitura de Bernhard em época de infelicidade teve o efeito de um elixir? Talvez o ar de renúncia. Talvez eu tenha sido acalmado por uma visão moral, que sugeria que é melhor não esperar muito da vida... Mas talvez não tivesse nada a ver com moralidade, pois uma dose de Bernhard deixa claro que a única esperança é continuarmos sendo quem somos, apegarmo-nos a nossos hábitos, a nossa cólera. Há nos escritos de Bernhard a sugestão de que a maior estupidez é abandonar nossos hábitos e nossas paixões, na expectativa de uma vida melhor, ou a alegria de atacar a idiotice e a estupidez alheias, ou de saber que a vida nunca será mais do que aquilo que nossas paixões e perversões dela fizerem.

Mas sei que todas as tentativas de formulação serão inúteis. Não só porque é difícil encontrar nas palavras de Bernhard a confirmação do que acabo de dizer. Mas também porque, sempre que volto aos livros de Bernhard, vejo que resistem à simplificação. Antes que eu comece a duvidar de mim mesmo, porém, quero dizer pelo menos isto: o que mais me agrada nos livros de Bernhard não são os ambientes ou a visão moral. O que mais gosto é simplesmente de estar ali, dentro daquelas páginas, adotar sua cólera incessante e partilhar dela. É assim que a literatura consola, convidando-nos a fulminar com a mesma intensidade dos escritores que amamos.

42. O mundo dos romances de Thomas Bernhard

A história das tendências literárias remonta a mais de 2 mil anos, e entre as duas guerras mundiais houve uma nova moda da "economia" que continua a ter influência nas tendências aforísticas daqueles que escrevem prefácios para escritores. Hemingway, Fitzgerald e outros escritores americanos que ditaram o estilo da época entre as guerras estabeleceram o preceito literário segundo o qual o escritor de respeito deve escrever uma cena da forma mais rápida possível, usando o menor número de palavras, sem repetições.

Thomas Bernhard não é um escritor que deseje parecer correto ou econômico. A repetição é o tijolo com que constrói seu mundo. Não é só porque seus solitários e obcecados heróis repetem as mesmas perversões vezes sem conta, enquanto andam para um lado e para outro, descarregando obsessivamente alguma paixão furiosa; enquanto descreve seu progresso com chocante energia, Bernhard também quer repetir a mesma frase vezes sem conta. Portanto, quando Bernhard fala do herói de *Concreto*, que dedica anos a escrever um tratado sobre audição, ele não diz, como o faria um romancista tradicional: "Konrad às vezes achava que a sociedade não era nada e que a obra que escrevia era tudo" — em vez disso, transmite essa ideia por meio das infindáveis repetições do seu herói.

Esses pensamentos circulares — não são bem pensamentos, mas gritos coléricos, maldições, berros e expletivos que terminam com pontos de exclamação — são difíceis de absorver para um leitor racionalista. Lemos que todos os austríacos são idiotas, e, mais adiante, que os alemães e os holandeses também; somos informados de que os médicos são uniformemente monstruosos e que os artistas são, na maioria, idiotas, superficiais e rudes; lemos que o mundo da ciência é povoado por charlatães, e o da música, por impostores; os aristocratas e os ricos são parasitas, e os pobres são trapaceiros oportunistas; os intelectuais são, na maioria, estúpidos, viciados em suas afetações, e os jovens são, na maior parte, imbecis que riem de tudo; lemos que a mais duradoura paixão humana é enganar, oprimir e destruir os outros. Tal cidade é a mais nojenta do mundo, tal teatro não é teatro, mas bordel. Aquele compositor é o melhor até agora, e fulano é o melhor filósofo, mas, como não há outros compositores e filósofos que sirvam de comparação, todos são "pretensos" compositores e filósofos... e assim por diante.

Quando lemos Tolstói ou Proust, que se protegem a si próprios e a seus heróis com armaduras estéticas — salvaguardando o mundo fictício desse tipo de excesso —, podemos deparar com esses ataques, nas palavras de Bernhard, como "as afetações de um angustiado aristocrata ou de um herói arrogante, mas ainda simpático", mas no mundo de Thomas Bernhard eles servem de colunas de apoio. Na obra de escritores "equilibrados" como Proust e Tolstói, podemos encontrar essas repetições obsessivas como "uma folha no mundo de virtudes e fragilidades humanas", mas aqui servem como exemplificações de um mundo inteiro. A maioria dos escritores preocupados em retratar "a vida em sua totalidade" trata "obsessões, perversões e excessos" como questões marginais, mas Bernhard os coloca no centro, enquanto o resto da experiência que chamamos de vida é empurrado para os lados, evidente apenas nos pequenos detalhes necessários para insultá-la.

Se me sinto atraído por esses ataques e maldições que devem seu poder à obsessão é em parte por causa da inesgotável energia verbal de Bernhard, mas a atração também se deve à situação dos heróis. A cólera oferece aos heróis de Bernhard proteção contra o mal, a idiotice e a miséria do mundo. Os heróis de Bernhard não recitam essas maldições depreciativas como pessoas confiantes, bem-sucedidas e refinadas que olham com desprezo para as outras; essa cólera nasce da familiaridade concreta com a catástrofe que pode vir a qualquer momento, ou da aceitação da dolorosa verdade sobre a matéria da qual as pessoas realmente são feitas — e é a cólera que impede seus heróis de desmoronarem, que os mantém de pé. Lemos vezes sem conta que esta ou aquela pessoa "foi incapaz de manter-se de pé", "acabou sendo destruída", "definhou num canto", "acabou esmagada também". Para os heróis de Bernhard, circundados como estão pela crueldade e pela idiotice, a destruição de outros funciona como sinal de perigo. Em sua linguagem, essa noção pode ser expressa assim: para os que resistem, seguem em frente, toleram e continuam de pé, o maior imperativo é amaldiçoar o mundo, e o outro é transformar essa paixão num empreendimento profundo, filosófico e significativo — ou pelo menos entregar-se à obsessão. Uma vez que as obsessões definem o mundo em que vivemos, somos reduzidos às coisas das quais não podemos abrir mão.

Em *Correção*, o herói, que lembra Wittgenstein, está preocupado com uma biografia não escrita que lhe tomará anos de pesquisa, mas o ódio pela irmã, que acha que ele está obstruindo seus próprios esforços, toma conta de seus pensamentos. É assim com o herói de *Concreto*: preocupado com a obra sobre "audição", está igualmente obcecado com as condições nas quais a escreve. Da mesma forma, o sedutor herói de *Árvores abatidas*, tendo convidado para jantar os intelectuais de Viena que mais detesta, concentra toda a energia de sua hospitalidade em detestá-los mais ainda.

Valéry disse certa vez que as pessoas que criticam a vulgaridade estão na realidade expressando sua curiosidade e sua afeição por ela. Os heróis de Bernhard voltam continuamente às coisas que mais detestam; imaginam meios de atiçar o ódio; na realidade, não podem viver sem repugnância e desprezo. Odeiam Viena, mas correm para lá; odeiam o mundo da música, mas não podem viver sem ele; odeiam suas irmãs, mas não deixam de procurá-las; abominam os jornais, mas não podem suportar a ideia de deixar de lê-los; ridicularizam as conversas intelectuais, e lamentam a sua falta; detestam prêmios literários, mas vestem ternos novos e correm para recebê-los. Em sua luta para viverem acima da censura, lembram o herói de *Memórias do subsolo*.

Bernhard tem qualquer coisa de Dostoiévski. Nas obsessões e paixões de seus heróis — suas defesas contra o desespero e o absurdo — há sombras de Kafka também. Mas o mundo de Bernhard está mais perto do de Beckett.

Os heróis de Beckett não esbravejam tanto contra seu ambiente; estão menos interessados nos desastres que sofrem do que em sua angústia mental. Não importa o quanto lutem para escapar dele, os heróis de Bernhard continuam abertos ao mundo exterior; para fugir do sofrimento mental, adotam a anarquia do mundo exterior. Beckett tenta apagar, tanto quanto possível, a cadeia de causa e efeito, enquanto Bernhard se fixa nas causas até o derradeiro pormenor. As personagens de Bernhard recusam-se a ceder à doença, à derrota, à injustiça; carregam consigo uma cólera louca e a vontade cega de lutar até o amargo fim. Mesmo que acabem derrotadas, não é sobre sua derrota e sua entrega que lemos, mas sobre suas querelas e lutas obsessivas.

Se quiséssemos encontrar outro escritor que servisse de introdução ao mundo de Thomas Bernhard, o melhor candidato seria Louis-Ferdinand Céline. Como Céline, Bernhard foi criado numa família pobre, que precisava lutar para sobreviver. Cresceu sem pai, sofreu privações durante a guerra e contraiu tuberculose. Como Céline, seus romances são em grande parte autobiográficos, narrando uma batalha constante, cheia de obstáculos, ressentimento e derrota. Como Céline, que desancava escritores como Louis Aragon e Elsa Triolet, e invectivava contra Gallimard, o editor, Bernhard se enfurecia com os velhos amigos e instituições que o tomavam pela mão e lhe davam prêmios. Totalmente autobiográfico, *Árvores abatidas* é sobre um jantar que Bernhard de fato organizou na Áustria para amigos e conhecidos com o objetivo expresso de insultá-los. Mas enquanto ardem nas chamas de seu inferno interior, Céline e Bernhard usam as palavras de modo bem diferente. Onde Céline nos oferece frases cada vez mais curtas, que terminam com reticências, a novidade de Bernhard é a frase cuja interminável repetição de insultos circulares, ou, mais precisamente, elípticos, recusa-se a submeter-se ao bloco do parágrafo.

Quando a névoa clareia, o que vemos é uma série de pequenas anedotas adoráveis, cruéis e divertidas. Apesar de suas intermináveis diatribes, os livros de Bernhard não são dramáticos; em vez disso, amontoam uma história sobre a outra; o senso que temos do livro vem não do todo, mas das breves histórias espalhadas dentro dele. Se temos em mente que elas são, na maior parte, constituídas de fofocas, insultos e cruéis descrições de "supostos" artistas e intelectuais, podemos achar que o mundo dos romances de Bernhard não só é parecido com o nosso na forma, mas também está — às vezes — próximo dele em espírito. Dando voz aos cruéis ataques e ódios obsessivos a que todos nos entregamos quando tomados pela raiva, ele segue em frente e os transforma em "boa arte".

Mas é aqui que seu ódio à arte encontra dificuldades. Pois os jornais contra os quais ele disparou insultos prestam cada vez mais atenção nele, enquanto os júris de prêmios nos quais cuspiu lhe dão mais e mais prêmios, e os teatros contra os quais manifestou desprezo disputam a oportunidade de encenar suas peças — e quando percebem que a história que queriam desesperadamente que fosse real não passa de história, os leitores não podem deixar de sentir-se enganados. Portanto, este talvez seja o momento de lembrar ao leitor que o mundo em que vive um romancista é totalmente diferente do mundo habitado por suas personagens. Mas se insistirmos em achar que esse outro mundo é autobiográfico, e que seu poder vem de uma cólera verdadeira, teremos, depois de ler cada romance de Bernhard, de perguntar a nós mesmos por que, quando procuramos uma "visão moral", nos sentimos levados a participar de um jogo com as caricaturas do romance, e até mesmo com o próprio romance.

43. Mario Vargas Llosa e a literatura do Terceiro Mundo

Existe uma literatura do Terceiro Mundo? É possível estabelecer — sem cair na vulgaridade do paroquialismo — as virtudes fundamentais das literaturas dos países que compõem o chamado Terceiro Mundo? Em suas afirmações mais refinadas — em Edward Said, por exemplo —, a noção de uma literatura do Terceiro Mundo serve para sublinhar a riqueza e o alcance das literaturas da periferia e suas relações com a identidade e o nacionalismo não ocidentais. Mas quando alguém como Fredric Jameson afirma que "as literaturas do Terceiro Mundo servem como alegorias nacionais" está simplesmente manifestando uma polida indiferença à riqueza e à complexidade das literaturas do mundo marginalizado. Borges escreveu seus contos e ensaios nos anos 1930 na Argentina — país do Terceiro Mundo no sentido clássico do termo —, mas seu lugar no centro da literatura mundial é indiscutível.

Está claro, apesar disso, que existe um tipo de romance narrativo próprio dos países do Terceiro Mundo. Sua originalidade tem menos a ver com a localização do escritor do que com o fato de ele saber que escreve longe dos centros literários do mundo e sentir essa distância dentro dele. Se algo distingue a literatura do Terceiro Mundo não é a pobreza, não é a violência, não é a política ou o tumulto social do país de onde ela emerge, mas a consciência do escritor de que sua obra está de alguma forma longe dos centros onde a história de sua arte — a arte do romance — é descrita, e de que ele reflete essa distância em sua obra. O crucial aqui é a percepção que possui o escritor do Terceiro Mundo de estar exilado dos centros literários mundiais. Um escritor do Terceiro Mundo pode optar por deixar o seu país e fixar-se — como o fez Vargas Llosa — num dos centros culturais da Europa. Mas a ideia que tem de si mesmo pode não mudar, pois o "exílio" de um escritor do Terceiro Mundo não é tanto uma questão geográfica como um estado de espírito, um senso de exclusão, de ser perpetuamente estrangeiro.

Ao mesmo tempo, a sensação de ser forasteiro o liberta das angústias da originalidade. Não precisa meter-se numa disputa obsessiva com pais ou precursores para encontrar a própria voz. Pois explora novo terreno, aborda assuntos nunca discutidos em sua cultura, e geralmente se dirige a leitores distintos e emergentes, nunca vistos em seu país — o que confere a seus escritos uma espécie de originalidade, de autenticidade.

Numa resenha de juventude de *As belas imagens*, de Simone de Beauvoir, Vargas Llosa sugere quais devem ser os princípios orientadores de tal carreira. Elogia Beauvoir não apenas por escrever um brilhante romance, mas também por rejeitar os objetivos do *nouveau roman* então na moda (os anos 1960). Segundo Vargas Llosa, a maior conquista de Simone de Beauvoir foi pegar a forma do romance e as estratégias literárias de escritores como Alain Robbe-Grillet, Nathalie Sarraute, Michel Butor e Samuel Beckett e usá-las com objetivos inteiramente diferentes.

Vargas Llosa elabora suas ideias sobre o "uso" de estratégias e formas de outros escritores num ensaio sobre Sartre. Posteriormente, Vargas Llosa se queixaria de que os romances de Sartre são destituídos de senso de humor e mistério, de que seus ensaios, embora escritos com clareza, são politicamente confusos (quando não nos confundem), e de que sua arte é démodé e banal; ele se mostraria espantado por ter sido, em seus tempos de marxismo, profundamente influenciado, até mesmo arruinado, por Sartre. Vargas Llosa datou sua desilusão com Jean-Paul Sartre num artigo que leu no *Le Monde* em 1964. Nesse artigo infame (que teve repercussões até na Turquia), Sartre pôs a literatura ao lado de uma criança negra que morria de fome num país do Terceiro Mundo, como Biafra, e declarou que enquanto esse tipo de sofrimento existisse seria um "luxo" para países pobres dedicar-se à literatura. Chegou a ponto de sugerir que escritores do Terceiro Mundo nunca seriam capazes de deleitar-se de consciência limpa com o luxo da literatura, e concluiu que literatura era coisa de país rico. Vargas Llosa admite que certos aspectos do pensamento de Sartre, sua cuidadosa lógica e sua insistência em que a literatura é importante demais para ser tratada como jogo, acabaram por se provar "aproveitáveis" — graças a Sartre, Vargas Llosa encontrou seu caminho nos labirintos da literatura e da política —, de modo que, no fim das contas, Sartre foi um guia "útil".

Para não perdermos jamais a consciência da distância que nos separa do centro, para discutirmos a mecânica da inspiração e como as descobertas de outros escritores podem ser úteis, precisamos ser donos de uma vívida inocência (e, de acordo com Vargas Llosa, nada há de inocente em Sartre). A vívida inocência do próprio Vargas Llosa se reflete não nos romances, mas na crítica, nos ensaios e em outras obras suas.

Quer escreva sobre o envolvimento do filho com os rastafáris, apresente um quadro político dos marxistas-sandinistas da Nicarágua ou descreva a Copa do Mundo de 1994, ele nunca deixa de se envolver, nunca fica distante; é especialmente bom quando escreve sobre Camus, que recorda ter lido levianamente na juventude — tão grande era a influência de Sartre sobre ele naquela época. Anos mais tarde, depois de sobreviver a um ataque terrorista em Lima, leu *O homem revoltado*, o longo ensaio de Camus sobre história e violência, e decidiu que preferia Camus a Sartre. Apesar disso, elogia os ensaios de Sartre, por irem direto ao assunto, o que também se pode dizer dos ensaios de Vargas Llosa.

Sartre é uma figura problemática para Vargas Llosa, talvez até uma figura paterna. John dos Passos, que tanto influenciou Sartre, também é importante para Vargas Llosa; ele o elogia por sua recusa ao sentimentalismo fácil e por suas experiências com formas narrativas. Como Sartre, Vargas Llosa usaria colagem, justaposição, montagem, recortes e outras estratégias narrativas para orquestrar seus romances.

Em outro ensaio, Vargas Llosa louva Doris Lessing por ser escritora "engajada" no sentido sartriano da palavra. Para ele, o romance engajado é aquele que mergulha nas brigas, lendas e violência de sua época, e a ficção esquerdista da primeira fase de Vargas Llosa é um bom exemplo do gênero. Mas é um esquerdista imaginoso e brincalhão que vemos nesses primeiros romances. De todos os escritores que Vargas Llosa discute em seus ensaios — Joyce, Hemingway e Bataille, entre outros —, aquele com quem tem dívida maior é com

Faulkner. O que Vargas Llosa acha louvável em *Santuário* — a justaposição de cenas e os cortes no tempo — é ainda mais evidente nos romances do próprio Vargas Llosa. Ele usa magistralmente essa estratégia — o implacável entrelaçamento de vozes, histórias e diálogos — em *Lituma nos Andes*.

O romance se passa nas pequenas cidades abandonadas e em desintegração nos remotos Andes — em vales desertos, leitos minerais, estradas de montanha e num campo que é tudo menos deserto — e descreve a investigação de uma série de desaparecimentos que podem ser assassinatos. O investigador, cabo Lituma, e seu homólogo na guarda civil, Tomás Carreño, são conhecidos dos leitores de outros romances de Vargas Llosa. Enquanto percorrem as montanhas interrogando suspeitos, contam um ao outro antigos casos de amor, sempre atentos a uma emboscada dos guerrilheiros maoistas do Sendero Luminoso. As pessoas que encontram no caminho, e as histórias que lhes contam, misturam-se a suas histórias pessoais para criar um vasto painel do Peru contemporâneo, com toda sua miséria e dor.

É claro que os suspeitos de assassinato acabam sendo guerrilheiros do Sendero Luminoso e um casal que tem uma cantina na área e organiza estranhas apresentações de costumes incas. Enquanto os brutais assassinatos políticos do Sendero Luminoso são descritos, e a prova de antigos rituais de sacrifício incas se evidencia, o clima torna-se sinistro. Passa pelas selvagens paisagens dos Andes um forte vento de irracionalidade. A morte está em toda parte no livro: na pobreza dos Andes, nas terríveis realidades da guerra de guerrilha e no desespero geral.

Mas o leitor se pergunta se Vargas Llosa, o modernista, terá perdido a coragem, pois até parece que se tornou antropólogo pós-moderno, voltando à terra natal para estudar sua irracionalidade, sua violência, seus valores pré-iluministas e seus rituais. Esse livro está impregnado de lendas, ouros antigos, espíritos da montanha, diabos, demônios e feiticeiros — mais do que a história comporta. "Mas é claro que cometemos um erro ao tentar compreender esses assassinatos com a mente", diz uma personagem. "Não há explicação racional para eles."

Surpreendentemente, não há traço de irracionalidade na textura do romance. *Lituma nos Andes* tem duas ambições contraditórias: ser uma história policial de lógica e intelecto cartesianos e criar uma atmosfera de irracionalidade alusiva às ocultas raízes da violência e da crueldade. Com tais objetivos entrelaçados, não há espaço para o surgimento de uma nova visão. No fim, *Lituma nos Andes* é um romance típico de Vargas Llosa. Apesar de seus momentos de confusão, a narrativa é mantida sob controle do começo ao fim. As vozes das personagens são cuidadosamente moduladas. O poder e a beleza do romance fazem parte do rigor da composição.

Apesar de *Lituma nos Andes* evitar surradas hipóteses modernistas sobre o Terceiro Mundo, ainda não é um romance pós-moderno à maneira de, por exemplo, *O arco-íris da gravidade*, de Pynchon, pois vê o "outro" como um ser irracional, firmemente preso a ocupações e ambientes típicos: feitiçaria, estranhos rituais, cenários selvagens e brutalidade. Mas seria um erro rejeitá-lo como rude declaração sobre culturas inescrutáveis, pois se trata de texto realista divertido e espirituoso sobre a vida diária no Peru: em suma, uma história confiável. O relato das atividades de guerrilheiros numa cidade pequena, e de seu julgamento, e a descrição do melodramático caso de amor entre um soldado e uma prostituta têm a credibilidade de uma reportagem. Se o Peru de *Lituma nos Andes* é um lugar "que ninguém pode entender", é também um país onde todo mundo se queixa, compreensivelmente, de salários baixos e da estupidez de arriscar a vida para ganhá-lo. Apesar de sempre experimental, Vargas Llosa é um dos escritores mais realistas da América Latina.

Seu herói, o cabo Lituma, foi figura central em *Quem matou Palomino Molero?*. Essa, também, é uma história policial. Em *A casa verde*, que traz o nome de um bordel, Lituma leva vida dupla, e aparece brevemente em *Tia Julia e o escrevinhador*. Em Lituma, Vargas Llosa nos oferece o retrato bem fundamentado e simpático de um soldado, com o pragmatismo e o leal senso de dever que o mantêm a salvo do extremismo, sua honesta prudência, seu instinto de sobrevivência e seu cáustico humor.

A instrução recebida num liceu militar do Peru deu a Vargas Llosa uma compreensão da vida militar que ele tem usado bem, como nas descrições das rivalidades e disputas entre jovens cadetes em *A cidade e os cachorros* e em *Pantaleão e as visitadoras*, sátira da burocracia e do sexo no exército. Ele é particularmente brilhante nas amizades masculinas, localizando os pontos fracos das poses machistas e retratando homens duros perdidamente apaixonados por prostitutas, ou a piada rude que disfarça o sentimentalismo masculino. Seu cruel senso de humor é sempre muito divertido e jamais gratuito. Quem lê todos os seus romances, a partir dos primeiros, percebe que Vargas Llosa sempre preferiu realistas brilhantes e zombeteiros moderados a utopistas e fanáticos.

204

Soldados são os heróis de *Lituma nos Andes*. Há pouco esforço para compreender os guerrilheiros do Sendero Luminoso. Eles aparecem como representantes da irracionalidade em estado puro, e de um mal que beira o absurdo. Isso tem muito a ver com as mudanças políticas pelas quais o autor passou com a idade. Quando jovem, o marxista modernista Vargas Llosa extasiou-se com a revolução cubana, mas ao amadurecer tornou-se liberal, e nos anos 1980 era mordaz com aqueles que, como Günter Grass, diziam que "toda a América Latina deve seguir o exemplo de Cuba". Meio de brincadeira, Vargas Llosa definiu-se como "um dos dois únicos escritores existentes no mundo que admiram Margaret Thatcher e odeiam Fidel Castro", acrescentando que "o outro escritor, mais exatamente um poeta, era Philip Larkin".

Depois de ler o seu relato sobre o Sendero Luminoso em *Lituma nos Andes,* é uma surpresa ler, num dos ensaios de juventude de Vargas Llosa, um tributo a um guerrilheiro marxista, um amigo morto num "confronto com o exército peruano". Fica-se imaginando se é impossível para gente como nós ver a humanidade dos guerrilheiros quando deixa de ser jovem, ou se é porque depois de certa idade gente como nós não tem mais amigos na guerrilha. Vargas Llosa é um escritor tão bom, de opiniões tão convincentes, que, mesmo nos pontos em que a política nos afasta dele, sua voz ainda tem a sinceridade de um menino por quem não se pode deixar de sentir afeição.

Num antigo artigo sobre Sebastian Salazar Bondy, um dos escritores mais brilhantes do Peru, que morreu desiludido ainda muito jovem, ele pergunta: "Que significa ser escritor no Peru?". É uma pergunta que deveria nos deixar tristes, e não só porque o Peru não tem uma massa de leitores e uma séria cultura literária. É fácil compreender a fúria de Vargas Llosa quando escreve sobre a pobreza, a indiferença, a ignorância e a hostilidade que os escritores peruanos são obrigados a enfrentar; mesmo quando sobrevivem a tudo isso, supõe-se que vivam fora do mundo real, o que levou Vargas Llosa a dizer que "todos os escritores peruanos estão condenados à derrota". Quando se lê sobre a juventude de Vargas Llosa e seu ódio à burguesia peruana (que chama de "mais estúpida do que todas as outras"), quando ele lamenta a falta de interesse dela por livros e sua desprezível contribuição para a literatura mundial, quando descreve sua própria fome por literatura estrangeira, a tristeza de sua voz é inequivocamente a da distância do centro, um estado de espírito que gente como nós compreende perfeitamente.

44. Salman Rushdie: *Os versos satânicos* e a liberdade do escritor

As cenas exageradas que faziam de Salman Rushdie o realista mágico quintessencial, e os sonhos que esse escritor inventava em seus livros, acabaram parecidos com a vida real: seu próprio romance foi banido na Índia, no Paquistão e na maioria dos países islâmicos. A raiva se volta tanto contra os editores inglês e americano como contra o autor do romance. Houve protestos e manifestações no Ocidente e no Oriente. Livreiros que mantêm o livro à venda sofreram ameaças. Quando o livro é queimado em lugares públicos, o autor também o é, em efígie, e agora o aiatolá Khomeini pôs a cabeça de Rushdie a prêmio. Alguns dizem que ele terá de passar o resto da vida escondido; outros, que com uma cirurgia plástica e uma nova identidade talvez possa voltar a andar com segurança entre nós. Enquanto a mídia mundial faz esforços incríveis para cobrir ao vivo a caçada humana, imaginando que porta ou chaminé o assassino poderá usar, ouvem-se discussões sobre a liberdade de pensamento aqui — ou, melhor, sobre formas legais de limitar o mundo imaginário de um escritor. Como na Turquia vivemos numa república secular, com severas limitações tanto ao islã como à liberdade de expressão, é sempre com satisfação que nos sentamos para assistir de camarote ao jogo que se passa logo ali, depois da nossa fronteira, divertindo-nos com os detalhes que colhemos na imprensa estrangeira.

Não, não digo que haja falta de interesse; mas, como no Irã, os mais dispostos a tocar no assunto tendem a ser os que não leram uma palavra do romance, e que, a bem da verdade, nunca leem romances: a Diretoria de Assuntos Religiosos recebeu ordem para convocar uma reunião de emergência, como se o assunto representasse ameaça teológica à história do islã, e portanto imames que jamais leem romances pronunciam sermões perante congregações que jamais leem romances, e jornalistas que não leram *esse* romance fazem perguntas teológicas a professores — que também não leram — e depois preparam manchetes que nada têm a ver com teologia: ELE DEVE OU NÃO SER MORTO?

Como seu segundo romance, *Os filhos da meia-noite*, *Os versos satânicos*, de Salman Rushdie, traz a marca do "realismo fantástico", que anima a literatura mundial há vinte anos, apesar de o começo dessa linhagem poder ser localizado bem mais atrás, em Rabelais. Como se pode ver em *O tambor*, de Günter Grass, e *Cem anos de solidão*, de Gabriel García Márquez — os dois melhores livros nesse estilo, ambos já disponíveis em turco — as personagens do autor e seu mundo não obedecem às leis do mundo físico. Nesses romances, animais falam, pessoas voam, mortos se levantam, graciosos fantasmas e espíritos passeiam, objetos ganham vida e — como em *Os versos satânicos* — acontecimentos naturais assumem contornos sobrenaturais. Apesar de em *Os versos satânicos* haver personagens que discutem com djins, demônios e diabos, transformando pessoas em diabos ou cabras, também se narram ali duas histórias entrelaçadas, que não destoariam num romance realista: elas seguem as trajetórias de dois indianos de Bombaim que se mudam para Londres e se tornam ingleses.

Gibreel Farishta é um ator de cinema que cresceu numa Bombaim parecida com Istambul, chamando a atenção do público numa indústria cinematográfica parecida com a Yeşilçam turca e adquirindo fama no papel de deuses hindus. Saladin Chamcha é um muçulmano de Bombaim que, como o próprio Rushdie, é mandado à Inglaterra pelo pai, um negociante rico, para estudar numa escola pública. (Em dado momento, o narrador o define como "um indiano traduzido para o inglês".) Os dois heróis se juntam durante um voo da Air India para Londres. O avião da Air India (ao qual Rushdie, que nunca perde oportunidade de fazer trocadilhos, dá o nome de *Garden*) é sequestrado por terroristas sikhs, forçado a aterrissar e a decolar em seguida, e, quando se aproxima de Londres, desaparece no espaço. Apesar de todos a bordo morrerem, os dois heróis caem como se caíssem do céu numa Inglaterra coberta de neve, sãos e salvos, mas, como o Gregor Samsa de Kafka, transformados. Saladin Chamcha, agora músico, transforma-se numa cabra chifruda de pelos nas pernas. Correndo na frente dele, Gibreel Farishta continua o mesmo fisicamente, mas sua personalidade passa por uma transformação. Com uma fúria megalomaníaca que será controlada por intervenção médica, Gibreel acha que é o arcanjo do mesmo nome, que entregou o Corão ao profeta Maomé. A viagem que os dois heróis fazem por solo inglês até Londres (chamada de Eloven Diyoven no romance) é, em essência, a história da emigração de indianos e paquistaneses para essa cidade.

Juntos de início, como se fossem gêmeos, os heróis se reencontram mais tarde, depois de anos de separação, para o bem ou para o mal. Seu progresso é incerto: ora estão com os anjos, ora com os diabos. Mas — e é sempre assim com o realismo mágico — não foram as peripécias sobrenaturais que me fizeram continuar a leitura. A textura emerge de um tecido de flashbacks, reminiscências, digressões e subenredos, portanto é ao narrador que damos atenção em primeiro lugar: ele oferece ao leitor longos sermões aqui e ali (como por exemplo uma longa crítica à política thatcherista). O que mais me impressiona é a linguagem carregada de mitos que ele e seus heróis usam para descrever seus primeiros anos em Bombaim. (Como Nabokov, Rushdie adora jogos de palavras, rimas internas, palavras raras e neologismos.) Quando o narrador distancia a si e a seus heróis de sua "juventude muçulmana" para sair em busca de transformação, para se desfazer de uma língua e de uma cultura, certa raiva se infiltra. Anos depois, quando o narrador volta ao seu país, o pai dirá ao filho anglicizado o que acha da cólera e suas consequências. "Se você foi para o exterior para odiar sua própria raça, então não lhe restará nada senão ódio por sua própria raça!"

Com a *fatwa* de Khomeini, não é apenas a tradução de *Os versos satânicos* que será interrompida, mas a tradução da obra anterior de Rushdie.

A esta altura, deve-se pedir ao público, que assistiu ao assassinato de Turan Dursun por sua obra sobre o Corão, que faça um exame de consciência a respeito da ameaça contra Rushdie.

POLÍTICA, EUROPA E OUTROS PROBLEMAS
DE SERMOS QUEM SOMOS

45. Discurso de Arthur Miller no PEN

Em março de 1985, Arthur Miller e Harold Pinter viajaram juntos a Istambul. Naquele tempo, eram talvez os dois nomes mais importantes do teatro mundial, mas, lamentavelmente, não foi uma peça, ou um acontecimento literário, que os trouxe a Istambul; foram os brutais limites impostos à liberdade de expressão na Turquia, e os muitos escritores que apodreciam nas prisões. Em 1980 houve um golpe de estado na Turquia. Centenas de milhares foram presos e, como sempre, os que sofreram perseguição mais impiedosa foram os escritores. Quando examino os arquivos de jornais e os almanaques para me lembrar de como era a vida naquele tempo, logo deparo com o que para nós é a imagem mais emblemática do período: homens sentados nos tribunais, ladeados por gendarmes, de cabeça raspada e sobrancelhas franzidas durante o julgamento. Havia muitos escritores entre eles, e Miller e Pinter vieram a Istambul para conversar com eles e com suas famílias, oferecer ajuda e informar o mundo da sua difícil situação. A viagem deles tinha sido arranjada pelo PEN — a Associação Internacional de Poetas, Teatrólogos, Editores, Ensaístas e Romancistas — em parceria com o Helsinki Watch. Fui recebê-los no aeroporto, porque um amigo e eu seríamos seus guias.

Fui sugerido para a função não porque tivesse algo a ver com política naquele tempo, mas porque era um romancista que falava bem inglês. Aceitei com a maior satisfação, não só para ajudar amigos escritores em dificuldade, mas

pela oportunidade de passar alguns dias em companhia de dois gigantes da literatura. Juntos, visitamos pequenas editoras que lutavam para se manter, se-
des escuras e poeirentas de modestas revistas sempre sob ameaça de fechamen-
to, atulhadas salas de redação, assim como aflitos escritores e seus parentes,
suas casas, seus restaurantes preferidos. Até então eu me mantivera à margem
do mundo político, nunca entrando nele a não ser quando coagido; mas, ao
ouvir as sufocantes histórias de repressão, crueldade e pura maldade, senti-me
tomado de culpa — tomado, também, por sentimentos de solidariedade —
ao mesmo tempo que sentia o desejo igualmente forte e oposto de prote-
ger-me, e não querer outra coisa senão escrever belos romances. Enquanto
meu amigo e eu levávamos Miller e Pinter de táxi de um encontro para outro
através do trânsito da cidade, falávamos dos vendedores ambulantes, das carroças puxadas por cavalos, dos cartazes de cinema e das mulheres com ou sem
véu, peculiaridade que sempre desperta o interesse de observadores ocidentais.
Uma imagem ficou tão profundamente gravada na memória que ainda a vejo;
foi no hotel Hilton, onde nossos convidados estavam hospedados. Na ponta de
um longo corredor, meu amigo e eu conversamos, em voz baixa, mas agitados,
enquanto na outra Miller e Pinter também conversam em voz baixa nas sombras, com intensidade igualmente sombria.

A mesma tensa tristeza era evidente em todas as salas que visitávamos — salas e mais salas de homens perturbados, que fumavam sem parar — uma atmosfera saturada de orgulho e de culpa. Às vezes o sentimento era expresso abertamente, às vezes eu mesmo o experimentava, ou o percebia nos gestos e expressões de outras pessoas. Os escritores, pensadores e jornalistas com quem nos encontrávamos definiam-se, na maioria dos casos, como esquerdistas, portanto pode-se dizer que seus problemas tinham muito a ver com as liberdades tão caras às democracias liberais do Ocidente. Vinte anos depois, ao ver que metade daquelas pessoas — ou algo parecido, não disponho de números exatos — adotava um nacionalismo incompatível com a ocidentalização e a democracia, fiquei muito triste, é claro, mas recentes acontecimentos no Oriente Médio colocaram de sobreaviso os que acreditam num futuro para a democracia.

Apesar disso, minha experiência como guia naquela época, e experiências semelhantes em anos posteriores, convenceram-me de algo que todo mundo sabe, mas que eu gostaria de aproveitar a oportunidade para enfatizar: independentemente das circunstâncias nacionais, a liberdade de pensamento e de expressão é um direito humano universal. Essa liberdade, que os povos modernos desejam como o faminto deseja o pão, jamais pode ser limitada por sentimentos nacionalistas, melindres morais ou supostos ganhos internacionais. Se muitos países fora do Ocidente padecem de pobreza e dela sentem vergonha, não é por terem liberdade de expressão, mas por não a terem. Quanto aos que emigram dos países pobres para o Ocidente ou para o Norte fugindo das dificuldades econômicas e da repressão brutal, sabemos que muitas vezes são submetidos a novas brutalidades pelo racismo dos países ricos. Devemos estar atentos à xenofobia que esses emigrantes encontram no Ocidente, especialmente na Europa. Devemos estar atentos à tendência para denegrir imigrantes e minorias devido à sua religião, às suas raízes étnicas, ou à opressão que sofreram nas mãos dos governos dos países de origem. Mas respeitar os direitos humanos de minorias, e sua humanidade, não significa acomodar todas as crenças ou tolerar aqueles que atacam ou tentam limitar a liberdade de pensamento, em deferência aos códigos morais dessas minorias. Alguns entre nós têm uma compreensão melhor do Ocidente, alguns têm mais afeição pelos que vivem no Oriente, e alguns, como eu, tentam fazer as duas coisas ao mesmo tempo, mas essas ligações, esse desejo de compreender, não devem interferir em nosso respeito pelos direitos humanos.

Para mim é sempre difícil expressar opiniões políticas com empática clareza — sinto-me pretensioso, como se dissesse coisas não totalmente verdadeiras. Deve ser porque sei da minha tendência a reduzir meus pensamentos sobre a vida à música de uma só voz e de um só ponto de vista; afinal de contas, sou romancista. Vivendo como vivo num mundo em que, em muito pouco tempo, alguém que foi vítima da tirania e da opressão pode, de repente, tornar-se opressor, sei também que sustentar pontos de vista firmes é um exercício difícil e às vezes traiçoeiro; grande parte do prazer de escrever romances vem da exploração desse estado de espírito peculiarmente moderno em que as pessoas se contradizem o tempo todo. É por isso que acredito na importância da liberdade de expressão — que nos permite descobrir as verdades ocultas das sociedades em que vivemos. Ao mesmo tempo, como aprendi por experiência própria, a vergonha e o orgulho que mencionei também desempenham o seu papel.

Vou contar outra história que talvez lance alguma luz na vergonha e no orgulho que senti vinte anos atrás, quando andava com Miller e Pinter por Istambul. Nos dez anos que se seguiram à sua visita, e em grande parte por coincidência, boas intenções, cólera, culpa e ciúme pessoal, não na verdade motivados por meus livros, mas por questões concernentes à liberdade de expressão, desenvolvi uma persona política muito mais vigorosa do que desejava. Mais ou menos nessa época, o autor indiano de um relatório da ONU sobre a liberdade de expressão no meu canto do mundo — um senhor de idade — veio a Istambul e procurou-me. Nosso encontro foi no hotel Hilton. Mal nos sentamos a uma mesa, o senhor indiano me fez uma pergunta que até hoje repercute, estranhamente, em minha mente:

"Senhor Pamuk, o que acontece em seu país que o senhor gostaria de explorar em seus romances, mas evita por medo de ser processado?"

Seguiu-se um longo silêncio. Essa pergunta me deu o que pensar. Mergulhei num desespero dostoievskiano. Claramente, o que o senhor da ONU quis perguntar foi: "Devido aos tabus, às proibições e à política de opressão do seu país, do que é que não se pode falar aqui?". Mas como — para ser educado, talvez — ele tinha pedido ao jovem e ansioso escritor sentado à sua frente que analisasse a pergunta pensando em seus próprios romances, eu, com minha inexperiência, interpretei a pergunta literalmente. Dez anos atrás havia muito mais assuntos proibidos pelas leis e por opressivas políticas estatais do que hoje, mas ao examiná-los não encontrei nenhum que quisesse explorar "em meus romances". Apesar disso, eu sabia que, se dissesse "Não há nada que eu queira tratar em meus romances e não o possa fazer", lhe daria uma falsa impressão. Pois eu já começara a falar com frequência e estridência sobre aqueles assuntos perigosos *fora* dos meus romances. Além disso, eu não alimentava, colericamente, a fantasia de abordar esses assuntos em meus romances só por serem proibidos? Enquanto pensava nisso, envergonhava-me do meu silêncio, e mais uma vez me conscientizava, profundamente, do fato de que a liberdade de expressão está vinculada ao orgulho e à dignidade humana.

Muitos escritores que respeitamos e estimamos prefeririam tratar de tópicos proibidos porque a simples proibição já era uma ofensa ao seu orgulho; digo isso por experiência própria. Pois quando outro escritor, de outra editora, não é livre, nenhum escritor é livre. Esse é o espírito que orienta a solidariedade dos escritores do PEN em todo o mundo.

Às vezes meus amigos dizem com razão, a mim ou a outra pessoa: "Foi errado o que você disse; se tivesse dito dessa maneira, de um jeito que ninguém se sentisse ofendido, não teria os problemas que enfrenta agora". Mas mudar as palavras de alguém, embrulhá-las de uma forma aceitável para todos, e tornar-se hábil nessa arena, é um pouco como passar contrabando pela alfândega; mesmo quando somos bem-sucedidos, isso produz um sentimento de vergonha e degradação.

A liberdade de pensamento, a felicidade que vem de poder exprimir a cólera dentro de nós — já mencionamos que a honra e a dignidade humanas dependem disso. Perguntemo-nos, portanto, se é "razoável" denegrir culturas e religiões, ou, mais diretamente, bombardear países sem piedade em nome da democracia e da liberdade de pensamento. O tema do festival do PEN este ano é a razão e a fé. Na guerra contra o Iraque, o assassinato impiedoso e tirânico de quase 100 mil pessoas não trouxe paz nem democracia. Pelo contrário, serviu para provocar a revolta nacionalista contra o Ocidente. A vida ficou muito mais difícil para a pequena minoria que luta pela democracia e pelo secularismo no Oriente Médio. Esta guerra selvagem e cruel é a vergonha dos Estados Unidos e do Ocidente. Organizações como PEN, e escritores como Harold Pinter e Arthur Miller, são o seu orgulho.

46. Entrada proibida

Aquele homem que anda tão languidamente pelas ruas — talvez esteja apenas matando o tempo antes de um encontro, ou talvez tenha saltado do ônibus antes do seu destino porque não era necessário correr, ou talvez tenha curiosidade de conhecer esse bairro onde nunca esteve antes. Enquanto esse viajante passeia pelas ruas, perdido em pensamentos, mas ainda assim interessado no mundo à sua volta, olhando as lojas de tecidos, as vitrines das farmácias, os cafés movimentados, os jornais e revistas expostos ao pé do muro, depara com uma placa que diz ENTRADA PROIBIDA. Aquilo não lhe diz respeito, a placa não se dirige a ele, pois, mesmo se não houvesse placa, esse tipo de porta nunca lhe despertou interesse. Ele está preocupado com seus próprios assuntos, vivendo em seu mundo; não tem interesse em entrar pela porta.

Mas ainda assim o aviso o fez ciente de que as andanças sem destino têm seus limites. Pode não ter parecido assim de imediato, mas a porta, que não significava nada para ele, é agora um rude lembrete de que sua imaginação não deve ultrapassar certos limites; o mundo imaginário no qual ele viajava feliz da vida agora está mergulhado em sombras. Talvez devesse esquecê-lo. Mas por que escreveram aquilo? Afinal, é uma porta, e as portas servem para as pessoas entrarem. Portanto o aviso está ali para que ele se lembre de que, enquanto alguns passam por aquela porta, outros não podem fazê-lo. O que significa que a placa de ENTRADA PROIBIDA é uma mentira. Na realidade, deveria dizer NEM TODO MUNDO QUE QUEIRA ENTRAR TEM PERMISSÃO PARA FAZÊ-LO. Por dar a entender que certas pessoas privilegiadas podem entrar, todos os que não têm os privilégios requeridos são barrados, ainda que queiram entrar. Ao mesmo tempo, o aviso concede àqueles que não têm intenção de entrar o mesmo destino dos que têm.

Depois de seguir essa linha de raciocínio até a sua conclusão lógica, o homem da rua não pode deixar de imaginar quem seriam os outros que quiseram passar por aquela porta e foram barrados. Quem, exatamente, *tem* permissão para entrar por aquela porta, afinal? O que lhe dá esse direito? O que dá a algumas pessoas esse privilégio e a outras não? A essa altura, o andarilho se lembra de que a entrada pode não depender de privilégio. Talvez a porta esteja reservada para pessoas comuns que não querem que ninguém entre e veja como sua vida é miserável. Mas quando o andarilho, que agora sai do seu devaneio, lembra que a maioria das pessoas põe chaves nas portas de casa justamente por essa razão, volta à ideia de que a porta oferece uma maneira encoberta de manter privilégios. Em vez de providenciar chaves para que todas as pessoas admissíveis possam fechar a porta ao sair, antes de guardarem as chaves no bolso, como qualquer cidadão comum, os privilegiados proprietários escreveram ENTRADA PROIBIDA.

Se o devaneador pode pensar tudo isso enquanto avança dois passos, então aquelas pessoas devem ter seguido a mesma linha de raciocínio quando puseram a placa na porta. Talvez alguns tenham dito: "Em vez de colocar uma placa de ENTRADA PROIBIDA, vamos mandar fazer chaves para todo mundo!"; mas os que eram a favor da placa devem ter replicado que isso era impossível. Por quê? Porque o problema era complexo demais para ser resolvido com algumas chaves. Talvez muita gente não obedecesse à placa de ENTRADA PROIBIDA, gente que sabia que aquela placa não lhes era endereçada — era chave demais. Esta seria a conclusão mais lógica: um dia, as pessoas lá dentro se sentaram para discutir — quem, na multidão, poderia entrar e quem ficaria fora. "Há pessoas demais entrando", provavelmente disseram. "Não vamos deixá-las entrar! Quem é que não pode entrar?" Depois cruzaram as pernas, tomaram café e começaram a discutir quem deveria ser admitido e quem deveria ser excluído. A discussão certamente incomodou alguns lá dentro. Talvez também eles fossem despejados quando a discussão terminasse.

O homem do lado de fora, olhando para a porta, já assistiu a situações tensas como essa, e pode imaginar as pessoas pregando a placa e adivinhar como a discussão continuará. Primeiro será dominada pelas almas agitadas que querem proteger sua propriedade, seus prazeres e seus privilégios, mas como essas preocupações são chatas a linguagem logo mudará. Aqueles que perguntam "O que você quer dizer quando fala em nossa propriedade, nossos prazeres, nossos hábitos?" também serão perguntados: "O que você quer dizer com *nós*?". Essa pergunta tão simples provoca tumulto. Aquelas pessoas acabam de descobrir como é divertido fingir que não sabem quem são. Haverá os que acham a discussão perturbadora, que têm de se opor a que quatro ou cinco pessoas da multidão lá fora se juntem a eles. Sob sua orientação, o debate transforma-se num enigma, uma questão de identidade. Isso é o que há de mais divertido. Todos sentem prazer em descobrir maneiras engenhosas de enumerar as virtudes que os mantêm à parte, mas sem falar claramente. Também é divertido começarem a se perguntar por que não tinham pendurado antes a placa de ENTRADA PROIBIDA. Num minuto, a rua do outro lado da porta tornou-se ponto de concentração de todos aqueles que se opõem às virtudes que eles atribuíram a si próprios. Seja como for que se definam agora, as pessoas do lado de fora são o oposto. Pode-se até dizer que só sabem se definir dizendo que são o que as pessoas lá fora não são. Muitos idiotas que passam pela porta sem pensar não se dão conta disso. Algumas pessoas se sentem em dívida com esses idiotas. Não seria má ideia deixar alguns entrarem, pensam. Seria uma maneira de mostrar-lhes como nos tornamos quem somos, e, quem sabe, quando se tornarem iguais a nós ficaremos mais fortes.

É nessa altura que algumas pessoas se darão conta de que a placa destina-se a chamar a atenção dos idiotas de fora para os privilégios desfrutados pelas pessoas lá dentro. O que faz a placa — o que faz ao nosso andarilho — é dar a todos que passam diante da porta a sensação de serem forasteiros. Algumas pessoas podem senti-lo mesmo sem querer entrar. Basta-lhes ver a placa.

Quando começa a sentir que ficou mais tempo do que devia diante da porta, nosso andarilho vê que a placa, de alguma forma, dividiu o mundo em dois. Há os que podem entrar e os que não podem. O mundo está repleto de divisões inúteis como essa, muitos passantes não darão a esta nenhuma importância em particular, mas o fato é que ainda existem pessoas que se dão ao trabalho de pregar essas placas. Então o andarilho, tendo saído do seus devaneios, decide que toda essa conversa de identidade é fanfarrice, um jeito vergonho-so de enaltecer-se. Uma grande cólera surge das profundezas do seu ser. Quem está por trás daquela porta — quem pode ser? Pela primeira vez sente o impul-so de entrar. Mas que ganharia se concedesse essa vantagem aos presunçosos? Porque lhe bastam dois ou três segundos para prever o que lhes passaria pela mente. Ao mesmo tempo, ocorreu-lhe que deveria ser fácil abrir a porta. Duas ou três pessoas poderiam derrubá-la facilmente, ou abri-la com os ombros. Se não fosse assim, não teriam posto a placa. Se quiser entrar, tudo que precisa fazer é pedir ajuda a um ou dois dos seus irmãos. Ele já não descobriu — gra-ças à placa — que tanto ele como os outros forasteiros têm o mesmo destino? Agora o homem de pé diante da porta começa a imaginar o novo mundo que se abre diante dele. Poderia, se quisesse, juntar todos aqueles que têm destino igual ao seu e levá-los a uma discussão sobre caráter. Tornou-se importante para ele saber quem e o que ele é. Precisa estabelecer uma identidade que rejei-te tudo que as pessoas arrogantes lá dentro representam.

E o andarilho põe-se a pensar em suas virtudes, seus prazeres, suas rela-ções particulares; uma a uma, transforma-as em algo que possa orgulhosa-mente reivindicar e proteger. Tão inebriante é essa celebração do seu caráter que já sente raiva dos que não têm as mesmas virtudes, os que não são como ele. Ao mesmo tempo, parece-lhe que as pessoas lá de dentro talvez tenham previsto essa reação. Mas não está disposto a desistir das características que fazem dele quem ele é simplesmente porque isso faz parte dos planos deles. Há uma jogada que está ao seu alcance — um lance inspirado —, jogar contra eles. Antes de desenvolver esse lance, acha melhor perguntar a si mesmo qual é seu objetivo. "É entrar?", pergunta o homem que, até cinco minutos atrás, passea-va pelas ruas perdido em seus pensamentos. "Ou será descobrir quais são as características que tenho em comum com todos os que não têm permissão de entrar?" Mas não quer se preocupar com pensamentos tão frios e analíticos. O que deseja agora acima de tudo é descarregar a raiva que sente crescer den-tro dele. Se fizer isso, se acalmará, talvez até esqueça a placa, mas como não sabe como descarregar a raiva, fica ainda mais agitado. Tornando-se aos pou-cos mais forte, a dor da exclusão alimenta a chama da sua cólera. Talvez a dor venha de sentir que pertence à mesma classe de todos os forasteiros, é feita do mesmo material, tem a mesma alma. Há algo depreciativo nisso — uma reali-dade que nem sua mente nem sua alma querem aceitar.

A esta altura, o homem do lado de fora da porta, olhando para a placa, percebe que caiu numa armadilha, deixou-se rebaixar pela porta, que nada significava para ele momentos antes, quando perambulava alegre pela rua. É quase tentado a rir da própria fragilidade, à vontade com o que lhe parece um insulto. Tem senso de humor suficiente para tanto; mas ainda se sente compelido a mostrar que esse pequeno e desnecessário insulto, essa lamentável proibição, não se justifica. As pessoas que puseram o aviso de ENTRADA PROIBIDA perceberam que, ao tomarem a decisão de proteger sua segurança, suas virtudes, sua exclusividade, esse ato poderia insultar e perturbar outras pessoas? O homem que olha para a placa decide que os que a puseram na porta não tinham outro objetivo em mente. Foi para provocar em pessoas como ele esse tipo de inquietação que penduraram a placa de ENTRADA PROIBIDA. Tiveram êxito: há uma inquietação crescente do outro lado da porta. Então, num instante, ele compreende tudo. Sim, é possível que as pessoas que penduraram a placa talvez não tenham previsto essa inquietação, que tudo que desejavam era se proteger, distinguir-se dos outros lá fora. Mas deviam saber que isso causaria mágoa e aborreceria as pessoas. Nesse caso, havia certa crueldade em tudo aquilo — essas pessoas se achavam muito importantes, e não pensaram na inquietação, na miséria que suas ações poderiam causar.

Acima de tudo, não gosto de gente que só pensa em si, pensa o homem que se incomodou com a placa. Pode-se dizer que não se incomodou tanto com a placa como com sua própria natureza, com coisas escondidas no fundo de sua própria alma. Se pudermos pensar nisso, ele também pode, e talvez seja isso que faz neste exato momento. Mas esse tipo de pensamento não nos ocorre com facilidade — pois nos leva ao pensamento de que a inquietação que sentimos talvez venha de nossa própria inadequação, de nossos defeitos. Pois agora o homem do lado de fora da porta pensa que as pessoas que penduraram a placa previram que ela seria insultuosa o suficiente para fazer alguém como ele parar, e isso aumenta a cólera dentro dele. Mas ainda pensa com clareza suficiente para achar que sua cólera talvez não seja totalmente justificada.

47. Onde é a Europa?

Caminho por uma rua de Beyoğlu, o bairro mais europeu do lado europeu de Istambul, e deparo com um sebo. Conheço esta rua estreita e torta, com suas modestas oficinas, suas pequenas lojas de espelhos e móveis, e os humildes restaurantes. Este é um novo lugar, e eu entro.

O que encontro não é nada parecido com as livrarias de segunda mão de Istambul, que negociam com poeirentos manuscritos e com outro material impresso; não há pilhas de livros poeirentos, não há montanhas à espera da marcação de preços. Tudo é limpo e lindamente arrumado, como nas lojas de antiguidades que começaram a proliferar nesta área; os livros foram até classificados. Portanto, trata-se de um livreiro "antiquário", do tipo que começou a substituir os velhos comerciantes desta região. Olho desconsolado para as estantes, nas quais livros encadernados estão em posição de sentido, como soldados num exército moderno e disciplinado.

Num canto vejo uma longa prateleira de livros de direito em grego. Devem ter pertencido a um advogado grego que morreu ou se mudou para Atenas há muito tempo, e, como não existem mais muitos gregos na cidade que possam querer comprar esses velhos livros de direito, imagino que o livreiro resolveu exibi-los nessas prateleiras vazias por causa da bela encadernação. Pego-os e acaricio-os, impressionado não tanto com a encadernação ou com o conteúdo, mas com o fato de os proprietários originais poderem traçar sua linhagem até o Império Bizantino; foi então que vi os outros livros ao lado. Aqui estão os oito volumes da obra de Albert Sorel do começo do século xx, *L'Europe et la Révolution Française*. Sempre deparo com isto nos sebos. Tendo descoberto sua relevância para a nossa época, o romancista Nahit Sirri Örik traduziu os grossos volumes para o turco, que foram publicados pelo pró-ocidental Ministério Nacional de Educação da república. Independentemente do idioma que falam em casa — grego, francês ou turco —, muitos intelectuais de Istambul leram esta obra, mas, como estou cansado de saber, não a leram como um francês o faria, buscando uma conexão com suas lembranças e seu próprio passado, mas procurando naquelas páginas algum sentido para o futuro, para seus sonhos europeus.

Para pessoas como eu, que vivem incertamente na periferia da Europa tendo por companhia apenas nossos livros, a Europa sempre figurou como um sonho, uma visão do que há de vir; aparição às vezes desejada, às vezes temida; meta a ser atingida, ou perigo. Futuro — mas nunca lembrança.

Portanto, minhas lembranças de coisas europeias, tanto quanto sou capaz de dramatizá-las, são menos lembranças do que invenções de um sonho: não tenho nenhuma lembrança real da Europa. O que tenho são ilusões e sonhos europeus de um homem que viveu sua vida em Istambul. Quando tinha sete anos, passei um verão em Genebra, onde meu pai trabalhava como engenheiro. Nossa casa ficava entre os telhados que se erguiam sobre a fonte epônima, e a primeira vez que ouvi sinos de igreja senti-me dentro não da Europa, mas do cristianismo. Como turcos que vão à Europa para gastar o dinheiro ganho no negócio do tabaco, e como tantos outros que buscam refúgio político ou econômico, eu também andei pelas ruas de Genebra perplexo e admirado, desacostumado, talvez, de sentir-me tão livre; mas as lembranças que tenho do que vi nas vitrines, nos cinemas, nos rostos e nas ruas da cidade são memórias dos meus primeiros vislumbres do futuro. Para gente como eu, a Europa só é interessante como visão do futuro — e como ameaça.

É porque sou um dos muitos intelectuais da periferia da Europa obsessivamente envolvidos com esse futuro que posso encontrar a história de Sorel à venda nas livrarias de Istambul. Quando Dostoiévski publicou suas impressões da Europa num jornal russo, há 130 anos, fez esta pergunta: "Entre os russos que leem revistas e jornais, quem é que não conhece duas vezes mais a Europa do que a Rússia?"; e acrescentou, meio com raiva, meio de brincadeira: "Na verdade, conhecemos a Europa dez vezes melhor, mas eu disse 'duas vezes mais' para não ofender ninguém". Esse perturbador interesse pela Europa é, para muitos intelectuais da periferia, uma tradição que vem de séculos. Para alguns, é uma espécie de extrapolação que Dostoiévski achava ofensiva, ao passo que outros a veem como um processo natural e inevitável. A disputa entre essas abordagens fomentou uma literatura por vezes mal-humorada e por vezes filosófica ou irônica, e é com essa literatura, e não com as grandes tradições da Europa e da Ásia, que sinto a maior afinidade.

A primeira regra dessa tradição é que todo mundo deve tomar partido. O debate sobre a Europa tem uma longa história na Turquia, e foi renovado em 1996 — depois que o Partido Islamita Refah passou a fazer parte da coalizão governamental —, e cada nova rodada começa com a tentativa de definir e rejeitar a versão da Europa como sonho e a versão da Europa como pesadelo. Todos — sejam liberais ou islamitas, socialistas ou socialites — têm algo a dizer sobre o assunto, e ouvi tantas admoestações sobre *que* Europa devemos discutir — a Europa humanista, a Europa racista, a Europa democrática, a Europa cristã, a Europa tecnológica, a Europa rica, a Europa que respeita os direitos humanos — que me sinto como uma criança tão aborrecida com as discussões à mesa do jantar sobre religião que abandona toda a fé em Deus; houve épocas em que eu quis esquecer tudo que ouvira sobre o assunto. Mas ainda gostaria de falar de algumas lembranças a meus leitores europeus, e contar segredos sobre a vida privada de pessoas que vivem na periferia da Europa. Eis aqui algumas maneiras com que nós, que vivemos em Istambul, afirmamos nossa personalidade europeia.

1. Uma expressão que ouço em minha família de classe média alta e ocidentalizada desde criança: "É assim que se faz na Europa". Se se prepara uma nova lei sobre a pesca, se escolhemos novas cortinas para nossa casa, ou incubamos um plano maldoso contra nossos inimigos, é só pronunciar essas palavras misteriosas que se acaba com qualquer discussão sobre método, cor, estilo ou conteúdo.

2. A Europa é um paraíso sexual. Em relação a Istambul, isso é quase certeza. Como ocorre a muitos compatriotas livrescos, a primeira vez que vi uma

mulher nua foi numa ilustração de uma revista importada da Europa. Esta é, certamente, minha primeira e mais notável lembrança da Europa.

3. "Que pensaria um europeu se visse isso?" A pergunta revela ao mesmo tempo medo e desejo. Todos temos medo de que, ao verem que não nos parecemos com eles, nos castiguem. É por isso que queremos que haja menos tortura nas prisões, ou pelo menos torturas que não deixem vestígios. Às vezes gostamos de mostrar-lhes que somos muito diferentes: como quando queremos conhecer um terrorista islâmico, ou quando queremos que a primeira pessoa a atirar no papa seja um turco.

4. Quando dizemos que "os europeus são muitos corteses, refinados, cultos e elegantes", alguém geralmente acrescenta: "mas quando não se faz o que eles querem...", e o exemplo que cita refletirá a intensidade da sua cólera nacionalista: "Quando o motorista do táxi que peguei em Paris descobriu que minha gorjeta era insuficiente..." ou "Você não sabia que eles também organizaram as Cruzadas?".

A Europa que aparece em todas essas afirmações é um lugar de tudo ou nada. Para aqueles que, como eu, vivem em sua periferia, e têm por ela um interesse obsessivo, a Europa é acima de tudo um sonho que muda constantemente de aparência e caráter. Minha geração, e a geração anterior, acreditou muito nesse sonho, com mais fervor do que os próprios europeus. É por isso que as negociações com a União Europeia se tornaram tão intensas e problemáticas.

Como passei a vida inteira no lado europeu de Istambul — em outras palavras, na Europa — não é tão difícil para mim sentir-me europeu no aspecto geográfico. Mas na Istambul de livreiros como o que menciono neste ensaio, o único sinal exterior dessa identificação é o livro de Albert Sorel, traduzido para o turco no século passado. Será que as pessoas não procuram mais *La question d'Orient au dix-huitième siècle* porque esse livro foi publicado em árabe, que já não somos capazes de ler, e a Turquia adotou o alfabeto latino nos primeiros anos da República, para se tornar mais europeia? Ou será porque passamos a ver a Europa como problemática demais, de um jeito que jamais sonháramos? Não sei dizer.

48. Guia para ser mediterrâneo

Estávamos no começo dos anos 1960; eu tinha nove anos. Meu pai levava toda a família — minha mãe, meu irmão, todo mundo — de Ancara para Mersin num velho Opel. Depois de muitas horas de viagem, disseram-me que logo mais eu veria pela primeira vez o Mediterrâneo, experiência que eu jamais esqueceria. Quando passávamos por entre os picos das montanhas Taurus, eu não tirava os olhos da estrada, que nosso mapa descrevia como estabilizada; enquanto ela descrevia curvas pelas colinas amareladas, aconteceu: avistei o Mediterrâneo, e jamais esqueci. Em turco, nós o chamamos de mar branco, mas era azul, e de um azul que eu nunca tinha visto — talvez porque esperasse que tivesse a ver com o nome turco. Eu imaginava qualquer coisa tingida de branco: um mar imaginário, quem sabe, um mar que, como o deserto, fizesse a gente ver miragens. Aquele mar, no entanto, me pareceu totalmente familiar. A conhecida brisa marinha flutuara até as montanhas para penetrar na janela do carro. O Mediterrâneo era um mar que eu reconhecia. Seu nome turco me enganara, levando-me a esperar algo que eu nunca tinha visto.

Anos mais tarde, ao ler os famosos escritos do historiador Fernand Braudel sobre o Mediterrâneo, percebi que aquele encontro com o Mediterrâneo não fora o primeiro. Braudel inclui o estreito de Dardanelos, o mar de Mármara, o Bósforo e o mar Negro em seu mapa. Em sua opinião, essas águas são extensões do grande mar Mediterrâneo. Para Braudel, o Mediterrâneo é o que é devido a uma história comum, um comércio comum, um clima comum. Provas disso são as figueiras e oliveiras que crescem nas margens do mar Negro, do mar de Mármara e do Bósforo.

Lembro-me quanto essa simples linha de raciocínio me perturbou e confundiu. Então todos aqueles anos que eu vivera em Istambul eu vivera, na verdade sem o saber, no Mediterrâneo? Como pude ignorar que eu era um mediterrâneo, ou mesmo: o que significava ser mediterrâneo?

Talvez a melhor maneira de pertencer a uma cidade, um país ou um mar seja não saber coisa alguma sobre seus limites, sua imagem ou mesmo sua existência. O melhor *istanbullu* é aquele que esqueceu que é *istanbullu*. O muçulmano mais autêntico não faz ideia do que é, ou não é, ser islâmico! Quando os turcos não sabiam que eram turcos é que foram realmente turcos! Essa era a maneira correta de ver as coisas, mas para mim não funcionava, porque eu tinha uma imagem do Mediterrâneo, e essa imagem nada tinha a ver com a Istambul em que eu vivia. E não era só porque a Istambul tal qual eu a via era uma cidade mais escura, cinzenta e nortista do que a noção de "mediterrâneo" pressupunha; era também porque o Mediterrâneo pertencia a povos abaixo de nós, mais ao sul, de países e culturas muito diferentes do nosso país e da nossa cultura. Agora me parece que essa ilusão, essa confusão, reflete as dificuldades e incertezas da Turquia sobre o Mediterrâneo.

Os turcos otomanos, em sua perene marcha para o oeste, chegaram ao litoral do Báltico no século XIV. Tendo conquistado Istambul e entrado no mar Negro, estavam mais do que cientes de que o Mediterrâneo poderia ser utilizado para futuras conquistas. Em seu apogeu, quando controlava toda a região hoje conhecida como leste do Mediterrâneo, o Império Otomano conquistara o direito de chamar o Mediterrâneo de *mare nostrum*. Como rezavam, jactanciosamente, os livros escolares do liceu, a essa altura tratava-se de um *mar interior*. A bravata militarista sugere uma lógica mais simples do que a defendida por aqueles que querem ver o Mediterrâneo como culturalmente distinto. Para os otomanos, o Mediterrâneo era uma entidade geográfica: uma extensão de água, uma série de rotas, estreitos e passagens. Devo admitir que gosto dessa abordagem estritamente geográfica, da qual sou, até certo ponto, vítima.

Ainda assim, esse mar interior era repleto de perigos. Era a pátria dos galeões venezianos, dos navios malteses, dos corsários, das tempestades de origem incerta, e dos desastres. Quando a névoa começou a clarear, os otomanos não encontraram ali um paraíso cálido e ensolarado; na realidade, viram-se diante dos navios, das bandeiras e da ameaça geral do inimigo, do outro. No começo da minha juventude, quando li os muito amados romances históricos de Abdullah Ziya Kozanoğlu, vi que, para os bárbaros e *draguts* e outros guerreiros do mar (todos eles nascidos cristãos), o Mediterrâneo era apenas um campo aberto de oportunidades.

Se esse território de caça, essa zona de guerra que chamamos de Mediterrâneo, tinha certo poder natural de sedução, esse poder vinha da sua forma; foi seu lugar no mapa que lhe deu a aura de mistério. O mar que o Velho Marinheiro de Coleridge pôde associar a Deus, crime, castigo, morte e o sonho de imortalidade era para os otomanos um mar a ser conquistado. Não estavam preocupados com quadrúpedes lendários ou animais misteriosos à espreita sob a superfície, mas com as estranhas e belicosas criaturas que viam com os próprios olhos. Olhando para eles, tinha-se vontade de rir, ou de inventar histórias, como o fez Evliya Celebi. Os otomanos olhavam o Mediterrâneo como quem consulta uma enciclopédia, a forma de um mapa, um lugar a ser visitado. Longe das lendas, dos monstros e dos segredos do mundo desconhecido, tratava-se de uma área militar, um lugar onde se travavam guerras. Não é portanto por acidente que assim o viam os turcos e italianos do século XVII, que se enfrentaram para lutar e fazer prisioneiros em *O castelo branco*.

A ideia do Mediterrâneo como entidade única é artificial, e o caráter mediterrâneo único e singular disso decorrente também precisaram ser inventados e trabalhados antes de ser descobertos. Mas esse sonho do Mediterrâneo — essa fantasia acima de tudo literária — veio, exclusivamente, do Norte. Foi com os escritores do Norte da Europa que os povos do Mediterrâneo descobriram que eram mediterrâneos. As origens do temperamento mediterrâneo não estão em Homero ou Ibni Haldun, mas nas residências temporárias na Itália e nas viagens mediterrâneas de Goethe e Stendhal. Para se abrir às possibilidades literárias e eróticas do Mediterrâneo, para explorar a sensibilidade mediterrânea, é preciso sentir o tédio de, digamos, Gustave von Aschenbach, o herói de *Morte em Veneza*, de Thomas Mann. Paul Bowles, Tennessee Williams e E. M. Forster exploraram a sexualidade do temperamento mediterrâneo muito antes de os escritores mediterrâneos a descobrirem. Kaváfis adotou esse sonho mais completamente do que qualquer outro, mas se agora simboliza o poeta mediterrâneo quintessencial é porque um poeta parecido com Kaváfis é um dos heróis do *Quarteto de Alexandria*, de Lawrence Durrell. Foi com escritores nortistas como esses que os povos do Mediterrâneo descobriram que eram mediterrâneos, que eram diferentes, que não eram do Norte.

Ainda não existe uma nação mediterrânea, ou uma bandeira mediterrânea, nem houve humilhações ou massacres de não mediterrâneos, e isso nos permite considerar a identidade mediterrânea uma inocente brincadeira literária.

Mesmo o pensador mais inteligente começará a dizer bobagens se falar muito tempo sobre culturas e civilizações. Nunca devemos perder de vista, quando nos referimos à identidade mediterrânea, que se trata apenas de um *jeu d'esprit*.

Eis, portanto, algumas regras básicas para quem quiser adquirir uma identidade mediterrânea:

1. Fomentar a ideia do Mediterrâneo como entidade unificada; seria bom que existisse. Aqueles entre nós que não podem viajar à Espanha, à França e à Itália sem visto teriam uma nova porta de entrada para o lugar do qual fazemos parte.

2. As melhores definições da identidade mediterrânea estão em livros escritos por não mediterrâneos. Não reclame; apenas tente ser um mediterrâneo como os que eles descrevem, e terá sua identidade.

3. Se um escritor quiser ver-se a si mesmo como mediterrâneo precisa desistir de determinadas identidades. Por exemplo, um escritor francês que queira ser mediterrâneo precisa desistir de parte do seu francesismo. Pela mesma lógica, um escritor grego que queira ser mediterrâneo precisa abandonar parte de sua identidade balcânica e europeia.

4. Aqueles que desejem tornar-se verdadeiros escritores mediterrâneos, quando escreverem sobre o mar, nunca devem dizer "o Mediterrâneo", mas "o mar". Falem de sua cultura e de suas peculiaridades sem designá-las ou usar a palavra *mediterrâneo*. Pois a melhor maneira de ser mediterrâneo é jamais falar a esse respeito.

49. Meu primeiro passaporte e outras viagens pela Europa

Em 1959, quando eu tinha sete anos, meu pai desapareceu em circunstâncias misteriosas; semanas depois, recebemos notícia de que estava em Paris. Ele vivia num modesto hotel em Montparnasse, enchendo os cadernos que, ao morrer, deixaria para mim dentro de uma maleta e, de vez em quando, sentado no Café Dome, via Jean-Paul Sartre passar na rua.

Minha avó tinha o hábito de lhe mandar dinheiro de Istambul. Meu avô, o empresário, ganhara uma fortuna com ferrovias. Meu pai e seus tios não tinham conseguido gastar a herança sob o olhar rabugento de vovó; nem todos os apartamentos foram vendidos. Porém, passados 25 anos da morte do marido, vovó percebeu que o dinheiro estava acabando e parou de fazer remessas para o filho boêmio em Paris.

Foi assim que meu pai se juntou à longa fila de intelectuais turcos sem dinheiro e miseráveis que no curso de um século percorreram as ruas de Paris. Como meu avô e meus tios, ele era engenheiro civil, com boa cabeça para a matemática. Quando o dinheiro acabou, respondeu a um anúncio de jornal; contratado pela IBM, foi despachado para o escritório da empresa em Genebra. Naquele tempo, os computadores ainda funcionavam com cartões perfurados, e, popularmente, pouco se sabia sobre eles. Foi assim que o escritor boêmio que era meu pai se tornou um dos primeiros trabalhadores turcos a permanecer na Europa a convite.

Minha mãe foi ao seu encontro logo depois. Deixou-nos na luxuosa e superlotada casa de vovó e pegou o avião para Genebra. Meu irmão mais velho e eu deveríamos esperar as aulas terminarem, no verão, e, nesse meio-tempo, precisávamos tirar nossos passaportes.

Lembro que tivemos de posar por longo tempo enquanto o fotógrafo fuçava embaixo de um pano preto, atrás de um instrumento de madeira com três pernas e fole. Para que a luz atingisse uma lâmina de vidro quimicamente tratada, ele abria as lentes por uma fração de segundo, com um elegante piparote, mas antes olhava para nós e dizia "jáááááá", e foi por eu ter achado aquele velho fotógrafo muito ridículo que na foto do meu primeiro passaporte apareço mordendo o lábio. O passaporte diz que meus cabelos, que provavelmente não viram um pente durante o ano todo antes de serem penteados para essa foto, são castanhos. E devo tê-lo folheado tão rápido que não percebi que a informação sobre a cor dos olhos estava errada, o que só percebi trinta anos depois. O que aprendi com isso foi que — diferentemente do que eu pensava — o passaporte não era um documento sobre quem somos, mas sobre quem os outros pensam que somos.

No voo para Genebra, os novos passaportes no bolso do paletó, meu irmão e eu fomos tomados de terror. O avião se inclinara ao aterrissar, e para nós esse país chamado Suíça tornou-se um lugar onde tudo, até mesmo as nuvens, ficava numa ladeira inclinada que se estendia infinitamente. A aeronave fez a volta e endireitou, e quando nos lembramos do alívio que sentimos ao ver que aquele novo país era, como Istambul, construído na terra plana, meu irmão e eu ainda hoje rimos.

As ruas daquele novo país eram mais limpas e menos movimentadas. Havia uma variedade maior nas vitrines e mais carros nas estradas. Os mendigos não pediam esmola de mãos vazias, como em Istambul; ficavam debaixo da janela tocando acordeão. Antes de lhes jogarmos o dinheiro, minha mãe o enrolava num papel. Nosso apartamento — a uma caminhada de cinco minutos das pontes do Reno, onde o rio deságua no Lac Léman — era "mobiliado".

Foi assim que acabei associando a ideia de viver em outro país com a de sentar a mesas onde outros já tinham sentado antes, usar copos e pratos nos quais estranhos tinham jantado e dormir em camas que afundaram depois de anos acomodando o sono de outras pessoas. Outro país significava um país que pertencia a outro povo. Devíamos aceitar o fato de que as coisas que usávamos nunca nos pertenceriam, e de que aquele velho país, aquela velha terra, também nunca nos pertenceria. Minha mãe, que estudara numa escola francesa em Istambul, sentava-nos à mesa da sala de jantar deserta todas as manhãs durante aquele verão, e tentava nos ensinar francês.

Foi só depois de nos matricularmos numa escola primária pública que descobrimos que não tínhamos aprendido coisa alguma. Meus pais cometeram o erro de achar que pudéssemos aprender francês apenas ouvindo o professor, dia sim e dia não. No recreio, meu irmão e eu andávamos no meio da multidão de crianças que brincavam, e ao nos encontrar nos dávamos as mãos. Aquela terra estrangeira era um interminável jardim cheio de crianças que brincavam na maior felicidade. Meu irmão e eu observávamos esse jardim de felicidade com desejo, e a distância.

Apesar de não falar francês, meu irmão era o melhor da classe para contar em sentido inverso, de três em três. Mas a única coisa que *me* distinguia nessa escola onde eu não entendia a língua era o meu silêncio. Assim como se recusa um sonho no qual ninguém fala, eu me recusava a ir à escola. Transportada para outras cidades e outras escolas, essa tendência à introversão me protegeria das dificuldades da vida, mas também me privaria de suas riquezas. Certo fim de semana, tiraram meu irmão da escola também. Entregando-nos nossos passaportes, mandaram-nos embora de Genebra, de volta para nossa avó em Istambul.

Nunca mais usei aquele passaporte — apesar de trazer as palavras "Membro do Conselho de Europa", ele ficou como lembrança da minha primeira fracassada aventura europeia, e foi tão veemente a minha decisão de voltar-me para dentro de mim mesmo que só tornei a sair da Turquia 24 anos depois. Quando jovem, eu me enchia de admiração e desejo ao pensar naqueles que obtinham passaporte e viajavam para Europa e outros lugares; mas apesar de todas as oportunidades que tive, continuei achando que era meu destino ficar sentado num canto em Istambul, entregue a livros que eu esperava me tornassem uma pessoa completa, e a outros que um dia talvez me tornassem famoso. Naquele tempo, eu pensava que a melhor maneira de compreender a Europa era pela contemplação de seus grandes livros.

No fim, foram os livros que me levaram a solicitar um segundo passaporte. Depois de anos trancado no quarto, consegui transformar-me num escritor. Agora me convidavam para uma visita à Alemanha, onde muitos turcos obtiveram asilo político, e, acreditava-se, talvez gostassem de ouvir-me ler livros ainda não traduzidos para o alemão. Apesar de pedir o passaporte na esperança de conhecer leitores turcos na Alemanha, foi em minhas viagens que associei esse documento à espécie de crise de identidade que afligiria tanta gente nos anos seguintes.

A primeira história sobre identidade que preciso contar é esta: a partir de meados dos anos 1980, voltei àqueles trens alemães admiravelmente pontuais em sonhos recorrentes, correndo de cidade em cidade, passando por florestas escuras, distantes torres de igrejas de aldeia, e plataformas cheias de passageiros perdidos em seus pensamentos. A cada parada eu era recebido por meu anfitrião turco, que pedia desculpas por muitas coisas cuja falta eu nem chegara a perceber e, enquanto me levava para um passeio pela cidade, resumia o que se esperava do evento daquela noite.

Lembro-me com carinho dessas sessões de leitura: a elas compareciam refugiados políticos com suas famílias, professores, jovens metade alemães, metade turcos — pessoas que queriam mais informações sobre a vida intelectual na Turquia —, e em cada reunião havia operários turcos e cidadãos alemães que achavam bom interessar-se por coisas turcas.

Em cada leitura, em cada cidade, a cena se repetia mais ou menos da mesma maneira. Depois que eu lia trechos de meus livros, um jovem revoltado levantava a mão para ser ouvido e escarnecia de mim por ousar escrever livros que falavam com desenvoltura sobre a beleza abstrata quando ainda havia opressão e tortura na Turquia, e, muito embora eu repelisse suas palavras ásperas, elas despertavam em mim sentimentos de culpa. O jovem zangado era seguido por uma mulher trêmula de vontade de me proteger, e sua pergunta estaria relacionada às simetrias de meus livros, ou a outros requintes. Depois viriam rapidamente amplas questões sobre minhas esperanças com relação à Turquia, à política, ao futuro e ao significado da vida — às quais eu respondia como um jovem escritor ansioso responderia. Por vezes alguém fazia um longo discurso, carregado de terminologia política, apesar de a intenção não ser acusar-me, mas dirigir-se a outros na plateia, e então os diretores da associação que me convidara me informariam a que facção esquerdista aquele orador em particular pertencia; explicavam-me como desejava que membros de outras facções interpretassem suas palavras. Da excitação dos jovens que me pediam que lhes contasse o segredo do meu êxito, ficou claro que os jovens turcos da Alemanha envergonhavam-se menos do que seus pares na Turquia de ter ambições na vida. De repente, alguém fazia uma pergunta oriunda de seus sonhos desfeitos — "Que acha dos turcos da Alemanha?" — ou que tocava nos meus próprios sonhos — "Por que não escreve mais sobre o amor?" — e, quando as oitenta ou noventa pessoas da plateia começavam a rir nervosamente, ou a sorrir, eu percebia que falava com pessoas que conheciam umas às outras, se não intimamente pelo menos de vista. À medida que a leitura se aproximava de seu aconchegante e amistoso desfecho, um senhor de idade, talvez professor às vésperas da aposentadoria, fazia-me elogios excessivos e, depois, lançava um olhar de admoestação aos jovens meio turcos, meio alemães, que riam bobamente na última fila; em benefício deles, pronunciava um discurso nacionalista, orgulhoso mas sombrio, lembrando que havia escritores de mérito na Turquia — terra natal daqueles jovens — e que era importante lerem seus livros e se familiarizarem com a própria cultura, belas palavras que serviam apenas para fazer os jovens continuar a rir.

Portanto, essas conversas sobre identidade, e as intermináveis questões de nacionalidade, apenas contribuíam para criar a atmosfera de família. Quando a leitura terminava, os organizadores levavam-me, com mais dez ou quinze pessoas, para comer. Geralmente era um restaurante turco. Mesmo que não fosse, as perguntas que me fariam à mesa, as piadas que os outros contavam entre si e os assuntos que abordavam logo me davam a impressão de estar na Turquia, e, como eu estava mais interessado em discutir literatura do que em falar sobre a Turquia, aquilo me deprimia. O que percebi depois foi que, mesmo quando parecíamos discutir literatura, na verdade discutíamos a Turquia. Literatura, livros e romances serviam apenas de pretexto para falar ou fugir das perturbadoras incertezas de personalidade das quais emanava nossa profunda infelicidade.

Durante essas viagens, e as outras que fiz depois, quando meus livros se tornaram mais conhecidos na Alemanha, eu olhava para as pessoas que me ouviam e era como se lhes visse no rosto uma perpétua distração, a preocupação com questões sobre a condição de turco e a condição de alemão. Como meus livros tratavam, em parte, das contradições entre o Oriente e o Ocidente, e como eu era um tipo de escritor que explorava as indecisões e hesitações nascidas de tais contradições, por meio de jogos alegóricos que as viravam de cabeça para baixo, meus ouvintes concluíam que eu deveria estar tão afiado nas questões de identidade e tão intrigado por essas áreas sombrias quanto eles — mas a verdade é que eu não estava. Depois de tentarem durante uma hora me fazer falar, eles se retiravam em silêncio para o mundo secreto dos turcos da Alemanha, discutindo interminavelmente até que ponto eram alemães ou turcos, e eu começava a me sentir solitário por ser apenas turco e não turco--alemão, e enxergava à minha maneira a infelicidade reinante na sala.

Infelicidade ou fonte de riqueza? Não sei dizer. Por mais apaixonadas ou sinceras que fossem, por mais luz que lançassem nos sonhos e temores de onde nascem nossas angústias, aquelas conversas me faziam sentir desamparado, achando que a vida não tinha sentido.

Ilustrarei esse ponto com meu tipo predileto de escala. Enquanto me sentava ao redor dessas mesas, ouvindo a conversa cada vez mais acalorada à medida que a noite avançava, percebi que havia diferenças quantitativas nos graus de *turquismo* e *germanidade*, que meus companheiros de mesa turco-alemães exigiam que eu adotasse. Entre eles, vamos atribuir nota dez aos que acham importante tornar-se plenamente alemão (se isso é possível; seja como for, esse tipo de indivíduo evita qualquer lembrança da Turquia e às vezes até se declara alemão). Para os que não desejam ver qualquer diluição em sua *turquice*, atribuiremos nota um (esse tipo de indivíduo tem orgulho de viver como turco, mesmo na Alemanha). Entre os companheiros de mesa, que se situavam entre os dois extremos, havia uma grande variedade. Alguns sonhavam um dia voltar para a Turquia, definitivamente, mas passando férias na Itália; outros se recusavam a jejuar durante o Ramadã, mas ainda assistiam à televisão turca todas as noites; uns poucos distanciavam-se dos amigos turcos, apesar de profundamente ressentidos com os alemães. Quando eu examinava as opções (ou, melhor, as promessas) que aquelas pessoas tinham feito, o que havia por trás delas tornava-se claro: medo de humilhações, desejos insatisfeitos, dor e isolamento.

Mas o que mais me surpreendeu — o que me deu a sensação de estar vendo a mesma cena misteriosa repetir-se muitas e muitas vezes, independentemente da pontuação das pessoas na minha escala — foi a absoluta e fanática certeza com que cada um defendia a justiça da sua posição e rejeitava todas as outras. Para alguém que recebesse uma nota cinco, não bastava achar que sua última alternativa era ser ao mesmo tempo alemão e turco; ele acusaria os de nota quatro de serem inflexíveis e atrasados e os de nota sete e oito de se distanciarem de sua verdadeira identidade. Mais adiante, já não bastava promover o próprio grau de *turquice* ou *germanidade* como a melhor fórmula; em tom feroz, proclamavam que esse grau era um artigo de fé sagrado demais para ser posto em dúvida.

Isso me faz lembrar a famosa frase com que Tolstói começa *Anna Kariênina*, segundo a qual todas as famílias felizes são parecidas, mas as infelizes são infelizes cada uma à sua maneira. O mesmo se aplica ao nacionalismo e às obsessões com identidade: os nacionalistas satisfeitos que manifestam seu amor por bandeiras ou comemoram vitórias em partidas de futebol e competições internacionais são iguais no mundo todo. É quando as diferenças nacionais não dão motivo para comemoração que surge uma terrível variedade. O mesmo ocorre com nossos passaportes, que às vezes nos dão alegria, às vezes, tristeza: no que diz respeito às miseráveis formas que encontram de nos levar a questionar nossa identidade, não há dois iguais.

Foi por termos ficado naquela área de recreio em Genebra em 1959, de mãos dadas e observando, de uma invejosa distância, as outras crianças rirem e brincarem, que meu irmão e eu fomos mandados de volta para a Turquia com nossos passaportes. Nos anos seguintes, centenas de milhares de crianças se estabeleceram na Alemanha, com ou sem passaporte, condenadas a mergulhar num desespero muito mais profundo. Dez ou quinze anos depois que as conheci, aquelas pessoas ainda tentam aliviar sua miséria com os passaportes alemães que, certamente, receberão. Talvez seja bom saber que um passaporte — documento que registra os estereótipos e os julgamentos dos outros a nosso respeito — pode aliviar nossas tristezas, ainda que seja um pouco. Mas nossos passaportes, todos eles parecidos, nunca deveriam nos cegar para o fato de que cada indivíduo tem seus próprios problemas de identidade, seus próprios desejos, e suas próprias tristezas.

50. André Gide

Quando eu tinha oito anos, minha mãe me deu um diário com fechadura e chave. Foi muito importante para mim. O fato de aquele caderno lindamente fabricado não ser produto importado, mas feito na Turquia, já era interessante em si mesmo. Até ganhar esse diário verde, nunca me ocorrera que eu pudesse ter um caderno particular para anotar meus pensamentos, ou que eu pudesse trancá-lo e guardar a chave, provavelmente a primeira que tive, em meu bolso. Significava que eu podia produzir, possuir e controlar um texto secreto. Uma esfera sem dúvida muito privada: isso tornou a ideia de escrever mais sedutora e, portanto, encorajou-me a escrever. Até então, nunca me ocorrera que escrever fosse algo que se fizesse privadamente. As pessoas escreviam para os jornais, para os livros, para publicação — pelo menos era o que eu pensava. Era como se meu diário trancado sussurrasse. Abrir-me e escrever alguma coisa, mas não permitir que ninguém visse.

No mundo islâmico não existe o hábito de manter diário, como os historiadores às vezes nos lembram. Ninguém mais dá muita atenção ao assunto. O historiador eurocêntrico vê nisso um defeito, reflexo de uma redução da esfera privada, sugerindo que as pressões sociais reprimem a expressão individual.

Mas o diário provavelmente era usado em muitas partes do mundo islâmico, isento de influência ocidental, como alguns textos publicados e anotados fazem supor. Seus autores manteriam diários como *aide-mémoires*. Não tinham em mente a posteridade, e, como não havia tradição de anotar e publicar diários, a maioria terá sido posteriormente destruída, de propósito ou por acidente. À primeira vista, a ideia de publicar um diário, ou mesmo de mostrá-lo a outras pessoas, parece zombar da privacidade inerente à própria noção de diário. A ideia de manter um diário para publicação sugere um artifício consciente, e uma pseudoprivacidade. De outro lado, amplia o conceito de esfera privada, e com isso amplia o poder de escritores e editores. André Gide foi um dos primeiros a explorar as possibilidades dessa prática.

Em 1947, logo depois da Segunda Guerra Mundial, Gide recebeu o Prêmio Nobel de Literatura. A decisão não foi surpresa; Gide, então com 78 anos, estava no auge da fama, saudado como o maior escritor francês vivo, numa época em que a França ainda era vista como o centro da literatura mundial. Ele não tinha medo de dizer o que pensava, e adotava causas políticas com a mesma dramaticidade com que as abandonava; essa apaixonada insistência na importância vital da "sinceridade da humanidade" lhe conquistara muitos inimigos e admiradores.

Muitos intelectuais turcos admiravam Gide, especialmente aqueles que olhavam para Paris com reverência e desejo. O mais ilustre deles era Ahmet Hamdi Tanpinar, que escreveu um artigo para o jornal republicano e pró-ocidental *Cumhuriyet* quando Gide foi homenageado com o Prêmio Nobel. Tenho certeza de que muitos de vocês nunca ouviram falar em Tanpinar, por isso direi algumas palavras sobre ele, antes de citar um trecho desse artigo.

Tanpinar era poeta, ensaísta e romancista, trinta anos mais novo do que Gide; hoje suas obras são tidas como clássicos da literatura turca moderna. É bem visto por esquerdistas, modernistas e ocidentalizantes, assim como por conservadores, tradicionalistas e nacionalistas; todos consideram Tanpinar um dos seus. A poesia de Tanpinar sofreu a influência de Valéry; seus romances, a de Dostoiévski; e seus ensaios, a da lógica e desinibição de Gide. Mas o que o fez cair nas graças dos leitores turcos, especialmente dos intelectuais, o que tornou sua obra indispensável para eles não é o fato de ter recebido inspiração da literatura francesa, mas o de estar apaixonadamente vinculado à cultura otomana, e, acima de tudo, à sua poesia e sua música. Ele tinha tanto interesse na tranquila dignidade da cultura pré-moderna como no modernismo europeu, o que provocava uma fascinante tensão, que Tanpinar sofria com sentimento de culpa. Nesse particular, ele lembra outro escritor não europeu, Junichiro Tanizaki, que também sentia a tensão entre a tradição de seu país e o Ocidente como fonte de amargura. Mas diferentemente de Tanizaki, Tanpinar não sentia prazer na violência ou no sofrimento, e na perpetuação do sofrimento que a tensão provocava, preferindo explorar a tristeza e a pungência de um povo dividido entre dois mundos.

Vou citar agora trechos do artigo de Tanpinar publicado em *Cumhuriyet* há cinquenta anos:

> Das notícias que recebemos do exterior desde o fim da guerra, poucas me deram mais prazer do que o anúncio de que André Gide recebeu o Prêmio Nobel. Esse gesto honroso, esse tributo plenamente merecido, desfez nossos temores: ele prova que a Europa resiste.
>
> Apesar de arrasada por desastres tempestuosos, apesar de suas pátrias terem sido destruídas, apesar de seus povos miseráveis continuarem à espera da paz que ainda lhes escapa, apesar de oito de suas capitais ainda padecerem sob a ocupação, e de a França e a Itália continuarem mergulhadas na guerra civil, a Europa resiste.
>
> Porque André Gide é uma dessas raras pessoas cujo nome evoca o que a civilização tem de melhor.
>
> Durante a guerra, dois homens costumavam visitar-me em pensamento. Naquela Europa vencida e desolada, naquela treva desesperada prenhe de um futuro que ninguém pode prever, eram eles minhas estrelas salvadoras. O primeiro era Gide — eu não tinha ideia de onde poderia estar — [e] o segundo, Valéry, que segundo ouvi dizer vivia em Paris sem vinho, sem cigarros e até sem pão.

Em seguida, Tanpinar compara os escritos de Valéry e Gide, concluindo que "esses dois amigos sozinhos mantinham a Europa viva em sua forma mais pura e no sentido mais amplo. Recriando velhas histórias, e restabelecendo seu valor, salvaram da voracidade do agressor uma cultura que era a essência da humanidade... Deram a essa cultura sua forma humana".

Quando li pela primeira vez esse artigo muitos anos atrás, lembro-me de tê-lo achado quintessencialmente "europeu", talvez um tanto afetado. O que me parecia afetado e até insensível era que se pudesse dar tanta atenção a um escritor que vivia sem vinho e cigarros quando milhões tinham morrido e outros milhões haviam perdido a família, a casa, o país. O que eu admirava, como essência europeia, não era que Gide representasse a Europa, mas que um escritor pudesse ser separado da multidão, que Tanpinar pudesse vê-lo como a "forma humana" de toda uma cultura e que pudesse imaginar — e preocupar-se com — o que ele fizera durante a guerra.

O célebre *Diário* de Gide, onde ele registrava todos os pensamentos com uma desenvoltura de ensaísta, permite-nos entrar com facilidade em seu mundo solitário, para lhe sentir os temores e incertezas e acompanhar as andanças de seu pensamento. Essas notas contendo seus pensamentos mais privados e pessoais, Gide deu ao editor, e elas foram publicadas enquanto ele ainda vivia; embora talvez não seja o diário mais famoso dos tempos modernos, é o mais conceituado. Seus primeiros volumes contêm comentários coléricos e desdenhosos sobre a Turquia, onde esteve em 1914, depois da Guerra dos Bálcãs.

Primeiro Gide descreve um encontro com um Jovem Turco no trem para Istambul. Esse filho de paxá tinha estudado seis meses em Lausanne e voltava para Istambul levando debaixo do braço um exemplar de *Nana*, romance popular de Zola; Gide acha-o superficial e pretensioso, e zomba dele.

Ao chegar a Istambul, logo faz objeções à cidade, que lhe parece abominável, como Veneza. Tudo aqui vem de outros lugares, trazido pelo dinheiro ou pela força. A única coisa que lhe dá prazer em Istambul é ir embora.

"Nada brota do solo", escreveu no diário, "nada que seja nativo sublinha a grossa espuma produzida pela fricção e pelo choque de tantas raças, histórias, crenças e civilizações."

Depois, muda de assunto. "A vestimenta turca é a mais feia que se possa imaginar, e a raça, para ser franco, merece-a."

Expressa a seguir, com sonora honestidade, um pensamento que ocorrera a muitos viajantes antes dele, apesar de muitos preferirem guardá-lo para si: "Sou incapaz de me comover com a paisagem mais bonita do mundo se não puder amar o povo que a habita".

Tão forte é o desejo de ser fiel à sua opinião honesta que nega o país que visita: "O valor educativo que tiro desta viagem é proporcional à aversão que sinto pelo país", escreve. "Que bom que não gosto dele."

A Academia Sueca elogiou os escritos de Gide como "uma manifestação do apaixonado amor à verdade que desde Montaigne e Rousseau tornou-se necessidade na literatura francesa". A paixão pelo registro verdadeiro de seus pensamentos e impressões levou Gide a dizer outra coisa que ninguém mais teve coragem de dizer. Eis o que escreveu sobre a Europa depois de voltar da Turquia:

> Por muito tempo achei que existisse mais de uma civilização, mais de uma cultura que pudesse com justiça reclamar o nosso amor e merecesse o nosso entusiasmo... Agora sei que nossa civilização ocidental (estive a ponto de dizer francesa) não é apenas a mais bonita; acho — sei — que é a única.

As palavras de Gide poderiam lhe dar, facilmente, o prêmio de incorreção política numa universidade americana, mostrando que o amor apaixonado à verdade nem sempre leva à correção política.

Mas meu objetivo não é insistir na espantosa honestidade de Gide, ou condenar seu deselegante racismo. Gosto de Gide — da sua obra, da sua vida, e dos seus valores — tanto quanto Tanpinar gostava. Seus livros eram muito amados na Turquia da minha juventude. Meu pai tinha todos eles em sua biblioteca, e Gide foi tão importante para mim como para gerações anteriores.

Sei que consigo apreender melhor o conceito de Europa se abordá-lo com dois pensamentos contraditórios: primeiro, a antipatia de Gide por outras civilizações — por minha civilização — e, segundo, a grande admiração que Tanpinar sentia por Gide e, consequentemente, por toda a Europa. Só posso dizer o que a Europa significa para mim fundindo desprezo e admiração, ódio e amor, repulsa e atração.

Apesar de concluir seu artigo elogiando o "pensamento puro" e o "senso de justiça" de Gide, Tanpinar deu a entender que conhecia as ofensivas frases do *Diário*. Mas, com justificável modéstia, não entra em detalhes. Que Yahya Kemal, professor e mentor de Tanpinar e um dos grandes poetas da Turquia no século xx, também tenha lido o relato de Gide sobre sua visita à Turquia está claro numa carta que escreveu para A. Ş. Hisar, publicada postumamente; na carta, ele descreve as notas de Gide como "um diário de viagem que ofende o caráter turco com as invectivas mais venenosas". Queixa-se de que, "de todos os escritos difamatórios contra nós, este é o mais venenoso... Ler isto acaba com meus nervos". Toda uma geração leu as páginas de Gide, passando pelos insultos em silêncio, como se se tratasse de uma indiscrição, comentando de vez em quando aos sussurros, mas agindo, quase sempre, como se aquelas palavras nunca tivessem sido escritas, ou estivessem trancadas num diário. Quando trechos seletos do *Diário* de Gide foram traduzidos para o turco e publicados pelo Ministério da Educação, os comentários sobre a Turquia foram silenciosamente omitidos.

Em outros artigos Tanpinar fala sobre a inequívoca influência na poesia turca do livro de Gide *Les nourritures terrestres* [*Os frutos da terra*]. Foi Gide quem lançou a voga entre os escritores turcos de manter um diário e publicá-lo ainda em vida. Nurullah Ataç, o mais influente crítico do início da República turca, foi o primeiro a manter um *Journal* ao estilo de Gide — menos confissão do que tirada — e a forma teve seguidores também na geração de críticos que se seguiu.

Começo a me perguntar se perdi de vista o tema real entrando em todos esses detalhes. É necessário ver o relato de Gide sobre sua viagem a Istambul e à Turquia depois da Guerra dos Bálcãs, e sua antipatia pelos turcos, como algo que contradiz a admiração de Tanpinar e de toda uma geração de escritores turcos? Admiramos escritores por suas palavras, seus valores e seu vigor literário, não porque nos aprovem, aprovem nosso país ou a cultura em que vivemos. Em seu *Diário de um escritor*, publicado em capítulos num jornal, Dostoiévski descreve o que viu na primeira viagem à França; fala longamente da hipocrisia dos franceses, afirmando que seus sublimes valores estavam sendo destruídos pelo dinheiro. Mas, tendo lido essas palavras, Gide não deixou de admirá-lo ou de escrever um brilhante livro sobre Dostoiévski. Recusando-se a buscar refúgio num patriotismo tacanho, Tanpinar (também admirador de Dostoiévski, que odiava os franceses) exibe o que eu chamaria de atitude europeia.

Em 1862, quando um furioso Dostoiévski declarava que o espírito de fraternidade abandonara a França, ele sentiu-se à vontade para generalizar sobre "a natureza francesa e... a natureza ocidental em geral". Quando identifica a França com o Ocidente, Dostoiévski não age diferentemente de Gide. A visão de Tanpinar é a mesma, muito embora não compartilhasse da cólera de Dostoiévski contra a França e o Ocidente; em vez disso, conserva uma visão problemática e um tanto culpada. Agora estou pronto para responder à pergunta que fiz anteriormente: talvez não seja contraditório admirar um escritor que despreza a cultura, a civilização e o país em que vive o seu leitor, mas os dois estados mentais — o desprezo e a admiração — estão fortemente vinculados. Vista da minha janela, a Europa é uma ideia que toca de leve em ambos. Minha imagem da Europa e do Ocidente não é uma ideia ensolarada, esclarecida, grandiosa. Minha imagem do Ocidente é uma tensão, uma violência nascida do amor e do ódio, do desejo e da humilhação.

Não sei se Gide precisava viajar a Istambul e à Anatólia antes de declarar, ingenuamente, que sua própria França, sua própria civilização ocidental, era "a mais bela de todas". Mas não tenho dúvida de que a Istambul que Gide conheceu era, para meus olhos, uma civilização totalmente diferente da sua. Pelos últimos dois séculos, intelectuais otomanos e turcos ocidentalizados estavam convencidos, como Gide, de que Istambul e a Anatólia não tinham ligação alguma com o Ocidente. Mas onde Gide sente irritação e desdém, eles sentiam reverência e desejo, o que lhes provocava crise de identidade. Quando, como Tanpinar, se identificavam demais com Gide, eram obrigados a ignorar comentários depreciativos em silêncio; como estão na periferia da Europa, divididos entre o Ocidente e o Oriente, são obrigados a acreditar mais na Europa do que Gide. Isso talvez explique por que os comentários desdenhosos de Gide não o impediram de exercer poderosa influência sobre a literatura turca.

A meu ver, o Ocidente não é um conceito a ser explorado, analisado ou ampliado por meio do estudo da história e dos grandes ideais que o criaram; ele sempre foi um instrumento. É quando o usamos como instrumento que podemos participar do "processo civilizatório". Aspiramos a algo que não existe em nossa própria história e cultura porque o vemos na Europa e legitimamos nossas demandas com o prestígio desta. Em nosso país, o conceito de Europa justifica o uso da força, mudanças políticas radicais, o implacável rompimento com a tradição. Dos avanços nos direitos das mulheres às violações de direitos humanos, da democracia à ditadura militar, muitas coisas são justificadas por uma ideia do Ocidente que enfatiza esse conceito de Europa e reflete um utilitarismo positivista. A vida inteira vi todos os nossos hábitos diários, do comportamento à mesa à ética sexual, serem criticados e transformados porque "é assim que eles fazem na Europa". É algo que ouvi infinitas vezes: no rádio, na televisão, da boca de minha mãe. Não é um argumento baseado na razão, mas um que na verdade impossibilita seu uso.

O enlevo com que Tanpinar ouviu a notícia de que Gide recebera o Prêmio Nobel pode ser mais bem compreendido se nos lembrarmos de que o intelectual ocidentalizado depende de um ideal do Ocidente, mais do que do Ocidente em si. Mesmo que lamente a perda da cultura tradicional, da música e da poesia antigas, e da "sensibilidade de gerações anteriores", um intelectual ocidentalizado como Tanpinar só pode criticar sua própria cultura e passar de um nacionalismo conservador para um modernismo criador apegando-se a uma imagem de contos de fada de uma Europa ou de um Ocidente ideais. Pelo menos, esse apoio lhe permite abrir um novo espaço inspirador e crítico entre os dois.

De outro lado, adotar uma imagem de contos de fada do Ocidente pode levar um escritor profundo e complexo como Tanpinar a compartilhar a idealização ingênua e vulgar de Gide, como indicada na frase "a civilização ocidental é a mais bonita". Esse sonho europeu baseia-se num outro, contraditório e hostil. Talvez os intelectuais otomanos e turcos ocidentalizados não tenham reagido abertamente aos comentários rudes e humilhantes de Gide por causa de uma própria culpa silenciosa, provavelmente despercebida até deles mesmos: é possível que, privadamente, concordassem com ele. Mas escondiam esses pensamentos em diários passados a chave.

Muitos Jovens Turcos ocidentalizados tinham as mesmas opiniões de Gide. Eles as sussurravam em segredo, ou as expressavam em voz alta, dependendo das circunstâncias. Aqui começamos a ver onde a ideia de Europa se entrelaça com o nacionalismo que a alimentava e lhe dava forma. As opiniões de Gide e outros ocidentais que escreveram sobre os turcos, o islã, o Oriente e o Ocidente foram adotadas não apenas pelos últimos Jovens Turcos, mas também incorporadas ao conceito original da República Turca.

Atatürk, fundador da República Turca e pai da nação, instituiu um programa extraordinariamente ambicioso de reformas durante os anos iniciais da República, de 1923 a meados dos anos 1930. Depois de passar do alfabeto islâmico para o latino, e do calendário islâmico para o cristão, e declarar o domingo, e não a sexta-feira, o dia de descanso, ele introduziu outras reformas, tais como avanços nos direitos das mulheres, que deixaram marcas ainda mais profundas na sociedade. O debate entre ocidentalizantes e modernistas, que defendiam as reformas, e os nacionalistas e conservadores, que as atacavam, ainda serve de base para a maior parte das discussões ideológicas na Turquia de hoje.

Uma das primeiras reformas de Atatürk foi a adoção, estabelecida por lei, de vestimentas ocidentais em 1925, dois anos depois da fundação da República. Apesar de obrigar todo mundo a vestir-se como europeu, era ao mesmo tempo a continuação das tradicionalmente regulamentadas normas de vestir otomanas que determinavam que todos se vestissem de acordo com suas filiações religiosas.

Em 1925, exatamente um ano depois da publicação dos comentários de Gide sobre os turcos, Atatürk manifestou opiniões parecidas quando anunciou a revolução do vestuário durante uma visita à Anatólia:

> Por exemplo, vejo uma pessoa [indicando com a mão] no meio da multidão à minha frente usando um fez na cabeça, um turbante verde enrolado ao fez, uma mintan [camisa sem gola], e por cima desta um paletó como o meu. Não consigo ver a parte de baixo. Que tipo de roupa é essa? Uma pessoa civilizada permitiria que o mundo zombasse dela vestindo-se de modo tão esquisito?

Colocar esses comentários ao lado dos de Gide equivale a perguntar se Atatürk não teria a mesma opinião negativa de Gide sobre a vestimenta nacional turca. Não sabemos se Atatürk leu os comentários de Gide, apesar de sabermos que Yahya Kemal, um dos seus íntimos, leu-os e manifestou veemente indignação numa carta. Mas o que importa aqui é que Atatürk, como Gide, via a vestimenta como sinal de civilização:

> Quando os cidadãos da República Turca declaram que são civilizados, têm obrigação de provar que o são na vida de família e em seu estilo de vida. Uma roupa que, se me perdoem a expressão, é metade flauta, metade cano de fuzil, não é nacional nem internacional.

As opiniões de Atatürk sobre a vida privada talvez reflitam as de Gide, talvez não. Seja como for, é evidente que Atatürk identifica a Europa com a ideia de civilização; segue-se que o que não é europeu é, humilhantemente, bárbaro. Essa humilhação está estreitamente ligada ao nacionalismo. Ocidentalização e nacionalismo vêm da mesma fonte, mas (como vemos em Tanpinar) há uma mistura de culpa e vergonha. Na minha região do mundo, a ideia de Europa nasce dos mesmos sentimentos, de forma profunda, mas também muito "privada".

Tanto Gide como Atatürk acham que o feio vestuário usado pelos turcos no começo do século xx coloca os turcos fora da civilização europeia. Gide resume a relação entre um país e suas vestimentas com estas palavras: "e a raça, para ser franco, merece-a".

Mas Atatürk acha que as roupas turcas são uma representação deturpada da Turquia. Na mesma viagem pelo país, na época em que lançava a reforma do vestuário, ele declarou:

> Há algum sentido em exibir uma joia valiosa ao mundo se ela está suja de lama? É razoável informar ao mundo que há uma gema escondida na lama, mas que o mundo não tem consciência disso? É claro que é indispensável tirar a lama para revelar a joia... Um modo de vestir civilizado e internacional é para nós ornamentado com joia, uma roupa digna do nosso país.

Ao descrever a vestimenta tradicional como lama a envolver o povo turco, Atatürk encontrou uma maneira de enfrentar a vergonha que sentiam todos os turcos ocidentalizados. Foi um jeito de, em certo sentido, atingir o coração da vergonha.

Atatürk traçou um limite entre a vestimenta que rejeita (com Gide e outros ocidentalizados) e o povo que a usa. Vê a roupa não como parte da cultura que molda o país, mas como mancha que suja a raça como lama. Foi para fazer o povo turco chegar mais perto de sua ideia de Europa que ele enfrentou a difícil tarefa de obrigá-los a abandonar a roupa tradicional. Setenta anos depois da revolução do vestuário iniciada por Atatürk, a polícia turca ainda perseguia pessoas que andavam pelos bairros conservadores de Istambul usando roupas tradicionais, como registram jornalistas e câmeras de televisão.

Falemos abertamente agora de vergonha, a vergonha que serviu de base para a ideia de Europa, de Gide a Tanpinar, da afronta a Yahya Kemal às medidas paliativas de Atatürk.

O ocidentalizado tem vergonha antes e acima de tudo de não ser europeu. Às vezes (nem sempre), tem vergonha do que faz para se tornar europeu. Envergonha-se de ter perdido a identidade na luta para se tornar europeu. Tem vergonha do que é e do que não é. Tem vergonha da própria vergonha; às vezes ataca-a, às vezes aceita-a, resignado. Sente vergonha e raiva quando sua vergonha é exposta.

Raramente essas confusões e humilhações são expostas na "esfera pública". Quando os *Diários* de Gide sãos publicados em turco, as calúnias contra a Turquia são eliminadas, e discute-se Gide aos sussurros. Admiramos Gide por ter divulgado seu diário privado na esfera pública, mas usamos isso para justificar a regulamentação, pelo Estado, do que existe de mais privado, a maneira como nos vestimos.

51. Refeições em família e política de feriados religiosos

Eu adorava visitar parentes nos feriados, especialmente tios, tias, parentes distantes, anciãos e superiores. As tias e os tios idosos faziam um esforço disciplinado para serem "bons" durante essas visitas, e com tudo que tinham para nos oferecer — palavras carinhosas, reminiscências e conversas refinadas — acabavam sendo. Isso sugere que, diferentemente do que gostamos de acreditar, ser bom requer bastante esforço. Mas este ano, mesmo quando ouvia piadas sobre relógios cuco que tanto me recordavam a infância, apreciava o silêncio que o feriado trouxera para as ruas de Istambul e comia a delícia turca que tinha o mesmo sabor de sempre, senti a presença do mal. Vou tentar descrevê-lo. Ele tem origem, acho eu, no desespero e na inveja. Todos aqueles tios e parentes distantes ou próximos que beijam minha filha, todos aqueles augustos heróis dos feriados da minha meninice: eles costumavam se considerar ocidentais, mas agora é como se tivessem perdido a fé. Têm raiva do Ocidente.

O Festival do Sacrifício é para ser um feriado totalmente religioso, que deveria nos unir ao presente e ao passado. Mas durante toda a infância vivi esse e outros feriados islâmicos não como tradições religiosas, mas como celebrações da ocidentalização da República. Nos círculos da classe média alta — em Nişantaşi e Beyoğlu — enfatizava-se o feriado, não o sacrifício dos cordeiros, muito menos o de Isaac. Como era feriado, todo mundo usava as roupas ocidentais mais formais; os homens vestiam paletó e gravata, ofereciam licores aos hóspedes, e depois homens e mulheres sentavam-se ao redor de uma grande mesa, à moda ocidental, para fazer uma refeição também "à moda ocidental". Não por coincidência, quando li *Os Buddenbrooks*, de Thomas Mann, aos vinte anos, espantaram-me as estranhas semelhanças e chocantes diferenças entre as refeições de família do romance e as refeições dos feriados na casa de minha avó. Foi com essas impressões em mente que me sentei para escrever *Cevdet Bey e filhos*. Quando vemos que outros escritores tiveram experiências parecidas com as nossas, sentimo-nos inspirados não apenas a ler, mas também a escrever e, especialmente, a explorar as diferenças. Ao mesmo tempo, eu contava uma história sobre a República e sobre a ocidentalização. Como minha avó, as personagens desse primeiro romance são angustiosamente inocentes com relação ao Ocidente, mesmo retendo o velho espírito comunal e seu senso de objetivo comum. Já não gosto desse espírito comunal e desse senso de objetivo comum, mas ainda tenho saudades da inocência infantil com a qual meus parentes manifestavam seu desejo e interesse pelo Ocidente. Nessas visitas de feriado, porém, entre as discussões e reminiscências de assuntos do dia a dia, de manchetes de jornal e da cólera manifestada por parentes mais velhos — no fluxo da conversa comum —, eu percebia certa inquietação; a burguesia turca sentia dor e raiva, tendo perdido a esperança em seus sonhos.

Pareciam ter dúvidas sobre a ocidentalização: parecia que a fé cega no Iluminismo ocidental fora má ideia, porque nos encorajou a denegrir a nossa tradição e a dar as costas à nossa própria história! Lá se foram os dias da meninice nas refeições de feriado, com sua esperança, sua inocência, sua curiosidade infantil. Havia, entre aqueles que desejavam ser ocidentais, um desejo sincero de saber como fazê-lo. A crença de que havia coisas a aprender com o Ocidente era muito mais forte naquele tempo, e o estado de espírito era otimista. Mas todos os que visitei em 1998 — os parentes mais idosos resmungando miseravelmente diante da televisão, seus filhos ricos de meia-idade, a burguesia de Istambul que ficou com a parte do leão das riquezas da Turquia mas prefere fazer compras em Paris e Londres — amaldiçoavam a Europa em uníssono. O velho interesse pelo que era a Europa desapareceu. Também desapareceram os paletós e gravatas que se trajavam à mesa nos feriados da minha meninice. Talvez deva ser assim, pois no século passado muito aprendemos sobre o Ocidente. Mas a cólera é real, e vem de assistirmos às negociações com a União Europeia, de ver que, apesar dos esforços para sermos ocidentais, eles ainda não nos querem, de descobrir que pretendem ditar os termos das estruturas democráticas e da política de direitos humanos. A cólera que aflige pessoas de idade, cujos sonhos de infância se tornaram realidade, hoje está em toda parte.

Dizem eles que "também" existe tortura no Ocidente. Dizem que a história do Ocidente está repleta de opressão, tortura e mentiras. Dizem que o verdadeiro interesse da Europa não são os direitos humanos, mas seu próprio adiantamento. Em tais e tais países europeus "também" se perseguem as minorias, dessa e daquela maneira; em determinada cidade europeia a polícia "também" sufoca o descontentamento estridente dos cidadãos com a força bruta. O que querem dizer é que, se na Europa se pratica o mal, também devemos continuar praticando aqui, talvez até com mais intensidade. O que querem dizer, provavelmente, é que, se é para a Europa ser nosso modelo, devemos imitar suas torturas, seus inquisidores, seus mentirosos hipócritas. Os otimistas seguidores de Kemal dos feriados da minha infância admiravam a cultura da Europa, sua literatura, sua música, suas roupas. A Europa era a fonte da civilização! Mas em 75 anos da República ela passou a ser vista como fonte do mal.

Esse sentimento antieuropeu intensificou-se nos últimos anos, mais depressa do que eu poderia imaginar, e não tenho dúvida de que tem muito a ver com o número rapidamente crescente de colunistas de jornal que adotam uma postura antieuropeia — e escrevem que a Europa "também" tortura, que "eles" também perseguem minorias e violam direitos humanos; aproveitam todas as oportunidades para lembrar ao público que "eles" desprezam os turcos e nossa religião. Está claro que esses colunistas assim agem para acobertar, para legitimar, os abusos contra os direitos humanos, a proibição de livros e a prisão de jornalistas em nosso país. Em vez de usar sua energia e suas penas para criticar essas afrontas domésticas, vociferam contra os europeus que chamaram a atenção para tais afrontas. Isso talvez seja compreensível. Mas tem consequências com que jamais sonharam. No rastro dessa invectiva antieuropeia, antiocidental e cada vez mais nacionalista, as refeições nos feriados transformaram-se em reuniões nas quais todos se sentam para falar mal dos demônios do Ocidente mentiroso. Encontrei tios como esses em três casas sucessivas! Outrora afirmavam inteligentemente que um dia seríamos todos mais ocidentais, mas agora não param de citar os males do Ocidente, usando linguagem tosca e rude que ficaria melhor na boca do valentão do bairro. Depois de passarem a vida indo à Europa fazer compras, recorrendo a ideias europeias sobre tudo, de arte a roupas, e usando a cultura ocidental para se distinguirem das classes baixas e legitimarem sua superioridade, voltaram-se contra a Europa, devido ao que lhes parece uma atitude hipócrita com relação aos direitos humanos. Agora querem que a Europa seja o bicho-papão, para que possam dizer, quando as pessoas forem torturadas e as minorias, perseguidas, que isso acontece não só aqui, mas na Europa também.

Antigamente, também, havia tensão entre o Oriente e o Ocidente; enquanto bebíamos nossos licores e mordiscávamos nossos doces, nossa polida conversa às vezes degenerava em discussões sobre direita e esquerda. Mas ainda que elas parecessem superficiais e ingênuas, não se podia ficar muito zangado, quanto mais não fosse porque aquela gente bem-intencionada tinha os olhos voltados para o Ocidente. Não vejo o menor sinal do velho otimismo. Depois de beber dois cálices de licor, preparemo-nos para as coisas ruins que meus coléricos e infelizes parentes têm a dizer sobre os demônios da Europa.

52. A cólera dos condenados

Eu achava que os desastres uniam as pessoas. Durante os grandes incêndios de Istambul, na minha infância e depois do terremoto de 1999, meu primeiro impulso foi buscar os outros, dividir minhas experiências. Mas desta vez, sentado diante de uma tela de televisão numa pequena sala perto da estação de balsas — num café frequentado por cocheiros, carregadores e pacientes tuberculosos — e vendo as torres gêmeas desabarem, senti-me desesperadamente só.

A televisão turca passou a transmitir ao vivo logo depois de o avião atingir a segunda torre. Uma multidão dentro do café assistia à transmissão, num silêncio cheio de perplexidade, enquanto aquelas imagens difíceis de acreditar passavam diante de seus olhos, mas ninguém parecia exageradamente afetado por elas. A certa altura tive vontade de me levantar e dizer que houve um tempo em que eu também vivera entre aqueles edifícios, caminhara, sem dinheiro, por aquelas ruas, conhecera pessoas naqueles edifícios, passara anos da minha vida naquela cidade. Mas fiquei calado, como se sonhasse num silêncio cada vez mais profundo.

Incapaz de tolerar o que via na tela, e na esperança de encontrar outros que sentissem o mesmo, saí para a rua. Algum tempo depois, vi uma mulher chorando na multidão que aguardava a chegada da balsa. Por seu comportamento, e pelos olhares que recebia, compreendi de imediato que ela chorava não por ter entes queridos em Manhattan, mas por achar que o mundo se acabava ali. Quando criança, vi mulheres chorarem da mesma maneira atormentada quando a crise dos mísseis de Cuba ameaçava degenerar na Terceira Guerra Mundial. Vi famílias de classe média de Istambul encher as despensas de pacotes de lentilha e macarrão. De volta ao café, sentei-me e, enquanto a história se desenrolava na televisão, assisti, compulsivamente como qualquer pessoa em qualquer parte do mundo.

Mais tarde, andando novamente pela rua, encontrei um vizinho.

"Orhan Bey, você viu? Bombardearam os Estados Unidos." E acrescentou, colérico: "E fizeram muito bem".

Esse homem de idade não é, de forma alguma, religioso; ganha a vida com jardinagem, além de fazer pequenos consertos, e passa as noites bebendo e discutindo com a mulher; ainda não tinha visto as cenas chocantes na televisão; simplesmente ouvira a notícia de um ato hostil contra os Estados Unidos. Embora mais tarde se arrependesse dos raivosos comentários iniciais, não foi, nem de longe, o único a expressá-los. Isso apesar de a repulsa ao selvagem ato de terrorismo — como em tantas outras partes do mundo — ter sido unânime. Mesmo assim, depois de amaldiçoar aqueles que tinham causado a morte de tantos inocentes, eles diziam a palavra *mas*, e lançavam ataques velados ou abertos aos Estados Unidos como potência global. Talvez não seja nem adequado nem moralmente aceitável debater o papel dos Estados Unidos no mundo à sombra de um ato de terror, depois que terroristas, desejosos de traçar uma falsa linha divisória entre cristãos e muçulmanos, mataram de modo bárbaro tantos inocentes. Mas, no calor de sua raiva moralmente justa, algumas pessoas acabam descarregando opiniões nacionalistas que poderiam levar à matança de mais inocentes: por isso, merecem resposta.

Todos sabemos que, quanto mais tempo durar esta campanha, mais o Exército dos Estados Unidos tentará satisfazer seu país, matando inocentes no Afeganistão e noutros lugares, mais se exacerbará a fabricada tensão entre Oriente e Ocidente, conferindo-se dessa maneira uma vantagem aos terroristas que se pretende castigar. No momento é moralmente repreensível sugerir que esse selvagem ato de terrorismo é uma resposta ao domínio americano no mundo. Apesar disso, é importante entender por que milhões de pessoas que vivem em países pobres e marginalizados, que perderam até o direito de dar forma à sua própria história, sentem tanta raiva dos Estados Unidos. O que não quer dizer que devamos dar razão à sua cólera. É importante lembrar que muitos países do Terceiro Mundo e do mundo islâmico usam o sentimento antiamericano para encobrir suas imperfeições democráticas e manter ditaduras em pé. Os países muçulmanos que lutam para estabelecer democracias seculares não são ajudados, de forma alguma, quando os Estados Unidos se aliam a sociedades fechadas como a da Arábia Saudita, que afirma que a democracia e o islã são inconciliáveis. De modo muito parecido, a variedade mais superficial de antiamericanismo vista na Turquia permite a quem está no topo desperdiçar e desviar o dinheiro que recebe de organizações financeiras internacionais e ocultar a distância cada vez maior entre ricos e pobres. Há muita gente nos Estados Unidos que apoia a ofensiva incondicionalmente, apenas para demonstrar seu predomínio militar e dar aos terroristas uma "lição" simbólica, e gente que discute onde serão lançados os próximos ataques a bomba com a alegria de quem joga videogame. Mas essas pessoas precisam entender que decisões tomadas no calor da batalha servem apenas para intensificar a raiva e a humilhação que milhões, nos países islâmicos pobres do mundo, sentem com relação ao Ocidente, que se julga superior. Não é o islã que faz as pessoas ficarem do lado dos terroristas, nem a pobreza; é a opressiva humilhação sentida em todo o Terceiro Mundo.

Em momento algum da história a distância entre ricos e pobres foi tão grande. Pode-se argumentar que os países ricos do mundo são responsáveis por seu próprio êxito, e portanto não têm responsabilidade alguma para com a pobreza do mundo. Mas nunca houve uma época em que os pobres do mundo estivessem tão expostos ao modo de vida dos ricos como agora, por meio da televisão e dos filmes de Hollywood. Pode-se dizer que os pobres sempre se distraíram com lendas de reis e rainhas. Mas nunca antes os ricos e poderosos expressaram suas razões, e seus direitos, com tal força.

Um cidadão comum que vive num país pobre, muçulmano e não democrático tem consciência, como um servidor público que luta para sobreviver num antigo satélite soviético ou em qualquer lugar do Terceiro Mundo, de como é pequena a fatia da riqueza mundial que seu país recebe; sabe, também, que vive em condições muito mais duras do que seus semelhantes no Ocidente, e que sua vida será muito mais curta. Mas não termina aqui, pois em algum canto da sua mente existe a suspeita de que os culpados por sua miséria são seu próprio pai e seu próprio avô. É uma vergonha que o Ocidente preste tão pouca atenção ao esmagador senso de humilhação que sofre a maior parte dos povos do mundo, humilhação que esses povos tentam superar sem perder a razão, ou seu modo de vida, ou sucumbir ao terrorismo, ao ultranacionalismo, ao fundamentalismo religioso. Romances do realismo mágico sentimentalizam sua tolice e sua pobreza, enquanto escritores viajantes em busca de exotismos não veem seu difícil mundo privado, onde afrontas são suportadas dia sim, dia não, com compaixão e sorrisos aflitos. Não basta para o Ocidente descobrir em que tenda, em que caverna ou em que cidade remota se abriga um terrorista que prepara a próxima bomba, nem bastará eliminá-lo da face da terra com uma bomba; o verdadeiro desafio é compreender a vida espiritual dos povos pobres, humilhados, arruinados, que foram excluídos de sua companhia.

Gritos de guerra, discursos nacionalistas e impulsivas aventuras militares obtêm resultados opostos. As novas restrições impostas à concessão de vistos por países do Ocidente a quem vive fora da União Europeia, as medidas policiais que limitam os movimentos dos que chegam de países pobres não ocidentais, a suspeita generalizada do islã e de tudo que não seja ocidental, as rudes diatribes que equiparam o terrorismo e o fanatismo à civilização islâmica — a cada dia nos distanciam do argumento inteligente e da paz. Se um velho pobre numa ilha de Istambul momentaneamente aprova o ataque terrorista em Nova York, ou se um jovem palestino cansado da ocupação israelense vê com admiração os talibãs jogarem ácido no rosto das mulheres, o que os move não é o islã nem essa idiotice que as pessoas chamam de guerra entre o Oriente e o Ocidente, nem a pobreza; é a impotência nascida da humilhação constante, ou a impossibilidade de se fazer compreender, de se fazer ouvir.

Quando depararam com resistência, os modernizadores ricos que estabeleceram a República Turca não fizeram o menor esforço para compreender por que não contaram com o apoio dos pobres; em vez disso, impuseram sua vontade com ameaças legais, proibições e repressão militar. O resultado foi que a revolução ficou pela metade. Hoje, quando ouço no mundo inteiro pessoas pedirem que o Oriente vá à guerra contra o Ocidente, temo que a maior parte do mundo siga o caminho da Turquia, que vive sob quase perene lei marcial. Temo que o narcisista e farisaico Ocidente empurre o resto do mundo na direção do homem do subsolo de Dostoiévski, que proclamava que dois e dois são cinco. Nada consegue mais apoio para "islamitas" que jogam ácido no rosto das mulheres do que a recusa do Ocidente a compreender a cólera dos condenados.

53. Trânsito e religião

Passávamos de carro por um bairro pobre na periferia do sul de Teerã. Pela janela vi uma fila de oficinas de bicicleta e automóvel. Por ser sexta-feira, todas as lojas tinham as portas fechadas. As ruas, as calçadas, até os cafés estavam desertos. Nesse momento, chegamos a uma praça que fora transformada num trevo do tipo que se via por toda a cidade. Para entrar na rua à nossa esquerda, teríamos de virar à direita e percorrer todo o círculo.

Logo vi que nosso motorista não sabia bem onde virar à esquerda. Olhava por cima dos ombros para ver se outro carro entrava na praça: deveria obedecer à lei, ou usar a cabeça para achar o caminho, do jeito que ele gosta de pensar que sempre fez quando a vida lhe apresentou um desafio inesperado?

Lembro que eu com frequência me via nesse mesmo dilema, quando era jovem e dirigia pelas ruas de Istambul. Eu era um motorista modelo nas principais avenidas da cidade (que jornalistas gostam de chamar de "anarquia do trânsito"), mas, quando levava meu pai de carro pelas secundárias ruazinhas de paralelepípedo, eu logo ignorava todas as regras e fazia como bem entendia. Obedecer a uma placa de "Proibido virar à esquerda" numa rua secundária onde não havia nenhum carro à vista, ficar parado numa praça distante no meio da noite, esperando pacientemente pelo sinal verde, era ceder a uma autoridade que não dava margem alguma de manobra a uma pessoa prática e inteligente. Tínhamos pouco respeito por quem obedecia ao pé da letra, naquele tempo; era coisa de quem não tinha cérebro, imaginação ou caráter. Se você parava no sinal vermelho num cruzamento deserto, muito provavelmente era do tipo que espreme o tubo da pasta de dente de baixo para cima e nunca toma remédio sem ler a bula. Nosso desprezo por essa atitude diante da vida é bem ilustrado por um cartum que me lembro de ter visto em revistas do Ocidente nos anos 1960: um motorista solitário espera o sinal abrir no meio de um deserto americano.

Quando penso na Istambul do período de 1950 a 1980, parece-me que nosso desprezo pelo código de trânsito era mais do que um simples desejo de anarquia. Era, antes, uma forma sutil de nacionalismo antiocidental: quando estávamos sozinhos, sem estranhos em nosso meio, a velha ordem prevalecia e voltávamos a nossos velhos truques. Nos anos 1960 e 1970, podia-se sentir uma onda de orgulho só por juntar um frágil telefone e um bem colocado prego ou fazer um velho rádio alemão voltar a funcionar com um bom murro. Façanhas como essa nos tornavam diferentes dos ocidentais, que veneravam as regras da tecnologia e da cultura; elas nos faziam lembrar como éramos sofisticados e espertos.

Mas parado na entrada dessa praça na periferia de Teerã, vendo o motorista oscilar entre a obediência e o pragmatismo, eu tinha certeza de que aquele sujeito, que eu conhecia bem, não tinha o menor interesse em fazer uma declaração nacionalista. Seu problema era muito mais trivial: como tínhamos pressa, parecia-lhe perda de tempo dar a volta no círculo, mas ele olhava ansioso para todas as ruas confluentes, porque sabia que se tomasse a decisão errada poderia chocar-se contra outro carro.

Na véspera, quando estávamos presos na anarquia do tráfego, vendo um inimaginável congestionamento depois do outro, esse homem se queixara de que em Teerã ninguém obedecia à lei. Falou rindo, mas passamos o dia parados no trânsito, olhando para as laterais amassadas de carros Peykan, com seus motoristas insultando uns aos outros, e rindo sombriamente deles como se fôssemos pessoas modernas, que acreditavam nas leis de trânsito. Mas agora eu podia sentir certa ansiedade por trás do sorriso do motorista, enquanto ele decidia se fazia ou não uma manobra proibida.

Lembro-me de ter ficado igualmente ansioso, quando lutava contra o trânsito da Istambul da minha juventude, e igualmente solitário. Enquanto pensava se valia a pena desistir dos benefícios e proteções oferecidos pelo império da lei para ganhar um pouco de tempo, nosso motorista também teria de tomar a decisão sozinho. Precisava examinar todas as possibilidades, depressa, usar todos os canais abertos diante dele e decidir no ato, sabendo muito bem que tinha nas mãos sua vida, e talvez a vida de outras pessoas à sua volta.

Pode-se argumentar que nosso motorista, ao violar a lei e optar pela liberdade, provocava sua própria solidão. Mas ainda que não tomasse a decisão por conta própria, ele conhecia a cidade e seus motoristas o suficiente para perceber que estava condenado a sentir-se solitário enquanto fosse motorista em Teerã. Porque mesmo quando se resolve obedecer às leis do trânsito moderno, os outros — pessoas práticas como vocês — não dão a elas a mínima atenção. Longe do centro da cidade, ao aproximar-se de um cruzamento, todo motorista de Teerã precisa estar atento não apenas ao sinal e às leis, mas a qualquer outro motorista que decida ignorá-los. No Ocidente, um motorista muda de faixa tão seguro de que todos à sua volta obedecem às regras que se dá ao luxo de ouvir música, de devanear; em Teerã, um motorista sente outro tipo de liberdade, e ela não lhe garante a paz.

Quando estive de visita em Teerã, e vi o caos e a destruição provocados por esses motoristas que brigam com o código de trânsito usando de furiosa habilidade para preservar a autonomia, pareceu-me que suas pequenas explosões de individualismo ilegal contrariavam, estranhamente, as leis religiosas impostas pelo Estado, que ditam todos os outros aspectos da vida na cidade. Afinal de contas, é para dar a impressão de que todos, na vida pública, e todos que andam pela rua, compartilham o mesmo pensamento que uma ditadura islâmica acha que deve cobrir as mulheres, censurar os livros, manter as prisões cheias e cobrir as mais altas paredes da cidade com imensos pôsteres de heróis que se tornaram mártires em nome do país e da religião. Estranhamente, é quando abrimos caminho lutando no trânsito louco, disputando com motoristas sem lei, que sentimos mais agudamente a presença da religião. Eis aqui um Estado, que proclama que todos devem obedecer às leis decretadas pelo Livro Sagrado, impondo essas leis implacavelmente em nome da unidade nacional e deixando claro que desrespeitá-las leva à prisão, enquanto os motoristas, sabendo que o Estado os observa, desprezam o código de trânsito e esperam que todos façam o mesmo; eles veem a estrada como um lugar onde podem testar os limites da liberdade, da imaginação e da inventividade. Vi reflexos dessa contradição em meus encontros com intelectuais iranianos, cuja liberdade era severamente restringida pelas leis islâmicas que o Estado impunha nas ruas, nos mercados, nas grandes avenidas, em todos os espaços públicos. Com uma sinceridade que não posso deixar de admirar, resolviam provar que não viviam na Alemanha de Hitler, ou na União Soviética de Stálin, mostrando-me que podiam discutir o assunto que quisessem, usar a roupa que bem entendessem e beber todo o álcool contrabandeado que pudessem na privacidade de suas casas.

Nas derradeiras páginas de *Lolita*, depois de matar Quilty e afastar-se da cena do crime no carro que o leitor já conhece tão bem, Humbert de repente passa para a faixa da esquerda. Com medo de ser mal interpretado, ele adverte de imediato o leitor para que não veja nisso um gesto simbólico de rebeldia. Tendo seduzido uma moça que não passa de uma criança, e cometido assassinato, ele já violara, afinal, as mais importantes leis da humanidade. Aí está o gênio da história de Humbert, e do romance: desde as primeiras páginas partilhamos com ele sua culpa solitária.

Quando, depois de uma rápida crise de indecisão na periferia de Teerã, meu amigo motorista pegou um atalho — entrando na pista errada e fazendo a curva sem causar acidentes, exatamente como eu tantas vezes fizera quando jovem em Istambul — fomos tomados por aquela agitação que sentimos ao violar a lei e escapar impunes, e não pudemos deixar de sorrir um para o outro. O triste era saber que (como Humbert, sempre brilhante na ocultação de seus pecados com palavras, e como os habitantes de Teerã, que inventaram tantas formas de contornar a Sharia na privacidade de suas casas) só se pode violar a lei atrás do volante de um carro, e que a lei que violamos rege apenas o trânsito, e nada mais.

54. Em Kars e Frankfurt[*]

É um grande prazer estar em Frankfurt, a cidade onde Ka, o herói do meu romance *Neve*, passou os últimos quinze anos da sua vida. Meu herói é turco, portanto não tem nenhuma ligação real com Kafka, só algum parentesco no sentido literário da palavra. Pretendo falar mais sobre parentescos literários mais adiante. O verdadeiro nome de Ka era Kerim Alakuşoğlu, mas como não era muito do seu agrado ele preferia a versão mais curta. Ka veio morar em Frankfurt em 1980, como refugiado político. Não se interessava especialmente por política, nem mesmo gostava de política: toda a sua vida era a poesia. Meu herói é um poeta que mora em Frankfurt. E ele via a política turca da mesma forma como outra pessoa podia ver um acidente — algo em que se percebeu envolvido sem jamais ter tido vontade. Ainda direi, se tiver mais tempo, algumas palavras sobre a política e os acidentes. É um assunto sobre o qual já pensei muito. Mas não se preocupem: embora eu escreva romances longos, hoje só pretendo fazer comentários breves.

Foi na esperança de poder descrever sem muitos erros a estada de Ka em Frankfurt durante os anos 1980 e o começo dos 1990 que estive aqui cinco anos atrás, no ano 2000. Duas pessoas presentes hoje na plateia foram especial-

* Tradução de Sérgio Flaksman.

mente generosas e me ajudaram muito na ocasião, e foi enquanto elas me levavam para conhecer a cidade que estivemos no pequeno parque que fica por trás das antigas fábricas perto da Gutleustrasse, onde meu herói passaria os últimos anos da sua vida. Para imaginar melhor a caminhada que Ka fazia toda manhã da sua casa até a biblioteca municipal, onde passava a maior parte dos seus dias, atravessamos a pé a praça diante da estação, descendo a Kaiserstrasse, passando pelos sex shops e pelos verdureiros turcos, pelos barbeiros e pelos restaurantes típicos da Münchnerstrasse até chegar à praça Hauptwache, passando bem em frente à igreja onde estamos reunidos hoje. Entramos na Kaufhof, onde Ka comprou o casaco que usaria com tanta satisfação por muitos anos. Passamos dois dias percorrendo as áreas antigas e pobres onde os turcos de Frankfurt se radicaram, visitando as suas mesquitas, seus restaurantes, as associações de moradores e os cafés. Era o meu sétimo romance, mas me lembro de anotar tantos pormenores desnecessários que até parecia um estreante, escrevendo o primeiro romance e me afligindo com cada pequeno detalhe. E perguntando, por exemplo, se o bonde realmente passaria nesta esquina nos anos 1980...

O mesmo aconteceu quando estive em Kars, a pequena cidade do nordeste da Turquia onde se passa a maior parte do romance. Como sabia pouco sobre essa cidade, visitei-a várias vezes antes de usá-la como cenário. Durante minhas estadas por lá, conheci muita gente e fiz muitos amigos; explorei a cidade rua por rua, loja por loja. Visitei os bairros mais remotos e esquecidos daquela cidade, a mais remota e esquecida da Turquia, conversando com os desempregados, que passavam os dias nos cafés sem a mínima esperança de tornar a encontrar emprego, conversando também com estudantes secundaristas, policiais de uniforme e à paisana que me seguiam aonde quer que eu fosse, e editores do jornal local, cuja tiragem nunca ultrapassou 250 exemplares.

Não pretendo relatar aqui como escrevi um romance chamado *Neve*. Estou usando essa história como um caminho para chegar ao tema que venho conseguindo entender um pouco melhor a cada dia, e que é, a meu ver, central para a arte do romance: a questão do outro, do forasteiro, do inimigo que reside na cabeça de cada um de nós, ou melhor, a questão de como transformá-lo. É evidente que a minha questão não é central para todos os romances: um romance pode, claro, favorecer a compreensão da humanidade imaginando suas personagens em situações que conhecemos intimamente, que nos dizem respeito e reconhecemos por experiência própria. Quando encontramos alguém num romance que nos faz lembrar de nós mesmos, nosso primeiro desejo é que aquela personagem nos explique quem somos. E por isso contamos histórias sobre mães, pais, casas e ruas muito parecidos com os nossos, e situamos essas histórias em cidades que vimos com nossos próprios olhos, nos países que conhecemos melhor. Mas as regras estranhas e mágicas que governam a arte do romance conseguem abrir as nossas famílias, casas e cidades de tal modo que todo mundo acha que pode ver sua própria família, casa e cidade refletidas nelas. Já se disse muito que *Os Buddenbrooks* é um romance excessivamente autobiográfico. Mas quando li esse livro pela primeira vez, aos dezessete anos, não me pareceu que o autor estivesse contando a história da sua família, porque àquela altura eu sabia muito pouco a seu respeito; para mim, era um livro sobre uma família universal, com a qual eu me identificava facilmente. Os mecanismos maravilhosos do romance nos permitem apresentar nossa história a toda a humanidade como se fosse a história de alguma outra pessoa.

De maneira que, sim, podemos definir o romance como uma arte que permite ao praticante qualificado transformar sua própria história na história de alguma outra pessoa; mas aí temos apenas um dos aspectos da grande e fascinante arte que vem hipnotizando tantos leitores e inspirando escritores por quase quatrocentos anos. Mas foi outro aspecto que me atraiu para as ruas de Frankfurt e Kars: a oportunidade de escrever sobre a vida de outras pessoas como se fosse a minha. É quando fazem esse tipo de pesquisa romanesca pormenorizada que os romancistas podem começar a verificar as linhas que delimitam esse outro e, ao fazê-lo, alterar as fronteiras da própria identidade. Outros se transformam em nós, e nós nos transformamos em outros. Sem dúvida o romance pode produzir esses dois resultados simultaneamente. Ao mesmo tempo que relata nossa própria vida como se fosse a vida de outras pessoas, ele nos dá a oportunidade de descrever a vida de outras pessoas como se fosse a nossa.

Os romancistas que queiram entrar na vida de outras pessoas não precisam necessariamente visitar outras ruas e cidades, como fiz quando me preparava para escrever *Neve*. Os romancistas que desejam pôr-se no lugar do outro e identificar-se com suas dores e problemas recorrem, antes de mais nada, à própria imaginação. Vou ilustrar com um exemplo que tem a ver com o que eu disse antes sobre parentesco literário: "Se eu acordasse um dia e descobrisse que tinha me transformado numa imensa barata, o que aconteceria comigo?".

Por trás de todo grande romance está um autor cujo maior prazer consiste em entrar em outra forma e dar-lhe vida — um autor cujo impulso mais forte e criativo é pôr à prova os limites da sua identidade. Se um dia eu acordasse e descobrisse que tinha me transformado numa barata, iria precisar de mais que uma pesquisa sobre insetos: para adivinhar que todos os outros moradores da casa ficariam revoltados e até mesmo aterrorizados ao me ver rastejando pelas paredes e pelo teto, e que até minha mãe e meu pai me atirariam maçãs, primeiro eu teria de descobrir algum modo de me transformar em Kafka. Mas antes de tentar me imaginar como outra pessoa, pode ser que eu precise investigar um pouco. E o que devo ponderar, acima de tudo, é o seguinte: quem é esse outro que temos tanta necessidade de imaginar?

Essa criatura que nada tem a ver conosco mobiliza nossos ódios, medos e ansiedades mais primitivos. Sabemos perfeitamente que são essas as emoções que incendeiam nossa imaginação e nos conferem o poder de escrever. Assim, o romancista que aplica bem as regras da sua arte sentirá que só coisas boas podem resultar da identificação com esse outro. E também saberá que pensar sobre esse outro que todos conhecem e julgam ser o oposto de si pode ajudá-lo a libertar-se dos limites da sua própria *persona*. A história do romance é a história da libertação humana: ao nos colocarmos no lugar do outro, usando a imaginação para nos desprender da nossa identidade própria, podemos conquistar a liberdade.

Assim, o grande romance de Defoe não conjura apenas Robinson Crusoé, mas também seu escravo Sexta-Feira. E *D. Quixote*, com o mesmo poder com que conjura um cavaleiro que vive no mundo dos livros, conjura também seu criado Sancho Pança. Prefiro ler *Anna Kariênina*, o melhor romance de Tolstói, como a tentativa feita por um homem bem casado de imaginar uma mulher que destrói seu casamento infeliz e, em seguida, a si mesma. A inspiração de Tolstói foi, por sua vez, outro romancista, que embora nunca tenha se casado conseguiu encontrar um caminho até a mente da insatisfeita Madame Bovary. No maior clássico alegórico de todos os tempos, *Moby Dick*, Melville explora os medos que assolavam a América daqueles dias — especialmente o seu próprio medo de culturas estrangeiras — por intermédio da baleia-branca. E aqueles de nós que ficaram conhecendo o mundo através dos livros não conseguem imaginar o sul dos Estados Unidos sem pensar nos negros dos romances de Faulkner. Da mesma forma, poderíamos sentir que faltará alguma coisa ao romancista alemão que quisesse falar com toda a Alemanha mas deixasse, explícita ou implicitamente, de imaginar os turcos do país juntamente com o mal-estar que eles provocam. Assim como um romancista turco que deixe de imaginar os curdos e outras minorias, que deixe de lançar luz sobre os pontos escuros da história não contada do seu país irá, a meu ver, produzir uma obra que sempre terá uma lacuna fundamental.

Ao contrário do que supõe a maioria das pessoas, as convicções políticas de um romancista nada têm a ver com as sociedades, os partidos ou os grupos aos quais ele possa pertencer — ou com a sua dedicação a qualquer causa política. As convicções políticas de um romancista vêm da sua imaginação, da sua capacidade de imaginar-se como outra pessoa. E esse poder não se limita a transformá-lo em alguém que explora realidades humanas nunca antes relatadas — faz dele o porta-voz dos que não têm como falar por si mesmos, cuja indignação nunca é ouvida e cujas palavras são silenciadas. Um romancista pode (como eu) não ter nenhum motivo real para se interessar por política na juventude, ou, caso tenha, pode ser que seus motivos tenham muito pouca importância no fim das contas. Hoje não lemos o maior romance político de todos os tempos, *Os demônios*, de Dostoiévski, como era a intenção original do autor — um romance polêmico, de ataque aos russos ocidentalizantes e niilistas; lemos *Os demônios* como um romance que reflete a Rússia do seu tempo, que revela o grande segredo encerrado no interior da alma eslava. Segredo que só um romance pode explorar.

É claro que não se pode querer lidar com temas dessa profundidade só lendo jornais e revistas, ou vendo televisão. Compreender o que é único na história de outras nações e outros povos, participar de vidas únicas que nos perturbam e nos abalam, aterrorizando com suas profundezas e espantando com sua simplicidade — eis verdades que só podemos colher a partir da leitura cuidadosa e paciente dos grandes romances. E quero acrescentar que, quando os demônios de Dostoiévski começam a sussurrar no ouvido do leitor, revelando-lhe um segredo com raízes profundas na história, um segredo produzido pelo orgulho e pela derrota, pela vergonha e pela indignação, eles também lançam uma luz nas áreas de sombra da história do próprio leitor. E por trás dessa identificação se encontra um escritor desesperado que ama o Ocidente mas também o despreza na mesma medida, um homem que não consegue se ver como um ocidental mas é ofuscado pelo brilho da civilização ocidental, um homem que se sente preso entre dois mundos.

E assim chegamos à questão Oriente-Ocidente. Os jornalistas gostam muito de insistir no termo, mas quando vejo as conotações que ele adquire em algumas áreas da imprensa ocidental, inclino-me a pensar que melhor seria nem mencionar essa questão. Porque na maioria das vezes a intenção é dizer que os países pobres do Oriente deveriam curvar-se perante tudo o que o Ocidente e os Estados Unidos possam querer oferecer. E há ainda uma forte sugestão de que a cultura, o modo de vida e a política de lugares como aquele onde cresci provocam questões desagradáveis, e também a expectativa de que escritores como eu existem para propor soluções para essas mesmas questões desagradáveis. É claro que há uma questão Oriente-Ocidente, e que não se trata apenas de uma expressão mal-intencionada inventada e imposta pelo Ocidente. A questão Oriente-Ocidente tem a ver com prosperidade e pobreza, e com a paz.

No século XIX, quando o Império Otomano começou a sentir-se eclipsado por um Ocidente cada vez mais dinâmico, sofrendo repetidas derrotas para os exércitos europeus e vendo seu poder esvair-se aos poucos, surgiu um grupo de homens que atendia pelo nome de Jovens Turcos; como as elites que se sucederiam nas gerações posteriores, sem a exclusão dos últimos sultões otomanos, esses homens estavam deslumbrados com a superioridade do Ocidente, o que os fez embarcar num programa de reformas ocidentalizantes. E a mesma lógica pode ser encontrada no cerne da República Turca moderna e das reformas ocidentalizantes de Kemal Atatürk. Por trás dessa lógica está a convicção de que a fraqueza e a pobreza da Turquia provêm das suas tradições, da sua cultura antiga e das várias maneiras como ali se organizou socialmente a religião.

Vindo como eu venho de uma família ocidentalizada da classe média de Istambul, devo admitir que às vezes eu mesmo também sucumbo a essa convicção, que é, embora bem-intencionada, uma forma estreita e até mesmo simplória de ver as coisas. Os ocidentalizantes sonham em transformar e enriquecer seu país e sua cultura pela imitação do Ocidente. Como a sua finalidade última é criar um país mais rico, mais feliz e mais poderoso, também podem ser nativistas e — vocês podem dizer o que quiserem — fortemente nacionalistas: são tendências que certamente encontramos entre os Jovens Turcos e os ocidentalizantes logo depois da criação da República Turca. No entanto, na medida em que olham para o Ocidente, esses movimentos permanecem profundamente críticos em relação a certas características básicas do seu país e da sua cultura: embora possam não o dizer com o mesmo espírito e o mesmo estilo dos observadores ocidentais, também eles acreditam que sua cultura é defeituosa, e às vezes até mesmo desprovida de qualquer valor. O que dá origem a outra emoção muito profunda e confusa, a vergonha.

E vejo a vergonha refletida em algumas reações aos meus romances, e mesmo à maneira como são percebidas minhas relações com o Ocidente. Quando nós na Turquia discutimos a questão Oriente-Ocidente, quando falamos das tensões entre tradição e modernidade (o verdadeiro foco da questão, a meu ver), ou quando tergiversamos sobre as relações entre o nosso país e a Europa, a vergonha está sempre semioculta nas entrelinhas. Quando tento entender essa vergonha, procuro sempre associá-la ao seu contrário, o orgulho. Como sabemos todos: onde quer que exista um excesso de orgulho e as pessoas exibam uma altivez excessiva, lá estará a sombra da vergonha e da humilhação diante do outro. Onde quer que exista alguém que se sinta profundamente humilhado, podemos ter certeza de encontrar o surgimento de um nacionalismo cheio de orgulho. Meus romances são feitos dessa matéria-prima obscura, dessa vergonha, desse orgulho, dessa indignação e desse sentimento de derrota. Porque venho de uma nação que está batendo às portas da Europa, sei perfeitamente quanto essas frágeis emoções podem, de tempos em tempos, irromper em chamas e provocar grandes incêndios. O que estou tentando fazer aqui é falar dessa vergonha na forma de um segredo sussurrado, como a percebi pela primeira vez nos romances de Dostoiévski. Porque é compartilhando a nossa vergonha secreta que poderemos nos libertar: eis o que me ensinou a arte do romance.

Mas é nesse momento de libertação que começo a sentir no íntimo a complicada política da representação e os dilemas morais da decisão de falar em nome dos outros. Eis uma incumbência difícil para qualquer pessoa, mas em particular para um romancista crivado das frágeis emoções que acabei de descrever. O mundo exuberante da imaginação pode parecer traiçoeiro, especialmente no espelho de um romancista eriçado e suscetível consumido pelo orgulho nacionalista. Se mantemos a realidade em segredo, ela só nos envergonha em silêncio, ou pelo menos é o que esperamos; mas, se um romancista usa a sua imaginação para mudar essa mesma realidade, ele pode moldá-la e transformá-la num segundo mundo que exige ser levado em conta. Quando um romancista começa a brincar com as regras que governam a sociedade, quando escava e encontra abaixo da superfície a geometria oculta da vida, quando explora esse mundo secreto como uma criança curiosa, impelido por emoções que nem consegue entender direito, é inevitável que acabe trazendo algum mal-estar para seus familiares, amigos, pares e concidadãos. Mas esse desconforto é feliz. Porque é através da leitura de romances, histórias e mitos que conseguimos entender as ideias que governam o mundo em que vivemos; é a ficção que nos dá acesso às verdades que a família, a escola e a sociedade mantêm veladas, ocultas; é a arte do romance que nos permite perguntar quem afinal realmente somos.

Todos conhecemos a alegria da leitura de um romance: todos já experimentamos a emoção de enveredar pelo caminho que leva ao mundo de outra pessoa, ingressar naquele mundo de corpo e alma e sentir o desejo de mudá-lo à medida que vamos nos impregnando da cultura do herói, da relação que ele mantém com os objetos que compõem o seu mundo, das palavras que o autor usa, das decisões que toma e das coisas que resolve assinalar conforme a história se desenrola. Sabemos que aquilo que estamos lendo é produto da imaginação do autor e, ao mesmo tempo, desse mundo para o qual ele nos conduziu. Os romances nunca são totalmente imaginários nem totalmente reais. Ler um romance é confrontar-se tanto com a imaginação do autor quanto com o mundo real cuja superfície arranhamos com uma curiosidade tão inquieta. Quando nos refugiamos num canto, nos deitamos numa cama, nos estendemos num divã com um romance nas mãos, nossa imaginação passa a trafegar o tempo todo entre o mundo daquele romance e o mundo no qual ainda vivemos. O romance em nossas mãos pode nos levar a um outro mundo onde nunca estivemos, que nunca vimos ou de que nunca tivemos notícia. Ou pode nos levar até as profundezas ocultas de uma personagem que, na superfície, parece semelhante às pessoas que conhecemos melhor.

Estou chamando a atenção para cada uma dessas possibilidades isoladas porque há uma visão que acalento de tempos em tempos que abarca os dois extremos. Às vezes tento conjurar, um a um, uma multidão de leitores recolhidos num canto e aninhados em suas poltronas com um romance nas mãos; e também tento imaginar a geografia de sua vida cotidiana. E então, diante dos meus olhos, milhares, dezenas de milhares de leitores vão tomando forma, distribuídos por todas as ruas da cidade, e, enquanto eles leem, sonham os sonhos do autor, imaginam a existência dos seus heróis e veem o seu mundo. E então, agora, esses leitores, como o próprio autor, acabam tentando imaginar o outro; eles também se põem no lugar de outra pessoa. E são esses os momentos em que sentimos a presença da humildade, da compaixão, da tolerância, da piedade e do amor no nosso coração: porque a grande literatura não se dirige à nossa capacidade de julgamento, e sim à nossa capacidade de nos colocarmos no lugar do outro.

Quando imagino todos esses leitores usando a imaginação para se pôr no lugar de outra pessoa, quando tento conjurar os seus mundos, rua a rua, bairro a bairro, por toda a cidade, chega um momento em que percebo que, na verdade, estou pensando numa sociedade, num grupo de pessoas, numa nação — deem o nome que quiserem — que passa a existir à força de imaginar-se. É na leitura dos romances que as sociedades modernas, as tribos e nações pensam mais profundamente acerca de si mesmas; é na leitura dos romances que conseguem definir quem são; assim, mesmo que só tenhamos pegado aquele romance na esperança de um pouco de diversão, algum relaxamento e uma fuga do tédio do dia a dia, ao lê-lo começamos, sem perceber, a conjurar a coletividade, a nação, a sociedade a que pertencemos. E é também por isso que os romances dão voz não só ao orgulho e à alegria de uma nação, mas também à sua indignação, às suas vulnerabilidades e à sua vergonha. É por lembrarem aos leitores a sua vergonha, o seu orgulho e o lugar tênue que ocupam no mundo que os romancistas ainda despertam tanta raiva. E como é triste ainda assistirmos a tantos rompantes de intolerância — livros queimados, romancistas submetidos a processos...

Cresci numa casa em que todos liam romances. Meu pai tinha uma vasta biblioteca e, quando eu era menino, falava dos grandes romancistas que mencionei antes — Thomas Mann, Kafka, Dostoiévski e Tolstói — da mesma forma que outros pais falavam de generais e santos famosos. Desde uma idade muito tenra, todos esses romancistas, esses grandes romancistas, ficaram associados na minha mente à ideia da Europa. Mas isso não é só por eu ter nascido numa família de Istambul que acreditava fervorosamente na ocidentalização, e portanto ansiava, na sua inocência, por acreditar que ela própria e também o país eram muito mais ocidentais do que na verdade eram... É também porque o romance é uma das maiores conquistas artísticas que a Europa produziu.

O romance, a exemplo da música orquestral e da pintura pós-renascentista, é na minha opinião uma das pedras angulares da civilização europeia, é o que faz da Europa o que ela é, o meio graças ao qual a Europa criou e tornou visível a sua natureza, se é que essa coisa existe. Não consigo pensar na Europa sem romance. E falo agora do romance como maneira de pensar, compreender e imaginar, e também como maneira de imaginar-se no lugar do outro. Em outras partes do mundo, as crianças e os jovens têm seu primeiro contato profundo com a Europa através dos primeiros romances nos quais se aventuram: eu fui um deles. Pegando um romance e atravessando as fronteiras da Europa, ingressando num novo continente, numa nova cultura, numa nova civilização, aprendendo, no decorrer dessas explorações inéditas, a me exprimir com um novo desejo e uma nova inspiração, e acreditando, consequentemente, que eu fazia parte da Europa — é assim que me recordo de ter me sentido (lembremos que o grande romance russo e o romance latino-americano também derivam da cultura europeia), assim, como se a simples iniciativa de ler um romance provasse que as fronteiras, as histórias e as distinções nacionais europeias estão em mudança constante. A velha Europa descrita nos romances franceses, russos e alemães da biblioteca do meu pai é, como a Europa do pós-guerra da minha infância e a Europa de hoje, a Europa, um lugar que está sempre mudando, tanto quanto a nossa compreensão do que ela significa. No entanto, tenho uma visão da Europa que é constante, e é dela que pretendo falar a partir de agora.

Começarei dizendo que a Europa é uma questão muito delicada e sensível para um turco. Eis-nos aqui, batendo na sua porta e pedindo para entrar, cheios de esperanças e boas intenções, mas também bastante ansiosos e com medo da rejeição. Sinto essas coisas de maneira tão aguda quanto todos os turcos, e o que sentimos é muito parecido com a vergonha silenciosa que descrevi há pouco. Enquanto a Turquia bate à porta da Europa, enquanto esperamos, esperamos e a Europa nos faz promessas, depois nos esquece e em seguida aumenta suas exigências, e à medida que a Europa analisa todas as consequências do pedido da Turquia para tornar-se membro pleno da comunidade, assistimos a um lamentável endurecimento dos sentimentos antiturcos em certas partes da Europa, pelo menos entre alguns políticos. Nas eleições recentes, quando certos políticos adotaram uma posição contrária aos turcos e à Turquia, achei seu estilo tão perigoso quanto o adotado por certos políticos do meu país.

Uma coisa é criticar as deficiências do Estado turco em matéria de democracia ou assinalar os problemas da economia turca, mas coisa muito diferente é denegrir toda a cultura turca, ou as pessoas de origem turca instaladas na Alemanha, cuja vida está entre as mais difíceis e empobrecidas deste país. Quanto aos turcos da Turquia — cada vez que eles se veem criticados com tamanha crueldade, são mais uma vez lembrados de que continuam a bater numa porta onde permanecem à espera de ser admitidos, e é claro que não se sentem bem-vindos. A ironia mais cruel de todas é que o atiçamento dos sentimentos nacionalistas antiturcos na Europa tenha provocado a mais grosseira reação nacionalista no interior da Turquia. Aqueles que acreditam na União Europeia precisam ver imediatamente que a escolha real que temos diante de nós é entre a paz e o nacionalismo. Ou bem cultivamos a paz, ou bem cultivamos o nacionalismo. Acho que o ideal da paz reside no centro da União Europeia, e acredito que a oportunidade de paz que a Turquia ofereceu à Europa não será de pouca duração. Chegamos a um ponto em que precisamos escolher entre o poder da imaginação de um romancista e o tipo de nacionalismo que endossa a queima dos seus livros.

Nos últimos anos, tenho falado muito sobre a Turquia e a sua reivindicação de ingresso na União Europeia, e muitas vezes fui recebido com caretas e perguntas desconfiadas. Então já me adianto a respondê-las. A coisa mais importante que a Turquia e o povo turco têm a oferecer à Europa e à Alemanha é, sem dúvida, a paz — a segurança e a força que virão do desejo de um país muçulmano de juntar-se à Europa, e da ratificação desse desejo de paz. Os grandes romancistas que li na infância e na mocidade não definiam a Europa por sua fé cristã, mas por seus indivíduos. Era porque descreviam a Europa através de heróis que lutavam para se libertar, manifestar sua criatividade e transformar seus sonhos em realidade que esses romances falavam ao meu coração. A Europa conquistou o respeito do mundo não ocidental pelos ideais que tanto se empenhou em cultivar: liberdade, igualdade e fraternidade. Se a alma da Europa é o Iluminismo, a igualdade e a democracia, se a sua união pretende reafirmar a paz, então a Turquia deve estar presente nela. Uma Europa que se defina em termos estritamente cristãos, assim como uma Turquia que só tente derivar a sua força da religião, será um lugar com os olhos voltados para dentro, divorciado da realidade e mais preso ao passado que ao futuro.

Tendo crescido numa família laica e ocidentalizada na parte europeia de Istambul, não é difícil para mim — ou para pessoas como eu — acreditar na União Europeia. Não esqueçam que, desde a minha infância, o meu time de futebol, o Fenerbahçe, vem disputando a Copa da Europa. Há milhões de turcos que, como eu, acreditam profundamente na União Europeia. No entanto, o mais importante é que a maioria dos turcos conservadores e muçulmanos, e com eles os seus representantes políticos, quer ver a Turquia na União Europeia, participar do planejamento do futuro da Europa, sonhar as suas transformações e ajudar a construí-las. Vindo — como vem — depois de séculos de guerra e conflito, esse gesto de amizade não pode ser desconsiderado, e rejeitá-lo por completo irá causar um imenso arrependimento. Da mesma forma como não consigo imaginar uma Turquia sem o futuro europeu, não consigo acreditar na Europa sem um futuro turco.

Quero pedir desculpas por ter falado tanto de política. O mundo ao qual desejo pertencer é, evidentemente, o mundo da imaginação. Entre os sete e os 22 anos de idade eu sonhava ser pintor, e saía nas ruas de Istambul para pintar panoramas da cidade. Como contei em *Istambul*, desisti da pintura aos 22 anos e comecei a escrever romances. Hoje penso que, quando eu pintava, buscava a mesma coisa que busco agora quando escrevo: o que me atraiu para a arte e a literatura foi a possibilidade de deixar para trás o mundo tedioso, árido e implacável com as nossas esperanças, que todos conhecemos tão bem, e escapar para um outro mundo, mais profundo, mais rico e mais variado. Para conseguir alcançar esse reino mágico, quer eu me exprimisse com linhas e cores, como no início da vida, quer com palavras, preciso passar muitas horas sozinho todo dia, a portas fechadas, imaginando cada uma das suas nuances, ainda que esse mundo reconfortante que venho construindo há trinta anos sentado a sós no meu canto seja certamente composto da mesma matéria-prima de que é feito o mundo que todos conhecemos — pelo que pude observar nas ruas e nos interiores de Istambul, Kars e Frankfurt. Mas é a imaginação — a imaginação do romancista — que dá ao mundo limitado da vida cotidiana a sua particularidade, a sua magia, a sua alma.

Quero encerrar com algumas palavras sobre essa alma, essa essência que o romancista passa a vida lutando para transmitir aos seus leitores. A vida só pode ser feliz se conseguirmos enquadrar esse estranho e intrigante produto em alguma moldura. Na maior parte das vezes, a nossa felicidade ou infelicidade não deriva da vida propriamente dita, mas do significado que lhe damos. Dediquei minha vida a tentar explorar esse significado. Ou, em outras palavras, passei a vida inteira vagando em meio ao tumulto e ao barulho do mundo caótico, difícil e acelerado dos dias de hoje, empurrado para lá e para cá pelas guinadas da vida, à procura de um começo, um meio e um fim... coisa que, a meu ver, só se encontra nos romances. Desde que *Neve* foi publicado, cada vez que piso as ruas de Frankfurt sinto a presença do fantasma de Ka, o herói com quem tenho mais do que alguma coisa em comum, e sinto que realmente vejo a cidade da maneira como acabei por compreendê-la, que de algum modo eu tenha conseguido tocar o seu coração.

Mallarmé disse a verdade quando declarou que "tudo no mundo existe para ser posto num livro". O tipo de livro mais bem equipado para absorver tudo o que existe no mundo — sem dúvida nenhuma — é o romance. A imaginação — a capacidade de transmitir significados aos outros — é o maior poder da humanidade, e por muitos séculos encontrou sua voz mais forte nos romances. Aceito este prêmio em reconhecimento aos meus trinta anos de serviço dedicado a essa arte sublime, e agradeço a todos do fundo do coração.

55. Em julgamento

Em Istambul, nesta sexta-feira — em Şişli, o distrito onde passei a vida inteira, no tribunal em frente à casa de três andares onde minha avó viveu quarenta anos sozinha —, me apresentarei diante de um juiz. Meu crime é ter "publicamente denegrido a identidade turca". O promotor pedirá que eu seja condenado a três anos de prisão. Talvez eu devesse me preocupar com o fato de que o jornalista turco-armênio Hrant Dink foi julgado no mesmo tribunal, pelo mesmo crime, sob o Artigo 301 do mesmo estatuto, e considerado culpado, mas continuo otimista. Pois, assim como meu advogado, acho que o caso contra mim é fraco; não acredito que vá parar na cadeia.

Isso torna constrangedor ver meu julgamento apresentado de forma excessivamente dramática. Tenho plena consciência de que a maioria dos meus amigos de Istambul a quem pedi conselhos foi submetida a interrogatórios muito mais severos, e perdeu muitos anos de vida às voltas com tribunais e sentenças de prisão por causa de um livro, por causa de alguma coisa que escreveram. Vivendo num país que não perde oportunidade de honrar seus paxás, santos e policiais, mas se recusa a honrar seus escritores, até que passem anos nos tribunais e nas prisões, não posso dizer que me surpreendeu ser levado a julgamento. Compreendo quando amigos sorriem e dizem que afinal me tornei "um verdadeiro escritor turco". Mas ao proferir as palavras que me causaram dificuldades, eu não buscava essa honra para mim.

Em fevereiro de 2005, numa entrevista publicada por um jornal suíço, eu disse que 1 milhão de armênios e 30 mil curdos tinham sido mortos na Turquia; lamentei que fosse um tabu falar desses assuntos em meu país. Entre os historiadores sérios do mundo, é de conhecimento comum que armênios otomanos foram deportados em grandes números, supostamente por tomarem partido contra o Império Otomano durante a Primeira Guerra Mundial, e muitos deles foram assassinados ao longo do caminho. Porta-vozes da Turquia, na maioria diplomatas, continuam a afirmar que o número de mortos foi muito mais baixo do que dizem os acadêmicos, que o massacre não conta como genocídio porque não foi sistemático, e que durante a guerra os armênios também mataram muitos muçulmanos.

Em setembro passado, no entanto, apesar da oposição do Estado, três altamente respeitadas universidades de Istambul se juntaram para organizar uma conferência de especialistas e discutir opiniões não toleradas pelo oficialismo turco. Desde então, pela primeira vez em noventa anos, houve discussões públicas sobre o assunto — apesar do fantasma do Artigo 301.

Que o Estado esteja disposto a ir tão longe para impedir que o povo turco tenha conhecimento do que aconteceu aos armênios otomanos torna o assunto tabu. Minhas palavras certamente causaram furor digno de um tabu: vários jornais lançaram campanhas de ódio contra mim, e colunistas de direita (não necessariamente islamitas) chegaram a ponto de dizer que eu deveria ser "calado" para sempre; grupos de extremistas nacionalistas organizaram reuniões e manifestações para protestar contra minha traição; e livros meus foram queimados em público. Como Ka, o herói do meu romance *Neve*, descobri o que é ter de deixar por algum tempo a cidade que amamos devido a nossas opiniões políticas. Como eu não quis estimular a controvérsia, nem sequer ouvir falar nela, de início me calei, impregnado de uma estranha espécie de vergonha, escondendo-me do público e até das minhas próprias palavras. Foi quando um governador de província ordenou a queima de meus livros e, ao voltar para Istambul, o promotor público de Şişli entrou com uma ação contra mim e me tornei objeto de preocupação internacional.

Meus detratores não foram motivados apenas por animosidade pessoal, nem manifestavam hostilidade apenas contra mim; eu já sabia que meu caso era apenas exemplo de um problema que precisava ser discutido tanto na Turquia como no resto do mundo. Isso ocorria em parte por eu achar que o que denigre a "honra" de um país não é a discussão de manchas negras na sua história, mas a proibição de qualquer discussão. Era também por acreditar que proibir a discussão sobre os armênios otomanos era proibir a liberdade de expressão na Turquia hoje, e que as duas questões estavam inextricavelmente ligadas. Consolado pelo interesse demonstrado por minhas dificuldades e pelos generosos gestos de apoio, houve momentos também em que me senti incomodado por estar no centro de uma disputa entre meu país e o resto do mundo.

O mais duro era explicar por que um país oficialmente empenhado em ingressar na União Europeia queria pôr na cadeia um autor cujos livros eram bastante conhecidos na Europa, e por que se sentiu compelido a encenar esse drama "sob os olhos do Ocidente" (para usar uma expressão de Conrad). O paradoxo não pode ser atribuído simplesmente a ignorância, inveja ou intolerância, e não é único. O que devo fazer com um país que insiste em afirmar que os turcos, diferentemente de seus vizinhos ocidentais, são um povo compassivo, incapaz de genocídio, quando grupos políticos nacionalistas me fazem ameaças de morte? Qual é a lógica das queixas de que seus inimigos espalham falsos relatos sobre o legado otomano por todo o mundo, enquanto esse mesmo Estado processa e aprisiona um escritor depois de outro, propagando a imagem do turco terrível pelo mundo inteiro? Quando penso no professor a quem o Estado pediu que apresentasse suas descobertas sobre as minorias turcas e que, tendo produzido um relatório nada elogioso, foi processado; ou na notícia de que, do instante em que comecei o ensaio até o momento em que escrevo esta frase, mais cinco escritores e jornalistas foram processados com base no Artigo 301, acho que Flaubert e Nerval, os dois padrinhos do orientalismo, chamariam esses incidentes de *bizarreries*, e com toda a razão.

Dito isto, o drama que vemos desenrolar-se não é, acho eu, um drama grosseiro e inescrutável peculiar à Turquia; é antes a expressão de um novo fenômeno global, que apenas começamos a admitir e que precisamos, ainda que com todo o cuidado, enfrentar. Nos últimos anos, testemunhamos o espantoso crescimento econômico da Índia e da China, e a rápida expansão da classe média nesses dois países, muito embora me pareça que só vamos entender de verdade o povo que tomou parte nessa transformação quando virmos sua vida privada refletida em romances. Seja qual for o nome que se dê a essas novas elites, seja burguesia não ocidental, seja burocracia enriquecida, elas, como as elites ocidentalizadas do meu país, sentem-se levadas a seguir duas linhas de ação separadas e aparentemente incompatíveis, para legitimar a riqueza e o poder recém-adquiridos. Primeiro, precisam justificar o rápido aumento de sua fortuna adotando o idioma e as atitudes do Ocidente; uma vez criada a demanda por esse tipo de conhecimento, eles se encarregam de tutelar os compatriotas. Quando o povo os repreende por ignorar a tradição, eles brandem um nacionalismo virulento e intolerante como resposta. As disputas que um observador de fora poderia chamar de bizarrices talvez nada mais sejam do que os choques entre esses programas políticos e econômicos, e as aspirações culturais que engendram. De um lado, há uma corrida para participar da economia global; de outro, o colérico nacionalismo que considera a democracia e a liberdade de pensamento invenções ocidentais.

V. S. Naipul foi um dos primeiros escritores a descrever a vida privada das implacáveis e sanguinárias elites dominantes não ocidentais da era pós-colonial. Quando conheci o grande escritor japonês Kenzaburo Oe na Coreia, soube que ele também tinha sido atacado por nacionalistas radicais depois de declarar que os crimes horríveis cometidos pelos exércitos de seu país durante a invasão da Coreia e da China deveriam ser discutidos abertamente em Tóquio. A intolerância demonstrada pelo Estado russo contra os chechenos e outras minorias e grupos de direitos civis, os ataques à liberdade de expressão por nacionalistas hindus na Índia e a discreta limpeza étnica dos uigures na China — tudo é alimentado pelas mesmas contradições.

Enquanto se preparam para narrar a vida privada das novas elites, os romancistas de amanhã sem dúvida esperam que o Ocidente critique os limites impostos por seus Estados à liberdade de expressão. Mas nos dias atuais as mentiras sobre a guerra do Iraque e os relatos de prisões secretas da CIA prejudicaram de tal modo a credibilidade do Ocidente na Turquia e em outros países, que é cada vez mais difícil para gente como eu defender a tese da verdadeira democracia ocidental no meu canto do mundo.

56. Para quem escrever?

Para quem o senhor escreve? Nos últimos trinta e tantos anos — desde que me tornei escritor — essa é a pergunta que ouço com mais frequência de leitores e jornalistas. Os motivos dependem da hora e do lugar, como depende também o tamanho da sua curiosidade, mas todos fazem a pergunta no mesmo suspeito e desdenhoso tom de voz.

Em meados dos anos 1970, quando decidi me tornar romancista, a pergunta refletia a generalizada visão filistina de que arte e literatura eram luxos que um país pobre não ocidental lutando para chegar à era moderna não podia se permitir. Insinuava-se também que alguém "tão instruído e culto como o senhor" poderia servir ao país de modo mais útil, como médico combatendo epidemias, ou engenheiro construindo pontes. (Jean-Paul Sartre deu crédito a essa opinião no começo dos anos 1970, ao dizer que não escreveria romances se fosse um intelectual biafrense.)

Em anos posteriores, esses perguntadores estavam mais interessados em descobrir que setores da sociedade eu esperava que lessem e admirassem minha obra. Eu sabia que a pergunta era traiçoeira, pois se eu não respondesse "escrevo para as pessoas mais pobres e oprimidas da sociedade" seria acusado de proteger os interesses dos proprietários de terra e dos burgueses turcos, mesmo que me advertissem que um escritor bem-intencionado e de bom coração que afirmasse escrever para camponeses, operários e indigentes estaria escrevendo para pessoas que mal sabiam ler. Nos anos 1970, quando minha mãe me perguntava para quem eu escrevia, seu tom pesaroso e preocupado me dizia que ela queria saber mesmo era como eu pensava em me sustentar. E quando amigos me perguntavam para quem eu escrevia, o matiz de escárnio em sua voz sugeria que ninguém jamais leria um livro escrito por alguém como eu.

Trinta anos depois, ouço a pergunta com mais frequência do que nunca. Isso tem mais a ver com o fato de que meus romances foram traduzidos para quarenta línguas. Especialmente nos últimos dez anos, meus cada vez mais numerosos entrevistadores parecem temer que eu interprete mal suas palavras, por isso costumam acrescentar: "O senhor escreve em turco, portanto escreve apenas para os turcos, ou tem em mente o público mais amplo que o senhor alcança com as traduções?". Quer a nossa conversa ocorra dentro ou fora da Turquia, a pergunta vem sempre acompanhada do mesmo sorriso suspeito e desdenhoso, levando-me a concluir que, se eu quiser que minha obra seja aceita como autêntica e verdadeira, tenho de responder: "Escrevo só para os turcos".

Antes de examinarmos a pergunta em si — pois ela não é honesta nem humana — devemos nos lembrar de que o surgimento do romance coincidiu com o do Estado-nação. Quando os grandes romances do século XIX foram escritos, a arte do romance era em todos os sentidos uma arte nacional. Dickens, Dostoiévski e Tosltói escreveram para uma classe média emergente, que nos livros de seus autores nacionais podia reconhecer cada cidade, cada rua, cada casa, cada quarto e cada cadeira; podia entregar-se aos mesmos prazeres a que se entregava no mundo real e discutir as mesmas ideias. No século XIX, romances de autores importantes apareciam primeiro nos suplementos de arte e cultura dos jornais nacionais, pois seus autores se dirigiam ao país inteiro. Na voz com que narram pode-se sentir a inquietação do patriota preocupado, cujo maior desejo é a prosperidade do país. No fim do século XIX, ler e escrever romances era participar de uma discussão nacional sobre assuntos de importância nacional.

Mas hoje escrever romances tem outro significado, assim como a leitura de romances literários. A primeira mudança ocorreu na primeira metade do século XX, quando o envolvimento do romance literário com o modernismo granjeou-lhe o status de arte superior. Igualmente significativas foram as mudanças nas comunicações nos últimos trinta anos: numa era de mídia global, escritores literários já não falam primeiro e apenas para as classes médias de seus próprios países, mas falam também, e de imediato, para leitores de "romances literários" no mundo inteiro. Hoje os leitores literários aguardam um novo livro de García Márquez, Coetzee ou Paul Auster como seus predecessores aguardavam os novos livros de Dickens — como se fossem as últimas notícias. O público mundial dos romancistas literários desses escritores é muito maior do que o público que seus livros atingem nos países de origem.

Generalizando a pergunta — Para quem os escritores escrevem? —, pode-se dizer que escrevem para o leitor ideal, para os entes queridos, para eles próprios, ou para ninguém. Esta é a verdade, mas não toda a verdade. Pois os escritores literários de hoje também escrevem para aqueles que os leem. Disso pode-se inferir que os escritores literários de hoje escrevem cada vez menos para as maiorias dentro dos seus países de origem (que *não* os leem) do que para a pequena minoria de leitores literários do mundo que os leem. E aqui estamos: as perguntas provocantes, e as suspeitas sobre as verdadeiras intenções desses escritores, refletem um desconforto com a nova ordem cultural, que passou a existir nos últimos trinta anos.

Os mais incomodados são os formadores de opinião e as instituições culturais de países não ocidentais. Inseguros de sua posição no mundo, pouco inclinados a discutir as crises nacionais do momento ou as marcas negras de sua história na arena internacional, esses círculos necessariamente desconfiam dos romancistas que veem a história e o nacionalismo de uma perspectiva não nacional. Em sua opinião, romancistas que não se dirigem a um público nacional ajudam a tornar seu país exótico para "consumo estrangeiro" e inventam problemas sem base na realidade. Há uma suspeita paralela no Ocidente, onde muitos leitores acham que as literaturas locais devem continuar locais, puras e fiéis a suas raízes nacionais; seu medo secreto é que, ao se tornarem escritores "mundiais" recorrendo a tradições fora de sua própria cultura, percam a autenticidade. Quem sente mais agudamente esse medo é o leitor que anseia por abrir um livro e entrar num país estrangeiro isolado do mundo, que deseja contemplar suas querelas internas, como se assistisse a uma discussão de família na casa ao lado. Se um escritor se dirige a um público que inclui leitores de outras culturas, que falam outras línguas, essa fantasia se desfaz.

É porque todos os escritores têm um profundo desejo de autenticidade que — mesmo depois desses anos todos — ainda gosto que me perguntem para quem escrevo. Mas quando a autenticidade de um escritor depende de sua capacidade de envolver-se no mundo em que vive, depende também, e da mesma forma, de sua capacidade de compreender sua própria e mutável posição nesse mundo. Não existe leitor ideal livre de proibições sociais e mitos nacionais, assim como não existe romancista ideal. Mas — seja ele nacional ou internacional — é para o leitor ideal que todo romancista escreve, primeiro dando-lhe vida em sua imaginação, e depois escrevendo livros com ele em mente.

MEUS LIVROS SÃO MINHA VIDA

57. Posfácio de *O castelo branco*

Há romances que, apesar de chegarem a uma conclusão satisfatória, têm personagens que continuam suas aventuras nos sonhos do autor. Certos escritores do século XIX encheriam mais dois ou três volumes com esses sonhos, ao passo que outros, não querendo ficar presos ao mundo de um romance anterior, partem para o outro extremo: tão empenhados estão em encerrar de vez essas perigosas vidas depois da vida, que as resumem num pós-escrito redigido às pressas, dizendo "anos depois Doroteia e as duas filhas voltaram para Alkingstone" ou "no fim, Razarov resolveu seus assuntos, e agora tem uma renda bastante razoável". E há outro tipo de escritor que volta ao mundo de um velho romance não para contar novas aventuras de velhos personagens, mas simplesmente porque a vida da história assim o exige. Memórias, oportunidades perdidas, respostas de leitores e de amigos íntimos, e novas ideias podem fazer o livro mudar de forma na cabeça do autor. Chega um momento em que sua imagem do livro é totalmente diferente da que tinha no início — para não falar no livro já à venda nas livrarias — e é quando isso acontece que o autor resolve mostrar a essa nova besta, estranha e esquiva, de onde ela vem.

A inspiração para *O castelo branco* me veio, em sua forma fantasmagórica inicial, quando eu terminava meu primeiro romance, uma longa saga de família situada na primeira metade do século XX e que chamei de *Cevdet Bey e fi-*

lhos. Tomou a forma de um adivinho, convocado ao palácio, andando pelas ruas azuis à meia-noite. Esse era para mim o nome do romance naquela época. Meu adivinho era um bem-intencionado homem de ciência que, percebendo o pouco entusiasmo pela ciência no palácio, estabeleceu-se como astrólogo — mudança fácil, graças ao seu interesse por astronomia —, e, apesar da intenção original de conquistar outras pessoas na corte para a causa da ciência, o poder e a influência que as previsões lhe conferiram logo lhe viraram a cabeça, e ele começou a usar sua arte para fins tortuosos. Isso era tudo que eu sabia. Naquele tempo, eu começara a evitar temas históricos; estava tão cansado de ouvir as pessoas me perguntarem por que eu escrevia ficção histórica que acabei por perder o interesse.

Antes — aos 23 anos — eu escrevera três contos históricos, e meu primeiro romance chegou mesmo a ser classificado de histórico; para entender meu interesse por história, eu talvez tivesse de examinar não apenas meus gostos literários, mas minhas predileções infantis. Certa vez, quando eu era pequeno — tinha oito anos —, deixei o apartamento onde vivia com minha família e subi as escadas para visitar os sombrios quartos do apartamento de minha avó, onde cada objeto e cada trecho de conversa de rádio era uma duplicata do nosso, e enquanto remexia jornais amarelados e livros de medicina que tinham pertencido a meu tio que fora para os Estados Unidos, e jamais voltara, dei com um grande volume ilustrado de Reşat Ekrem Koçu. Durante dias, li a história dos pobres macacos que as pessoas compravam nas lojas de macacos em Azapkapi e depois penduravam em árvores por cometerem atos imorais. Em dias de lavar roupa, enquanto a máquina de lavar gemia e adultos raivosos entravam e saíam, fervendo água e sabão, eu rastejava até um canto e olhava os desenhos em preto e branco da rua-onde-os-anjos-têm-medo-de-botar-os-pés, em que as prostitutas eram punidas com a peste bubônica. Esperando que o grande relógio do corredor batesse a hora, uma terrível impaciência tomou conta de mim enquanto eu lia a história do criminoso condenado cujas pernas e braços foram quebrados, para que pudesse ser enfiado na boca de um canhão e disparado para o céu.

Depois de terminar *A casa silenciosa*, meu segundo romance, vi-me novamente às voltas com devaneios de origem histórica. Por que não escrevo algo breve entre dois romances longos?, perguntava-me a mim mesmo, pois já tinha a história claramente desenvolvida na cabeça. Assim, para servir a meu adivinho, mergulhei alegremente em livros de ciência e astronomia. *A ciência dos turcos otomanos*, a divertida e incomparável obra de Adnan Adivar, deu-me as cores que eu procurava (e livros como as estranhas histórias de animais de Acaib-ül Mahlûkat, de que tanto gostava Evliya Çelebi). Foi no *Observatório de Istambul*, do professor Süheyl Ünver, que aprendi sobre o famoso astrônomo otomano Takiyüddin, que certa vez tentara explicar os cometas ao sultão; depois de ler sobre essa conversa e de vê-lo instruir meu herói ilustrando com iluminuras suas notas científicas (desde então desaparecidas), comecei a compreender que os limites entre astronomia e astrologia eram indistintos.

Em outro livro li o seguinte sobre astrologia: "Sugerir que a ordem das coisas pode ser perturbada não é uma má forma de enfraquecer a ordem das coisas". Depois, quando me voltei para Naima, um dos mais dramáticos e legíveis historiadores otomanos, aprendi que o adivinho-chefe Huseyin Efendi tinha, como todos os políticos, usado vigorosamente essa regra de ouro dos adivinhos.

Minha leitura não tinha outro objetivo senão obter detalhes de encenação, para a história que eu pretendia escrever, e dos livros que eu tinha à mão surgira um tema muito popular na literatura turca: o do herói que deseja fazer o bem e ajudar os outros! Em alguns desses livros, o herói nobre e de bom coração vive em luta contra traidores. Nos melhores tipos de romance, lemos que é sofrendo o mal que ele pode mudar. Quem sabe eu talvez planejasse escrever algo nessa linha, mas não pude encontrar a fonte de sua "virtude", nem traçar as origens de seu entusiasmo pela ciência e pela descoberta. Mais tarde, decidi que meu adivinho adquiriria sua ciência de um "ocidental". Os escravos que chegavam de navio de países distantes serviriam perfeitamente bem aos meus objetivos. Foi assim que surgiu a relação hegeliana entre senhor e escravo. Achei que meu senhor e um escravo italiano teriam muita coisa a ensinar um ao outro; para lhes dar tempo de conversar, coloquei-os juntos num quarto, numa cidade mergulhada na escuridão. A afinidade e a tensão entre eles tornaram-se, de imediato, o centro imaginativo do livro. Descobri que senhor e escravo eram muito parecidos. Talvez o meu lado analítico estivesse assumindo o controle, mas foi assim que me ocorreu a ideia de eles serem idênticos. A partir de então, não precisei me esforçar muito para penetrar o mais famoso dos temas literários: o dos gêmeos idênticos que trocam de lugar.

Foi assim que minha história tomou — por causa das minhas dificuldades com sua lógica interna, ou por preguiça da imaginação — forma totalmente diferente. Eu conhecia bem, é claro, as histórias de gêmeos de E. T. A. Hoffmann, que nunca estava satisfeito consigo mesmo e por desejar ser músico, imitou Mozart, a ponto de acrescentar o nome de Mozart ao seu; eu conhecia as histórias de gelar o sangue contadas por Edgar Allan Poe e *O outro*, de Dostoiévski, a quem prestei homenagem com a lenda do papa epiléptico nas aldeias eslavas. Quando eu estava na escola secundária, nosso professor de biologia gabava-se de ser capaz de distinguir os dois feios gêmeos idênticos da sala, mas, nos exames orais, eles trocavam de lugar e o professor não notava. De início, quando vi as imitações de Charlie Chaplin em *O grande ditador*, gostei, mas depois mudei de ideia. Quando eu era pequeno, fiquei maravilhado com a personagem de histórias em quadrinhos Mileumafaces, que não parava de trocar de identidade: que faria ele se trocasse de lugar comigo? Se trocasse de lugar com um psicólogo amador, talvez dissesse: "Na verdade, o que todo escritor quer é se tornar outra pessoa". Robert Louis Stevenson colocou mais de si mesmo em *O médico e o monstro* do que Hoffmann em seus contos de fadas: de dia, uma pessoa comum, e de noite um escritor! Sempre que meu irmão gêmeo trocava de lugar comigo, ele lembrava aos leitores a minha dívida com os sósias.

Ainda não sei direito se foi o escravo italiano ou o senhor otomano que escreveu o manuscrito de *O castelo branco*. Enquanto escrevia o livro, resolvi usar a proximidade que eu sentia com Faruk, o historiador de *A casa silenciosa*, para me proteger de alguns problemas técnicos. Cervantes, a quem saúdo na primeira e na última seção do livro, deve ter padecido dessa angústia em algum momento; para escrever *D. Quixote*, usou um manuscrito do historiador árabe Seyyit Hamit bin Engeli, e, para apoderar-se dele, preencheu as lacunas com jogos de palavras. Os leitores que conhecem *A casa silenciosa* devem se lembrar de que, depois que encontra o manuscrito nos arquivos de Gebze e decide traduzi-lo para a linguagem que todos entendem, Faruk parece acrescentar trechos de outros livros. A esta altura, eu gostaria de dizer aos leitores que imaginam que, como Faruk, trabalhei em arquivos, pesquisando entre estantes de manuscritos empoeirados, que não quero assumir nenhuma responsabilidade pelos atos de Faruk. O que fiz foi usar detalhes descobertos por Faruk. Para tanto tomei emprestado um método usado por Stendhal em *Crônicas italianas*, que li enquanto escrevia meu primeiro livro histórico: preparei a descoberta de um velho manuscrito espalhando os detalhes no prefácio que escrevi para Faruk. Isso talvez abrisse caminho para que eu usasse Faruk (como o faria seu avô Selahattin Bey) em outro romance histórico subsequente, ao mesmo tempo que poupava o leitor dos azares de um baile à fantasia surgido não se sabe de onde — sempre o ponto mais perigoso da ficção histórica.

Preferi situar meu romance em meados do século XVII, não só porque era um período historicamente conveniente, colorido e cheio de vida, mas porque isso permitiria a minhas personagens usar os escritos de Naima e Evliya Çelebi; apesar disso, vários pequenos fragmentos colhidos em livros de viagem de séculos precedentes e subsequentes também se infiltraram no romance. Para fazer de meu esperançoso e bem-intencionado italiano escravo de meu senhor (aqueles eram tempos de curandeirismo e navios que transportavam cativos), peguei uma folha de Cervantes e usei um livro apresentado a Felipe II por um anônimo espanhol que também fora cativo dos turcos. As memórias do Barão W. Wratislaw, galé nos navios otomanos da época de Cervantes, serviram de modelo para o encarceramento do meu próprio escravo. Também lancei mão de passagens das cartas de um viajante espanhol que visitou Istambul quarenta anos antes, e que descreveu a cidade que sucumbia à praga (quando até um furúnculo comum espalhava o terror) e a deportação de cristãos para as ilhas Príncipe. Outros detalhes que aparecem no livro vêm não do período em que está situado, mas de relatos de testemunhas de outras épocas: as vistas panorâmicas de Istambul, os fogos de artifício e as diversões noturnas (Antoine Galland, Lady Montagu, Barão de Tott); os queridos leões do sultão, e seu zoológico de leões (Ahmet Refik); a campanha polonesa do exército otomano (*Diário do cerco de Viena*, de Ahmet Ağa); alguns sonhos do sultão menino (um livro chamado *Estranhos acontecimentos de nossa história*, feito do mesmo material do livro de Reşat Ekrem Koçu que li na biblioteca de minha avó); as matilhas de cães selvagens de Istambul; precauções contra a praga (cartas turcas de Helmuth K. B. Von Moltke); e o Castelo Branco, de onde veio o nome do meu romance (em *Viagens na Transilvânia*, de Tadeutz Trevanian, ilustrado com estampas, ele menciona a crônica do castelo e também um romance, de autor francês, sobre um europeu que trocou de lugar com um bárbaro).

Evliya Çelebi também escreveu um livro sobre um hospício no complexo ligado à mesquita de Beyazit, em Edirne (quem ouvia a misteriosa música tocada pelos pacientes era, é claro, Evliya Çelebi), mas só pude tiritar nas trevas quando minha mulher e eu visitamos esse belo monumento numa lamacenta, nublada e sem graça manhã de primavera. Também a querida cegonha do sultão. Alguns dos sonhos que vê Mehmet, o Caçador, e que meu herói interpreta são, na realidade, meus próprios sonhos (os homens escuros carregando sacos). Como meu herói italiano, certa vez tive também um novo traje que meu irmão precisou usar, porque o seu estava rasgado, mas não era vermelho, como no livro (era azul-marinho e branco). Nas frias manhãs de inverno, de volta de uma excursão, se nossa mãe nos trouxesse algo para comer (não helva, mas bolo de amêndoa-amarga), ela diria a mesma coisa que disse a mãe do senhor: "Vamos comer antes que alguém nos veja". O anão ruivo do livro não tem parentesco algum com o clássico da nossa infância, *The readheaded child*, ou com qualquer anão de qualquer dos meus romances passados e futuros; vi-o em 1972, no mercado de Beşiktaş. Durante algum tempo, achei que as longas experiências do senhor com um relógio que pudesse marcar as horas de oração eram um devaneio meu, ainda dos tempos de solteiro, mas estava enganado. Acontece que muita gente tinha interesse nessa ideia, o que torna ainda mais surpreendente o fato de que um relógio como esse ainda não exista; alguém me contou que os japoneses produziram um relógio de pulso nessa linha, mas nunca o vi.

Talvez sua hora tenha chegado. A linha divisória entre o Oriente e o Ocidente, uma das ideias que as culturas têm usado e usarão para classificar e diferenciar a humanidade, não é, entretanto, o tema de *O castelo branco*. Essa linha é ilusória, mas se não tivesse sido traçada, e retraçada, com grande entusiasmo durante tantos séculos, meu livro perderia muito do colorido da encenação que o sustenta. Que a peste possa ser usada como teste decisivo da divisão entre Oriente e Ocidente é outra ideia antiga. Em alguma parte de suas memórias, o barão de Tott diz: "A peste simplesmente mata um turco, mas um franco sofre o tormento maior de temer a morte!". Esse tipo de observação não é, a meu ver, bobagem nem fragmento de ciência; é um dos pequenos detalhes que usei para criar a textura do livro. Talvez ajudem o escritor a lembrar-se de como era feliz enquanto escrevia e fazia pesquisas para escrever seu livro.

58. *O livro negro*: dez anos depois

Minhas mais fortes lembranças de *O livro negro* são dos últimos dias da época em que o escrevi. Em 1988, depois de três anos de trabalho, quando já enxergava o fim, tranquei-me por um breve período num apartamento vazio, no topo de um recém-construído prédio de dezessete andares, em Erenköy, onde nada mais fiz do que escrever. Minha mulher estava nos Estados Unidos, ninguém tinha o número do meu telefone, que portanto nunca tocava, e todos os outros que poderiam me afastar das aventuras de Galip e do mundo imaginário no qual eu me afundara tão profundamente estavam longe. Eu não via ninguém, a não ser os dois parentes que moravam no mesmo edifício, e gentilmente me convidavam para jantar de vez em quando; como sempre acontece quando, para minha delícia, me acho profunda e obsessivamente mergulhado num livro, perdi contato com o mundo exterior.

Mas quando sentava no meu canto eu não conseguia terminar *O livro negro*. Eu levaria cinco anos para escrevê-lo. Enquanto me isolava naquele lugar remoto, trabalhando no livro que se recusava a terminar, um medo estranho e miserável começou a tingir a alegria de escrever e de minha solidão, um medo que lentamente começou a parecer-se com o do meu herói, Galip. Enquanto procura em vão sua mulher em Istambul, ele tem todo tipo de surpresa, mas não sente prazer nos túneis subterrâneos, nos sósias de Türkan Şoray ou nas velhas colunas de jornal que atentamente lê, tão grande é a dor da perda. Da mesma forma, enquanto a escrita avançava e o livro se expandia, o prazer de escrever se aprofundava, mas eu era incapaz de sentir prazer nisso, devido à obsessiva meta que me escapava. Eu estava melancolicamente sozinho, como Galip. Não me barbeava todos os dias, e não dava atenção às roupas que usava. Lembro-me de andar como um fantasma pelas ruazinhas secundárias de Erenköy certa noite, segurando uma sacola de plástico amassada e usando um boné, uma capa de chuva sem alguns botões, e um velho par de tênis de sola deteriorada. Eu ia a um velho restaurante qualquer, ou a um bufê, e engolia a comida, lançando olhares hostis à minha volta. Meu pai aparecia a cada quinze dias, e levava-me para comer, e lembro dele muito preocupado com a sujeira e a bagunça do apartamento, meu ar de ruína, e aquele livro que eu parecia incapaz de terminar.

Eu me sentia solitário, como Galip — talvez me sentisse assim para ser capaz de sentir a emoção do livro —, mas Galip estava subjugado pela melancolia, e o meu isolamento era de raiva. Porque eles não entenderiam esse livro que se tornava cada vez mais estranho, porque o comparariam com meus romances tradicionais, porque era difícil de entender, porque indicariam as partes mais obscuras desse livro para mostrar que era um fracasso, e também, talvez, porque eu jamais seria capaz de terminá-lo; eu tinha escrito o livro errado. *O livro negro* mostrou-me que a medida de um livro não está na grandeza e importância das questões que o autor trata e no grau de envolvimento com que se entrega à tarefa, por maior que seja o desespero. Por mais difícil que seja escrever um bom livro, é igualmente difícil inventar assuntos aos quais o escritor possa dedicar toda a sua energia criativa, tudo que tem dentro de si, pelo resto da vida.

Livros como esses, livros aos quais se pode dedicar a vida inteira — como a própria vida — levam-nos para onde querem, mas muito devagar. Esse novo lugar, esse país estrangeiro é, sem dúvida, feito de nosso próprio passado, de nossas lembranças, de nossos sonhos; durante os dias em que eu escrevia *O livro negro*, tudo isso misturava-se a medos e incertezas, os arautos da morte e da solidão que vinham perseguir-me, enquanto eu escrevia a noite inteira, até de manhã, fumando um cigarro atrás do outro. Esse é o primeiro sinal do que nos aguarda; é também o nosso primeiro consolo. Mais uma vez nossa inevitável obstinação nos salvou, não nossa esperteza artística. Apesar da teimosa paciência na qual confiei muito mais do que nessa coisa chamada *habilidade*, houve momentos em que temi que o livro não chegasse a parte alguma, que todas aquelas páginas que eu tinha escrito não levassem, nem a mim nem ao leitor, a nada além de um estado de confusão. Isso me faria mergulhar no desespero. Enquanto escrevia *O livro negro* era como se oscilasse entre uma profunda busca pessoal de significado, uma superficial falta de objetivo e o tipo de obscuridade que só pode vir do desejo de escrever algo realmente bom. Durante o tempo que passava sozinho, o que mais me preocupava eram as piores hipóteses que aquela tensão sugeria: eu poderia ter gastado cinco anos de vida num livro sem valor algum; poderia ter fracassado. Acredito que para pessoas como eu esses temores são terapêuticos, uma vez que só conseguimos escrever quando inquietos e tensos.

A ideia que deu origem a *O livro negro* foi algo situado no fim dos anos 1970, evocando a poesia das ruas da minha meninice e abraçando a anarquia de Istambul, no passado e no presente. Num diário que comecei a manter em 1979, escrevi sobre um intelectual de 35 anos que foge de casa, sobre suas experiências num longo fim de semana, sobre uma partida de futebol disputada no mesmo fim de semana e que se transforma numa catástrofe nacional, sobre quedas de energia nas ruas de Istambul, sobre a atmosfera dos quadros de Brueghel (neve) assim como de Bosch (demônios), sobre o *Mesnevi*, sobre o *Shahname*, e sobre as *Mil e uma noites*.

Quando esses primeiros pensamentos tomavam forma em minha cabeça, eu ainda não tinha publicado *Cevdet Bey e filhos*, mas pensava num artista como herói e até já imaginara um título, "A miniatura estilhaçada". Istambul com seu barulho e sua confusão intermináveis, seus intelectuais, as festas cintilantes que frequentam, as reuniões de família, os enterros, os concursos de beleza e as partidas de futebol — eu imaginava tudo isso ao mesmo tempo, e como sempre meus sonhos e planos para esse romance chamado *O livro negro* que eu escreveria no futuro me davam mais prazer do que os livros que eu escrevia naquele momento (um romance policial inacabado, *A casa silenciosa* e *O castelo branco*).

Mais ou menos na mesma época, um dia em particular influenciou a forma e o conceito que o livro tomaria. Em 1982, dois anos depois do golpe e pouco antes de a constituição que limitou a liberdade de forma severa ser duramente imposta sem uma oportunidade de debate público, meu primo me telefonou para dizer que uma equipe da televisão suíça viera a Istambul fazer um programa sobre a nova constituição e procurava intelectuais dispostos a criticá-la diante das câmeras: será que eu sabia de alguém que tivesse a coragem de fazer isso? Passei os dois dias seguintes vasculhando a cidade — suas universidades e seus editores de enciclopédia, suas agências de publicidade e suas salas de redação, indo de casa em casa, tentando encontrar intelectuais que quisessem falar. Como as ligações telefônicas eram — e ainda são — sujeitas a contínua vigilância, fui obrigado a visitar todos e cada um dos candidatos, e todos e cada um se recusaram a participar. Como a perseguição de intelectuais pelo Estado e pelo exército atingira proporções soviéticas, dei razão aos jornalistas, escritores e outras pessoas decentes que se recusaram a participar, e me senti culpado por criar-lhes um dilema moral. A equipe de tv estrangeira, que aguardava num quarto do Pera Palas, tinha até dito que poderia iluminar por trás quem concordasse em falar, para que os rostos ficassem indistintos na sombra. No fim, disseram que se nenhum intelectual se dispusesse a falar, me entrevistariam (como em *O livro negro*, quando Galip, incapaz de encontrar Celâl, fala em seu lugar), mas eu não tinha confiança em mim, nem coragem.

Há tantos fragmentos de lembrança que acabaram entrando em *O livro negro*, de forma ligeiramente modificada, que seria presunçoso relacioná-los. Mesmo assim, eu gostaria que se soubesse que me esforcei para fazer uma réplica de Nişantaşi, tal como a conheci naquele tempo, que prestei atenção aos nomes das ruas, das avenidas, à sua atmosfera. Que Alaaddin é de carne e osso, e tem uma loja perto do posto policial, é algo que muita gente sabe pelas entrevistas que ele deu aos jornais depois da publicação do romance na Turquia. É sempre com alegria que vejo os recortes de jornal que Alaaddin exibe nas vitrines e nos cantos da loja, assim como me dá prazer apresentá-lo aos tradutores ("Alaaddin, esta é Vera; ela vai torná-lo famoso na Rússia!"), e o fato de que leitores curiosos vêm do mundo inteiro à sua procura. Quanto àqueles que solucionaram o acróstico e descobriram que havia um prédio chamado Apartamentos Pamuk, onde estavam localizados os Apartamentos Coração da Cidade no romance, também eles teriam adivinhado que usei muitos outros detalhes de minha vida da mesma maneira, do gemido do elevador ao cheiro das escadas e às brigas domésticas dessa família ocidentalizada. Após a publicação do livro, meus parentes, discordando do romance da primeira à última frase, deram continuidade às mesmas brigas domésticas, como uma espécie de piada pós-moderna, primeiro movendo ações uns contra os outros por questões de propriedade, e depois se reunindo nas refeições de família dos feriados.

Como o livro tem por cenário lugares onde passei a infância e conta a história de um homem da minha idade, é claro que me perguntam quanto de mim há em Galip. Os mínimos detalhes da minha vida — ir às compras, ver a loja de Alaaddin da janela, andar pelas ruas à noite — talvez lembrem Galip. Mas a solidão essencial de Galip, a melancolia que penetrou nele como uma doença e a triste escuridão de sua vida — fico feliz de dizer que minhas feridas não são tão profundas. Inveja-me a capacidade que tem Galip de aguentar sua resignação, sua seriedade e sua dor, da mesma forma que admiro sua tranquila afirmação da vida, apesar de tudo que tem de suportar. Foi por ser tão forte quanto Galip que me tornei escritor.

Comecei *O livro negro* em 1985, em meu pequeno dormitório da Universidade de Iowa. Minha janela dava para a floresta, onde as faias irradiavam um vermelho outonal. Depois fui encontrar minha mulher num alojamento estudantil da Universidade Columbia, onde continuei a escrever o livro numa escrivaninha que trouxe do Harlem e coloquei perto de uma janela de frente para o parque Morningside. Eu levantava os olhos e via uma larga trilha na beira do parque, onde esquilos corriam e traficantes de drogas assaltavam pessoas (eu inclusive) e matavam-se uns aos outros, e onde Dustin Hoffman podia ser visto esperando que o chamassem para o *set* de *Ishtar*, filme que seria um fracasso retumbante. Depois trabalhei num quarto de um metro e oitenta por um metro e vinte, na biblioteca da Universidade Columbia, que abriga 4 milhões de livros. Meu quarto, sempre azulado de fumaça de cigarro, ficava no topo do prédio com vista para o campus, onde centenas de alunos passeavam. Continuei a trabalhar no livro no apartamento de cobertura em Tesvikiye que inspirou o escritório secreto de Celâl (os aquecedores e os pisos de parquê gemiam e rangiam da mesma maneira) e em Heybeliada, numa casa de veraneio que depois seria vendida (da minha janela eu via a floresta e a escuridão do mar ao longe). Do apartamento de Erenköy, onde escrevi as últimas páginas, eu podia olhar para dezenas de milhares de janelas, e, nas noites que passei escrevendo e fumando alegremente maço após maço de cigarro, via a luz azul da televisão desaparecer nas janelas, uma por uma. Ao pensar naqueles dias, em que meus ouvidos estavam sintonizados com o silêncio de Istambul (e o ladrar dos bandos distantes de cães, o assobio das árvores, as sirenes da polícia, as vans de lixo e os bêbados); quando eu podia fumar quantos cigarros quisesse e escrever, vejo como era feliz — mesmo vivendo os prazeres e medos da estonteante fadiga mental que desabava sobre mim perto do amanhecer, quando eu perdia o rumo dentro do âmago misterioso do romance, às vezes fechado até mesmo para mim.

59. Trechos selecionados de entrevistas sobre *A vida nova*

Comecei a escrever *A vida nova* no meio de outro romance, de um modo que eu jamais teria imaginado. Eu escrevia o romance que receberia o título de *Meu nome é Vermelho*. Fora convidado para um festival na Austrália, e cheguei depois de uma longa viagem de avião. Levaram-me, com outros escritores, para um hotel de beira de estrada. Três de nós — o neurologista Oliver Sacks, o poeta Miroslav Holub e eu — saímos e fomos à praia. A costa era interminável, o céu, cinza, o mar, calmo e acinzentado. O ar estava parado, cerrado. Eu pisava a extremidade do continente que, quando menino, achava parecido com uma cabeça de cavalo. Sacks chegou perto do mar com sua paleta. Holub saiu para procurar seixos e conchas, e logo desapareceu de vista. Fiquei sozinho na praia infinita. Foi um momento misterioso. "Sou escritor!", fui levado, estranhamente, a dizer a mim mesmo. Sentia-me feliz de estar vivo, de estar naquele lugar, de estar neste mundo. Aquela noite eles nos ofereceram, a nós escritores, uma grande festa, mas eu estava cansado e não fui. Assisti à festa da varanda do hotel; os sons e as luzes do jardim distante filtravam-se pela folhagem das árvores. Para mim, assistir a uma festa de longe traduz bem a atitude do escritor perante a vida. Naquele exato momento, Oliver Sacks entrou pela porta. Eu lhe disse que não conseguira dormir depois da longa viagem. Ele foi a seu quarto buscar uma pílula para dormir. "Também não consigo, vamos tomar isto", disse ele. "Nunca tomo remédio para dormir", disse eu, como quem declara *nunca uso drogas*. "Eu também não", disse Sacks, "mas é o único remédio para *jet lag*."

Ele era um neurologista e escritor que eu admirava, portanto peguei a pílula na palma da sua mão, agradeci-lhe, voltei ao meu quarto, tomei a pílula, meti-me na cama e aguardei, esperançoso. Mas o sono não veio. O pensamento que me ocorrera antes — que eu era um escritor — agora se misturava com um desejo de "pureza", de verdade. Deitado na cama no escuro, eu pensava na vida. Achava que só a felicidade e escrever algo realmente bom me trariam paz. Levantei-me como um sonâmbulo, peguei um caderno que sempre levo comigo, sentei-me à mesa daquele quarto imenso e comecei a escrever: *Certa vez li um livro e minha vida mudou*. Eu andava com essa frase na cabeça havia anos. E havia muito tempo desejava começar um romance com ela. O herói se pareceria comigo. O leitor não saberia nada sobre o livro que o herói lia, apenas o que acontecia com o herói depois que acabou de lê-lo. Então, de posse desse conhecimento, o leitor descobriria o que o jovem tinha lido. Foi assim que escrevi o primeiro parágrafo de *A vida nova*, e não demorei a mergulhar na história. Aquilo me deixava muito feliz. Dei um tempo em *Vermelho* e escrevi esse outro livro no período de dois anos, fiel à forma, ao poema com que se apresentara a mim.

Quando escrevia o livro, passei um bom tempo viajando para pequenas cidades não muito distantes de Istambul — as cidades da região de Mármara, cenário de *A casa silenciosa*. Na realidade, todas as grandes cidades da Turquia hoje se parecem com cidades de província (em oposição a grandes aldeias), e, nesse sentido, Istambul é também uma cidade pequena. As cidades de província da Turquia refletem algo diferente dos velhos romances de província de Reşat Nuri Güntekin: "Um governador, um diretor do registro de imóveis, alguns cidadãos de destaque, um proprietário de terras, um professor kemalista e um imame". A atmosfera das cidades anatólias de hoje é criada por suas redes de lojas Arçelik e Aygaz, suas lojas de apostas, seus painéis de plexiglass, suas televisões — tudo da mesma marca — e suas farmácias, confeitarias, agências de correios, e seus pobres hospitais com indefectíveis filas na porta. Talvez eu insista muito nisso, mas gostaria de acrescentar que Ziya Gökalp, o arquiteto e principal propagador do nacionalismo turco, define um país por sua cultura comum, sua língua comum, sua história comum e outros elementos semelhantes. Em certo sentido, está à procura dos princípios da moderna Turquia unificada que espera criar. Mas hoje o que unifica a Turquia não são a língua, a história ou a cultura. São os distribuidores da Arçelik e da Aygaz, os bolões de futebol, as agências de correios e as lojas de móveis Butterfly. Essas empresas centralizadas têm redes que se espalham por todo o país, e a união que sugerem é muito mais forte do que a sugerida por Ziya Gökalp.

Na realidade, todos nós deparamos com congressos de venda em algum lugar. A maioria é realizada em hotéis cinco estrelas. Sempre que vamos a esses hotéis, encontramos multidões de homens de mãos no bolso, olhando para os turistas, em busca de diversão, e talvez já seja de madrugada e, tendo bebido um pouco, eles se tornam um tanto infantis, como ocorre com quem faz o serviço militar. Esses vendedores que passam dois ou três dias por ano nessas conferências de vendas. Eles veem uns aos outros, conhecem uns aos outros, participam juntos da lavagem cerebral que lhes é imposta sobre a identidade da empresa, e o resultado é uma agitação infantil, um sentimento de fraternidade e o ar de camaradagem masculina que conhecemos tão bem neste país. Em geral, as esposas não participam dessas convenções.

A empresa quer que os vendedores se familiarizem com suas "promoções" e com a atualização de sua imagem. Quando se trata, por exemplo, de um fabricante de televisores, há sempre uma torre de televisão no saguão do hotel; quando se trata de uma empresa de produtos farmacêuticos, há montanhas de remédios, ou um monumento dedicado ao consumo de pílulas. Como nas sociedades secretas, a criação de uma identidade — o sentimento de "nós" — é de extrema importância, e o nome da empresa aparece em chaveiros, cadernos, envelopes, lápis e isqueiros distribuídos como brinde para todo mundo. Os brindes também têm símbolos e logotipos que criam a identidade, o sentimento de "nós".

As balas de caramelo Vida Nova que descrevo no livro são reais; ainda eram fabricadas em meu tempo de menino. Havia outras empresas que produziam imitações, e esse é o pormenor de que mais gosto no livro, porque *A vida nova* é também o nome do romance de Dante, e os ventos desse livro podem ser vagamente percebidos no meu. Em outras palavras, *A vida nova* se refere a uma bala de caramelo popular na Turquia durante os anos 1950, e a um livro de Dante.

* * *

No meio da noite, quando dormimos profundamente, nosso ônibus entra numa cidadezinha. As luzes da cidade são pálidas, os prédios, humildes. Não há ninguém nas ruas. Mas através das altas janelas do ônibus vemos uma casa com as cortinas abertas. Talvez seja nesse ponto que o ônibus para num sinal. E no meio dessa atividade, de repente nos vemos olhando pelas cortinas abertas de uma casa de uma rua secundária, de uma pequena cidade onde não conhecemos ninguém, onde as pessoas fumam de pijama, leem jornais ou assistem às últimas notícias antes de desligar a televisão. Quem já viajou num ônibus noturno pela Turquia há de ter passado por essa experiência. Às vezes nos vemos face a face com essas pessoas na privacidade de suas casas. Num instante o ônibus reduz a velocidade de noventa quilômetros por hora a parada total, para vermos os detalhes mais incômodos e íntimos dessas vidas em câmara lenta. São momentos inigualáveis, em que a vida nos mostra, de forma misteriosa, que o mundo é feito de vidas diferentes, de tantas pessoas diferentes. Quando abrimos uma geladeira, vemos panelas e tomates que nos fazem sentir ciúme de outra vida da mesma maneira. Comparamo-nos a essas pessoas. Interessamo-nos por esse ou aquele aspecto de sua vida, e gostaríamos de fazer parte dessa vida. Sonhamos em ser mais parecidos com essas pessoas, em nos transformarmos nelas. Sentir-se atraído por outra vida é compreender que a nossa é relativa, ao mesmo tempo que única.

O sufismo me interessa como fonte literária. Como disciplina que inclui posições e ações que treinam a alma, não me envolvo, mas vejo na literatura do sufismo um tesouro literário. Sentado à minha mesa, filho de uma família republicana, vivo como alguém comprometido com o racionalismo cartesiano ocidental à enésima potência. A razão ocupa o centro da minha vida. Mas ao mesmo tempo procuro me abrir, tanto quanto possível, a outros livros, a outros textos. Não vejo esses textos como material, sua leitura me dá prazer — eles me dão alegria. Essa alegria eleva-me o espírito. Seja o que for que ela toque, terá de haver-se com o racionalista que existe em mim. Talvez meus livros surjam desses dois polos, que se atraem e se repelem.

60. Trechos selecionados de entrevistas sobre *Meu nome é Vermelho*

Filiz Çağman, a diretora do palácio Topkapi, foi a primeira pessoa a ler *Meu nome é Vermelho*, e também a que leu com mais cuidado. Filiz Hanim era diretora da biblioteca do palácio quando comecei o livro. Antes de começar a escrever, tivemos longas conversas. Foi Filiz Hanim quem me mostrou o que vemos em miniaturas inacabadas — que artistas que desenham cavalos começam pelos pés, indício de que desenham de memória.

Antes de *Meu nome é Vermelho* ser publicado, Filiz Hanim e eu nos encontramos no Palácio Topkapi numa manhã de domingo e lemos o livro página por página. Nosso trabalho estendeu-se até o fim do dia. Já estava escuro lá fora; o museu do palácio tinha fechado. Fomos até o pátio do harém. Para onde olhássemos, era escuro, deserto, agourento. Folhas de outono, vento, frio. Sombras escuras adejavam pelas paredes do tesouro que descrevo no livro. Ficamos ali, observando em silêncio, por um bom tempo. Segurávamos nas mãos páginas do manuscrito ainda inédito. Valeu a pena escrever *Meu nome é Vermelho* só para ficar no palácio, naquela escura e ventosa tarde de domingo.

Antes de começar a imaginar o romance, meu entendimento e meu amor pelas miniaturas islâmicas eram limitados. Para separar essas pinturas por período e apreciar seus estilos, é preciso ter muita paciência, e essa paciência precisa de amor para sustentá-la. No começo, o mais difícil para mim foi gostar dessas pinturas. Era como amar o assunto. Na seção islâmica do Museu Metropolitano de Arte de Nova York, eles costumavam expor miniaturas muito melhor do que o fazem agora, especialmente as miniaturas persas, e era possível chegar bem perto das páginas e das pinturas. No começo dos anos 1990, quando as vitrines eram acessíveis, eu ficava horas olhando-as. Algumas me entediavam; em outras eu descobria qualquer coisa de brincadeira, de arrebatamento; e outras eu aprendi a amar olhando-as demoradamente. Descobri que é preciso aprender a apreciá-las. No início, era um pouco como tentar ler um livro numa língua que não se sabe, com a ajuda de um mau dicionário; tudo que se consegue é captar um vago sentido; as horas passam, e nada acontece. Dói-nos saber que outras pessoas são versadas nessa língua, e as invejamos, achando que jamais atingiremos o mesmo nível de competência, ou teremos o mesmo prazer. Mas por outro lado há uma questão de orgulho. De início não se sabe como abordar essas pessoas estranhas e superficialmente indiferentes, fechadas, difíceis, de olhos oblíquos, sem perspectiva — como amar pessoas cujas roupas são tão distantes e orientais? —, mas, examinando-lhes o rosto, olhando-as nos olhos, aprende-se a amá-las. Não é de todos os livros que li que tenho orgulho; é de num período de dez anos ter aprendido a amá-los.

O verdadeiro herói de *Meu nome é Vermelho* é o contador de histórias: todas as noites ele vai a um café para postar-se ao lado de um quadro e contar uma história. A parte mais triste do livro é o lamentável fim. Sei como esse contador de histórias se sente — a constante pressão. Não escreva assim, escreva assado; se vai escrever, então diga desse jeito; sua mãe ficará furiosa, seu pai ficará furioso, o Estado ficará furioso, os editores ficarão furiosos, os jornais ficarão furiosos, todo mundo ficará furioso; vão estalar a língua e sacudir o dedo; faça o que fizer, eles sempre interferem. Você pode dizer "Deus me ajude", porém, ao mesmo tempo, pensará: vou escrever de tal maneira que todos ficarão furiosos, mas será tão lindo que terão de baixar a cabeça. Numa semidemocracia mal-amanhada como a nossa, nesta sociedade tão cheia de proibições, escrever romances me coloca em posição não muito diferente da do meu contador de histórias tradicional; e, sejam quais forem as proibições políticas explícitas, um escritor também se verá cercado de tabus, relações de família, imposições religiosas, o Estado, e muito mais. Nesse sentido, escrever ficção histórica revela um desejo de usar disfarce.

Uma das minhas principais preocupações em *Meu nome é Vermelho* era a questão do estilo. Estilo, tal como entendo hoje, é um conceito pós-renascentista adotado pelos historiadores de arte ocidentais no século xix, e é o que distingue um artista de outro. Mas exagerar a singularidade de estilo de determinado artista é encorajar o culto da personalidade. Artistas e miniaturistas persas dos séculos xv e xvi não são conhecidos por seus estilos individuais, mas pelo xá que reinava na época, a oficina, a cidade onde trabalhavam.

O assunto central de *Meu nome é Vermelho* não é a questão Oriente-Ocidente; é o árduo trabalho do miniaturista: o sofrimento do artista e sua completa dedicação ao trabalho. Esse livro é sobre arte, vida, casamento e felicidade. A questão Oriente-Ocidente está oculta em algum lugar do pano de fundo.

Todos os meus livros são feitos de uma mistura de métodos, estilos, hábitos e histórias orientais e ocidentais, e se sou rico é graças a esse legado. Meu conforto, minha dupla felicidade, vem da mesma fonte: posso, sem culpa, transitar entre os dois mundos e sentir-me à vontade em ambos. Conservadores e fundamentalistas religiosos que não se sentem à vontade no Ocidente, como eu me sinto, e modernistas idealistas que não se sentem à vontade com a tradição jamais compreenderão que isso seja possível.

Como em *A casa silenciosa*, as personagens falam na primeira pessoa. Tudo fala, não apenas as personagens, mas também os objetos. O título dá o tom.

O título *Meu nome é Vermelho* ocorreu-me quando eu terminava o livro, e agradou-me de imediato. O título original era "Amor ao primeiro retrato". Tinha a ver com o tema da paixão despertada por uma pintura, de Hüsrev e Şirin, que trazia a legenda "Amor à primeira vista". *Face oculta*, filme inspirado na história de *O livro negro,* para o qual escrevi o roteiro, explorava o mesmo tema: apaixonar-se olhando quadros.

Şirin apaixona-se por Hüsrev olhando um retrato, mas por que, quando vai para a floresta, não se apaixona ao ver o retrato pela primeira vez? Voltando à floresta, ela o vê novamente, e ainda não se apaixona. É quando vê o rapaz durante a terceira visita à floresta que se apaixona. Não deveria apaixonar-se por um homem tão belo e encantador na primeira vez que o viu? É o que pergunta meu herói, Black. Shekure responde que, nas lendas, tudo acontece em três. Nas lendas todo mundo tem três oportunidades, mas no romance moderno cada motivo é usado apenas uma vez. O título que abandonei estava ligado ao tema central do livro. *Meu nome é Vermelho* gira em torno dessa questão, examinando-a de todos os ângulos: se Şirin se apaixona por Hüsrev ao ver sua imagem, a imagem de Hüsrev certamente foi feita no estilo dos retratos ocidentais, porque as miniaturas islâmicas retratam um tipo muito mais genérico de beleza. Depois de olhar a imagem, ela o reconhece na rua (como se fosse a foto de uma carteira de identidade). Houve centenas de retratos de Tamerlão e dos sultões e cãs daquele período, mas hoje não temos ideia de sua verdadeira aparência: é sempre o retrato de um sultão ou cã ideal. É possível apaixonar-se por alguém tão parecido com todo mundo?

Meus livros giram em torno desses temas. Kara, em certa medida inspirada em Hüsrev, vai para o exílio quando seu amor não é correspondido, e durante anos pensa no rosto da amada. Mas a partir de certo ponto já não consegue recordá-lo, e acha que se tivesse um retrato no sentido ocidental seria capaz de dar-lhe vida diante dos olhos. Sabe que, se não temos um retrato da pessoa amada, não importa quanto a amemos, seu rosto será lentamente apagado da memória. Em vez do rosto dela, o que vemos são as ideias de várias lembranças. Este é outro tema do livro: lembrar o rosto de alguém, a singularidade do rosto humano. É por isso que o título original era *Amor ao primeiro retrato*.

A história de Hüsrev e Şirin é a mais conhecida e a mais frequentemente ilustrada da literatura islâmica, e serviu de modelo para muitas cenas, reuniões, situações e posturas do meu romance. Todos nós partilhamos uma cultura: lemos romances, vimos filmes. Tudo influencia os arquétipos narrativos (no sentido junguiano) que temos na cabeça. Uma nova história é avaliada em relação ao molde da velha história que temos na cabeça, e, com base nisso, gostamos ou não gostamos. Como um filme de que nos lembraremos a vida inteira, um filme que gostaríamos de ter estrelado: devemos chamá-lo *Amor, sublime amor* ou *Romeu e Julieta*? Acho a história de Hüsrev e Şirin menos romântica e mais realista; é uma história com mais política, mais pudor, mais intrigas e, nesse sentido, mais sofisticada.

A principal preocupação do meu romance: misturar o estilo mais destilado e poético derivado de obras ao estilo das miniaturas persas com a velocidade, o poder e o realismo impulsionados pelas personagens do romance como hoje o entendo. Nesse sentido, as personagens da história — exageremos um pouco — sugerem pistas que jogam com personagens reais robustas como Shekure no romance, e às vezes se parecem conosco hoje. Mas noutro sentido, extraídos de cenas retratadas em miniaturas, elas se distanciam de nós. Meu romance oscila entre esses dois polos, de intimidade e reconhecimento de um lado, e distanciamento e generalidades do outro.

As personagens do livro também veem a natureza por meio de retratos e arquétipos. Esse é o elemento do livro de que mais gosto. Vem de uma parte de mim que arde de desejo de pegar o passado cultural — nossas tradições — e brincar, tirar novos efeitos. Meu livro realmente tem apenas um centro, um coração: a cozinha! É onde Hayriye quer influenciar Esther, a costureira, com fofocas e comida; Shekure, também, desce à cozinha para fazer suas intrigas, mandar cartas e bilhetes, ralhar com os filhos e supervisionar a comida. A cozinha e o que ela contém são a plataforma onde tudo se sustenta. Mas quando eu escrevia esse livro, que tem tanto a ver com retratos, não pude ver a natureza pelos olhos das personagens, nem mesmo pelos olhos dos miniaturistas. Para minhas personagens — e para leitores modernos também — o que interessa não é a natureza como a conhecemos, mas a natureza como os miniaturistas a pintam. Pode-se dizer que meu livro nasce da paródia. Há muitas descrições de cavalos. Os cavalos falam, os cavalos passam páginas e páginas falando de como são retratados. Um cavalo até descreve a si mesmo.

O livro não é sobre como vejo um cavalo, mas sobre como os miniaturistas o veem. E meu cavalo não fala de cavalos reais, mas de cavalos retratados pelos miniaturistas. Quando vejo um cavalo com meus próprios olhos, comparo-o imediatamente a um retrato de cavalo, e isso é tudo.

Compus a misteriosa trama com facilidade. Não chegou a ser um problema, mas não me orgulho dela. Quando escrevemos nossos livros, e perguntamos às pessoas "Gostaram?" e elas dizem "Sim, gostamos", não é isso que queremos; o que queremos é que gostem por um motivo especial, e esse motivo era: "Gostei de *Meu nome é Vermelho* porque reflete as pinturas que são o seu tema e o mundo da miniatura". Eu queria que o leitor ouvisse algumas das minhas ideias sobre estilo, identidade e diferença; queria conscientizá-lo dessas belas pinturas e do mundo estranho e singular que evocam. Queria que os leitores vissem como esses dois amados assuntos tornam-se um todo. Foi especialmente ao descrever as pinturas e os estilos, identidades e discursos das personagens sobre o tempo, que me senti mais forte.

Alguns leitores ficaram com vontade de ver pinturas persas e otomanas depois de lerem o livro. Era natural que o fizessem, porque o livro é todo sobre miniaturas, e a alegria de vê-las e descrevê-las. Por mais que eu desejasse que o livro fizesse o leitor interessar-se por essas pinturas, no entanto, escrevi-o para descrever as pinturas com palavras. Lamento que leitores mais curiosos tenham ficado desapontados ao ver as miniaturas de verdade. Por sermos instruídos na arte ocidental pós-renascentista, como tanta gente no mundo inteiro, e vivermos numa época de imagens fotográficas produzidas em massa, já não compreendemos ou apreciamos essas pinturas. É por isso que alguém que não seja instruído na arte da miniatura provavelmente a achará cansativa e até primitiva. Esse é outro tema central do livro.

Há uma relação entre a arte da miniatura e a linguagem do livro. Mas há algo mais importante: se prestarmos atenção, veremos que nas miniaturas as pessoas olham ao mesmo tempo para o mundo da pintura e para o olho que as observa — em outras palavras, para o pintor ou para a pessoa que vê a pintura. Quando Hüsrev e Şirin chegam à clareira, olham um para o outro, mas na realidade seus olhos não se encontram, porque seus corpos estão meio voltados para nós. De modo muito parecido, minhas personagens contam suas histórias dirigindo-se umas às outras e ao leitor. Dizem: "Sou um retrato e tenho um significado", e também: "Ó leitor, olhe para cá; estou falando com você". As miniaturas sempre nos dizem que são pinturas, assim como os leitores que leem meu romance estão sempre conscientes de que leem um romance.

Já as personagens femininas têm plena consciência de que o leitor invadiu sua privacidade. Mesmo enquanto falam, arrumam o quarto, ajustam a roupa e tomam cuidado para não dizerem o que não devem. As mulheres não se sentem à vontade quando observadas; não são exibicionistas. Só quando fazem do leitor-observador um confidente conseguem transformá-lo de estranho em irmão, criando um novo plano de relacionamento.

De todos os miniaturistas do livro, apenas um, Zeytin (Velican), é baseado numa figura histórica real. Trata-se de importante pintor persa-otomano, treinado pelo retratista persa Siavush. Os dois outros miniaturistas são inventados. Pesquisei exaustivamente para descobrir como a lei do século XVI lidava com crimes de falso testemunho e com disputas financeiras, e para descobrir o que acontecia no caso do desaparecimento de um marido, para que pudesse imaginar os detalhes do divórcio de Shekure.

Era essencial que Esther fosse vendedora de roupa. A figura não é apenas fundamental para os romances sobre otomanos, mas moeda corrente nos romances sobre a Idade Média, pois oferece uma arena para o ato de fazer a corte. As leis sociais proibiam personagens masculinas e femininas de andarem juntas. Mas num romance que se passa num ambiente cheio de vida, para que se descrevam as decisões e incertezas importantes, as mudanças de ideia — em suma, para que se trace o zigue-zague da trama —, é preciso que o homem e a mulher estejam em equilíbrio — é preciso que se provoquem, se expressem, se busquem e se rechacem em doses iguais —; no amor e na guerra, os exércitos devem primeiro tomar posição nas colinas. Naquele tempo, não era possível que os homens fizessem essas coisas, pois o acesso às mulheres era limitado, especialmente nas culturas islâmicas.

No período otomano, como na Idade Média, essas manobras — que chamo de "xadrez do amor", usando as palavras de Nizami — só poderiam acontecer com a ajuda de intermediários que levavam cartas. No Império Otomano, em Istambul, eram as costureiras que iam de casa em casa visitar as mulheres. Na condição de mulheres, podiam ficar face a face com as freguesas e ser admitidas em seus mundos privados, e, como pertenciam a uma minoria não muçulmana, tinham liberdade para percorrer a cidade. Para uma mulher otomana de classe alta, ir ao mercado comprar maçã, tomate e aipo era impensável. O comerciante judeu que transmite a fofoca é elemento essencial da literatura do período de reforma Tanzimat. Aceitamos Esther como ela é, motivo de piadas. Não nos interessamos muito pelo drama de Esther. Ela serve de veículo para o drama alheio.

Em todo romance — por mais que eu resista — há uma personagem cujos pensamentos, constituição e temperamento estão bem próximos dos meus, e que carrega muitas tristezas e incertezas minhas. Galip, o herói de *O livro negro*, é, nesse sentido, muito parecido com Kara, desse romance. Kara é a personagem de *Meu nome é Vermelho* de quem me sinto mais próximo. Eu gostaria de não precisar mais usar essas personagens, mas não consigo ver o mundo sem que me iluminem o caminho. São elas que me fazem sentir como se habitasse o seu mundo. Kara tem pedaços de mim. Enquanto outras personagens também têm, Kara é mais inclinado a acompanhar os acontecimentos de longe.

São os silêncios, as dúvidas e as tristezas de uma personagem que me aproximam dela, e não suas vitórias ou seus atos de bravura. Eu gostaria de ser amado do mesmo jeito pelos leitores. Presto a maior atenção nos trechos mais opacos e nos momentos de fragilidade dos meus livros, como os miniaturistas prestam atenção nas suas pinturas, e como eu gostaria que os leitores notassem onde enfrento dificuldades e estou triste.

Há algo de minha mãe em Shekure, a começar pelo nome. Seu jeito de repreender Şevket, irmão de Orhan no romance, o jeito de tomar conta dos irmãos — esses detalhes, como muitos outros, são copiados da vida real. Essa mulher é forte e dominadora, sabe o que faz — pelo menos é assim que ela se apresenta. Mas as semelhanças terminam aí. De qualquer maneira, é um tipo pós-moderno de similaridade: agindo como se fosse a mesma, mas sendo, na realidade, diferente. Há também um divertido jogo de cronologia: às vezes digo à minha mãe e a meu irmão que imaginei a Istambul dos anos 1950 em 1590, mantendo tudo igual. Os desejos dela são inteiramente contraditórios, e, muito embora ela saiba disso, a perspectiva de entrarem em choque não lhe causa pânico. Tranquila por saber que a vida é feita dessas contradições, que no fim tudo se torna um fardo, ela as vê como uma espécie de enriquecimento.

Durante muito tempo, como em *Meu nome é Vermelho*, nosso pai viveu longe de nós (apesar de o pai do livro não chegar e partir como o nosso o fazia). Minha mãe, meu irmão e eu vivíamos juntos. Como no livro, nós, irmãos, brigávamos. Como no livro, conversávamos sobre a volta do pai. Nossa mãe nos criticava quando o fazíamos. Como em *Meu nome é Vermelho*, ela gritava conosco quando estava com raiva. Mas as semelhanças terminam aí.

Quando eu era jovem, dos sete até os 22 anos, queria ser artista. Passava a maior parte do tempo em casa, pintando. Meus pais trouxeram alguns livros de bolso básicos, um deles sobre arte otomana, e eu costumava copiar miniaturas otomanas. Fazia isso com absoluta concentração. Quando tinha treze anos e fazia o secundário, eu era capaz de ver a diferença entre o miniaturista Osman, do século XVI, e o miniaturista Levni, do século XVIII. Eu tinha um grande, mas infantil, interesse pelo assunto, e comprei outros livros para aprender mais.

Havia anos eu pensava em escrever um livro sobre miniaturistas. Cheguei a vê-lo como a história de um único miniaturista, mas abandonei a ideia. Seja como for, aos 22 anos eu vivia uma espécie de vida de miniaturista. Se um miniaturista sentasse à sua mesa ano sim, ano não, até ficar cego, era isso que eu fazia, a partir dos 24 anos, sentado a uma mesa, olhando para a página em branco, escrevendo à mão com caneta (*kalem*, palavra amada pelos pintores),

mergulhado nos livros. Às vezes escrevemos, às vezes não. Às vezes, perdemos a esperança e dizemos a nós mesmos que jamais conseguiremos coisa alguma. Às vezes, escrevemos durante três dias seguidos e jogamos tudo na lata
de lixo. Às vezes, uma grande nuvem negra se abate sobre nós; às vezes, nos
sentimos muito contentes e genuinamente felizes. Depois eu punha tudo isso
para fora. Como narro em meus livros, artistas são sujeitos à inveja, ao júbi-
lo, à esperança, à cólera e à inquietação sobre como as pessoas vão reagir; por
conhecer muitos escritores socialmente, acabei vendo essas emoções não como
próprias dos miniaturistas, mas como próprias da "vida de artista".

Se existe algum senso de elegância e medida no livro, é porque minhas
personagens anseiam pela unidade, pela beleza e pela pureza de uma época
anterior. (Meu próprio mundo não é o mundo medido, elegante e devoto de
Meu nome é Vermelho; o mundo de *O livro negro* é sombrio, caótico e, é claro,
moderno.)

Se querem saber, *Meu nome é Vermelho*, no nível mais profundo, é sobre o
medo de ser esquecido, o medo de a arte se perder. Por 250 anos, sob a influência dos persas, da época de Tamerlão ao fim do século XVII — depois da qual
a influência ocidental mudou as coisas —, os otomanos pintaram, para o bem
ou para o mal. Os miniaturistas desafiaram a proibição islâmica de representar
os lados e os cantos. Como faziam suas minúsculas pinturas a fim de ilustrar
livros para os sultões, os xás, os potentados, os príncipes e os paxás, ninguém
se opunha. Ninguém via. Elas permaneciam dentro dos livros. Os xás eram os
maiores admiradores dessas obras (como o xá Tahmasp, que ascendeu e caiu
com os miniaturistas, e promoveu a arte a ponto de ele mesmo a praticar).
Depois, essa bela arte foi cruelmente perdida e esquecida — tal é o cruel poder
da história —, suplantada pelos modos de pintar e ver do Ocidente pós-Re-
nascença, especialmente na arte do retrato. Isso se deu simplesmente porque o
modo ocidental de ver e pintar era mais atraente. Meu livro é sobre a tristeza
e a tragédia dessa perda, essa aniquilação. É sobre a tristeza e a dor da história
perdida.

61. Sobre *Meu nome é Vermelho*

Estas anotações sobre Meu nome é Vermelho *foram feitas num avião, logo depois que terminei de escrever o livro.*

30 DE NOVEMBRO DE 1998

Depois de ler e reler *Meu nome é Vermelho* e corrigir as vírgulas pela milésima vez — depois de entregá-lo, em que penso?

Estou feliz, cansado, em paz comigo mesmo, porque o livro está concluído. Sinto-me relaxado e feliz como quando terminei os exames do liceu e o serviço militar. Fui a Beyoğlu e comprei duas camisas caras; comi *döner* de frango, olhei vitrines. Descansei em casa durante dois dias, arrumando uma coisa e outra; estava feliz de ter me dedicado ao meu trabalho, ao meu livro, por tantos anos, e especialmente feliz com os últimos seis meses, quando trabalhei com o ardor de um místico que tenta sair do próprio corpo. Todos aqueles rascunhos que não funcionaram, todos aqueles becos sem saída e passagens que acabavam mal — nos últimos dois meses eu os cortara impiedosamente e os jogara fora. Tenho certeza de que a prosa está, finalmente, tensa e bem organizada, e flui.

O que há de minha alma, de mim, nesse livro? Eu diria que há muito da minha vida e um pouco menos da minha alma. Por exemplo, minhas infindáveis disputas com meu irmão mais velho, Sevket — coloquei-as no livro, com espírito amoroso. Não transmiti a violência das surras que levei, ou os profundos desejos e as fúrias que elas provocavam; foi assim porque *Meu nome é Vermelho* deveria pagar tributo à esperança da beleza, à tolerância, a uma harmonia tolstoiana, a uma sensibilidade digna de Flaubert; essas ambições estavam presentes em mim desde o começo. Apesar disso, minhas opiniões sobre a implacabilidade, a rispidez, a desordem da vida de alguma forma entraram no livro. Eu queria que fosse um clássico; eu queria que todo o país o lesse, e que cada um se visse refletido nele; eu queria evocar a crueldade da história e a beleza de um mundo perdido.

Quando terminei o livro, pareceu-me que a trama de mistério, a história policial, era forçada, que eu não pusera nela meu coração, mas era tarde demais para fazer alterações. Temi que ninguém se interessasse por meus adoráveis miniaturistas, a não ser que eu descobrisse um artifício capaz de envolver o leitor, mas minhas especulações (sobre o islã e a proibição da arte representativa) levaram a um ataque a seu mundo, sua lógica e suas frágeis atividades. Dito isto, não posso, perante leitores contemporâneos, fechar os olhos à histórica intolerância do islã com a pintura, sua arraigada oposição à criatividade e à expressão visual. Por isso meus pobres miniaturistas foram obrigados a sofrer a intrusão de uma trama política detetivesca que tornasse o romance fácil de ler. Eu gostaria de pedir-lhes desculpas.

Meu nome é Vermelho deu imenso trabalho, foi realizado com entusiasmo infantil e profunda seriedade, incorporando muitas coisas da minha própria vida, e projetado como um clássico a ser compreendido por todo o país. Não seria excesso de confiança proclamar que terei êxito nesse objetivo? Minha fragilidade, minha imundície, minha depravação e meus defeitos — nada disso está na tessitura do livro, em sua linguagem ou estrutura, mas pode ser decifrado na vida e na história das personagens.

A forma do romance é promissora, todos podem vê-la; longe de desafiar a vida, ela a afirma; longe de despertar suspeitas, convoca o leitor a apreciar todos os milagres que a vida oferece. Espero que muitos gostem do livro. Embora eu fique a me perguntar se o tolo otimismo do escritor é razão suficiente para que um livro seja amado.

62. Da neve nos cadernos de Kars

DOMINGO, 24 DE FEVEREIRO DE 2002

Volto a Kars pela quarta vez. Manuel, um amigo fotógrafo, e eu chegamos às dez da manhã. Depois de um dia percorrendo as ruas da cidade a tirar fotografias, meu ânimo se abateu de forma estranha. Kars, nesta quarta visita, não foi tão interessante para mim como das outras vezes. Essas ruas, esses velhos prédios russos, esses pátios sinistros, essas casas de chá arruinadas — a profunda melancolia da cidade, seu isolamento, sua beleza —, não pude mais contemplar essas coisas pensando, ansioso, em usá-las num romance. A maior parte do romance já está escrita, três quartos; o romance (que às vezes eu chamava de *Kar* [*Neve*] e às vezes de *Kar in Kars*) já tomou forma. Sei o que ele pode se tornar, e o que terei condição de extrair da cidade, e da solidão e do isolamento que ela evoca em mim. A cidade em que penso agora não é a *Kars* real, mas a *Kar* (ou *Kar in Kars*) do romance. Sei também que o romance é feito do material da cidade, de suas ruas, seus habitantes, árvores e lojas, e até de seus rostos, mas sei que ela não se parece com a cidade real.

Isso se deve, em parte, ao fato de eu não ter escrito o romance para que fosse uma réplica da cidade: eu queria projetar em Kars minha ideia da atmosfera da cidade e dos problemas que ela me propunha. E havia a neve, que figurou em todos os meus sonhos durante os anos que passei imaginando o livro. Eu precisava dessa neve constantemente caindo, para separar a cidade do livro do resto da Turquia...

Foram minhas lembranças da primeira viagem a Kars, 25 anos antes, o frio da cidade, e seus lendários invernos nevados, que me fizeram, originariamente, pensar em usá-la como cenário do livro. Foi por isso que vim a Kars depois de terminar *Meu nome é Vermelho* — com uma credencial do *Sabah*, jornal de Istambul, no bolso —, pela beleza da cidade e sua neve. Por achar que a história poderia se passar aqui. Minha intenção não era registrar as histórias de Kars, ouvir os casos de desgraça e felicidade que seus moradores pudessem me soprar aos ouvidos, mas situar minha ideia original do romance nesta cidade.

Desde o dia em que cheguei, digo a mim mesmo que fui muito esperto ao vir a Kars. Eu amava demais esta cidade: seus belos prédios deteriorados, suas largas avenidas russas, seu ar provinciano, a impressão de que foi totalmente esquecida pelo resto do mundo. Foi por isso que ouvi as pessoas e suas histórias com tal paixão. Com meu pequeno gravador e minha videocâmara, andei das favelas à sede do partido, das rinhas de galo aos escritórios do governador, das pequenas redações de jornal às casas de chá, para entrevistar quem quisesse falar comigo. Acabei reunindo de 25 a trinta horas de material. Fotografei tudo que vi com minha câmera simples. Lembro-me de ter corrido de um lado para outro, no último dia de minha primeira visita, para registrar o máximo possível (com a polícia civil nos meus calcanhares). Em minhas visitas, eu ia de manhã à Birlik Kiraathanesi — Casa de Chá Unidade — e anotava meus pensamentos num caderno. Apesar de tudo, apesar de juntar esse material (não gosto dessa palavra), o que acabei contando não se baseia apenas nas minhas impressões de Kars e de seu povo, mas é, essencialmente, a história que eu tinha na cabeça.

Acima de tudo, foi assim por causa da neve, que já não caía como na época em que Kars era bela, rica e feliz. As famílias burguesas que ganhavam dinheiro com os russos das eras pré-soviética e pós-soviética, que esquiavam no congelado rio Kars, que viajavam pela cidade em trenós e encenavam peças — essa gente juntou tudo e partiu, e quando se foi a neve também abandonou a cidade. Já não há tanta neve em Kars como outrora.

Os desastres políticos do romance — assim como a pobreza e os outros males — afligiram toda a Turquia, mas aqui não chegaram a extremos, ou chegaram e ninguém se lembra: as ruas me fazem sentir que talvez tenha sido assim. Posso estar enganado.

Outra impressão, que também pode ser falsa: que a vida aqui é muito mais modesta. E as pessoas também: as pessoas que conheci nos cafés e nas ruas eram muito mais simples e comuns do que as personagens do meu romance, que vieram de fora. Talvez seja a vida diária — a banalidade da vida diária — que me dá essa impressão. Talvez se alguém cometesse suicídio em dado momento, ou um assassinato no café onde me sento meio dormindo, a vida continuasse a parecer banal.

Na segunda metade dos anos 1970, Kars passou por uma fase de extrema violência. Medidas opressivas estimuladas pelo Estado e por seus serviços de inteligência mudaram o curso da história da cidade. Nos anos 1990, guerrilheiros curdos desceram das montanhas. Apesar de tudo (talvez por causa disso), parece quase falta de educação mencionar a violência ou os desastres políticos, uma quase vergonhosa sensação de cometer um exagero — como se eu tivesse contado uma mentira, isto, uma mentira.

Um pintor que passou a vida inteira tentando pintar uma árvore se sentirá — quando finalmente for capaz de pintar essa árvore de modo interessante e encantador, quando der vida a essa árvore na linguagem da arte, e voltar à pintura com euforia criativa para olhar mais uma vez a árvore que a inspirou — esse pintor sentirá certa derrota, certa traição... é o que sinto ao andar pelas ruas de Kars. Continuarei a andar, com esse profundo sentimento de solidão, de distanciamento, que as ruas ainda me dão.

SEGUNDA-FEIRA, 25 DE FEVEREIRO

Estou de volta à Casa de Chá Unidade, onde escrevo desde o início da manhã. Um velho tenta puxar conversa; digo velho, mas talvez não seja muito mais velho do que eu. De constituição vigorosa, cabelos ondulados, de boné e casaco cinza, e aparência saudável, com um cigarro na boca.

"Então está de volta, hem?", diz ele.

Levanto-me e aperto-lhe a mão. "Sim, estou de volta", digo, com um sorriso.

Ele tira o casaco de um gancho na parede, e volto a escrever, volto a este caderno. Quando sai da Casa de Chá Unidade, de casaco na mão, diz alto para que eu escute: "Vá em frente, escreva aí quanto eles pagam aos funcionários! Escreva aí quanto cobram pelo carvão em Kars!".

Quando o velho diz isso, o ajudante de garçom abre a tampa da estufa para mexer no carvão com uma tenaz. Sempre que vou às casas de chá de Kars, e ligo meu gravador, e as pessoas à minha volta começam a apresentar suas queixas, o preço do carvão está no topo da lista. Isso mostra como as pessoas me veem quando ando pelas casas de chá de caderno na mão. Poucos sabem que sou romancista, e os que sabem não percebem que escrevo um romance situado em Kars. Quando digo que sou jornalista, perguntam: "De que jornal? Vi-o uma vez na televisão. Escreva, jornalista, escreva!".

Sem se preocupar com o fato de que posso ouvi-lo, um deles dirá: "É claro que está escrevendo; é jornalista", e o outro perguntará: "O que será que escreve?". De manhã, a Casa de Chá Unidade é quase deserta. Do outro lado do salão fica uma mesa onde começam a jogar cartas por volta das oito. E lá está um homem, que ainda não chegou aos quarenta e tenta adivinhar o próprio futuro. Dois aposentados sentam-se noutra mesa, um de frente para o outro, olhando para o homem enquanto conversam. A certa altura, o que adivinha o futuro levanta os olhos das cartas e diz algumas palavras duras sobre o primeiro-ministro Ecevit. Suas palavras têm algo a ver com a ridícula briga entre ele e o presidente, e o fato de Ecevit ir à televisão acusar o presidente, e a queda do mercado de ações e a desvalorização da moeda que ocorreram em seguida. Nesse momento, alguém de uma mesa vizinha faz um comentário. Os doze homens da casa de chá (eu os contei com meus próprios olhos) reúnem-se em volta da estufa, a cerca de três passos de onde estou sentado. Piadas e alfinetadas velhas e cediças. A expressão "de manhã cedo" é bastante empregada. "Não faça isso, não diga isso, de manhã tão cedo!" A estufa se acende, lançando seu doce calor em meu rosto... Agora faz-se silêncio na Casa de Chá Unidade.

As portas se abrem, um homem entra, depois outro. "Bom dia, amigos!" "Bom dia, amigos, boa sorte para vocês!" — porque um jogo começou noutra mesa. São oito e meia. Há um dia inteiro de inverno para preencher. O vendedor de *börek* entra: "*Börek börek börek!*". Por que gosto tanto de me sentar nas casas de chá de Kars, especialmente na Casa de Chá Unidade? (O vendedor de *börek* entrou de novo, com a bandeja de pastéis que equilibra na cabeça.) Acho que é porque escrevo bem aqui "de manhã cedo". De manhã, andando pelas frias, largas, ventosas e desertas ruas de Kars, sinto que serei capaz de escrever qualquer coisa, sem parar, que tudo que vejo me estimula, e serei capaz de expressar tudo que me estimula com a ponta da caneta. Um calendário na parede. Um retrato de Atatürk. Uma televisão — minutos atrás desligaram o som (se Deus quiser, o primeiro-ministro e o presidente chegarão a um acordo, num encontro mediado por alguém no meio da briga). Cadeiras frágeis, o cano da estufa, os carteados, as paredes sujas, os tapetes imundos.

Mais tarde chega Manuel com sua câmara e andamos pelas ruas de Yusufpasa, o mais belo bairro de Kars. A Escola Primária Ismet Pasha fica num belo edifício russo antigo. Por uma janela aberta no último andar vem a voz intimidante e furiosa de uma professora que repreende os alunos com toda a sua autoridade. "Se pudéssemos entrar eu tiraria fotos." E se nos expulsassem? "Talvez reconheçam você!", diz Manuel.

E reconhecem. Oferecem-nos chá e água-de-colônia na sala dos professores. Aperto a mão de alguns. Passando por corredores de pé-direito alto, e pelas portas fechadas de salas de aula, sentimos a multidão lá dentro. Diante de um pôster gigante de Atatürk, de autoria da professora de arte, pensamos como será ser aluno nesta escola.

Visitamos a primeira "mansão restaurada" da cidade, que fica ao lado. Um construtor de Ancara comprou o belo prédio e investiu muito dinheiro, mobiliando-o no estilo tão apreciado pelas revistas de decoração. É estranho ver toda essa riqueza bem organizada no meio da pobreza da cidade. Enquanto apreciamos sua beleza, sentimos que é quase grosseria dizer isso.

Voltamos a andar pelas ruas, durante muito tempo, ao longo do congelado rio Kars, passando pelas pontes de ferro. É um dos meus lugares favoritos de Kars. Mas ainda assim, sempre que passo por aqui durante o dia, invadem-me, de alguma forma, sentimentos de tristeza e derrota. Já escrevi a maior parte do romance; está quase completo e é tão convincente para mim quanto a própria cidade; tudo que desejo agora é escrever meu romance. A cidade parece que já não guarda segredo. Visitamos o prédio onde funcionava o consulado russo. Foi residência de um rico armênio. Ao conquistar a cidade, os exércitos russos expulsaram o armênio e transformaram a construção num quartel-general. Depois Kars passou para as mãos dos turcos. Nos primeiros anos da República, a casa foi transferida para um rico azerbaidjano que negociava com os russos; depois, alugada para o consulado soviético. Por fim, passou para a família que hoje a ocupa. O homem bem-intencionado que nos mostrou a mansão disse-me que a família não é inquilina, é proprietária.

No romance, transformo-a numa casa muito maior, e alugo-a não para o atual proprietário, mas para uma escola secundária religiosa. A verdadeira escola secundária religiosa fica a boa distância daqui, descendo a colina. Por que esse pequeno ajuste? Não sei, eu quis assim. Porque isso torna a história mais verossímil, mais real. Seja como for, a localização da escola religiosa não é particularmente importante no romance. Ao mesmo tempo, são pequenas alterações como essa que tiram o romance do reino da "realidade" e me possibilitam escrever.

Para acreditar em minha própria história, eu tinha consciência de que precisaria, de vez em quando, descrever não a Kars real, mas a da minha imaginação. É a história que está na minha cabeça que quero contar — e é quando narro a lenda que existe dentro de mim (embora carregada de violência política) que tudo se torna belo. Por outro lado, essas alterações despertam mentiras e obsessões, vagas dores de consciência, e sentimentos de culpa cuja oculta simetria não tenho nenhuma vontade de explorar. Outro motivo de angústia é saber que o romance magoará meus amigos em Kars — como Sezai Bey, ou o polido prefeito — que têm boas expectativas a meu respeito. Vivo nessa constante contradição. Sempre que ligo o gravador, sempre que tento descobrir o que devo escrever sobre Kars, alguém reclama furiosamente da pobreza, do estado de abandono e opressão, das injustiças, das crueldades. Quando lhes agradeço, todos dizem: "Escreva sobre isso tudo!" e "Mas fale bem de Kars". Com as coisas que me contaram, não é possível, de forma alguma "falar bem".

Em Kars, não existe um "movimento político islamita" tão poderoso como o do livro. Mas ainda ontem o prefeito nos contou que os azerbaidjanos estão lentamente sendo influenciados pelo islã político, que os que vão estudar em Qum, no Irã, se sentem mais presos à sua identidade xiita, que os rituais de Hasan-Huseyin-Kerbala agora são seguidos aqui, onde nunca tinham sido.

TERÇA-FEIRA DE MANHÃ, 26 DE FEVEREIRO

Acordei às cinco e meia da manhã. Já estava claro, mas não havia ninguém nas ruas. Sentei-me à pequena mesa com espelho do meu quarto e comecei a escrever. Senti apenas alegria por estar em Kars de manhã tão cedo, por ter acordado aqui, por saber que vou andar novamente por suas ruas desertas, que vou entrar de novo em suas casas de chá para anotar coisas em meus cadernos. Como sempre acontece quando chega a hora de voltar para Istambul, desejo registrar tudo que existe em Kars — suas ruas melancólicas, seus cães, suas casas de chá, suas barbearias —, gravar tudo em filme e esconder.

A ÚLTIMA MANHÃ EM KARS

Minhas últimas horas em Kars. Talvez nunca mais volte. Ando por algum tempo em suas ruas gélidas. Uma profunda melancolia me invade sempre que sei que vou deixar Kars. A simplicidade da vida, a doce camaradagem, a intimidade, a fragilidade da vida, sua continuação e o senso de estar num lugar onde o tempo passa tão devagar: eis o que me prende a Kars.

Esta manhã, o mesmo vendedor de *börek* de antes, com a mesma bandeja equilibrada na cabeça. Quando penso nisso tudo, os amigos que se sentam à minha mesa na Casa de Chá Unidade falam de desemprego, de ficar encalhado na casa de chá sem ter o que fazer. "Anotou isso?", perguntam. "Anote. O presidente da República nos apoia, os cidadãos. O presidente é um homem bom. Os outros continuam roubando e enriquecendo. Escreva isso. Deputados ganham salários de 2 bilhões, e depois nos roubam o direito de ganhar 100 milhões. Escreva isso, e escreva meu nome também. Escreva, escreva."

Os homens sentados na Casa de Chá Unidade, apesar da pobreza, não são os mais desafortunados de Kars. Por exemplo, o homem com que eu falava é um senhor que já teve emprego, outros foram donos de negócios que fracassaram, ou diretores de hospital, gerentes agora aposentados, homens que tiveram caminhões; mas não têm nada para fazer, como o alfaiate falido que entrevistamos em nossa última visita (era dono de uma pequena fábrica de roupas, com doze máquinas). Um dia, todos foram ricos e bem-sucedidos. É isso que distingue a Casa de Chá Unidade das casas de chá dos desempregados mais aflitos da cidade — aqueles que vivem suas vidas analfabetas nas favelas da cidade. O que vejo aqui é uma continuação do velho Clube Unidade.

"Não há ninguém feliz aqui. E tudo é proibido", diz alguém. Todos se queixam em Kars; ninguém é feliz; todos parecem à beira de uma explosão de infelicidade. Se há um silêncio, uma lentidão, uma estranha sensação de calma, é porque as ruas estão cheias de gente que se resignou à miséria e ao desamparo; o Estado baniu todas as outras possibilidades, e o fez com alguma violência. A felicidade é outra questão. Mas isso foi o que senti quando escrevia o romance. O que sinto crescer dentro de mim não é a culpa de não ter o mesmo destino dessas pessoas, é desamparo. Sou pessimista: parece não haver perspectiva de mudança importante num futuro próximo. Mas deixem-me escrever meu romance como acho que deve ser, e de coração. O melhor que posso fazer pelo povo de Kars é escrever de coração, escrever um bom romance.

IMAGENS E TEXTOS

63. A surpresa de Şirin

Sou romancista. Por mais que tenha aprendido com a teoria, e mesmo por vezes sido mesmo iludido por ela, sinto com frequência a necessidade de me afastar dela. Agora espero entretê-los com algumas histórias e, por intermédio delas, sugerir algumas ideias minhas.

Se há um jardim em seus sonhos — um jardim que vocês nunca viram na vida, talvez porque ele fica do outro lado de um muro alto —, a melhor maneira de imaginar esse jardim nunca visto é contar histórias que despertem suas esperanças e seus temores.

Uma boa teoria, mesmo uma que nos afete e convença profundamente, continua sendo alheia. Mas uma boa história que nos afete profundamente, e nos convença, torna-se nossa. Histórias velhas, histórias muito velhas, são assim. Ninguém lembra quem foi que as contou pela primeira vez. Apagamos toda lembrança da forma como nos foram contadas pela primeira vez. A cada vez que a história é repetida é como se nunca a tivéssemos ouvido. Contarei agora duas dessas histórias.

A primeira é uma que tentei contar à minha maneira em *O livro negro*. Peço desculpas aos que já a leram — apesar de histórias como essa adquirirem novo significado a cada vez que são contadas: Gazzali contou a seguinte história em Ihya-ul Ulum; Enveri comprimiu-a em quatro versos;

Nizami usou-a no Iskendername, Ibni Arabi contou-a, assim como Rumi em Mesnevi.

Um dia, um governante — um sultão, um cã, um xá — anunciou uma competição de pintura, e em razão disso artistas chineses e de países a oeste começaram a desafiar uns aos outros: nós pintamos melhor do que vocês; não, nós pintamos... Depois de refletir sobre o assunto, o sultão — digamos que era um sultão — decidiu testar os dois lados. Ofereceu-lhes dois muros, um de frente para o outro, em duas salas adjacentes, pois isso lhe permitiria comparar as obras. Entre as duas paredes opostas, havia uma cortina; fechada a cortina, os grupos de artistas não puderam mais ver uns aos outros, e puseram-se a trabalhar. Os artistas ocidentais tiraram tintas e pincéis e começaram a desenhar e pintar. Os chineses, a seu turno, resolveram que iriam primeiro tirar a poeira e o mofo, e puseram-se a limpar e polir a sua parede. O trabalho prosseguiu durante meses. Numa sala havia agora uma parede cheia de pinturas de cores brilhantes. Na outra havia um muro tão polido que se transformara num espelho. Quando o tempo acabou, a cortina entre as duas salas foi aberta. O sultão examinou primeiro o trabalho dos artistas ocidentais. Quando olhou para a parede na qual os artistas chineses tinham trabalhado, viu o reflexo das maravilhosas pinturas da parede oposta. Deu o prêmio aos artistas chineses, que tinham transformado a parede num espelho.

A segunda história é tão antiga quanto a primeira. Tem muitas variações. Aparece no *Livro das mil e uma noites*, nos contos dos papagaios de Tutiname, e em Hüsrev e Şirin, de Nizami, levado por sua vez para outros livros. Tentarei resumir a versão de Nizami.

Şirin é uma princesa armênia e uma grande beldade. Hüsrev é um príncipe, filho do xá da Pérsia. Şapur quer que seu senhor Hüsrev se apaixone por Şirin, e Şirin, por Hüsrev. Um dia, quando Şirin está na floresta com seus cortesãos para comer e beber, ele se esconde atrás das árvores. Ali, desenha um retrato de seu belo senhor, pendura-o numa árvore e desaparece. Quando Şirin brinca na floresta com seus cortesãos, vê o retrato de Hüsrev pendurado num galho e apaixona-se pela pessoa retratada. Şirin não acredita nesse amor; quer esquecer o retrato e sua reação a ele. Então, noutra excursão a outra floresta, a mesma coisa acontece. Şirin é novamente afetada pela pintura; está apaixonada, mas indefesa. Numa terceira excursão, ao ver novamente o retrato de Hüsrev pendurado num galho, Şirin tem certeza de que está perdidamente apaixonada.

Aceita seu amor e começa a procurar a pessoa cuja figura, cuja imagem, ela tinha visto.

Da mesma maneira, Şapur faz seu senhor apaixonar-se por Şirin, mas nesse caso ele não usa imagens, e sim palavras. Depois de ficarem apaixonados, um por meio de imagens e outro por meio de palavras, os dois jovens começam a procurar um ao outro. Um parte para o país do outro. Seus caminhos se cruzam à beira de uma fonte, mas um não reconhece o outro. Şirin, cansada de viajar, despe-se e entra na água. No instante em que põe os olhos nela, Hüsrev enlouquece. É essa a beldade que ele conheceu por meio de palavras e histórias? Num momento em que deixa de olhá-la, Şirin também vê Hüsrev. Ela também é profundamente afetada. Mas Hüsrev não está usando o manto vermelho que a teria ajudado a reconhecê-lo. Ela tem certeza de seus sentimentos, mas fica surpresa e confusa e começa a pensar: era um retrato pendurado nu-

ma árvore, mas o homem que vejo diante de mim está vivo. O que vi pendurado no galho era um retrato, este é um homem de verdade.

Na versão de Nizami, a história de Hüsrev e Şirin é conduzida com extrema elegância. Aquilo com que mais me identifico é a surpresa de Şirin, o modo como oscila entre a imagem e a realidade. Vejo sua inocência — sua suscetibilidade a uma pintura, o modo como permite que uma imagem faça surgir um desejo — como algo que ainda somos capazes de compreender. E talvez eu possa percebê-lo também na afeição de Nizami, pela tradição de as coisas acontecerem em trincas. Mas a incerteza que Şirin sente quando põe os olhos no belo Hüsrev pela primeira vez também é nossa incerteza: qual é o "verdadeiro" Hüsrev? Como Şirin, perguntamos a nós mesmos, a verdade está na realidade ou na imagem? Qual dos dois nos afeta mais profundamente, o retrato do belo Hüsrev ou o homem real?

Cada um tem sua própria resposta. Quando ouvimos ou lemos tais histórias, essas questões elementares voltam a surgir. Elas nos ocorrem quando estamos perdidos em pensamentos ou lemos uma história, assistimos a um filme, ou quando nos sentimos frágeis e ingênuos. Qual dos dois tem influência mais forte sobre nós, a figura do homem ou o próprio homem?

Contadores de histórias orientais, quando vão contar a história da competição de artistas, sempre explicam lindamente por que os artistas chineses ganham o prêmio do sultão. O que me interessa não é a sabedoria desses contadores de histórias, mas algo que reflete a vida da própria história, algo que o espelho da história revela: o espelho que multiplica, o espelho que amplia, também nos faz sentir como se nos faltasse algo, como se fôssemos um pouco inautênticos ou desinteressantes. Como se não fôssemos completos. Então, dependendo da coragem que temos, nós também partimos numa viagem: o mesmo tipo de viagem que Hüsrev e Şirin fazem por amor. Cada um de nós procura o "outro" que nos completará. Essa viagem nos leva além da superfície, para as profundezas, mais para perto do centro. A verdade está longe. Alguém, em algum lugar, nos disse isso, e agora iniciamos uma viagem para descobri-lo. A literatura é a história da nossa viagem. Embora acredite nessa viagem, não acredito que exista um centro esperando ser descoberto numa terra distante.

Isso pode ser uma fonte de tristeza ou de otimismo. Pode-se dizer que é uma lição que aprendemos da vida em países como o nosso, tão distantes do centro. Se me descubro acreditando no dilema sugerido pela competição do sultão, ou se cedo à surpresa de Şirin, faço exatamente a pergunta que mais deveria evitar: então sou obrigado a dizer que passei a vida inteira sem alcançar esse centro, sem conseguir essa autenticidade, essa verdade pura. Mas a minha história é a história da maior parte das pessoas no mundo.

Antes de ler Dante eu tinha ouvido histórias engraçadas inspiradas no *Inferno*. Antes de ver *O grande ditador*, de Chaplin, vi-o copiado no seriado turco *Ibrahim, o desaparecido*. Conheci e amei os impressionistas vendo reproduções rasgadas de revistas e exibidas em barbearias e mercearias. Conheci o mundo por intermédio de Tintin — na tradução turca, como a maioria dos livros. Adquiri gosto por história lendo a história de países cuja história não se parece com a nossa. Passei a vida convencido de que os edifícios em que vivi e as ruas por onde andei são imitações baratas de ruas e edifícios de algum lugar do Ocidente. As cadeiras e mesas em que me sentei eram cópias de originais que apareciam em filmes americanos; só bem mais tarde, quando voltei a ver os filmes de novo, dei-me conta disso. Comparei muitos rostos novos com os que vira em filmes e na televisão, e os confundi. Aprendi mais sobre a honra, a coragem, o amor, a compaixão, a honestidade e o mal lendo sobre esses temas do que observando-os na vida real. Não posso dizer quanto da minha alegria e da minha seriedade de propósito, meu jeito de ficar em pé e de falar, é inato e quanto foi copiado inadvertidamente de outros exemplos. Também não sei quanto desses exemplos não seria também cópia de outros originais ou de outras cópias. Pode-se dizer o mesmo com relação às minhas palavras. Por isso, quem sabe, talvez seja melhor simplesmente repetir o que alguém já disse.

Oğuz Atay (1934-77), um dos melhores romancistas turcos, profundamente influenciado por escritores europeus de vanguarda como Joyce e Nabokov, disse certa vez: "Sou cópia de alguma coisa, mas não me lembro de quê". O centro onde pode estar a verdade acha-se, de fato, muito longe! A maior parte do mundo não ocidental já sabia disso. Sabíamos, sem saber que sabíamos. Agora descobrimos o que já sabíamos.

O modernismo literário foi uma das últimas respostas a essa busca de autenticidade; radicado no romantismo, buscava a pureza. Se seu eco chegou à Turquia, quase não se ouviu. Não posso dizer que isso me preocupa. Como a maioria das pessoas neste mundo, passei a maior parte da vida esperando que algo acontecesse.

Mas o que temos nas mãos são infindáveis fragmentos. Houvesse um rei filósofo como o que Platão imaginou, ele não seria capaz de fornecer uma razão correta ou consistente para que se escolhesse entre os artistas que pintaram sua parede e os que fizeram da sua um espelho. A história da competição de artistas tem vestígios da famosa caverna de Platão. No mundo não ocidental, e especialmente em sua mídia, a questão de saber se essa ou qualquer outra história ou imagem é original ou cópia de um original, a esta altura só tem importância para filólogos antiquados e historiadores da arte. A verdade que acreditávamos estivesse escondida longe, muito longe, atrás das cortinas e das sombras, talvez tenha desaparecido de todo. Se está em algum lugar, esse lugar são as nossas lembranças. Eu ficaria mais feliz se usássemos esses fragmentos que temos à mão, essas imagens e histórias que separamos umas das outras, do seu passado.

No romance do século XIX, descrições detalhadas de rostos e gestos serviam como pistas para as verdades fundamentais que jaziam sob a superfície. O narrador ou sua personagem partiriam numa viagem em busca dessa verdade oculta, de modo muito parecido com Hüsrev e Şirin. O significado por trás dos rostos e dos objetos é algo que emerge do livro inteiro, e só quando chegamos ao fim da história. O significado do livro — o significado do romance do século XIX — seria o significado do mundo que exploramos com as personagens. Era uma Verdade vitoriosa com vê maiúsculo.

Mas com o declínio do romance do século XIX, o mundo perdeu unidade e significado. Quando começamos a escrever, hoje, tudo que temos nas mãos são fragmentos e mais fragmentos. Isso pode ser fonte de otimismo: libertando-nos de hierarquias, podemos abraçar o mundo inteiro, e toda a cultura e toda a vida. Mas também pode ser motivo de medo e confusão, levando-nos a narrar menos, a empurrar o centro de nossas histórias para as margens. O fato de que isso abre caminho para novas possibilidades e pontos de vista narrativos é irrelevante. Não podemos usar os fragmentos que temos nessa viagem vertical para o significado, para o centro; o que fazemos, em vez disso, é uma viagem horizontal. Em vez de irmos às profundezas ocultas do mundo, exploramos sua vastidão. Gosto de sair em busca de mais fragmentos, em busca das histórias ainda não contadas. Esse novo continente de histórias, pessoas e objetos esquecidos e ainda sem nome, de terras cujas vozes ainda não foram ouvidas, e histórias ainda a serem contadas, é tão vasto, e tão pouco explorado, que a palavra *viagem* é perfeitamente adequada.

Mas a viagem que leva ao significado subjacente de um texto ainda está diante de nós, e requer esforço individual. É mais do que nunca pessoal, porque não temos a fórmula nem a bússola. A profundidade de um texto está em sua complexidade e determinação de dedicar-se a esses fragmentos. Deixem-me terminar essa discussão contando uma terceira história. É curta e muito pessoal.

Eu escrevia um romance sobre um grupo de artistas — miniaturistas — situado no período clássico das miniaturas otomanas. Foi por isso que, a certa altura, interessei-me pela história de Hüsrev e Şirin. Essa história é muito popular na cultura islâmica e do Oriente Médio. É por isso que miniaturistas eram com frequência convocados a palácios persas e otomanos para ilustrá-la. O que mais me interessou foi a cena em que Şirin vê o retrato de Hüsrev e se apaixona. Os artistas que pintam a cena deviam representar mais do que apenas Şirin e seu ambiente, pois havia uma pintura dentro da pintura: a pintura que levara Şirin a apaixonar-se. Essa cena dramática era muito querida, como a história da qual fazia parte, e eu a vira em muitos livros, reproduções e museus. Mas essas pinturas sempre me deixam inquieto: como se algo me faltasse, como se eu não fosse completo.

Nessas pinturas, Şirin está sempre lá, e, apesar de suas roupas e feições variarem, é sempre Şirin. Sejam quais forem as cores, as roupas, a postura, os cortesãos sempre a acompanham. Havia árvores, também, e a vastidão da floresta. E, em algum lugar, pendurada num galho, a pintura dentro da pintura.

Demorei muito a compreender a causa da minha inquietação. Embora houvesse uma pintura dentro da moldura pendurada na árvore, ela nunca mostrava o Hüsrev que eu esperava ver. Embora a procurasse em toda parte, nunca encontrei minha própria concepção de Hüsrev refletida numa miniatura. Em todas as miniaturas, a pintura dentro da pintura era tão pequena que Hüsrev não passava de uma indistinta, irreconhecível mancha vermelha, e não uma personagem ou um rosto desenvolvido.

Tais representações, é claro, destroem o ponto central da história de Hüsrev e Şirin, que se apaixonam a partir de uma imagem. Ainda assim, gosto da simplicidade técnica possibilitada pela ignorância da arte ocidental do retrato. Essa simplicidade evoca o mundo frágil e ingênuo explorado no romance que escrevo, um mundo cujas histórias e fragmentos pretendo integrar, propondo para ele um novo centro.

64. Na floresta e tão velho quanto o mundo

Estou sentado, escrevendo, na floresta; minha pintura está terminada. Atrás de mim está meu cavalo, e olho para algo... algo que você não pode ver. Você nunca saberá o que é, esta coisa que me deixou tão inquieto, apesar de ter visto a mesma expressão nos olhos de Hüsrev, quando ele espiava Şirin banhar-se no lago. Em suas pinturas, veem-se os dois: Hüsrev deslumbrando-se com Şirin nua. Mas o miniaturista do século xv contratado para pintar esse quadro preferiu não mostrar aquilo que vejo — apenas que há algo que observo. Espero que goste do quadro justamente por esse motivo. Veja como ele me pintou lindamente, perdido na floresta, as árvores, os galhos, a relva. Enquanto espero, um vento começa a soprar; as folhas tremem, uma a uma; os galhos balançam. Estou preocupado. Como a pena de um artista pode ir tão longe? Os galhos curvam-se ao vento e se erguem, as flores crescem e caem, a floresta incha como uma onda, e o mundo treme. Ouvimos o zumbir da floresta, o lamento do mundo. O artista pacientemente recria o lamento do mundo, folha por folha. É agora, quando me sento nesta floresta varrida pelo vento, que você percebe que tremo de solidão. Se olhar ainda mais de perto, verá como esse sentimento é antigo, de sentar-se sozinho na floresta, um sentimento tão velho como o mundo.

65. Assassinatos por atacantes desconhecidos e romances policiais

O colunista Çetin Altan e Şeyhülislam Ebussuud Efendi

Grande parte de *O livro negro* consiste de colunas ostensivamente publicadas em *Milliyet*, um dos mais importantes jornais da Turquia. No romance, elas são apresentadas como peças escritas por uma personagem jornalista. Aparecem a intervalos regulares, interrompendo a narrativa direta do romance, e, por determinarem a forma de *O livro negro,* me criaram muita dificuldade. Como me diverti muito escrevendo na voz de um colunista, equilibrando erudição falsa com presepada sutil, as colunas cresceram, dominaram o livro e destruíram o equilíbrio e a composição do todo. Ainda hoje, quando leitores me dizem: "Li *O livro negro*; as colunas são maravilhosas", fico ao mesmo tempo satisfeito e perturbado.

Os que leram o livro em tradução são os que me dizem isso com mais frequência. O leitor ocidental extasia-se com a estranheza e a facilidade narrativa dos colunistas que parodio, pertencentes a uma tradição que se estende para além da Turquia e inclui muitos outros países que vivem as mesmas contradições culturais. São uma raça em extinção, mas ainda encontramos ecos dessa raça nos colunistas que escrevem hoje na Turquia.

Na Turquia, um verdadeiro colunista escreve quatro ou cinco vezes por semana. Ele tira seus assuntos de todos os aspectos da vida, da geografia e da história. Usa todas as formas e estratégias narrativas, a partir das mais comuns notícias do dia, ou da filosofia, da memória, de observações sociológicas. Tudo, da câmara municipal — a forma das novas lâmpadas de rua — a questões de civilização — o lugar da Turquia entre o Oriente e o Ocidente —, está ao alcance do colunista. (Ele geralmente consegue prender a atenção do leitor relacionando algo como a forma das lâmpadas de rua com a questão Oriente-Ocidente.) Os mais bem-sucedidos são os mais bulhentos e os polemistas mais ágeis; constroem sua reputação com polêmicas, com coragem, com uma linguagem dura. Alguns passaram boa parte da vida na cadeia e perante os tribunais, em consequência de coisas que escreveram. Seus leitores os admiram e confiam neles, não pela capacidade de iluminar ou explicar, mas por serem corajosos e intrometidos. São estrelas porque têm a presunção de ser especialistas em tudo, porque parecem ter uma resposta para qualquer pergunta, porque discutem inimizades políticas sobre as quais todo mundo tem uma opinião. Em épocas de polarização política, eles são as testemunhas que têm acesso a todos os setores da sociedade: à casa dos poderosos, aos cafés, aos gabinetes oficiais e à vida do cidadão comum. Desfrutando da confiança e da afeição dos leitores, um dia falam de amor, no dia seguinte opinam sobre Clinton e o papa, escrevendo sobre um prefeito corrupto com a mesma desenvoltura com que escrevem sobre os erros de Freud, eles se tornam "Professores Sabe-Tudo". Dez ou quinze anos atrás — antes de a televisão mudar os hábitos nacionais dos leitores de jornal —, os leitores turcos consideravam a coluna de jornal a mais alta forma literária. Naquele tempo, sempre que eu viajava de ônibus pela Anatólia, se alguém descobrisse que eu era escritor a primeira pergunta que fazia era para qual jornal eu trabalhava.

Ao criar Celâl Salik, o colunista de *O livro negro*, e mais ainda ao escrever suas colunas, minha maior preocupação foi certificar-me de que ele não se parecesse com os famosos colunistas do momento — tão conhecidos quanto os políticos mais poderosos — e, dessa maneira, escapar da sombra lançada por esses ilustres escritores. O colunista de carne e osso com quem eu tinha mais medo de identificá-lo, o colunista cujas posições controvertidas fizeram dele o mais famoso dos últimos cinquenta anos — era Çetin Altan.

Recentemente, Çetin Altan foi acusado de "insultar o Estado", por ter falado abertamente das ligações deste com a Máfia e de certos assassinatos em que o governo dera uma mão. Numa entrevista na época do seu julgamento, o colunista revelou que havia mais ou menos trezentos processos contra ele. Por ter sido meu grande herói literário e político quando eu era jovem, lembro-me do dia em que foi condenado à prisão e do dia da sua libertação como momentos de alta dramaticidade. Na época em que foi deputado pelo Partido Trabalhista Turco, seus brilhantes discursos na Assembleia Nacional e suas poderosas colunas fizeram-no perder a imunidade, e deputados do dominante partido conservador submeteram-no a uma surra na Assembleia Nacional.

Grande parte da cólera que o Estado e a opinião pública descarregaram contra Altan vinha, sem dúvida, de ser ele um socialista num país vizinho da União Soviética durante a Guerra Fria. Seja como for, a partir dos anos 1970, quanto Altan começou a dirigir suas críticas ao Estado, a raiva contra ele não diminuiu. Minha opinião é de que conservadores e nacionalistas à direita e à esquerda odiavam-no porque ele se recusava a atribuir a pobreza e as imperfeições políticas e administrativas da Turquia às experiências e manipulações de potências estrangeiras, vendo os problemas nacionais como produto arraigado das condições nacionais. Quando criticava seu próprio país, Altan nunca apresentava ao leitor demônios sobre os quais pudessem jogar toda a culpa, assim como não oferecia receitas que pudessem mudar o destino do país da noite para o dia. Mais do que o regime, seu alvo era a cultura da Turquia, e isso Altan observava com olhar agudo e irônico — seus hábitos diários, seu jeito de pensar, suas suposições — responsabilizando-a pelos males do país. Altan não apenas era capaz de escrever na linguagem das pessoas que ele mais irritava, como também podia ter certeza de que essas mesmas pessoas o leriam todos os dias, e nesse sentido era uma espécie de Naipaul.

Mas Çetin Altan nunca sucumbiu à dor que faz Naipaul parecer tão desamoroso e pessimista. Continuava otimista em relação à ocidentalização e à modernização. É por isso que o Ocidente não era para ele um centro que causasse dor porque era imitado, ou que era imitado porque causava dor e era responsável por todos os males imagináveis. Seu otimismo infantil vinha em parte do fato de que a Turquia nunca fora vítima do colonialismo, e isso lhe permitia ver a civilização ocidental como um centro que podia ser abordado, mesmo que de modo lento e comedido. Seja lá o que for que "nos" torna diferentes dos que vivem no Ocidente, é algo que nos falta. Não sendo iguais aos ocidentais, nossa história é a história de nossas imperfeições. Como tantos intelectuais otomanos e turcos, e tantos de nossos polêmicos colunistas, Çetin Altan era dado a enumerar em longas listas as tristes falhas que nos distinguem do Ocidente; elas vão da democracia ao capitalismo moderno, da arte do romance à individualidade e ao jeito de tocar piano, das artes visuais à prosa, do chapéu a que Atatürk dera tamanha importância à mesa que propus, de brincadeira, em *A casa silenciosa*.

Nos anos 1970, quando o terror político atingiu seus furiosos níveis atuais, Çetin Altan notou outra falha, e esta falha é o nosso assunto de hoje.

O romance policial na Turquia não é bem desenvolvido como na Inglaterra, nos Estados Unidos e na França. Situado nas complexidades da vida nas sociedades industriais, seus assassinatos primorosamente tramados tiveram forte influência nos romances, peças e filmes dessas sociedades e, em consequência disso, uma grande variedade de talentos criadores surgiu no gênero policial.

Mas em nossa sociedade onde predomina a aldeia, não há nada de inteligente num homicídio. Um marido cujo discernimento é prejudicado pelo ciúme pega a faca e esfaqueia sua mulher sem mais barulho, e o assunto está encerrado. Ou um homem envolvido numa sangrenta briga de família vê seu inimigo, descarrega-lhe balas na cabeça, e pronto. No interior, onde há disputas por terra e uso da água, o costume é pegar uma espingarda de cano duplo e ficar de tocaia. Todos sabem quem foi morto por quem e por quê. Se esse tipo de assassinato não desperta o interesse de escritores, é por causa da brutalidade da execução, que faz lembrar um homem golpeando uma abóbora com um machado, e por isso a arte da ficção policial é tão pouco desenvolvida em nosso país.

Na primeira leitura, não podemos deixar de nos deliciar com a franqueza do raciocínio, o humor ferino, e talvez por isso nos inclinemos a aceitar a explicação de Altan. Mas o que se pode dizer para refutá-la? Ora, podemos mencionar o escritor siciliano Leonardo Sciascia, que usava assassinatos de natureza igualmente rural em seus romances policiais com grande sucesso. Pode-se também citar muitos assassinatos ocidentais que — apesar de executados com a brutalidade que "faz lembrar um homem golpeando uma abóbora com um machado" — inspiraram — ou foram inspirados por — romances policiais.

Não muito tempo depois da publicação dessa coluna, Çetin Altan escreveu uma coleção de pequenos contos policiais, de um tipo muito comum nos primórdios da ficção policial. Com essas histórias, ao estilo da série do Padre

Brown, de G. K. Chesterton, ele desistiu da ideia de que essa sociedade não deu ao escritor suficiente experiência de vida para escrever ficção policial, descartando tal opinião como excessivamente determinista.

Mas examinemos agora esta outra afirmativa: "Todos sabem quem foi morto por quem e por quê". Se tivermos em mente que muitos assassinatos são cometidos na esperança de jamais serem descobertos, torna-se imediatamente evidente que essa declaração não pode ser sempre verdadeira. Quatrocentos anos antes de Çetin Altan falar da carência de assassinatos por assaltantes desconhecidos em nossa cultura, o Estado otomano (então no meio do que historiadores da velha guarda chamavam de período clássico) ficou tão preocupado com assassinatos cometidos por assaltantes desconhecidos que fez um esforço sério e sem precedentes para enquadrá-los nas obrigações legais. Hoje se sabe que Sheikh-ul-Islam Ebussuud Efendi (a mais alta autoridade jurídica da época de Süleyman o Magnífico, e cujas decisões adquiriram uma aura de precedentes clássicos no sentido ocidental e ainda hoje influenciam sentenças) era sempre consultado sobre quem deveria pagar indenizações em casos de assassinato cometido por assaltantes desconhecidos.

PERGUNTA: Quando quatro aldeias estão em guerra entre si e um homem é morto a cacetada por alguém cuja identidade é desconhecida, quem paga a indenização?

RESPOSTA: A gente da aldeia mais próxima.

PERGUNTA: Se alguém é morto perto de uma determinada cidade e o assassino não pode ser encontrado, quem paga a indenização? A cidade inteira ou só as pessoas que moram perto o suficiente para escutar os gritos da vítima?

RESPOSTA: Os que moram perto o suficiente para escutar os gritos da vítima.

PERGUNTA: Se um corpo é encontrado num estabelecimento religioso num momento em que os moradores noturnos não estão na loja, mas em seus alojamentos, e não se consegue encontrar o assassino, quem é responsável pelas indenizações?

RESPOSTA: Os que vivem perto da loja o suficiente para ouvir os gritos da vítima. Se ninguém mora perto, então o Tesouro — em outras palavras, o Estado — é responsável.

Pode-se ver, por esses exemplos, que o código penal otomano preocupava-se muito com assassinatos cometidos por assaltantes desconhecidos, e que o Estado estava ciente de que deveria assumir a responsabilidade por esses crimes — em outras palavras, indenizar os parentes da vítima — se não pudesse responsabilizar os cidadãos. Se uma dessas pessoas não quisesse assumir a culpa, ele era obrigado a solucionar o crime de homicídio. Isso criava a possibilidade de que pudéssemos ter de assumir a culpa por todos os homicídios ocorridos à nossa volta — exatamente o oposto do que vemos hoje. Para não ser responsabilizada por um assassinato naquele tempo, a pessoa precisava estar alerta a todos os ruídos e movimentos à sua volta, até o nível da paranoia. Como todo mundo sabia que podia ser obrigado a assumir responsabilidade pelos crimes cometidos na sua vizinhança, não é difícil imaginar o ardor com que as pessoas comuns perseguiriam criminosos e assassinos. Minha observação pessoal me diz que esse entendimento da responsabilidade, e a angústia que provoca, ainda está em vigor em Istambul, mesmo com sua população atual de 10 milhões. Talvez isso possa ser visto como uma transferência das antigas ansiedades sobre o pagamento de indenizações, mas a visão moral que sugere — um mundo em que todos consideram todos responsáveis por tudo — é de um tipo que Dostoiévski teria aprovado de coração.

Mas não tentemos iludir ninguém: a Istambul de hoje — a Turquia de hoje — ocupa o primeiro lugar no mundo em assassinatos patrocinados pelo Estado e cometidos por assaltantes desconhecidos, para não falar na tortura sistemática, nos obstáculos à liberdade de expressão, e nos implacáveis abusos dos direitos humanos. Diferentemente de Nigéria, Coreia e China, no entanto, a Turquia também é uma democracia forte o suficiente para permitir que eleitores obriguem o Estado a abster-se dessas práticas. Portanto é muito fácil deduzir que a maioria dos eleitores tem um chocante desinteresse pelos direitos humanos. Difícil é explicar por que, depois de quatrocentos anos de responsabilidade por proximidade, e de medo de pagar por ser o guarda do próximo, agora demonstram tão pouco interesse quando o Estado proíbe livros e espanca e tortura vizinhos no prédio ao lado.

Minha intenção é apenas alertá-los para essa situação. Não estou particularmente interessado em explorá-la ou explicá-la. É assim provavelmente porque não pretendo explicar cada falha cultural. Há em todos os assuntos dessa natureza algo que mata o poeta dentro de nós. O silêncio às vezes parece sugerir que, como disse Beckett certa vez, "não há nada a dizer", e outras vezes que "há coisas demais a dizer".

Em momentos assim compreendo muito bem por que Turguêniev desejava esquecer tudo que se relacionasse à Rússia; por que foi para Baden-Baden e se entregou a uma vida divorciada da Rússia; por que repreendia qualquer um que tentasse discutir problemas russos com ele (como naquela famosa história), dizendo que não tinha o menor interesse na Rússia, e que preferia esquecer esse lugar para sempre. Isso apesar de muitos outros momentos em que pensei que a melhor coisa a fazer seria permanecer na Turquia, trancar-me num quarto e mergulhar em minha imaginação com a vaga intenção de escrever um livro. De fato, foi exatamente o que fiz de 1975 a 1982, quando o assassinato e a violência política, a opressão do Estado, a tortura e a proibição estavam no auge. Trancar-me num quarto para escrever uma nova história — uma nova história com alegorias, pontos obscuros, silêncios e sons nunca ouvidos — é, está claro, melhor do que escrever outra história sobre defeitos, que tente explicar nossos defeitos por meio de outros defeitos. Para fazer uma viagem como essa não é preciso saber exatamente para onde se vai; basta saber onde não queremos estar.

Fiquemos nesse quarto trancado que mencionei, para ver como lido com a alegoria e a obscuridade. Há um romance que traduzi para o turco como *O segredo do quarto amarelo*, do autor francês Gaston Leroux, mais conhecido nos últimos anos por seu *O fantasma da Ópera*. *O segredo* é aplaudido pelos devotos da ficção policial como o primeiro e mais brilhante exemplo do "assassinato num quarto trancado". A porta do quarto onde ocorreu o assassinato está trancada, e dentro há um corpo e determinado número de suspeitos. Depois do assassinato, alguém com talento para resolver quebra-cabeças examina as pistas e, depois de estabelecer os fatos, determina os motivos do assassinato. Setenta anos depois de Gaston Leroux escrever *O segredo do quarto amarelo*, o autor espanhol Manuel Vázquez Montalbán escreveu um livro intitulado *Assassinato no Comitê Central*, demonstrando que as possibilidades abertas pelo modelo do assassinato num quarto trancado não se esgotam com facilidade;

o quarto trancado desse romance policial político é a sala de conferência de um partido que lembra o Partido Comunista Espanhol, e quando as luzes se apagam o secretário-geral é assassinado. Seja qual for a forma que assuma, o homicídio num quarto trancado oferece um claro entendimento do crime, da lei e da punição. Depois do assassinato, um investigador de fora, geralmente um agente do Estado, chega para interrogar todos os suspeitos, individualmente. Esses interrogatórios confirmam que, perante a autoridade central fora de nós, somos responsáveis apenas pelos crimes que cometemos. O quarto trancado é a melhor maneira de transmitir a ideia de que não somos responsáveis nem culpados como grupo, como bairro, ou como sociedade. Ou somos culpados como indivíduos, ou não somos culpados. Este mundo no qual somos responsáveis perante o Estado apenas por nossos crimes está muito longe do universo moral com que sonhava Dostoiévski.

Mencionei o quarto trancado para explicar por que, quando carecemos até mesmo dos princípios básicos que talvez nos ajudem a compreender nossa história, só podemos entrar em contato com ela por intermédio de alegorias. Precisamos de uma nova variação da história do assassinato num quarto trancado, que citei como exemplo. Na versão reformulada, a responsabilidade pelo homicídio (como se trata de alegoria, podemos nos referir a ele simplesmente como crime) atingirá o dono do quarto onde foi cometido, além de todos aqueles que ali vivem e todos aqueles que vivem perto o suficiente para ouvir os gritos da vítima. A partir do momento em que aceitamos isso — no começo da história —, comportamo-nos como se jogássemos xadrez por novas regras, e é possível prevermos como o assassino ou o criminoso lidará com o conhecimento que tem do nosso sistema. É claro que, para não ser descoberto, para evitar tornar-se o único responsável, o assassino partirá do pressuposto de que todo mundo que vive nas proximidades é responsável.

Isso pode nos levar à teoria de Çetin Altan, de que a responsabilidade pelo crime está dentro da própria cultura. Mas se em vez disso começarmos com alegorias, obscuridades e novas e apagadas vozes que não sabemos direito como usar, pelo menos nos pouparemos de escrever mais histórias sobre as falhas e diferenças que nos conduziram à derrota. Em minha juventude, quando tinha curiosidade de tudo saber e tudo compreender, e lia colunistas como Çetin Altan com paixão, eu já alimentava a ideia de um dia tornar-me escritor. Mas, como tantos outros com sonhos parecidos, eu não pensava sobre o que poderia escrever; pensava só na posição que poderia assumir. A imagem que eu tinha do escritor vinha menos dos modernistas, que usavam a escrita como uma espécie de meio de proteção, do que de escritores do Iluminismo, que queriam compreender tudo, mostrar tudo ao leitor. Agora sei que as duas atitudes são inadequadas e pouco originais. Numa sociedade em que demônios fervilham, o demônio do modernismo não é suficientemente esperto. Para conversar com os demônios, os escritores do Iluminismo obsequiavam demais o poder e a autoridade do Estado. Talvez eu seja como a maioria dos escritores: incapaz de lidar com conceitos, busco alegorias e conto histórias. Mas não me queixo, e acho que tenho sorte, porque em meu país as alegorias substituem a filosofia, e as pessoas acreditam muito mais em histórias do que em teorias.

66. Entr'acte: ou, Ah, Cleópatra!

Ver um filme em Istambul

Cleópatra foi lançado mundialmente em 1964, mas, como sempre, os que vivíamos em Istambul só tivemos oportunidade de ver os astros Richard Burton e Elizabeth Taylor dois anos depois. Naquele tempo, os filmes chegavam anos depois do lançamento, porque os distribuidores turcos não conseguiam atender às exigências de Hollywood sobre preços de ingresso para lançamentos, mas isso não diminuía o interesse de Istambul pelas últimas joias da cultura ocidental. Pelo contrário, ao ler as últimas fofocas sobre o caso Burton-Taylor e ver as excitantes notícias e fotos das cenas mais reveladoras de *Cleópatra*, os istambullus suspiravam de impaciência e diziam: "Vamos ver, quando finalmente passar aqui".

Quando penso no dia em que vi *Cleópatra* pela primeira vez, o que lembro com mais clareza — e isso se aplica à maioria das superproduções americanas — não é do filme em si, mas da emoção de assisti-lo. Lembro-me de Liz Taylor — que não fazia pensar em Cleópatra, mas em sua própria cintilante carreira no cinema quando centenas de escravos carregavam cerimoniosamente seu trono; lembro-me das galés singrando um mar de Panavision, e não era o Mediterrâneo, azul, e de Rex Harrison, que correspondia à minha imagem de Júlio César, ensinando ao filho Otaviano como um imperador deveria caminhar e se comportar. Mas acima de tudo me lembro de estar sentado na poltrona vendo meus sonhos se desenrolarem diante de mim, das cortinas ao canto mais distante, e, nesse mesmo espaço, de mim mesmo despertando para a vida.

Como explicar o que acontecia naquele espaço? Como a maioria das pessoas da classe média ocidentalizada da Turquia, e como a maior parte da minha geração, eu raramente via filmes "nacionais". Quando ia ao cinema, queria o de sempre — me deixar levar por ilusão, penetrar uma história na escuridão, e extasiar-me com gente bonita em lugares bonitos — mas também me ver face a face com o Ocidente e me divertir. Quando voltava para casa eu repetia em inglês as palavras devastadoras que o belo e cruel herói pronunciara na cena mais dramática. Como muitos outros da minha classe, eu prestava a maior atenção em seu jeito de dobrar o lenço antes de colocá-lo no bolso, de abrir uma garrafa de uísque e de curvar-se e acender o cigarro para uma dama; eu ficava de olho também nas últimas invenções ocidentais, como o radiotransístor e a torradeira. Nem mesmo quando conquistaram os Bálcãs e sitiaram Viena, nem mesmo quando leram Balzac nas traduções turcas patrocinadas pelo Ministério da Educação, os turcos tiveram contato tão íntimo com a vida privada no Ocidente como no cinema.

É isso que faz de ir ao cinema algo tão divertido quanto viajar ou embriagar-se: nos filmes, encontramos o Outro face a face. Há todas as condições para tornar esse encontro intenso. Nossos olhos não querem ver mais nada; nossos ouvidos não toleram sequer o ruído de embalagens ou da mastigação de castanhas. Chegamos àquela poltrona para esquecer nossos problemas, para esquecer a penosa história que é nosso passado e nosso futuro, e para esquecer as angústias que essa história provoca ao passar. Para nos entregarmos à imagem do outro, e à história, estamos dispostos a abandonar nosso próprio eu, pelo menos por enquanto. Assim como uma moldura pode transformar um quadro a óleo num fetiche, o escuro do cinema exclui tudo o mais, para nos emoldurar, e a nossas ilusões.

Sete anos antes de assistir a *Cleópatra*, quando eu tinha cinco anos, alguém que chamávamos de "homem do filme" ia ao lote vazio perto da nossa casa de veraneio. Ele tinha um estranho aparelho: um projetor portátil que instalava numa mesa. Pagando-lhe cinco kuruş, podia-se espiar pelo visor, girar a manivela e assistir a um filme de trinta segundos. Lembro-me de ter visto assim uma compilação de cenas de filmes antigos, mas não recordo nada do que vi. O que guardo na memória é o encanto com que, ao chegar a minha vez, eu enfiava a cabeça debaixo do pano preto estendido sobre a máquina para barrar a claridade e tateava no escuro em busca do visor. Não é só o fato de que nos encontramos face a face com o Outro dentro do cinema: o que vemos faz *tudo* parecer sobrenatural no espaço de um instante.

É por isso que — seja qual for a história — o Outro provocador do cinema desperta nossos desejos: de amizade, dos prazeres da vida diária, da felicidade, do poder, do dinheiro e do sexo, e, é claro, de escapar de todas essas coisas e de seus opostos. Lembro-me da minha curiosidade e do meu assombro quando examinei as fotos de revista de Liz Taylor como Cleópatra mergulhando, seminua, num magnífico banho de leite. Eu tinha doze anos, e seu corpo de estrela do cinema me arrastou para um mundo de culpa e desejo. Minha confusão devia-se, em grande parte, às temíveis advertências dos professores do liceu, dos amigos angustiados com a tuberculose, e da imprensa popular: os filmes, como a masturbação, debilitavam o cérebro das crianças e lhes arruinavam a vista, e o mundo de faz-de-conta, depois que tomava conta, não as largava mais, isolando-as da realidade.

Deve ter sido para diluir o perigo e a emoção de seu encontro com o Outro que os istambullus do tempo de *Cleópatra* gostavam tanto de conversar durante a projeção. Alguns até alertavam o herói de bom coração sobre o inimigo que não podia ver atrás dele; outros despejavam duras palavras contra os vilões, mas a maioria gritava de perplexidade sempre que na tela as pessoas mostravam um hábito ou executavam um ritual universalmente chocante: "Olha só! A menina comendo laranja com garfo e faca!". Isso produzia um grau de alienação que nem mesmo Brecht teria concebido, e às vezes adquiria uma coloração nacionalista. Quando Goldfinger, cercado por máquinas e armas da mais avançada tecnologia, oferecia tabaco turco a James Bond, dizendo que era o melhor do mundo, muita gente chegava a ponto de aplaudir o bandido. Quanto às cenas que os censores turcos julgavam muito longas, e as cenas de amor das quais cortavam as imagens indecentes, a silenciosa tensão na plateia dissipava-se com piadas e risadas.

Havia momentos em que o desejo parecia tão próximo que podia ser tocado — tão vívido como os belos sonhos da tela, mas reais o bastante para contestá-los —, e era talvez para nos lembrar de que não estávamos sozinhos e desprotegidos no escuro, mas sentados num cinema com outros cidadãos como nós, que eles introduziam intervalos de cinco minutos conhecidos em

Istambul como Entr'acte. O hábito era desolados vendedores passarem pelos corredores com barras de sorvete e pipocas, enquanto os viciados em nicotina acendiam seus cigarros; apesar de o Ocidente ter acabado com esses intervalos há muito tempo, tenho algo a dizer aos esnobes afeminados que se queixam de que são desnecessários e destroem a unidade do filme, porque pessoalmente eu lhes devo muito — incluindo este ensaio.

Cinquenta anos atrás, durante o Entr'acte no que agora chamamos de Emek Sinemasi (o Cinema Trabalho), na época conhecido como Melek Sinemai (ou o Anjo), minha mãe e meu pai, cada um com seu grupo de amigos, foram até o saguão e ali se conheceram. Como devo minha existência a esse encontro casual no cinema, não posso deixar de concordar com os escritores que escreveram com grande eloquência sobre a sua dívida para com essa arte.

67. Por que não me tornei arquiteto?

Eu ficava parado e pasmo diante do prédio de 95 anos: como tantos outros da nossa época, não era pintado, perdera um pouco de reboco aqui, um pouco ali, e sua superfície escura e suja tinha qualquer coisa que lembrava uma assustadora doença de pele. O que primeiro me chamou a atenção foram os sinais de idade, abandono e fadiga. Mas quando comecei a notar seus pequenos frisos, suas folhas e árvores inteligentes, e os assimétricos desenhos art déco, esqueci a aparência doentia, pensando, em vez disso, na existência feliz e fácil que esse prédio teve um dia. Vi muitas rachaduras e buracos em suas calhas, em seu revestimento externo, nos frisos e beirais. Inspecionando os vários andares, incluindo a loja do térreo, vi que, como a maioria dos prédios construídos cem anos atrás, ele tinha sido originariamente uma construção de quatro andares, e que os dois de cima foram acrescentados vinte anos atrás. Não havia frisos, nem grosso revestimento externo sobre as janelas, nem belo trabalho à mão na fachada. Às vezes esses andares não eram sequer da altura dos de baixo, nem as janelas eram alinhadas do mesmo jeito. A maioria desses pisos fora acrescentada às pressas, aproveitando os impulsos de reformar e melhorar as casas, as brechas da lei e os prefeitos corruptos que fazem vista grossa. À primeira vista, talvez parecessem modernos e limpos perto das fachadas originais, de um século de idade; vinte anos depois, seus interiores parecem mais velhos e dilapidados do que os dos andares de baixo.

Quando eu olhava as janelas salientes — a tradicional assinatura dos arquitetos de Istambul, projetando-se um metro sobre a rua — meus olhos se fixavam num vaso de flores ou numa criança que olhava para mim. Minha mente calculava de forma automática que esse prédio assentava-se num lote de cerca de oitenta metros quadrados, deduzia o espaço útil e tentava descobrir se satisfazia minhas necessidades. Eu não procurava um prédio para transformá-lo em minha casa; eu começara a pesquisar os mais antigos bairros de Istambul — ruas que remontam a 2 mil anos: as ruas secundárias de Galata, Beyoğlu e Cihangir, onde gregos e armênios tinham morado e, antes deles, genoveses — com uma estranha finalidade. Eu precisava dessa casa para um livro e um museu.

Enquanto olhava o prédio do outro lado da rua, o merceeiro da loja atrás de mim saiu para me falar sobre o prédio — suas condições, sua idade e a quem pertencia — deixando claro que o proprietário combinara com ele para que agisse como intermediário, ou pelo menos que fosse seus olhos e ouvidos.

"Seria possível dar uma olhada lá dentro?", perguntei, um tanto ansioso, resistindo à ideia de entrar numa casa estranha sem a permissão dos moradores.

"Pode entrar, irmão, pode entrar e dar uma olhada, não se preocupe!", berrou o prático merceeiro.

Apesar de ser um dia quente de verão, o espaçoso saguão de entrada era extraordinariamente frio (já não se constroem esses saguões de pé-direito alto, nem mesmo nos edifícios das áreas mais ricas), e já não se escutava a gritaria das crianças na rua pobre lá fora, ou o barulho das lojas de plásticos e máquinas em frente, a poucos passos de distância, e tudo isso me fez lembrar que as casas dessa área tinham sido construídas para um modo de vida muito diferente. Subi ao segundo andar, depois ao terceiro, e, encorajado pelo curioso merceeiro, entrava em qualquer porta, de qualquer apartamento que quisesse. As pessoas que ali viviam talvez não pertencessem à mesma família, mas vinham da mesma aldeia anatólia e deixavam as portas abertas. Enquanto percorria esses apartamentos, eu registrava avidamente tudo que via, como uma câmera rodando um filme mudo.

Do lado de fora de um apartamento que levava ao saguão de entrada, vi uma mulher cochilando numa cama velha encostada à parede. Antes que ela saísse do seu torpor para me olhar de perto, entrei na sala adjacente (não havia corredor), onde quatro crianças de cinco a oito anos espremiam-se num pequeno sofá diante de uma televisão em cores. Ninguém virou a cabeça para me olhar; os pequenos dedos dos pés nus, pendurados do alto sofá, contorciam-se ao ritmo do filme de aventura a que assistiam.

Quando entrei no quarto seguinte dessa casa movimentada, que era tão quieto quanto o calor do meio-dia, uma mulher que encontrei me fez lembrar o tempo em que eu era obrigado a informar meu nome, minha patente e meu número de série: "Quem é o senhor?", perguntou a mãe carrancuda, que segurava na mão uma chaleira. Enquanto o merceeiro explicava a situação, percebi que o quarto em que a mulher trabalhava não era bem uma cozinha; o único acesso a esse espaço estreito era através de um quarto onde um velho descansava de cuecas, e é claro que entendi que aquela configuração não estava na planta original do prédio. Tentei imaginar como teria sido aquele piso. Fiz uma ideia do quarto do homem de cuecas, olhando as paredes, que, como todas as outras que eu vira (exceto na mercearia), descascavam a pintura e o reboco e eram um constrangimento.

Com a ajuda das fofocas do bairro e a ansiosa orientação do merceeiro, que a essa altura já se transformara de solícito intermediário em verdadeiro corretor de imóveis, tanto quanto qualquer corretor que trabalha para ganhar comissão, passei o mês seguinte visitando centenas de apartamentos antigos naquela área — numa rua onde todos os moradores eram curdos de Tunceli, o bairro cigano em Galata, onde todas as mulheres e crianças se sentavam nos degraus para ver os passantes, ou na viela onde senhoras entediadas gritavam de suas janelas: "Por que ele não sobe para dar uma olhada aqui também?". Vi cozinhas meio desmoronadas, velhas salas de estar divididas de qualquer jeito, escadas com os degraus desgastados; salas com tapetes que escondiam pisos de madeira quebrados; depósitos, lojas de máquinas, restaurantes, e velhos apartamentos de luxo com belos trabalhos de gesso nas paredes e nos tetos, transformados em lojas de candelabros; prédios vazios apodrecendo sem proprietários, ou com proprietários que emigraram ou disputavam o imóvel; quartos com crianças pequenas vivendo tão apertadas como objetos num armário; pisos frios com paredes úmidas cheirando a mofo; porões onde alguém armazenara cuidadosamente lenha colhida debaixo das árvores e em latas de lixo nas ruas secundárias, junto com pedaços de ferro e lixo de todo tipo; escadas nas quais cada degrau tinha altura diferente; tetos com vazamento; prédios nos quais os elevadores não funcionavam, nem as lâmpadas; mulheres de véu na cabeça que observavam por fendas nas portas quando eu passava pelas escadas e por pessoas dormindo em suas camas; sacadas com roupas penduradas para secar, paredes que diziam NÃO JOGUEM LIXO! e crianças brincando em pátios; e enormes guarda-roupas, todos parecidos, que faziam tudo mais no quarto parecer pequeno.

Se eu não tivesse visitado tantas casas, jamais teria visto com clareza as duas coisas essenciais que as pessoas costumam fazer em casa: (1) espichar-se numa cadeira ou num sofá, num banco forrado, ou numa cama, e cochilar, e (2) ver televisão a qualquer hora. A maior parte do tempo, fazem as duas coisas simultaneamente, enquanto fumam e tomam chá. Em áreas da cidade onde o valor da propriedade era mais ou menos o mesmo, havia espaço demais tomado por escadas; não vi casas que se afastassem desse projeto. Depois de ver quanto espaço era ocupado por escadas, em prédios que não tinham seis ou sete metros de frente, nem quartos nos fundos, tentei esquecer as fachadas, os prédios e as ruas da cidade e imaginar centenas de milhares de escadas; feito isso, passei a ver as divididas propriedades de Istambul como uma floresta de escadarias secretas.

No fim das minhas andanças, o que mais me impressionou foi ver que esses prédios, que apesar das fachadas eram moradias pequenas e humildes feitas cem anos atrás para gregos e levantinos por arquitetos e incorporadores armênios, eram usados de maneiras absurdamente diferentes do que os construtores pudessem imaginar ou conceber. Aprendi uma coisa em meus anos de estudo de arquitetura: prédios tomam a forma dos sonhos dos arquitetos e dos compradores. Depois que os gregos, armênios e levantinos que os sonharam tiveram de abandoná-los nos primeiros anos do século passado, esses prédios acabaram refletindo a imaginação dos ocupantes subsequentes. Não me refiro a uma imaginação ativa moldando esses prédios e ruas para dar à cidade determinada aparência. Refiro-me à imaginação passiva de pessoas que vieram de lugares distantes para ruas e prédios que já tinham determinada aparência, e que mudaram seus sonhos para se adaptarem a ela.

Posso relacionar esse tipo de imaginação com a de uma criança que inventa formas a partir de sombras na parede, antes de ir dormir num quarto escuro no meio da noite. Se dorme num quarto estranho e assustador, ela o torna suportável imaginando o que lhe é familiar. Se está num quarto limpo que conhece bem, um quarto onde se sente segura, ela pode construir para si um mundo de sonho comparando as sombras com criaturas lendárias. Nos dois casos, a imaginação da criança trabalha com o material fragmentário e acidental de que dispõe, para criar sonhos compatíveis com o lugar onde está. Assim, a imaginação em questão não está a serviço de uma pessoa que cria novos mundos numa folha de papel em branco, mas a serviço de alguém que tenta adaptar-se a um mundo já feito. As ondas de migração a que Istambul assistiu no século passado, as mudanças de indústrias de um bairro para outro, o surgimento de uma nova burguesia turca, os sonhos de ocidentalização que fizeram pessoas abandonarem aqueles prédios e seus quartos dilapidados, e serem substituídas por gente de outros lugares — para onde olhássemos em Istambul veríamos placas dessa segunda e acomodatícia imaginação. As pessoas que construíram aquelas divisórias, que transformaram janelas salientes em cozinhas, e saguões de entrada em depósitos ou salas de estar, que criaram espaços habitáveis com camas e guarda-roupas nos lugares mais inesperados, que fecharam janelas com tijolos ou puseram novas janelas e portas ou abriram buracos nas paredes, que equiparam os fogões com canos que se contorciam por todas as paredes e todos os tetos — que tomaram todas as providências para transformar esses lugares em suas casas —, essas pessoas eram totalmente estranhas às intenções dos arquitetos que conceberam tais casas um século antes.

Não é por acaso que falo de folhas de papel em branco. Estudei arquitetura na Universidade Técnica de Istambul durante cerca de três anos, mas não me formei. Acho que isso teve a ver com os pomposos sonhos modernistas que registrei naquelas folhas de papel em branco. Tudo que eu sabia naquele tempo era que desejava ser arquiteto — ou pintor, como foi meu sonho durante muitos anos. Abandonei as grandes folhas de papel de desenho arquitetônico que me excitavam e assustavam, fazendo minha cabeça girar, e sentei-me para encarar uma folha de papel de escrever que me excitava e assustava do mesmo jeito. É onde me sento há 25 anos. Quando um livro toma forma em minha cabeça, acho que estou no começo de tudo; acho que o mundo se adaptará às minhas ideias — assim como fiz quando sonhava com prédios, como estudante de arquitetura.

Vou repetir a pergunta que ouvi muitas vezes 25 anos atrás, e que ainda faço a mim mesmo de vez em quando: por que não me tornei arquiteto? Resposta: porque achava que as folhas de papel em que eu deveria descarregar meus sonhos estavam em branco. Mas, depois de 25 anos escrevendo, compreendi que essas páginas nunca estão em branco. Agora sei muito bem que, quando me sento à minha mesa, sento-me com a tradição e com aqueles que se recusam absolutamente a ceder às regras ou à história; estou sentado com coisas nascidas da coincidência e da desordem, da escuridão, do medo e da sujeira, com o passado e seus fantasmas, e todas as coisas que o mundo oficial e nossa língua gostariam de esquecer; estou sentado com o medo e com os sonhos que o medo engendra. Para juntar tudo na página, preciso escrever romances que se baseiem no passado, e todas as coisas que os ocidentalizados e a República moderna gostariam de esquecer, mas que abarcam o futuro e a imaginação ao mesmo tempo. Se aos vinte anos eu achasse que poderia fazer o mesmo com arquitetura, eu teria me tornado arquiteto. Mas naquele tempo eu era um modernista convicto, que desejava escapar do fardo, da sujeira e do crepúsculo repleto de fantasmas que era a história — e, mais ainda, era um ocidentalizado otimista, seguro de que tudo ia de acordo com o planejado. Quanto aos povos da cidade em que eu vivia — que não aceitavam regras, com suas complexas comunidades e suas histórias —, eles não apareciam em meus sonhos: eu os via como obstáculos, que ali estavam para impedir que meus sonhos se realizassem. Compreendi, de imediato, que nunca me deixariam construir prédios do tipo que eu queria ver naquelas ruas. Mas não fariam objeção alguma se eu me trancasse num quarto e escrevesse a seu respeito.

Levei oito anos para publicar meu primeiro livro. Durante esse tempo e especialmente nos momentos em que eu perdia a esperança de que alguém um dia publicasse algo meu, eu tinha um sonho recorrente: sou estudante de arquitetura e estou na aula de desenho arquitetônico, projetando um prédio, mas disponho de pouco tempo para entregar o desenho. Estou sentado a uma mesa pondo tudo que sei em meu trabalho, cercado de esquetes inacabados e rolos de papel e, em toda parte, manchas de tinta se abrem como flores venenosas. Enquanto trabalho, ocorrem-me ideias ainda mais brilhantes do que as que já tive, mas apesar de meus esforços febris o temível prazo termina daqui a pouco e sei muito bem que não tenho mais chance de realizar essa nova e grande ideia, do que de terminar o prédio que está na minha folha de papel. A culpa de não concluir o projeto a tempo é minha, inteiramente minha. Enquanto crio visões cada vez mais intensas, fico tão arrasado pela culpa que a dor me desperta.

A primeira coisa que tenho a dizer sobre o medo que deu origem a esse sonho é que se trata do medo de tornar-me escritor. Se me tornasse arquiteto, eu pelo menos teria uma profissão adequada, e ganharia dinheiro bastante para levar uma vida de classe média. Mas quando comecei a dizer, de modo um tanto obscuro, que ia ser escritor e escrever romances, minha família me disse que eu passaria por dificuldades financeiras no futuro. Assim, diante da culpa e do medo de não dispor de tempo suficiente, foi aquele sonho que aliviou a dor do meu desejo. Porque, quando estudava arquitetura, eu ainda fazia parte da vida "normal". Trabalhar tão duro, contra o relógio, e sonhar intensamente — isso caracterizaria minha vida posterior, quando escrevia romances sem qualquer tipo de prazo.

Naquele tempo, quando me perguntavam por que eu não me tornara arquiteto, eu dava sempre a mesma resposta, com palavras diferentes: "Porque eu não queria projetar apartamentos!". Quando dizia *apartamentos*, eu queria dizer ao mesmo tempo um estilo de vida e uma determinada abordagem da arquitetura. Foi nos anos 1930 que os velhos bairros históricos de Istambul se esvaziaram, quando as classes endinheiradas começaram a derrubar suas velhas casas de dois e três andares, com seus espaçosos jardins, usando os terrenos e outros lotes desertos para construir edifícios de apartamentos que, em sessenta anos, destruíram completamente o antigo feitio da cidade. Quando comecei a vida escolar no fim dos anos 1950, todas as crianças de minha classe viviam em apartamentos. No início, as fachadas misturavam um claro modernismo da Bauhaus com janelas salientes tradicionalmente turcas; mais tarde, elas se tornaram cópias baratas e sem inspiração do estilo internacional; e como, devido à lei de herança, muitos terrenos de construção eram estreitos demais, os interiores eram todos idênticos. Entre os apartamentos havia escadas e estreitos poços de ventilação, que alguns chamavam de "o escuro" e outros, "a luz"; na frente havia uma sala de estar e nos fundos, dependendo do tamanho do terreno e da habilidade do arquiteto, dois ou três quartos. Longos e estreitos corredores ligavam a sala da frente aos diversos quartos dos fundos; estes, juntamente com as janelas que davam para "a luz" e as janelas da escada, tornavam os apartamentos assustadoramente parecidos; e todos cheiravam a mofo, a óleo de cozinha, a fezes de passarinho e a pobreza. O que mais me assustava, durante os anos em que estudei arquitetura, era a perspectiva de projetar apartamentos de custo compensador nesses pequenos e estreitos lotes, obedecendo à regulamentação vigente e ao gosto da classe média semiocidentalizada. Naquele tempo, muitos parentes e conhecidos que se queixavam de arquitetos desonestos me diziam que, quando eu me tornasse arquiteto, eles dariam um jeito para que eu pudesse construir meus apartamentos nos lotes vazios de propriedade de seus pais.

Não me tornando arquiteto, escapei desse destino. Tornei-me escritor, e tenho escrito muito sobre apartamentos. A lição que tiro de tudo que já escrevi é a seguinte: a qualidade doméstica de um edifício vem dos sonhos dos que nele vivem. Esses sonhos, como todos os sonhos, são alimentados pelos cantos velhos, escuros, sujos e em processo de desintegração. Assim como em alguns edifícios vemos fachadas que ficam mais bonitas com a idade, e paredes interiores que adquirem misteriosa textura, assim também podemos ver os traços de sua trajetória de prédios que não tinham significado algum a prédios que se tornam lares, construídos pelos sonhos. É assim que vejo os quartos divididos, as paredes com buracos, as escadas quebradas que descrevi antes. São coisas das quais um arquiteto não pode mostrar traços nem provas: os sonhos com que os primeiros ocupantes de um edifício novo e comum (concebido num acesso de entusiasmo modernizador e ocidentalizante, e feito como se começasse do começo) o transformam em lar.

Quando eu andava entre as ruínas do terremoto que matou 30 mil pessoas, senti outra vez a presença dessa imaginação, e muito poderosamente — andando entre todos aqueles fragmentos de parede, tijolo e concreto; janelas quebradas, chinelos, pés de lâmpada, cortinas e tapetes: todo prédio, todo abrigo, novo ou velho, em que se entrasse era a imaginação que o transformava num lar. Como os heróis de Dostoiévski, que usam a imaginação para se agarrar à vida, mesmo nas situações mais desesperadas, nós também sabemos como transformar nossos edifícios em lares, mesmo quando a vida é muito difícil.

Mas quando essas casas são destruídas por terremotos, lembramo-nos, penosamente, que são também construções. Logo depois do terremoto que matou 30 mil pessoas, meu pai me contou que tinha encontrado a saída de um edifício de apartamentos e tateado na escuridão da rua para refugiar-se noutro prédio de apartamentos, a cem metros de distância. Quando lhe perguntei por que fizera isso, ele disse: "Porque aquele prédio é seguro. Quem o construiu fui eu". Referia-se ao prédio de apartamentos da família onde passei a infância, o prédio que ele dividira com minha avó, meus tios e tias, e que descrevi com frequência — em tantos romances —, e, se meu pai lá se refugiou, eu diria que não foi porque era um prédio seguro, mas porque era um lar.

68. Mesquita de Selimiye

A arquitetura foi a principal arte otomana, e alcançou o apogeu com a Mesquita de Selimiye em Edirne. Nos anos 1970, quando eu estudava arquitetura em Istambul, e me preocupava muito com os princípios subjacentes aos grandes monumentos otomanos, especialmente os projetados por Sinan, fiz uma viagem a Edirne só para vê-la. A mesquita era exatamente como eu me lembrava da primeira visita que fiz, com meu pai, dez anos antes, sua grande silhueta de cúpula única erguendo-se, muito alta, na vasta planície, dominando a paisagem num raio de muitos quilômetros. Nenhum outro monumento otomano imprimiu sua imagem numa cidade dessa maneira. Apesar de Edirne estar repleta de pitorescos edifícios históricos, todos parecem pequenos diante dessa mesquita e sua imensa cúpula. Sinan construiu-a para Selim II entre 1569 e 1575, no auge do poderio militar e cultural otomano. No século XVI, quando os sultões fizeram suas primeiras incursões à Europa, essa capital hoje esquecida tornou-se fundamental — e emblemática — para o projeto de império.

Quanto mais crescia o império, mais precisava de um centro. A Selimiye expressa o impulso centralizador dos otomanos já no seu projeto, como todas as obras de Sinan e, na verdade, toda a grande arquitetura religiosa otomana: o sonho era construir uma mesquita que — vista de dentro ou de fora — fosse uma massa única, dominada por uma só cúpula. As grandes mesquitas otomanas de períodos anteriores, como as primeiras obras de Sinan, tinham uma profusão de pequenas cúpulas e semicúpulas, e a beleza vinha da interação harmoniosa entre a grande cúpula, que se erguia um tanto indistintamente no centro, e as semicúpulas, as torres e os contrafortes comprimidos em redor. Na Mesquita de Selimiye, que Sinan considerava sua maior realização, a grande ambição foi substituir essa confusa aglomeração por uma imensa cúpula. Quando eu tinha vinte anos, e estudava arquitetura, os colegas de classe e eu víamos uma ligação entre o desejo de uma cúpula central e a implacavelmente centralizadora maquinaria política e econômica do império. Mas num livro escrito em seu nome por um amigo, o poeta Sai, Sinan disse que tinha buscado inspiração na Basílica de Santa Sofia, em Istambul.

Instalados ao redor da grande cúpula de Selimiye, há quatro minaretes, os mais altos do mundo islâmico; também refletem as duas preocupações intelectuais idênticas que influenciaram o projeto da mesquita: a busca de um centro e o desejo de simetria. No interior de dois minaretes há três escadas que jamais se cruzam e levam a três balcões separados, façanha de harmonia que reproduz a geometria atemporal da construção. Mas depois de nos extasiarmos com a extravagância simétrica do exterior, as simetrias simples, puras, do interior produzem um choque. Esse choque revela o maior segredo do pensamento arquitetônico otomano: que os exteriores monumentais, que proclamam a riqueza e o poder do Império Otomano, e a duradoura grandeza dos sultões, deveriam aliar-se aos puros espaços interiores que conduziam os fiéis à comunhão direta com Deus. Como ocorre em todas as grandes mesquitas otomanas, o poder do interior de Selimiye não vem de pinturas, de enfeites e ornamentação, mas das linhas puras e austeras. Visitá-la é esquecer o poder, a determinação, a riqueza e a maestria técnica do Império Otomano e de seus sultões, e sucumbir à misteriosa luz que penetra pelas numerosas, minúsculas janelas; é olhar para o jogo de luz e sombra, e ler nele a insignificância do homem. Mas essa linguagem arquitetônica não massacra o visitante com suas linhas perpendiculares que esmagam a alma; é uma arquitetura circular, que afirma a humanidade una — a *umma* — e evoca a simplicidade da vida e da morte. Enquanto estamos dentro da obra-prima de Sinan, são suas simetrias visíveis e invisíveis que nos falam; é a sublime geometria da mesquita que traz à lembrança a perfeição de Deus na simples e poderosa pureza da cúpula, da pedra nua e dos oito esbeltos pilares.

69. Bellini e o Oriente

Há três artistas que conhecemos como Bellini. O primeiro, Jacopo Bellini, é lembrado não tanto como pintor, mas como o homem que trouxe os dois Bellinis mais famosos ao mundo. Seu filho mais velho, Gentile Bellini, foi, em vida (1429-1507), o artista mais famoso de Veneza. Hoje é lembrado especialmente por sua "viagem ao Oriente" e pelas obras de arte que ela lhe inspirou, mais particularmente seu retrato de Mehmet o Conquistador, ao passo que seu irmão, Giovanni, é festejado pelos historiadores de arte como um dos grandes pintores de todos os tempos. Em geral se reconhece que seu senso de cor teve enorme impacto na Renascença veneziana e, portanto, mudou o rumo da arte ocidental. Quando E. H. Gombrich fala dessa tradição em *Art and scholarship*, observando que "sem Bellini e Giorgione, não teria havido Ticiano", é a Giovanni, o mais jovem dos irmãos, que se refere. Mas é a seu irmão mais velho, Gentile, que a exposição "Bellini e o Oriente" presta homenagem.

Depois de tomar Istambul em 1453, com 21 anos, Mehmet II teve como objetivo principal centralizar o Estado otomano, mas continuou suas incursões pela Europa, estabelecendo-se no mundo como respeitado governante. Aquelas guerras, aquelas vitórias, aqueles tratados de paz, cujos nomes todo estudante turco de curso secundário é obrigado a decorar e recitar com fervor nacionalista, fizeram com que grandes pedaços da Bósnia, da Albânia e da Grécia caíssem em poder dos otomanos. Com seu poder grandemente aumentado pelas conquistas, Mehmet II finalmente pôde firmar um tratado de paz entre os otomanos e os venezianos em 1479, depois de quase vinte anos de guerra, pilhagem e pirataria nas ilhas do mar Egeu e nos portos fortificados do Mediterrâneo. Quando emissários começaram a viajar entre Veneza e Istambul para negociar o tratado, Mehmet II manifestou o desejo de que Veneza lhe enviasse um "bom artista", e o Estado veneziano (muito satisfeito com o tratado de paz, mesmo tendo de ceder muitos fortes e bastante terra) decidiu mandar Gentile Bellini, que naquela ocasião enfeitava as paredes do grande saguão do conselho do Palácio dos Doges com suas pinturas gigantes.

Portanto a "viagem ao Oriente" de Gentile Bellini, e os dezoito meses que passou em Istambul como embaixador cultural, é o tema da pequena mas rica exposição na Galeria Nacional de Londres. Embora inclua muitas outras pinturas e muitos desenhos de Bellini e de seu ateliê, assim como medalhas e diversos objetos que mostram as influências orientais e ocidentais da época, a peça mais importante da exposição é, naturalmente, o retrato a óleo de Mehmet o Conquistador, feito por Gentile Bellini. O retrato gerou muitas cópias, variações e adaptações, e as reproduções feitas a partir dessas sortidas imagens ilustram muitos livros escolares, capas de livros, jornais, pôsteres, cédulas, selos, pôsteres educativos e revistas em quadrinhos, e não deve haver sequer um turco alfabetizado que não a tenha visto centenas, senão milhares, de vezes. Nenhum outro sultão da Idade de Ouro do Império Otomano, nem mesmo Süleyman o Magnífico tem um retrato como esse. Com seu realismo, sua composição simples, e o arco perfeitamente sombreado que lhe dá uma aura tão vitoriosa, acabou sendo visto não apenas como o retrato de Mehmet II, mas como o ícone do sultão otomano, da mesma forma que o famoso pôster de Che Guevara é o ícone do revolucionário. Ao mesmo tempo, os detalhes cuidadosamente trabalhados — a acentuada protrusão do lábio superior, as pálpebras caídas, as delgadas sobrancelhas femininas e, mais importante, o nariz fino, longo e adunco — evocam um indivíduo singular que, ao mesmo tempo, não difere tanto dos cidadãos que vemos nas movimentadas ruas de Istambul. A característica diferenciadora mais famosa é o nariz otomano, marca registrada de uma dinastia numa cultura sem aristocracia de sangue. Em 2003, para comemorar os 550 anos da Conquista Otomana, o banco Yapi Kredi mandou levar a pintura de Londres para Istambul e a expôs em Beyoğlu, um dos distri-

tos mais movimentados da cidade; alunos chegavam de ônibus, e centenas de milhares entraram na fila para ver o retrato, num estado de fascinação que só a lenda é capaz de inspirar.

Devido à proibição islâmica à pintura, ao medo especial dos retratos e à ignorância do que se passava com a arte do retrato na Renascença europeia, os artistas otomanos não faziam e não podiam fazer retratos de sultão parecidos com o modelo. E essa cautela com as características diferenciadoras de um tema humano não se limitava ao mundo da arte. Mesmo os historiadores otomanos, que relataram os eventos militares e políticos da época, apesar de não haver nenhuma proibição religiosa relativa à descrição verbal, relutavam em pensar ou até escrever sobre as características definidoras dos sultões, seu caráter, suas complexidades espirituais. Depois da fundação da República da Turquia em 1923, quando o impulso ocidentalizante começava, o poeta nacionalista Yahya Kemal, que viveu em Paris durante muitos anos, e tinha tanta familiaridade com a arte e a literatura francesas quanto se sentia achacado por dúvidas sobre sua própria herança literária e cultural, certa vez comentou pesarosamente: "Se pelo menos tivéssemos pintura e prosa, seríamos outro país!".

Ao dizer isso, talvez esperasse recuperar as belezas de uma idade perdida, documentada na pintura e na literatura. Mesmo que não fosse o caso, estritamente falando — como quando se viu diante do retrato "realista" de Mehmet o Conquistador, de autoria de Bellini —, o que o perturbou foi o fato de a mão que desenhou o retrato não ter motivação nacionalista. Pode-se sentir profunda insatisfação nessas palavras, a insatisfação de um escritor muçulmano com sua própria cultura. Ele também sucumbia à fantasia comum sobre a adaptação sem esforço aos produtos artísticos de uma cultura e uma civilização totalmente diferentes, à ideia de que isso pudesse ser alcançado sem que se mudasse a alma.

Há muitos exemplos dessa fantasia infantil em "Bellini e o Oriente" e no catálogo da exposição. Uma das aquarelas de um álbum do Palácio Topkapi, atribuída a um artista otomano chamado Sinan Beg, é quase certamente inspirada no retrato de Bellini, e o catálogo lhe dá o título de "Mehmet ii Cheira uma Rosa"; não sendo um retrato da Renascença veneziana, nem uma clássica miniatura persa-otomana, ela deixa o visitante perturbado. Num artigo sobre Şeker Ahmet Pasha, outro artista turco que absorveu tanto as tradições orientais (miniatura persa-otomana) como as ocidentais (pintura paisagista europeia, especialmente Courbet), John Berger falou desse desconforto, e, apesar de achar que ele se devia às dificuldades de harmonizar técnicas diferentes, como o uso da perspectiva e o ponto de fuga, percebeu também que o problema subjacente era a dificuldade de harmonizar visões de mundo. No retrato otomano inspirado por Bellini, uma coisa que compensa a falta de graça da execução — e parece perturbar o sultão também — é a rosa que Mehmet ii aspira. O que torna real essa rosa, e até o seu perfume, não é tanto a cor, mas o saliente nariz otomano de Mehmet ii. Ao saber que o artista otomano que pintou a aquarela era, na realidade, um artista franco que vivia entre os otomanos, muito provavelmente um italiano, damo-nos conta mais uma vez de que as influências culturais funcionam em mão dupla, com complexidades difíceis de avaliar.

Outra pintura corretamente atribuída a Bellini desafia as disputas e preocupações eruditas sobre correção política e sugere, com extraordinária elegância, uma história ocidental-oriental mais humana. Essa aquarela maravilhosamente simples, não maior do que uma miniatura, mostra um jovem sentado de pernas cruzadas. Como o papel que o jovem de brincos toca com a pena está em branco, não podemos saber com certeza se é artista ou escriba. Mas pela expressão do rosto, pelo ar de concentração e pela forma dos lábios, até mesmo pela confiança com que a mão esquerda protege o papel no colo, posso ver de imediato que está completamente dedicado ao trabalho. Sua dedicação a uma folha de papel em branco e a sincera rendição de si mesmo conquistam o meu respeito. Sinto que se trata de alguém que coloca a beleza e a perfeição do trabalho (seja desenho ou texto) acima de qualquer coisa; trata-se de um artista que alcançou a felicidade que só pode advir da entrega total ao trabalho. A apreciação da beleza do pálido rosto imberbe do pajem aumenta com a apreciação da simpatia do artista pelo assunto, que é tão evidente. Foi observado pela primeira vez pelo historiador semioficial Kritovoulos de Imbros e, mais tarde, por muitos cronistas cristãos ocidentais, que Mehmet o Conquistador valorizava jovens bonitos, corria riscos políticos por sua causa, e encomendava retratos deles. A partir daquela época, a beleza física passou a ser fator importante na seleção dos pajens no palácio otomano. A beleza do jovem artista e o modo como se entrega à beleza do que está desenhando, mais a simplicidade do piso e da parede atrás dele — tudo dá à pintura um ar de mistério que sinto cada vez que a vejo. O mistério, é claro, tem muito a ver com o fato de que o papel que o jovem olha com tal concentração está em branco. Se esse belo artista pode pensar com tamanha concentração naquilo que ainda vai pintar, é porque sem dúvida já pode ver a imagem cintilar na cabeça. Sabemos, pelo jeito de pressionar a caneta no papel em branco, pelo jeito de sentar-se, por sua expressão, que esse artista sabe o que vai fazer. Mas não há nada à sua volta — nenhum objeto, texto, esquete, molde, figura humana ou vista — para sugerir o tema que tem em mente. Sentimos como se esse momento congelado há 525 anos logo deixará de existir, que no instante seguinte o artista escriba começará a movimentar a caneta, e seu belo rosto se iluminará de uma felicidade ainda maior, como se visse a pena de outra pessoa correr pela página.

Um século atrás, em 1905, essa pintura ainda estava em Istambul; hoje pertence ao Museu Isabella Stewart Gardner, de Boston. Anos atrás, depois de andar por entre os quadros de Ticiano e John Singer Sargent nesse museu, descobri meu jovem pintor exposto num canto, num dos pisos superiores. Para vê-lo, eu precisava levantar o grosso tecido sobre o vidro que protege a pintura dos danos da claridade e baixar a cabeça. Enquanto olhava para baixo, a dis-

tância entre mim e a pintura parecia ser igual à distância entre o pintor e sua folha de papel em branco. Eu olhava a pequena pintura de Bellini do mesmo jeito que, num momento íntimo, um sultão devia olhar uma miniatura que ilustrava o grosso e pesado livro em sua mão. Eu também olhava para baixo, como o pintor na pintura. O que distingue a pintura islâmica da pintura ocidental depois da Renascença, não menos do que a proibição religiosa, e talvez até mais, é o olhar reservado, para baixo, que Bellini captura tão conscientemente nesse retrato. Na cultura islâmica, a pintura era uma arte restrita, só permitida para decorar o conteúdo de livros e, portanto, confinada a espaços pequenos; essas pinturas não eram feitas para pendurar em paredes, nunca o foram! Enquanto esse jovem sentado de pernas cruzadas se perde em pensamentos, baixando os olhos para olhar a página em branco que se tornará sua pintura, assume a mesma postura que a pessoa rica e poderosa — mais provavelmente um sultão ou príncipe — será obrigada a adotar para ver essa pintura feita apenas para seus olhos. Compare-se essa pose — esse olhar para baixo do artista de pernas cruzadas curvado sobre uma folha de papel — com a que um artista ocidental adotaria para ver sua própria pintura — Velázquez, por exemplo, vendo *Las meninas*, também uma pintura dentro de uma pintura, na qual o artista é surpreendido no ato da criação. Vemos, em ambas, as coisas que definem pinturas como objetos: as margens do papel ou da lona, a pena ou o pincel do pintor, e a pensativa concentração no rosto do artista. Mas o olhar do artista oriental de Bellini não se volta para o mundo que o cerca: fixa-se na folha de papel em branco que tem no colo, e pode-se concluir, por sua expressão, que pensa no mundo que tem na cabeça. A arte do miniaturista persa-otomano consiste em conhecer e lembrar toda a grande arte que o precedeu e refazê-la numa explosão de inspiração poética. Mas no retrato que fez de si mesmo trabalhando, Velázquez ergue a cabeça para ver o ponto de fuga, para o mundo refletido no espelho da parede atrás dele, para o mundo e a complexidade do que ele está pintando. Também não podemos ver a pintura dentro da pintura (embora suponhamos que a cena diante de nós seja a que ele está pintando), mas podemos ver pelo ar cansado e inquisitivo de Velázquez que sua cabeça está carregada de graves indagações derivadas da ilimitada composição do quadro, ao passo que o jovem pintor de Bellini olha sua folha em branco com a felicidade do jovem que recorda — com inspiração quase metafísica — um poema que sabe de cor.

Em meu canto do mundo, o jovem sentado atribuído a Bellini é muito conhecido, ainda que não seja famoso como o retrato de Mehmet o Conquistador. Supõe-se, comumente, que a figura de pernas cruzadas seja Cem Sultan, que foi tratado cruelmente pelo irmão mais velho e cujo triste destino é descrito em numerosos romances exóticos e melodramáticos. Nos livros didáticos da minha infância — escritos pelos ocidentalizantes apaixonadamente nacionalistas do começo da República — Cem Sultan era apresentado como alguém aberto à arte e ao Ocidente, um príncipe liberal, cheio de vigor juvenil, enquanto seu irmão mais velho e futuro envenenador, Bayezid ii, era um fanático que dava as costas ao mundo ocidental. Depois da morte de Mehmet o Conquistador, o retrato do artista feito por Bellini foi mandado primeiro para o Palácio Aq Qoyunlu, em Tabriz, e depois para o Palácio Safavid, no que hoje é o Irã. Antes de ser devolvida ao palácio otomano, fosse como butim de guerra ou como presente, essa extraordinária pintura foi muito copiada por artistas persas. Uma das cópias, agora no Museu Freer em Washington, D.C., é, pelo menos de acordo com as almas românticas que sonham com mestres orientais e ocidentais que trabalham nas mesmas pinturas, às vezes atribuída a Behzad. Olhar de perto essas adaptações é notar que onde Bellini, tão elegantemente, preferiu colocar uma folha de papel em branco, o pintor de Safavid pôs um retrato; com isso, nos faz lembrar como os artistas muçulmanos conheciam pouco a arte do retrato no Ocidente, especialmente o conceito de autorretrato, e como foram afligidos por angústias sobre suas fraquezas técnicas nessas áreas. O professor de Harvard David Roxburgh descobriu que, oitenta anos depois de concluído, o pequeno retrato de Bellini foi colocado num álbum de Safavid, ao lado de outros retratos, incluindo alguns da Dinastia Ming. Uma frase do prefácio mostra que mesmo os melhores artistas de Safavid eram deficientes a esse respeito: "O costume do retrato floresceu nas terras de Cathay [China] e dos Francos [Europa]". Mas isso não quer dizer que artistas persas fossem cegos ao irresistível poder dos retratos. Considere-se a história de Hüsrev e Şirin, o clássico conto islâmico que inspirou mais miniaturas do que qualquer outro, no qual a bela Şirin se apaixona pelo belo Hüsrev ao ver o seu retrato. A ironia desse tema tradicional é que os artistas persas encarregados de ilustrar a cena eram tecnicamente ingênuos, segundo os padrões venezianos da arte do retrato. Em manuscritos persas ornados com iluminuras, a cena requer uma pintura dentro da pintura, assim como o retrato de Bellini e o retrato retocado de Behzad, mas eles quase sempre representam não um retrato, mas a ideia de um retrato.

Depois da Renascença, o Ocidente descobriu sua superioridade sobre o Oriente não no campo de batalha, mas na arte. Cem anos depois da "viagem ao Oriente" de Bellini, Vasari contou que até mesmo os sultões otomanos obrigados por religião a adotar uma imprecisa opinião sobre pintura ficaram espantados com a habilidade de Bellini em seus retratos de Istambul, e costumavam elogiá-lo rasgadamente. Aos escrever sobre Filippo Lippi, Vasari relata que, depois que o pintor foi feito cativo por piratas orientais, o novo senhor lhe pediu que fizesse o seu retrato; e ficou tão encantado com o chocante realismo que libertou Lippi. Em nossa própria época, analistas ocidentais, talvez perturbados pelas consequências da superioridade militar ocidental, preferem não falar do indisputável poder da arte da Renascença, mas sim mencionar os sensíveis retratos de Bellini, para nos lembrar, com a melhor das intenções, que os orientais, também, têm sua humanidade.

Depois da morte de Mehmet o Conquistador, seu filho Bayezid ii, que não partilhava o estilo de vida paterno, ou a paixão do pai pela arte do retrato, mandou vender o retrato de Bellini num bazar. Na Turquia da minha meninice, nossos livros didáticos do segundo grau lamentavam essa rejeição da arte renascentista, que julgavam um erro, uma oportunidade perdida, e sugeriam que, se tivéssemos partido de onde estávamos quinhentos anos atrás, poderíamos ter produzido um tipo diferente de arte, e nos tornado "um país diferente". Pode ser. Quando olho o jovem de pernas cruzadas de Bellini, penso que esse outro caminho talvez tivesse sido mais vantajoso para os miniaturistas. Porque, uma vez sentados à mesa, poderiam ter pintado muito melhor — e também se poupado das dores nas juntas e nas pernas que fazem os heróis de Beckett tão miseráveis.

70. Pena Preta

Perturba-nos a abundância de boatos sobre de onde viemos, quem somos, para onde vamos e quem nos desenhou. Não somos, no fundo, do tipo que se deixa enganar facilmente por boatos, nem nos influenciam as histórias, verdadeiras ou falsas, que se contam a nosso respeito. Obviamente, não damos a mínima importância ao que dizem os acadêmicos, e o mesmo se aplica à conversa ociosa que ouvimos quando as pessoas submetem nosso desenho a um exame atento. Como o burrico que está conosco, pertencemos a este mundo; pisamos nele cuidadosamente e sabemos perfeitamente para onde vamos. Preocupa-nos saber que as pessoas se envolvem tanto em discussões sobre nossas origens e nosso provável destino, a ponto de esquecerem que somos um desenho. Preferiríamos que nos apreciassem não porque viemos dos cantos mais obscuros de um conto perdido numa história esquecida, mas porque somos um desenho. Pedimos que tentem nos ver assim: apreciando nossa presença, nossas cores humildes e o modo como estamos mergulhados em nossa conversa.

Estarmos neste papel grosseiro, sem cola e inacabado, termos sido desenhados às pressas e com linhas tão cruas — isso nos agrada. Ao optar por não desenhar o horizonte atrás de nós, ou a terra, a grama, as flores sobre as quais pisamos tão pesadamente, o artista tornou nossa rude virilidade mais evidente. O olho é atraído para nossos dedos gigantescos, para nossa roupa grosseira, para os gestos fortes e saudáveis que nos unem à terra. Observem, por favor, o susto nos olhos do burrico e o cintilar demoníaco nos nossos; vejam o pânico na nossa mirada, como se algo tivesse nos amedrontado. Ao mesmo tempo deveria estar claro, pela sedutora maneira com que o artista desenhou o burrico, pela maneira casual com que nos esboçou, e pelas cores que deu às nossas faces, que nosso estado de espírito é alegre. O medo que veem em nossos olhos, o pânico, a preo-cupação bem-humorada, a página em branco que nos cerca — tudo isso sugere que algo importante acontece. É como se um dia, centenas de anos atrás, nós três viajássemos com nosso burrico pela estrada quando encontramos um artista — como se costuma dizer nas histórias —, e esse artista, graças a Deus, esse mestre artista nos capturou no papel, tão habilmente como se — por favor, permita-nos usar uma expressão de outra era — tivesse tirado nossa fotografia. Nosso mestre artista tirou seu papel grosseiro e sua caneta preta e nos desenhou com tal rapi-dez que flagrou o mais falastrão de nós com a boca aberta, mostrando os dentes feios em toda a sua glória. Gostaríamos que apreciassem nossos maus dentes, nossas barbas, nossas mãos desajeitadas que parecem patas de urso, e todos os outros disfarces sujos, cansados, surrados e até mesmo malévolos que assumimos em outros desenhos: não é para nós que vocês sorriem, é para nosso desenho.

Mas sabemos que seu grande interesse é pelo mestre artista. É pena que vocês pertençam a uma época em que as pessoas não conseguem amar um desenho sem primeiro saber quem foi o artista. Pois tudo bem: seu nome é Muhammad Siyah Qalam, Muhammad da Pena Preta. Provavelmente fica claro, do tema e do estilo do seu desenho, que nosso artista é o mesmo que fez tantos outros desenhos de nômades como nós. Mas todos os especialistas concordam que a assinatura na margem só foi posta bem depois. Podemos confirmar essa hipótese.

A pessoa que nos desenhou não assinou os desenhos porque pertencia a uma época em que contar histórias e ter habilidade artística importavam mais do que os créditos de autoria. Para falar a verdade, isso não tem a menor importância para nós. Fomos, afinal, desenhados numa época distante, em que o objetivo do desenho era ilustrar uma história, portanto, para nós, bastava servir bem à nossa história. Éramos humildes. Mas bem depois de essas histórias serem esquecidas, numa época mais inclinada a nos aceitar como desenhos, um perspicaz servo do Palácio de Topkapi, durante o reinado de Ahymed I (1603-17), decidiu colocar sua assinatura em alguns desenhos. Foi tudo muito casual, entretanto, e dessa forma "Pena Preta" serviu mais como atribuição de autoria do que como assinatura.

O desejo de vincular-nos a um mestre artista conduziu a mais erros, pois essa assinatura aparece também em outros desenhos colocados, por uma razão qualquer, no mesmo álbum, muito embora não tenham qualquer semelhança temática ou estilística com o nosso. Por estarmos no mesmo álbum, o chamado álbum *Fatih,* eles nos deram a todos a mesma assinatura. No entanto, os historiadores Dust Muhammad, Qadi Ahmad e Mustafa Ali, que resolveram escrever algumas palavras sobre os grandes artistas persas e otomanos, não fizeram menção alguma a Siyah Qalam. Em outras palavras, nada sabemos sobre nosso hábil e magistral artista, além do seu nome.

Mas como consolo para aqueles que estão ansiosos por nos inventar um estilo comum, um nome, uma assinatura, um mestre, acrescentemos isto: o nome que nos deram, Pena Preta, refere-se aos desenhos de grossos contornos em preto e branco, preferidos pelos escritores persas no século XVI. Assim, podemos tirar esta conclusão: Pena Preta não é o nome do artista que nos esboçou com tanta pressa, enquanto conversávamos e caminhávamos vagarosamente por nossa estrada, mas o estilo que ele usou. Porém, se este é o caso, que dizer dos gloriosos vermelhos e azuis que salpicou sobre nós?

Quase tudo que se diz a nosso respeito contradiz tudo o mais que foi dito, e para nós isso é divertido. Houve numerosos artigos, teorias e conferências eruditas para saber de onde viemos — provar que somos uigures, turcos, mongóis ou persas, estabelecer que vivemos entre os séculos XII e XV —, mas, depois de passarem anos contradizendo-se polidamente uns aos outros, os especialistas não chegaram nem perto de oferecer uma prova definitiva ou convincente que nos vincule a um determinado tempo e lugar. Tudo que fazem é levantar hipóteses.

Turcos cativados por românticos mitos nacionalistas afirmam que viemos da Mongólia ou da Ásia Central. E, olhando os doces gênios, diabos e demônios que aparecem nos mesmos álbuns, associam-nos aos xamãs. Falando em nosso próprio nome, gostamos do fato de que essas criaturas temíveis, mas encantadoras, têm as mesmas expressões astutas, e são desenhadas com as mesmas linhas cruas e encaracoladas. Levando em conta que outros demônios desenhados da mesma forma, nos mesmos álbuns, parecem ser de origem chinesa, alguns especialistas afirmam que viemos de mais longe ainda, talvez até da China; isso fala à nossa alma nômade, despertando nosso amor pela estrada, e portanto nos agrada.

Especialistas que dizem que os demônios de alguns desenhos sofrem influência de O Shahname [O livro dos reis], ou são parecidos, quanto ao estilo, com os produzidos no Palácio Whitesheep, em Tabriz, tendem a ver-nos como parte dos espólios da guerra em que o grande sultão otomano Selim I derrotou os Safavids em Chaldiran em 1514. Alguns até estudaram o chapéu em forma de sino usado por nosso amigo vermelho, e decidiram que só podíamos ser russos.

A dúvida e a admiração que essas suposições inspiram têm algo em comum com a admiração que esperamos despertar quando pedimos que nos apreciem como desenhos. Há, primeiro, o espanto, o medo e a dúvida que o próprio desenho provoca. Depois há um ar de mistério criado pelos boatos e teorias sobre nossas origens. Orgulha-nos sermos os desenhos mais enigmáticos, discutidos e disputados do mais distante rincão do mundo. Quanto a tudo aquilo que escreveram sobre nós — sim, incomoda-nos, devido à tendência de esquecer que somos desenhos. Mas todas as teorias que se desenvolveram a nosso respeito nos eternos bastiões da história da arte, todas as suspeitas, todos os medos, toda a admiração que nossos observadores despejaram sobre nós — tudo nos confere um gracioso ar de encantamento.

O que queremos realmente dizer é isto: parem de tentar adivinhar se viemos da China, da Índia, da Ásia Central, do Irã, da Tansoxiana ou do Turquestão. Parem de tentar identificar de onde somos e para onde vamos, e, por favor, prestem atenção em nossa humanidade. Vejam como estamos absortos no que nos acontece. Nossos olhos estão arregalados e estamos mergulhados em nosso trabalho. Tentamos nos proteger, e, mesmo quando o pânico aumenta, conversamos entre nós. Nossa pobreza é evidente, assim como nosso medo, nossas viagens intermináveis — somos homenzarrões descalços, somos cavalos, somos criaturas terríveis — sintam nossa força! Um vento agita nossas roupas; tememos e trememos, mas continuamos na estrada. A planície erma que tentamos atravessar tem muito em comum com este papel sem cor e sem graça no qual estamos desenhados. Não há montanhas nem morros neste campo achatado; somos sem idade, num mundo fora do tempo.

Quando começarem a sentir a nossa humanidade, imaginamos que logo perceberão os demônios dentro de nós. Temos consciência de que — mesmo temendo esses demônios — somos feitos da mesma matéria. Vejam os cornos dessas criaturas, seus cabelos, suas sobrancelhas curvadas; nossos corpos se curvam da mesma maneira. Suas mãos e suas pernas grossas são tão rudes como as nossas, mas vejam como pulsam de vida! Olhem primeiro para os narizes dos demônios, e depois para os nossos; entendam que somos irmãos e temam-nos. Mas vemos que sorriem só de pensar que deveriam ter medo de nós.

Há, sabemos, uma razão trágica para não tremerem de medo de nós. As histórias a que pertencíamos se perderam. Assim como ignoram quem somos, de onde viemos, ou para onde vamos, vocês não sabem sequer a que parte da história pertencíamos, e isso é o pior de tudo. Depois de passar por tantas desventuras e catástrofes, depois de percorrer tão grandes distâncias, é quase como se também tivéssemos esquecido nossas histórias, esquecido quem somos.

Ouvimos protestos coléricos no sentido de que somos turcos, mongóis, homens de Tabriz. Séculos depois que fomos desenhados, associaram-nos a muitos povos, nações e histórias. Aquele demônio risonho, de dentes afiados e nariz pontudo — talvez tenha levado consigo um de nós, quem sabe para onde, talvez até para as regiões inferiores. Portanto, sim, como muitos sábios entre vocês já adivinharam, podemos pertencer ao grande épico persa *O livro dos reis*, e representar a cena em que um demônio gigante chamado Akvan se prepara para atirar o adormecido herói Rüstem no mar Cáspio. Mas que dizer dos outros desenhos? Que momentos representam, e a que histórias pertencem? Enquanto caminhamos pela estrada com nosso burrico, a que cena, de que história esquecida, damos vida?

Vocês não sabem. Pois vamos lhes contar um segredo. Viajávamos de um ponto distante da Ásia, com nosso burrico, quando encontramos um artista que desenhou nosso retrato — isso todos já sabem. Olhem agora para esse amigo que pode ser visto saindo de trás do burrico: nosso desenho está dentro da pasta que ele carrega. Quando a noite cai, quando estamos sentados juntos dentro de uma tenda iluminada por candeeiro, esse contador de histórias — talvez alguém não muito diferente do escritor que neste exato momento nos usa como porta-vozes — nos conta este conto. Para aumentar nossa alegria, e certificar-se de que sua história ficará gravada em nossa mente, ele nos mostra o desenho que estão vendo. Não somos o primeiro desenho que ele mostra, nem o último. Todos os desenhos que mostra ilustram a nossa história.

Mas, depois de séculos de andanças, derrotas e desastres, nossas histórias se perderam. Os desenhos que um dia ilustraram tais histórias foram espalhados pelo mundo. Agora até nós já sabemos de onde somos. Privaram-nos de nossas histórias e de nossa identidade. Mas ainda assim foi adorável termos sido desenhados.

Certa vez um contador de histórias olhou para nós e — talvez por compartilhar nosso desconforto — começou assim sua história:

"Perturba-nos a abundância de boatos sobre de onde viemos, quem somos, para onde vamos e quem nos desenhou."

71. Significado

Ei, obrigado por me ler. Eu deveria sentir-me feliz por estar aqui, embora não possa deixar de me sentir confuso. Gosto do jeito que seus olhos viajam sobre mim. Porque estou aqui para servi-lo. Mesmo sem saber o que isso significa. Não sei nem mesmo o que sou atualmente — não é uma pena? Sou uma mistura de sinais; quero ser visto, mas acabo perdendo a coragem. Será que eu estaria melhor se me escondesse nas sombras, bem longe, protegido contra todos os olhares? Não consigo decidir. Faço um esforço tão grande para estar aqui, mesmo com todas essas preocupações, estranhamente. Eis o que entendo que você entende: esse tipo de exposição é novidade para mim. Nunca existi desta forma. Antigamente, ficávamos mais do lado. Eu gostaria de atrair a sua atenção, mas sem pensar muito nisso, pois é quando me sinto mais relaxado. Olhe-me, pois, com o canto dos olhos e esqueça que estou aqui. Eu gostaria de lembrar-lhe — tranquilamente, como o fazia no passado — como era bom existir para você sem sequer me dar conta. Não tenho certeza de que isso não venha a acontecer novamente, entretanto. Porque o grande problema é este: inclino-me a pensar que sou uma imagem, quando na verdade o que sou são palavras. Porque, quando sou letras, acho que sou imagem, e, quando sou imagem, penso que sou letras. Mas isso não se deve a ambivalência — é minha vida. Vejamos quanto tempo *você* levará para se acostumar. Se me perguntasse por que razão não podemos nos entender, eu diria que dentro da sua cabeça é diferente. Sabe, a única razão para eu estar aqui é significar alguma coisa. Mas você me olha como se eu fosse apenas um objeto. Sim, eu sei — tenho um corpo. Mas meu corpo só está aqui para ajudar meu significado a bater asas e voar. Sei, por seu jeito de olhar, que tenho este corpo, que meu lado esquerdo e meu lado direito são decorados com cores e figuras. Isso me agrada e me confunde. Houve um tempo, quando eu era apenas significado, em que nunca me ocorreu que eu era também objeto, e sequer tinha mente: eu não era mais do que um humilde sinal entre duas mentes bonitas. Não tinha consciência de que existia, e isso era adorável. Você podia olhar para mim, e eu não acharia nada. Mas agora, enquanto seus olhos correm por nós, letras, sinto como se tivesse um corpo — como se tudo que sou fosse um corpo — e sinto um calafrio. Tudo bem, admito: gosto disso, só um pouco, e aceito-o, porém sinto um pouco de vergonha. Mas quando começa a me agradar, quero mais, e isso me assusta. Acabo perguntando-me a mim mesmo, o que vai acontecer agora? Começo a temer que meu corpo obscureça minha alma e que o significado — meu significado — seja empurrado para dentro de mim. É quando começo a querer esconder-me nas sombras. É quando você já não consegue compreender-me, e fica confuso, e nem mesmo sabe se está me lendo, ou só olhando. É quando até eu me assusto com meu corpo e gostaria de ser apenas um significado, mas sei também que saí dele muito tarde. É impossível voltar aos bons velhos tempos, aos dias antes de você chegar; impossível voltar a quando eu era só um significado. Em momentos como este, não estou totalmente aqui, nem noutro lugar; pairo entre o céu e a terra, indeciso. É doloroso, e tento consolar-me com os prazeres corpóreos. Eu adoraria atrair sua atenção, mas sem que você desse muita importância, pois é quando me sinto mais relaxado. Eu deveria ser um significado ou um objeto? Uma letra ou uma imagem? O que me faz lembrar — espere um pouco, não vá embora ainda... Não aguento pensar que você pode virar a página... você ainda nem me entende e já está me jogando fora...

OUTRAS CIDADES,
OUTRAS CIVILIZAÇÕES

72. Meus primeiros encontros com americanos

Em 1961 mudamo-nos para Ancara, por causa do trabalho do meu pai, e nos instalamos num dispendioso edifício de apartamentos de frente para o mais belo parque da cidade, onde havia um lago artificial com dois cansados cisnes. No último andar vivia uma família americana, e às vezes ouvíamos o barulho do seu Chevrolet azul entrando na garagem. Vivíamos de olho neles.

Nosso interesse não era pela cultura americana, mas pelos próprios americanos. Nos cinemas de Ancara, quando nos sentávamos com multidões de outras crianças nas matinês de domingo, com seus preços reduzidos, não sabíamos se o filme que víamos era americano ou francês. As legendas nos diziam tudo que precisávamos saber: que o que víamos nos chegava da civilização ocidental.

Como muitos americanos moravam naquele bairro novo e caro, nós os víamos em toda parte, e o que mais nos interessava eram as coisas que consumiam e jogavam fora. Os objetos mais fascinantes eram as latas de coca-cola, que colecionávamos — alguns as pegavam no lixo — e amassávamos sapateando furiosamente sobre elas. (Talvez algumas latas fossem de cerveja; talvez houvesse outras marcas.) No começo, nós as usávamos num jogo chamado Ache-a-Lata, e as cortávamos para fazer placas de metal, usávamos as argolas como moeda, mas nunca na vida bebemos qualquer tipo de cola ou qualquer coisa vendida em latas como aquelas.

Num dos novos apartamentos, em cujos gigantescos recipientes de lixo encontrávamos nossas latas, havia uma bela jovem americana, em quem prestávamos a maior atenção. Um dia seu marido tirou o carro da garagem e passou lentamente por nós, interrompendo nosso jogo de futebol; enquanto contemplava-a em pé na varanda com sua roupa de dormir, soprando-lhe um beijo, ficamos um bom tempo calados. Por mais amorosos e apaixonados que fossem, os adultos que conhecíamos jamais demonstrariam sua felicidade diante de outros de modo tão displicente.

Quanto às coisas que os americanos possuíam, e passavam para as mãos daqueles com quem estabeleciam relações, elas vinham do mercado da base militar, o px, que conhecíamos como Piyeks, apesar de eu nunca o ter visitado, pois o lugar só era acessível para militares americanos e para o pessoal do consulado, e os turcos não tinham permissão para entrar. Jeans, chicletes, tênis Converse All-Star, os últimos discos americanos, chocolates salgados e doces que atacavam o estômago, grampos de cabelo de todas as cores, alimentos para bebês, brinquedos... algumas coisas saíam da Piyeks e eram vendidas clandestinamente em lojas de Ancara por preços exorbitantes. Meu irmão mais velho, louco por bolas de gude, guardava dinheiro para comprá-las nessas lojas, e perto de suas bolas turcas de vidro e mica as bolas americanas de porcelana pareciam joias.

Um dia tomamos conhecimento dessas bolas de gude por intermédio de um menino, que vivia com a família no terceiro andar e ia para a escola num grande ônibus escolar de cor laranja, do tipo que eu depois veria em filmes sobre a vida nos Estados Unidos. O menino era mais ou menos da nossa idade, sem amigos, e usava o cabelo à escovinha, ao estilo americano. Provavelmente nos viu jogar bolas de gude no jardim de nossos amigos; tinha centenas, compradas na Piyeks. Parecia-nos que tinha milhares, enquanto as nossas mal enchiam nossas mãos. Sempre que as despejava de sua sacola, elas faziam tal confusão ao rolar no piso, às centenas, que aquilo nos dava nos nervos.

Notícias de tal abundância logo se espalharam entre nossos amigos do bairro. Voltávamos para o jardim dos fundos, em grupos de dois ou três, ficávamos em pé debaixo da janela dos americanos, e gritávamos: "Ei, menino!". Depois de um longo silêncio, ele aparecia na varanda e atirava, com raiva, uma mão-cheia de bolas de gude. Depois de ver meus amigos correrem atrás delas, ele desaparecia de novo. Mas parou de jogar bolas de gude aos montes, atirando-as uma por uma, a intervalos regulares, enquanto meus amigos corriam pelo jardim, murmurando.

Uma tarde, esse reizinho pôs-se a jogar bolas de gude em nossa varanda. Era uma chuva intensa, com algumas quicando na varanda e caindo no jardim. Até que meu irmão e eu não conseguimos mais nos conter, e corremos para juntar as bolas. Quando a chuva de bolas de gude se intensificou mais ainda, começamos a sussurrar: "Aquela é minha, esta é sua!".

"O que está acontecendo?", gritou minha mãe. "Já para dentro!"

Ao fechar a porta da varanda, olhamos envergonhados para a chuva de bolas de gude lá fora; a chuvarada diminuíra um pouco. Percebendo que não voltaríamos à varanda, o menino foi até seu quarto e atirou centenas de bolas no chão. Quando a barra estava limpa, meu irmão e eu voltamos à varanda, onde acanhada e silenciosamente juntamos as bolas restantes, para dividi-las entre nós, sem alegria.

No dia seguinte, obedecemos às ordens da mãe, e quando ele apareceu na varanda, gritamos: "Ei, menino, quer trocar?".

Em pé na nossa varanda, mostramos-lhe nossas bolas de gude de vidro e mica. Cinco minutos depois, a campainha da nossa porta tocou. Demos-lhe algumas bolas de vidro e mica, e ele nos ofereceu uma mão-cheia de suas caras bolas de gude americanas. Fizemos a troca em silêncio. Então ele nos disse seu nome, e nós dissemos o nosso.

O que nos impressionou, mais do que o valor da troca, foi descobrir que seu nome era Bobby, que seus olhos semicerrados eram azuis, e que seus joelhos eram sujos de brincar fora, como os nossos. Em pânico, ele correu de volta para o seu apartamento.

73. Vista da capital do mundo

NOVA YORK, 1986

Um amigo chega de carro para me apanhar no aeroporto Kennedy. A caminho do Brooklyn, perdemo-nos na via expressa: bairros pobres, armazéns, edifícios de tijolo, postos de gasolina decrépitos, apartamentos sem alma... Eu via o perfil de Manhattan aparecer por trás deles, de vez em quando, mas aquela não era a Nova York dos meus sonhos. Foi assim que cheguei à fácil conclusão de que o Brooklyn não era Nova York. Deixei minha bagagem na casa do amigo — uma construção de pedras marrons —, tomamos chá, acendemos cigarros. Andando pelo apartamento, eu ainda pensava que aquilo não era Nova York: a coisa verdadeira, o lugar onde todos vão — o sonho — estava logo ali, do outro lado do rio.

Uma hora mais tarde, o sol que fez o dia parecer tão longo já quase se ocultava no horizonte. Atravessamos a ponte do Brooklyn para Manhattan. As cidades ficaram quase todas parecidas, mas se existe uma silhueta inconfundível é a da Nova York que eu tinha diante de mim. Em Istambul eu acabara de escrever um romance e outros assuntos tinham começado a se amontoar; estava exausto; acordado havia quarenta horas, mas ainda de olhos arregalados. Era como se acreditasse que, em algum lugar entre as sombras daquelas gigantescas silhuetas, eu pudesse encontrar não apenas a chave de tudo que existe na face da terra, mas dos sonhos originais de todos os meus anos de vida. Talvez todas as grandes cidades produzam esse tipo de ilusão dentro de nós.

Quando começamos a percorrer de carro as avenidas e ruas de Manhattan, tentei comparar o que via com as imagens que tinha na cabeça. O que atraía meus olhos era algo por trás das ruas movimentadas, por trás das calçadas nas quais multidões pareciam mover-se lentamente, como num sonho bom, por trás das luzes de um anoitecer comum. Quando meu amigo se cansou de dirigir para cima e para baixo, descobri o que era: meus olhos não podiam parar de procurar, porque não podiam descobrir o segredo por trás de todas essas visões, a verdade que todos os sonhadores esperam um dia decifrar. Resolvi ser humilde: eu só conseguiria extrair o segredo existente por trás dessas ruas — as calçadas comuns, as pequenas lojas de bairro, o brilho familiar da iluminação pública — com fortaleza e resignação. Se a grande verdade que vislumbrei em meus sonhos existisse, eu não a acharia entre as sombras dos arranha-céus, mas nas pequenas observações que eu agora poderia, pacientemente, coletar.

Passei as horas seguintes absorvendo as visões à minha volta dessa maneira. Notei as cores das casas e os números das bombas de gasolina; observei meninos negros correndo no meio do trânsito para "limpar" as janelas dos carros parados no sinal; os homens de shorts e tênis e o brilho metálico das cabines telefônicas azuis; as paredes, os tijolos, as lâminas de vidro, as árvores, os cães, os táxis amarelos, as delicatessen... Era como se eu visse uma elegante paisagem posta na terra já pronta, com hidrantes, latas de lixo, paredes de tijolo e latas de cerveja, que pacientemente se repetem. Todas as ruas, todos os bairros — mesmo os lugares onde nos sentamos para tomar cerveja ou café — pareciam estar a serviço do mesmo sonho feliz.

Não foi diferente o que senti com relação às pessoas. O adolescente de blusão de couro com a cabeça parcialmente raspada e um pequeno rabo de cavalo roxo, a menina com a mulher extraordinariamente gorda, aquele homem de terno que passou correndo por mim, os negros que cruzavam comigo carregando imensos transistores, as mulheres de rosto pálido e pernas longas, e fones de ouvido, correndo com cachorros que tinham o mesmo senso de determinação — toda essa gente passava por nós na calçada.

Tarde da noite, depois que a mulher do meu amigo saiu do trabalho e se juntou a nós, fomos nos sentar entre as mesas repletas de uma confeitaria que se prolongava num café de calçada. Fizeram-me perguntas sobre a Turquia, e resmunguei uma resposta; fizeram mais perguntas, e respondi. Com isso eu tentava me convencer de que fazia parte da vida de uma cidade, agora menos uma ficção feita de ecos fantasmáticos de sons e movimentos de uma noite de verão do que um lugar separado, um mundo real cheio, de ponta a ponta, de pessoais reais. Depois disso observei as ruas, cujas imagens e luzes eu viria a conhecer tão bem, quando se transformavam lentamente de paisagem de sonho em ruas de asfalto reais. Quem poderia dizer qual desses mundos era a verdadeira Nova York?

Ainda assim, há algumas poucas imagens de sonho que jamais esquecerei. O topo daquela mesa na calçada era de fórmica. Sobre ela havia uma garrafa esverdeada de cerveja e nossas xícaras de café cor de creme. A visão das multidões na calçada foi bloqueada pelas costas amplas de uma mulher negra de pulôver verde, numa mesa diante da nossa. A pálida luz alaranjada que vinha das janelas das casas de pedra enquanto suas fachadas mergulhavam na noite, adquirindo uma tonalidade púrpura. Como a rua era estreita, a lâmpada no meio do caminho era obscurecida pelas folhas de uma árvore cujo tronco ficava do nosso lado: de vez em quando, eu via sua luz branca refletida nos imensos carros silenciosos, parados junto ao meio-fio.

Bem mais tarde, depois que as mesas da calçada se esvaziaram e a confeitaria fechava as portas, meu amigo bocejou e me perguntou se eu tinha acertado meu relógio pela hora de Nova York. Eu lhe disse que aquele relógio, que eu usava havia quinze anos, pifara durante o voo; tirei-o do pulso e mostrei-lhe, e nunca mais usei aquele relógio.

A POLÍCIA VENDO A TV DA POLÍCIA

"Ei, pessoal, olhem meu relógio novo", disse um dos policiais.

Estendeu o braço. Éramos três no banco de trás do carro. Eu estava perto da janela da direita, e comigo havia dois policiais.

"Onde conseguiu?", perguntou o policial do meu lado.

"De um sujeito na calçada. Oito dólares", disse o da frente.

"Amanhã estará quebrado!", disse o outro.

"Já está comigo há dois dias."

Dirigíamos para o sul, ao longo do Hudson, na West Side Highway, e nosso destino, aquela manhã, era o tribunal. Um mês antes, eu tinha sido assaltado. Os jovens negros que me assaltaram eram tão bisonhos que foram apanhados, e eu precisei identificá-los, e agora, que tinham confessado todos os crimes, eu fora chamado para testemunhar no julgamento. Ao falar comigo pelo telefone no dia anterior, a promotora percebera que eu não estava disposto a fornecer provas, e — talvez suspeitando que eu quisesse escapar — disse-me que um carro da polícia me levaria ao tribunal de manhã. Os dois policiais louros ao meu lado também seriam testemunhas. Tinham prendido meus canhestros assaltantes quando eles se preparavam para atacar a próxima vítima, a cerca de duas quadras de onde me assaltaram.

Quando entrávamos no trânsito da cidade, os policiais passaram a falar de um programa policial da TV. Do que eles disseram, concluí que as personagens também eram do NYPD, e dirigiam carros azuis e brancos iguais àquele em que estávamos, lutando contra os mesmos gângsteres e traficantes de drogas e sofrendo a mesma exaustão. Lembrei-me das meninas de província, e das infelizes donas de casa sonhadoras do século XIX, que se identificavam com heroínas de romance, pois esses policiais se puseram no lugar dos heróis das séries de televisão, e falavam do programa como se ele apresentasse sua própria vida. A linguagem que usavam era diferente, porém; a maioria dos palavrões eu ouvia pela primeira vez.

Depois de passarmos por Chinatown, chegamos ao tribunal, onde fizemos mais uma longa viagem de elevador. Então, me levaram ao gabinete da promotora; ela me pareceu mais uma doce e suave ex-colega de classe do que uma promotora. Falou comigo rapidamente, disse "volto já" e saiu às pressas.

Sua mesa estava cheia de papéis, e para passar o tempo achei que podia dar uma olhada: eram as confissões dos meus assaltantes. Eu já sabia que a arma que usaram não era de verdade. Mas ainda estava irritado com eles: referiram-se a mim como um "cara branco". Com meus vinte dólares, tinham comprado crack. Dando-me conta de que talvez não devesse ler aqueles documentos, devolvi-os à mesa e passei a folhear um grosso volume que encontrei ao lado: "Manual de interrogatório do promotor". Li uma explicação sobre as razões que impediam o promotor de acusar um advogado de defesa que conspira com um assassino, recusando-se a informar onde está sepultado um cadáver. A promotora voltou.

"Parece que o senhor não quer testemunhar", disse ela. Tínhamos saído do gabinete e andávamos pelo corredor.

"Tenho pena dos meninos", disse eu.

"Que meninos?"

"Os que me assaltaram. Quantos anos vão pegar?"

"Mas levaram seus vinte dólares", disse ela. "Sabe como gastaram o dinheiro?"

Descemos de elevador; a sala do tribunal ficava no arranha-céu do outro lado da rua. A promotora levava seus papéis apertados contra o peito, como uma estudante universitária, cumprimentando os promotores que passavam por nós, e contando-me, com afabilidade, algumas coisas pessoais: era de Nevada, e estudara biologia marinha em Arkansas, só descobrindo mais tarde a profissão que queria seguir.

"Que profissão?", perguntei.

"Direito", disse ela, fazendo um círculo com os lábios.

Fizemos outra viagem de elevador. Ninguém falava, todos os olhos grudados nos números que brilhavam, em sequência, em cima da porta. Quando saímos, a promotora parou junto a um banco no corredor.

"Espere aqui. Quando o juiz o chamar, diga-lhe apenas o que me disse da última vez", disse ela.

"Espero que esta seja a última vez que venho aqui", disse eu.

Ela saiu. Não me permitiram entrar na sala, por isso me sentei no banco e aguardei. Depois de algum tempo, juntaram-se a mim os policiais que me trouxeram de carro, mas logo se levantaram. Cheiro de curiosidade, perguntei-lhes o que estava acontecendo.

"Os suspeitos chegaram, mas os elevadores estão quebrados", disse um dos policiais.

"Fico me perguntando por que confessaram", disse eu.

"Porque os tratamos muito bem, foi por isso", disse o outro policial, de bigode fino.

"Mas isso não explica por que confessaram os outros crimes", disse eu. "Isso não pode aumentar a condenação? Quantos anos vão pegar?"

"Quatro para cada acusação de roubo, portanto 28 anos."

"A pessoa não pode se defender?"

"Escute aqui, meu senhor", disse o do relógio novo, que começou a parecer irritado. "Não tocamos num fio de cabelo deles. Não comi nada esta noite, mas eles comeram. Entende o que digo?"

"Eu disse a eles que se confessassem tudo", falou o outro policial, tentando explicar-se, "eu diria ao juiz que não eram maus sujeitos, e ele lhes daria uma sentença mais leve. Acham que conheço o juiz desde a escola secundária."

Ambos riram.

O policial de relógio novo apontou para o outro extremo do corredor. "Aquele é o sujeito que vai testemunhar. Ele sabe causar uma boa impressão."

"Sou amigo deles", disse o policial de bigode.

Riram de novo. Voltei para o meu banco. Os policiais foram chamados à sala do tribunal. Houve outra longa espera; o sol batia direto no outro lado do banco, e comecei a transpirar. Levantei-me e pus-me a andar para cima e para baixo, pelo longo e deserto corredor. Parei para olhar o perfil de Nova York. Era como se tudo — os arranha-céus e os cartazes — estivesse a ponto de desmoronar diante dos meus olhos. Passou-se mais tempo, e finalmente a promotora reapareceu.

"Então, ainda conosco? Os elevadores estão quebrados e os suspeitos estão subindo de escada. Ainda estamos esperando."

Algum tempo depois, os policiais voltaram. Conversavam entre si. Não pude deixar de ouvir o que diziam. Um amigo deles testemunhara um incidente diante de casa no dia de folga, e o suspeito que fugia atirara, ferindo-o. Como o suspeito também tinha seu endereço, o policial de folga começou a receber ameaças de morte pelo telefone, e mudara-se do bairro. Os policiais riam e falavam de outra coisa ao passar por mim em direção à sala. Por muito tempo, não apareceu ninguém. Sentado no corredor silencioso, achei que tivessem me esquecido. As luzes do teto, as cadeiras e os bancos vazios do corredor refletiam-se no piso de mármore polido. Suei mais um pouco. A promotora apareceu de novo.

"Eles chegaram ao tribunal, mas agora não conseguimos achá-los", disse ela.

"Não estavam subindo de escada?"

"Ainda estamos esperando."

Ela saiu. Vi seus sapatos de salto alto cruzarem o piso de mármore. Algo em seu jeito de andar me fazia pensar em alguém que, com os dedos, sugerisse uma figura andando. Ela entrou pela porta da sala do tribunal e desapareceu. Agora eu não queria mais olhar o relógio, e não tinha ideia de quanto tempo ficara ali sem fazer coisa alguma, a não ser transpirar sentado naquele banco. Imaginei se o relógio do policial ainda estaria funcionando; quando me levantei para dar outra olhada, pareceu-me que o perfil de Manhattan emitia vapor; olhei para as nuvens, tentando encontrar nelas algum sentido. Muito, muito depois, a promotora reapareceu.

"Os suspeitos se perderam em algum lugar do prédio. Não os achamos em parte alguma, por isso o juiz adiou a audiência. O senhor pode ir."

Quando cheguei à rua, depois de uma longa viagem de elevador, tive vontade de lavar o rosto. Fui a um restaurante, onde o garçom me disse: "O banheiro é só para os fregueses. O senhor deve sentar-se".

"Quero um hambúrguer", disse eu, sem me sentar.

"Só um hambúrguer simples?"

"Só."

Entrei no banheiro e lavei o rosto.

PÃES DOCES SEM GOSTO E BELAS VISTAS

Quando eu disse que os pãezinhos de canela que compramos numa padaria tinham perdido o sabor, acharam engraçado. Era uma tarde escura e chuvosa de sábado, tomávamos chá e discutíamos se deveríamos ou não ir a uma festa para estudantes na Universidade de Colúmbia. Explicaram-me que o forte cheiro de canela que nos faz desejar um pãozinho de canela quando entramos numa padaria era, na realidade, um aroma artificial que bombeavam na loja. Iludidos pelo cheiro, os fregueses sentem vontade de pegar nos pãezinhos, quando a verdade é que nem sequer existe forno nos fundos da loja. Pode-se chamar esse pãozinho de "ilusão perdida", como se costumava dizer, ou, mais prosaica e enganadoramente, ausência de sabor. Pode-se, também, dizer que aquilo transforma a loja numa farsa.

Enquanto não nos habituamos à cidade, passamos boa parte do dia pensando nessa ausência de sabores; como ainda sabemos o que é uma parede de tijolos, e como ela é construída, uma parede de concreto construída de modo a parecer uma parede de tijolos é uma farsa, que não causa dor à maioria de nós. Mas que dizer quando começam a construir imensos edifícios imitando coisas que não são? As pomposas estruturas pós-modernas que brotam por toda a cidade de Nova York são obras de arquitetos que fazem exatamente isso. Esses arquitetos se esforçam para mostrar que seus prédios são imitações: com suas enormes fachadas de vidro, suas contorções e curvas quase medievais, fico pensando se desejam mesmo se parecer com alguma coisa. Será que pretendem apenas nos enganar, aparentando o que não são? Mas, nesse caso, um engano tão óbvio será mesmo engano?

Tão estranho quanto isso é o modo como os anúncios, os jingles radiofônicos, os outdoors e as belas modelos da televisão nos enganam tão abertamente. Sabe-se que os pedaços vermelhos do sorvete são coloridos artificialmente, e não são morangos; sabe-se que nem mesmo os autores acreditam nos elogios escritos na capa dos seus livros; sabe-se que a famosa atriz que está sob os refletores há quarenta anos já não é tão jovem como a operação plástica no rosto sugere; e sabe-se que outra pessoa escrevia os discursos de Ronald Regan. Mas tive a impressão de que pouca gente se incomoda. O cidadão cansado, que anda pela Quinta Avenida, talvez dê esta explicação: "Devo me perguntar se essa flor que me agrada aos olhos é de plástico? É agradável olhá-la, e alegra-me o coração, é o que importa".

Um recém-chegado a Nova York pode ver outros significados. E se as pessoas aqui forem parecidas com o pãozinho de canela; e se os sorrisos solícitos e pequenos gestos amáveis forem insinceros; e se estiverem tentando me enganar? Durante uma dessas longas viagens de elevador, se um dos passageiros de repente me pergunta quem sou, será que *quer mesmo saber*? Depois de verificar minha reserva, a moça da agência de viagens está mesmo interessada nos detalhes dos meus planos, ou simplesmente acha que deve agir assim? Eles fazem essas tolas perguntas sobre a Turquia só para puxar conversa, ou porque realmente têm curiosidade? Por que continuam sorrindo para mim, por que estão sempre pedindo desculpas, por que são tão solícitos?

Depois de uma tarde chuvosa, quando comíamos os insípidos pãezinhos de canela, meus amigos não demonstraram muita paciência com minhas teorias sobre a insipidez. Devo vir de um país que dá exagerada importância a Certo e Errado, Bem e Mal, Saboroso e Insípido. Eu estava interpretando demais coisas que mal conhecia; parecia esperar que organizações anônimas, empresas desconhecidas, vozes de narrador de televisão e anúncios colados em todas as avenidas falassem comigo sinceramente, como um vizinho ou amigo. Então, lembrando-nos de um amigo comum, explodimos em cruéis gargalhadas.

Ele fizera doutorado, era especialista em sua área de conhecimento, tagarelava, devorava livros. Tinha lábios grossos como um macaco e devorava também as últimas ideias em sociologia, psicologia e filosofia. Reconhecíamos, com um sorriso, é verdade, que ele era melhor do que a maioria dos grosseirões sem brilho que ensinam em universidades, mas não conseguia emprego. E repetíamos o que sua mulher melancolicamente nos contara: àqueles que lhe diziam que, para conseguir um emprego, teria de bater de porta em porta, apresentar-se e mandar cartas, ele respondia: "Não vou procurá-los; eles é que deveriam me procurar". Àquela altura, a maioria dos amigos desistira de convencê-lo a mudar de ideia. Aqueles também desistiram, guardando um silêncio respeitoso de que ele gostou muito.

Foi quando voltamos ao assunto da festa universitária. Sabíamos que, no momento em que entrássemos naquele salão brilhantemente iluminado, seríamos esmagados pela insipidez. À entrada, alguém que tentasse nos ajudar a avançar pela multidão escreveria nossos nomes em grandes etiquetas, colocando-as em nossas lapelas. O salão estaria banhado por uma luz tão amarela como uma batata frita. Eu já via os rostos desamparados e investigadores dos outros convidados, em pé, segurando suas bebidas. Como produtos numa prateleira de supermercado, permitiríamos que nos apresentassem, e para tanto travaríamos rápidas conversas; faríamos propaganda de nós mesmos chamando a atenção para nossas características diferentes, nosso jeito de falar, nosso intelecto, nosso senso de humor, nossa resistência, assim como para generalizações e informações profundas sobre nossa cultura. Assim como um xampu de ovo pode ser diferente de um xampu de maçã, nós também passaríamos a ocupar os lugares que nos fossem atribuídos na prateleira social de Nova York.

Meus dois amigos (marido e mulher) contorceram o rosto como se concordassem comigo. Mas pouco antes tínhamos achado graça de quanto os supermercados de Nova York são deslumbrantes, com a sua variedade de mercadorias. Dezenas de milhares de marcas, cores, caixas, imagens, números, tudo ocupando essas amplas, cheirosas lojas, à espera de que os olhos neles se regalassem.

Enquanto os olhos percorrem suas superfícies coloridas, não se perde muito tempo pensando que elas talvez sejam enganadoras; é como se esquecêssemos a velha distinção filosófica entre aparência e realidade. Entregamo-nos às belezas desse paraíso de compras, e nos regalamos com os olhos. Com o tempo, aprendemos que não importa se o pãozinho de canela da padaria não tem o mesmo cheiro que tem em casa.

"Agora me deu vontade de ir", disse a mulher do meu amigo. "Pelo menos vamos sair e ver gente."

Foi assim que resolvemos ir.

As pessoas podem sair das lojas e das festas de mãos vazias, mas em Nova York não temos motivos para não nos regalarmos com os olhos.

ENCONTRO NO METRÔ; OU, DESAPARECIDO, SUPOSTAMENTE MORTO

Passei pelas barreiras às pressas e desci as escadas, mas não consegui. As portas já estavam fechadas. Os vagões do metrô já aceleravam. Era um momento da tarde em que os trens passam com menos frequência, por isso me sentei num banco na plataforma para esperar o próximo. Lá fora era quente e claro demais, e era bom estar sentado naquele banco fresco e desocupado. Uma cálida e poeirenta coluna de luz entrava pela grade da calçada da Broadway. Tinha forma triangular, como um raio de sol numa caverna pré-histórica; as pessoas pareciam fantasmas quando passavam por ela. Por um instante, ouvi a conversa de um casal que se sentou ao lado.

"Mas ainda são tão pequenos", disse a mulher.

"Pois que sejam", disse o homem, que balançava as pernas. "É hora de impor limites."

"São tão bebezinhos", disse a mulher, em tom suave.

Talvez tenha sido então que vi o rosto passar pela coluna de luz, mas não o registrei. Foi só ao ver sua tensa silhueta andando por toda a extensão da plataforma que o reconheci. Era um antigo colega de classe, dos tempos do liceu; estudara numa universidade de Istambul durante dois anos, envolvera-se um pouco com política e sumira. Só bem depois descobrimos que tinha ido para os Estados Unidos; dizia-se que seus pais ricos começaram a ficar preocupados com suas atividades políticas e o mandaram para longe, mas eu sabia que seus pais não eram assim tão ricos. Então — não lembro quem me contou

— ouvi dizer que tinha morrido, num acidente de carro, ou num desastre aéreo, ou qualquer coisa do gênero. Enquanto o olhava com o canto do olho, e sem sentir grande emoção, lembrei que um nova-iorquino meu conhecido mencionara que conhecia outra pessoa de Istambul; dera-me o nome, dizendo que essa pessoa trabalhava na companhia de eletricidade. Isso acontecera fazia pouco tempo. Por alguma razão, não me lembrei de ter ouvido antes a informação de que ele tinha morrido. Se lembrasse, acho que não ficaria surpreso, teria simplesmente pensado, como penso agora, que só um dos dois boatos poderia ser verdadeiro.

Quando ele foi para um canto e encostou-se numa daquelas gigantescas pilastras de aço que seguram a larga avenida em cima de nós, levantei-me e fui falar com ele.

Quando o chamei pelo nome, ele pareceu surpreso.

"Pois não?"

Tinha deixado crescer um bigode turco, mas em Nova York parecia mexicano.

"Não me reconhece?", perguntei em turco, mas pude ver pela expressão vazia do rosto que não me reconhecia. Eu ficara para trás, na vida que ele abandonara catorze anos antes.

Quando lhe disse meu nome, ele se lembrou. Num instante me viu como eu tinha sido catorze anos antes. Trocamos informações, como se quiséssemos explicar um ao outro por que estávamos ambos em pé, numa estação de metrô debaixo da rua 116, em Manhattan. Ele se casara; trabalhava em telecomunicações — não na companhia de eletricidade; era engenheiro; a mulher, americana; sua casa ficava longe, no Brooklyn, mas ele a comprara.

"É verdade, como dizem, que você escreve romances?", perguntou.

Naquele momento, o trem entrou chacoalhando na estação, um barulho que ainda me espanta. Quando as portas abriram, houve um silêncio, e ele fez outra pergunta.

"Terminaram de construir a ponte do Bósforo?"

Quando entrávamos no vagão, sorri e respondi à pergunta. Dentro, estava quente e superlotado; pessoas de todas as raças, jovens de tênis, vindos do Brooklyn e do Harlem. Estávamos lado a lado, como dois irmãos, segurando o mesmo cano, mas, enquanto éramos jogados de um lado para outro, olhávamos um para o outro como estranhos. Quando o conheci, nada havia de estranho a seu respeito, exceto que não comia alho e raramente aparava as unhas. Contou-me coisas que se perderam no barulho do trem. Só quando paramos na rua 109 percebi qual tinha sido a pergunta.

"As carroças puxadas a cavalo também passam pela ponte do Bósforo?"

Eu disse mais algumas coisas, dessa vez sem sorrir. O que me espantava não eram suas perguntas, mas a atenção que prestava às respostas; logo o barulho do trem o impossibilitou de ouvir o que eu dizia, mas assim mesmo continuava me olhando no rosto, cheio de compreensão, como se ouvisse tudo que eu dizia. Quando o trem parou na rua 103, houve um silêncio tenso. Então, numa súbita explosão de raiva, ele perguntou: "Ainda grampeiam os telefones?". Depois, com uma risada louca, que ainda me dá calafrios na espinha, gritou: "Estúpidos idiotas!".

Pôs-se a contar mais algumas coisas, que não consegui ouvir por causa do barulho. Quando olhei nossas mãos lado a lado no cano, não fiquei muito satisfeito de ver como eram parecidas. Seu relógio de pulso mostrava a hora em Nova York, Londres, Moscou, Dubai e Tóquio, exatamente como o meu.

Na rua 96, houve empurra-empurra. Havia um trem expresso do outro lado da plataforma. Ele rapidamente anotou o número do meu telefone, e desapareceu na multidão que se acotovelava entre os dois trens. Ambas as composições saíram da estação ao mesmo tempo, e, quando olhei pelas janelas do trem expresso que nos ultrapassava, vi que ele olhava para mim; curioso, suspeito e cheio de desdém.

Fiquei feliz porque não me telefonou, achando que tinha perdido meu número, mas um mês depois, no meio da noite, ele ligou. Bombardeou-me com perguntas irritantes: eu pensava em adquirir cidadania americana, por que estava em Nova York, e será que eu sabia por que a Máfia cometera o último assassinato, ou por que os preços das ações das companhias telefônica e elétrica tinham caído em Wall Street? Respondi à enxurrada de perguntas, e ele ouvia cuidadosamente as respostas, acusando-me de inconsistências, de vez em quando, como um policial que tenta apanhar um suspeito numa mentira.

Quando me ligou novamente, dez dias depois, era ainda mais tarde, e ele estava bêbado. Recitou uma longa e minuciosa versão da história de Anatoli Zurlinsky, agente da KGB que fugira para os Estados Unidos: tendo descoberto pelos jornais o prédio da rua 42 onde ele se encontrara com agentes da CIA, meu interlocutor fora investigar; para tanto, fora a uma barbearia fazer a barba e apanhar o espião em pequenas mentiras. Quando tentei mostrar as inconsistências de sua própria história, como fizera comigo, ficou zangado. Perguntou o que eu fazia em Nova York, e, com a mesma risada maluca com que zombara da ponte do Bósforo, desligou o telefone.

Quando me telefonou de novo, não muito tempo depois, passou metade do tempo falando comigo e metade discutindo com a mulher, que lhe dizia que era muito tarde. Falou sobre a companhia de telecomunicação onde trabalhava, e disse que poderia ouvir qualquer conversa no mundo, e que seu próprio telefone estava grampeado. Então, sem aviso, perguntou por algumas moças que conhecera na universidade: quem estava com quem, se tiveram sucesso? Contei-lhe algumas histórias sem graça que acabaram em casamento, e depois de ouvir cuidadosamente ele voltou a rir com desdém.

"Naquele lugar nunca acontece nada de bom", disse ele. "Nada!" Eu devo ter ficado surpreso, porque, antes que pudesse dizer qualquer coisa, ele anunciou, triunfantemente: "Está me ouvindo, irmão? Nada de bom pode acontecer lá. Nunca".

Repetiu a frase com satisfação nas duas próximas conversas telefônicas que tivemos, insistindo em sua ideia. Falou sobre espiões, truques da Máfia, telefones grampeados e os últimos avanços eletrônicos. De vez em quando, eu escutava a voz débil da mulher. Uma vez ela tentou tirar um copo de bebida ou o telefone da mão do marido. Imaginei um desses pequenos apartamentos num arranha-céu, do outro lado do Brooklyn; você paga prestações durante trinta anos, e ele é seu. Um amigo me disse que, quando se dá descarga no vaso sanitário, os canos emitem um triste lamento, ouvido não apenas no seu, mas também nos oito apartamentos simetricamente dispostos que compartilham a tubulação, e o som da água caindo como uma cascata faz as baratas saírem correndo dos esconderijos. Depois me arrependi de não ter lhe perguntado nada a esse respeito. O que ele me perguntou mais ou menos às três da manhã foi o seguinte:

"Ainda existe *cornflake* na Turquia?"

"Tentaram vender como bolinho frito, mas não deu certo", disse eu. "Os consumidores derramavam leite quente em cima."

Ele deu uma de suas risadas malucas. "São onze da manhã em Dubai", gritou. "Em Dubai, em Istambul..." Tive a impressão de que estava feliz quando desligou.

Achei que fosse ligar outras vezes. Quando não ligava, por alguma razão eu ficava inquieto. Passado um mês do dia que vi aquele fantasmagórico funil triangular de luz entrando pela grade para a plataforma da estação do metrô, resolvi procurá-lo: em parte porque queria sacudi-lo, perturbar sua paz de espírito, em parte porque eu estava curioso. Descobri seu nome no catálogo telefônico do Brooklyn. Uma mulher atendeu, mas não era a sua. Ela pediu que eu nunca mais telefonasse. O antigo proprietário daquele número tinha morrido num acidente de trânsito.

O MEDO DE CIGARROS

Eu estava provavelmente mergulhado em pensamentos, imaginando meu romance; devia estar sentado num quarto, fumando um cigarro atrás do outro, por isso não o vi; contaram-me depois. Pouco antes de o grande Yul Brynner morrer, sua imagem aparecia na tela da TV. Esse ator calvo, de quem eu na verdade jamais gostara, e de cujos filmes eu também não gostava, jazia transtornado em seu leito de hospital; respirando com dificuldade, e olhando diretamente nos olhos dos espectadores, ele dizia algo assim:

"Quando virem isto estarei morto. Estou morrendo de câncer no pulmão. Culpa minha. Agora, morro uma morte dolorosa. Apesar de ter sido rico e bem-sucedido, poderia viver mais, poderia aproveitar a vida, mas não o farei, e tudo por causa do cigarro. Por favor, não façam como eu; deixem de fumar agora. Se não deixarem, nunca aproveitarão a vida em sua plenitude, morrerão antes da hora."

Quando meu amigo acabou de me falar dessa mensagem gravada que lhe causou profunda impressão, sorri e ofereci-lhe um dos meus Marlboro e ambos acendemos nossos cigarros. Depois olhamos um para o outro, mas não conseguimos sorrir. Sempre fumei na Turquia sem pensar no assunto, e, apesar de saber que teria problemas em Nova York, nunca pensei que tivesse *tantos* problemas.

Não foi o que ouvi na televisão e no rádio, ou li em jornais e revistas, que me causou mais dificuldades. Eu já me acostumara a essas campanhas, já tinha visto imagens assustadoras de pulmões tão entupidos de alcatrão que mais pareciam esponjas, placas de nicotina que obstruíam veias a ponto de causar ataques cardíacos, e ilustrações coloridas de infelizes corações que falhavam porque estavam dentro do corpo de fumantes. Eu olhava sem ver colunas de revista que atacavam os idiotas que ainda fumavam, e as mulheres grávidas que envenenavam crianças não nascidas com cigarros, e, enquanto fitava lápides de cemitério envoltas em nuvens de cigarro, fumava meu cigarro em pacífica resignação. A ameaça de morte por cigarro não me afetava mais do que as promessas de prazeres dos anúncios de Marlboro e da Pan Am que costumava ver nas laterais dos edifícios de apartamento, ou as imagens da coca-cola e do Havaí que via na tela da TV. Essa morte tinha sido totalmente iluminada. Eu vira todas as imagens, mas não a registrara na cabeça. Os cigarros me causaram outro tipo de problema em Nova York: eu estava numa dessas festas com cerveja, frituras e salsa, mas quando impensadamente acendia um cigarro as pessoas se afastavam, como se eu fosse infectá-las com o vírus da aids.

Não corriam do câncer que a fumaça do cigarro poderia causar, mas do fumante. Só aos poucos compreendi que meu cigarro, para elas, representava falta de força de vontade e de cultura, uma vida desregrada, e (o pior pesadelo nos Estados Unidos) fracasso. Mais tarde, um conhecido (que alegava ter mudado da cabeça aos pés em cinco anos de Estados Unidos, mas que ainda era turco o bastante para ceder aos hábitos nacionais de inventar categorias desnecessárias e propor teorias com a maior falta de tato) me disse que havia duas classes de nova-iorquinos: os fumantes e os não fumantes. Tirando as ocasiões em que os primeiros saem às ruas armados de facas, revólveres e maços de cigarro para roubar os segundos quando estes andam ansiosos pelas ruas escuras, e às vezes até à luz do dia, é raro presenciar os dois grupos envolvidos em algum tipo de conflito de classes. Antes, as empresas de jornal e as emissoras de televisão estão empenhadas em unir essas classes distintas em torno do cigarro — que tem preços diferentes em cada loja e cada bairro — e em seus anúncios. Os modelos que aspiram seus cigarros em anúncios não se parecem nada com viciados em nicotina, mas se parecem muito com pessoas da classe que trabalha duro, tem força de vontade e cultura, e não fuma. Ouvem-se histórias inspiradoras e felizes de pessoas que passaram da classe dos fumantes para a dos não fumantes.

O conhecido que mudou da cabeça aos pés me disse que uma vez entrara em contato com uma organização que ajudava a largar o cigarro. Quando, nos primeiros dias, tornou-se quase impossível aguentar a abstenção de nicotina, ele ligou para um número de emergência. A voz doce e compassiva do outro lado da linha lhe disse que ele seria muito feliz quando abandonasse o hábito e tudo que precisava fazer era ranger os dentes um pouco mais; e, quando esse conhecido me disse que a voz lhe informara que havia um significado, talvez até um significado espiritual, na agonia que experimentava, ele nem sequer sorriu. Acendi um cigarro, causando-lhe imediatamente uma sensação de pânico e levando-o a pensar mal de mim. Àquela altura, eu já sabia que o negro que pedia cigarros na Madison Avenue inspirava piedade não porque não tinha dinheiro para comprar cigarros, mas porque fumava: aquele homem não tinha força de vontade, nem cultura, e esperava pouco da vida. Não é de surpreender que um sujeito com tendência a fumar acabasse como mendigo. Aos poucos, a piedade entrava na moda em Nova York.

Na Idade Média, acreditava-se que Deus mandara a peste ao mundo para separar os culpados dos inocentes. Se admitirmos que uma fração dos atingidos pela peste talvez rejeitasse essa ideia, entenderemos por que os fumantes americanos desejam tão ardentemente provar que são bons cidadãos. Sempre que um grupo se retira para um canto e se junta em torno de um cinzeiro numa reunião, ou no trabalho, ou se reúne num fumódromo (quando existe), esses malditos viciados apressam-se a dizer que estão quase deixando de fumar. Na realidade, são bons cidadãos, mas porque se arrependem desse hábito que a falta de cultura, de força de vontade e de sucesso lhes legou, acham que sucumbiram apenas temporariamente. Têm em mente uma história que os libertará da terra dos ladrões e pecadores: depois de resolver os problemas com os amantes, de terminar suas intermináveis dissertações, de achar emprego, eles abandonarão o hábito amaldiçoado para ingressar nas fileiras dos americanos corretos. Alguns podem até se sentir incomodados com o próprio comportamento ao redor do cinzeiro, e tentar demonstrar aos demais que, a rigor, não são responsáveis pelo crime que cometem: dizem que, na verdade, não fumam, e estão fumando apenas aquele cigarro porque tiveram um dia difícil, ou que o cigarro tem níveis de alcatrão e nicotina extremamente baixos, só fumam três cigarros por dia e, como se pode ver, não carregam fósforos nem isqueiros.

Mas há sempre alguns, entre os culpados, que se entregaram de tal maneira a uma vida de pecado que — em suas próprias casas, pelo menos — adotam o hábito com orgulho. Conheci pessoas felizes, cultas, disciplinadas e bem de vida, da geração mais velha, que fumavam há tempo demais para abandonar o vício, e que se resignaram à morte prematura que o cigarro talvez lhes traga. Algumas dessas pessoas não se resignavam, ao entrar em conflito com os jovens empresários que proíbem fumar no trabalho: para eles, isso era impor limite à liberdade. Lembro-me de sentar-me ao lado de um escritor, bem mais velho do que eu, perto da janela de uma lanchonete, observando os anúncios de cigarro no topo dos táxis amarelos que passavam pela rua e falando com vagar sobre o sabor do cigarro. No sentido italiano da expressão, ele também "fumava como um turco". Ao estilo de um aristocrata ocioso que discutisse vinhos raros, ele falou sobre o sabor rude dos cigarros longos da marca Camel e do sabor suave e refinado dos curtos da marca Kent, e tive a impressão de que o que ele adotava destemidamente era o sabor do nosso pecado: toda referência a cigarros punha o amor à vida em conflito com o medo da morte, levando-me a indagar se a ideologia do cigarro em Nova York não seria uma espécie de religião.

RUA 42

Encontraram-se na esquina da 42 e, sem parar para falar, seguiram em direção sul para a primeira lanchonete que viram. Quando a chuva começou, os negros que vendiam telefone sem fio e rádio na Quinta Avenida saíram da rua. Dentro do restaurante cheirava a vapor e óleo de cozinha. Paralelamente ao balcão havia uma fila de mesas e cabines com cortina vermelha. O homem tirou o velho sobretudo e o colocou cuidadosamente perto dele, na cabine junto à parede. A mulher sentou-se, e tirou o casaco também. Sentado num dos bancos do balcão, um velho cabeceava lendo a seção de esporte.

"Não pendure sua bolsa aí", disse o homem à mulher. "Se alguém roubá-la sairá pela porta antes que consigam agarrá-lo."

A mulher passou os olhos pelo cardápio. Ambos estavam perto dos trinta anos. Enquanto o homem procurava nervosamente seus cigarros, a mulher tirou a bolsa de onde a tinha pendurado e a colocou sobre o casaco ao lado dela.

"Isso é ruim", disse ela, finalmente. "Não querem mais botões."

"Por que não?"

"Não conseguiram vender os que eu fiz para eles."

"Pagaram?"

"Pagaram a metade."

"E os brincos?"

"Não querem botões, e não querem brincos."

Os botões eram, na verdade, pulseiras. Ela fazia arranjos com contas de madeira e brincos e os vendia para um vendedor repulsivo por dois dólares o par. Já não se lembrava por que chamava as pulseiras de "botões", mas provavelmente era porque as pulseiras lembravam botões.

"Acha que devo procurar um emprego?", perguntou a mulher.

"Sabe que não daria certo", disse o homem. "Se fizesse isso não teria tempo para pintar."

"Ninguém até hoje comprou um quadro meu."

"Mas vão comprar", disse o homem. "Por que não falamos com Bariş? Ele queria ver seu estúdio."

Ele e Bariş tinham estudado juntos numa universidade em Istambul. Agora seu velho amigo viera a Nova York para uma reunião numa empresa de computadores.

"Você acha que ele compraria alguma coisa?", perguntou a mulher.

"Ele disse que queria ver o seu estúdio. Por que ia querer ver o seu estúdio?"

"Porque é curioso, talvez."

"Se vir algo que lhe agrade, comprará", disse o homem.

O garçom veio atendê-los.

"Dois cafés", disse o homem. Depois, virou-se para a mulher e perguntou: "Quer um café, não?".

"Quero alguma coisa para comer também", disse a mulher, mas o garçom já se afastara. Ficaram calados por um tempo.

"Em que hotel Bariş está hospedado?", perguntou o homem.

"Ele não quer comprar nada", disse a mulher. "Só ver. Não quero ligar só porque talvez compre alguma coisa."

"Se não estiver interessado em comprar alguma coisa, por que quer ver o estúdio?", disse o homem. "Não consigo imaginar que tenha desenvolvido o gosto pelo expressionismo enquanto fazia negócios em Istambul."

"Seu interesse é saber o que estou fazendo; só isso", disse a mulher. "Quer ver em que tipo de lugar eu trabalho."

"A esta altura ele já esqueceu tudo."

"Esqueceu o quê?"

"O que disse, sobre querer ver os quadros."

"Ele não disse que queria ver meus quadros, disse que queria ver meu *estúdio*", disse a mulher. "É um bom sujeito. Por que eu deveria fazê-lo comprar quadros que ninguém, em Nova York, quer comprar?"

"Se acha que está enganando alguém que quer comprar seus quadros, nunca vai vender nenhum", disse o homem.

"Se tiver de fazer isso para vendê-los, prefiro não vender nenhum."

Houve um silêncio.

"É assim que todo mundo vende as coisas", disse o homem. "Todo mundo começa vendendo para os amigos."

"Não estou vivendo em Nova York para poder vender quadros a velhos amigos da Turquia", disse a mulher. "Não foi isso que vim fazer em Nova York. De qualquer maneira, acho que não vai comprar nada."

"Diga-me, então, por que veio para Nova York?", perguntou o homem, ressentido.

O garçom trouxe os dois cafés. A mulher não respondeu.

"Diga-me, então, por que veio para Nova York?", perguntou o homem novamente, já com raiva.

"Por favor, não comece!", disse a mulher.

"Sei por que está aqui. Não é por minha causa. Está claro, agora, que não veio por causa dos quadros também. Parece que veio para pintar pequenos desenhos em anéis e banheiros."

Sabia que isso ia ofendê-la. A mulher tinha feito centenas de desenhos para uma empresa que produzia placas de Cavalheiros e Damas para portas de banheiro: em forma de guarda-chuva, de cigarros, de sapatos de salto alto, de silhuetas de homem e mulher, cartolas, bolsas, crianças urinando. Quando começou a trabalhar para eles, ela ria muito dessas coisas, mas agora as odiava.

"Tudo bem, Bariş está no Plaza", disse a mulher.

"O Plaza é onde gente boa fica", disse o homem.

"Não vai ligar para ele?"

O homem se levantou e foi até o outro lado da lanchonete, e, depois de achar o hotel no catálogo telefônico e discar o número, a mulher ficou olhando para ele por algum tempo. Tinha rosto pálido, mas era um homem forte, com boa postura, e boa saúde. Atrás dele havia pôsteres do tipo que geralmente se encontra nesses lugares: Grécia e o Egeu, VOE PELA PAN AM PARA O PARAÍSO EN-SOLARADO DE RODES. O quarto 712 não atendeu. Ele voltou para sua cadeira.

"O homem bom não está!"

"Eu não disse que ele era um homem bom, disse que era um bom sujeito", falou a mulher, cuidadosamente.

"Se é apenas um bom sujeito, por que está hospedado no Plaza, por que ganha tanto dinheiro?"

"É um bom sujeito!", insistiu a mulher, teimosamente.

"Não temos dinheiro para sobreviver até segunda-feira. Ele come ostras e lagostas no Plaza, e é um bom sujeito."

"Sabe de uma coisa?", disse a mulher, vingativamente. "Você está esperando à toa. Jamais voltarei para a Turquia."

"Eu sei..."

"Sabe por que não voltarei, não sabe? Porque não aguento os homens turcos."

"E você é uma moça turca", disse o homem, com raiva. "Você é uma moça turca que não consegue achar um jeito de vender suas pinturas. Se é que pode chamá-las de pintura."

Calaram-se. Alguém pôs uma moeda no fonógrafo do outro lado, e o restaurante encheu-se de música doce e suave, e um cansado e perturbado cantor de blues começou a cantar. Eles escutaram. Quando a moça tirou a trêmula mão da mesa e pôs-se a remexer nervosamente nos bolsos do casaco e na bolsa, o homem entendeu: ela procurava o lenço perdido para enxugar as lágrimas.

"Estou indo", disse o homem, levantando-se. Pegou o sobretudo e saiu.

Chovia mais forte agora, e a rua estava mais escura. O pedaço de céu entre as luzes dos arranha-céus era negro como a noite. Ele andou pela rua 42 e dobrou à esquerda. Os homens que vendiam telefone sem fio momentos antes agora vendiam guarda-chuva, que penduravam nos braços e nas pernas. Ao chegar à Sexta Avenida, a rua ficou mais brilhante. Enquanto as pessoas passavam por eles na calçada molhada, os negros parados diante das portas iluminadas cantavam as mesmas palavras, como se tivessem aprendido juntos: "Moças más, moças incríveis, coelhinhas, moças-moças-moças. Entre, venha conferir, senhor; confira, confira: temos cabines privadas, espelhos falsos, espetáculos ao vivo, mamilos de verdade, moças-moças-moças; entrem e confiram, olhem e vejam". Alguns homens, ainda indecisos, ficavam parados do lado de fora, olhando os pôsteres: SONHOS DE UMA CRIANÇA TRAVESSA, LÁBIOS ÚMIDOS, INSACIÁVEIS. Ao passar por um terreno vazio perto da Sétima Avenida, ele sentiu um cheiro de aloé. Reunidos numa esquina escura, paquistaneses de longas túnicas vendiam o Corão em inglês, fieiras de contas para orações, vidros de óleos aromáticos e panfletos religiosos. Depois de olhar inexpressivamente para o terminal de ônibus durante muito tempo, ele caminhou no escuro pela 41, de volta para a Quinta Avenida. A lanchonete chamava-se Tom's Place. A mulher já não estava à mesa. Ele perguntou ao garçom.

"A mulher que estava sentada aqui já saiu?"

"A mulher que estava sentada aqui?", repetiu o garçom. "A mulher que estava sentada aqui foi embora."

ENTREVISTA À *PARIS REVIEW*

Orhan Pamuk nasceu em 1952, em Istambul, onde ainda vive. Sua família fez fortuna na construção de ferrovias durante os primeiros dias da República Turca, e Pamuk estudou no Robert College, onde os filhos da elite privilegiada da cidade recebiam educação secular ao estilo ocidental. Já no início desenvolveu paixão pelas artes visuais, mas depois de matricular-se na faculdade de arquitetura decidiu que queria escrever. Atualmente, é o mais lido dos escritores turcos.

Seu primeiro romance, Cevdet Bey e filhos, foi publicado em 1982, seguindo-se A casa do silêncio (1983), O castelo branco (1985), O livro negro (1990), e A vida nova (1994). Em 2003, Pamuk recebeu o International IMPAC Dublin Literary Award, por Meu nome é Vermelho (1998), trama policial ambientada na Istambul do século XVII e narrada por múltiplas vozes. O romance explora temas fundamentais da sua ficção: as complexidades de identidade num país que ocupa o Oriente e o Ocidente, rivalidades entre irmãos, a existência de sósias, o valor da beleza e da originalidade, e a angústia da influência cultural. Neve (2002), que trata do radicalismo religioso e político, foi o primeiro dos seus romances a confrontar o extremismo político na Turquia contemporânea e confirmou sua reputação internacional, apesar de dividir opiniões em seu país. O mais recente livro de Pamuk é Istambul: memória e cidade (2003), duplo retrato do autor — na infância e na juventude — e do lugar de onde vem.

Esta entrevista com Orhan Pamuk foi realizada em duas longas sessões, em Londres e por correspondência. A primeira conversa teve lugar em maio de 2004, na época da publicação de Neve na Grã-Bretanha. Um quarto especial foi reservado para a entrevista — um espaço empresarial iluminado por lâmpada fluorescente, com barulhento aparelho de ar-condicionado, no subsolo do hotel. Pamuk chegou de jaqueta de veludo preto, camisa azul-clara e calças escuras, e comentou: "Podemos morrer aqui, e ninguém nos encontrará". Mudamo-nos para um luxuoso canto do saguão do hotel, onde conversamos por três horas, parando apenas para tomar café e comer sanduíche de frango.

Em abril de 2005, Pamuk voltou a Londres para a publicação de Istambul, e nos instalamos no mesmo canto do saguão do hotel para falar durante duas horas. De início, parecia tenso, e com razão. Dois meses antes, numa entrevista ao jornal suíço Der Tages-Anzeiger, ele tinha dito o seguinte sobre a Turquia: "Trinta mil curdos e 1 milhão de armênios foram mortos naquelas terras e ninguém ousa tocar no assunto". Esse comentário provocou uma implacável campanha contra Pamuk na imprensa nacionalista turca. Afinal, o governo turco insiste em negar o massacre genocida de armênios em 1915 na Turquia, e baixou leis restringindo severamente a discussão do atual conflito curdo. Pamuk recusou-se a falar sobre a controvérsia, na esperança de que o assunto morresse. Em agosto, entretanto, os comentários de Pamuk ao jornal suíço valeram-lhe uma ação nos termos do Artigo 301/1 do Código Penal Turco por "difamação pública" da identidade turca — crime cuja pena pode chegar a três anos de prisão. Apesar da horrorizada cobertura do caso pela imprensa internacional e dos vigorosos protestos apresentados ao governo turco por membros do Parlamento Europeu e pelo PEN Internacional, quando esta revista foi para o prelo, em meados de novembro, o julgamento de Pamuk ainda estava marcado para 16 de dezembro de 2005.

Ángel Gurría-Quintana

ENTREVISTADOR

Como se sente com relação a entrevistas?

ORHAN PAMUK

Às vezes fico nervoso, porque costumo dar respostas estúpidas a perguntas sem sentido. Acontece tanto em turco como em inglês. Falo mal o turco e articulo frases estúpidas. Fui mais atacado na Turquia por minhas entrevistas do que por meus livros. Lá, polemistas e colunistas políticos não leem romances.

ENTREVISTADOR

Em geral a reação a seus livros é positiva na Europa e nos Estados Unidos. Qual é a recepção crítica na Turquia?

PAMUK

Os anos bons acabaram. Quando publiquei meus primeiros livros, a geração anterior de autores desaparecia, e fui bem recebido porque era novidade.

ENTREVISTADOR

Quando o senhor diz "geração anterior", está pensando em quem?

PAMUK

Os autores que tinham uma responsabilidade social, autores que achavam que a literatura serve à moralidade e à política. Eram realistas convictos, não eram autores experimentais. Como escritores de tantos outros países pobres, desperdiçaram o talento tentando servir à nação. Eu não queria ser como eles, porque mesmo quando jovem já apreciava Faulkner, Virginia Woolf, Proust — nunca me guiei pelo modelo social-realista de Steinbeck e Górki. A literatura produzida nos anos 1960-70 ficava ultrapassada, e fui saudado como autor da nova geração.

Depois de meados dos anos 1990, quando meus livros começaram a vender em quantidades que ninguém ousara sonhar na Turquia, minha lua de mel com a imprensa e com os intelectuais turcos acabou. A partir de então, a recepção crítica foi, acima de tudo, a reação à publicidade e às vendas, mais do que ao conteúdo dos livros. Agora, infelizmente, tornei-me notório por meus comentários políticos — a maioria deles tirada de entrevistas internacionais e descaradamente manipuladas por jornalistas nacionalistas turcos, para que eu pareça mais radical e politicamente idiota do que sou.

ENTREVISTADOR

Então há uma reação hostil à sua popularidade?

PAMUK

Tenho a forte convicção de que é uma espécie de castigo pelas cifras de vendagem e pelos comentários políticos. Mas não quero continuar dizendo isso, porque parece que estou na defensiva. Pode ser que eu esteja deturpando o quadro.

ENTREVISTADOR

Onde o senhor escreve?

PAMUK

Sempre achei que o lugar onde se dorme, ou o lugar onde se vive com o cônjuge, deve ser diferente do lugar onde se escreve. Os rituais e detalhes da vida doméstica de alguma forma matam a imaginação. Matam o demônio em mim. A rotina doméstica, bem-comportada, faz desaparecer o desejo de outro mundo, de que a imaginação necessita para funcionar. Assim, durante anos, sempre tive um escritório ou um lugarzinho fora de casa para trabalhar. Sempre tive outros apartamentos.

Mas uma vez passei meio semestre nos Estados Unidos, enquanto minha mulher fazia doutorado na Universidade Columbia. Vivíamos num apartamento para estudantes casados, não havia espaço, e eu tive de dormir e escrever no mesmo lugar. Lembranças da vida de família estavam por toda a parte. Aquilo me incomodava. De manhã eu me despedia da minha mulher como se fosse para o trabalho. Saía de casa, andava algumas quadras, e voltava, como se chegasse do trabalho.

Dez anos atrás, encontrei um apartamento perto do Bósforo com vista da cidade antiga. É talvez uma das melhores vistas de Istambul. Fica a 25 minutos de caminhada do lugar onde moro. É cheio de livros, e minha escrivaninha fica de frente para a paisagem. Todos os dias passo ali dez horas em média.

ENTREVISTADOR

Dez horas por dia?

PAMUK

É, sou muito trabalhador. Gosto de trabalhar. Dizem que sou ambicioso, e talvez seja verdade. Mas tenho paixão pelo que faço. Adoro ficar sentado à minha

escrivaninha, como uma criança com seus brinquedos. É trabalho, essencialmente, mas é diversão e jogo também.

Orhan, seu homônimo e narrador de *Neve*, descreve-se a si mesmo como amanuense, que se senta para trabalhar à mesma hora todos os dias. O senhor tem
essa disciplina para escrever?

Eu estava sublinhando a natureza de amanuense do romancista, em contraste
com a do poeta, que tem uma tradição imensamente prestigiosa na Turquia.
Ser poeta é algo popular e respeitado. A maioria dos sultões e estadistas otomanos era poeta. Mas não no sentido de hoje. Durante centenas de anos, era uma
forma de se impor como intelectual. A maioria dessas pessoas costumava juntar seus poemas em manuscritos chamados divãs. Na realidade, a poesia corte-
sã otomana é chamada poesia de divã. Metade dos estadistas otomanos produziu divãs. Era uma forma educada e sofisticada de escrever coisas, com regras e
rituais. Muito convencional e repetitiva. Quando as ideias ocidentais chegaram
à Turquia, combinou-se esse legado com a ideia romântica e a ideia moderna
do poeta como alguém que anseia pela verdade. Isso deu mais prestígio ao
poeta. De outro lado, um romancista é, essencialmente, alguém que percorre
grandes distâncias com sua paciência, lentamente, como uma formiga. O romancista nos impressiona não pela visão demoníaca ou romântica, mas pela
paciência.

O senhor já escreveu poesia?

É uma pergunta que me fazem com frequência. Escrevi quando tinha dezoito
anos, e publiquei alguns poemas na Turquia, mas desisti. Minha explicação é
que o poeta é alguém por meio do qual Deus fala. É preciso ser possuído pela
poesia. Tentei a sorte na poesia, mas percebi, depois de algum tempo, que Deus
não falava comigo. Fiquei triste e tentei imaginar — se Deus falasse por meu
intermédio, o que diria ele? Comecei a escrever meticulosamente, lentamente,

tentando descobrir. Isso é escrever prosa, ficção. Portanto, trabalhei como um amanuense. Alguns escritores consideram essa expressão um pouco insultuosa. Mas eu a aceito; trabalho como um amanuense.

ENTREVISTADOR
O senhor diria que escrever prosa ficou mais fácil, com o passar do tempo?

PAMUK
Infelizmente, não. Às vezes sinto que meu personagem deve entrar numa sala, e eu ainda não sei como fazê-lo entrar. Eu talvez seja mais confiante, o que às vezes atrapalha, porque não se experimenta, escreve-se apenas o que vem à ponta da caneta. Escrevo ficção há trinta anos, portanto, acho que melhorei um pouco. Apesar disso, às vezes me vejo num beco sem saída, e acho que nunca deveria haver beco sem saída. Uma personagem não pode entrar numa sala e eu não saber o que fazer com ela. Ainda acontece! Depois de trinta anos.

A divisão de um livro em capítulos é muito importante para o meu jeito de pensar. Quando escrevo um romance, se já sei como será toda a história — na maioria das vezes, sei —, divido-a em capítulos, e penso nos detalhes do que eu gostaria que acontecesse em cada um. Não começo, necessariamente, pelo primeiro capítulo e escrevo os demais pela ordem. Quando me sinto bloqueado, o que não chega a ser muito sério para mim, continuo a escrever qualquer coisa que me estimule a imaginação. Posso escrever do primeiro ao quinto capítulo, e, se não estou gostando, pular para o décimo quinto, e continuar a partir daí.

ENTREVISTADOR
O senhor quer dizer que estrutura todo o livro antecipadamente?

PAMUK
Tudo. *Meu nome é Vermelho*, por exemplo, tem muitas personagens e para cada personagem reservei certo número de capítulos. Quando escrevia, às vezes queria continuar "sendo" uma das personagens. Assim, ao terminar um dos capítulos de Shekure, talvez o capítulo sete, eu saltava para o onze, que é dela novamente. Eu gostava de ser Shekure. Passar de uma personagem, ou *persona*, para outra pode ser deprimente.

Mas o capítulo final eu sempre escrevo no fim. Isso é definitivo. Gosto de provocar-me, perguntar a mim mesmo como deve ser o fim. Só consigo executar o fim uma vez. Perto do fim, antes de terminar, paro e reescrevo a maioria dos primeiros capítulos.

ENTREVISTADOR

O senhor tem um leitor enquanto trabalha?

PAMUK

Sempre leio meu trabalho para a pessoa com quem vivo. Fico sempre grato se essa pessoa me diz me mostre mais, ou mostre o que fez hoje. Isso não só cria um pouco de necessária pressão, mas é como se a mãe ou o pai lhe dessem um tapinha nas costas e dissessem: muito bem. De vez em quando, a pessoa dirá: sinto muito, mas não gostei disso. O que é bom. Gosto desse ritual.

ENTREVISTADOR

Quando jovem o senhor queria ser pintor. Quando foi que o amor à pintura deu lugar ao amor à escrita?

PAMUK

Aos 22 anos. Desde os sete eu queria ser pintor, e minha família concordava. Todos achavam que eu seria um pintor famoso. Mas algo aconteceu em minha cabeça — percebi que havia um parafuso frouxo —, parei de pintar e comecei imediatamente a escrever meu primeiro romance.

ENTREVISTADOR

Um parafuso frouxo?

PAMUK

Não sei dizer quais foram os meus motivos para fazer isso. Recentemente publiquei um livro chamado *Istambul*. Metade é autobiografia, até aquele momento, e a outra é um ensaio sobre Istambul, ou, mais precisamente, Istambul vista pelos olhos de uma criança. É uma combinação de pensamentos sobre imagens e paisagens e a química de uma cidade, e a percepção que uma criança tem dessa cidade, e a autobiografia dessa criança. A última frase do livro afirma: "'Não quero ser artista', eu disse. 'Vou ser escritor'". E não há explicação. Apesar de que ler o livro todo talvez explique alguma coisa.

Sua família ficou satisfeita com a decisão?

Minha mãe ficou magoada. Meu pai foi um pouco mais compreensivo, porque, em sua juventude, quis ser poeta e traduziu Valéry para o turco, mas desistiu quando o círculo de classe alta ao qual pertencia zombou dele.

Sua família aceitava que o senhor fosse pintor, mas não romancista?

Sim, porque não pensavam que eu me tornasse pintor em tempo integral. A tradição da família era engenharia civil. Meu avô foi um engenheiro civil que ganhou muito dinheiro construindo ferrovias. Meus tios e meu pai perderam o dinheiro, mas todos frequentaram a mesma escola de engenharia, a Universidade Técnica de Istambul. Esperava-se que eu dissesse Está bem, vou fazer o mesmo. Mas como eu era o artista da família, a ideia era que me tornasse arquiteto. Parecia uma solução satisfatória para todo mundo. Por isso fui para a universidade, mas no meio do curso de arquitetura de repente larguei a pintura e comecei a escrever romances.

O senhor já tinha o seu primeiro romance em mente quando decidiu largar? Foi isso?

Pelo que me lembro, eu queria ser romancista antes de saber o que escreveria. Na realidade, quando comecei a escrever, tinha duas ideias iniciais falsas. Ainda tenho os cadernos. Mas depois de seis meses dei início ao projeto de um grande romance, que acabou sendo publicado como *Cevdet Bey e filhos*.

Esse não foi traduzido para o inglês.

PAMUK

É basicamente uma saga de família, como *A saga dos Forsyte*, ou *Os Budden-brooks*, de Thomas Mann. Não muito tempo depois de terminar, arrependi-me de ter escrito algo tão fora de moda, um romance muito século XIX. Arrependi-me de escrevê-lo porque, com 25 ou 26 anos, comecei a me impor a ideia de que eu deveria ser um autor moderno. Na época em que o romance foi finalmente publicado, quando eu tinha trinta anos, minha escrita já se tornara muito mais experimental.

ENTREVISTADOR

Quando o senhor diz que queria ser mais moderno, experimental, tinha algum modelo em mente?

PAMUK

Naquela época, os grandes escritores, para mim, já não eram Tolstói, Dostoiévski, Stendhal ou Thomas Mann. Meus heróis eram Virginia Woolf e Faulkner. Agora eu acrescentaria Proust e Nabokov a essa lista.

ENTREVISTADOR

A frase de abertura de *A vida nova* diz assim: "Um dia li um livro e minha vida inteira mudou". Algum livro teve esse efeito na sua vida?

PAMUK

O som e a fúria foi muito importante para mim, quando eu tinha 21, 22 anos. Comprei um exemplar da edição da Penguin. Foi difícil entender, especialmente com meu fraco inglês. Mas havia uma maravilhosa tradução do livro em turco, e eu colocava o texto em inglês ao lado do texto em turco na mesa, e lia metade de um parágrafo num e passava para o outro. Esse livro deixou marca. O resíduo foi a voz que desenvolvi. Logo comecei a escrever na primeira pessoa do singular. Costumo me sentir melhor quando assumo o papel de outra pessoa, em vez de escrever na terceira pessoa.

O senhor diz que levou anos para publicar o primeiro romance?

PAMUK

Em meus vinte anos, não tive muitas amizades literárias; não pertencia a nenhum grupo literário em Istambul. A única maneira de publicar meu primeiro livro foi participar de um concurso literário para manuscritos inéditos na Turquia. Ganhei o prêmio, que era ser publicado por uma grande, boa editora. Naquela época, a economia turca estava em má situação. Diziam: Sim, vamos lhe dar um contrato, mas atrasaram a publicação do romance.

ENTREVISTADOR
Seu segundo romance foi mais fácil, mais rápido?

PAMUK

O segundo era um livro político. Nada de propaganda. Escrevi-o enquanto esperava a publicação do primeiro. Já tinha investido dois anos e meio nesse livro. De repente, uma noite, houve um golpe militar. Foi em 1980. No dia seguinte, o suposto editor do primeiro livro, o *Cevdet Bey*, disse que não ia mais publicá-lo, apesar de termos um contrato. Percebi que, ainda que terminasse o segundo livro — o livro político — aquele dia, não conseguiria publicá-lo nos próximos cinco ou seis anos, porque os militares não permitiriam. Meu pensamento era o seguinte: com 22 anos eu disse que seria romancista, e escrevi durante sete anos na esperança de ter algo publicado na Turquia... e nada. Eu já tinha quase trinta e não havia possibilidade de publicar coisa alguma. Ainda tenho as 250 páginas desse romance político inacabado numa gaveta.

Imediatamente depois do golpe militar, como não queria ficar deprimido, comecei um terceiro livro — o livro a que você se referiu, *A casa silenciosa*. Era nisso que eu trabalhava em 1982, quando o primeiro livro finalmente foi publicado. *Cevdet* foi bem recebido, o que significava que eu poderia publicar o livro que estava escrevendo. Assim, o terceiro livro que escrevi foi o segundo publicado.

ENTREVISTADOR
O que tornava seu romance impublicável no regime militar?

As personagens eram marxistas da classe alta. Os pais e as mães iam para os resorts de veraneio, tinham casas imensas, espaçosas, e gostavam de ser marxistas. Lutavam uns com os outros, tinham inveja e tramavam um golpe contra o primeiro-ministro.

ENTREVISTADOR

Círculos revolucionários dourados?

PAMUK

Jovens de classe alta com hábitos de gente rica, fingindo-se de ultrarradicais. Mas eu não passava julgamento moral a esse respeito. Em vez disso, romantizava a minha juventude, de certa forma. A ideia de jogar uma bomba no primeiro-ministro seria suficiente para que o livro fosse proibido.

Portanto, não o terminei. E mudamos quando escrevemos livros. Não se pode assumir a mesma persona de novo. Não se pode continuar como antes. Cada livro que um autor escreve representa um período de desenvolvimento. Os romances de alguém podem ser vistos como marcos no desenvolvimento do seu espírito. Não se pode voltar atrás. Quando a elasticidade da ficção morre, não se pode mais movimentá-la.

ENTREVISTADOR

Quando faz experiências com ideias, como o senhor escolhe a forma dos romances? O senhor começa com uma imagem, com uma primeira frase?

PAMUK

Não há fórmula constante. Mas tomei a decisão de não escrever dois romances do mesmo jeito. Procuro mudar tudo. É por isso que muitos de meus leitores me dizem: gosto desse seu romance, é uma pena que não escreva outros como esse, ou: eu não gostava de seus romances, até que o senhor escreveu esse — ouvi isso especialmente com relação a *O livro negro*. Na verdade, odeio ouvir isso. É uma diversão, e um desafio, fazer experiências com a forma, o estilo, a linguagem, o estado de espírito, a *persona*, e pensar em cada livro de modo diferente.

O assunto de um livro pode vir de várias fontes. Em *Meu nome é Vermelho* eu quis escrever sobre a minha ambição de ser pintor. Comecei mal; comecei a escrever um livro monográfico concentrado num pintor. Depois transformei o pintor em vários pintores que trabalhavam juntos num ateliê. O ponto de vista mudou, porque agora outros pintores falavam. De início, eu pensava em escrever sobre um pintor contemporâneo, mas depois pensei que esse pintor turco poderia ser muito secundário, muito influenciado pelo Ocidente, e recuei no tempo para escrever sobre miniaturistas. Foi como descobri meu assunto.

Alguns assuntos também precisam de certas inovações formais, ou de estratégias para contar a história. Às vezes, por exemplo, acabamos de ver algo, ou ler algo, ou ir ao cinema, ou ler um artigo de jornal, e pensamos: vou fazer uma batata falar, ou um cão, ou uma árvore. Uma vez que se tem a ideia, começa-se a pensar em simetrias e continuidade no romance. E sente-se: Que beleza, ninguém fez isso antes.

Finalmente, penso nas coisas durante anos. Posso ter ideias e conversar sobre elas com os amigos íntimos. Mantenho muitos cadernos para possíveis romances. Às vezes, não os escrevo, mas, se abro um caderno e começo a tomar notas, é provável que escreva esse romance. Portanto, quando termino um romance, meu coração pode estar num desses projetos, e, dois meses depois de terminar um, começo a escrever outro.

ENTREVISTADOR
Muitos romancistas jamais falam sobre livros em andamento. O senhor também guarda segredo?

PAMUK
Nunca discuto a história. Em ocasiões formais, quando me perguntam o que estou escrevendo, tenho uma resposta pronta, uma frase: Um romance ambientado na Turquia contemporânea. Eu me abro com pouquíssimas pessoas, e só quando sei que não vão me ferir. O que faço é falar sobre os truques — fazer uma nuvem falar, por exemplo. Gosto de ver a reação das pessoas. É uma coisa infantil. Fiz muito isso quando escrevia *Istambul*. Minha cabeça é como a de uma criancinha brincalhona, tentando mostrar ao pai como é esperta.

ENTREVISTADOR
A palavra *truque* tem conotação negativa.

Começa-se com um truque, mas, quando se acredita em sua seriedade literária e moral, no fim acaba se tornando uma invenção literária séria. Torna-se uma declaração literária.

Os críticos geralmente caracterizam seus romances como pós-modernos. Parece-me, no entanto, que o senhor vai buscar seus truques narrativos basicamente em fontes tradicionais. O senhor cita, por exemplo, o *Livro das mil e uma noites*, e outros textos clássicos da tradição oriental.

Isso começou com *O livro negro*, embora eu tenha lido Borges e Calvino antes. Fui com minha mulher aos Estados Unidos em 1985, e lá deparei pela primeira vez com a primazia e a imensa riqueza da cultura americana. Como turco, vindo do Oriente Médio, tentando firmar-me como autor, fiquei intimidado. Por isso regressei, voltei às minhas "raízes". Percebi que minha geração teria de inventar uma literatura nacional moderna.

Borges e Calvino me liberaram. A conotação de literatura islâmica tradicional era tão reacionária, tão política, e usada por conservadores de modo tão antiquado e tolo, que nunca pensei que pudesse ter algo a ver com esse material. Mas, quando estava nos Estados Unidos, percebi que poderia voltar a esse material com uma atitude calvinesca ou borgiana. Eu precisava começar a fazer marcadas distinções entre as conotações religiosas e literárias da literatura islâmica, para que pudesse, com facilidade, apropriar-me de seu rico tesouro de jogos, truques e parábolas. A Turquia tinha uma sofisticada tradição de literatura ornamental altamente refinada. Mas os escritores socialmente engajados esvaziaram nossa literatura de seu conteúdo inovador.

Há muitas alegorias que se repetem nas diversas tradições orais de contar histórias — a da China, a da Índia, a da Pérsia. Resolvi usá-las e situá-las na Istambul contemporânea. É uma experiência — colocar tudo junto, como uma colagem dadaísta; *O livro negro* tem essa qualidade. Às vezes todas essas fontes são misturadas, e surge algo de novo. Portanto, ambientei em Istambul todas essas histórias reescritas, acrescentei uma trama policial, e o resultado foi *O livro negro*. Mas, em sua fonte, havia toda a força da cultura americana e meu desejo de ser um sério escritor experimental. Eu não poderia escrever um comentário social sobre os problemas da Turquia — eles me intimidavam. Por isso, tive de fazer outra coisa.

O senhor já teve interesse em fazer comentário social usando a literatura?

Não. Eu reagia à geração mais antiga de romancistas, especialmente nos anos 1980. Digo isso com todo o respeito, mas seus temas eram muito estreitos e provincianos.

Voltemos a antes de *O livro negro*. O que inspirou o senhor a escrever *O castelo branco*? É o primeiro livro em que adota um tema que reaparece em seus outros romances — a personificação. Por que o senhor acha que a ideia de se tornar outra pessoa aparece com tanta frequência em sua ficção?

É muito pessoal. Tenho um irmão muito competitivo, apenas dezoito meses mais velho do que eu. De certa forma, ele foi meu pai — meu pai freudiano, por assim dizer. Ele é que se tornou meu *alter ego*, a representação da autoridade. De outro lado, também temos uma camaradagem competitiva e fraterna. Uma relação bastante complicada. Escrevi muito sobre isso em *Istambul*. Eu era um típico menino turco, bom em futebol e entusiasmado por todo tipo de jogo e competição. Ele fazia muito sucesso na escola, mais do que eu. Eu tinha inveja dele, e ele tinha inveja de mim, também. Ele era a pessoa razoável e responsável, aquela a quem nossos superiores se dirigiam. Enquanto eu prestava atenção nos jogos, ele prestava atenção nas regras. Competíamos o tempo todo. E eu imaginava que era ele, essas coisas. Isso estabeleceu um modelo. Inveja, ciúme — são temas sérios para mim. Sempre me pergunto até que ponto a força de meu irmão, ou seu sucesso, me influenciou. Isso é parte essencial do meu espírito. Tenho consciência disso, e guardo certa distância desses sentimentos. Sei que são ruins, e os combato com a determinação de uma pessoa civilizada. Não digo que seja vítima de ciúmes. Mas trata-se de uma galáxia de pontos nervosos com a qual tento lidar o tempo todo. E, é claro, acaba sendo o tema de todas as minhas histórias. Em *O castelo branco*, por exemplo, a relação quase sadomasoquista entre as duas personagens principais é baseada em minha relação com meu irmão.

De outro lado, esse tema da personificação reflete-se na fragilidade sentida pela Turquia quando se vê diante da cultura ocidental. Depois de escrever *O castelo branco*, percebi que essa inveja — a angústia de ser influenciado por alguém — lembra a posição da Turquia quando olha para o oeste. Sabe do que falo, é de querer tornar-se ocidentalizada, e depois ser acusada de não ser autêntica. Tentar capturar o espírito da Europa e depois sentir-se culpada do impulso de imitação. Os altos e baixos desse estado de espírito lembram a relação entre irmãos competitivos.

ENTREVISTADOR

O senhor acredita que o constante confronto entre os impulsos pró-orientais e pró-ocidentais da Turquia será algum dia pacificamente resolvido?

PAMUK

Sou otimista. A Turquia não deveria ficar preocupada por ter dois espíritos, por pertencer a duas culturas diferentes, por ter duas almas. A esquizofrenia nos torna inteligentes. Podemos perder contato com a realidade — como escritor de ficção, não acho que isso seja ruim —, mas não devemos ficar preocupados com a nossa esquizofrenia. Se tivermos medo demais de que uma parte mate a outra parte dentro de nós, acabaremos com um espírito só. Isso é pior do que ter a doença. Essa é a minha teoria. Tento propagá-la na política turca, entre os políticos turcos que exigem que o país tenha uma alma consistente — que deve pertencer ao Oriente ou ao Ocidente, ou ser nacionalista. Critico muito essa atitude monística.

ENTREVISTADOR

Como isso é visto na Turquia?

PAMUK

Quanto mais se estabelece a ideia de uma Turquia democrática e liberal, mais meu pensamento é aceito. A Turquia só pode ingressar na União Europeia com esta visão. É um jeito de combater o nacionalismo, de acabar com a retórica do Nós contra Eles.

ENTREVISTADOR

Mas, apesar disso, em *Istambul*, o senhor de certa maneira romantiza a cidade, o senhor parece lamentar a perda do Império Otomano.

PAMUK

Não choro a perda do Império Otomano. Sou um ocidentalizado. Agrada-me que o processo de ocidentalização tenha sido iniciado. Apenas critico a estreiteza com que a elite dominante — refiro-me tanto à burocracia como aos novos-ricos — concebeu a ocidentalização. Eles não têm a confiança necessária para criar uma cultura nacional rica de símbolos e rituais. Não se esforçam para criar uma cultura de Istambul que seja uma combinação orgânica do Oriente e do Ocidente; simplesmente juntam coisas orientais e ocidentais. Havia, é claro, uma forte cultura otomana local, mas ela desapareceu pouco a pouco. O que deviam fazer, e nunca seria demais, era inventar uma forte cultura local, que fosse uma combinação — ou imitação — do passado oriental com o presente ocidental. Tento fazer a mesma coisa em meus livros. Provavelmente as novas gerações o farão, e entrar na União Europeia, em vez de destruir a identidade turca, a fará florescer, dando-nos mais liberdade e confiança para inventar uma nova cultura turca. Imitar servilmente o Ocidente, ou a velha e morta cultura otomana, não é a solução. Precisamos fazer algo com essas coisas, e não deveríamos sentir a angústia de ter de pertencer a uma delas.

ENTREVISTADOR

Em *Istambul*, no entanto, o senhor parece identificar-se com o jeito estrangeiro e ocidental de olhar sua própria cidade.

PAMUK

Mas eu também explico por que um intelectual turco ocidentalizado pode identificar-se com o olhar estrangeiro — a construção de Istambul é um processo de identificação com o Ocidente. Há sempre essa dicotomia, e é fácil identificarmo-nos também com a cólera oriental. Todo mundo é às vezes ocidental, às vezes oriental — na realidade, uma constante combinação das duas coisas. Gosto da ideia de orientalismo segundo Edward Said, mas, como a Turquia nunca foi colônia, a romantização da Turquia nunca foi problema para os turcos. O homem ocidental não humilha os turcos da mesma maneira que humilha árabes ou indianos. Istambul foi invadida apenas por dois anos, e os barcos inimigos partiram como chegaram, e isso não deixou uma cicatriz profunda no espírito da nação. O que deixou marca profunda foi a perda do Império Otomano, portanto eu não sofro essa angústia, essa sensação de que os ocidentais nos olham com desdém. Apesar disso, depois da fundação da República, houve uma espécie de intimidação, porque os turcos queriam ocidentalizar-se, mas não foram suficientemente longe com esse projeto, o que produziu uma sensação de inferioridade cultural que precisamos encarar e que eu, ocasionalmente, talvez tenha feito.

De outro lado, as cicatrizes não são tão profundas como as de outros países que foram ocupados por duzentos anos, colonizados. Os turcos nunca foram sufocados pelas potências ocidentais. A repressão que os turcos sofreram foi infligida por eles mesmos; apagamos nossa própria história, porque era prático. Nessa supressão havia um sentimento de fragilidade. Mas a ocidentalização autoimposta também trouxe isolamento. Os indianos olharam para seus opressores frente a frente. Os turcos ficaram estranhamente isolados do Ocidente que tinham imitado. Nos anos 1950 e mesmo nos anos 1960, quando um estrangeiro vinha hospedar-se no Istanbul Hilton era notícia nos jornais.

ENTREVISTADOR

O senhor acredita que existe um cânone, ou que deveria existir? Ouve-se falar em cânone ocidental, mas que dizer de um cânone oriental?

PAMUK

Sim, há outro cânone. Ele deveria ser explorado, desenvolvido, partilhado, criticado e depois aceito. No momento, o chamado cânone oriental está em ruínas. Os gloriosos textos estão em toda a parte, mas não há força de vontade para juntá-los. Dos clássicos persas, passando pelos textos indianos, chineses e japoneses, essas coisas deveriam ser submetidas a uma avaliação crítica. O cânone está nas mãos de especialistas ocidentais. Esse é o centro de distribuição e comunicação.

ENTREVISTADOR
O romance é uma forma bem ocidental. Ele tem um lugar dentro da tradição oriental?

PAMUK
O romance moderno, dissociado da forma épica, é essencialmente não oriental. Porque o novelista é uma pessoa que não pertence à comunidade, que não partilha seus instintos básicos de comunidade, e que pensa e julga com uma cultura diferente da que se vive. Como sua consciência é diferente da consciência da comunidade a que pertence, é um forasteiro, um solitário. E a riqueza do seu texto vem dessa visão voyeurista externa.

Quando se cria o hábito de olhar o mundo dessa maneira, e de escrever sobre ele dessa maneira, há o desejo de dissociar-se da comunidade. É nesse modelo que eu pensava em *Neve*.

ENTREVISTADOR
Neve é o livro mais político que já publicou. Como o senhor o concebeu?

PAMUK
Quando comecei a ficar famoso na Turquia, em meados dos anos 1990, numa época em que a guerra contra os guerrilheiros turcos era intensa, os velhos autores esquerdistas e os novos liberais modernos queriam que eu os ajudasse, que assinasse petições — pediam-me que fizesse coisas políticas sem relação alguma com meus livros.

Logo o establishment contra-atacou com uma campanha para acabar com o meu caráter. Começaram a me xingar. Fiquei furioso. Depois de algum tempo pensei: que tal escrever um romance político explorando meus próprios dilemas espirituais — vindo de uma família de classe média alta e sentindo-me responsável por aqueles que não tinham qualquer espécie de representatividade política? Eu acreditava na arte do romance. É estranho como isso torna alguém estrangeiro. Disse a mim mesmo, vou escrever um romance político. Comecei a escrevê-lo logo que terminei *Meu nome é Vermelho*.

ENTREVISTADOR
Por que o senhor o ambientou na pequena cidade de Kars?

É, notoriamente, uma das cidades turcas onde faz mais frio. E uma das mais pobres. No começo dos anos 1980, um dos principais jornais turcos dedicou toda a primeira página de uma edição à pobreza de Kars. Alguém calculara que se podia comprar a cidade inteira por cerca de 1 milhão de dólares. O clima político era difícil, quando resolvi ir a Kars. A vizinhança da cidade é habitada majoritariamente por curdos, mas o centro é uma combinação de curdos, de povos do Azerbaijão, de turcos e de gente de outros lugares. Havia russos e alemães também. Há diferenças religiosas, xiitas e sunitas. A guerra que o governo turco travava contra os guerrilheiros curdos era tão feroz que se tornou impossível fazer uma visita turística. Eu sabia que não poderia ir como romancista, simplesmente, por isso pedi ao editor de um jornal das minhas relações que me desse um crachá de jornalista para visitar a área. Ele tem influência, e ligou pessoalmente para o prefeito e para o chefe de polícia, informando-os da minha ida.

Logo que cheguei fiz uma visita ao prefeito e apertei a mão do chefe de polícia, para que não me prendessem na rua. Na realidade, alguns policiais que não sabiam da minha visita me prenderam e levaram, provavelmente para me torturar. Imediatamente mencionei nomes — conheço o prefeito, conheço o chefe... Eu era suspeito. Porque, apesar de a Turquia ser, em tese, um país livre, todo forasteiro era suspeito, até mais ou menos 1999. Imagino que as coisas hoje sejam bem mais fáceis.

A maioria das pessoas e dos lugares do livro tem correspondentes reais. Por exemplo, o jornal local, que vende 252 exemplares, é real. Fui a Kars com uma câmara e uma videocâmara. Filmava tudo, depois voltava a Istambul e mostrava aos amigos. Todos me achavam meio maluco. Houve outras coisas que aconteceram mesmo. Como a conversa que descrevo com o editor do jornalzinho que diz a Ka o que ele fez no dia anterior, e Ka pergunta como sabia, e ele revela que tinha escutado as conversas da polícia no walkie-talkie, e que a polícia seguia Ka o tempo todo. Isso é real. E eles me seguiam também.

O âncora local me pôs na TV e disse: nosso famoso autor está escrevendo um artigo para um jornal nacional — foi uma coisa muito importante. As eleições municipais se aproximavam, e o povo de Kars abriu suas portas para mim. Todos queriam dizer alguma coisa para um jornal nacional, para que o governo soubesse como eram pobres. Não imaginavam que eu os usaria num romance. Achavam que ia colocá-los num artigo. Admito que foi cínico e cruel da minha parte. Apesar de eu pensar, mesmo, em escrever um artigo também.

Quatro anos se passaram. Fui e voltei. Havia um pequeno café onde eu costumava escrever e tomar notas. Um amigo fotógrafo que eu convidara para ir comigo, porque Kars é um lugar bonito quando neva, ouviu uma conversa no café. Enquanto eu tomava notas, as pessoas indagavam entre si: que tipo de artigo ele está escrevendo? Já faz três anos, tempo suficiente para escrever um romance. Eles me descobriram.

ENTREVISTADOR
Qual foi a reação ao livro?

PAMUK
Na Turquia, tanto os conservadores — ou islamitas políticos — como os secularistas ficaram ofendidos. Não a ponto de proibir o livro ou me atacar. Mas ficaram ofendidos e escreveram nos jornais nacionais. Os secularistas se ofenderam porque escrevi que o custo de ser um radical secular na Turquia é esquecer que também é preciso ser democrata. O poder dos secularistas na Turquia vem do Exército. Isso destrói a democracia turca e a cultura da tolerância. Quando se tem tanto envolvimento militar na cultura política, as pessoas perdem a autoconfiança, e recorrem ao Exército para resolver todos os problemas. As pessoas costumam dizer: o país e a economia estão uma bagunça, vamos chamar o Exército para fazer uma limpeza. Mas, assim como limpam, eles destroem a cultura da tolerância. Muitos suspeitos foram torturados; 100 mil pessoas foram presas. Isso abriu caminho para novos golpes militares. Havia um a cada dez anos. Por isso fui criticado pelos secularistas. Também não gostaram que eu apresentasse os islamitas como seres humanos.

Os islamitas políticos ficaram ofendidos porque escrevi sobre um islamita que praticava sexo antes do casamento. Era esse tipo de coisa simplista. Os islamitas sempre suspeitaram de mim, porque não venho da mesma cultura e porque tenho a linguagem, a atitude e os gestos de uma pessoa mais ocidentalizada e privilegiada. Eles têm seus próprios problemas de representatividade e perguntam: "Como pode escrever a nosso respeito? Ele não compreende". Isso eu incluí também em partes do romance.

Mas não quero exagerar. Sobrevivi. Eles todos leram o livro. Podem ter ficado com raiva, mas o fato de aceitarem a mim e a meu livro é sinal de que as atitudes liberais ganham terreno. A reação do povo de Kars também foi dividida. Alguns disseram: "É assim mesmo". Outros, geralmente nacionalistas turcos, ficaram irritados com as menções aos armênios. Aquele âncora de TV, por exemplo, pôs meu livro numa simbólica sacola negra, despachou-o para mim, e disse, numa entrevista coletiva, que eu fazia propaganda armênia — o que, obviamente, é ridículo. Temos uma cultura muito provinciana, nacionalista.

ENTREVISTADOR
O livro se tornou uma *cause célèbre*, no sentido de Rushdie?

PAMUK
Não, de jeito nenhum.

É um livro terrivelmente desolado, pessimista. A única pessoa do romance que é capaz de ouvir todos os lados — Ka — acaba desprezada por todos.

Pode ser que eu tenha dramatizado minha posição como romancista na Turquia. Apesar de saber que é desprezado, ele se sente feliz por manter um diálogo com todo mundo. Também tem um forte instinto de sobrevivência. Ka é desprezado porque o veem como espião ocidental, coisa que já se disse muitas vezes a meu respeito.

Sobre a desolação, concordo. Mas o humor é uma saída. Quando as pessoas dizem que é desolado, eu pergunto: "É divertido?". Acho que há muito humor nele. Pelo menos, foi minha intenção.

ENTREVISTADOR
Sua dedicação à ficção já lhe causou problemas. É provável que cause mais. Significou o rompimento de laços emocionais. É um preço muito alto.

PAMUK
Sim, mas é uma coisa maravilhosa. Quando viajo, e não estou sozinho sentado à minha mesa, depois de algum tempo fico deprimido. Sinto-me feliz quando estou só, num quarto, inventando. Mais do que dedicação à arte ou ao ofício, ao qual me entrego, é o compromisso de estar sozinho num quarto. Continuo a observar esse ritual, acreditando que o que faço agora um dia será publica-

do, legitimando meus devaneios. Preciso dessas horas solitárias sentado à mesa com bom papel e uma caneta-tinteiro, da mesma forma que algumas pessoas precisam de pílulas para preservar a saúde. Tenho compromisso com esses rituais.

Para quem, portanto, o senhor escreve?

PAMUK
À medida que a vida vai encurtando, faço-me essa pergunta com mais frequência. Escrevi sete romances. Adoraria escrever mais sete antes de morrer. Mas a vida é breve. Que tal aproveitar um pouco mais? Às vezes eu tenho de obrigar-me. Por que faço isso? Qual é o significado de tudo isso? Primeiro, como já disse, é o instinto de ficar sozinho num quarto. Depois, há um lado competitivo quase infantil em mim, que deseja tentar escrever outro livro bom. Acredito cada vez menos na eternidade dos autores. Lemos poucos livros escritos duzentos anos atrás. As coisas mudam tão depressa que os livros de hoje talvez sejam esquecidos dentro de cem anos. Pouquíssimos ainda serão lidos. Em duzentos anos, talvez cinco livros escritos atualmente ainda estejam vivos. Tenho certeza de que escrevo um desses cinco? Mas é esse o sentido de escrever? Por que devo me preocupar com a possibilidade de ser lido daqui a duzentos anos? Não deveria estar preocupado em viver melhor? Preciso do consolo de ser lido no futuro? Penso nisso tudo, e continuo escrevendo. Não sei por quê. Mas nunca desisto. A crença de que nossos livros terão efeito no futuro é o único consolo capaz de nos dar prazer nesta vida.

ENTREVISTADOR
O senhor é um autor que vende muito na Turquia, mas as vendas dos seus livros no país são suplantadas pelas vendas no exterior. Seus livros estão traduzidos em quarenta línguas. O senhor agora pensa num público global mais amplo quando escreve? Escreve para um público diferente?

PAMUK
Tenho consciência de que meu público não é mais um público exclusivamente nacional. Mas, mesmo quando comecei a escrever, eu talvez procurasse alcan-

çar um público mais amplo. Meu pai dizia, pelas costas de alguns dos autores turcos seus amigos, que eles "se dirigiam apenas a um público nacional".

É um problema ter consciência dos nossos leitores, sejam eles nacionais ou internacionais. Não posso mais evitar esse problema. Meus dois últimos livros foram lidos, em média, por meio milhão de leitores no mundo todo. Não posso negar que estou ciente de sua existência. De outro lado, nunca acho que faço as coisas para lhes agradar. Também acho que meus leitores perceberiam, se o fizesse. Tomei a resolução, desde o início, de que, quando percebesse qual era a expectativa dos leitores, eu fugiria. Mesmo a composição das minhas frases — preparo o leitor para alguma coisa e depois o surpreendo. Talvez por isso goste tanto de frases longas.

ENTREVISTADOR
Para a maioria dos leitores não turcos, a originalidade dos seus escritos tem muito a ver com o ambiente turco. Mas como o senhor distingue a sua obra num contexto turco?

PAMUK
Há o problema daquilo que Harold Bloom chama de "angústia da influência". Como todos os escritores, eu a tive quando jovem. Já na casa dos trinta, continuei achando que talvez tivesse sido influenciado demais por Tolstói ou Thomas Mann — eu buscava esse tipo suave e aristocrático de prosa em meu primeiro romance. Mas acabei percebendo que, embora talvez tivesse usado uma técnica derivada, o fato de trabalhar nessa parte do mundo, tão distante da Europa — ou pelo menos assim me parecia na época —, e tentando atrair um público tão diferente, num clima cultural e histórico tão diferente, me garantiria originalidade, ainda que conquistada sem muito esforço. Mas ainda assim é trabalho duro, pois essas técnicas não se traduzem nem viajam com facilidade.

A fórmula da originalidade é muito simples — juntar duas coisas que não estavam juntas. Veja o caso de *Istambul*, ensaio sobre a cidade e como autores estrangeiros — Flaubert, Nerval, Gautier — viram a cidade, e como suas visões influenciaram certo grupo de escritores turcos. Combinando com o ensaio sobre a invenção da paisagem romântica de Istambul, há uma autobiografia. Ninguém fizera isso antes. Corra riscos e você acabará encontrando algo de novo. Tentei, em *Istambul*, fazer um livro original. Não sei se deu certo. *O livro negro* foi assim também — combine um nostálgico mundo proustiano com alegorias, histórias e truques islâmicos, ambiente-os em Istambul e veja o que acontece.

Istambul dá a impressão de que o senhor sempre foi uma figura muito solitária. O senhor certamente é único como escritor na Turquia de hoje. Foi criado e continua a viver num mundo do qual se afastou.

PAMUK
Apesar de ter sido criado numa família grande e de ter sido ensinado a prezar a comunidade, adquiri depois um impulso para romper. Há um lado autodestrutivo em mim, e em acessos de fúria e momentos de cólera faço coisas que me isolam da agradável companhia da comunidade. Bem cedo percebi que a comunidade mata minha imaginação. Preciso da dor da solidão para fazer a imaginação funcionar. E então sou feliz. Mas, sendo turco, depois de algum tempo preciso da consoladora ternura da comunidade, que eu posso ter destruído. *Istambul* destruiu minhas relações com minha mãe — já não nos vemos mais. E, é claro, eu raramente vejo meu irmão. Minhas relações com o público turco, devido a recentes comentários meus, também são difíceis.

ENTREVISTADOR
Até que ponto o senhor se sente turco, então?

PAMUK
Primeiro, nasci turco. Vivo bem com isso. Internacionalmente, sou visto como mais turco do que eu mesmo me vejo. Sou conhecido como autor turco. Proust, quando escreve sobre o amor, é visto como alguém que fala do amor universal. Especialmente no início, quando eu escrevia sobre o amor, as pessoas diziam que eu escrevia sobre amor turco. Quando minha obra começou a ser traduzida, os turcos sentiam orgulho. Faziam questão de que eu fosse um deles. Eu era mais turco para eles. Quando fiquei conhecido internacionalmente, minha condição de turco passou a ser enfatizada, e minha condição de turco foi enfatizada também pelos turcos, que me queriam para eles. Meu senso de identidade nacional tornou-se algo manipulável por outras pessoas. É imposto por

outros. Eles se preocupam mais com a representatividade internacional da Turquia do que com minha arte. Isso causa cada vez mais problemas em meu país. Pelo que leem na imprensa popular, muitas pessoas que não conhecem meus livros começam a ficar preocupadas com o que eu digo ao resto do mundo sobre a Turquia. A literatura é feita do bom e do ruim, de demônios e anjos, e elas se preocupam cada vez mais apenas com meus demônios.

OLHAR PELA JANELA

Uma história

1

Se não há nada para olhar, nem histórias para ouvir, a vida pode ser muito chata. Quando eu era criança, combatíamos a chateação ouvindo rádio, ou olhando pela janela para os apartamentos vizinhos e para as pessoas que passavam na rua lá embaixo. Naquele tempo, em 1958, ainda não havia televisão na Turquia. Mas não queríamos admitir: falávamos sobre televisão com otimismo, assim como falávamos dos filmes de aventura de Hollywood, que levavam de quatro a cinco anos para chegar aos cinemas de Istambul, dizendo "ainda não chegou".

Olhar pela janela era passatempo tão importante que, quando a televisão finalmente chegou à Turquia, as pessoas agiam diante dos seus aparelhos como costumavam agir diante de suas janelas. Quando viam televisão, meu pai, meus tios e minha avó discutiam sem olhar um para o outro, parando de vez em quando para relatar o que acabavam de ver, como se estivessem olhando pela janela.

"Se continuar nevando assim, vai pegar", dizia minha tia, olhando para os flocos de neve que passavam girando.

"Aquele sujeito que vende *helva* está de volta na esquina da Nişantaşi!", eu dizia, olhando da outra janela, que dava para a avenida com trilhos de bonde.

Aos domingos íamos para o andar de cima com meus tios e tias, e todo mundo que vivia nos apartamentos de baixo, para almoçar com vovó. Enquanto ficava à janela, esperando a comida, eu sentia uma tal felicidade por estar ali com minha mãe, meu pai, minhas tias e meus tios, que tudo diante de mim parecia brilhar com a pálida luz do candelabro de cristal pendurado sobre a comprida mesa de jantar. A sala de estar de minha avó era escura como as salas de estar de baixo, mas sempre me pareceu mais escura. Talvez fosse por causa das cortinas de tule e das cortinas pesadas de cada lado das portas do balcão, que nunca se abriam, projetando sombras temíveis. Ou por causa das telas com incrustações de madrepérola, das tábuas maciças, dos baús e do piano de meia cauda, com aquelas fotos emolduradas em cima, ou da confusão geral da sala que sempre cheirava a poeira.

A refeição terminou, e meu tio foi fumar num dos escuros quartos adjacentes. "Tenho ingresso para um jogo de futebol, mas não vou", disse ele. "Seu pai vai levar vocês."

"Papai, leve-nos para o jogo de futebol!", gritou meu irmão mais velho, do outro quarto.

"As crianças poderiam respirar algum ar puro", disse minha mãe, da sala de estar.

"Então leve-os você", disse meu pai à minha mãe.

"Vou para a casa de minha mãe", respondeu minha mãe.

"Não quero ir para a casa de vovó", disse meu irmão.

"Pode usar o carro", disse meu tio.

"Por favor, papai!", disse meu irmão.

Houve um longo e estranho silêncio. Era como se todos na sala tivessem certos pensamentos sobre minha mãe, e como se meu pai pudesse dizer que pensamentos eram esses.

"Quer dizer que vai me dar seu carro, hein?", meu pai perguntou ao meu tio.

Depois, quando todos tínhamos descido, enquanto minha mãe nos ajudava a colocar nossos pulôveres e nossas grossas meias de lã, meu pai pôs-se a andar para cima e para baixo no corredor, fumando um cigarro. Meu tio estacionara seu Dodge 52, "elegante, cor de creme", na frente da mesquita de Teşvikiye. Meu pai nos deixou sentar no banco da frente, e conseguiu ligar o motor virando a chave apenas uma vez.

Não havia fila no estádio. "Este ingresso é para os dois", disse meu pai ao homem da roleta. "Um tem oito e o outro, dez." Ao passar, tivemos medo de olhar nos olhos do homem. Havia muitas cadeiras vazias nas arquibancadas, e nos sentamos logo.

Os dois times já tinham saído para o campo lamacento, e eu fiquei olhando com prazer os jogadores correrem de um lado para o outro, com seus calções brancos ofuscantes, para se aquecerem. "Olha, é o Pequeno Mehmet", disse meu irmão, apontando para um deles. "Ele acabou de vir dos juniores."

"Sabemos disso."

A partida começou, e ficamos calados um bom tempo. Depois, meus pensamentos vagaram da partida para outras coisas. Por que todos os jogadores de futebol usam a mesma camisa se seus nomes são diferentes? Imaginei que não havia mais jogadores correndo pelo campo, só nomes. Seus calções ficavam cada vez mais sujos. Pouco depois, vi um navio com uma interessante chaminé passar lentamente pelo Bósforo, atrás das arquibancadas. Ninguém marcou no primeiro tempo, e meu pai comprou um cone de grão de bico e pão árabe com queijo para cada um.

"Papai, não consigo comer tudo", disse eu, mostrando-lhe o que ainda sobrara em minha mão.

"Ponha ali", disse ele. "Ninguém vai ver."

Levantamo-nos e demos uma volta para nos aquecer, como todo mundo. Como nosso pai, tínhamos enfiado as mãos nos bolsos da calça de lã, e, de costas para o campo, olhávamos as pessoas atrás de nós, quando alguém na multidão chamou meu pai, que pôs a mão na orelha para indicar que não conseguia ouvir nada no meio da barulheira.

"Não posso ir", disse ele, apontando para nós. "Estou com meus filhos."

O homem da multidão usava um cachecol vermelho-escuro. Abriu caminho empurrando o encosto das cadeiras e afastando algumas pessoas até chegar onde estávamos.

"Seus filhos?", perguntou, depois de abraçar o pai. "Como estão grandes. Quase não dá para acreditar."

Meu pai não disse nada.

"Quando esses meninos apareceram?", disse o homem, olhando para nós com admiração. "Você casou logo que saiu da escola?"

"Sim", disse meu pai, sem olhar o homem nos olhos. Conversaram durante algum tempo. O homem de cachecol vermelho-escuro virou-se para meu irmão e para mim e pôs um amendoim americano descascado em cada mão espalmada. Quando saiu, meu pai sentou-se e ficou um bom tempo calado.

Não muito depois de os dois times terem voltado para o campo com calções novos, meu pai disse: "Vamos embora, vocês estão ficando com frio".

"Não estou com frio", disse meu irmão.

"Está, sim", disse meu pai. "E Ali está com frio. Vamos indo."

Quando passávamos pelos outros, tropeçando em joelhos e às vezes pisando em pés, pisamos no pão com queijo que eu deixara no chão. Descendo as escadas, ouvimos o juiz soprar o apito para dar início ao segundo tempo.

"Estávamos com frio?", perguntou meu irmão. "Por que você não disse que não sentia frio?" Fiquei calado. "Idiota", disse meu irmão.

"Vocês podem ouvir o segundo tempo em casa, pelo rádio", disse meu pai.

"Esta partida não está sendo transmitida", disse meu irmão.

"Quietos!", disse meu pai. "Vou passar com vocês por Taksim na volta para casa."

Ficamos quietos. Ao passar pela praça, o pai parou o carro antes de chegarmos à loja de apostas — exatamente como pensávamos. "Não abram a porta para ninguém", disse. "Já volto."

Saiu do carro. Antes que pudesse travar a porta por fora, apertamos um botão e fechamos por dentro. Mas meu pai não foi à loja de apostas; atravessou correndo a rua de paralelepípedo. Havia uma loja com cartazes de navios, grandes aviões de plástico e paisagens ensolaradas, que abria até aos domingos, e foi onde ele entrou.

"Onde papai foi?"

"Vamos brincar em cima ou embaixo quando chegarmos em casa?", perguntou meu irmão.

Quando papai voltou, meu irmão mexia no acelerador. Voltamos para Nişantaşi e estacionamos de novo na frente da mesquita. "Por que não compro alguma coisa para vocês?", disse. "Mas, por favor, não peçam novamente a série Gente Famosa."

"Por favor, papai!", suplicamos.

Na loja de Alaaddin, meu pai comprou para nós dez pacotes de goma de mascar da série Gente Famosa. Entramos em nosso prédio; eu estava tão agitado ao tomar o elevador que achei que ia molhar as calças. Fazia calor dentro de casa e minha mãe ainda não tinha voltado. Rasgamos os pacotes de goma de mascar, jogando as embalagens no chão. Eis o resultado:

Consegui duas do marechal de campo Fevzi Çakmak; uma de Charlie Chaplin, uma do lutador Hamit Kaplan, uma de Gandhi, uma de Mozart e uma de De Gaulle; duas de Atatürk, e uma de Greta Garbo — número 21 — que meu irmão ainda não tinha. Com aquelas eu agora tinha 173 figurinhas de Gente Famosa, mas ainda precisava de 27 para completar a série. Meu irmão conseguiu quatro do marechal de campo Fevzi Çakmak, cinco de Atatürk e uma de Edison. Enfiamos a goma de mascar na boca e começamos a ler o que estava escrito atrás das figurinhas.

Marechal de campo Fevzi Çakmak
General da Guerra da Independência
(1876-1950)

MAMBO SWEETS CHEWING GUM, INC
Uma bola de futebol de couro será concedida ao sortudo
que reunir todas as cem pessoas famosas.

Meu irmão segurava sua pilha de 165. "Quer jogar Em cima ou embaixo?"
"Não."
"Você me dá sua Greta Garbo em troca de minhas doze Fevzi Çakmak?", perguntou. "Assim você fica com 184 figurinhas."
"Não."
"Mas agora tem duas da Greta Garbo."
Não falei nada.
"Quando nos vacinarem amanhã na escola vai doer de verdade", disse ele. "Nem pense que vou tomar conta de você, ouviu?"
"Eu não estou pensando."
Jantamos em silêncio. Quando chegou a hora de *O mundo dos esportes* no rádio, descobrimos que o jogo tinha empatado por 2 a 2, e mamãe veio ao nosso quarto para nos fazer dormir. Meu irmão começou a preparar sua mochila para a escola e corri para a sala de estar. Papai estava na janela, olhando a rua.
"Papai, não quero ir para a escola amanhã."

"Por que diz isso?"

"Vão nos vacinar amanhã. Tive febre, e quase não consigo respirar. Pergunte à mamãe."

Ele olhou para mim, sem dizer nada. Corri até a gaveta e peguei uma caneta e um pedaço de papel.

"Sua mãe sabe disso?", perguntou ele, pondo o papel em cima do volume de Kierkegaard que estava sempre lendo e não terminava nunca. "Você vai à escola, mas não toma injeção", disse ele. "É o que vou escrever."

Assinou o nome. Soprei a tinta para secar, dobrei o papel e o pus no bolso. Corri de volta para o quarto, enfiei-o na mochila, subi na cama e comecei a dar pancadas.

"Sossegue", disse a mãe. "É hora de dormir."

2

Eu estava na escola, logo depois do almoço. Toda a classe formava fila dupla, e íamos voltar à fétida cafeteria para tomar a vacina. Algumas crianças choravam; outras aguardavam, em nervosa expectativa. Quando um cheiro de iodo subiu pelas escadas, meu coração acelerou. Saí da fila e fui até a professora que estava em pé na frente da escada. A classe inteira passou por nós sem fazer barulho.

"Sim?", disse a professora. "O que foi?"

Tirei a folha de papel que meu pai assinara e entreguei-lhe. Ela leu franzindo a testa. "Seu pai não é médico", disse. Depois parou para pensar. "Vá lá para cima. Espere na Sala Dois-A."

Havia seis ou sete crianças na Dois-A que também tinham sido dispensadas. Uma delas olhava aterrorizada pela janela. Gritos de pânico chegavam pelo corredor; um menino gordo de óculos mastigava sementes de abóbora e lia um gibi de Kinova. A porta abriu-se e o magro e esquálido vice-diretor Seyfi Bey entrou.

"Provavelmente alguns de vocês estão mesmo doentes, e, se estiverem, não vamos levá-los lá para baixo", disse. "Mas quero dizer o seguinte àqueles que mentiram para serem dispensados. Um dia vão crescer, servir a nosso país e talvez até morrer por ele. Hoje é apenas de uma injeção que estão fugindo —

mas, se tentarem algo parecido quando crescerem, e não tiverem uma desculpa de verdade, serão culpados de traição. Que vergonha!"

Houve um longo silêncio. Olhei para o retrato de Atatürk, e meus olhos se encheram de lágrimas.

Depois, voltamos para a sala sem ser notados. As crianças vacinadas começaram a voltar: algumas com as mangas dobradas, algumas com lágrimas nos olhos, outras de cara muito triste.

"As crianças que moram perto podem ir para casa", disse a professora. "As crianças que não têm ninguém para vir buscá-las devem esperar a campainha tocar a última vez. Não deem murros nos braços dos outros! Amanhã não haverá aula."

Todos se puseram a gritar. Alguns saíram do prédio segurando o braço; outros pararam para mostrar ao porteiro, Hilmi Efendi, as marcas de tintura de iodo no braço.

Já na rua, joguei a mochila no ombro e corri. Uma carroça puxada a cavalo bloqueava o trânsito na frente do açougue de Karabet, e tive de me contorcer para passar entre os carros e chegar ao nosso prédio do outro lado. Passei correndo pela fábrica de tecidos de Hayri e pela loja de flores de Salih. Nosso porteiro, Hazim Efendi, me deixou entrar.

"O que faz aqui sozinho a esta hora?", perguntou.

"Eles nos vacinaram. Deixaram sair mais cedo."

"Cadê seu irmão? Você voltou sozinho?"

"Atravessei os trilhos do bonde sozinho. Amanhã é dia de folga."

"Sua mãe saiu", disse ele. "Vá para a casa de sua avó."

"Estou doente", disse eu. "Quero ir para casa. Abra para mim."

Ele pegou a chave da parede e entramos no elevador. Quando chegamos ao nosso andar, seu cigarro enchera o cubículo de fumaça, que fazia meus olhos arderem. Abriu a porta. "Não mexa nas tomadas de eletricidade", disse, ao fechar a porta.

Não havia ninguém em casa, mas assim mesmo gritei: "Tem alguém aqui, alguém em casa? Não tem ninguém em casa?". Livrei-me da mochila, abri a gaveta do meu irmão e examinei a coleção de ingressos de cinema que ele nunca me mostrara. Depois dei uma boa olhada nas fotos de partidas de futebol que ele recortara dos jornais e colara num caderno. Adivinhei, pelos passos, que não era minha mãe que chegava, mas meu pai. Pus os ingressos e o caderno de recortes de volta no lugar, cuidadosamente, para que ele não percebesse nada.

Meu pai estava em seu quarto; tinha aberto o guarda-roupa e olhava para dentro.

"Já em casa?"

"Não, estou em Paris", disse eu, como eles faziam na escola.

"Não foi à escola?"

"Hoje nos deram vacina."

"Seu irmão não está aqui?", perguntou ele. "Tudo bem, então, vá para o seu quarto e mostre que pode ficar quieto."

Fiz o que pediu. Encostei a testa na janela e olhei para fora. Pelos ruídos vindos do corredor eu sabia que meu pai tinha tirado uma das malas do armário. Voltou para o seu quarto e começou a tirar os paletós e calças do guarda-roupa; eu sabia o que ele estava fazendo por causa do ruído dos cabides. Ele abria e fechava as gavetas onde guardava as camisas, as meias e as cuecas. Ouvi-o colocá-las na mala. Ele foi até o banheiro e voltou. Fechou a mala e virou a chave. Veio ficar comigo em meu quarto.

"O que está fazendo?"

"Olhando pela janela."

"Venha cá, vamos olhar juntos."

Botou-me no colo e por muito tempo olhamos juntos pela janela. Os altos ciprestes que ficavam entre nós e o prédio de apartamentos do outro lado balançavam ao vento. Eu gostava do cheiro de meu pai.

"Vou para bem longe", disse ele. Beijou-me. "Não conte à sua mãe. Depois eu falo com ela."

"Vai viajar de avião?"

"Sim", disse, "para Paris. Não diga a ninguém." Tirou do bolso e me deu uma imensa moeda de duas liras e meia, depois me beijou novamente. "E não diga que me viu aqui."

Pus a moeda no bolso. Quando meu pai me tirou do colo e pegou a mala, eu disse: "Não vá, papai". Ele me beijou de novo e saiu.

Eu o observei da janela. Andou até a loja de Alaaddin e mandou parar um táxi. Antes de entrar, olhou para o nosso apartamento uma última vez e acenou. Respondi ao aceno, e ele partiu.

Fiquei olhando a avenida deserta por muito, muito tempo. Um bonde passou, depois a carroça do vendedor de água. Toquei a campainha e chamei Hazim Efendi.

"Você tocou a campainha?", perguntou ele, ao chegar à porta. "Não brinque com a campainha."

"Tome esta moeda de duas liras e meia", disse eu. "Vá à loja de Alaaddin e compre dez gomas de mascar da série Gente Famosa. Não se esqueça de trazer de volta o troco de cinquenta kurus."

"Seu pai lhe deu esse dinheiro?", perguntou. "Espero que sua mãe não se zangue."

Não falei nada, e ele saiu. Fiquei na janela, observando-o ir à loja de Alaaddin. Ele retornou logo depois. Na volta, encontrou o porteiro dos apartamentos Mármara do outro lado, e pararam para conversar.

Quando chegou, me deu o troco. Abri imediatamente a goma de mascar: havia mais três figurinhas de Fevzi Çakmak, uma de Atatürk e uma de Leonardo da Vinci, de Süleyman o Magnífico, Churchill, general Franco e mais uma número 21, a Greta Garbo que meu irmão ainda não tinha. Agora eu tinha, portanto, 183 figurinhas. Mas para completar o conjunto de cem ainda precisava de 26.

Eu admirava minha primeira 91, com o avião em que Lindbergh cruzara o Atlântico, quando ouvi uma chave na porta. Minha mãe! Juntei rapidamente as embalagens da goma de mascar que jogara no chão e as coloquei na lata de lixo.

"Fomos vacinados, e vim para casa mais cedo", disse eu. "Febre tifoide, tifo, tétano."

"Cadê seu irmão?"

"A turma dele ainda não foi vacinada", disse eu. "Eles nos mandaram para casa. Atravessei a avenida sozinho."

"Seu braço está doendo?"

Eu não disse nada. Pouco depois, meu irmão chegou. Seu braço doía. Ele deitou na cama, apoiado no outro braço, e, quando caiu no sono, parecia muito mal. Já estava bem escuro quando acordou. "Mamãe, dói muito", disse.

"Você pode ter febre depois", disse minha mãe, que passava roupas no outro quarto. "Ali, seu braço está doendo também? Deite-se, fique quieto."

Fomos para a cama e ficamos quietos. Depois de dormir um pouco, meu irmão acordou e começou a ler a seção de esportes, e disse que tinha sido por minha causa que saímos no meio da partida na véspera, e que, por termos saído antes da hora, nosso time perdera quatro gols.

"Mesmo que não tivéssemos saído, não poderíamos ter feito aqueles gols", disse eu.

"O quê?"

Depois de cochilar mais um pouco, meu irmão me ofereceu seis Fevzi Çakmak, quatro Atatürk e três outras figurinhas que eu já tinha em troca de uma Greta Garbo. Recusei.

"Vamos jogar Em cima ou embaixo?", perguntou.

"Tudo bem, vamos."

Você aperta a pilha toda na mão. E pergunta: "Em cima ou embaixo?". Se ele disser embaixo, você olha a figurinha de baixo, digamos que seja a de número 68, Rita Hayworth. Agora digamos que seja a número 18, Dante, o poeta, a de cima. Se for, então embaixo ganha e você lhe dá a figurinha de que gosta menos, aquela de que você tem mais. Figurinhas do marechal de campo Fevzi Çakmak passaram de um para outro até de noite, a hora de jantar.

"Um de vocês vá lá em cima e dê uma olhada", disse a mãe. "Talvez seu pai tenha voltado."

Fomos os dois. Meu tio estava sentado, fumando, com a vovó; o pai não estava lá. Ouvimos as notícias do rádio, lemos as páginas de esporte. Quando vovó se sentou para comer, descemos.

"Por que demoraram?", perguntou mamãe. "Não comeram nada lá em cima, comeram? Por que não lhes dou sopa de lentilha? Vocês podem tomar devagar, até seu pai chegar."

"Não tem pão torrado?", perguntou meu irmão.

Enquanto tomávamos a sopa em silêncio, mamãe nos observava. Pelo jeito de segurar a cabeça e passar os olhos de um para outro, eu sabia que estava atenta ao barulho do elevador. Quando terminamos a sopa, perguntou: "Querem mais?". Olhou para a panela. "Por que não tomo a minha antes que esfrie?", disse ela. Em vez disso, foi até a janela e olhou para a praça Nişantaşı; ficou lá, olhando, um bom tempo. Depois se virou, voltou para a mesa e começou a tomar sua sopa. Meu irmão e eu discutíamos a partida da véspera.

"Quietos! Aquilo não é o elevador?"

Ficamos quietos e escutamos atentamente. Não era o elevador. Um bonde quebrou o silêncio, sacudindo a mesa, os copos, a jarra e a água dentro dela. Quando comíamos nossas laranjas, todos nós, definitivamente, ouvimos o elevador. Ele chegava cada vez mais perto, mas não parou no nosso andar; passou direto para o da vovó. "Subiu direto", disse mamãe.

Quando acabamos de comer, fomos até a janela que dava para o posto policial; ela ficou lá olhando muito tempo. Então, de repente, tomou uma decisão. Juntou a faca, o garfo e o prato vazio do pai e os levou para a cozinha. "Vou lá em cima no apartamento de sua avó", disse. "Por favor, não briguem enquanto eu estiver fora."

Meu irmão e eu voltamos a jogar Em cima e embaixo.

"Em cima", disse eu, pela primeira vez.

Ele mostrou a figurinha de cima: número 34, Koca Yusuf, o lutador mundialmente famoso. Puxou a última de baixo: número 50, Atatürk. "Você perdeu. Me dê a figurinha."

Jogamos um bom tempo, e ele continuou ganhando. De repente ele tinha levado dezenove dos meus vinte Fevzi Çakmak e dois Atatürk.

"Não jogo mais", disse eu, já zangado. "Vou subir. Ficar com mamãe."

"Mamãe vai ficar zangada."

"Covarde! Está com medo de ficar em casa sozinho?"

A porta do apartamento de vovó abriu como sempre. O jantar tinha terminado. Bekir, o cozinheiro, lavava os pratos; meu tio e vovó estavam sentados um de frente para o outro. Minha mãe, na janela, olhava para a praça Nişantaşi.

"Venha", disse ela, ainda olhando pela janela. Fui direto para o lugar vazio que parecia estar reservado só para mim. Encostado nela, também olhei para a praça Nişantaşi. Mamãe pôs a mão na minha cabeça e acariciou meus cabelos.

"Seu pai veio mais cedo hoje de tarde, eu sei. Você o viu."

"Vi."

"Ele pegou a mala e foi embora. Hazim Efendi o viu."

"Sim."

"Ele disse para onde ia, querido?"

"Não. Ele me deu duas liras e meia."

Na rua, tudo — as lojas escuras da avenida, as luzes dos carros, o pequeno espaço vazio do meio, onde ficavam os guardas de trânsito, as letras das placas de propaganda penduradas nas árvores — tudo era solitário e triste. Começou a chover, e minha mãe passava os dedos suavemente por meus cabelos.

Foi quando percebi que o rádio entre a cadeira de vovó e a de meu tio — o rádio que vivia ligado — estava calado. Senti um calafrio.

"Não fique aí assim, minha menina", disse vovó.

Meu irmão subiu.

"Vão até a cozinha, vocês dois", disse o tio. "Bekir!", chamou ele. "Faça uma bola para esses meninos; eles podem jogar no corredor."

Na cozinha, Bekir tinha acabado de lavar os pratos. "Sentem-se ali", disse. Foi até o balcão fechado com vidro que vovó transformara numa estufa e trouxe de lá uma pilha de jornais, que amassou para formar uma bola. Quando tinha o tamanho de um punho fechado, ele perguntou: "Está bom assim?".

"Enrole mais umas folhas", disse meu irmão.

Enquanto Bekir enrolava mais algumas folhas de matéria impressa na bola, olhei pela porta para ver mamãe, vovó e o tio do outro lado. Com uma corda que pegou numa gaveta, Bekir amarrou a bola de papel até ficar bem redonda. Para amaciar os cantos, passou-lhe, de leve, um pano úmido e apertou-a mais. Meu irmão não pôde resistir e tocou-a.

"Nossa, está dura como pedra."

"Ponha o dedo aqui." Meu irmão pôs o dedo cuidadosamente no último nó, para apertá-lo. Bekir apertou o nó e a bola estava pronta. Ele jogou-a para cima e começamos a chutá-la.

"Joguem no corredor", disse Bekir. "Se jogarem aqui, vão quebrar alguma coisa."

Por um bom tempo, entregamo-nos totalmente ao jogo. Eu fingia que era Lefter, do Fenerbahçe, e girava e dava voltas como ele. Sempre que dava um drible, ia de encontro ao braço doído do meu irmão. Ele me atingia também, mas não doía. Suávamos, a bola se desmanchava, e eu ganhava de cinco a três quando o atingi no braço doente com força. Ele se jogou no chão, aos berros.

"Quando meu braço melhorar, mato você!", disse, estirado no chão.

Estava zangado porque tinha perdido. Saí do corredor e fui para a sala de estar; mamãe, vovó e o tio tinham ido para o estúdio. Vovó discava o telefone.

"Alô, minha menina", disse ela, no mesmo tom de voz que usava quando chamava mamãe. "É do aeroporto de Yeşilköy? Escute, minha menina, queremos fazer umas perguntas sobre um passageiro que pegou o avião para a Europa hoje cedo." Deu o nome do meu pai e enrolou o fio do telefone no dedo enquanto aguardava. "Traga meu cigarro", pediu ela ao tio. Quando o tio saiu do quarto, ela afastou o fone do ouvido.

"Por favor, minha menina, me diga uma coisa", perguntou minha avó a mamãe. "Você deve saber. Há outra mulher?"

Não consegui ouvir a resposta de mamãe. Vovó olhava-a como se ela não tivesse dito nada. Então a pessoa do outro lado da linha disse qualquer coisa que a deixou furiosa. "Não querem nos contar", disse, quando o tio voltou com um cigarro e um cinzeiro.

Minha mãe percebeu que meu tio olhava para mim, e foi então que ela notou que eu estava ali. Pegando-me pelo braço, empurrou-me de volta para o corredor. Quando tocou nas minhas costas e na nuca viu que eu estava suado, mas não ficou com raiva.

"Mamãe, meu braço está doendo", disse meu irmão.

"Vocês dois, desçam agora, vou botá-los na cama."

Embaixo, no nosso andar, nós três ficamos calados por muito tempo. Antes de ir para a cama, fui até a cozinha tomar um copo de água, depois passei pela sala de estar. Mamãe fumava junto à janela, e de início não me ouviu.

"Vai pegar um resfriado, com esses pés descalços", disse. "Seu irmão está na cama?"

"Está dormindo, mamãe, e eu quero lhe dizer uma coisa." Esperei que ela abrisse espaço para mim junto à janela. Quando abriu para mim aquele doce espaço, enfiei-me nele. "Papai foi para Paris", disse eu. "E sabe qual foi a mala que levou?"

Ela não falou nada. No silêncio da noite, ficamos um bom tempo olhando para a rua molhada pela chuva.

3

A casa da minha outra avó ficava perto da mesquita de Şişli e do fim da linha de bonde. Agora a praça está cheia de paradas de micro-ônibus e ônibus municipais, e de edifícios altos e feios, e lojas de departamento cobertas de placas, e escritórios cujos empregados se derramam pelas calçadas na hora do almoço e parecem formigas, mas naquele tempo ficava no limite da cidade europeia. Levamos quinze minutos para ir a pé da nossa casa à ampla praça de paralelepípedo, e, enquanto caminhávamos de mãos dadas com minha mãe debaixo das tílias e amoreiras, tínhamos a impressão de estar no campo.

Minha outra avó morava numa casa de pedra e concreto de quatro andares que parecia uma caixa de fósforos virada de lado; a frente dava para Istambul, a oeste, e o fundo, para os bosques de amoreiras nas colinas. Depois que o marido morreu e suas três filhas casaram, minha avó passou a morar num único quarto, atulhado de guarda-roupas, mesas, bandejas, pianos e outros móveis. Minha tia cozinhava para ela e levava pessoalmente a comida, ou colocava-a numa vasilha de metal e mandava o motorista entregar. Não era só porque minha avó não saía do quarto para descer dois lances de escada e ir preparar a comida na cozinha; ela não ia sequer aos outros quartos da casa, cobertos de uma grossa camada de pó e de teias de aranha. Como sua própria mãe, que tinha passado os últimos anos sozinha numa grande mansão de madeira, minha avó sucumbira a uma misteriosa doença solitária e não aceitava nem caseiro nem faxineira.

Quando íamos visitá-la, minha mãe apertava a campainha por um bom tempo, e batia na porta de ferro, até que minha avó finalmente abria as enferrujadas persianas de ferro da janela do segundo andar, que dava para a mesquita, e olhava para nós, e como não confiava nos próprios olhos — já não enxergava longe — pedia que lhe acenássemos.

"Saiam daí da entrada, para que sua avó possa vê-los, meninos", dizia mamãe. Indo conosco para o meio da calçada, ela acenava e gritava: "Mãe querida, sou eu e os meninos; somos nós, você consegue nos ouvir?".

Compreendíamos, pelo doce sorriso, que ela nos reconhecera. De imediato, saía da janela, ia até o seu quarto, pegava a grande chave guardada debaixo do travesseiro e, depois de embrulhá-la num jornal, jogava-a para nós. Meu irmão e eu nos empurrávamos para pegá-la.

O braço de meu irmão ainda doía, o que o tornava mais lento, e eu peguei a chave primeiro e a entreguei a mamãe. Com algum esforço, mamãe conseguiu destrancar a grande porta de ferro. A porta cedeu lentamente quando nós três a empurramos, e do escuro veio aquele cheiro que eu nunca sentiria de novo: deterioração, mofo, poeira, velhice e ar estagnado. No cabide perto da porta — para que os frequentes ladrões pensassem que havia um homem na casa — minha avó deixara o chapéu de feltro de meu pai e seu sobretudo de gola alta, e no canto havia as botas que sempre me assustaram.

Pouco depois, no topo de dois lances de escada de madeira, longe, em pé numa luz branca, vimos vovó. Parecia um fantasma, perfeitamente parada na sombra com sua bengala, iluminada apenas pela luz que passava pelo vidro embaçado das portas art déco.

Quando ela desceu as escadas rangentes, minha mãe não disse nada a vovó. (Ela às vezes dizia: "Como vai, mamãe querida?", ou "Mamãe querida, sentimos saudades de você; lá fora está muito frio, mamãe querida!".) No topo da escada, beijei a mão de vovó, tentando não a olhar nos olhos, nem para a grande verruga que tinha no pulso. Ainda assim, assustavam-nos seu único dente na boca, o queixo longo, e os pelos do rosto, por isso, logo que entramos no quarto nos agasalhamos perto de mamãe. Vovó voltou para a cama, onde passava a maior parte do dia, metida numa comprida camisola e numa combinação de lã, e sorriu para nós, lançando-nos um olhar que dizia: Tudo bem, agora façam alguma coisa para me distrair.

"Seu aquecedor está funcionando tão bem, mãe", disse mamãe. Pegou o atiçador e mexeu as brasas.

Vovó esperou um pouco, e disse: "Largue o aquecedor. Contem-me alguma novidade. O que está acontecendo no mundo?".

"Absolutamente nada", respondeu mamãe, sentando-se ao nosso lado.

"Você não tem nada para me contar?"

"Nada, minha querida mãe."

Depois de um breve silêncio, mamãe perguntou: "Você não esteve com ninguém?".

"Você já sabe, mãe querida."

"Pelo amor de Deus, você não tem nenhuma novidade?"

Houve um silêncio.

"Vovó, fomos vacinados na escola", disse eu.

"É mesmo?", disse vovó, arregalando os grandes olhos azuis, como se tivesse ficado surpresa. "Doeu?"

"Meu braço ainda dói", disse meu irmão.

"Meu Deus", disse vovó, com um sorriso.

Houve outro longo silêncio. Meu irmão e eu nos levantamos e fomos até a janela olhar para as colinas distantes, as amoreiras e o galinheiro vazio no fundo do quintal.

"Você não tem nenhuma história para me contar?", implorou vovó. "Você sobe sempre para ver sua sogra. Ninguém mais?"

"Dilruba Hanim veio ontem à tarde", disse mamãe. "Jogaram bezique com as crianças."

Numa voz alegre, vovó disse então o que esperávamos ouvir: "Este é o palácio, senhor!".

Sabíamos que ela não se referia a um dos palácios cor de creme sobre os quais líamos nos contos de fadas e nos jornais naquele tempo, mas ao Palácio Dolmabahçe; só muito depois descobri que vovó desprezava Dilruba Hanim — que viera do harém do último sultão — porque fora concubina antes de casar-se com um empresário, e que ela desprezava também minha avó por ter feito amizade com essa mulher. Então passaram para outro assunto, que discutiam sempre que mamãe a visitava: uma vez por semana, minha avó ia a Beyoğlu almoçar sozinha num restaurante famoso e caro chamado Aptullah Efendi, e depois reclamava de tudo que tinha comido. Ela puxou o terceiro assunto inevitável com esta pergunta: "Meninos, a avó de vocês os obriga a comer salsa?".

Respondemos juntos, dizendo o que mamãe mandara dizer: "Não, vovó, ela não nos obriga".

Como sempre, vovó nos contava que tinha visto um gato urinando nas salsas de um jardim, e que era altamente provável que aquelas salsas tivessem ido parar, mal lavadas, na comida de algum idiota, e que ela ainda conversava muito sobre isso com os verdureiros de Şişli e Nişantaşi.

"Mãe querida", disse mamãe, "os meninos estão ficando entediados; querem dar uma olhada nos outros quartos. Vou abrir o quarto ao lado."

Vovó trancava todos os quartos da casa pelo lado de fora, para que ladrões que entrassem pela janela não chegassem às outras dependências. Mamãe abriu um grande e frio quarto que dava para a avenida onde passava a linha de bonde, e por um momento ficou parada lá, conosco, olhando para as poltronas e os sofás sob as capas de proteção, as lâmpadas enferrujadas e empoeiradas, as bandejas, as cadeiras, as pilhas de jornais velhos; para a sela velha e para o guidom da rangente bicicleta de mulher encostada no canto. Mas não tirou nada do baú para nos mostrar, como fazia em dias melhores. ("Sua mãe costumava usar estas sandálias quando era pequena, meninos; olhem o uniforme escolar de sua tia, meninos; querem ver o cofrinho de quando sua mãe era criança, meninos?")

"Se sentirem frio, venham falar comigo", disse ela, e saiu.

Meu irmão e eu corremos à janela para olhar a mesquita e o bonde na praça. Depois lemos notícias de antigas partidas de futebol nos jornais. "Que chato", disse eu. "Quer jogar Em cima e embaixo?"

"O lutador derrotado ainda quer lutar", disse meu irmão, sem levantar a vista do jornal. "Estou lendo o jornal."

Aquela manhã, tínhamos jogado de novo, e meu irmão de novo vencera.

"Por favor."

"Com uma condição: se eu ganhar, você me dá duas figurinhas, e, se você ganhar, eu só lhe dou uma."

"Não, dou uma."

"Então não jogo", disse meu irmão. "Como vê, estou lendo o jornal."

Ele segurava o jornal exatamente como o detetive inglês do filme em preto e branco que tínhamos visto no cine Angel. Depois de olhar mais um pouco pela janela, aceitei as condições. Tiramos do bolso nossas figurinhas de Gente Famosa e começamos a jogar. Primeiro eu ganhei, mas depois perdi mais dezessete figurinhas.

"Quando jogamos assim, eu sempre perco", disse eu. "Não jogo mais, a não ser que a gente volte às regras antigas."

"Tudo bem", disse meu irmão, ainda imitando o detetive. "Eu quero mesmo é ler aqueles jornais."

Por um momento, olhei pela janela. Contei cuidadosamente minhas figurinhas: eu ainda tinha 121. Quando meu pai saíra, na véspera, eu tinha 183! Mas não queria pensar mais nisso. Eu aceitara as condições do meu irmão.

No começo, venci, mas depois ele voltou a ganhar. Disfarçando a alegria, ele não sorria quando pegava minhas figurinhas e juntava-as ao seu maço.

"Se quiser, podemos jogar de acordo com qualquer outra regra", disse ele, um pouco depois. "Quem ganhar leva uma figurinha. Se eu ganhar, escolho a figurinha que quiser. Porque não tenho nenhuma de algumas, e você nunca me deu uma delas."

Achando que ia ganhar, aceitei. Não sei o que aconteceu. Três vezes seguidas perdi minha carta mais alta, e antes de me dar conta tinha perdido minha Greta Garbo (21) e meu único rei Faruk (78). Eu queria tomá-los de volta imediatamente, por isso as apostas cresceram: foi assim que muitas outras figurinhas que eu tinha e ele não tinha — Einstein (63), Rumi (3), Sarkis Nazaryan, fundador da Mambo Chewing Gum-Candied Fruit Company (100) e Cleópatra (51) — foram parar nas mãos dele em apenas duas partidas.

Eu não conseguia nem engolir. Com medo de chorar, corri até a janela e olhei para fora: como tudo parecera lindo apenas cinco minutos antes — o bonde chegando ao terminal, os edifícios de apartamentos ao longe, visíveis através dos galhos que perdiam folhas, o cão deitado na rua de paralelepípedo, coçando-se preguiçosamente! Se o tempo tivesse parado. Se pudéssemos recuar quatro casas como fazíamos ao jogar Corrida de Cavalo com dado. Eu nunca mais voltaria a jogar Em cima e embaixo com meu irmão.

"Vamos jogar mais?", perguntei, sem tirar a testa da vidraça.

"Não jogo mais", disse meu irmão. "Você vai chorar."

"Cevat, prometo. Não vou chorar", insisti, indo para junto dele. "Mas temos de jogar como no começo, pelas regras antigas."

"Vou ler o meu jornal."

"Tudo bem", disse eu. Embaralhei meu maço que nunca fora tão pequeno. "Pelas regras antigas. Em cima e embaixo?"

"Sem choro", disse ele. "Tudo bem."

Ganhei, e ele me deu uma das suas figurinhas do marechal de campo Fevzi Çakmak. Não aceitei. "Me dê, por favor, a 78, rei Faruk."

"Não", disse ele. "Não foi esse o acordo."

Jogamos mais duas partidas, e perdi. Ah, se não tivéssemos jogado a terceira: quando lhe dei minha 49, Napoleão, minha mão tremia.

"Não jogo mais", disse meu irmão.

Implorei. Jogamos mais duas partidas, e, em vez de lhe dar as figurinhas que pediu, joguei todas as que me restavam em sua cabeça e no ar: as figurinhas que colecionei durante dois meses e meio, pensando em todas e em cada uma todo santo dia, escondendo-as e juntando-as nervosamente, com o maior cuidado — número 28, Mae West, e 82, Júlio Verne; 7, Mehmet o Conquistador, e 70, rainha Elizabeth; 41, Celâl Salik, o colunista, e 42, Voltaire — todas voando pelos ares e espalhando-se pelo chão.

Se pelo menos eu estivesse num lugar totalmente diferente, numa vida completamente diferente. Antes de voltar para o quarto de vovó, enfiei-me debaixo das escadas rangentes, pensando num parente distante que trabalhava numa companhia de seguros e cometera suicídio. A mãe de meu pai me contara que os suicidas ficavam num lugar escuro debaixo da terra e nunca iam para o céu. Depois de permanecer muito tempo debaixo da escada, parei para ficar em pé no escuro. Virei-me, subi as escadas e sentei-me no último degrau, perto do quarto de vovó.

"Não estou tão bem de vida quanto sua sogra", ouvi vovó dizer. "Vá cuidar de seus filhos e espere."

"Mas, por favor, mãe querida, eu lhe suplico. Quero voltar para cá com os meninos", disse mamãe.

"Você não pode morar aqui com dois filhos, não com toda essa poeira, e os fantasmas e os ladrões", disse vovó.

"Mãe querida", disse mamãe, "não lembra como vivíamos felizes aqui, só nós duas, quando minhas irmãs casaram e meu pai morreu?"

"Minha adorável Mebrure, tudo que você fazia o dia inteiro era folhear velhos números das *Illustrations* de seu pai."

"Se eu acendesse o grande aquecedor lá embaixo, esta casa ficaria acolhedora e quente em dois dias."

"Eu falei para não casar com ele, não falei?", disse vovó.

"Se eu trouxer uma empregada, em dois dias nos livraremos de toda essa poeira", disse mamãe.

"Não quero nenhuma dessas empregadas ladronas nesta casa", disse vovó. "De qualquer maneira, seriam necessários seis meses para varrer toda essa poeira e essas teias de aranha. Até lá, seu marido errante já estaria de volta."

"Esta é a sua palavra final, mãe querida?", perguntou mamãe.

"Mebrure, minha adorável menina, se você vier para cá com seus dois filhos, de que viveremos, nós quatro?"

"Mãe querida, quantas vezes lhe pedi — implorei — para vender os lotes em Bebek antes que sejam expropriados?"

"Não vou ao cartório dar àqueles homens sujos minha assinatura e minha foto."

"Mãe querida, não diga isso, por favor: minha irmã mais velha e eu trouxemos o tabelião à sua porta", disse mamãe, levantando a voz.

"Jamais confiei naquele tabelião", disse vovó. "Dá para ver, pela cara dele, que é vigarista. Talvez não seja nem tabelião. E não grite assim comigo."

"Está bem, mãe querida, não grito!", disse mamãe. Ela chamou-nos no quarto. "Meninos, meninos, venham pegar suas coisas; estamos indo."

"Devagar!", disse vovó. "Ainda não trocamos duas palavras sequer."

"Você não nos quer, mãe querida", sussurrou mamãe.

"Tome isso, dê essas delícias turcas para os meninos."

"Eles não devem comer isso antes do almoço", disse mamãe, e, saindo do quarto, passou por mim e entrou no quarto em frente. "Quem jogou todas essas figurinhas no chão? Junte tudo imediatamente. E você, ajude", disse ela a meu irmão.

Enquanto juntávamos as figurinhas em silêncio, minha mãe levantou a tampa dos velhos baús e olhou os vestidos de sua infância, seu traje de balé, as caixas. O pó debaixo do esqueleto negro da máquina de costura de pedal encheu-me as narinas, fazendo-me os olhos marejarem, entupindo-me o nariz.

Quando lavávamos as mãos no pequeno lavabo, vovó implorou numa voz suave. "Mebrure querida, pegue esta chaleira; você gosta tanto dela, tem direito", disse. "Meu avô trouxe-a para minha querida mãe quando era governador de Damasco. Veio da China. Por favor, leve-a."

"Mãe querida, de hoje em diante não quero nada seu", disse mamãe. "E ponha isso no armário ou vai quebrá-la. Vamos, meninos, beijem a mão de sua avó."

"Minha pequena Mebrure, minha adorável filha, por favor, não se zangue com sua pobre mãe", disse vovó, enquanto nos dava a mão para beijar. "Por favor, não me deixe aqui sem visitas, sem ninguém."

Descemos as escadas correndo, e, quando nós três empurramos a pesada porta de metal para abri-la, fomos recebidos pela luz brilhante do sol, e respiramos o ar puro.

"Fechem a porta com força!", gritou vovó. "Mebrure, você vem me ver de novo esta semana, não vem?"

Andando de mãos dadas com mamãe, ninguém falou. Em silêncio, ouvimos os outros passageiros tossirem enquanto esperávamos o bonde sair. Quando finalmente saiu, meu irmão e eu passamos para a fila seguinte, dizendo que queríamos ver o condutor, e começamos a jogar Em cima e embaixo. Primeiro perdi algumas figurinhas, depois ganhei outras de volta. Quando aumentei a aposta, ele concordou, satisfeito, e logo voltei a perder. Ao chegarmos à parada de Osmanbey, meu irmão disse: "Em troca de todas as figurinhas que ainda tem, aqui está esta 15 que você tanto queria ter".

Joguei e perdi. Sem deixar que visse, tirei duas figurinhas do maço antes de entregá-lo a meu irmão. Voltei para a fila de trás e me sentei com mamãe. Eu não chorava. Olhava tristemente pela janela, enquanto o bonde gemia e ganhava velocidade, e vi passarem por nós todas aquelas pessoas e todos aqueles lugares que se foram para sempre: as pequenas lojas de costura, as padarias, as lojas de pudim com seus toldos, o cine Tan, onde assisti àqueles filmes sobre Roma antiga, as crianças em pé junto à parede da entrada vendendo gibis usados, o barbeiro com as tesouras afiadas que me assustavam e o maluco seminu do bairro, sempre em pé na porta da barbearia.

Saltamos em Harbiye. Já perto de casa, o contente silêncio de meu irmão me deixou louco. Peguei o Lindbergh que guardara no bolso.

Foi a primeira vez que ele a viu. "Noventa e um: Lindbergh!", leu ele, admirado. "Nesse avião ele atravessou o Atlântico! Onde achou?"

"Não tomei vacina ontem", disse eu. "Fui para casa mais cedo e vi papai antes que ele saísse. Papai comprou-a para mim."

"Então metade é minha", disse ele. "Na realidade, quando jogamos a última partida, o acordo era que você me daria todas as figurinhas que tinha." Tentou tomá-la da minha mão, mas não conseguiu. Agarrou meu pulso e torceu-o com tanta força que lhe dei um chute na canela. Caímos um por cima do outro.

"Parem!", disse mamãe. "Parem! Estamos no meio da rua!"

Paramos. Um homem de terno e uma mulher de chapéu passaram por nós. Senti vergonha de ter brigado na rua. Meu irmão deu dois passos e caiu. "Dói demais", disse, segurando a perna.

"Levante", sussurrou mamãe. "Vamos, levante. Todo mundo está olhando."

Meu irmão levantou-se e começou a pular pela rua como um soldado ferido num filme. Tive medo de que estivesse realmente ferido, mas ainda assim estava satisfeito de vê-lo naquele estado. Depois de andar algum tempo em silêncio, ele disse: "Você vai ver o que acontecerá quando chegarmos em casa. Mamãe, Ali não tomou vacina ontem".

"Tomei sim, mamãe!"

"Cale-se", gritou mamãe.

Estávamos quase em frente de casa. Esperamos que o bonde de Maçka passasse, antes de atravessar a rua. Depois vieram um caminhão, um ônibus da Beşiktaş sacolejando e soltando nuvens de fumaça e, em sentido contrário, um De Soto roxo-claro. Foi quando vi meu tio à janela olhando para a rua. Ele não me viu; olhava os carros que passavam. Por muito tempo, observei-o.

A rua já estava livre. Virei-me para mamãe, admirado de ela não nos ter tomado pela mão para atravessar, e vi que chorava em silêncio.

A MALETA DE MEU PAI

*O discurso do Prêmio Nobel**

* Tradução de Sérgio Flaksman.

Dois anos antes de morrer, meu pai me entregou uma maleta contendo seus escritos, originais e cadernos. Assumindo a sua expressão habitual de brincadeira e zombaria, ele me disse que gostaria que eu lesse tudo aquilo depois que ele tivesse partido, ou seja, depois da sua morte.

"Dê só uma olhada", ele pediu, com um ar um tanto encabulado. "Veja se encontra alguma coisa que possa usar. Depois que eu tiver partido, talvez você possa fazer uma seleção e publicar."

Estávamos no meu escritório, cercados de livros. Meu pai ficou procurando um lugar onde pudesse pousar a maleta, caminhando de um lado para o outro como um homem que precisasse se livrar de um fardo incômodo. No final, acabou depositando a maleta num canto, fora do caminho. Foi um momento embaraçoso do qual nenhum de nós dois jamais se esqueceu, mas depois que passou e retornamos aos nossos papéis habituais, tratando a vida com leveza, as nossas *personas* brincalhonas e zombeteiras assumiram o controle e pudemos relaxar. E conversamos como sempre conversávamos, sobre as coisas corriqueiras do cotidiano, os infindáveis problemas políticos da Turquia e os negócios quase todos fracassados do meu pai, sem sentir muito pesar.

Lembro que, depois que meu pai foi embora, passei vários dias caminhando de um lado para o outro diante da maleta sem tocar nela nem uma vez. Eu já conhecia bem aquela maleta de couro preto, com seu fecho e seus cantos arredondados. Meu pai sempre a levava consigo nas viagens curtas, e às vezes a usava para transportar papéis para o trabalho. Quando eu era criança e meu pai voltava de uma viagem, eu abria aquela maleta e remexia o seu conteúdo, saboreando o perfume da água-de-colônia e de países estrangeiros. Aquela maleta era uma velha amiga, uma poderosa lembrança dos meus tempos de menino, do meu passado, mas agora eu nem conseguia encostar nela. Por quê? Sem dúvida por causa do peso misterioso do seu contéudo.

Agora vou falar do que esse peso significa. Ele tem o significado daquilo que toda pessoa cria quando fecha a porta e se refugia num canto, diante de uma mesa, para exprimir os seus pensamentos — o significado da literatura.

Quando finalmente peguei a maleta, ainda não estava convencido de que devesse abri-la, mas sabia o que continham alguns daqueles cadernos. Tinha visto meu pai escrevendo em alguns deles. Não era a primeira vez que eu ouvia falar do peso considerável que aquela maleta carregava. Meu pai tinha uma vasta biblioteca; na sua juventude, no final da década de 1940, pensara em ser um poeta de Istambul, e traduzira Valéry para o turco, mas não se dispôs a viver o tipo de vida que decorria de escrever poesia num país pobre e de poucos leitores. Meu avô paterno foi um rico homem de negócios, de modo que meu pai teve uma infância e uma juventude confortáveis, e não tinha a menor vontade de passar provações por amor à literatura, à escrita. Ele amava a vida em toda a sua beleza — isso eu entendia.

A primeira coisa que me mantinha distante do conteúdo da maleta era, claro, o medo de não gostar do que pudesse ler. Como meu pai sabia disso, tomara a precaução de agir como se não desse muita importância ao seu conteúdo. Depois de 25 anos trabalhando como escritor, isso me incomodou. Mas não quis me irritar com meu pai por ele deixar de levar a literatura a sério... Meu verdadeiro medo, a coisa crucial que eu não queria aprender ou descobrir, era a possibilidade de que ele fosse um bom escritor. Era esse o medo que me impedia de abrir a maleta. E pior, eu não conseguia admiti-lo abertamente nem para mim mesmo. Se verdadeiras obras de grande literatura emergissem da maleta, eu teria de reconhecer que dentro do meu pai existia um homem totalmente diferente. Uma possibilidade assustadora. Porque mesmo na minha idade já avançada na época eu queria que ele fosse só o meu pai — e não um escritor.

O escritor é uma pessoa que passa anos tentando descobrir com paciência um segundo ser dentro de si, e o mundo que o faz ser quem é: quando falo de escrever, o que primeiro me vem à mente não é um romance, um poema ou a tradição literária, mas uma pessoa que fecha a porta, senta-se diante da mesa e, sozinha, volta-se para dentro; cercada pelas suas sombras, constrói um mundo novo com as palavras. Esse homem — ou essa mulher — pode usar uma máquina de escrever, aproveitar as facilidades de um computador ou escrever com caneta no papel, como venho fazendo há trinta anos. Enquanto escreve, pode tomar chá ou café, ou fumar. De vez em quando, pode se levantar e olhar pela janela as crianças que brincam na rua e, se tiver sorte, contemplar algumas árvores e uma bela vista, ou apenas topar com uma parede escura. Pode escrever poemas, peças de teatro ou romances, como eu. Mas todas essas particularidades só vêm depois da decisão crucial de sentar-se diante da mesa e, pacientemente, voltar-se para dentro. Escrever é transformar em palavras esse olhar para dentro, estudar o mundo para o qual a pessoa se transporta quando se recolhe em si mesma — com paciência, obstinação e alegria. Enquanto passo os dias, os meses, os anos sentado à minha mesa, acrescentando pouco a pouco novas palavras à página em branco, sinto-me como se criasse um mundo novo, como se trouxesse à vida aquela outra pessoa que existe dentro de mim, da mesma forma como alguém poderia construir uma ponte ou uma abóbada, pedra por pedra. As pedras que usamos, nós os escritores, são as palavras. Quando as colhemos com as mãos — tentando intuir a maneira como cada uma se conecta às outras, contemplando-as às vezes de longe, às vezes quase chegando a acariciá-las com os dedos e a ponta da caneta, sopesando-as, virando-as de um lado e do outro, ano após ano, sempre com paciência e esperança —, criamos novos mundos.

O segredo do escritor não é a inspiração — pois nunca fica claro de onde ela vem —, mas a sua teimosia, a sua paciência. A adorável expressão turca "cavar um poço com uma agulha" me parece ter sido criada pensando nos escritores. Nas histórias antigas, adoro a paciência de Ferhat, que escava túneis através das montanhas pelo seu amor — e também a compreendo. No romance *Meu nome é Vermelho*, quando escrevi sobre os antigos miniaturistas persas que desenhavam o mesmo cavalo com a mesma paixão por tantos anos, memorizando cada pincelada de tal modo que se tornavam capazes de reproduzir aquele lindo cavalo de olhos fechados, eu sabia que estava falando da profissão de escritor e da minha própria vida. Se um escritor quiser contar a sua própria história — contá-la devagar, como se fosse uma história sobre outras pessoas —, primeiro precisa sentir a força da história acumular-se dentro de si. Se ele decide sentar-se diante da mesa e entregar-se com paciência à sua arte — este ofício — precisa primeiro ganhar alguma esperança. O anjo da inspiração (que visita regularmente alguns e raramente outros) favorece os escritores dotados de esperança e confiança, e é quando o escritor se sente mais só, quando ele mais duvida dos seus esforços, dos seus sonhos e do valor do que escreve — quando acha que a sua história é só a sua história —, é em momentos assim que o anjo decide revelar-lhe histórias, imagens e sonhos que irão evocar o mundo que ele pretende construir. Quando penso nos livros a que dediquei toda a minha vida, o que mais me surpreende são esses momentos em que eu sentia que as frases, os sonhos e as páginas que me deixavam tão arrebatado de felicidade não vinham da minha imaginação, que era outro poder que as encontrava e, generoso, me presenteava com elas.

Eu tinha medo de abrir a maleta do meu pai e ler os seus cadernos porque sabia que ele jamais teria tolerado as dificuldades que eu suportei, que o que ele amava não era a solidão mas o contato com os amigos, muita gente, salões, piadas, companhia. Mais adiante, porém, meus pensamentos tomaram outro rumo. Essas ideias, esses sonhos de renúncia e paciência, eram preconceitos que eu derivava da minha própria vida e da minha experiência de escritor. Muitos escritores brilhantes escreveram cercados de gente e da vida familiar, imersos no calor da companhia e de um vozerio alegre. Além disso, meu pai, quando éramos pequenos, tinha se cansado da monotonia da vida em família e fora para Paris, onde, como tantos outros escritores, ficava sentado no hotel enchendo cadernos. Eu também sabia que alguns desses cadernos parisienses estavam naquela maleta, porque ao longo dos anos que antecederam a sua entrega meu pai finalmente começara a falar comigo sobre aquele período da sua vida. Já falava desses anos quando eu era criança, mas nunca mencionava as suas vulnerabilidades, os seus sonhos de tornar-se escritor, ou as questões de identidade que o assolavam no quarto de hotel. Preferia me contar das vezes que tinha visto Sartre nas calçadas de Paris, dos livros que tinha lido e dos filmes que tinha visto, tudo com a sinceridade animada de quem transmite informações muito importantes. Quando me tornei escritor, nunca esqueci que isso se devia em parte ao fato de eu ter um pai que falava muito mais dos grandes escritores do mundo que dos paxás ou dos grandes líderes religiosos. Assim, talvez eu devesse ler os cadernos do meu pai levando isso em consideração, e lembrando o quanto eu devia à sua imensa biblioteca. Era preciso ter em mente que, quando vivia conosco, meu pai, como eu, gostava de ficar a sós com seus livros e pensamentos — e de não dar tanta atenção à qualidade literária do que escrevia.

Enquanto eu fitava tão ansioso a maleta que ele me legara, também sentia que aquilo era exatamente o que eu não seria capaz de fazer. Meu pai às vezes se estendia no divã diante dos seus livros, abandonava o livro ou revista que tinha nas mãos e se entregava a um sonho, perdia-se por muito tempo nos seus pensamentos. Quando via no seu rosto uma expressão tão diferente da que ele costumava exibir nas brincadeiras, nas implicâncias e nas escaramuças da vida em família — quando via os primeiros sinais de um olhar para dentro —, eu, especialmente na infância e nos primeiros anos da juventude, entendia com algum nervosismo que ele estava descontente. Hoje, tantos anos depois, sei que esse descontentamento é o traço básico que transforma uma pessoa em escritor. Para tornar-se escritor, paciência e empenho não bastam: a pessoa, antes, precisa sentir-se compelida a evitar multidões, as outras pessoas e os assuntos da vida ordinária de todo dia, recolhendo-se e ficando em silêncio. Ansiamos por paciência e esperança que nos permitam criar um universo profundo na escrita. Mas o desejo de recolhimento é o que nos impele à ação. O precursor desse tipo independente de escritor — que lê o próprio livro até se satisfazer; que, escutando apenas a voz da própria consciência, discute com as palavras de outros; que, ao entrar em conversação com seus livros, desenvolve pensamentos próprios e mesmo um mundo próprio — foi certamente Montaigne, nos primórdios da literatura moderna. Montaigne era um escritor ao qual meu pai retornava sempre, um escritor que ele recomendava. Eu gostaria de me ver filiado à tradição dos escritores que, onde quer que se encontrem no mundo, no Oriente ou no Ocidente, se isolam da sociedade e se recolhem com seus livros. O ponto de partida da verdadeira literatura é o homem que fecha a porta e se recolhe com seus livros.

Mas assim que nos isolamos, logo descobrimos que não estamos tão sós quanto julgávamos. Estamos na companhia das palavras dos que vieram antes de nós, das histórias, dos livros, das palavras de outras pessoas — aquilo que chamamos de tradição. Acredito que a literatura seja o tesouro mais valioso que a humanidade acumulou em sua busca de compreender a si mesma. As sociedades, as tribos, as pessoas tornam-se mais inteligentes, mais ricas e mais avançadas à medida que dão atenção às palavras aflitas de seus autores, e, como todos sabemos, tanto a queima de livros quanto a desvalorização dos escritores são sinais de que atravessamos tempos de trevas e imprevidência. Mas a literatura nunca é uma preocupação apenas nacional. O escritor que se recolhe e antes de mais nada empreende uma viagem para dentro de si mesmo haverá de descobrir ao longo dos anos a regra eterna da literatura: é preciso ter o talento de contar as próprias histórias como se fossem histórias dos outros, e contar as histórias dos outros como se fossem suas, porque é isso a literatura. Mas antes é preciso viajar pelas histórias e livros de outros.

Meu pai tinha uma boa biblioteca, ao todo 1500 volumes, mais que o suficiente para um escritor. Aos 22 anos, talvez eu não tivesse lido todos eles, mas já tinha alguma familiaridade com cada um: sabia quais eram importantes, quais eram leves e fáceis de ler, quais eram clássicos, quais eram parte essencial de qualquer formação, quais eram fáceis de esquecer mas traziam relatos divertidos de histórias locais, e quais escritores franceses meu pai mais admirava. Às vezes eu olhava essa biblioteca com certo distanciamento e imaginava que um dia, numa casa diferente, eu haveria de formar minha própria biblioteca, ainda melhor, eu haveria de construir um mundo para mim. Quando olhava de longe a biblioteca do meu pai, ela me parecia um pequeno retrato do mundo real. Mas era o mundo visto do canto onde vivíamos, o mundo visto de Istambul. E a biblioteca era uma demonstração evidente disso. Meu pai formou sua biblioteca nas viagens que fez ao exterior, especialmente com livros de Paris e dos Estados Unidos, mas também com volumes comprados nas livrarias de Istambul que vendiam livros em língua estrangeira nas décadas de 1940 e 1950 e nos sebos da cidade, que eu também conheci. O meu mundo é uma mistura do local — do nacional — e do Ocidente. Nos anos 1970 comecei, com alguma ambição, a formar minha própria biblioteca. Ainda não me decidira a tornar-me escritor — como conto em *Istambul*, eu concluíra que, no final das contas, não queria ser pintor, mas não sabia ao certo que rumo a minha vida iria tomar. Havia em mim uma curiosidade incessante, um desejo movido pela esperança de ler e aprender, mas ao mesmo tempo eu sentia que faltava alguma coisa na minha vida, que eu nunca seria capaz de viver como as outras pessoas. Parte desse sentimento estava ligada ao que eu sentia quando contemplava a biblioteca do meu pai — que eu vivia longe do centro das coisas, como todos que moravam em Istambul naquela época acabavam sentindo, aquela impressão de viver numa província. E havia ainda outro motivo para eu me sentir ansioso e de alguma forma inadequado: eu sabia muito bem que vivia num país que se interessava pouco por seus artistas, fossem pintores ou escritores, e não lhes dava nenhuma esperança. Nos anos 1970, quando pegava o dinheiro que meu pai me dava e, ávido, comprava livros desbotados, empoeirados e com as pontas dobradas nos velhos sebos de Istambul, eu era tão afetado pelo estado lamentável dessas livrarias — e pelo desespero dos pobres livreiros ambulantes esfarrapados que expunham suas mercadorias nas calçadas, nos pátios das mesquitas e em nichos de muralhas arruinadas — quanto por seus livros.

Em relação ao meu lugar no mundo, na vida, assim como na literatura, meu sentimento básico era que eu estava "fora do centro". No centro do mundo havia uma vida mais rica e mais animada que a nossa, e assim como toda Istambul, como toda a Turquia, eu me sentia excluído. Hoje acho que compartilho esse sentimento com a maioria dos habitantes do planeta. Da mesma forma, havia uma literatura mundial, e o seu centro também ficava muito longe. Na verdade, o que eu tinha em mente era a literatura *ocidental*, e não mundial, e dessa literatura nós, os turcos, estávamos inelutavelmente excluídos. A biblioteca do meu pai era prova disso. Numa ponta ficavam os livros de Istambul, a nossa literatura, o nosso mundo local, com todos os seus detalhes tão amados, e na outra ficavam os livros daquele outro mundo, o mundo ocidental, com o qual a Turquia não se parecia em nada, uma dessemelhança que nos causava dor e ao mesmo tempo nos trazia esperanças. Escrever ou ler era como deixar o nosso mundo para procurar consolo na alteridade, em seu caráter estrangeiro e fabuloso. Senti que meu pai lia romances para escapar da sua vida e fugir para o Ocidente — exatamente como eu faria mais tarde. Ou me parecia naquela época que recorríamos aos livros para fugir à nossa própria cultura, que considerávamos tão carente. E não era só lendo que deixávamos a vida de Istambul e viajávamos para o Ocidente — escrevendo também. Para encher aqueles seus cadernos, meu pai foi a Paris, recolheu-se no seu quarto, e na volta trouxe seus escritos para a Turquia. Enquanto eu contemplava a maleta do meu pai, tive a impressão de que era isso que causava o meu desassossego. Depois de passar 25 anos trabalhando a portas fechadas para sobreviver como escritor na Turquia, eu ficava vexado ao ver que meu pai tinha escondido seus pensamentos mais profundos dentro daquela maleta, comportando-se como se escrever fosse um trabalho que devesse ser feito em segredo, fora do alcance dos olhos da sociedade, do Estado, das pessoas. E talvez esse fosse o principal motivo de eu me irritar com meu pai por não levar a literatura tão a sério quanto eu.

Na verdade, eu estava zangado com meu pai porque ele não levara uma vida igual à minha, porque nunca entrara em conflito com sua vida e estava sempre satisfeito, rindo na companhia de amigos e parentes. Mas de algum modo eu sabia que, mais que irritação, o que eu sentia era inveja, que o segundo termo era mais preciso e que isso também me deixava constrangido. Então eu me perguntaria, com meu costumeiro tom irritado de escárnio: "O que é a felicidade?". A felicidade era achar que eu vivia uma vida profunda naquele escritório solitário? Ou a felicidade seria levar uma vida confortável em sociedade, acreditando nas mesmas coisas que todo mundo, ou pelo menos agindo como se acreditasse? Seria felicidade ou infelicidade a pessoa atravessar a vida inteira escrevendo em segredo enquanto aparenta estar em harmonia com tudo que a cerca? Mas essas eram perguntas excessivamente rabugentas. De onde eu tinha tirado essa ideia de que a felicidade é que media a qualidade da vida de uma pessoa? As pessoas, os jornais, todo mundo se comporta como se a medida mais importante da vida fosse a felicidade. Será que isso já não basta para sugerir que a verdade é justamente o contrário? Afinal, meu pai tinha fugido da família tantas vezes: até onde será que eu o conhecia, e em que medida podia dizer que entendia o seu desassossego?

Foi isso que me moveu quando abri a maleta do meu pai pela primeira vez. Será que ele tinha algum segredo, alguma infelicidade na vida de que eu não soubesse, alguma coisa que ele só conseguisse suportar despejando nos seus escritos? Assim que abri a maleta, lembrei-me de como ela cheirava a viagem, reconheci vários dos cadernos e notei que eram os mesmos que meu pai havia me mostrado anos antes, mas sem se estender muito a respeito deles. A maioria dos cadernos que eu agora tinha nas mãos fora preenchida por ele quando nos deixou, ainda jovem, e foi para Paris. E eu, como tantos escritores que eu admirava — escritores cujas biografias eu tinha lido —, desejava conhecer o que o meu pai escrevera, e o que pensava, quando tinha a mesma idade que tenho hoje. Não levei muito tempo para constatar que não havia nada disso ali. E o que me deixou mais desconcertado foi que, em vários pontos dos cadernos do meu pai, deparei com uma voz de escritor. Esta não é a voz do meu pai, pensei comigo; não era autêntica, ou pelo menos não pertencia ao homem que eu tinha conhecido como meu pai. Subjacente ao medo de que ele pudesse não ter sido o meu pai ao escrever, havia um medo maior: o medo de que no fundo eu não fosse autêntico, de não encontrar nada de bom no que meu pai escrevia; isso aumentava o meu receio de descobrir que meu pai fora influenciado demais por outros escritores e me lançava num desespero que já me angustiara muito na juventude, pondo em questão a minha vida, a minha própria existência, o meu desejo de escrever e a minha obra. Durante os meus primeiros dez anos como escritor, me assustava sobremaneira a possibilidade de um dia ser obrigado a admitir a derrota — como já fizera no caso da pintura — e, sucumbindo àquela inquietação, desistir também de escrever romances.

Já me referi aos dois sentimentos essenciais que me dominaram quando fechei a maleta do meu pai e a pus de lado: a sensação de ser um náufrago perdido na província e o medo de não ser autêntico. Não era de modo algum a primeira vez que esses sentimentos se manifestavam. Já fazia anos que, nas minhas leituras e na minha formação, eu vinha estudando, descobrindo, aprofundando essas emoções em toda a sua variedade e nas suas consequências involuntárias, nas suas conexões nervosas, naquilo que as desencadeava e nos seus muitos matizes. Meu espírito já fora muitas vezes abalado pelas confusões, pelas sensibilidades e pelas dores passageiras que a vida e os livros desencadearam em mim, principalmente na juventude. Mas foi só quando comecei a escrever livros que cheguei a uma compreensão mais plena do problema da autenticidade (como em *Meu nome é Vermelho* e em *O livro negro*) e do problema da vida na periferia (como em *Neve* e *Istambul*). Para mim, ser escritor é reconhecer as feridas secretas que carregamos, tão secretas que mal temos consciência delas, e explorá-las com paciência, conhecê-las melhor, iluminá-las, apoderar-nos dessas dores e feridas e transformá-las em parte consciente do nosso espírito e da nossa literatura.

O escritor fala de coisas que todos sabem mas não sabem que sabem. Explorar esse conhecimento, e vê-lo crescer, é um deleite; o leitor está de visita a um mundo que lhe parece familiar e ao mesmo tempo miraculoso. Quando o escritor passa anos recolhido para aprimorar seu domínio do ofício — para criar um mundo —, se ele usa as suas feridas secretas como ponto de partida, consciente disso ou não, está depositando uma grande fé na humanidade. Minha confiança vem da convicção de que todos os seres humanos são parecidos, que os outros carregam feridas como as minhas — e que portanto haverão de entender. Toda a verdadeira literatura vem dessa certeza infantil e otimista de que todas as pessoas são parecidas. Quando um escritor se recolhe por anos a fio, com esse gesto ele sugere uma humanidade única, um mundo sem centro.

Mas como se podia intuir pela maleta do meu pai e pelas cores desbotadas da nossa vida em Istambul, o mundo tinha um centro, que ficava muito longe de nós. Nos meus livros, descrevo com algum detalhe como esse fato básico evocava uma sensação tchekhoviana de provincianismo, e como, por outro caminho, me levava a questionar minha autenticidade. Sei, por experiência, que a grande maioria dos habitantes do planeta vive com esses mesmos sentimentos, e que muitos sofrem de uma sensação ainda mais forte de insuficiência, insegurança e degradação do que a minha. Sim, os maiores dilemas que a humanidade enfrenta ainda são a falta de terras, a falta de teto e a fome. Mas hoje a televisão e os jornais falam desses problemas fundamentais com mais velocidade e simplicidade do que a literatura jamais poderia falar. O que a literatura precisa contar e investigar, acima de tudo, são os medos básicos da humanidade: o medo de ficar de fora, o medo de não ser levado em conta, e o sentimento de falta de valor que decorre desses medos; de um lado as humilhações, as vulnerabilidades, as desfeitas, os ressentimentos, as suscetibilidades e os insultos imaginários que atingem a coletividade; e de outro as bazófias e exageros nacionalistas que são seus parentes mais próximos. Sempre que me confronto com esses sentimentos, e com a linguagem irracional e hiperbólica geralmente usada para manifestá-los, sei que eles se conectam com a escuridão que existe dentro de mim. Muitas vezes vimos povos, sociedades e nações fora do mundo ocidental — e posso facilmente identificar-me com eles — sucumbirem a medos que ocasionalmente os levaram a cometer gestos estúpidos, tudo devido ao seu medo da humilhação e às suas suscetibilidades. Sei também que no Ocidente — um mundo com que consigo me identificar com a mesma facilidade — as nações e os povos que cultivam um orgulho excessivo por sua riqueza, e por terem produzido a Renascença, o Iluminismo e o modernismo, sucumbem de tempos em tempos a uma presunção que é quase igualmente estúpida.

Isso significa que meu pai não era o único, e que todos damos importância excessiva à ideia de um mundo dotado de um centro. Mas o que nos impele ao recolhimento por anos a fio para escrever é a fé na ideia oposta: a convicção de que um dia nossas obras serão lidas e compreendidas, porque as pessoas do mundo todo são parecidas umas com as outras. Esse, como sei pelo que escrevi e pelo que meu pai escreveu, é um otimismo angustiado, coberto de cicatrizes produzidas pela indignação de se ver confinado à margem, deixado de fora. O amor e o ódio que Dostoiévski sentiu pelo Ocidente a vida inteira — eu também senti, em muitas ocasiões. Mas se percebi uma verdade essencial, se tenho algum motivo para me sentir otimista, é porque viajei com esse grande escritor através da sua relação de amor e ódio com o Ocidente até vislumbrar o outro mundo que ele construiu do lado de lá.

Todos os escritores que dedicaram a vida à literatura conhecem essa realidade: qualquer que seja o nosso objetivo inicial, o universo que acabamos criando depois de anos e anos escrevendo cheios de esperança irá dar, no final, em um lugar muito diferente. Ele nos levará para longe da mesa em que trabalhamos com tristeza ou indignação, para o outro lado dessa tristeza e dessa indignação, para um outro mundo. Será que meu pai não poderia ter chegado ele também a esse outro mundo? Como a terra que lentamente toma forma, erguendo-se aos poucos do nevoeiro, com todas as suas cores, como uma ilha que desponta ao final de uma longa viagem marítima, esse outro mundo nos encanta. Ficamos tão fascinados quanto os viajantes ocidentais que chegavam do sul e viam Istambul erguer-se em meio ao nevoeiro. Ao cabo de uma viagem que começaram com esperança e curiosidade, revela-se finalmente diante deles uma cidade de mesquitas e minaretes, com sua miscelânea de casas, ruas, morros, pontes e encostas, todo um mundo novo. Ao vê-lo, desejamos entrar nesse mundo e perder-nos dentro dele, como podemos nos perder dentro de um livro. Depois de termos nos recolhido porque nos sentíamos provincianos, excluídos, marginalizados, indignados ou profundamente melancólicos, descobrimos todo um mundo para além desses sentimentos.

E o que sinto agora é o contrário do que eu sentia na infância e na juventude: para mim o centro do mundo é Istambul. Não só porque lá passei a minha vida inteira, mas porque, pelos últimos 33 anos, venho narrando as suas ruas, as suas pontes, os seus habitantes, os seus cães, as suas casas, as suas mesquitas, as suas fontes, os seus estranhos heróis, as suas lojas, as suas personagens famosas, os seus pontos obscuros, os seus dias e as suas noites, transformando tudo isso em parte de mim, abarcando tudo isso. E chegou um ponto em que esse mundo que eu criara com as minhas mãos, esse mundo que só existia na minha cabeça, tornou-se mais real para mim do que a cidade em que eu de fato vivia. Foi quando todas essas pessoas e ruas, todos esses objetos e prédios pareciam começar a conversar entre si, a interagir de maneiras que eu não antecipara, como se vivessem não só na minha imaginação ou nos meus livros, mas por conta própria. Esse mundo que eu tinha criado como um homem que cava um poço com uma agulha me pareceu então mais real do que tudo.

Meu pai também pode ter descoberto esse tipo de felicidade durante os anos que passou escrevendo, pensei, olhando para a sua maleta: eu não devia prejulgá-lo. Sou-lhe tão grato, no fim das contas: ele nunca foi um pai cheio de ordens, proibições, controle e castigos, um pai comum, mas sim um pai que sempre me deu liberdade, sempre me tratou com o maior respeito. Muitas vezes pensei que se eu, de tempos em tempos, sou capaz de recorrer a minha imaginação, seja por liberdade ou infantilidade, é porque, à diferença de tantos dos meus amigos de infância e juventude, nunca tive medo do meu pai, e houve vezes que acreditei muito profundamente que consegui me tornar escritor porque meu pai, na sua juventude, também quis ser escritor. Eu precisava lê-lo com tolerância — procurar entender o que ele escreveu naqueles quartos de hotel.

Foi com esses pensamentos otimistas que me aproximei da maleta, que continuava pousada onde meu pai a deixara; lançando mão de toda a minha força de vontade, folheei alguns manuscritos e cadernos. Sobre o que meu pai havia escrito? Lembro-me de alguns panoramas vistos das janelas de hotéis parisienses, de alguns poemas, paradoxos, análises... Sempre que escrevo, sinto-me como alguém que sobreviveu a um acidente de trânsito e ainda se esforça para recordar o que aconteceu, temendo ao mesmo tempo lembrar-se de muitos detalhes. Quando eu era pequeno e meus pais estavam à beira de uma briga, quando caíam num daqueles silêncios mortais, meu pai na mesma hora ligava o rádio, para mudar o clima, e a música nos ajudava a esquecer mais depressa.

Pois agora quero mudar o clima com algumas palavras doces que, espero, poderão funcionar como a música. Como sabem, a pergunta que mais fazem a nós escritores, a pergunta predileta, é: por que você escreve? Escrevo porque tenho uma necessidade inata de escrever! Escrevo porque sou incapaz de fazer um trabalho normal, como as outras pessoas. Escrevo porque quero ler livros como os que eu escrevo. Escrevo porque sinto raiva de todos vocês, sinto raiva de todo mundo. Escrevo porque adoro passar o dia sentado à mesa escrevendo. Escrevo porque só consigo participar da vida real quando a modifico. Escrevo porque quero que os outros, todos nós, o mundo inteiro, saibam que tipo de vida nós vivemos, e continuamos a viver, em Istambul, na Turquia. Escrevo porque adoro o cheiro do papel, da caneta e da tinta. Escrevo porque acredito na literatura, na arte do romance, mais do que em qualquer outra coisa. Escrevo porque é um hábito, uma paixão. Escrevo porque tenho medo de ser esquecido, porque gosto da glória e do interesse que a literatura traz. Escrevo para ficar só. Talvez escreva porque tenho a esperança de entender por que eu sinto tanta, tanta raiva de todos vocês, tanta, tanta raiva de todo mundo. Escrevo porque gosto de ser lido. Escrevo porque depois que começo um romance, um ensaio, uma página, sempre quero chegar ao fim. Escrevo porque todo mundo espera que eu escreva. Escrevo porque tenho uma crença infantil na imortalidade das bibliotecas, e na maneira como meus livros são dispostos na prateleira. Escrevo porque é animador transformar todas as belezas e riquezas da vida em palavras. Escrevo não para contar uma história, mas para compor uma história. Escrevo porque desejo escapar do presságio de que existe um lugar para onde preciso ir mas ao qual — como num sonho — nunca chego. Escrevo porque jamais consegui ser feliz. Escrevo para ser feliz.

Uma semana depois de ter entrado no meu escritório e me deixado a sua maleta, meu pai voltou a me visitar; como sempre, me trouxe um tablete de chocolate (esquecera que eu tinha 48 anos de idade). Como sempre, conversamos e rimos sobre a vida, a política e os fuxicos da família. Chegou um momento em que os olhos do meu pai procuraram o canto onde ele tinha deixado a maleta e viram que eu a tirara dali. Seguiu-se um silêncio opressivo. Eu não lhe disse que tinha aberto a maleta e tentado ler seu conteúdo; em vez disso, desviei os olhos. Mas ele entendeu. Assim como eu entendi que ele entendera. Assim como ele entendeu que eu entendera que ele tinha entendido. Mas todo esse entendimento só durou alguns segundos, porque meu pai era um sujeito feliz e fácil que tinha muita fé em si mesmo. Ele sorriu para mim, como sempre fazia. E quando foi embora da minha casa, repetiu todas as adoráveis palavras de estímulo que sempre me dizia, como um pai.

Como sempre, fiquei olhando para ele enquanto ia embora, invejando sua felicidade, seu temperamento despreocupado e inabalável. Mas lembro que naquele dia também senti um clarão de alegria que me deixou envergonhado. Foi provocado pelo pensamento de que eu talvez não me sentisse tão confortável na vida quanto ele, de que talvez não tivesse levado uma vida tão feliz ou desimpedida quanto a dele, mas que eu a tinha dedicado à escrita — vocês já entenderam... Senti-me envergonhado de ter aqueles pensamentos às custas do meu pai. Logo dele, que nunca me causara nenhuma dor — que me dera liberdade. Tudo isso deve nos lembrar que a escrita e a literatura estão intimamente ligadas a uma carência no centro da nossa vida, e aos nossos sentimentos de felicidade e de culpa.

Mas a minha história tem uma simetria que naquele dia me lembrou imediatamente de outra coisa, e me provocou um sentimento de culpa ainda mais profundo. Vinte e três anos antes do dia em que meu pai me deixou a sua maleta, e quatro anos depois que decidi, aos 22 anos, me tornar romancista e, abandonando todo o resto, me recolhi, acabei o meu primeiro romance, *Cevdet Bey e filhos*; com as mãos trêmulas, entreguei ao meu pai os originais datilografados do livro ainda inédito, para que ele pudesse lê-lo e me dizer o que achava. E não só porque eu confiasse no seu gosto e no seu intelecto: a sua opinião era muito importante para mim porque ele, diferentemente da minha mãe, nunca se opusera ao meu desejo de me tornar escritor. Àquela altura, meu pai não estava conosco, estava muito distante. Esperei pacientemente pela sua volta. Quando ele chegou, duas semanas mais tarde, corri para abrir a porta. Ele não disse nada, mas na mesma hora me abraçou de um modo que me fez entender que tinha gostado muito. Por algum tempo, mergulhamos no tipo de silêncio desconcertado que tantas vezes acompanha momentos de grande emoção. E então, depois que se acalmou e começou a falar, meu pai recorreu a uma linguagem rebuscada e exagerada para manifestar a sua confiança em mim e no meu primeiro romance: disse que um dia eu ainda iria ganhar o prêmio que estou aqui para receber com tanta felicidade.

Ele me declarou isso não porque estivesse tentando me convencer da sua opinião favorável, ou fixar este prêmio como minha meta; ele me falou do prêmio como um pai turco que dá apoio ao filho e o estimula dizendo "um dia você ainda chega a paxá!". Por muitos anos, sempre que me via, ele me saudava com as mesmas palavras.

Meu pai faleceu em dezembro de 2002.

Hoje, diante da Academia Sueca e dos ilustres membros que me conferiram este grande prêmio — esta grande honra — e seus ilustres convidados, eu gostaria muitíssimo que ele pudesse estar entre nós.

Créditos das ilustrações

P. 323 *Şirin olhando o retrato de Khusraw*: © British Library Board. Todos os direitos reservados.

P. 324 *Khusraw vê Şirin se banhando*: cortesia da Biblioteca do Palácio Topkapi.

P. 330 *Noivo com cavalo esperando no bosque*: cortesia de Freer Gallery of Art, Smithsonian Institution, Washington, D. C.

P. 357 *Sultão Mehmet II*: Gentile Bellini, Layard Bequest 1916 © The National Gallery, London.

P. 360 *Escriba turco sentado ou artista*: (óleo e guache sobre papel) Gentile Bellini © Isabella Stewart Gardner Museum, Boston, MA, USA/The Bridgeman Art Library.

P. 365 *Três homens e um macaco*: cortesia da Biblioteca do Palácio de Topkapi.

P. 368 *Demônio carregando homem*: cortesia da Biblioteca do Palácio de Topkapi.

Índice remissivo

ESTA OBRA FOI COMPOSTA EM MINION PELO ACQUA ESTÚDIO E IMPRESSA
PELA GRÁFICA BARTIRA EM OFSETE SOBRE PAPEL PÓLEN SOFT DA SUZANO PAPEL
E CELULOSE PARA A EDITORA SCHWARCZ EM OUTUBRO DE 2010